郑义伟 著

翱翔吧！雄鹰

四川民族出版社

图书在版编目（CIP）数据

翱翔吧！雄鹰 / 郑义伟著. -- 成都：四川民族出版社，2021.3

ISBN 978-7-5409-9840-0

Ⅰ. ①翱… Ⅱ. ①郑… Ⅲ. ①纪实文学－中国－当代 Ⅳ. ① I25

中国版本图书馆 CIP 数据核字（2021）第 051829 号

AOXIANG BA！XIONGYING

翱翔吧！雄鹰
郑义伟　著

出 版 人	泽仁扎西
责任编辑	央金
责任印制	谢孟豪
出版发行	四川党建期刊集团　四川民族出版社
地　　址	四川省成都市青羊区敬业路108号
邮　　编	610091
照　　排	四川悟阅文化传播有限公司
印　　刷	成都市兴雅致印务有限责任公司
成品尺寸	145mm×210mm
印　　张	14
字　　数	351千
版　　次	2021年3月第1版
印　　次	2021年3月第1次印刷
书　　号	ISBN 978-7-5409-9840-0
定　　价	59.80元

本书如有印装质量问题，请与本社发行科调换

岁月如歌

回首往事

只留得——

笔端春秋

谨以这部文集

《翱翔吧！雄鹰》

献给：

坚守在钢铁银河上的西南铁道卫士

序郑义伟报告文学集《翱翔吧！雄鹰》

◎ 熊树华

习近平总书记指出：崇尚英雄才会产生英雄，争做英雄才会英雄辈出。郑义伟的报告文学集《翱翔吧！雄鹰》正是反映铁路公安队伍英雄模范的作品。

郑义伟是成都铁路公安局基层一线的民警，也是警营中一位较有影响力的诗人，还是公安部铁路公安局作协的签约作家。从警从文三十余年来，他始终勤奋笔耕，孜孜以求地倾注全部热情来创作。《翱翔吧！雄鹰》是郑义伟继他的诗集《踏着月色的脚步》后的又一力作，字里行间充满了对公安事业和公安队伍的热爱。

350千余字的《翱翔吧！雄鹰》是一本用纪实的语言、记叙的手法，全景式反映和表现成都铁路公安局英雄模范、先进典型感人事迹的文集，涵盖了成都、重庆、贵阳、西昌四个公安处最具有代表性的人物。我们从中可以穿透时间、空间了解到，为保卫西南铁道平安，成都铁路公安局的公安民警们长年战斗在飞奔的列车、寂静的山谷和冰冷的河畔，坚守在偏僻的小站和山区、货场，他们顶风冒雪、历尽艰辛，不畏困难、勇敢拼搏。近百名民警为了履行铁路公安职责，光荣负伤甚至献出了宝贵的生命。他们中的每一个人都是成都铁路公安局打击各类违法犯罪活动，保卫铁路运输生产和旅客生命财产安全的中流砥柱，他们的故事值得我们细细研读、认真学习。

我们需要报告文学特别是警营文学的营养，因为它不仅仅关注和描摹生活本身，更是借助形象化、典型化的语言，以健康积极的导向为读者描绘一个真善美的世界，带来诗性的美感和光明的指引。作为中国共产党领导下的公安队伍，我们希望有这样"正能量"的文学作品给予我们不断开拓前进的勇气和力量。《翱翔吧！雄鹰》正是这样一本警营报告文学，让我们得以近距离地了解和学习英雄模范、先进典型的故事和精神。

习近平总书记指出，伟大的事业需要伟大的精神，伟大的精神来自伟大的人民。当前，中国正在发生日新月异的变化，我们比历史上任何时期都更加接近实现中华民族伟大复兴的目标。我认为，实现这一目标需要千千万万个英雄群体、英雄人物，就必须具备英雄精神。我们要在学习中感悟，在感悟中成长，把学习英雄精神落实在平凡工作岗位上，让崇尚英雄、争做英雄在全社会蔚然成风，为全面建设社会主义现代化国家而努力奋斗。

是为序。

2021 年春

目录
Contents

第一辑　脊梁

用行动诠释"忠诚本色"
　　——春运一线的成铁公安队伍 ………………………… 002

那一抹抗疫逆行的藏青蓝
　　——记西昌公安处刑警支队副支队长李春康之家 ……… 011

护航首趟复工专列的请战人
　　——记成都公安处民警叶庭 ……………………………… 018

一个摄影人的疫情春运
　　——记成都公安处民警罗兆进 …………………………… 023

血脉里流淌着炽热的忠诚
　　——为一线战友而歌的幕后人西昌公安处民警郑义伟
　　………………………………………………………………… 028

第二辑　卫士雄风

铁血警魂
　　——记公安部二级英模西昌公安处副处长杨铁流 ……… 040

披"擦尔瓦"的雄鹰
　　——记公安部二级英模西昌公安处民警阿米子黑 ……… 065
爱是阳光灿烂的风景
　　——记"全国特级优秀人民警察"西昌公安处民警朱东
　　……………………………………………………… 075
乌蒙高原的夜莺
　　——记全国优秀人民警察贵阳公安处六盘水站派出所所长
　　张道忻 …………………………………………… 088
凉风垭的守望人
　　——记贵阳公安处桐梓车站派出所民警叶建忠 ……… 104
一个会写代码的人
　　——记全国优警重庆公安处网安支队政委贾良志 ……… 121
乌蒙之巅的"保尔·柯察金"
　　——记贵阳公安处民警潘勇 ……………………… 138
废墟上高昂的头颅
　　——记公安部一等功获得者成都公安处德阳站派出所
　　副所长邱长君 …………………………………… 157
一个有信念与担当的卫士
　　——记"新时代铁路公安榜样"成都公安处民警郑久川
　　……………………………………………………… 172
大凉山铁道线上的雄鹰
　　——记全国优警西昌公安处刑警支队副支队长李春康
　　……………………………………………………… 192

一个彝人的述说
　　——记西昌公安处治安支队政委吉木木呷 ………… 210

穿梭车厢的蓝色背影
　　——记西昌公安处民警计波 …………………………… 225

热血春秋
　　——记成都公安处民警李勇 …………………………… 235

那双犀利的"鹰眼"
　　——记西昌公安处民警林刚 …………………………… 244

镜头定格最美的"阿木科"
　　——记西昌公安处指挥中心主任俄木黑取 …………… 251

永不疲倦的神鹰
　　——西昌公安处刑警支队政委张宏 …………………… 265

告别藏青蓝
　　——记重庆公安处民警张欧 …………………………… 284

刑侦前沿的一把"尖刀"
　　——记一等功获得者西昌公安处漫水湾站派出所教导员
　　　宾子兰 ………………………………………………… 291

在刀尖上舞蹈的人
　　——记西昌公安处缉毒支队政委朱文 ………………… 300

刑侦战线上的"捕影者"
　　——记成铁公安局榜样2020西昌公安处刑警支队四大队长
　　　王超 …………………………………………………… 308

索玛花，每一叶都藏着美丽的故事
　　——记西昌公安处喜德车站派出所所长沙马妞妞 ········ 312
提灯夜行的背影
　　——记西昌公安处民警郑义伟 ································ 319

第三辑　屹立的雕像

生命的旗帜如一盏灯的火焰
　　——追记公安部二级英模重庆公安处烈士民警朱彦超
　　·· 352
永恒的警魂
　　——记公安部二级英模重庆公安处禁毒支队副支队长何世林
　　·· 370
在激流中永生
　　——追记西昌公安处原德昌车站派出所所长烈士郑光华
　　·· 401
用生命书写忠诚
　　——记公安部二级英模成都公安处绵阳车站派出所副所长
　　杜斌 ·· 408
"隐蔽"战线上的"特种兵"
　　——记西昌公安处民警王斌 ································ 426

后记：站成永恒的姿势 ··············· 434

第一辑

脊梁

鲁迅先生的一句话：我们从古以来，就有埋头苦干的人，有拼命硬干的人，有为民请命的人，有舍身求法的人……这就是——中国的脊梁。

题记：英雄是民族最闪亮的坐标。"天地英雄气，千秋尚凛然。"无数先驱者、逆行人都是我们民族的脊梁，是我们不断开拓前进的勇气和力量所在。

鲁迅先生的一句话：我们从古以来，就有埋头苦干的人，有拼命硬干的人，有为民请命的人，有舍身求法的人……

这就是——中国的脊梁。

用行动诠释"忠诚本色"

——春运一线的成铁公安队伍

2020年，在这场没有硝烟的战斗中，公安民警闻令而动，使命在身、责任在肩，他们义无反顾地奔向疫情防控的第一线，心系百姓，甘于奉献，同心协力，攻坚克难，用实际行动践行着"不破楼兰终不还"的铮铮誓言。

在这抗击疫情的队伍里，当然不能缺少那一身藏蓝、那一份执着，公安部一声令下，全国公安民警、辅警——全警总动员，誓言震山河，警徽闪耀、警灯闪烁，一道道警戒线，竖起平安的屏障、构筑安全的场所，那一身百毒不侵的警服和一副副口罩，就是我们冲锋陷阵，最庄严的"警色"。人民警察，肩扛平安天下的神圣职责，无论是刀光剑影，何惧那寒风猎猎，哪里有危险，就在哪里战斗，哪里有灾情，就在哪里集合。

灾难中，警察蓝和天使白始终是最温暖的颜色。每个人都是一束光，一起温暖着这个冬天。执勤站哨、巡逻防控、交通管控、检疫检查、排查隐患、化解纠纷、走访调查、惩治妨害疫情者、防控违法犯罪、侦查破案……晨昏昼夜,哪里有危险,哪里有需要,哪里就有警察蓝的身影。

据统计,在抗击疫情战疫中,仅湖北省就有400多名民警确诊感染新冠病毒,全国共有49名民警牺牲在抗疫一线!无论病毒是多么凶险,无论面前有多大难关,总会有人民警察的舍生忘死和英勇献身!

公安部铁路公安局"1·21"视频会议召开以后,成都铁路公安局第一时间启动疫情阻击战时警务工作机制,全力确保管内政治安全治安平稳,为疫情防控创造良好环境。

"新冠肺炎"疫情发生以来,成都铁路公安局坚决贯彻习近平总书记重要指示精神,认真落实公安部、铁路公安局决策部署,全局全警坚持以人民为中心的思想,本着对党和人民高度负责的态度,在全力做好自身防范、确保内部安全的同时,主动置身社会疫情防控大局,充分发挥行业优势、自身长处,积极策动路地联防、警企联控,在全国防疫阻击战中亮剑担当、主动作为、贡献力量,赢得了社会各界的充分认可和广泛赞誉。

认识高站位,闻疫而战,充分践行初心使命。

疫情直接威胁人民身体健康和生命安全,党中央高度重视、科学决策,习近平总书记向全国发出了"生命重于泰山、疫情就是命令、防控就是责任"的总动员令,公安机关主动战"疫"就是对党忠诚,就是践行初心,就是履职尽责,是党和国家赋予的神圣职责和使命。一是主动战"疫",成铁公安有责任。成都铁路公安局管辖涉及四川、贵州、重庆"两省一市",其中襄渝、渝利等多条铁路与湖北相连,疫情防输入、防扩散压力很大。作为扼守西南交通要道的主力军,必须主动将铁路公安工作融入地方经济发展和社会稳定的大局中,必须守土有责、守土担责、守土尽责,树牢"四个意识"、坚定"四个自信"、做到"两个维护",切实践行"人民公安为人民"的初心和使命。二是主动战"疫",成铁公安有条件。铁

路公安扼守铁路大动脉，有数据、有资源、有手段，具备地方公安机关所不具备的行业优势、垂直管理优势，特别是管理体制调整后，同铁路企业共同构建了深度融合"新机制"，与地方公安联手打造了联勤联动"新样板"，历经了建国70周年大庆等安保实战的检验，路地、警企配合更好、融合更深，为联防联控、一体战"疫"提供了坚实基础。三是主动战"疫"，成铁公安有优势。"信息化"建设是成铁公安最亮丽的名片，也是能够主动协助地方防控疫情扩散的最大优势，"一体化"查缉、人脸识别、视频监控等系统构建起重点人员查控体系，"钉钉指挥系统"为合成作战倒查筛选重点人提供了有力支撑，"可视化平台"为数据统计分析、工作闭环提供了坚强保证，"微警务"系统为警民联控疫情搭建了桥梁、提供了纽带，在这场全民战"疫"中，成铁公安不仅有为，而且能为，更是大有可为。

坚持大联动，主动迎战，充分彰显责任担当。

防"疫"是一场整体战，没有一个局外人。一是主动担当，策动路地防疫"共同体"。全局各级、各部门不等不靠，主动走访对接"两省一市"地方政府、公安厅（局）、卫健委，竭力推动构建"疫情信息高度共享、涉疫情况高效联处"的路地防疫"共同体"，特别充分发挥铁路公安手段优势，主动为地方各级防疫控疫提供精准数据、贡献铁警力量。累计核查1月10日以来由湖北进入管内的实名制购票旅客进站信息52.2万余人次；对155个有铁路乘车轨迹确诊病例的同车次、同车厢旅客以及同行人员开展了深度倒查分析，核查车次206趟、筛查同车厢人员22307人、密切接触者7120人，分别通报"两省一市"40余个地市州政府、卫健委落实管控。二是主动作为，推动警企防疫"一体化"。充分发挥"派驻制"权威优势，坚持紧密协作、高效协同，与铁路企业建立联合防疫指挥部，明确警企各单位、部门职责分工，共同开展进站旅客"全覆盖"体温检测；共同处置站车"发热"旅客警情；共同筑牢环京"护城河"，先后配合防疫部门发现并移交站车发热病人 664 人、后续确诊 35 人；劝退"重点地区"入京旅客 2070 人、登记移交 718 人。三是主动履职，筑牢社会防疫"法制网"。针对节后复工返程，大量旅客火车站聚集的情况，制定《成都铁路公安局关于依法打击妨害新型冠状病毒感染肺炎疫情防控违法犯罪行为的通告》，对未佩戴口罩进入火车站、列车等公共场所的旅客开展教育管控，对不听劝阻、不予配合的旅客依法处置，并通过主流媒体，以及成铁公安微警务、微博、抖音等官方公众号广泛宣传、全社会通告。

依托信息化，全力奋战，充分体现能力素养。

防疫是场大考，与疫情斗争就是同时间赛跑，等不起、慢不得、虚不得。一是借助"大平台"，高效联动打"合成战"。公安局、处组建防疫工作专班，依托"钉钉平台"实行跨部门、多警种合成作战。建立局、处、所三级"武汉疫情信息群""重点工作布置群"，确保疫情信息互通、部署一杆到底；并针对发现的每一起疑似病例、掌握的每一个确诊病例，单独建立"疫情处置工作群"，前端后台无缝链接、部署落实一贯到底。二是运用"大情报"，争分夺秒打"效率战"。多源头、多渠道主动收集各地确诊病例信息，局、处信息指挥中心 24 小时满负荷运转，充分借助"实名制"售票、"一体化"进站、"人像抓拍"采集等大数据，逐例研判、精准核查，为地方实施精准管控争取主动、赢得时间，最大限度地防止疫情扩散蔓延。三是做实"大数据"，真抓实干打"务实战"。明确防疫工作"三个坚决杜绝"铁的纪律，即坚决杜绝统计加估计、坚决杜绝一问三不知、坚决杜绝答非所问。特别为保证各项数据的及时准确、客观真实，依托"钉钉移动办公平台"，自主制作站车防疫、路地倒查、内部防范等 8 项工作录入表单，开发了具备自动统计分析功能的"全局实时疫情动态"系统，严格规范

数据录入和工作纪实，确保了防疫工作的细致、精致、极致。

展示大作为，全警鏖战，充分树立地位形象。

在防疫阻击战中，全体干部民警勇于担当、务实作为，每一名党员都亮出身份、冲锋在前；每一个岗位都履职尽责、贡献力量；每一项工作都严丝合缝、精致极致，得到了各级领导的充分肯定、社会各界的广泛赞誉，先后收到各级领导肯定批示19条、感谢函件15封、锦旗牌匾38个。一是得到了最高肯定。主动战"疫"以来，四川、贵州省公安厅以及重庆市公安局主要领导分别给予肯定性批示，特别对成铁公安政治站位高、大局意识强、主动作为、敢于担当，充分运用信息化手段支撑地方政府疫情联控给予高度评价。二是收获了最多赞许。"精准研判显神威，路地协作战疫情""危难时刻显身手，铁警神威助战疫""路地携手数据筑防线，抗击疫情患难现真情"，地方各级政府、防疫部门纷纷来电来函、送上锦旗牌匾，对成铁公安主动参与、主动协助各级地方政府开展联防联控疫情表示衷心的感谢。三是赢得了人民的认同。在此期间，先后有10余个基层单位相继收到群众匿名送来的口罩、消毒液等防护用品；多家地方企业自发向抗击疫情一线铁路公安民警送上慰问品，特别是2月4日，新疆维吾尔自治区驻贵州工作组组长率多家在黔商户向抗击疫情一线的贵阳所干部民警送上了感谢慰问。

与此同时，成都、重庆、贵阳、西昌公安处立即成立由党委书记、处长，党委副书记、政委任组长的疫情防控工作领导小组，将防止疫情通过铁路传播作为当前工作的政治任务、头等大事来抓，并在全处范围内启动重大突发事件处置预案，调集多方力量、协调各方部门、用足应急措施，全面落实上级各项指示批示精神和决策部署。期间，公安处班子成员分片包保、下沉一线，包保干部重点监督、盯控现场，各所队干部民警坚守岗位、履职尽责，确保各项疫情防控工作有序开展。

第一时间发布处长第一号令，要求全体干部民警将防控疫情作为春运安保重大事项，充分发扬斗争精神，树立敢打必胜信心，全警投入、全力以赴，全面打赢公共安全守护战。各所队党支部采取签订军令状、集体宣誓、重温誓词等形式，进一步浓厚战时氛围、强化战时纪律，凝聚战斗意志，确保队伍稳定。

在全局较大客运站"二位一体"口设立体温监测点，在站区设立专门"隔离观察室"，按照应急方案部署，由车站客运员、地方防疫部门（医院）、执勤民警在进（出）站口共同值守，监测旅客体温指数，并配备救护车、体温自动检测仪、医疗担架等设备。为病例转移开通"紧急绿色通道"，确保站区以及列车交接疑似病例能够快速转运。乘警支队值乘列车，联合客运职工开展车厢巡检，发现疑似病例，由乘警协助客运班组采取隔离措施，安抚旅客情绪，维护现场秩序，并动态追踪疑似病例诊疗情况。

疫情发生后，全局公安民警紧急集结，吹响了抗疫的号角，在前所未有的疫情面前，每一位民警都顾不上家中亲人的安危，随着一声令下，便义无反顾地深入一线救援。各级领导干部身先士卒，舍小家，为国家，为疫区群众带去生的希望和生活的信心，疫情无情人有情，金盾置身为人民。

疫情面前，铁路警察责无旁贷地冲在了战疫前沿。白衣天使和蓝衣卫士携手并肩，共战疫情。

每一个战疫岗位的坚守，都是平凡中的坚守；每一次突发情况的处置，都有果敢中的英勇！它完美的诠释着忠诚与担当！给人以振奋和鼓舞，让人们感受到温暖和希望。

在疫情面前，全局公安民警团结奋进，共志成城！白色的、蓝色的、彩色的……光芒闪现，每一束光，都是最美的平凡！全体干部民警急国家利益之所急，想人民群众利益之所想，视国家的利益和人民群众的利益为第一已任，积极响应党中央、国务院号召，全员投入抗疫工作，坚守车站一线卡点，保护旅客的生命安全，保护人民群众和积极疏导滞留旅客，减

少人员疫情传播，遏制灾后刑事案件和治安案件的发生，营造良好的抗疫社会环境和各次列车旅客乘降秩序。

为全力维护旅客生命财产安全，公安民警心系旅客安危，用血肉之躯筑起了一道道安全屏障，把生的希望毅然留给旅客，把死的危险全然留给了自己。

疫情就是命令，疫情就是集结号，疫情就是冲锋号，疫情就是人民警察的战斗号角。抗疫战斗，共产党员一马当先，让党旗在西南铁道防疫一线上高高飘扬，各派出所与车站、地方防疫部门开展支部共建活动，建立"抗疫党员突击队"，设立"抗疫党员先锋岗"，展现"疫情在前、铁警不退"担当作为。

一切为着抗疫工作，党员干部带头，党员民警带头，党组织带头。在人们心中高高飘扬的党旗照耀下，西昌铁路公安民警史无前例全员上阵，抗击疫情。根据疫情"输入早、扩散快、易感染"特点以及可能出现的全川防疫用品紧缺的实际，西昌公安处党委提前设想、超前谋划，1月19日紧急指派装财部门先期通过天猫、京东等网购平台以及实体商店抢购到3M口罩600个，84消毒液120瓶，护目镜500副，红外线体温测试仪40台，于1月20日前全部配发至K118次进京列车及高铁车站一线执勤岗位，基本满足了基层所队节前3天迎接返乡客流的防护用品需求。

面对特殊的春运，新型冠状病毒的快速传播与春运大客流的重叠对治安管控发起了史上最严峻的挑战。学校延迟开学、庙会取消、商场缩短营业时间，情况危急。"坚守！不退！"面对严峻形势，全体干部民警毅然放弃休假，选择逆行而上，全员战斗在抗击新型冠状病毒感染肺炎疫情一线。全局干部民警以"疫"为令、全警动员，深入贯彻上级系列会议精神，严格落实"战疫情、防风险、保安全、护稳定"工作要求，积极做好打"攻坚战、持久战"准备，在防护保障、内部管理、法制培训和战时纪律等方面再部署、再强化，实现内部疫情、负面舆情、执法事故、队伍问题四个"零发生"。

在成都铁路公安局党委的领导下,成都、重庆、贵阳、西昌公安处全体干部民警在关键时刻冲锋陷阵,不畏艰险,一个支部一座堡垒,一个党员一面旗帜。面对疫情我们每个共产党员都展开了行动,招之即来,来之能战,战之能胜。

"党员先上"不是喊口号,是句大白话、实在话,更是深入人心的话。的确,我们应该反思入党的初心是什么?入党又为了什么?入党后能做什么?党员就要平时看得出,关键时刻顶得上,充分发挥党员先锋模范作用,真正做到哪里有危险、哪里有困难,哪里就有党组织和共产党员。唯有用实际行动去践行"不忘初心、牢记使命"的真正伟大含义,因为胸前那枚鲜红地小小党章凝聚着千钧之担。

为积极响应习近平总书记的号召,切实让党旗在疫情防控一线高高飘扬,让党徽在疫情防控一线闪闪发光,成都铁路公安局党委发出《关于在抗击新型冠状病毒感染肺炎工作中充分发挥党组织和党员作用的通知》,号召广大党员干部在疫情防控、刑事打击、治安整治、为民服务等工作中,亮出党员身份,担起党员职责,展示党员风采。要求全局党组织把疫情防控一线作为考察入党积极分子的主战场,对那些立场坚定、作风优良、表现突出,符合党员发展条件的,及时发展入党。积极响应局党委号召,成都铁路公安局一大批青年民警向党组织递交志愿书,申请火线入党,要求到最困难、最危险的岗位去锻炼自己,接受组织考验。

沿着武汉的方向,我们告知苦难的同胞,全体干部民警要献一份至诚的爱心,为疫区送上一丝曙光。在不远的春天一起守望,相片片雪花飘落大地似一支支熊熊的烈焰,点亮生命的希望,用藏青蓝的底色,定格了人间的美丽。

党旗在警营高高飘扬,党徽与警徽在警营的捐款现场交相辉映,第一时间,全局五千余名铁道卫士向疫区的父老乡亲伸

出了一双双温暖手。一个党员、一个支部，在岗党员来了，退休党员来了，青年团员也来了，躺在病床上老党员让家属带来了特殊的心愿。

警徽托举起的人生意义，温暖着冰冻的心，感人的场面、豪情激荡、主动请缨热泪盈眶。四面八方的真情如潮水涌来，高举飘扬的党旗就是祖国的希望，党旗始终飘扬在疫情防控第一线，流动红旗岗建在防控最前沿，党徽在疫情防控战场上熠熠生辉，党旗在万里铁道线上高高飘扬。

疫情当前，全局43名民警光荣入党，他们冲向疫情防控最前线，以实际行动维护管内的政治治安稳定，守护人民群众生命健康安全，他们以实际行动践行忠诚誓言，为打赢疫情防控阻击战贡献力量！

在岁月的地平线，我听见急速而行的步履铿锵，在时光的窗口，我看见铁道卫士的使命与担当，在生命通道的每一个车站，成都铁路公安局五千铁军组成了西南铁道抗击病毒的钢铁长城。铁警毫不犹豫冲锋在前，无论你是白天巡逻，星夜值班，亦是坚守在进站口检疫的防控点，身披藏蓝色的战衣，你就是征战在疫情第一线的士兵。我听到的只是汽笛的鸣响，动车和普速列车乘载着卫士的名字，在旅客列车这个流动的封闭世界，是你将一个个旅客挡在身后，隔离在安全的空间，你们把"为了人民"这四个字举过头顶，藏青蓝为生命护航。

生命呼唤血液，爱心需要奉献，血液是生命之源，它流淌在身体里，绽放着灿烂的希望。我们撸起袖子，加入无偿献血的行列中。疫情中，藏蓝色的背影与医护人员白色的背影一道，组合成每座城市最坚固的防线，他们是人民最值得信赖的力量。

如果说闭门在家的我们尚且岁月静好，那么，一定是别人在前线为我们负重前行。他们经历着的，是更残酷的现实，更揪心的困境，和最直接的生死。我们永远不会忘记，在这个寒冷而严峻的冬天，是那些伟大的逆行人为我们撑起了迟来的春天。

题记：我想为寒风中的战友们写一首赞美的诗，在平安宁静的万里铁道线上，写星空下人民警察脚步铿锵的回声，写银装素裹里挺拔的身影。你们是挺立黑暗中的一盏灯，我不知怎样才能赞美你绚烂的光华，一双双眼睛，注视风吹草动的警觉和守望，每一个哨位，始终保持着永远笔直的姿势。寒冬的夜，北风很冷，你们身披戎装，守护着岁月静好，在旅客群众不曾留意的地方，请别忘记你们的存在。

那一抹抗疫逆行的藏青蓝

——记西昌公安处刑警支队副支队长李春康之家

除夕这个夜晚，总想奋笔疾书，想写我身边顶天立地的战友英雄！可翻遍所有，大脑的空白，没有一句完整的文字，始终没有把丰碑立起。我心目中的勇士，应该有喜马拉雅山的高度，他（她）的手可以擒住晴天霹雳，也可以安抚山崩地裂的痛苦。他们不靠命运、不待时势、不惧困难、不畏艰险，坚信人定胜天。他们宅心仁厚，以拯救天下苍生为己任；他们惠泽万民，以建立太平盛世为目标。

他们就是一群为抗疫而逆行的藏青蓝。

在大凉山成昆铁道上，在这群抗疫藏青蓝的身影中，有的是父子、是父女，有的是夫妻，面对新型冠状病毒感染的肺炎疫情，他们逆行而上、并肩战斗，用一线民警的默默坚守，换来旅客群众的平安幸福，他们有一个共同的誓言——疫情不退、警察不退。

李春康，一位对越的参战老兵，20世纪80年代初，他胸

怀卫国使命，履行军人职责，自卫反击，保卫边疆，奋勇投身于亚热带山岳丛林的老山反击战中。经过连续作战，胜利完成了作战任务，荣立个人二等功。

祖国没有忘记，41年前的2月17日凌晨，那是一个用青春和热血谱写光荣的时刻，那是一个令所有参战老兵难以忘怀的日子。在祖国南疆1300公里的边防线上，隆隆的炮弹划破黎明前的黑暗，宣告"对越自卫还击战"打响，轰鸣的炮声是复仇的怒吼，战士们手中的钢枪是保卫祖国的誓言，冲锋的脚步是战士们奉献给祖国的忠诚，血染的战旗是胜利的召唤，当年年轻的他们甘用热血铸起了南疆边关的界碑。

在历史长河中不过是弹指一挥间，然而，无数年轻的战士却把宝贵的生命、灿烂的青春留在了南疆的红土地里，在他们倒下的瞬间还仍然是那样勇敢顽强，在他们倒下的瞬间还牵挂着爹娘。他们倒在了血泊之中，永远地离开了战友，永远离开了亲人，永远地离开了缤纷的人间，将绚丽的青春定格在18、19、20……岁之上。他们走了，走在灿烂的年华里，走在血染的青春里，他们用生命阐释了人生的豪壮，他们用热血诠释了保卫南疆的铮铮誓言。

光阴荏苒，时光又一次将我们带进了这难以忘怀的2月。

1979年2月17日，只有参加过中越战争的幸存者才知道这一天的深刻含义。

看不见的弥漫硝烟，在团圆的除夕点燃，这一刻，华夏吹响了"战斗"的号角，这是一场血与火的考验，生与死的较量。在突如其来的疫情面前，警察，是一名抗击疫魔的战士，是一座灯塔守护在车站广场，他们是逆行者，巡逻在高铁与普速列车上。在蜿蜒的钢铁银河上，忠诚伴随着钢铁战士在巡守的路上。

大年初二，作为刑侦战线上的老兵，李春康因为一起货物列车被嫌疑人破封的案件，他两进当时凉山出现疫情的地方。

此刻，笔者分明感受到了一种易水悲歌，壮士断腕的气概。这个时候的逆风而行，谁都知道将面临什么，意味着什么！但他们义无反顾，用生命呵护生命！

李春康全力投身于抗击疫情，在口罩的掩护下，默默的付出……

大年初三，李春康到西昌站开展工作，在生命防护线的"战场"卡点与儿子李钰相遇，一对戴口罩的父子兵，用困倦的双眼默默注视着彼此，父亲对儿子没有过多关怀的言语，简单的问候中、坚毅的眼神里尽显父子情深。战"疫"当前，不容多说，父子俩相互道别后，又马不停蹄地奔向各自的"战场"。

踏上征途，无数逆行者顾不上生命的危险，来不及与熟睡的亲人说一声再见，挥别的泪总是那样滚烫，月光下辉映着美丽的背影，一路向前。

我的战友啊！你就那样地义无反顾，走在了战"疫"的行列，祖国在召唤，生命在呼唤，你丝毫没有犹豫、更没有退却，为此，你准备了——勇敢和坚毅，更有那一腔热血，为此，你准备了——奉献和牺牲，更有那壮怀激烈。

面对侵袭如火的疫情，冲锋的集结号吹响万里铁道，你来不及与家人团圆，未能吃上一口年夜饭。此刻，我分明看见你与家人离别的泪，也看见那逆行的蓝色背影是中华民族的脊梁，冲上去，你就是一把锋利的尖刀利剑，站立着，你就是一座巍然屹立的铁塔。

时间从指缝间滑过，有一天，你巡逻的脚步会变得迟缓，双肩也扛不起晨曦的太阳与夜幕的月亮，叮你却用忠诚托起一片蓝天。

李钰从小的梦想，就是和爸爸一样，穿上帅气的警服，做一名人民警察。为了这个警察梦，李钰不断努力，大学毕业后，李钰加入了铁路警察这支队伍，和父亲一样，成了一名刑

侦民警。

命运让薪火传递，这是生命的延续，这是从警时的初心。作为警察的孩子，最骄傲的就是"长大后，我就成了你！"踏着父亲的足迹，体会父辈的酸甜苦辣，重复着他们的百感交集，坚守者他们全心全意为人民服务的誓言。

参加工作以来，李钰主办以及参与办理各类案件200余件。正因为在工作中收获的越多，这时他才更能理解父亲的这份责任与担当。俗话说："打虎亲兄弟，上阵父子兵"自李钰工作后，父子俩便聚多离少，在这次抗击疫情的艰巨任务面前，父子俩更是选择了坚守岗位，抗击疫情。"爸，最近身体怎么样？您的药吃完了吗？我托人给你带来吧？"李春康患有高血压，自疫情防控阻击战打响以来，连日的坚守使父子俩多日未能团聚，李钰担心父亲的身体，在工作之余，与父亲微信聊天，互相给对方打气，誓言要守好各自的"战场"。

李钰和马丽是警校同学，大学毕业后，李钰和马丽共同约定要实现一个梦想：成为一名光荣的人民警察。2015年夏天，他们如愿以偿，双双通过公务员考试走上了铁警岗位。马丽考上了成都铁路公安局成都公安处，李钰考上成都铁路公安局西昌公安处。工作后，两人恋爱、结婚。"他在哪里，家就在哪里"，为了爱情，2019年8月，马丽主动申请从成都公安处调到西昌公安处工作。马丽岗调回西昌公安处五个多月，原本计划2020年春节一家人在一起好好聚聚，然而突如其来的疫情打破了小家庭的计划。面对疫情，李钰始终坚守在一线，执法办案、蹲点守候、夜间巡查、疫情防控。妻子马丽作为内勤，每天需要收集大量素材上报工作信息和简报，上传下达工作指令、警情，同时还要负责派出所后勤保障。疫情防控阻击战打响，夫妻二人为彼此打气，知道丈夫每天要工作到凌晨，妻子马丽再三叮嘱：口罩要戴好，注意自身安全。

面对疫情，李钰、马丽夫妻二人始终冲锋在前，甚至忙得忘了家中还有母亲和儿子。

时针指向 2020 年除夕，李钰不满周岁的儿子豆豆突然发烧，孩子从晚上 11 点多钟就开始不好。这一夜，家里只有李钰的妈妈孟琴瑜与儿子豆豆在家。子夜一点了，孟琴瑜打电话给值班的老伴："孙子发烧，得尽快去医院。"李春康说："只有辛苦你了。"孟琴瑜把孙子背上，深夜街上一片寂静，想打个出租车也很难，奶奶背着孙子拼命地奔往凉山州人民医院。在急诊室抽血、拍片，结果显示肺部感染，必须住院观察。孟琴瑜看着生病的孙子十分心疼，又怕影响家人工作，只能一个人守着孙子输液。直到给孙子挂完二瓶液滴，烧渐渐退下来，孟琴瑜一宿没合眼，可心头的一块石头总算落了地。小豆豆好转了，可稚嫩的声音在奶奶耳边响起，"我要爸爸、我要找妈妈……"孙子哭着喊着要爸爸妈妈。李钰通过视频看见儿子鼻涕眼泪双流，哭地泣不成声，那一刻，李钰觉得自己不是一名称职的儿子、丈夫、父亲。

几天后，孟琴瑜病倒了。其实呀，孟琴瑜多么需要有人在身边。

一周后，当儿子回到家，只喊了一声"妈"，就再也说不出一句话，鼻子一酸，泪，滴在脸上、手上，滴落在无声的心里。

孟琴瑜不愧是一名优秀警嫂，她不是富有的人，哪怕时间，她都是那样的缺少。在她看来，时间比金钱更重要。面对三位警察亲人，面对非常时期的疫情，她超越自我，独自承受。

孟琴瑜知道丈夫和孩子们有多辛苦，她知道亲人们经常性的半夜起来出警，设卡，保卫，搜查，问话需要多大的精神；她知道在周末，在假日，甚至过年，在冷清清的所里值班是多么的孤单。但最难过的，是自己最亲的人就在身边，而自己却不能看他们，不能陪她说话，心里的焦急与内疚。她懂，所以

她学会微笑。

这就是一名警嫂厚重的情操,这就是一个普通警嫂宽阔的胸襟,这就是警嫂的形象。公安民警队伍建设离不开她们,公安民警队伍发展离不开她们。她们不是一个,两个,而是一个群体,一批又一批。她们既是人民群众中的一员,又是人民警察最可敬可爱的人。

马丽身为一位哺乳期的妈妈,在春节假期陪伴宝宝本是一件很幸福的事。但是在这个特殊的春节,由于新型冠状病毒感染的肺炎来势汹汹,作为派出所最年轻的民警,马丽二话不说就加入了这场战斗,向党支部主动申请24小时轮班待命。面对家中嗷嗷待哺的孩子她只能忍痛割爱,提前给孩子断了母乳,将孩子托付给母亲照顾。为了工作需要,她索性独自住在离派出所近的出租房内,每天只能通过手机和儿子进行视频,看着视频中的儿子伸手要妈妈抱抱,马丽默默流下了眼泪……

爱不仅仅是"执子之手,与子偕老",爱还包含了夜以继日的坚守,聚少离多的酸楚。特殊的职业,特殊的时期,谁又能说坚守岗位不是一种比翼双飞呢?爱需要互相理解、互相支持。在防疫一线,还有很多像这样的"夫妻档",他们携手同行,舍小家,始终坚守在疫情防控的第一线,凝聚起抗击疫情的必胜决心与信心。

为了抗击疫情,马丽整理好情绪又继续投身于工作中。抗击疫情期间,她主动签下请战书并向党组织递交入党申请书,她在申请书中写道:"我会向我身边优秀的共产党员学习,学习他们那种勇于奉献、甘于吃苦的精神,在祖国和人民需要的时候挺在最前面。"她是这样写的,也是这样做的。作为派出所内勤,马丽的工作不起眼但也不可或缺,她每天要定时为民警测量体温,负责口罩、防护服、酒精等抗疫物品的发放,汇总各类数据、信息上报,还要深入民警岗位一线,用镜头记录民警抗击疫情最美画面。每天琐碎而忙碌的工作,也在为这场没有硝烟的战争做贡献……

闪耀的警徽是一朵警花的心,银色的警号是一份女儿的情,让我把一朵朵色彩绚烂的警花,用诗歌串缀成一个个壮丽的神话。

在这场战疫中,我看到了你们每天在客流中穿梭引导,在广场巡逻防控,在线路上巡防检查,绝不让丝毫的麻痹和潜在的灾祸,在你的眼前悄然滑过,你们的神情,是那样的威严坚决。

我的战友,你们就这样悄悄地迎着生命的晨曦,就这样默默地披着一路的风雨,把爱洒向这片多情的土地,用青春和热血诠释对人民的一片丹心。

题记： 你的脑海中有一种向往，朝着逆行的方向，你的心田里有一种追求，捧出太阳般的希望。在列车这个流动的封闭空间，你把目光的焦点对准流动的角落，在情满车厢的喧嚣世界，你把忠诚分割成有节奏的乐章。

在这个伟大的新时代，镌刻着警察的担当，那一抹"藏青蓝"，永远是旅客群众心底最安全的象征！

护航首趟复工专列的请战人

——记成都公安处民警叶庭

新型冠状病毒疫情来势汹汹，随着春运的人口流动，旅客列车乘警首当其冲。在这场没有硝烟的战争里，战友们虽不是在一线与病毒直接作战的逆行者，但却在南来北往的列车上，守护着旅客的平安出行。

今年2月1日已经59岁的叶庭，不到一年就要退休了，41年的铁路工作，31年的铁路公安事业陪伴着他一路走来的同时，也给他带来一身的病痛。"病痛在折磨着他"，这是他给战友们留下的深刻印象，可就是这样一位身受病痛之苦，常年战斗在列车，年近花甲的他，虽然没有丰功伟绩，却用忠诚筑起了护卫旅客生命财产安全的铜墙铁壁。

31年，他用青春陪伴着旅客一路走远；31年，他用汗水守护着列车的平安；31年，他用坚强书写着当代铁警生涯；31年，他用泪水寄托着对亲人的思念。

1961年2月1日出生的老叶，是成都铁路公安处民警中最年长的几位之一，今年是老叶工作的第41个年头。年近60

岁迎来自己最后一次春运值乘,将为警察职业生涯画上圆满的句号。

2020年伊始,在这场没有硝烟的战斗中,铁路公安民警闻令而动,使命在身、责任在肩,叶庭与战友们义无反顾地奔向疫情防控的第一线,甘于奉献,同心协力,用实际行动践行着"不破楼兰终不还"的铮铮誓言。

在这抗击疫情的队伍里,当然不能缺少那一身藏蓝、那一份执着,公安部一声令下,全国公安民警、辅警全警总动员,誓言震山河,警徽闪耀、警灯闪烁,一道道警戒线,竖起平安的屏障、构筑安全的场所,那一身百毒不侵的警服和一副副口罩,就是警察冲锋陷阵,最庄严的"警色",人民警察,肩扛平安天下的神圣职责,无论是刀光剑影,何惧那寒风猎猎,哪里有危险,就在哪里战斗,哪里有灾情,就在哪里集合。

在2020年疫情阻击战中,面对疫情、面对危险,老叶敢于挑战,主动请缨,以一种顽强拼搏的劲头,谱写着"老骥伏枥,志在千里"的人生答卷。

年近花甲的老叶与年轻民警相比,身体状况不容乐观,长期承受胃病、痛风等诸多疾病的折磨,在春运抗疫工作中,他的"请求"往往也是特别多:请让我站好最后一班岗,请让我尽最后一份力……

"请让我尽好最后一份力。"这是叶庭对乘警支队领导说的话。是啊,还有几个月就满60岁,眼看就到退休年龄了,支队领导为了照顾他,安排他在所里负责内值班工作,听听电话,收收信息,可他一口谢绝了领导的好意,主动要求到抗疫一线。在老叶的强烈要求下,所领导只好答应他的请求。

朋友对老叶说:"你就要退休了,这下解放了,还这么不要命地干,图啥?""什么也不图,只为了对得住这身藏青蓝,人民警察是块砖,哪里需要哪里搬"。老叶就是这样想的,也是这样做的。火车换了几种,警服换了几茬,昔日一起值乘的

战友也慢慢地离开乘警岗位，我得珍惜这最后的时日。

这些年，从家到乘警支队，又从支队走向车站的列车上，这条路老叶太熟悉了。在这条路上，迎来多少日出，送走几许晚霞，走过风霜雪雨，走过春秋冬夏……

2020年2月19日，这是节后成都铁路集团公司开行的首趟成都至宁波的K4952次复工专列，搭载来自绵阳、广元两地676名务工人员，途经武昌，来回5天87个小时，4666公里路程。

19日17时，老叶与另一位老同志罗兆进（摄影者）一同请缨出战，奔向武昌，那是没有硝烟战场。由于是进鄂列车，老叶所值乘的往返于成都至宁波间K4952次列车成了抗击疫情战场的"前线"，同时也成了疫情传播的潜在"重灾区"。有被感染和牺牲的危险，大家都为老叶捏了一把汗。

纵然是最后一个春运，老叶依然保持良好的勤务状态，精神抖擞地出现在车库待发的列车上进行安全检查。这趟专运列车老叶比平时更加留心。20米的车厢，仅硬座车就有9节，从成都站出发，老叶与随车专列的医生、列车工作人员已经跑了3个来回。

老叶说："作为一名乘警，最重要的还是保障好旅客的出行安全。巡检每节车厢，发现可疑物品、可疑的人，维护旅客的生命财产安全是乘警的日常职责。疫情当前，查看旅客戴口罩情况是重中之重。夜深了，旅客逐渐休息，而我们乘警的夜间工作才刚刚开始，这么多年下来，工作状态早已成了一种习惯。"值乘一天，凌晨2点才回到休息车厢，终于能摘下口罩松快地喘口气了。戴了一天的口罩，扯得耳朵生疼，脸上也有了几道勒痕。洗完手，脱下警服，又用酒精消毒，这一天的工作才算结束。

老叶总是在一个又一个宁静的夜晚，将身体与列车融为一体，将心和耳贴紧夜幕，他听到了旅客那酣畅的鼾声和香甜的梦呓，但他警觉的双耳如雷达，捕捉的却是一串串罪恶的足音是否在向善良和无辜逼近……

老叶选择的是一种维护稳定秩序的生活，需要一种与挑战与生俱来的耐心，这耐心与职责熔合，锻造出一种叫平安的氛围，献给旅客群众。

2月21日9时52分，列车从云梦开出，老叶像往常一样维持旅客进站秩序，开展巡查宣讲、查危防工作，突然感到一阵头晕目眩，全身冒汗衣衫尽湿，一个趔趄，差点昏倒在地。他暗自埋怨：这不争气的身体，偏在这个时候跟我较劲。他不停地喘着粗气。"怎么了？"旅客发现不对劲后，立即围过来帮忙。

"没事，我口袋里有药。"老叶用微弱的声音说。周围旅客急忙从他衣服的口袋里摸出药来。

"快，我这里有开水。"一名旅客递上自己随身携带的水杯，服药后，老叶的症状很快缓解了过来，连声向几位旅客说："谢谢，谢谢！"旅客连忙致意："好公安，有了你们，我们坐车才放心，我们应该谢谢你才是！"

"勤巡视、勤观察、勤询问、勤宣传、勤清理。"每次回到办公车，他都会掏出笔记本记录下巡视中掌握的情况。从一个车站驶向下一个车站，老叶依靠不停地喝白开水来增强自己的体力，并向旁人开着"我要到人多的地方去发发汗"的玩笑，一次又一次到旅客身边，置身于拥挤的车厢开展工作。

在万里铁道线上，还有无数像叶庭一样尽职尽责的老民警，为了千里大动脉的畅通，他们付出了青春与热血；为了2020年春运的和谐安宁，他们默默承担，日夜坚守……他们是无畏的藏青蓝士兵。

老叶是全国200万民警中的一员，虽然警种不同，却是一样的辛劳奉献。用自己的激昂青春守护着社会的和谐，用自己的忠诚品质让一个个平凡岗位闪耀着不平凡的光辉。这是一种

至高无上的向往，这是一种无怨无悔的追求，如同一棵参天大树，在你脚下的泥土中生长，你用热血浇灌它开花，你用执着期冀它结果。

他那并不高大的身影，总是不知疲倦地穿行在春夏秋冬，时刻朝着心中的神圣目标，勇往直前……于是，他用青春与热血谱写的每一页文字，都在天地间彰显一个永恒的主题：国家安危，公安系于一半！

春夏秋冬年复年，青山未老人已老，走过41年的铁路之旅，走过31年的从警之路，老叶不禁感叹时间过得如此之快，让人有点不知所措。在这31载的警营生涯中，从派出所到乘警支队，虽然涉及的具体工作事项不尽相同，但老叶对待工作的态度，始终如一。

老叶没有轰轰烈烈的壮举，却踏出了不平凡的足迹，没有豪言壮语的装点，却用实际行动书写着无怨无悔的人生。老叶跑完最后一个春运，很快就要告别藏青蓝脱下戎装，心中不免涌起阵阵的酸楚。老叶说春运队上人员紧，现在最大的愿望就想在退休前能再多做点事。老叶就是这样走着自己的人生之路，留下了一串串扎实的脚印。

我们相信，有了把人民利益时刻放在心中的铁路警察，我们的旅客会感到出行的平安，会生活得更加幸福。31年的铁路公安事业或许平凡，但平凡的脚步也能丈量伟大的行程，平凡的事迹也能组成伟大的人生，平凡的付出也能汇聚感动人心的正能量。

题记：诗人用诗行讴歌生活和时代，画家用画笔表现对生命的观察和思考，而罗兆进，却用脚步丈量，用镜头书写，用光影雕刻，用情感谱写，用灵魂发现灵魂，用灵魂表达灵魂！

一个摄影人的疫情春运

——记成都公安处民警罗兆进

2020年春节，在全国抗击新冠肺炎阻击战打响后，罗兆进连续3次向成都铁路公安处写下请战书，请求坚守抗击疫情一线，贡献自己最大的力量。1月22日，他主动在请战书上写下："看到疫情形势那么严峻，作为一名共产党员理应冲锋在前，作为一名警察更是责无旁贷，作为一名摄影人应该挺身而出。我觉得自己有责任也有勇气承担最危险最艰巨的任务，这个时候应该用手中的镜头记录下冲在一线的战友，迎着危险逆行奔赴一线是我无悔的选择。"

他以自己的方式流淌诗意人生，将自己的生命和岁月溶入殷殷的血液……

除夕，天刚放亮，罗兆进看着熟睡的妻子，用手轻轻抚摸着她的脸颊，转身披上警服出了家门。

深冬的早上寒气逼人，他抬头望向路灯，冰冷的雨水像珠子一样打在脸上，他戴上口罩来到成都北站，登上了成都至广州的K194次旅客列车。

春运期间，时值疫情高发阶段，罗兆进与乘警吴光亮大年三十"逆行出征"。虽然此次疫情严峻，但他们的标准不变，职责不减，值乘期间，乘警除按时巡视检查外，还不间断向旅

客宣传防疫知识。列车上人员复杂，流动性强，既要保证乘客安全乘车，更要切断病毒在列车上的传播途径，罗兆进除了却抓住每一个机会进行拍摄外，还配合乘警仔细检查列车设备，叮嘱他们要加强自身防护，虽然除夕人流不大，但也不能马虎大意。巡检每节车厢，发现可疑物品、可疑的人，维护旅客的生命财产安全是乘警的日常职责。疫情当前，查看旅客戴口罩情况是重中之重。

往年，这段时期本该是沸腾的返程高峰，列车内人头攒动，车厢里热浪滚滚，到处都是人，到处都是南腔北调的家乡话。可现在的K194次旅客列车格外空旷，稀稀拉拉的旅客一改常态，不说也不笑，要么低头玩着手机，要么闭着眼眯着，警惕的人们连睡觉都严严实实地捂着口罩，还有人漫无目的望着窗外，口罩后面躲着一张张严肃而紧张的脸，但更多的是没有被遮挡住的，眼中流露出的希望。

一位老人端着吃完的饭盒来回走动，口罩只是挂在耳朵上，乘警快步走过去提醒："您要戴好口罩啊，保护好自己，车厢里空气不流通，尽量不要来回走动，这样才不容易交叉感染。"老人戴上口罩笑笑说："谢谢！你们辛苦了！"随着快门一次次地按下，一张张真实的照片留在了相机中。

在列车这个流动的世界，封闭的空间，把车厢这喧闹的世界，分割成有节奏的乐章。穿梭车厢的蓝色背影，喜欢把自己卷进节节的车厢，感受着富有韵味的冷暖，喜欢把冲动锁进心灵深处，在岁月飞逝的时空显现黑白分明的人生。

罗兆进是一个追求完美的人，为了拍出一张满意的照片，他会在悬崖边、铁路大桥上、十公里的沙玛拉达隧道、铁道旁的道砟石、荆棘丛中摆出各种造型；他拍照精细，每一张相片都力求饱满，他眼光独到，立意新颖，列车、站台、车门、设备、警察、旅客他都能拍出绝美的图片。

光和影，在夜色中款款袭来，最华美的视觉盛宴与他的心灵不期而遇。色彩斑斓，光影多姿，如梦似幻。静谧的夜晚，沉静的车厢，也正是因为有了流光溢彩的霓虹映照，才显得不单调寂落。

2020年，他从除夕伊始到春运结束，在按下镜头的瞬间，记录下了成都铁路公安民警在封闭的旅客列车上奋战疫情最精彩、最生动的历史画面。

一次次用忠诚记录下忠诚，用感动留住了感动。他的作品8组50张照片反映疫情的列车现场照片，先后被中国时报、中国铁路总公司开辟的疫情摄影专栏、公安部铁路公安局聚焦春运摄影、成都铁路总公司、成都铁路公安局微警务平台采用。此外，还有多张照片被成都铁路公安局制作成宣传海报张贴在管内旅客列车和公安局所辖派出所宣传栏。他用镜头生动地传递了成都铁路公安民警众志成城、抗击疫情的正能量。

铁警，也是逆行者，总是选择直面灾难和危险，不曾选择回避和退却。你并非铜墙铁壁，百毒不侵，你也是血肉之躯，与凡人无异，疾驰的列车上，为旅客送上一份宽慰。

2020年2月19日，罗兆进又一次请缨出战。参加了节后首趟成都至宁波的K4952次复工专列，这趟专列途经武昌。

奔向武汉，那就是战场，没有硝烟，却有牺牲，有血，有泪，有汗，有对亲人的思念，更有责任担当和义无反顾的请战。他与多少藏青蓝士兵、中国军人、白衣天使一样，是中华民族压不弯的脊梁。

疫情当前，警察不退！在最美逆行者的行列中，警察就是那抹沉稳的藏青蓝。

不眠的守望在远方的路上，你的心跟随列车一同前往，从晨曦中走来，在夜色里穿行。暮色淡淡的夜晚，梦在夜行的列车上，窗外的月光照亮心房，你疲惫的身影披挂一路风霜。风雨挡不住你前行的步伐，粗手写满了你苦乐年华，一个个日落未归的人啊！淋漓的汗水洒在万里铁道线上。

这一次，他的家人非常担心他在列车上的安全，不断地提醒要做好防护措施，戴好口罩、手套，注意消毒。作为疫情防控一线的战地记者，他内心没有犹豫，没有恐惧，有的只是一份职责与担当。

伴着夕阳一声悠长的火车鸣笛声划破长空，K4951次宁波至成都旅客列车启动返程。

老罗穿梭车厢的蓝色背影，在无边的夜色里，抒写着青春芳华的初心。夜晚当旅客进入梦乡时，还要打起精神跟随乘警安全巡查时进行抓拍。此时的老罗完全忘记了自己是一个快退休的人。

来回5天，87个小时，4666公里路程。2月24日，罗兆进退乘回家，他便开始出现身体乏力，连脱衣服都力气都没有，额头发烫，盖上两床被子仍然冷得发抖。妻子得知他身体出现发热症状后，用温水湿毛巾进行物理降温，那一夜他俩几乎都没有睡。

走过的是你伟岸的身影，留下的是你不朽的记忆。这是老罗对警察无悔人生的体味和感悟。

一段岁月，总让我们反复咀嚼，一截时光，会给心灵足以慰藉。人生真的无须惊天动地，他用自己手中的笔书写心中的意境，用自己的眼睛聚焦，用镜头拍摄战友抗疫一线的身影是十分愉快的事。因为爱与被爱都需要智慧来捕获……

我尤其喜欢公安战友罗兆进的人物摄影。在他的镜头里，每一个人物总是述说着一个动人的故事。与他一起深入一线采访的岁月里，他常常抚摸着心爱的相机，用手中的镜头去记录战斗在一线的公安民警，紧贴公安生活、聚焦公安基层，生动描绘公安机关抗击疫情的火热场景，及时捕捉一线民警辅警舍生忘死、顽强拼搏的感人瞬间，留下最美的画面。

罗兆进，一位成都铁路公安局57岁的老公安。参加工作后，他于1989年到武汉华中科技大学新闻艺术摄影班进行了两年的深造，1991年以优异的成绩毕业。毕业回到西昌铁路公安处宣传部门从事摄影工作。为了挚爱的事业和理想，他先后两次自费12万余元购买了摄影器材。背着四十斤重的摄影装备穿梭在飞奔的列车、偏僻的小站、喧嚣的货场、寂静的山谷和冰冷的河畔，他用火一样的热情践行着一位共产党员的铮铮誓言，用青春与生命谱写一名铁道卫士的壮丽诗篇。

他是公安部铁路公安局、成都铁路公安局警营里的知名摄影家，常年活跃在西南铁道线上。他与我同龄，是一名曾经战斗在成昆铁道线上，在西昌公安处工作了二十多年的警察。虽然，他因工作调离到了省城，可那份浓浓的凉山铁路公安战友情缘让他一辈子也难以释怀。

在他的眼里，成昆线、凉山的美好在镜头语言里，传递不一样的正能量，值得我们细细品赏。他说摄影是对过去的记录，是在用照片书写历史，他为记录下常年战斗坚守在成昆线上的铁路警察战友感到骄傲，那种荣誉感和自豪感足以让他奋发无畏。

影像是时间的化石，是时代最生动的记录。光和影是他生命中重要的一个部分。作为一名公安摄影人，四十年来，他用影像记录壮丽的时代，描绘恢宏的伟大变革，成昆铁路发展的足迹。他用思想的敏锐和辛勤的汗水，为成昆铁路和西昌铁路公安处的变迁、为铁道卫士为沿线群众、为旅客服务留下了一张张最珍贵照片。

采访中，老罗告诉我："大凉山是世外桃源，是一个有故事、有诗意的地方。在我的眼中，在摄影家眼里，凉山更是透露出无与伦比的自然之美，历史之魅。别具风格的凉山风情，美好的风景，善良的人们，古朴久远的历史文化积淀，是凉山带给我们的精神食粮，也是文艺家们取之不竭的创作动力。"

题记：2020年除夕，在抗击疫情的特殊时期和关键时刻，作为公安部铁路公安局作协的签约作家、全国公安文学、音乐创作群体中的一位中坚力量、警营中一位较有影响力的优秀文艺创作者的我，第一时间做出了响应，以人民为中心的创作理念，将文学、音乐作品当作凝聚力量的旗帜与催人奋进的号角，以笔为援、奋笔疾书、真情创作，讴歌无畏逆行的公安勇士。

面对疫情和公安战友英勇战斗，我没有缺席！我的嘶吼中饱含深情，纵然歌唱无声，可我的真诚感染路人。

血脉里流淌着炽热的忠诚

——为一线战友而歌的幕后人西昌公安处民警郑义伟

鼠年第一天，我为战斗在疫情一线的白衣战士创作出了诗歌《眼泪中的爱》：

一场空前的灾难，如冰雹突袭，猛烈肆虐的病毒席卷，阴霾笼罩黄鹤楼与长江沿岸，像十七年前的广州"非典"。

除夕夜，海陆空医疗部队联动冲向彼岸，全国医务人员星夜集结与各地军警朝着人海方向挺进，无数个逆行者伟岸悲壮的背影勇往直前，白衣天使亦如珠峰巍然挺立在江城河畔。

这一刻，不禁让人想起在广州的那次SARS面前，年过花甲的院士，奔赴抵抗新型肺炎的最前沿，您的出现，成了病毒和人们之间的那道坚实防线。是的，您掷地有声的那一句"把所有重症病员送到我这里来",谁都知道,这将面临怎样的危险,无私的奉献,让多少中华儿女肃然起敬。

这个冬季,当钟南山,84岁高龄的"非典英雄",出征挂帅,又站在风口浪尖,众志成城,我们有信心打赢这场防控战。

倒下的有患者,被感染的或许有守护的身躯,忠诚的战士,坚守在重症病房,"战斗"在抗击疫情的危险隔离地段。

疫区的同胞,您停下了出行的脚步,刹住了疫情的蔓延,您用爱在生命的每一天,拨开希冀的曙光。我要用最美的词句抒情,用母语写出中华挺直的脊梁,让我的诗歌抵达火焰喷射的端口,任何时候,我眼泪中的爱都与您相连。

诗歌《眼泪中的爱》分别于2020年1月18日,《西昌都市报》;1月26日,中国公安文学精选网;1月31日,中国诗歌报众志成城抗击疫情诗歌特刊;2月6日,《中国铁路文艺》文学杂志;2月18日,西南铁道报发表。

我不能停止我的情思,我将头抬起,温柔的晚风轻轻吹拂我的脸颊,我听见自己的絮语。

2月5日,为战斗在防控疫情一线的英雄们创作了第二首诗歌《挥别的泪总是那样滚烫》:

看不见的弥漫硝烟,在团圆的除夕点燃,这一刻,华夏吹响了"战斗"的号角,这是一场血与火的考验,生与死的较量。我听见,在祖国的另一个方向,越过山川河谷的战鼓擂响,耄耋的前辈钟南山已亲临疫区一线浴血奋战,他把自己的生命押在了最危险的前沿。这一刻,我看见,一个个穿上白大褂的天使,冲锋陷阵,一句句铿锵有力的誓言,我请战参与武汉疫情的人民保卫战,英雄的中华儿

女集结江城,倚天亮剑。一队队穿着防护衣戴着眼罩的"天外来客",宛如飞飘的雪花从天而降,那是怎样一双双刚毅和坚定的眼神,那是寒冬里闪现的一盏盏黑暗中的一束束光亮。在突如其来的疫情面前,警察是一名抗击疫魔的战士,是一座灯塔守护在车站广场,他们是逆行者,巡逻在高铁与普速列车上。

踏上征途,无数逆行者顾不上生命的危险,来不及与熟睡的亲人说一声再见,挥别的泪总是那样滚烫,月光下辉映着美丽的背影,一路向前。

很快这首诗于2月7日,在《中国诗歌报》疫情专刊10期朗诵发表,紧接着,2月13日公安部《公安诗人》公安战疫诗歌专刊全国推送发表,2月18日,在西南铁道报等报刊发表。

5月,诗歌《挥别的泪总是那样滚烫》,荣获"金声杯"全国诗歌大赛《抗疫金声奖》。

为人民抒怀,积极书写各级党组织、各级公安机关和广大一线民警在疫情防控斗争中涌现出的先进典型和感人事迹,热情讴歌抗疫英雄迎难而上、冲锋在前、守望相助、善战攻坚的高尚情操和优秀品格,凝聚起血脉相连、众志成城、全力以赴、共克时艰的强大正能量。

2月10日,我又一次拿起手中的笔为奋战抗疫一线的铁路公安战友创作了第三诗歌《无畏的藏青蓝士兵》:

闪电般的一声惊雷,击碎了鼠年黎明的希冀,一个病毒的幽灵突然来袭,疯狂的疫情从中华腹地向全国肆虐蔓延。

无情的毒魔席卷我们的家园,这是一场没有硝烟的阻击战,这是一场生与死的人民战争——全民增援,全员参战——

武汉，我站在大凉山把你遥望，疫情的变化，同胞的生死牵挂着我的心，一幕幕动人的场景，润湿了无数人的眼睛。

面对侵袭如火的疫情，冲锋的集结号吹响万里铁道，你来不及与家人团圆，未能吃上一口年夜饭。此刻，我分明看见你与家人离别的泪，也看见那逆行的蓝色背影是中华民族的脊梁，冲上去，你就是一把锋利的尖刀利剑，站立着，你就是一座巍然屹立的铁塔。

在岁月的地平线，我听见急速而行的步履铿锵，在时光的窗口，我看见铁道卫士的使命与担当，在生命通道的每一个车站，七万铁军组成了抗击病毒的钢铁长城。铁路公安毫不犹豫冲锋在前，无论你是白天巡逻，星夜值班，亦是坚守在进站口检疫的防控点，身披藏蓝色的战衣，你就是征战在疫情第一线的战士。除了这些，在旅客列车这个流动的封闭世界，是列车乘警何光友、曾世平为生命护航，将一个个旅客挡在身后，隔离在安全的空间，你把"为了人民"这四个字举过头顶。一对戴口罩的父子兵——李春康和李钰，在生命防护线的"战场"卡点相遇，他们用困倦的双眼默默注视着彼此，没有一句言语。一个个让人泪流满面，一桩桩让人心酸的故事，铁警，有太多感人的故事口口相传，你们用爱铸就起铜墙铁壁。在疫情防控中，铁路公安很有创意，让勇于奉献的先进典型人物和集体火线嘉奖，送奖到一线，荣誉进家门，疫情防控阻击战还未结束，战时嘉奖仍在继续。在与生命殊死的博弈中，凝聚起全国铁警的刚毅和执着，无论是奋战一线，还是坚守一方的战友都是无畏的藏青蓝士兵。

2020年2月26日，公安部中国公安文学精选网第一时间推送该诗。从1月24日到2月10日，期间，我先后创作的致敬公安"抗疫"英雄的诗歌《眼泪中的爱》《挥别的泪总是那样滚烫》《无畏的茂青蓝士兵》，无论是歌颂白衣天使、还是赞扬藏青蓝战友，都用深情的诗句传递着大爱的力量，诗歌受到了警营内外朗诵艺术家的喜爱。诗歌先后在中国诗歌报、西南铁道报、世界名人会等多家报刊、网络平台发表。中国诗歌报朗诵中心和世界名人会等全国朗诵专业委员会先后组织力量进行了朗诵，推出了不同朗诵版本，3首诗歌推出后，引发强烈反响。

刘大庆，是全国铁警中首位在战"疫"中牺牲的民警。在眼泪中，我写下了第四首诗歌《我用诗的语言述说您的点滴平凡》为这位在战"疫"中牺牲的战友祭奠：

刘大庆，我的铁警战友，我要为未曾谋面您写一首诗，写您在银装素裹里挺拔的身影，写您在新型冠状病毒肆意蔓延时一路前行。你的脑海中有一种向往，朝着逆行的方向，你的心田里有一种追求，捧出太阳般的希望。我要用母语的文字，把您从49名在疫情中走远的名册里抹去，我要用诗的语言，把您平凡的点滴述说。战友啊，您没有倒下，星空下，我依旧听到您脚步铿锵的回声，我分明看见，在您走过的铁道，站立起更多的钢铁般的铁警身影。你用忠诚陪伴着旅客一路走远，你用汗水守护着钢铁银河的平安，你用坚强书写着当代铁警生涯，你用泪水寄托着对亲人的思念。您用闪耀的警徽点亮寒夜，点亮远方亲人守望的灯盏，在视角敬仰的最高处，谁捧出世上最美、最火红的攀枝花。

只要有你——我的铁路公安战友，穿梭中间。多想扯一缕微风，让它轻抚过心海，让那抹霞光暗淡躁动，因西昌的月亮了夜空。想借一片初春的细雨，让它去淋着情怀，把这次燃烧降到最低，因它热了过往。

我再次拿起笔，为奋战抗疫一线的铁路公安战友创作了抗疫歌曲。多少个不眠之夜，一次次地移动着鼠标，一次次效正每一个音符，修改文思千百度，经过近一周的努力完成了第五首有关疫情的文学音乐作品《我们用爱温暖你的胸膛》。这首歌词是我从3首创作的疫情诗歌《眼泪中的爱》《挥别的泪总是那样滚烫》《无畏的藏青蓝士兵》中提炼出来的。诗歌创作能给歌词创作以很大的帮助，其中最显著的就是成功诗歌的创作能使一个人的文笔更精练、更准确、更富表现力，这些对歌词创作都会有极大的促进作用。

10月，歌曲《我们用爱温暖你的胸膛》代表成都铁路公安局参加中国当代歌曲创作精品工程"听见中国 听见你"2020年度优秀歌曲推选活动。

当突如其来的病毒，席卷我们美丽的家园，出征的号角在星夜响彻耳边，月光下，我们身披藏青蓝的战衣，逆行向前，冲上去，我们就是一把尖刀利剑。在生命通道的每个卡点，我们的心中装着必胜的信念，我们用爱温暖你冰冻的胸膛，无论何时我们都守护在你的身边。当侵袭如火的疫情向着中华腹地肆虐蔓延，急速的步履在地平线铿锵回响，晨曦中，铁道卫士伟岸的身影，走向遥远，站立着，我们就是一座屹立的铁塔。在钢铁银河的每个车站，我们的双肩扛着责任与奉献，我们用爱拨开那希冀的曙光，任何时候我们的血脉都与你相连。

文化具有一种"爆发力"。一首诗，一首曲，一首歌往往能够激发出人们无限的热情，这种热情能够使人释放出自己全部的能量，创造出更加辉煌的业绩。战争年代，我们党充分发挥了文化作用，把文化融入战场上，各种文艺活动随军进行，极大地激发了军人的热情，焕发出无限的战斗力，这是我们战胜强大敌人的重要因素。

2020年4月8日13时13分，长寿北车站首趟武汉始发到重庆的列车伴随着久违的阳光一路飞驰而来，列车安全通过站台。值勤民警崔建军以一个标准的敬礼目送着列车安全离开。

接完车，崔建军回到客站值班室，把自己的水杯加满水，还没来得及喝，便突感身体不适，胸口疼痛的他立即拿出对讲机，不听使唤的左手怎么也按不动呼叫键，对讲机滑落在地上，他侧身用右手掏出手机给同事拨打了电话，在听到呼叫后，同事们立刻赶来将他送到医院进行抢救。18时26分，崔建军因突发大面积心肌梗死，再也没有醒过来。

这一天，他的生命，却永远定格在战疫胜利曙光初现的这个春天。在这沉重的悲伤时刻，我为曾经一起战斗过的战友崔建军提笔写下诗歌《四月有一种沉重的悲伤》：

2020年4月8日，这一天，当武汉按下重启键，你恰好站在转折点上，你对战友们说，疫情过后我们摘下口罩，露出微笑向旅客问好，向四月的暖阳问好。首趟武汉至重庆的列车飞驰而来，站台上，你迎接开往春天的列车，一个标准的敬礼成为你人生最后的雕像，生命永远定格在战疫曙光初现的春天。曾记否，请战在人民最需要的时候，你弯曲的拇指按下，红手印亮起血色，凝固成永恒的誓言。从除夕开始，七十六个白昼，你顶着风，冒着雨在车站的卡点，当一名体温检测三十八点七度的旅客出现，你毫不犹豫冲锋在前。沉重的乌云布满了清明后的天空，我记得英国诗人艾略特说过，"夏天来得出人意料，四月是最残酷的一月"。崔建军，一个平凡而普通的铁路警察，在没有硝烟的战场，彰显了你光辉的人性，在抗击疫情的灿烂星空里，又有你这样一位英雄。你卡在疫情的落点与生命的终点，听一声汽笛，划过庚子年四月八日的长空，藏青蓝的身影远去,而生命的呼唤,正从无数战友的身体里掏出一片片哽咽。我的内心雷鸣不止,在我心里,千万盏灯火,替换不了你的名字,我以战友的名义向你致敬。夜醒着,长寿北站也醒着,公安值班室的灯依旧亮着,转眼,你悄然走向了遥远,我把祭奠的诗写在月亮上。夜色中的每一个亮点,都是向星空托举的思念,站台那一盏盏不眠之灯,宛若阳光下盛开的木棉。

早在2月初,我已接到我室同事转达室主任的工作安排,让我创作有关我处疫情的几首诗歌或文学作品,完成我处向部"公安局抗击疫情警徽闪耀"主题文艺作品征集工作。五天时间,我完成了献给奋战抗疫一线的西昌铁路公安战友的诗歌《无畏的藏青蓝士兵》。为大力弘扬西铁公安在抗疫斗争中良好形象和精神风貌,创作出无愧于铁路警察这个群体、无愧于时代的优秀作品。为传播西铁公安民警的"好声音""正能量"做出自己的贡献。

2月15日,接到公安局宣教处的约稿,让我撰写一篇4万字左右有关成都铁路公安局疫情的报告文学,我欣然答应。

经过一天的构思、一周的采访,我决定以鲁迅先生的一句话:我们从古以来,就有埋头苦干的人,有拼命硬干的人,有为民请命的人,有舍身求法的人……这就是——中国的脊梁。

从电话采访到动笔,一周时间完成了第一篇八千字的文稿《用行动诠释"忠诚本色"》。文中记录了疫情发生以来,成都铁路公安局坚决贯彻习近平总书记重要指示精神,认真落实公安部、铁路公安局决策部署,全局全警坚持以人民为中心的思想,本着对党和人民高度负责的态度,在全力做好自身防范、确保内部安全的同时,主动置身社会疫情防控大局,充分发挥行业优势、自身长处,积极策动路地联防、警企联控,在全国防疫阻击战中亮剑担当、主动作为、贡献力量,赢得了社会各

界的充分认可和广泛赞誉。

在疫情面前，全局公安民警团结奋进，共志成城！白色的、蓝色的、彩色的……光芒闪现，每一束光，都是最美的平凡！全体干部民警急国家利益之所急，想人民群众利益之所想，视国家的利益和人民群众的利益为第一已任，积极响应党中央、国务院号召，全员投入抗疫工作，坚守车站一线卡点，保护旅客的生命安全，保护人民群众和积极疏导滞留旅客，减少人员疫情传播，遏制灾后刑事案件和治安案件的发生，营造良好的抗疫社会环境和各次列车旅客乘降秩序。为全力维护旅客生命财产安全，公安民警心系旅客安危，用血肉之躯筑起了一道道安全屏障，把生的希望毅然留给旅客，把死的危险全然留给了自己。在前所未有的疫情面前，每一位民警都顾不上家中亲人的安危，随着一声令下，便义无反顾地深入一线救援。各级领导干部身先士卒，舍小家，为国家，为疫区群众带去生的希望和生活的信心，疫情无情人有情，金盾置身为人民。

你的脑海中有一种向往，朝着逆行的方向，你的心田里有一种追求，捧出太阳般的希望。在列车这个流动的封闭空间，你把目光的焦点对准流动的角落，在情满车厢的喧嚣世界，你把忠诚分割成有节奏的乐章。

在这个伟大的新时代，镌刻着警察的担当，那一抹"藏青蓝"，永远是旅客群众心底最安全的象征。

当成都至武汉的首趟复工专列正常运行，成都铁路公安处59岁的乘警长叶庭请战出征。得知这一消息，我电话跟踪采访，写下《护航首趟复工专列的请战人》一文。

与这位请战人一同前往的还有成都铁路公安处乘警支队58岁的逆行者罗兆进。他用镜头为战友们记录下一个个珍贵的瞬间。当然，我也为这位营摄影人写下我的第三篇抗疫文稿《一个摄影人的疫情春运》。

是的，我尤其喜欢公安战友罗兆进的人物摄影。在他的镜头里，每一个人物总是述说着一个动人的故事。与他一起深入一线采访的岁月里，他常常抚摸着心爱的相机，用手中的镜头去记录战斗在一线的公安民警，紧贴公安生活、聚焦公安基层，生动描绘公安机关抗击疫情的火热场景，及时捕捉一线民警辅警舍生忘死、顽强拼搏的感人瞬间，留下最美的画面。

诗人用诗行讴歌生活和时代，画家用画笔表现对生命的观察和思考，而罗兆进，却用脚步丈量，用镜头书写，用光影雕刻，用情感谱写，用灵魂发现灵魂，用灵魂表达灵魂！

我想为坚守在寒风中的战友们写一首赞美的诗，写战友们在平安宁静的铁道线上逆行的身影，写星空下人民警察脚步铿锵的回声，在银装素裹里挺拔的身影。你们是挺立黑暗中的一盏灯，我不知怎样才能赞美你们绚烂的光华，一双双眼睛充满风吹草动的警觉和守望，每一个哨位，你们始终保持着永远笔直的姿势。寒冬的夜，北风很冷，你们身披戎装，守护着岁月静好，在旅客群众不曾留意的地方，请别忘记你们的存在。

我再次拿起笔，为奋战抗疫一线三警之家写了《那一抹逆行的藏青蓝》。

一首首原创作品，一段段动情诗篇，凝聚着万众的人心，坚定着必胜的信念，传递着人间的大爱，抒发着家国的情怀。

在这个国度里，我们应当珍惜来之不易的幸福。我们只有为国争光尽力的义务，没有为国抹黑拖后腿的权利。不管前路崎岖凶险，抱定不离不弃奋战在疫情防控治疗攻坚阻击一线的逆行者，都是最美丽、最可爱、最崇敬的人。

在 2020 年春的晨曦中，我们用力吮吸春的味道，接受阳光的普照，感受春日暖阳，微风拂面，让阳光层层包裹，让心情撩拨春的飘逸，陪着春天一起嬉闹，跟着春风轻轻地飘。春的窗口，黎明在燃烧，我们看到的不是黎明，是自己的生命。我们把自己期待生命美好的渴望，投射在黎明上。日出很美，是因为我们看到黎明唤起了生命里的感叹。

2020年10月，在成都铁路公安局宣教处、装财处、办公室和西昌公安处宣传部门的共同努力下，由公安局党委书记、局长熊树华作序，本人撰写的成都铁路公安局首部35万字人物报告文学《翱翔吧！雄鹰》即将由四川民族出版社公开出版。值得庆幸的是，疫情中撰写的四篇文稿收录文集。

这部带有纪念性的公安报告文学，一方面是检视一下自己的文学创作的历程，收获和缺失，更重要的是审视生命的自我成长的来路，这也是公安社会价值和人生价值的一种体现。这部文选集填补了公安局和公安处个人出版文学作品的空白。

从看到日出的过程里，我们感觉到蒸蒸日上的朝气，感觉到生命的活泼，感觉到从绝望黑夜进入到希望黎明的柳暗花明。我们从春的窗口出发，跟随诗意的情怀，迎着春日的暖阳，放飞梦想！我们心存热望，严寒褪尽才有大地回春，历经磨炼方可破土重生。

《肖申克的救赎》有一句经典台词："不要忘了，这个世界穿透一切高墙的东西，它就在我们的内心深处，他们无法干涉，也接触不到，那就是希望。"

是的，没有过不去的冬天，也没有等不来的春天，我们一定要坚信：待到春暖花开之际，疫情的阴霾一定会散去！

第二辑 卫士雄风

血染的忠诚，铸就出如歌的丰碑，在岁月风雨中高耸。

这是西南铁道卫士前行的步伐，谱写的高扬的旋律，踏着铿锵的节奏，在蜿蜒的铁道线上勇往直前的爱憎之歌；是明眸如电、神采奕奕的进行曲；是成都铁路公安局全体民警大合唱感天动地的雄壮乐章；更是铁路警察面对祖国和人民庄严的誓言！

题记：铁轨的冷漠，丈量着他不屈的意志，流动的呼噜，晕染过他轻轻的脚步。睿智的眼睛，划破过无数居心叵测的胆怯，疲惫的微笑，安慰了无数回归与探望的琴瑟。每一个站台，都是热血沸腾的开始；每一个标准的站牌下，都矗立着一个个庄重威武的身影。一个小小的警察，这个美好的世界与你有关，铁道的安详与你有关，无数期待的目光与你有关。你用挺拔的身躯，安抚老百姓惊恐的神色，你迈出急行的每一步，仿若脚下的枕木排列成诗行。那撕破宁静的呐喊，回荡在苍茫的大地上，一个个日落未归的人啊，用忠诚拯救无数生命的神话。朝阳与晚霞红韵，记载着聚少离多的岁月，人间的大爱铸就成一股勇往直前的铁流。

铁血警魂

——记公安部二级英模西昌公安处副处长杨铁流

这是一片东方陆地上的百慕大。

1000多年前，当三国蜀相诸葛亮，率师徒步南征西南夷，有谁知道，1000多年后，在这片刀耕火种的土地上，会有一条彝语叫"古洪木底"的成昆铁路，会有一支守卫这条铁路的金戈铁马。

成昆铁路，这是一片东方陆地上的百慕大。以东经103度线与北纬28度线为交叉点，时间朝四面八方布置着千古疑悬。

法国大预言家诺查丹姆斯也从未料到，在这个东方文明的古国会发生什么。

1958年7月，成昆铁路筑路会战开始。1964年8月复工，"文化大革命"开始后又一度停工，从1965年6月开始，经过5年的奋战，1970年7月1日全程贯通。

1984年12月8日，联合国宣布中国成昆铁路象牙雕刻艺术品、美国阿波罗宇宙飞船登月带回的岩石、苏联第一颗人造地球卫星模型上天，并称象征20世纪人类征服自然的三大奇迹。

成昆铁路所经地区，由于地质构造运动的影响，13次跨牛日河，8次跨安宁河，49次跨龙川江，90多次跨越金沙江、大渡河等7条大江河。在越过岷江与雅砻江的120公里的地段内，7处盘山展线，为的是爬上位于大凉山南部的海拔2280米的制高点，但这个制高点不是地面上能看到的，因为它位于沙马拉达隧道成都端的入口内，是一个山肚子里面的制高点。

成昆铁路开创了在复杂地质、险峻山区修建铁路干线的先河，成为新中国举世闻名的经典工程和中国铁路建设的一座重要里程碑。成昆铁路是中国桥梁最多的铁路，桥梁、隧道总延长超过了北京至山海关的距离。

在喜鹊做窝、索玛花开的地方，这条彝语叫作古洪木底的成昆铁路从寨子穿过。45年前，在成昆铁路的北段四川境内，当第一列喘着粗气的火车碾过凉山这片沉寂的土地时，这里就有了一批长年战斗在钢铁银河上、战斗在人烟稀少偏僻的山区、战斗在高山峡谷的铁路公安队伍，就有了一支守卫这条铁路的金戈铁马，这里就有了一批搏击长空的"雄鹰"。

甘于奉献　赤诚为民

这里介绍的这位铁血卫士，就是成都铁路公安局西昌公安处副处长——杨铁流。

焰火升起，在攀枝花天空的那片云霞里，寂静的夜啊，月亮在盘山的铁道上穿行。无论何时，在那远遁的轰鸣声里，国

徽下的身影，守护着铁道的安宁。

攀枝花，是我国西南攀西裂谷的一座钢城，地处川滇交界口。在峰峦叠嶂的成昆铁道线上，攀枝花车站像弯月似的，南北两端不能相望。

这里是西南较大的货运站，煤、矿粉等大量货物露天堆放，货场几乎每天都是灰尘满天。这里是金沙江的一个入口处，印度洋季风顺河谷吹到这里风力特大；冷空气亦向河谷扑来，有时风力达八级以上，气流卷起灰尘、纸屑、塑料袋，扑面而来，寒风从衣领、袖口、裤腿，无孔不入。

这是 1995 年 5 月的一天，杨铁流从宿舍来到货场警务室，开始了每天 10 公里的线路巡查。这条路他太熟悉了，在这条路上，他迎来日出，送走晚霞，走过风霜雪雨，走过春秋冬夏。

冬天的冷还可以忍受，夏天的危险就躲不胜躲。尤其是绿皮车窗口扔出的饮料罐甚至啤酒瓶，稍有不慎就会打到身上。在煤粉堆积如山的货场，不管是寒风凛冽的数九严冬，还是酷暑难耐的夏季，只要起风，煤粉吹在脸上，雪白的毛巾往脸上一擦就变成了黑色。在这旋风卷起煤灰一擦脸就变黑的地方，总他有他的身影。

与攀枝花车站货场警务室一江相隔的盐边县砟石村，有村民近两千人，彝汉杂居、人多地少，以种植蔬菜为主。

杨铁流和货场警务室的战友们帮助村民解决生活上的困难。逢年过节不但给贫困村民送去钱、物，还给老乡送去科学养殖、科学种植的致富书。帮助砟石村部分村民引进了蔬菜、广柑新品种。不到两年，砟石村已成为远近闻名的"鹅蛋柑"生产基地和早熟蔬菜生产基地，村民的收入大幅度地提高了。蔬菜、广柑一上市，他就与工商部门、农贸市场联系，解决了村民蔬菜交易困难的问题，并主动与车站取得联系，在组织车辆、蔬菜包装、上车运输等方面为村民提供方便，同时将外界蔬菜的供需情况通报给村民，改变他们信息闭塞的状况。

渡江赶集的船舶码头就建在火车站货场临江一侧，要是碰到老太太挑东西，杨铁流上前挑一肩；看到村民抬重物，他顺便搭把手；遇到打架扯皮的事，他上前调解；村民家里的红白喜事，他乐当主事人。在货场附近，他经常叮嘱乡亲们，"摩托车过铁路要小心点""你家里牛栏门要加固了""铁路器材收不得"……更多的时候，沉默寡言的他，只是在听村民拉家常。

村民对他信任到什么程度，几个柚子或许能说明问题。村民刘某的大哥因盗窃铁路运输物资被抓，然而，刘某却和他交上了朋友。刘某家门前有棵石榴树，每年石榴成熟的时候，都要挑几个最大最好的送给警察大哥。老刘说："兄弟干了坏事，受到惩罚罪有应得，杨警官干的是警察分内的事情，至于自己和警察做朋友，就是要提醒所有的亲戚朋友，一定要做个好人。"

血与火的考验　生与死的较量

7月2日22时，夜幕中的攀枝花站宛如一条沉睡的大蟒，卧伏在寂静的山野之中。黑沉沉的夜空下一列货物列车停靠在货场内。随着夜色见浓，一伙不速之客来临，黑影从铁道旁蹿上来，径直扑向停留货场的列车，黑影借助手电忽明忽暗的灯光正向货物靠近……

"抓紧时间！""搞着了！""多搬一点！"……如此不加掩饰的声音传入正在轨道间巡查的杨铁流耳中。他拿出腰间的警棍，快步寻向声源地点。

果不其然，一伙犯罪嫌疑人正在偷盗货物，大部分货物已被搬离车厢。杨铁流一个箭步冲上去，大声质问："你们要干什么！马上放下！"

货场的寂静被一声怒斥打破，众盗贼怔住了，不知该怎么应对眼前的突发情况。片刻以后，当他们发现只有一名警察

时，不但没有停止作案，反而投掷石块、道砟石攻击，面对扑面而来的鹅蛋大的道砟石块，他没有退却，头上、身上、脚上被雨点般的石块打中，鲜血流了出来，他忍住剧烈疼痛，追击货盗嫌疑人，突然，一名穷凶极恶的犯罪分子从货车连接处钻出，抡起一根2米长的钢管狠狠地向他砸来，他头一摆，躲过了这重重的一击。岂料这个1.80米的狂徒，不仅力大且身体也很壮实。1.65米的杨铁流肩上和左手都被狂徒连击两次。他仍然冒着生命危险保持着向邪恶逼近的姿势，突然，丧心病狂的歹徒再次挥动铁棒砸到他的后脑。刹那间，一股热流从他的耳部喷涌而出。他强忍住伤口的剧烈疼痛，扑向歹徒。渐渐地感到体力不支，摔倒在地上，血液凝固在钢轨路基上……

在与死神斗争整整两天后，杨铁流终于在手术后醒来，并接受了近半年的治疗。虽然，杨铁流脱离了生命危险，重新回到了热爱的刑侦工作岗位，但身体留下了残疾，每逢阴雨天后脑"咯吱咯吱"要裂开的剧痛让他难受不已。

一个并不高大的身影，肩上却挑起货场安全的重担，风雨阻挠不了前进的步伐，粗手写满了苦乐的年华。从车站到货场，处处都有卫士的身影，从城市到乡村，处处播撒铁警的赤诚。忠诚守护铁道安详，用微笑拥抱黎明的曙光，金色的盾牌金色年华，刀光剑影里何惧热血洒。

与死神博弈的铁血人生

2002年4月9日，攀枝花火车站民警查获1起特大团伙贩毒案。

时任攀枝花车站派出所副所长的杨铁流受命后，迅速带领民警开展专案延伸打击，他和战友们挥师南下踏上了恐龙之乡——禄丰县的征途。

成昆铁路南段沿龙川江畔呈南北向穿梭于云南省禄丰县境内。"恐龙"是禄丰的代名词，恐龙文化托起禄丰走向世界。

禄丰的黑井是云南历史文化名镇,它因盐而兴,名扬天下,千年盐都靠厚重的历史文化沉淀而复兴。禄丰五台山素有"昆明后花园"的美名和"滇中高原绿洲"等雅号。遥远的恐龙王国,使神奇而具有民族风情的禄丰成为闻名遐迩的商旅之地。

禄丰广通镇处于交通三岔口的特殊的地理位置,被毒魔们称为"金三角"。极少数不法分子在毒品巨额利润的驱使下,不惜以身试法,利用交通便利的地理位置进行疯狂的贩毒活动。广通镇位于成昆线南段,属云南滇中位置,北上经四川省攀枝花、成都到陕西、河南中原大地,西面从大理德宏出境到缅甸、南下可到昆明转乘到沿海,交通十分便利,是"毒魔"们理想的中转驿站。

13日,杨铁流带领6名侦察员到达禄丰,为摸清抓捕对象活动区域,掌握其活动规律,他和沙马、高记扮成老板,混迹到毒品场所——"威虎山"进行侦察,掌握了一名叫"马大哈"的毒贩活动情况。

根据掌握的情况,马大哈是该案的一名重量级的人物。毒魔们与境外和内地毒贩的生意均在地势险要的山上交易,毒魔称这座山叫"威虎山"。

14日21时,夜阑人静,寂静的村庄黑咕隆咚一片,夜风吹得树叶沙沙地响。夜色与阴霾尚未完全消逝,在这夜色朦胧的时刻,他和队友们匆匆行进在乡间的山路上。

雨淅淅沥沥地下不停,昼夜的行军,踩着双脚磨出血泡的足迹,汗水浸透衣衫,红土高原留下的坚实脚印,他和战友们始终铭记,这是为了谁。

17日13时,马大哈从山路上进入了潜击圈,战斗即将打响,大王与小胡便挡去了嫌疑人的退路,马大哈突然感觉不妙转身欲跑时,已被守候在路口的张大擒在地上。"别动,我们是警察",张大亮明了身份,马大哈束手就擒。

经突审，马大哈供认出幕后"老板"骆天华在大理。

事不宜迟，专案组根据案件情况，赶赴大理对骆天华实施布控抓捕。

18日，专案民警大王找到一个绰号叫"小老壳"知情人，了解到骆天华的行踪，"小老壳"说："几天前，骆天华的跟班沙阿到娱乐城来找我借钱，他说在一个叫'回望'洗脚房认识了一个女子，那个叫阿兰的女子竟像《水浒》中的孙二娘一样，给他灌了'蒙汗药'，把他随身携带的1000元人民币和手机全部'笑纳'了。于是我叫沙阿明天来找我。"

专案组根据这一情况，与当地警方取得了联系。

19日，在娱乐城录像厅门前，沙阿向"小老壳"走来。10点左右，"魔影"终于出现了。杨铁流在对讲机里发出命令："注意！目标出现，行动队员迅速靠拢！"三名便衣民警闪电般地向目标扑去，一个锁喉动作扼住了沙阿的颈部。沙阿被突如其来的拘捕吓倒在地，他不停地说道："完了，完了……"

沙阿说："我知道你们警察迟早会来的，其实，我就是一个跑腿的。"

杨铁流说："既然你是一个跑腿的，作用也不大，只要你把骆天华的行踪告诉我们，就算你立功。"

老板骆天华在某某出租屋里，他随身携带有凶器。

在抓捕现场，杨铁流第一个破门而入，躲在屋内的嫌疑人持刀向杨铁流砍来，惯性让他只能迎面而上，情急之下，他顺势用左手一挡，手被砍伤，鲜血直流。嫌疑人马上扬刀又向他砍来，他闪身扣住了嫌疑人的脖子，这时，身后的队友冲进屋来将嫌疑人制伏。此案成功抓获嫌疑人18名，缴获海洛因1公斤。

杨铁流的身影消失在暴风雨中，是为了急于赶路？还是身上肩负着秘密的任务？星光灿烂，没述说苦涩，霓虹灯下，沉稳的脚印，揣摩出刚毅的承诺。

雷霆清网　北上新疆阿克苏
逃亡十年　隐姓埋名终被擒

1970年成昆线建成通车，成为我国西南地区主要运输通道。对加强民族之间的团结、促进西南地区的经济发展和国防建设，具有举足轻重的位置。

特殊的地理环境、经济环境和风土人情更增添了成昆铁路治安管理的难度。

1996年6月，皓月当空，把地上的房屋和树林都披上了一层银光。万籁俱寂的夜色里，几个黑影像一个个幽灵沿着机耕道匆匆地向回龙庵铁道旁的村舍奔去。幽灵聚集在一家农舍的大院里，毛光华和毛光平、蓝光军、谭正忠、贺义军、邓晓章密谋着，要大干一场，向铁道线上出击。

零点时分，运载着从云南发往成都的37006次货物列车缓缓地停靠在成昆线依山傍水的四等小站，4个"幽灵"从铁道路基下黑暗的草丛中窜出，靠上列车中尾部，蓝光军、谭正忠、贺义军、熟练地攀上车厢，爬上了列车顶部观察动静。邓晓章迅速赶到第1处接货点——出站信号机处接货。飞贼用钳子剪断铅封门锁，用破坏钳剪断横在车门上直径为30厘米的钢筋，撬开车门后闪入车厢内，借着手电的微弱光亮，像猎犬一样翻找着一箱箱货物。"啊！白糖、汽车配件！"额头上冒着嘘汗的飞贼眼前一亮，甚是惊喜地低声叫了起来："兄弟们，今夜咱们发财了！"

从1996年6月到1997年3月间，犯罪嫌疑人毛光华伙同毛光平、蓝光军、谭正忠、贺义军、邓晓章五名犯罪嫌疑人共同交叉在回龙庵车站盗窃白糖、汽车配件等价值十万余元的铁路运输物资。案发后嫌疑人蓝光军、谭正忠、贺义军等陆续到案。

2011年清网行动伊始，杨铁流迅速召集刑侦、督察等相关部门及责任单位对28名上网逃犯进行梳理，分别从涉及罪名、案件性质、案值大小、逃跑年限等方面逐一梳理分析，综合分析在逃人员基本情况，将逃犯划分为"有条件抓获""可能投案"和"常规手段难以抓获"三个等级，按照"先易后难"的原则针对性地开展工作。清网行动小组根据掌握的情况，将第一个目标放在嫌疑人毛光华、毛光平、邓晓章案件上。

2011年6月8日，民警们到新津县金华镇回龙村四组，全面铺开对毛光华的缉拿工作，进行了案卷分析、开展调查、走访摸排等工作。20天过去了，6月28日23时，蹲守在毛光华家门口的民警从其妻子李秀与毛的电话中获悉：毛光华现在簇桥一建筑工地打工。获悉情报后，民警迅速转移工作重点，民警们分组化妆成农民工以找工作为由不厌其烦地对簇桥10余个建筑工地逐幢逐层逐人开展排查工作。终于，从一个看似平常的名字中找到了答案，这个人叫张水全，是毛光华的亲家，二人交往密切，民警断定很有可能二人在同一工地打工。民警迅速锁定张水全，行动组立即排5名侦查员采取工地蹲守、分段跟踪等方式，确定张水全在新铁佛路永兴小区租住的房屋。通过连续18个小时的蹲守，7月10日凌晨7时，民警在小区楼道内将逃犯毛光华抓获，结束了其长达10余年的逃亡生涯。

"清网行动"小组来不及休整，杨铁流又立即投入抓捕在逃嫌疑人邓晓章的任务中。负责该案件信息核查工作的民警在邓晓章的案卷中发现很多信息不详，抓捕行动困难重重，民警通过查询找到邓晓章之妻陈小红带领其子邓鑫在成都市东校场一带以打工为生，但没有打听到关于陈小红具体居住地的有价值的信息。于是，他们改用查看照片、描述外貌特征等方法寻找其下落，终于通过原居住小区的门卫认出了陈小红，并说出了她搬到距东校场不远的一处出租房居住。

为避免打草惊蛇，侦查员冒酷暑顶烈日隐蔽在陈小红居所对面的楼顶监视。五天过去了，仍未发现邓晓章的踪影。就在民警困惑之时，民警前往银行查询邓晓章亲属银行往来账户，意外获得重要线索，邓晓章的亲弟弟邓晓金近期与新疆阿克苏有资金往来，且在民警查询后一天，该账户就已经被注销。

兵贵神速。接到情报后的当天，清网小组立即召开案情分析会，决定抽调警力开赴新疆阿克苏开展调查工作。杨铁流亲自率队到新疆执行抓捕。此时，已经连续一个多月没有得到休息调整的侦查员黄强，不顾父母和女友的埋怨，毅然主动请缨踏上北上新疆的列车。

在新疆期间，民警们努力克服当地情况不熟、水土不服、语言不通的困难，走村入户，开展线索摸排、外围调查，最终确定了邓晓章易名"邓宇"后的藏匿地点，在小区物管人员和房东对嫌疑人"邓宇"的照片辨认确定后，周所长和民警黄强在拜城县公安局民警的协助下将嫌疑人邓晓章抓获。

西进青藏高原　力获杀人恶魔

早在2002年1月9日，西昌公安处管内双流车站货场一停留货物列车敞车内发生一起凶杀案，经调查侦破，确定与被害人同路的村民葛仁芳系重大涉案犯罪嫌疑人，遂对其组织开展抓捕工作和登记上网追逃。

案发后，葛仁芳化名"王龙"先后流窜新疆、内蒙古、西藏、云南、浙江、境外的缅甸等地，2009年5月潜回四川省甘孜州康定县。

2011年"清网行动"伊始，西昌铁路警方进一步加大了对在逃犯罪嫌疑人葛仁芳的组织抓捕力度，成立了由副处长杨铁流任组长的追捕行动小组，在峨边县公安局的全力配合下，路地公安民警反复深入在逃人员葛仁芳户籍地进行调控工作。

9月30日锁定一名叫"王龙"的可疑人员。经进一步跟控,掌握"王龙"在甘孜藏族自治州康定县一带活动踪迹。

11月18日,为核实其真实身份,避免打草惊蛇,杨铁流带领行动小组前往康定。通过相关人员核实"王龙"就是在逃人员葛仁芳及其在康定县柳洋乡一海拔4400米以上的狮子岩矿区挖金矿的线索。

12月2日午夜,行动小组会同甘孜州刑警支队民警迅速向狮子岩矿区靠近。

金台子山地处青藏高原,地势险要、山与山犬牙交错,加之正值冬季,大雪封路、人迹罕至,特殊的地理位置和复杂的环境给搜捕工作带来严峻挑战。

面对困难杨铁流毅然带领4名民警进山搜寻,进山后他的衣服结成了冰壳,怀里的矿泉水和馒头冻成"冰坨"和"石头",饥寒交迫,高原反应,先后让他两次晕厥,苏醒后的杨铁流继续坚持与侦查员一道搜索。

天边山顶正在现出薄薄的曙色,这是高山最冷的时辰。

夜雾笼罩着的高山雪峡谷和神秘的彝乡山寨,山野中偶尔传来几声野物的怪叫和狗吠,高山上的寒气阵阵扑来寒气浸骨。夜深了,天空开始下起了雨,深山里的夜静得吓人。

在下着雨的寒夜里,他与队友们一道,深一脚浅一脚地摸黑行进在崎岖的山路上。风雨中,大家加快了步伐。雨越下越大,湿了鞋,湿了衣服,全身上下没有一块干的,而山里的气候是一旦下起雨来便如过冬。

漆黑的寒夜,崎岖泥泞的山路,挪动着沉重的双腿。行动中,先后有三个民警摔下一道土坎,老范和小古摔得较轻,听说大黄摔得较重,当杨铁流用那双厚实的手将摔伤的战友搀扶在身边,当刑警支队长欧布达合为战友遮挡刺骨的寒流,当副支队长李春康迅速脱下身上的"擦尔瓦"铺在泥潭上,让战友们踩着"擦尔瓦"过去,那是怎样让人为之而感动的战友情。

夜色里，谁伸手拽住一缕月光，在薄雾的青纱帐里，抒一纸墨香。灯火阑珊的河畔，无意让人眷恋，只要想到远方，黑夜中，也能看到希望。

在这里登山的概念里并没有浪漫的成分，那山是爬上去的，有时还会狼狈得手脚并用。山高坡陡，树多草深，战友们攀着树枝、藤蔓，跨过一条条山沟。有的衣服被划破，有的手被刺出鲜血、有的腿被碰伤，多少次跌倒又爬起来。大山里的生活，是常人难以想象的。

他和战友们常常用困倦的眼睛注视着周围的一切，用疲劳而饥饿的身体抵御着寒冷的侵袭，忍受着暑热的煎熬，睁大眼睛，度过了一个又一个的不眠之夜。时间已经过去3天，依然没有找到嫌疑人落脚点。困难关头，断崖下的一个山洞引起了杨铁流注意，杨铁流随即带领民警利用绳索溜下崖壁，对山洞进行布控，民警们分左右夹击之势，悄悄靠近山洞。小王打开公安巡逻灯，强光电筒在洞穴内搜寻着，发现目标。"不许动，趴在木板上！"一声怒吼，如惊雷一样。葛仁芳做梦也没想到公安会在此出现，呆愣在床上，束手就擒。

杨铁流抬起手腕一看，此时12月3日凌晨4时。他吐了口气说："这下可以睡个好觉了！"

骄傲的警徽，裁剪着勇士的黎明，臂章的正义，打磨着出塞归来的豪气。山舞银蛇，在地平线上情迷警魂，守护的是经济、繁荣、平安。一幕幕婀娜多姿风景下，诞生的快乐，让一丝丝幸福牢固，一丝一丝回顾的经典喜悦，在风尘中生根发芽。用浩瀚的蔚蓝，打量着天地之间的气概！用挺拔的身躯，安抚惊恐的神色；用藏青蓝的厚重，宣誓着铁警的诺言。

这一年，他和战友们穿越崇山峻岭、穿越黄土高坡、穿越绿色的草原、穿越飞沙走石的沙漠、穿越世界屋脊的高原、穿越深海汹涌的波涛，行程11万公里，抓获各类网上逃犯68名，当年率先在全局实现清网率100%目标。

杨铁流所属的公安处在远离攀枝花二百公里的西昌,那地方位于成昆线中段,是一个有悠久历史的地区。在数千年前的历史长河中很长时间它并不叫"西昌",这个地名出现是在两百多年前清朝初期的事。

1935年5月,毛泽东、朱德率领的中国工农红军第一方面军一、三、五军团和中央纵队巧渡金沙江后,继续北上途经西昌。在冕宁县的彝海,刘伯承与彝族首领小叶丹结盟写下了壮丽的诗篇。

这里被誉为"一座春天栖息的城市"。古人曾用"风松水月"来描绘西昌的风光,彝家人自称是"月亮妈妈的女儿"。

西昌火车站是西昌的门户,也是四川缉毒的第一道防线,是贩毒人员的中转站,是境外毒魔们进行贩毒活动的"黄金通道"。极少数不法分子在毒品巨额利润的驱使下,不惜以身试法,利用交通便利的地理位置进行疯狂的贩毒活动。

无形战线　勇斩毒魔

2013年3月21日,杨铁流和战友们千里追踪、数次跨越川滇两省艰苦侦查,追捕在没有硝烟的路上。180多个日夜,诉说着成昆铁道卫士的战斗历程,英雄的壮举。那坚硬的岩石上,那肥沃的热土地,镌刻着成昆铁道卫士深情执着的足迹。

"开往北京西的K118次列车开始检票,请旅客们带上自己的行李物品,检票进站上车!"

2012年10月8日14时,正值乘坐西昌至北京的K118次旅客放客高峰时段,西昌火车站的进站广播喊醒了一群在车站广场打盹的打工仔,几人立刻翻身起来,背上牛仔包,快速向检票口走去。这时,一个没带任何行李的青年男子迅速挤到打工仔中间,手拿车票,低头往前走。这一幕被西昌公安处禁毒支队民警林小(化名)发现,十余年缉毒工作经验告诉他,这个小伙子肯定有问题。

林小在暗中仔细观察着越走越近的这名青年，发现他神情紧张，眼光闪烁，却故作镇静，这是在极力掩饰某种不安和恐惧。

走在前头的数名青年顺利地通过了安检，当这名"插队"的青年准备安检时，林小拦下了他，要他出示身份证和车票。青年低头将车票和身份证递给了林小。接过证件时，林小的眼光却始终盯着青年，发现他身体下意识地颤抖了一下，眼光始终不敢与自己对接，额头上瞬间冒出了细密的汗珠。林小此刻已有十足的把握判断青年身上藏有违禁品。他不让对方有镇定调整思维的间隙，连珠炮般发问："你到成都去做什么？""去打工！""为什么连个行李都没有？"小伙子慌乱中不知如何回答警察的提问，只好默不作声。

林小将他带到了公安值班室，并从其上衣口袋、裤包、裆部查获毒品海洛因共计38节，321.51克。

两天的审讯过去了，嫌疑人吉某依然不进食、不交代。得知吉某的家庭情况后，杨铁流决定改变审讯方式，让禁毒支队民警大个罗、林小悄悄告诉吉某的妻子，让她带着女儿给吉某送晚饭。

吃着老婆做的饭，吉某开始落泪，他想起了自己的家，自己的妻子和女儿，因为他铤而走险所做的这一切，也是为了他们。吉某在吃饭的同时，杨铁流和林小开始了大量的政策宣讲，此时，戴罪立功的想法逐渐在吉某心中占据了上风。

吉某放下碗，交代了全部犯罪的过程。

原来，吉某此次是帮加某运输毒品到成都，事成后可获得好处费五千元。加某同为越西人，是一个贩毒团伙的头子，经常组织人员从云南运输毒品到四川进行贩卖。

这个重要情报引起了成都铁路公安局、西昌铁路公安处主要领导高度重视，立即抽调精干警力成立专案组，决定顺藤摸瓜。

抽丝剥茧：千里追踪觅毒影

吉某只是个为加某运输贩卖少许毒品的跑腿，是这个团伙的最外围成员，他虽知道加某其人，但并没有见过他，更别说清楚他的住地和行踪了。

专案组决定由杨铁流带领禁毒支队的民警赴云南追踪加某团伙曾经出没的地方，在川滇高速"黄金通道"上搜索其活动轨迹。

2012年10月底，刑警支队三名侦查员在越西县公安局的配合下，掌握了加某的详细住址，在跟踪调查中，发现加某平时以开茶楼为掩护，茶楼生意平淡，但经常有穿着打扮较为"前卫"的人员进出。

侦查员对时常进出茶楼的人员进行了分析，发现不少人员属于社会闲杂人员和吸毒人员，这一点让侦查员更加坚定了吉某交代情况的真实性。

在近1个月的监控中发现，加某到茶楼的时间不多，身边总是跟随着几个壮年男子，驾驶着川W592XX商务车。

川W592XX商务车成了民警盯控的重点车辆，禁毒支队两名侦查员在川滇高速收费站调查了近半年的录像，发现该车辆4次往返于此路段，最终到达云南保山。

2013年1月5日，在越西县负责盯控的侦查员发现W592XX商务车再次行驶上了川滇高速，但车上并没有加某。

杨铁流和禁毒支队民警继续跟踪W592XX商务车。

在商务车离开越西县后，平时很少外出的加某时常亲自驾车往返于越西县与周边的几个县城，但逗留时间均不长，和加某接触的几名人员，通过分析不少是有涉毒前科的；而W592XX商务车到达云南保山后，也仅仅逗留了三个小时便返回。频繁的活动，让侦查员感觉到加某这个团伙很可能在近期有大动作。

经过3个月的追踪侦查，一个以加某为首的贩毒集团逐渐浮出水面,该团体成员、组织、分工等情况被专案组掌握。

2013年1月10日,将该案上报原铁道部公安局,并获批准确立为部局毒品目标案件,编号"2013—1"号。

情报突至:毒魔疾走"黄金道"

2013年3月18日,在越西县侦查的民警获取重大线索:加某等人拟驾车并携带枪支经川滇高速从云南向四川贩运大量毒品。成都铁路公安局局长李冬生获悉后,立即批示:收网时机成熟,组织精干警力全力打击贩毒团伙,要做到绝对安全、万无一失。

当夜,处长敬松、副处长杨铁流召集禁毒、刑警、特警等部门负责人召开紧急会议,制定抓捕方案。

副处长杨铁流向参会人员介绍犯罪团伙的基本情况:

"犯罪嫌疑人反侦察能力强,作案经验丰富,持有枪械,生性狡诈凶残……"

"这次团伙头目加某将伙同参与,其他几人也是团伙主要成员,是打击该团伙的最佳时机,他们将在近两天驾驶川W592XX商务车,从四川越西到云南保山购买毒品,再运回四川进行贩卖。"

"在哪里布控,如何实施,如何保证民警安全,如何确保在第一时间一次性行动成功,大家都发表一下意见。"杨铁流抛出了行动方案的关键性问题。

"在上高速前的大件路上设卡堵截。"

"要准备足够的枪支和防弹衣。"

"抓捕民警应在20人以上,几人一组,做好射击、抓捕、堵截的分工。"

"行动前,必须到布控地点进行实地踏勘,熟悉环境。"

"应该在高速路入口或出口进行堵截。"

"枪支和警棍要配合使用,近距离搏斗采用警棍,如果嫌

疑人开枪拘捕就采用枪支。"

"枪支要包括微型冲锋枪和手枪，要准备足够的手铐和脚镣，同时带上阻车钉，防止车辆逃逸。"

"汽车至少8台，要做好堵截和追击的准备。"杨铁流继续说到。

桌上的烟灰缸里装满了烟头，整个房间弥漫着烟雾和紧张的气氛，整个会议讨论一直持续到凌晨4点，最终确定了在川滇交界口的方山高速收费站进行布控抓捕，整个方案从布控地点、参与人员、使用器械、物资保障、分工协作、可能出现的突发情况，甚至是民警站位都做出了详细部署。

敌变我变：狡兔三窟玩迷藏

"什么？目标车消失了？"

3月19日上午，处长敬松接到了跟踪民警打来的电话，"抓紧时间联系云南警方，通过高速视频监控进行排查。"正带领参战民警在川滇交界口进行实地踏勘的副处长杨铁流得到通知后，立即带领两名侦查员赶往云南省永仁县交警部门。

"犯罪团伙的计划取消了？换车了？改道了？换车牌了？"一系列的疑问让副处长杨铁流一时摸不清状况。

在云南交警部门的支持下，调出了3月18日至19日所有凉山通往云南的高速公路入口录像，副处长杨铁流一边通过监控录像观察车辆，一边用电话联系跟踪民警从时间上排查可疑车辆。经过近4个小时的反复排查，川DM30XX和川WG89XX两辆黑色本田雅阁轿车被锁定为嫌疑车辆，犯罪团伙在从越西到达西昌后，将原有商务车换成了两辆轿车。

"方案必须马上更改，原来是一辆车，现在是两辆，毒品会在哪个车上，如果是一起进入收费站如何抓捕，如果两车一前一后又如何抓捕。"杨铁流对抓捕工作进行了部署。

"根据以往毒品案件的侦办情况来看，嫌疑人换车的主要目的应该是扰乱警方视线,同时一辆车在前面探路,后面一辆车运输毒品,如果探路车发现有什么问题,运输毒品的车辆可能就会随时改道或抛弃毒品。"禁毒支队支队长蒋志刚首先发表自己的见解,这一想法也得到了大家的认同。

如何不打草惊蛇,两车一网打尽,大家陷入了沉思,从毒贩接到毒品到上高速的路线,再次思考起布控地点的选择。

"在大件路上设卡堵截?"

"不行,大件路上分岔口多,且居民多,一旦发生枪战,后果不堪设想。"

"下高速的口子堵截?"

"还是不行,一旦上了高速,嫌疑人如若发现不对劲,随时会找口子下高速,很难布控。"

"这里是我们布控的收费站方山收费站,而在这个收费站前8公里,还有永仁收费站。"杨铁流指着云南省永仁县地图说。"我建议在永仁和方山两个收费站都进行布控,如果两辆车同时进入永仁收费站,那就在这里一起实施抓捕,如果是一前一后,那先将探路车放进高速路,在方山入口进行抓捕,而运毒车在永仁入口实施抓捕。"但是永仁入口驾驶员只拿卡、不收费,而方山入口是四川和云南的交界口,司机要缴纳云南路段的费用,再拿四川路段的卡,车辆停留时间相比,永仁比方山的时间要短很多,这就要求参战民警必须争取每一秒,在第一时间拿下嫌疑人。

"行动,副处长杨铁流带10人在方山入口进行布控,禁毒支队支队长蒋志刚带20人在永仁入口进行布控,安全第一,祝大家成功!"处长敬松下达行动命令。

精心设伏:守株待兔川滇间

3月19日21时,由禁毒、刑警、特警、技术等部门及攀枝花车站派出所30名精干警力组成的抓捕组,分成两队到达

布控地点。

川滇高速永仁至方山段两侧，偶见一两座丘陵，其余大片都是废弃的农田，里面长满了杂草，农田的尽头稀稀落落有几间平房，少有人来往。

在永仁入口，特警支队 3 名同志隐藏于收费站内，他们的主要任务是在正前方第一时间持枪逼停目标车；在收费站正东侧的农田梯坎上，刑警支队 2 名同志埋伏于此，他们的主要任务是如果目标车在停车后想倒车逃窜，用阻车钉刺破汽车轮胎；其余民警则持警械埋伏在收费站东北、东南侧的农田梯坎上，进行抓捕和阻截；技术支队 4 名同志驾私家车在永仁入口前 10 公里处，进行 24 小时轮流盯控，发现目标车并在第一时间通知抓捕组民警。

在方山入口，用相同的阵法布下了天罗地网。

20 日清晨，副处长杨铁流从车上搬下了面包、牛奶、矿泉水："大家熬了一夜了，很辛苦，但是我们也不能离开阵地，大家先坚持一下吧！"

"凯旋之后，我们要吃火锅！"

"没问题！不过现在大家先将就对付着吧，要保持体力，说不准还要守多久呢，吃完后大家可以就地躺一下，休息一下，我们轮流值守。"

吃完"早餐"，两个阵地的不少同志靠着农田的梯坎进入了梦乡，而坚守在最前沿负责盯控目标车的技术支队民警时刻还处于紧张状态。

"老李和小周，你们先眯一会儿，我和庞队长先盯着，他们说不准什么时候来呢。"副支队长谢强睁大了眼睛对其他同志说。

时间一分一秒地过去，民警们在等待中熬到了 21 日凌晨 5 时 30 分。

"黑色雅阁，川 DM30XX 和川 WG89XX，黑色雅阁，川

DM30XX 和川 WG89XX……"技术支队青年民警周晓不停地在心里默念，生怕忘记和看漏。

"川 DM30XX，来了，来了！"周晓赶紧叫醒车内其他同志。副支队长谢强立即用对讲机将情况通报给抓捕组民警。三分钟后，川 WG89XX 黑色雅阁轿车从他们面前飞速通过。

"探路车和目标车一前一后，时间差 3 分钟左右！中间没有夹杂其他车辆！"谢强将情况准确地向副处长杨铁流汇报。

"两车一前一后，按计划进行，放探路车到方山入口，我们这个组进行抓捕，目标车由你们在永仁入口抓捕！"副处长杨铁流向禁毒支队长蒋志刚下达行动命令。

成功收网：毒魔梦断"黄金道"

"大家打起精神，他们马上就到，没听到我口令前，任何人不得擅自行动，一定按计划行事，先隐藏好，不能暴露目标，做到万无一失！"缉毒支队长蒋志刚对大家进行了最后的战前动员。

蒋支队趴在农田梯坎上，露出一个头，悄悄地观察着高速路上的一切动静。

2 分钟后，一辆黑色雅阁快速驶入收费站，定睛看了看车牌，"对，没错！这就是探路车"。驾驶员从收费员处拿了路卡便全速向前行驶。

4 秒！从停车拿卡到全速开出收费站，只有 4 秒，这意味着截停目标车只有 4 秒的时间，成败就在这 4 秒。

杨铁流对大家说："大家做好准备！下一辆车就是目标车，截停目标车只有 4 秒时间，人家集中精力！"并向收费亭内喊了一声："小白！"

特警支队队员白杰心领神会地挪到收费亭外的铁门后，探出头静静地观察着，并深深地吸了一口气，将 79 式微型冲锋枪子弹推上了膛。

所有参战队员凝神静气、握紧拳头，半年多的汗水将在这4秒内转化成结果。

5时40分，白杰看着远远两个大车灯快速地向收费站驶来，他紧紧握住冲锋枪，身体呈半蹲状态，随时准备迈入公路。

越来越近，雅阁车慢慢减速、停车、车窗摇下、驾驶员准备取卡。

白杰一个箭步跃在轿车正前方5米处，冲锋枪直指汽车挡风玻璃，并大喊："警察！停车。"另一名特警队员随即冲出，用枪指着驾驶室的车窗玻璃。抓捕组成员同时从田坎里跃起，刑警支队2名民警第一时间将阻车钉拉开铺好，其余成员向目标车靠近，并大喊："不要动，警察！"

嫌疑人乘坐的黑色比亚迪轿车行驶至永仁高速路口时，发现有警方拦截，驾驶员突然倒挡，急速倒车。

"嘭……"汽车的右后胎被阻车钉扎破，发出剧烈的声响，整个汽车向右后方倒去，撞停在高速路旁的铁栏杆上。

车上4名贩毒嫌疑人夺门而逃，跳车从农田逃窜。杨铁流迅速带领民警奋起直追，追出200米远，冲在最前面的杨铁流就要抓住第一个嫌疑人时，该嫌疑人竟然开枪射向杨铁流，"呼！呼！"贩毒嫌疑人丧心病狂地向警察连开两枪，子弹从杨铁流的耳旁划过，打在高速路围栏上迸发出火花。同时嫌疑人从左边7米深的山崖跳下去，杨铁流紧跟其后，纵身一跃也跳下山崖，山崖中到处是乱石，杨铁流与嫌疑人在山石之间翻滚展开搏斗，直到与前来支援的同事一同将嫌疑人抓获时，他才发现自己的头皮被子弹擦破了长达2厘米的伤口，如果子弹再偏右一点，后果不堪设想，杨铁流奇迹般地捡回了一条命。

这时，队友白杰睁大眼睛、准确瞄准、果断击发，一名逃窜的高个子嫌疑人左右两腿各中一枪，应声倒地，被追捕的民警制服。

藏毒车的驾驶员见"高个子"跳下农田，紧跟着翻过驾驶室从右门逃出，跳下，并顺着农田梯坎往反方向逃窜。攀枝花车站派出所副所长李川及几名民警紧追上去，并朝天鸣枪示警，但驾驶员并没有停止脚步，反而加快了逃跑速度。

"他没有枪，大家不要开枪，追上他！"李川示意其他民警，并全力奔跑追赶。在追了100多米后，渐渐赶上嫌疑人脚步，李川跳起来一个"饿虎扑食"，驾驶员一个踉跄摔倒在田里，李川将其压在身下，与跟上的同志合力将其制服。

另一名嫌疑人个子很矮，但膀大腰圆（后经审讯得知他曾是摔跤队队员），从后门跳出后正好碰上了特警支队队员李成，李成用力抓住"矮个子"，但"矮个子"不顾一切地往田里跳，将李成一同带进了田里，并扭打在一块。闻讯跳下农田的禁毒支队民警商林和刘伟同时按住了"矮个子"的双手，让他不能动弹，并戴上了手铐。

最后一名嫌疑人刚打开车门，就发现被刚站在车前面的特警队员用枪指着头，"慢慢地走出车，蹲下！否则我会开枪。"他只得乖乖地照办。

四名嫌疑人全部被抓获，此时，5时55分，整个过程仅15分钟。民警从车后座座位上查获两个黑色双肩背包，内有用塑料包裹的毒品海洛因三大块，经清点，共计44块标件15公斤。

永仁高速入口大获全胜，而方山高速入口也传来了捷报。

5时45分，探路车接近方山入口。

车刚停稳，抓捕组成员迅速集结到汽车周围，特警队员陈小明用冲锋枪在前面封住了去路，禁毒支队民警文小持枪控制住了驾驶员。

"警察，迅速下车！"

"为什么抓我们？"

"少废话，快下车……"

"我们是去云南旅游的。"

"再不下车,我们开枪了!"随即,文小朝天鸣了一枪。

四名嫌疑人先后下车,被民警控制。其中坐在后座的中年男子就是团伙头目加某。

"你们运输毒品的车已经在上一个高速入口被我们截获,你们还有什么要说的?"

本来还想争辩的4名嫌疑人听了后,瘫倒在地。

在四川、云南警方的大力配合下,"黄金通道"运输毒品的武装团伙被一网打尽,这是成都铁路公安局、西昌公安处历史上第一起武装贩毒案,也是一次性缴获毒品海洛因数量最大的案件,更是面临危险最大、抓捕难度最大、侦破最曲折、结果最圆满的成功案例。2013年铁路公安机关一号毒品目标案件画上了完美的句号。

"不怕,从干这一行起我就把生死置之度外了。"

不断取得工作成效的背后,总有一个了不起的家庭作为坚实的后盾。杨铁流说,他有一个"毛病",那就是办起案子来会进入忘我的境界。

回忆起1997年2月10日的故事,杨铁流至今无法忘却。由于辖区突发杀人碎尸案,需要他马上放弃休息赶赴现场。当天正好由他照顾两岁的儿子,一边是年幼的孩子无人照顾,一边是工作职责的要求。杨铁流抱着儿子跑到攀枝花站,将孩子托付给一位在站内工作的搬运工,自己匆忙离开。待处理好案件现场情况后,已经是次日凌晨4时。杨铁流走进车站候车室,一个熟悉的身影蜷缩在候车室的靠椅上,嘴唇冻得发青。那时,儿子望着他便"哇"的一声大哭起来。

"虽然我早就把生死置之度外,但对于亲人来说,这是一个不明智的选择。"对待犯罪分子,杨铁流铁骨铮铮、无所畏惧,而对待家人,杨铁流称:"无法弥补的亏欠。"

在杨铁流的引导下,他的孩子以优异的成绩考上了中国人民公安大学。而他自己的身体却再也不如从前。由于长期的加班加点、生活不规律，杨铁流患上了Ⅱ型糖尿病。现在，他将针管、药品带在身上，照常奔赴在各个案件现场。

"'全国公安系统二级英雄模范'意义非常，很多获此殊荣的警察都已不幸牺牲。"谈起杨铁流，身边的同事赞不绝口："每一枚奖章都见证了他对刑侦事业的热爱，见证着一名大山的儿子在案侦一线的无私无畏、勇敢顽强。"是的，就是这些大山里的刑警们，这些"凉山雄鹰"被誉为成昆铁道线上的轻骑兵，他们长年战斗在风口浪尖上，他们的事迹可歌可颂。刑警们的酸、甜、苦、辣与光辉历程，不是写出来的，而是在刀光剑影中的历史记录。杨铁流用实际行动践行着习近平总书记"对党忠诚、服务人民、执法公正、纪律严明"的要求，在千里成昆线谱写了一曲曲忠勇之歌、奉献之歌。

铁流，我的战友兄弟，就这样走吧，走过岁月的足迹，回首深深地凝望，迈着矫健脚步，国徽下的身影那样挺拔，你眼睛那样深邃，情怀像海一样宽广。不再转身，这是梦的起点，出发，向着时光的远方……

49岁的杨铁流，1990年从警校毕业后分配到西昌铁路公安处，担任过普通民警、副所长、所长，但无论职务、岗位、环境怎么变化，他却常年战斗在侦查破案第一线，在一次次生与死、血与火的考验中，诠释一名优秀刑警的责任与担当。

2010年担任主管刑侦副处长后，他在成昆线创新推出"大刑侦"工作格局，推行刑侦、治安、警犬、情报、网安等警种联动上案，建立铁路和地方公安机关警情互动联系机制，实现了铁路案件侦查模式由"单打一"向"合成型"转变，使成昆线发案率连年下降，旅客群众满意度逐年提升。

他胸前缀满奖牌，每一个都是搏击邪恶的故事，都是拯救生命的神话。至今，他荣立一等功1次、二等功2次、三等功2次，连续两年被评为"公安局优秀人民警察"，被成都铁路

公安局授予"焦裕禄式好干部"称号，2017年被公安部评为全国公安优秀警，2018年被公安部授予"全国公安系统二级英雄模范"称号。2018年被中国铁路总公司授予"人民铁道卫士"称号

28年铁路公安的工作轨迹却如珍珠般光彩夺目！曙光下记录着你最真切的点滴，曙光下描绘着你最真诚的音符，曙光下刻画着你最真挚的情感，曙光下跳跃着你最真情的心境……

题记：白色方巾、擦尔瓦、解放胶鞋，这是原普雄车站派出所退休民警阿米子黑标志性的穿着。谁也记不清这位大凉山的第一代彝族铁路警察，翻过多少山、蹚过多少河、流过多少血、多少次与死神擦肩而过。他凭着几个土豆，几口凉水，几天几夜潜伏在羊圈里、草丛中。

他就是大凉山上披"擦尔瓦"的雄鹰——阿米子黑。这是一位传奇般的彝族人。像传说中的支格阿鲁（彝族神化中为民除害的英雄）那样刚直勇猛；他冷峻的目光曾经历过格言的洗礼，他火热的心是歌谣中被吟唱过的渴望和美丽。

披"擦尔瓦"的雄鹰

——记公安部二级英模西昌公安处民警阿米子黑

在蜿蜒的成昆铁道线上，在巍峨的大凉山上，在海拔二千米的普雄火车站，曾有一位与共和国同龄的彝族人，他就是全国劳动模范、公安部二级英模、全国特级优秀人民警察——阿米子黑。

像普雄的料峭寒风，阿米子黑的疾恶如仇令歹徒们不寒而栗。

像瓦基姆梁子上的罡风，阿米子黑的勇猛无畏叫窃贼们闻风丧胆。

他虽然退休离开了岗位，但以阿米子黑为代表的忠诚奉献的西铁精神将一代代传承。

1970年成昆铁路建成通车，阿米子黑从凉山州公安系统来到普雄车站派出所，成为大凉山第一代彝族铁路警察。在转眼过去的40年岁月里，他和战友们的足迹踏遍了凉山的村村

寨寨、山山水水。

翻开阿米子黑走过35载的铁路生涯：1978年被铁道部树为全路十面红旗手之一，荣获"战斗在凉山铁道线上彝族好民警"称号；1980年，被公安部评为"全国公安战线先进工作者"；1988年获中华全国总工会"五一劳动奖章"和"全国优秀公安干警"称号；1989年被铁道部评为全路劳动模范；1993年，公安部首次评选表彰百名全国特级优秀人民警察，他榜上有名；1994年被公安部授予全国特级优秀人民警察；2000年4月，他被国务院授予"全国劳动模范"称号，并参加了"五一"观礼，受到了江总书记等党和国家领导人的亲切接见；2000年9月，阿米荣获"全国公安战线二级英雄模范"称号；2001年被公安部授予"二级英模"，被铁道部授予"人民铁道卫士"光荣称号……

2010年，经过铁路200多万干部职工和社会各界人士的踊跃投票，从我国铁路60年来不同年代、不同岗位上涌现出的先进代表人物中，评选出30位"共和国铁路楷模"，阿米子黑荣获"共和国铁路楷模"称号，受到了铁道部的隆重表彰。

被誉为"凉山雄鹰"的西铁民警阿米子黑，是在"土豆"精神下奋斗出来的全国劳模，是西铁民警的杰出代表，是西铁精神中体现。西昌公安处"吃土豆"的精神就是从他身上总结提炼出来的。

如此多的荣誉是他35载警察生涯的写照，因为他一心只想报答党的恩情，用自己的身体和所有智慧，用自己对党和人民的真挚感情扎根于铁路民警的一线；35载警察生涯，他不计个人得失，不被嘲讽报复吓倒、不为名利而心动，不管是否有人喝彩，他都一如既往。

在35年的战斗岁月中，我们记不清他多少次与罪犯短兵相接，出生入死；多少次与死神擦肩而过，多少次流血受伤；但我们记得他破获刑事案件900多起，抓获犯罪嫌疑人1020名，为国家挽回经济损失110余万元。他是"犯罪分子的克星"。

历史资料记录了20世纪八九十年代的几件事：

成昆线经过一个叫瓦基姆梁子的地方。在瓦基姆梁子脚下的普雄火车站，许多人都能讲述许多关于阿米子黑的真实故事。他们中有车站上的职工、巡道工，有乘客，有山民，——还有小偷和盗贼。他们讲述故事时，眼里闪着熠熠的光芒，有钦佩、赞颂，还有敬畏和寒战。因为，在他们的故事中，始终鸣响着一个在阳光下、在风霜中、在雷鸣电闪里青铜般灼灼照人的名字。他就是——阿米子黑，是犯罪分子的"克星"。

1983年7月的一个夜晚，列车飞驰在大凉山腹地浓浓的夜色中，车厢内昏暗的灯光下，旅客们东倒西歪进入梦境。黑暗中罪恶开始行动！快捷利索地搜索旅客们的衣袋，肆无忌惮地窃取旅客们的钱财。突然，一只铁钳般的大手钳制住了一只惊慌失措的黑手。窃贼失色，猛回头：一个披着擦尔瓦的黑铁汉子铁塔般地站在他身后，刀子般的目光直刺过来。窃贼故作镇静，虚张声势地叫嚷："你干啥？"身披擦尔瓦的汉子沉雷般低沉的声音反问道："你在干啥！"窃贼想挣扎，但很快便垂头丧气了：他罪恶的手腕再反抗就会被"铁钳"卡碎！只好乖乖地被这个正气凛然的汉子押解到闻讯赶来的乘警面前。"我把他交给你了。"汉子低声对乘警说了句，便一转身就消失了。

只有惊魂未定的窃贼喃喃自语道："是阿米……阿米子黑……"

1983年8月2日16时，一列客车停靠在普雄车站，车窗开着，一位旅客睡意正浓，他不经意地把左臂放到了窗沿上。突然，他的手腕一麻，腕上的手表不翼而飞，大惊失色的旅客冲上站台向工作人员发火。工作人员对他说："你先别急，今天有阿米在站台上巡视，等一会儿警察会帮你把表找回来的。"

"谁是阿米？"旅客半信半疑地想打听这位阿米是什么人

物时，一位亮着光头的彝家汉子已经来到他的面前，对这位大喊大叫的旅客说："这支手表是你的吧？以后乘车时一定要小心。"这就是我们的阿米，车站的职工对旅客说。"太神奇了！"旅客自言自语地说。

1983年10月12日22时，普雄车站公安派出所里，深夜了还灯火通明，公安民警们的脸上有焦虑和严峻的神色：刚接到报告，一辆货车被抢劫。对货主对铁路都是一笔巨额损失。

所长马海所木叹口气："看来……还得阿米去办这件事。"

战友们都知道阿米太累了，也许他此刻正和衣靠在什么地方稍作小憩。

但是，阿米出现了，他只是说："出事啦？"马所长点点头。阿米没有惊人之语，淡淡地说一句："我去看看。"

话音未落，人早已射进瓦基姆梁子的夜色中。

雨淅淅沥沥地下个不停，子夜的寒气漫进污水沟里，浸入阿米的骨髓，他不禁打了一个寒噤。冰凉的夜气混合着污水沟边厕所的污浊之气，熏透了他的五脏六腑，他咬紧牙关硬挺着。已是两天两夜了，他充血的双眼仍是钉子一般盯住对面的一号涵洞。

一号涵洞中发现了劫车歹徒隐匿的赃物。

阿米就这样两天两夜地守候着，坚信歹徒早晚会出现！白天，污水沟里热烘烘的，把人烤得发晕；夜晚，寒气沁骨虫子咬人，困倦像海浪一潮又一潮地拍打他的大脑。

阿米，他为成昆线的畅通和安然无恙置自己的性命而不顾。朋友、亲戚和同事不解地问他："你这样玩命地干，究竟图个啥？"

图个啥？不就是要对得起警察这个称号吗？不就是要对起党对得起国家也对得起自己的良心吗？

两天两夜了，再持续下去也有可能无任何结果。但他坚定不移。

出现了！鬼影出现了！

阿米满腔的憎恨瞬间便化作了疾风骤雨的勇猛行动，罪犯阿洛木乃在突如其来的天兵面前魂飞魄散，顷刻间就束手就擒。阿米给阿洛木乃戴上手铐时，仅仅闪过一个念头："可以洗个澡睡一觉了……"

1990年4月，在普雄车站的山坡上，不法分子居高临下，凭据险要地形用密集的石块封锁联防队的门口和增援队伍的去路，然后哄抢铁路物资。在那危急的夜里，阿米奋不顾身地掩护身边年轻的民警。最后，阿米与地方警察一起鸣枪示警，才驱散了乌合之众。阿米连夜侦察，在区间底部的涵洞中，发现了一批赃物，便设下埋伏。两天两夜过去了，取赃物的罪犯终于出现了。他手提冲锋枪爬山坡下河滩追捕案犯，原来案犯是他妻子家的侄儿。他抓的这个亲戚仅因为此案就被判刑6年。

1991年8月，一列货车停靠普雄车站时，价值40余万元的轮胎被盗，派出所立即组织侦破，由阿米挂帅。他们在半个月时间里，跑遍了四个县的20个区，走访群众600余名，没有一点线索。阿米决定另辟蹊径，他把自己平时收集的300余名劣迹斑斑的重点人物的相貌特征和惯用手法一一进行核对，从中圈定了五十余人作为重点调查对象。阿米到沙马家中调查，其父说他外出未归，阿米临走时突然发现里屋的床脚边放了两个电视包装箱，这引起了阿米的注意。其父说那是儿子同一位朋友做生意进的货，他偷偷地在电视箱上做了记号，就不露声色地告辞了。

后来的几天，他基本上是独来独往，突然在一个晚上，所里接到他的电话，要求立即抽调20名民警赶到离车站约15公里的密林地带设伏。到凌晨3点，10余名手持铁锹的犯罪嫌疑人进了阿米他们的包围圈，民警们没费吹灰之力就人赃俱获地抓住了这伙人。这是一起内外勾结的特大货盗案，阿米正是循着那两个做了记号的电视箱追踪侦破了此案。

1992年12月，上普雄发生一起涉外盗窃案，那正是阿米胸膜炎复发的时候，他的兜里装着药片，忍着胸部的疼痛独自追捕在几十里山路上，在追捕中，不料竟被歹徒杀了个回马枪，一场大追击险些输给对手。最终，他单枪匹马擒获嫌疑人，他的手与嫌疑人手铐在一起，横渡了波涛汹涌的大渡河支流牛日河，他又破获了一起涉外案件。

1993年4月，普雄一带盗案频发，阿米断定为"地头蛇"所为，巧妙设伏，顺藤摸瓜，很快将31名罪犯一网打尽。这些人90%以上是他的家支成员。他触犯了彝家最不动摇的家支观念，触怒了族人！包括善良无罪的彝胞也冲到他面前来质问："都是吃坨坨肉长大的，你为啥要这样？"众多的罪犯亲戚用家支的力量威胁阿米，痛骂阿米是家族的叛徒，质问他到底是不是彝族。

阿米铿锵地说："我是彝族，但更是人民警察，是共产党员！"阿米却为因为他义无反顾的"叛逆"，而遭受了亲朋故旧的敌视和报复。居住在彝寨的妻子一次又一次地被人侮骂，儿子一次又一次地被人殴打，家里养的鸡鸭一只接一只地被毒死，家里种的庄稼一片接一片地被毁掉，家里破旧的房屋一次接一次地被打碎瓦，好不容易凑齐的盖房材料又全被偷光……他本人也常受到攻击和偷袭。甚至已关进监狱的罪犯亦扬言："出狱之时便是阿米的末日。"阿米就是不信这个邪！仍一身正气，满腔热血，以他铁骨铮铮威严凛凛的顽强斗志在大凉山上造就了人民警察大义为公的灼灼雕像。

笔者采访他时，他竟有些困惑地说道："我不喜欢你们那些夸大的话。我只是干了我该干的事。警察抓小偷，就像工人上班，农民种田，是本分。"笔者苦笑，仍是百折不挠地缠着阿米，想从他口中挖出"惊天动地"的材料。阿米越发困惑了，"我不像你们想的那样，我没有像电影里警察抓小偷那样打打杀杀，没有！只有一次，在麻风村，有个坏蛋举着锄头来挖我，我躲过了，把他扭倒在地上铐了起来。"阿米说完，看见笔者惊讶的目光，他憨实地笑了："有些犯罪分子以为铁路警察害怕麻风病，作案后就躲进麻风村或者康复院，以逃避打击，而有的麻风病患者自己也干偷抢铁路的勾当，被捕后，麻风病患者会说没有哪个监狱敢收留我，我不怕你们警察来抓。很多人怕麻风病人，我不怕的，我经常去麻风村捉罪犯，现在都是好好的，并没有传染上嘛。"

1999年9月7日，成昆线发生了一起震惊全国的2501次货物列车颠覆事故，这是一起由货盗分子掀盗棉花包引发的列车颠覆事故。这起事故损失巨大，影响极坏，案发时阿米还在路局开会，散会后他急忙赶到燕岗，爬上一辆抢险的轨道车赶赴现场，立即投入案侦工作。阿米的及时参与使"9·7"专案的侦破有了突破性的进展，阿米凭着多年工作的坚实基础，利用自己苦心构建的"群众"网络，不到两天就传回准确信息：甘洛县嘎日乡顺河村一组的阿木克哈有重大嫌疑，他曾伙同他人爬上2502次列车掀盗棉花包，案发后逃逸不知去向。阿米子黑带领专案组同志走完了管内大大小小44个隧道，一个星期内徒步行走达300多公里。一个星期后，他和战友们将犯罪嫌疑人阿木克哈、所日木牛、所日木乃、阿色木果、热依政府、阿尔加入和沙呷木呷等人抓获归案，最后只剩下4名货盗主要犯罪嫌疑人逃逸在外。

10月28日，阿米得到"知情人"的线报，该案几名主要犯罪嫌疑人在外流窜了近两月，已于近日回到嘎日乡家中。当天晚上，阿米即带领案侦民警李春康、何晓林、杨军等3名战友及白果车站联防队一位队长，从白果步行到阿寨，同"知情人"接上头，那人对阿米说他们只有一人在家，分散不好抓，阿米同他约好次日晚上8点在阿寨车站老地方接头，他们又返回白果驻地。

29日下午4时，阿米一行五人又赶往阿寨车站，刚出门

就下起了大雨,他们冒雨前行一步一滑地赶到阿寨山边"老地方"。可"知情人"没到,他们冒着大雨等了两个多小时,好不容易等到"知情人",可是那人说那些人都到甘洛奔丧去了,他们又扑了空,就在那天晚上,阿米甩给"知情人"200元钱,请他在明天晚上想法把四个嫌疑人叫到一起"扯金花",并再约好次日晚8点接头。

10月30日晚8点,阿米一行五人早早地从驻地白果来到阿寨,还没同"知情人"接上头,又下起了瓢泼大雨,五个人都成了"落汤鸡"。等了一会儿,"知情人"来了,说:"一切安排妥当,可以行动了",为了避免暴露目标,先后由四个"群众"分段地把阿米他们带到村子附近,他们避开村寨和行人,有路不走绕菜地,一路上由阿米在前探路。在过一个老乡浇菜储水的水坑时,阿米摔了下去,阿米在坑里对战友们说道"你们不要管我,先走吧"。战友们在一个地方等了好半天,也不见阿米跟上来,李春康急了,让杨军拐回去看一看,小杨走到中途就见他拄着一根苞谷秆一瘸一拐地走了过来。小杨连忙上前扶住他,问他:"有啥事没有?"他说:"先别慌,到前边再说!"会合后大家见到他伤得很重,右膝已肿得很大了,皮下还有瘀血。几个年轻战友都劝他留下来,他说:"我们一共有五个人四支枪,要抓捕四个嫌疑人。多一个就多一分力量。"他说啥也不愿留下,于是联防队长搀扶着他一瘸一拐地往山上爬去,本来一个小时的山路,他们冒雨行路又带着个伤号,手脚并用爬了两个多小时才爬到目的地。他们又在雨地里等两个多小时,才等到山上的"知情人"到来。等人的时候他们又冷又饿,阿米问何晓林:"有啥感觉?"小何说:"这时候要是有个热铺盖窝让我钻进去就好了!"阿米说:"你们年轻人没经历过,以后经历几次就好了。"他们在"知情人"的带领下绕着村子走,阿米照例在前边探路,没想到又遇到一个大坑,他再次掉了下去又第二次受伤,他爬出来二话没说和年轻民警一起来到一所民房旁边。"知情人"指了指一个房门,就一声不吭地走了。沿途这个"知情人"曾提醒阿米说:"这些人有的喝过酒,有的有劣迹,你们行动时要注意安全。"

当阿米他们冲进一个草屋内,却扑了空。回来的路上,大家又累又困,在倒地睡觉的片刻,心生疑虑的阿米冷静地思考起来,他推测:案犯就在附近,注视着他们的行动。如果杀他一个回马枪,定能打他个措手不及。阿米一下子跃起来,马上又犹豫了,同事们这么疲倦,怎么好再叫他们又回原路,再去重复一遍极有可能又会扑空的搜捕。他二话不说,只身一人又踏上了原路,返回去搜捕案犯。惊觉的战友们也纷纷一跃而起,追随着阿米再去深山中追踪。

抓捕主要犯罪嫌疑人的关键时刻到了,阿米抖擞精神,取下迷彩帽,拿出毛巾系在头上一马当先冲进屋子,神兵天降般地堵在门口,"嘭、嘭"两枪鸣枪示警,赌兴正浓的10余名赌徒还不知咋回事,木讷地待着不动。嫌疑人吉木想上房逃跑,阿米"嘭、嘭"连鸣两枪,吓得吉木手一软从房上掉了下来,吉克、吉勒曲一块儿束手就擒。正在这时,屋里的木加早有准备,一支长筒火药枪抵在阿米子黑身上,犯罪嫌疑人快速扣动扳机,万幸的是这一枪没有响。没等犯罪嫌疑人第二次扣动扳机,阿米子黑挥臂挡开火药枪,奋力一扑将其按翻在地。这次行动,四名犯罪嫌疑人被一网打尽,专案组凯旋。

案件移交预审后,民警们都长长松了一口气,回家的回家,休息的休息,阿米子黑也不见了踪影,大家以为这次阿米子黑也该回家休整养伤了,可没过几天,阿米子黑拄着拐杖,一瘸一拐地押着同案的另一名漏网者回来了。

2000年7月,阿米在外执行任务时,无情的暴雨和山洪卷走了他一家人全年的口粮——两千斤土豆。

阿米子黑的家就在派出所附近的一个小山坡上,简陋的平房,屋檐下挂满金黄的苞谷。一家六口人仅靠他一人的工资生

存。土豆，在城里富裕家庭的餐桌上，不过是作为工艺菜的点缀。而阿米在家吃土豆，执行公务时仍吃土豆，这仿佛就是一个铁骨铮铮保卫着人民铁路畅通无阻的铁路警察命中要承受的生存状况？

他的妻子阿尔作曲嫫是家里的一把好手，她笑着对我们说，这么多年，阿米礼拜天一天都没有休息过。大儿子幼时患重病，妻子找人带信叫他回趟家，一个月之后他完案回来了，但是，儿子却错过了治疗时间，儿子却从此成了瘸子。小儿子患肺结核时他不在家，妻子生双胞胎难产时他不在家，家里揭不开锅时他不在家。妻子只能自己撑着起床，煮点酸菜汤喝，由于产后营养不良，落下了周身的"月子病"，家里没水了，妻子产后三天便下山提水，怕别人笑话丈夫，她还得在天黑以后才出去。有一年，阿米子黑远在布托县的老母亲病重，他终于回了一趟家，看望了母亲，但临走时他却对母亲说："妈妈，我工作忙得很，以后你害病就不要再叫我了。"母亲能理解儿子的这番话，她含泪点了点头。

在35个战斗岁月中，我们记不清他翻过几座山，走过多少河；睡过多少羊圈，经历了多少风和雨，但是我们知道他凭着几个土豆，几口凉水，能几天几夜潜伏在羊圈里、草丛中。

亲友说他是彝家的"叛逆"，妻子说他是"过客"，他却说："我是彝族，但更是人民警察、是共产党员！"他把满腔的热血与爱全部倾注到了成昆铁路，他的孩子全姓"路"，铁路的"路"，他这一辈子就铆在铁路上，他还要让自己的孩子明白，是共产党把他由一个放羊的奴隶娃子培养成了一名光荣的铁路警察，铁路警察就应该为铁路安全奉献自己的一切。

阿米子黑从地方公安队伍调入铁路公安35年了，35年里忠实地实践着自己的人生追求，他在成昆铁路最艰苦的地段"献完青春献终身，献完终身献家庭"，他把自己的一切都融入到了深爱的成昆铁路，融入到了脚下的这片热土……

题记：警察常常因为"勇敢"而受人尊敬，但他却因为"爱心"被人民群众爱戴。身为小站民警，他将自己所有的爱都给了大山深处孤儿、贫困儿童和单亲留守的儿童，每一次的爱心，都是他对人民警察职责的诠释，虽然平凡、琐碎，但这更需要勇气。山区孤儿、贫困儿童和单亲留守儿童的疾苦冷暖、点滴需求永远是他心头最放不下的事情。

面对铁轨，背对大山，超越自我，搭建"桥梁"。两头联络，这头是他的牵挂，那头是大家的慈爱。从一个人十年的默默付出，到一群人的跟随，他带来的是爱的连锁反应，是社会能量的传递升华。榜样，那是一个人的力量；收获，那是一代人的成长，他火热的心是大凉山歌谣中被吟唱过的渴望和美丽。

一位普通的铁路警察，做出一件绝不平凡的事，他用质朴的心灵和高尚的行为，为一群素不相识的孩子传递爱心，为604名孩子们创造了曾经想象不到的学习条件，他用实际行动将人民警察的"人民"二字放在心中最高的位置！

爱是阳光灿烂的风景

——记"全国特级优秀人民警察"西昌公安处民警朱东

大凉山，那层层叠叠的山峦像大海汹涌的波涛，鹰拍着亮闪闪的羽翼，在天际盘旋、滑翔。神秘的彝乡山寨讲述着"夜明珠"的童话；火红的锅庄讲述着"古老"的传说；木酒杯溢流着火把节的欢乐；口弦、月琴激荡起红披毡的旋舞。

尔赛河站是大凉山深处成昆线上的一个五等小站，是一个很小的地方，小到十万分之一的地图上都找不到它的踪影，同

时，这里的他却又很大，因为他让604名儿童爱戴。难以忘怀瘦削的他与孩子们割舍不断的情愫；难以想象年已不惑的他却能扛起600多个大凉山的"希望"；难以理解本可以选择舒适的他毅然选择与艰辛相伴。他是西昌铁路公安处公安民警朱东，是守护那些凉山"花儿"的园丁。

2017在尔赛河见到朱东时，他已经不年轻了，咧嘴一笑，脸上便堆起一层又一层的皱纹。皱纹里不仅写满了岁月的沧桑，更蕴含着许多动人的故事。

这是我第三次提笔写朱东了，第一次是2012年1月8日，题目为《这个冬天不会冷》，第二次是2013年3月10日，题目为《爱心涌动大凉山》。这次我想把他写进我的散文里，和他聊聊家常，听他讲讲帮助过的人，到他关爱的村子走一走，看看绿油油的田野，摸一摸锄把，和晒得黝黑的彝家村民聊聊天，听一听孩子们如何夸奖这位警察叔叔，看看孩子们在他的关爱下是如何一天天长大。在动笔之前，我已想好了标题《爱是阳光灿烂的风景》。

尔赛河乡中心校，地处成昆线中段四川省凉山彝族自治州越西县普雄镇（彝语称"瓦吉木镇"），学校坐落在成昆铁路尔赛河车站附近的一座山坡上，这是一个极为偏僻的彝乡山区，这里不通公路，是辖区内最偏远贫困的村镇，手机信号都时有时无，唯一能联系外界的就是每天南来北往的两列慢车。

2005年5月，由于工作需要，朱东从治安押运队来到尔赛河车站，成为一名驻站民警，这个全新的工作岗位对他来说是一个挑战。来到新的工作岗位，朱东干的第一件事就是熟悉辖区沿线环境。在走访中，朱东发现车站总有几个彝族小孩儿，常常在大白天里跑到铁路边玩耍。"都是学龄期的孩子，为什么不去上课呢？"怀着这样的疑问，朱东专门了解了孩子们的情况。原来，这几个孩子的父母都在外打工，家里经济困难，根本交不起学费。看着孩子们天真的脸庞，朱东心里最柔软的地方被触动了：这么小的孩子，上不了学，以后该怎么办？朱东不由得萌生了捐助的念头，不能让孩子们没书读，尽管工资不高，妻子早年下岗，家境并不宽裕，但他还是毫不犹豫地拿出了自己的积蓄，让三名孩子重返校园。

朱东常常徒步翻越大半座山去村里宣传，在一次深入越西县尔赛河乡宣传结束以后，他就再也难以忘怀这样的情景——在中心校，那一双双渴望知识的眼睛紧紧揪住了这位普通铁路警察的心。

在这海拔2500米以上的山区里，流传着这样一句话："普雄下雨像过冬"。2005年的冬天，气温已经低至零下10多度，布海小学的孩子们家境贫寒，平时只能穿着无法遮蔽小小身躯的单衣。学校的条件很差，学生们坐在没有玻璃窗的教室里，凉风从学生们的身上穿过。当朱东看到孩子们在没有窗户的教室里穿着露脚趾的鞋子瑟瑟发抖的时候，望着那一双双渴望的眼睛，这个凉山汉子眼睛湿润了。他把钱包里所有的钱给了校长，叮嘱校长给孩子们买几双袜子。

每逢雨天，孩子们身背书包，脚穿雨鞋，左手提饭，右手撑伞，浑身是泥，奔走于学校与家之间。有的学生由于路途遥远上学时间长，上学期间两头黑的学生占全校学生的35%。学校没有食堂，中午带饭的学生为100%。每到中午时分，都是老师和民警们最难受最心痛的时候，有的孩子带了简单的饭菜来学校热着吃，有的孩子根本就没有什么可以带，别人吃饭时只能眼睁睁地看着，有的会忍不住落泪。大人们的心里都难受无比，大家竭尽全力，也只能提供一个简陋的热饭场所及一些简陋的餐具给孩子们。

从那时起，这个面容消瘦、皮肤黝黑的小站民警朱东又自费给孩子们买了文具来看望他们，孩子们抱着叔叔，不停地说"卡沙沙"（谢谢了）。面对这些心怀感恩的孩子，朱东在心里萌发了资助他们的想法，也由此开始了长达18年从不曾间断

为600多名山里娃的漫漫助学之路。

朱东坦言,"山里的孩子太苦了,我要力所能及地为孩子们做点实事。现在要我走我也不走了,我舍不得孩子们。我所做的一切只是为了让贫困山区的孩子们也能像城里娃一样健康快乐成长,好好上学读书。"

朱东到学校进行爱路护路宣传,每次都会看见一个身体残疾的中年男人在学校旁,朱东好奇地问吉米校长这人是谁啊?"这是我们学校二年级学生吉俄热古木的舅舅。几年前,吉俄热古木父母双双离开了人世,她只好跟随身体有残疾的舅舅艰难度日,舅舅没有经济收入,只能勉强交学费。"吉米校长回答道。朱东得知小热古木的困难后主动为她承担了学费。2009年,朱东联系了澳大利亚华侨网友对小热古木进行一对一资助,直至大学毕业。

残疾舅舅抹着眼泪念叨:"上哪儿去找朱公安这么好的人呐!""共产党,卡沙沙(谢谢共产党)!""人民警察,瓦吉瓦(人民警察好得很)!"

那一刻,吉俄热古木的心飘到了云上,朵朵白云为她铺开了洁白的翅膀。

时针指向2011年元旦,因家庭变故,母亲走了,父亲为了生计也远走他乡打工,一去没了音讯。不到6岁的加瓦依布木孤苦伶仃地被70多岁的爷爷收养,从此跟着爷爷生活,爷爷省吃俭用,把她养到7岁,却再没有钱供她上学。吉校长对朱东说:"这个孩子艰难啊!"

在大山深处,落寞悠扬的竹笛响起,到底是谁的笛声在哭泣,哀怨地诉说令人心酸的往事,为何你总要如此的悲伤。入夜,加瓦微垂的眼睫下有淡淡的忧伤,孤单地在土坯屋里独倚窗口,撩开破旧的帘拢,让一指细细的风浅浅地荡漾在小屋里。

2011年春节前夕,朱东向吉校长表达了想去加瓦的家看看的想法。小加瓦得知有个警察叔叔要来看望她,眼泪顿时从眼角流下……

加瓦依布木住在尔赛乡瓦基姆村寨,它位于凉山州越西县普雄镇一个极为偏僻的彝乡山区,这里不通公路,是辖区内最偏远贫困的村镇,手机信号都时有时无,唯一能联系外界的就是每天南来北往的1对慢车。

大凉山上的瓦基姆村寨,灿烂的朝霞向天空涌动,东方金黄色的太阳渐渐升起,在碧海晴空的蓝天下,朱东提着物品向瓦基姆村寨走去。起风了,头顶的树叶儿发出唰唰的响声,接着就是脚下的一片片树林向着一个方向倾斜,一阵浪涛的声音涌进了朱东的耳里。翻越了两个多小时的瓦基姆山岭,寨子里摇曳着缕缕炊烟。

朱东的身影在泥泞的山路上一步一滑,两只鞋子粘满泥浆,他挽着裤腿,一脸"彝家人"样子,一瘸一拐地沿村庄的小路走去……走进村寨,异常的响动惊起了狗吠阵阵。远远望见村寨人家低矮的土墙上,晾晒着一堆堆圆根萝卜。

加瓦依布木看到朱叔叔,就哭了起来,一双冻红的小手紧紧地搓着。这是朱东第一次走进加瓦的家,这哪是一个家啊,摇摇欲倒的土坯房,室内昏暗潮湿。矮小的房屋,简单的饭菜,孩子很长时间没吃过肉了,她最大的心愿就是能吃上一个肉包子就很满足了。看见这些朱东真的很心酸,一个小小年龄的贫困孩子,她顽强的生存能力真的让人很为之感动。这一刻,朱东在心里决定帮助小加瓦,决定让她能吃饱,能吃上肉包子,同时呼吁所有的朋友们,只要我们大家都献出一点爱,就可以帮助很多很多这样的孩子,如果人人都有一颗善良的心,孩子们的人生会更加美丽。

小加瓦双手接过朱叔叔的礼物,点着头,泪水在她眼眶里打转。小加瓦年迈的爷爷身上披着一件破旧的擦尔瓦(彝人的披毡),坐在火炉边"吧嗒吧嗒"地抽着兰花烟。老人古铜色

的肩膀和精瘦的小腿,支撑起破旧的家,雨水洗濯掉青瓦上的尘埃,一张隐藏着忧虑而又讷于言表的脸庞,拼成了家里最紧凑、最坚实的"墙"!只剩几颗门牙的老木苏(老大爷)对朱东说:"我家三代都不识字,现在我趁眼睛看得见养点猪、鸡换点钱供小阿衣(小姑娘)读书,我要是瞎了或是死了,她就完了。"

"老木苏,别想那么多,不是还有我们嘛!"朱东安慰道。

"有你为我们彝家着想,冬天再冷,心里也热着哩。"

2012年的中秋,窗外下着小雨,聆听浅浅的雨水拍打窗台的声音。加瓦站在窗前看雨,不再是为看那雨中的风景,也不再是在享受雨中收获的那份清静与悠闲。温润清冷的月光,伴着夜的浅凉凝结成一种淡淡的忧伤。爷爷病了好几天了,躺在床上,加瓦只能煮点土豆酸菜汤喝。这些年,在加瓦的记忆里,每当下雨她都会站在屋檐下,盼着山路上雨里出现的身影……

有谁知道,朱东跋山涉水,步行二十多公里的山路,到瓦基姆村寨,路上胃病突发,忍着剧痛坚持走到了加瓦的家。这个中秋,加瓦终于见到了"亲人",吃上了月饼。"朱叔叔,我想读书。"小加瓦流着泪说。朱东知道这是孩子喊出的肺腑之言,更是孩子最重要的渴望与梦想。"我会想办法让你读书的,听话,叔叔会经常来看你的。"小加瓦说到读书,眼睛比星星更亮。不!那分明是一双渴望无助的眼神。看见可怜而又懂事的小加瓦,朱东的泪眼模糊了视线,对山里贫困孩子的那份情感,汇聚成泪水淌了下来。

天边飘着夕阳的余晖,如云烟穿过原野。太阳已经偏西,天色正在一点点暗下去,云彩镀上金黄的颜色,云层正不断四合聚拢。朱东起身准备离去时,小加瓦伸出手紧紧拉住亲人的衣襟。小加瓦舍不得叔叔离去,早已泪眼蒙眬,眼泪像断了线的珠子滴在他们的手上……

在朱东的努力下，小加瓦上学了。五年来，小加瓦在艰苦的条件下努力学习，在班上成绩一直名列前茅，得了不少奖状。

一个人的付出带动了一群人的追随

在经过很长一段时间的独立资助以后，朱东意识到一个人的力量终究有限，而在一个偶然的机会下，他发现网上有人组织向患病儿童募捐，这顿时让他看到了新的希望。

朱东通过网络向社会及广大网友呼吁，用图片和文字真实记录孩子们学习和生活的点滴，并与西昌民间慈善组织的好友联系，希望有更多好心人关注这些孩子，为他们提供物质帮助。他的呼吁很快得到热心网友的回应，从一个人的带动到一群人的追随，从一人伸出援助之手到八方汇聚关爱之心，朱东为孩子们与来自全国各地的好心人搭建起了爱心的桥梁，从一个人的默默付出到一群人的跟随参与，他带来的是爱的连锁反应，是慈善效应。就是这样一个普普通通的小站民警，用自己无私的爱为大山深处的孩子们带去了希望的火种，将来自四面八方的爱心网友聚集到这个在地图上都无法找到名字的偏远山寨。

2012年5月，通过朱东与凉山州索玛花支教助学联盟的友人联系和精心筹划，5月31日，一场以"护路宣传、爱心捐赠"为主题的捐献活动在尔赛乡中心校拉开了序幕，朱东所在单位西昌铁路公安处联合凉山州索玛花支教助学联盟、普雄公安分局为尔赛乡中心小学的604名贫困学子送去了价值一万余元的书包、饭盒、棉鞋等生活学习用品。

9月21日，朱东带领不远千里从北京赶来的爱心网友代表丁韵伟，从普雄镇出发驱车30多公里，又经过1个多小时翻山越岭，辗转奔波来到尔赛乡中心校，他们带着首都爱心网友的嘱托，将价值七万余元的604床棉被、一台笔记本电脑和

两部手机捐给了尔赛乡中心校 604 名学生。

"我来自偶然像一颗尘土／有谁看出我的脆弱／我来自何方我情归何处／谁在下一刻呼唤我／天地虽宽这条路却难走／我看遍这人间坎坷辛苦／我还有多少爱我还有多少泪／要苍天知道我不认输／感恩的心感谢有你……"

2013 年 1 月 8 日，当孩子们收到普雄车站派出所尔赛河驻站民警朱东叔叔通过网络向社会募集到的第三批价值十余万元的"爱心礼物"时，孩子们在惊喜与感动中一遍又一遍地唱起着《感恩的心》，表达出了孩子们稚嫩的真情。

从一个人的默默付出到一群人的跟随参与。2012 年，朱东与北京前华为人基金会合作，先后联系美国、加拿大、台湾地区的华人"一对一"资助凉山地区孤儿、贫困儿童 300 余人；2013 年 1 月 8 日，公安处成立"铁警朱东爱心助学联盟"；2013 年 9 月 3 日，朱东联络爱心机构投资 80 余万元捐建的尔赛乡布海小学完工；2013 年 11 月，朱东与社会爱心机构合作，为尔赛乡中心小学及布海小学建设"阳光午餐"项目；2015 年 4 月，朱东再次为越西县贫困学生联系到来自广东深圳的 3000 余套价值 65 万余元的新衣物。10 年来，西昌铁路公安处普雄所民警朱东经过长期努力，累计为尔赛乡山区 800 多名儿童筹措到 300 余万元助学物资，为辖区失学儿童、西昌铁路公安民警和来自全国各地的爱心人士搭建了一座公益桥梁。

朱东带来的慈善效应还在不断扩散，他的善举受到地方党政、新闻媒体、社会机构和社会各界爱心人士的广泛关注和充分肯定。2012 年以来，人民日报、新华社、工人日报、法制日报等中央级主流媒体分别对朱东爱心助学事迹进行了大量报道。2015 年 4 月，朱东荣获"2014 年度感动凉山十大人物"，同时荣登 2015 年 1、2 月"凉山好人"榜。近年来，朱东还相继获得了铁路总公司优秀党员，成都铁路局劳模、优秀生产工作者、服务明星，成都铁路公安局、西昌公安处优秀人民警察、优秀共产党员等荣誉称号，目前正在申报全国铁路劳模。"朱东爱心助学联盟"被成都铁路公安局授予"党内优质品牌"称号。

朱东用实际行动和坚持不懈的努力，诠释了人民警察的良好职业操守和高尚道德情操。为发挥朱东同志典型事迹的示范引领作用，弘扬公安队伍正能量，激发全体民警立足岗位、无私奉献的精神，2015年4月，西昌铁路公安处政治处决定，在全处开展向朱东同志学习的活动。

爱心还在延续，尔赛乡中心校目前已成为来自全国的爱心网友们和西昌铁路公安处普雄车站派出所定点助学的对象之一，爱心人士们将与贫困学子们结成对子，开展"一对一"资助帮扶，并将继续通过募集慈善基金，为学校捐赠教学设备、改善教学条件。

"一个人的力量毕竟有限，我希望让这份爱心传递下去，帮助更多需要帮助的人。"朱东这样说道。现在与朱东一起帮助山区贫困学子的爱心人士一共有30多位，比较固定的有20多位，而且队伍还在不断壮大，这让朱东感到很有希望，"我相信会有更多的人加入我们，虽然我们都不是强者，但爱心无关贫富。"

正在普雄站执勤的朱东收到了一份特别的礼物——满满一纸箱写满祝福话语的卡片和彩纸折成的纸鹤。孩子们说："朱警官帮了我们这么多，真的不知道该怎么谢谢你，我们把祝福和对你的谢意都写在小礼物里了。"尔赛乡中心校校长吉米阿牛将604个孩子亲手制作的小礼物和节日的祝福送到了朱东手里。跟随吉米校长一同到警务区的还有一名彝族小姑娘，她双手高高举起，一面将两个信封递给朱东，一面说道："前几天老师教会了我们写信，这是我写给朱叔叔和捐助者的感谢信，谢谢你们对我的帮助！"

写信的女孩名叫吉俄热古木，是尔赛乡布海小学的一名学生，几年前，父母双双离开了人世，小热古木只好跟随身体残疾的舅舅艰难度日，舅舅没有经济收入，眼看着就快因为交不起学费而辍学，朱东在得知小热古木的困难后主动为她承担了学费，并联系了澳大利亚华侨网友对小热古木进行一对一资助，直至大学毕业。

"孩子们常常会送小礼物过来，有时候还会给我和网友们写信，自豪地讲自己在学校学到的新知识、获得的各类荣誉和奖励。"朱东抱着满满一箱子小礼物，讲着孩子们的故事，神色中满是欣慰，"孩子们说不能辜负好心人们对他们的帮助和期望，其实，只要孩子们能好好学习、健康成长就是我们最大的愿望。"

朱东没有惊心动魄的英雄事迹，也没有感天动地的壮志情怀，有的是一腔热血倾注在铁路公安事业上的赤诚之心，有的是想群众之所想急群众之所急的爱民情怀。

2014年春节前夕，大凉山的空气中弥漫着清甜的气息，寒风吹动着铁道两旁的树木和花草，漫天的雪花在大凉山上飞舞，在浓浓的雪雾中，朱东静静地站在尔赛河车站的寒风里，凝望着远方黛色的山峦和那低垂的云彩，隔着铁轨，望着对面的山坡，尔赛河中心校布海小学新建的校舍让他迷恋让他动容，见到604名孩子们的笑容，让他的心充满了幸福。

没守候好家人　却守住了梦想

2015年4月4日，在铁道上飞翔的雄鹰——朱东，被凉山州评为"2014年度感动凉山十大人物之一"，也是当选的十大人物中唯一的公安民警。2017年5月19日，公安部在北京人民大会堂隆重召开全国公安系统英雄模范立功集体表彰大会，铁路公安机关19个集体和40名个人受到表彰，朱东荣获"全国特级优秀人民警察"称号，他的先进事迹，集中彰显了铁路公安机关和广大民警对党忠诚的政治本色，生动诠释了广大民警忠诚履职、守护正义、不惧艰险、英勇顽强的战斗精神，全面展现了新时期铁路公安民警对公安事业的执着追求和高尚职业情操。在绚丽的七彩霓虹灯下，他身着警服站在颁奖台上，手捧奖杯，这一刻，崇高的形象已不仅仅代表他自己，而属于西昌铁路686名人民警察。他的付出已得到升化，他的爱是阳光灿烂的风景，它已绽放出生命的火花。

朱东助学的事迹得到了各方关注，也获得了各种荣誉和鼓励，但是他说最值得炫耀的荣誉就是那一根根红领巾，那是孩子们每个学期都会送给他的最珍贵的礼物，所以每当他休息的时候，他就会拿出来整理一番。

2015年春，尔赛乡中心校开学了，朱东又要离开家，走进凉山小站、走进瓦吉木大山的尔赛河学校，开始新学年一对一的捐赠活动了。这时，朱东五岁半的女儿文文（化名）将父亲拉到一旁，低声说自己有个心愿："爸爸，我已攒了好多好多的零花钱，我想让你带去给加瓦姐姐，要不带给那些光着脚、还没有穿毛衣的小朋友、小伙伴……"似乎怕父亲不同意，文文的话中带有商量的语气。顿时，泪水在朱东的眼眶里打转，朱东紧紧抱着文文说："爸爸懂你，支持你……"文文眼睛一亮，"爸爸同意啦？"朱东连连点头，文文迅速跑进睡房拿出存钱盒，"爸爸，给你。"朱东打开一看，有三张一百、两张五十、十元、五元、一元都有，一共477元。

采访时，文文的妈对我说："我们会沿着孩子她爸的脚印，将善与爱传承下去，帮助需要帮助的人，这才是我们一家人真正的成就和骄傲。"

朱东不善言辞，受到任何委屈也从不向人诉说，在家是最受父母疼爱的孩子，父母含辛茹苦把他抚养长大，为他的成长费尽了心血。可自从他入警后，就没有几天好好地守在年迈父母身边，反而让父母时常为其担心、挂牵。

那年父亲病重，春节该回家看望一下老人家了。可正值春运，工作又无人能够代替，一边是生他养他的亲生父亲需要看护，一边是急切需要他做的警务工作，两难啊！他感到难过的是自己最亲的人就在身边，而自己却不能回去，不能陪父亲说话，心里充满了焦急与内疚。

一个寒夜，身染重病的老父亲去世了。朱东没能在父亲身边尽孝，没能看到父亲去世前的面容，他痛心疾首。那一夜，朱东哭了，泪水从这个钢铁一般的男人脸上流下，莹莹的泪光凝结了太多的责任义务和情感寄托。当生死的距离陡然间变成一张薄纸的时候，我们看到了这个钢铁般男人最最柔软的牵肠挂肚，最最无可厚非的至情依恋。朱东的眼里，莹莹的泪光凝结了太多的责任义务和锥心的情感寄托。

很多时候，他很想好好地和父亲说说心里话，可是电话那头的自己却常常说："爸，我很忙，对不起"。父亲走了，自己想把未说的话说完，隔着盖在父亲身上的那层布，已感觉不到父亲的呼吸与心跳，只能带着愧疚在心底与父亲永别。

这些年，朱东对妻子、对不满六岁的女儿的爱又有多少呢？一周只有穿越那弯曲又险陡的山路才能够拥有一次见面的时间。妻子从来就没有责怪过他，她只是个平凡的女人，她没有那些高调的姿态，虽然丈夫在面对存在危险的警察工作的时候，她是那么担心与挂念，她多想打个电话确定他是否安全，可是她不能，她能做的只能把自己蜷缩在一个小小的角落，然后在地上一遍一遍画着两个字"平安"！她珍惜她拥有的一切，她珍惜他给予的幸福，正因为那些盛开在忧伤上的幸福，才令人如此的动容。但她更知道有多少像丈夫一样的民警，用付出与牺牲换来一方安宁，他们守护了大家的幸福。

朱东与妻子已习惯了在每一个晨昏走进相思，和女儿也是一样。在驻守小站的日子里，每当窗外吹过一丝丝微风，朱东总能想起女儿的笑脸。每年的除夕，为了旅客群众的平安、幸福、快乐，他都要放弃与家人团聚的机会，选择坚守岗位，默默奉献。

朱东说，他对不住自己的妻子，她为这个家做了力所能及的一切。朱东的妻子说，要说不委屈那是假的，但是每每想到他还有千百个孩子要照顾的时候，她总是能够为自己找一千个理由坚持下去，他能爱着千百个孩子，又怎能不爱着这个家呢。

朱东明白与妻子从相识相知到结合，没有浪漫，只是静静酝酿足够多的记忆，慢慢将生命交融。多少次透过门缝看见妻子的侧脸，窗外透进来的光为她勾勒出好看的轮廓，散落在深邃的眼睛里，折射出明灭的微光。朱东说："妻子从未告诉过我，很多时候她真的很想念我，她需要一个人在身边，即使什么都不做。"

让风寄予亲人一份思念，让雪花写一首情诗，送给心中的爱人。当独自面对异乡烟火的时候，这份思念更是一再叠加。家啊！有时候很远，遥隔千里寄相思，家啊！有时候很近，咫尺之间暖人心。

朋友不解地问朱东："在那个鬼地方，你总是把别人的孩子当作自己的孩子去疼爱、去关怀，值得吗？你这样执着的关爱究竟图个啥？"朱东毫不犹豫地说："图个啥？不就是要对得起警察这个称号吗？不就是为铁路运输物资安全和孩子们的生命安全吗？我做这些对得起自己的良心。在什么岗位不重要，在什么地方也不重要，重要的是老百姓需要我。"

有人说孩子和路是未来，而朱东恰恰是这两个未来的守护者。看着"花儿们"一天天茁壮成长，朱东总会露出欣慰的笑容。他在巍巍大凉山唱响了一首爱的山歌：人民铁警人民爱，人民铁警爱人民……

朱东在这个地方继续守护着大山里的铁路，守护着那些孩子们，守候住自己的梦想和大山的希望……

题记： 透过云雾缭绕的乌蒙山，我看见，一只雄鹰，像一片祥云，飞过山巅，朝着北斗星的方向……

他的血液里奔流着炽热的忠诚，他的生命里跌宕着激情的浪花，我不知道该用怎样的词语向他表达，只想用诗歌串缀一个个壮丽的神化。

乌蒙高原的夜莺

——记全国优秀人民警察贵阳公安处六盘水站派出所所长张道忻

荣誉与使命

"公安楷模"用汗水、鲜血甚至生命，践行着新时代人民警察的初心和使命，楷模是一座桥梁，用奋斗的人生连接过去与未来。

2017年5月19日，公安部在北京人民大会堂隆重召开全国公安系统英雄模范立功集体表彰大会，铁路公安机关19个集体和40名个人受到表彰。张道忻成为全国铁路公安系统中的一面旗帜。他与"公安楷模"战友们的先进事迹，集中彰显了铁路公安机关和广大民警对党忠诚的政治本色，生动诠释了广大民警忠诚履职、守护正义、不惧艰险、英勇顽强的战斗精神，全面展现了新时期铁路公安民警对公安事业的执着追求和高尚职业情操。他们是新时期铁路公安机关践行人民警察核心价值观的杰出代表，是广大干部民警学习的榜样。

张道忻，1992年7月参加工作，1997年10月加入中国共产党，历任贵阳铁路公安处六盘水车站民警、副所长、教导员、六盘水南车站派出所所长等职务，成长为成都铁路公安局"焦裕禄式"好干部、多次被授予公安局优秀人民警察等称号。现任六盘水车站派出所所长、党支部书记。荣获"成都铁路公安局优秀共产党员"和"全国优秀人民警察"称号。

面对殊荣,张道忻同志深感肩上的压力。但强烈的事业心和责任感,让他暗下决心,一定要带好队伍,决不能在自己手上砸掉这块先进的牌子。

全路公安机关警营文化示范点

警察文化恰似生命的文化,是和平时期不能够享受和平的群体文化,用奉献、牺牲、血肉之躯组合而成,全国以每两分半钟就有一名警察负伤,以每天牺牲两人的沉重代价承载着和谐建设的航船,警察用生命的坐标指示人们走向和谐安宁的彼岸。

采风对诗人、作家来说其实就是给自己的灵魂一次艳遇的机会。也是一次警察与警察之间彼此腾空的重生。每一次采风,诗人、作家与被采访者都彼此走近。

2015年10月,六盘水站派出所完成办公建设及警营文化建设,从而结束了近50年来派出所租用办公楼的局面。

走进六盘水派出所,看到的是整齐划一,绿色环绕的办公环境,一个个气宇轩昂的公安民警,让人如沐春风。扑入眼帘的是警营文化墙和警营书吧、民警书屋等文化空间。这里环境优美,音乐荡漾,书香四溢。我用心记录下了这里的警务知识、警察图片、名言警句、文艺沙龙、生活等多种文化元素展示的警营文化。

听派出所一位女民警讲,民警休息时来这里休闲,在优美的轻音乐中,一边喝着咖啡,一边看书,接受文化知识的熏陶,感到很惬意。打造"爱岗敬业、文明亲民、以警文本、公平公正"的优质警营文化,并发挥警营文化在队伍建设中的导向作用、规范作用、凝聚作用和激励作用。

在这里,爱恨是音乐,倾听是鉴赏,沉思是走入。在这

里，思想没有宝贵，英雄不问来处，却演绎着人生的交响曲。在这里，企盼是安宁，铸就的是忠诚，经历的是风雨，承诺的是和谐，相伴是险重，淡出的是荣誉。这就是警察生命文化的折射！

经过支部一班人的努力，把派出所建成了管理像部队、环境像花园、生活像家庭的派出所。

采访中，笔者了解到，自 2011 年筹备派出所新办公楼修建工作以来，作为一所之长，支部领头的张道忻，率班子成员提前介入，从选址到修建，反复与地方规划部门、施工单位进行沟通，确保了办公楼得以顺利修建，在修建过程中更是积极参与到办公房的布局、规划当中，结合派出所实际，将施工方设计的图纸进行了细化改造，整合规划部分房间，设定规范、安全的办案场所，取消了个别通道，撤销了两层楼的卫生间，将三间办公室连通改造成为学习室，从而使整个办公楼区域划分清晰，用途得到明确。并通过不断沟通协商，增设了景观式围栏、院落及食堂用房，为警营文化建设奠定了重要的硬件基础。新办公楼的修建突出了实用性，更贴近派出所实际，满足了办公、学习及警营文化建设的需求。

在警营文化建设过程中，公安处重点指导、派出所和民警个人积极参与，合力建设，见证了群策群力、上下一心的警心凝聚。所支部把此次新办公楼的基础建设及警营文化建设作为加强队伍建设的重要载体，成立了以所长、教导员为组长，其他具有设计、艺术、文字、电脑等特长的民警为成员的工作小组，大家共同制定完善建设方案、商议细化工作措施、收集汇总上墙资料、设计编辑版面图纸，通过深入听取民警意见，紧紧围绕建设"家"的理念，充分考虑办公楼的整体美观、实用性、温馨舒适度，总结过去警营文化建设的经验，传承发扬好的方面，并在此基础上有所创新，明确了切合新办公楼及本所实际的建设思路。

在班子成员的带领下，全所民警群策群力齐参与为建设美好家园贡献自己的力量，所支部成员和民警按照特长分工合作，亲力亲为粉刷装修、搜集资料、设计版画，从门头修建、移植花草到每一张照片的上墙，无一不包含了民警的参与和热情，有才艺特长的民警自行创作书法、摄影作品上墙，警营文化建设把全所的心力与智慧凝聚到了一起，丰富了文化载体，提升了建设层次，更深化了"家"的理念与实质。

在所长张道忻的带领下，他们从细节入手，创意突显氛围，注重"小环境"，抓住楼梯转角、办公室、卫生间等较为隐蔽、易被忽视的点，在办公室和转角墙面上，悬挂设计精巧的工作理念和岗位职责，提醒全所民警践行"忠诚履职"承诺。办公室内统一物件摆放，业务台账、政工台账外观标识统一，配备统一的洗漱盆等用具，集中摆放在指定位置，营造洁规范的内务环境，提示民警注重个人细节，让民警在轻松的工作环境中，于无声处树理念，置小事中见修养，在细节里强养成。结合派出所警营文化建设的经验，根据派出所楼层实际，在二楼楼道建设了以安全保卫为主题的民警风采以及民警才艺展示墙，充分利用三楼楼道设计建设了内容丰富、图文并茂的警营文化长廊，涵盖世界文化、中国文化及凉都本土文化，在其他楼梯转角墙面设置了雷锋活动宣传栏、创先争优活动宣传栏、领导关怀墙、荣誉墙及英雄人物展示，走廊上书架书籍摆放整齐、随手可取。多种文化各具风格、交相辉映，营造了一定的文化、进取氛围。将"励志书屋"作为警营文化建设的精华板块和核心内容，继续沿用铁警沿革回忆墙及党内主题实践活动墙为一体的警营文化主题墙，按照原有模式设置了阅读区、休闲区，保证民警听有音乐、看有图书、闲有去处，为民警建设了工作之余休息、学习、放松的"民警之家"。

从优待警十条措施作为一个版块上墙悬挂，并首次创建了一块特殊的照片墙，他们将之命名为笑脸墙，这面墙上悬挂了

几十张民警的生活照,最中间是派出所民警的集体合影,这面照片墙的构思就来源于每个人家中现在最流行的照片墙设计,在派出所设立这样一面墙,好像身处在自己的家中,每当看到这面墙,迎面而来的就是一种幸福、温暖的感觉,每个民警看着自己的照片也不由得感到自己在这家中的分量。细节之处见真情,用心对待民警,努力营造一种和谐的家园氛围,从细小之处入手,让民警感受到更亲切、更温暖的氛围。

2013年,为整治警务区的基础建设,张道忻带领所内民警自己动手,上山采花草、下河搬石头、连夜搞设计、自己当水泥工,修缮警营环境,打造了以"家"为主题的警营文化,警营面貌焕然一新、所内书香阵阵、绿荫处处,营造了浓郁的生活氛围,丰富了干部民警文化底蕴,派出所更是被铁路公安局命名为"全路公安机关警营文化示范点"。

张道忻简单的办公室里,桌椅、办公电脑、各类书籍摆放整齐。衣钩上挂着一顶警帽。办公室里有一幅装裱好的书法,是2014年,在警营文化建设中,一幅装裱的《沪昆情》诗句,是他的杰作,苍劲有力的书法,透露出他的儒雅,警务创新,他与时俱进,用特有的警营文化做出满意回答。

"东西南北好儿郎,边关草海逞英豪;民警之家六盘水,何惧思念两茫茫;盲警小站仍坚守,忠诚道义双肩扛;六枝织金又安顺,联防互控保畅忙;治安队伍生命线,壮志在胸不彷徨,莫言前路多奇险,警心向党永朝阳。乌蒙山苍茫、北盘江壮阔。"

2013年,张道忻收集整理了派出所民警的日常工作照片,和有制图特长的民警一起策划,设计制作了派出所第一本记录民警工作点滴名为警营赞歌的纪念画册和第一枚警营赞歌的纪念邮票,一张张油墨飘香的画册,记录散发的是每一位民警数十年来为派出所付出的一幕幕感人画面,每一帧感人画面的背后却是张道忻对"家人"的一片情谊。这本纪念册从收集素材到制作完成历时近一年，他们从民警那里收集了很多极具价值的照片，每一张照片都记录着民警在铁路公安事业中的付出，画册一共九个乐章，分别为：温情建家温馨警营曲、风雨兼程历史记忆曲、执着坚守车站平安曲、重拳出击刑侦治安曲、孤独守望线路畅通曲、无私奉献专项安保曲、严爱相济队伍和谐曲、忠于职守金色荣耀曲、情系基层领导关怀曲。每一个乐章都让曾经历过的人回味无穷。除了画册，他们还联系邮政部门印制了一版纪念邮票，同样命名为警营赞歌，这是一份独一无二的礼物，他们尽可能把每一位民警的身影都镌刻在画册和邮票上，作为一份惊喜送给每一位战友，作为从警生涯一份宝贵的回忆，翻看着画册，民警们也有了更深的情怀，更多的自豪感。

浓浓真情感染、影响着派出所的每一个人，在这里人手一个印有"我们是一家人"的青花瓷茶杯，象征着战友们的情谊深深。在这里可以看到民警遇到急难病困时全所上下的全力以赴；可以看到值班室内摆放整齐的一堆私家车钥匙，民警要用车可以任意开走一辆。在张道忻的影响下，一个所真正就是一个家。

回望一路走来的酸甜苦辣，张道忻同样充满隽永和回味，满怀赤诚。而也正是这样的人群和赤诚，才让他诞生了对职业、对岗位、对民警、对群众的真挚感情，才让他时刻不忘身为一名党员的担当和责任，不忘一名铁路警察的忠诚和奉献，用最切实的行动、坚定的决心去践行守卫铁路平安的神圣使命。

警营情怀

六盘水站派出所在册民警 64 人，平均年龄 42 岁，管辖着 307.078 公里线路，是集货运、客运、正线、支线、编组场、交警、刑侦治安为一体的综合性一等站派出所。六盘水站与云南省宣威交界，内部环境上机车供电齐全，路内职工 5600 余

人，线路呈开放性山区铁路，外部环境所处的六盘水市钟山区是一个矿产资源丰富、居民收入悬殊较大的工矿区城市。

作为基层领导干部，无德便无以立信、无品则无以服众，但作为集体的一分子，一份真诚、一丝情怀也是必不可少的。当了27年的铁路警察，张道忻对警营有着难以言表的深厚感情。对他来说，警营早已是自己的另一个家，时刻奋战在一起的战友，更是比兄弟还要亲。"我们是一家人"的理念，是张道忻担任所长以来一直努力在全所队伍中积极营造和倾心维护的，2008年至今从没有改变过。

民警的困难，他看在眼里记在心里更做在行动上。从2010年以来，他立足队伍实际，不忘"家"的理念，怀着爱护关心家人的情怀，踏上了用行动关爱民警的道路。

采访中张道忻说，谈心交流是增进战友间情感的重要方法，谈心交流的基础是平等的、真诚的，只有把平等、真诚的情感融入其中，谈心交流才会取得意想不到的效果。

在注重打造集体环境的同时，张道忻还时刻关注着每一名民警的生活情况。派出所民警张某家庭困难，除了养家、供儿子读书外，还要接济没有收入来源的姐姐和弟弟。张道忻了解情况后，一方面经常与这名民警谈心，疏导其心理压力；另一方面力所能及帮助其解决家庭困难，逢年过节购置些生活必需品送给这名民警的姐弟。在张某心中，张道忻就是他的亲大哥。

让民警和家属们更难忘的是2012年、2013年连续两年由张道忻亲自策划组织开展的迎春沙龙，派出所首次以晚会的形式自编自演节目，邀请离退休老同志、派出所民警家属、安检队员、保安队员参加，以前所未有的方式把整个派出所凝聚在一起回顾过去的一年。即便时间久远，家属们谈起这样的相聚总是感怀张道忻是一个重感情的人，他把民警和民警的家属视作自己真正的家人。

每年的除夕万家团圆的时候，张道忻都会和在岗位上的一线民警一起度过，年夜饭也是他与大家一起在派出所张罗、一起团聚，8年来浓厚的家的氛围温暖了每一个民警的心，他却错过了8年来与自己父母妻儿的团聚。

他也是一个重亲情的人，但在派出所这个大家面前，他总说："因为肩上的责任，始终欠老婆孩子一次团圆，也唯有在这个大家庭里倾注更多的温情了。"

不忘初心，既要讲修为更要讲作为。他守底线、正作风、严执法，用规矩方圆铸造铁骨警魂；他重情谊、建家园、塑品牌，用真挚情感打造精品战队。

车站职工和民警也常说："张所长是个文化人，毛笔字写得好。"其实，张道忻更加注重铁警队伍的文化建设，注重干部民警的底蕴涵养。

他对"家"与"孝"的理念，也有独到的见解。为此，张道忻还特意组织了一次以"中华传统美德之孝"为主题的道德讲堂，他将对父母、对家庭、对事业、对社会的实际与孝道连贯起来，将心系群众、心系国家、牢记宗旨、牢记身份的责任与孝道的本质联系起来，深深触动了每一名参与的民警。事实上，张道忻也确实是用实际行动来尽到自己对社会的一份责任和爱心。在他的倡导下，派出所也一直常态化开展对铁路沿线留守儿童的关怀活动，而张道忻更是带头给孩子们捐款捐物，累计数额达到了6700元。

这是一首张道忻主笔歌颂铁道卫士的战歌《我们是沪昆线上的铁警》：

千里沪昆线，清爽凉都城，乌蒙之巅上，我们用不悔捍卫着一方平安。

少年峥嵘岁，风华正茂时，日日夜夜里，我们用信念书写着忠诚警魂。

与日月同行，与霞光相伴，我们行走在山脉间蜿蜒的铁道线上，我们用坚守谱写出平安的旋律，

我们是铁警……

乌蒙山苍茫、北盘江壮阔。回望一路走来的酸甜苦辣，张道忻同样充满隽永的回味，满怀赤诚。正是这样的人群和赤诚，才让他诞生了对职业、对岗位、对民警、对群众的真挚感情，才让他时刻不忘身为一名党员的担当和责任，不忘一名铁路警察的忠诚和奉献，用最切实的行动、坚定的决心去践行守卫铁路平安的神圣使命。

重走长征路　忠诚铸警心

连续 5 年，每当中国共产党诞辰之际，张道忻作为派出所支部书记，都会精心筹划，让全所党员、民警共同庆祝党的生日，以更加饱满的奋斗热情和拼搏激情投入促进铁路公安事业发展当中。2019 年 7 月 1 日，他们组织党员、民警开展了"重走长征路　忠诚铸警心"主题日党员活动。

从盘县两河的沙沟头到盘县会议旧址，近 15 公里的盘山石路，曾经留下红军二、六军团革命先辈长征途中坚定而沉重的足迹，也是今天"重走长征路"的主干路线。上午 8 时出发，我所 20 名党员干部民警驱车历经 2 小时的路途，来到了这段光荣征程的起点。

夹道的青葱高山，记录下曾经征程的艰辛和红军将士坚韧不拔的意志。为了中华民族的解放，无数共产党人不惜用生命作为革命的积淀，用鲜血洒下赤胆忠诚。

一路上，鲜红的党旗在蜿蜒的山路上迎风指引，两个半小时的行程，20 名党员都时刻保持着肃穆庄严的神情，追寻先辈的足迹，用心去感受我们党历经的磨难，用坚毅的脚步走出对党的忠诚和敬仰。即便全程风雨做伴，即便足下山石崎岖，却更似将那段辉煌而沉重的历史带到了今天，深深刻在每一名党员的心中。

历经锤炼　重温铿锵誓言

1936年3月28日、29日，红二、六兵团先后进占黔西南的盘县、亦资孔地区。进驻盘县以后，红军召开了两次重要会议，最终决定了放弃在滇黔边创建根据地的方针，继续北上与红四方面军会和。于是，盘县会议成为长征途中一次最重要战略转折性会议。

沿着红军当年的征途，20名党员抵达了盘县会议会址——盘县九间楼。经历了风雨的磨砺和思想的锤炼，20名党员在盘县会议会址前整齐列队，面对党旗，庄严重温入党誓词。

此刻，那再熟悉不过的入党誓词却被赋予了更加深刻的含义，每一字、每一句都凝聚了党的无数先烈前仆后继、不畏艰险的革命情怀和奋战决心，字字铿锵，句句铭刻。在场的每一名党员都深深感受到，简单的几句誓言，却是无数共产党人经历生死的考验总结出来的精髓。作为新时期的共产党员，必须将党的忠诚为民、艰苦奋斗的优良传统发扬下去，必须将党的坚韧不拔、勇往直前的坚定决心传承下去。

用心聆听　感怀峥嵘岁月

挺进湘西、四渡赤水、强渡大渡河、飞夺泸定桥、翻雪山、过草地……二万五千里长征是中国共产党在实现民族解放的道路上一部沉重的血泪史，是一场艰难的历史斗争，而长征的胜利却也证实了中国共产党的军队，是一支经得起生死考验的部队，是一股不可战胜的力量！

"重走长征路"的行程结束后，20名党员参观了盘县会议会址爱国主义教育基地，在解说员的引导下逐一参观了会议旧址和会议博物馆，了解了红军二、六军团曲折而英勇的长征征程。每一名党员用心聆听，细览墙上悬挂的每一段介绍词和每一张老照片。黑白图文间，刻满了我们党在为全中国人民奋斗途中的艰难征程，提醒在场的每一名党员牢记那段峥嵘岁月，

珍惜如今来之不易的美好时光，同时，也激励大家不忘革命历史，坚定共产主义信念，在平凡的铁警岗位上也要脚踏实地地为党和人民做贡献，忠诚于党，无私奉献。

张道忻在博物馆的留言簿写下了自己的真切感悟："不忘革命先烈丰功伟绩，牢记党员宗旨，为铁路公安事业奋斗终生！"

警察的誓言

2016年，我读过柳迦柔的长篇小说《老警》，讲述的是一个警察的故事。出生在旧社会、长在红旗下的警察华龙，1962年参加工作，走上警察岗位，一干就是38年。他从一参加工作就表现出了不凡，宁愿放弃给局长当秘书的机会，也要到派出所一线去锻炼。

从我的人生经验来看，一个人的成长固然离不开他所置身的时代大背景，与他生活和工作的小环境更是息息相关。华龙有一颗金子般的心灵，这颗心灵只有遇到了好妻子、碰上了好领导，再加上有一帮富有正义感的同事，才能开出绚丽的花朵。

华龙的人生，是平凡的。他的生活白手起家，他的事业从零起步。从与他心爱的人两地分居，到住进野外破败的鸡舍，生活充满了艰辛，生活每向前一步，无一不打上了从贫困逐步走上富裕的痕迹。华龙的人生，又是不平凡的。他历经工作岗位的调整，饱受事业起伏的打击，面对同事的妒忌，又不乏领导的关怀、群众的信赖；他有着初次破案的执着，有着献宝时的义无反顾；他经历了"文化大革命"的洗礼，干校岁月见证了友谊的珍贵，事业的每一个阶段都经历过生与死的考验。

2019年6月，我在南高原贵州采访全国优警张道忻，他与华龙有着相同的地方，首先，他们有一个共同的名字，也经历过生与死的考验，受到群众的信赖……

从警27年，张道忻从未离开六盘水。从入警第一天起，他就笃信"没有不怕警察的坏人，更不会有怕坏人的警察"，他那略显青涩的年轻面庞透着一股威严与坚定。

1995年7月，六盘水站前广场旁的汪水路上发生一起聚众斗殴事件，十多人手持钢管、砍刀在道路两旁相互砍杀，进站乘车的旅客纷纷躲闪，惊慌失措。正在广场执勤的张道忻一看此情景，便义不容辞冲进人群，把危险抛向天边，将混乱的场面立即控制住。

六盘水地区铁路治安环境几十年来十分复杂。拆盗、割盗和掀盗铁路设施设备和运输物资的犯罪十分猖獗。1997年12月，张道忻和战友们一起前往背开柱站打击货盗。老背开柱车站四面环山，冬季的夜晚气温已经降至零度以下，夜晚的天空飘着细雨，气温降到了零度以下，铁轨两边的道砟石上已经结冰，冰冷的天气让蹲守在暗处的张道忻和战友们有些瑟瑟发抖，但他们静静地准备着、观望着，不敢有一丝的放松。天快亮的时候，盗窃团伙出现了，他们立即行动，最终和战友们一起将四名嫌疑人抓获，起获其随身携带的火药枪两支，打掉了一个长期盘踞在铁路沿线的犯罪团伙，一举破获案件50余起。

面对日益严峻的反恐防暴形势，张道忻主动联系六盘水市地方公安机关，率先于2014年5月形成了路地联勤联动工作机制，并日益完善。在张道忻的不断争取汇报下，六盘水市公安局在六盘水火车站投入了固定警力9名，价值80余万的警务平台车一辆，全部用于支持火车站反恐防暴工作，并将火车站纳入地方网格化管理模式，确保突发情况下周边警力的快速、及时支援。三年来，张道忻作为所长积极主动向地方公安机关汇报，尽自己最大努力争取地方公安机关支持，形成了常态、有效的路地联勤联动工作机制，营造了安全、稳定的反恐防暴屏障，确保了旅客出行安全。

2014年6月15日，六盘水所管内发生一起破坏交通设施案，犯罪嫌疑人将煤气罐置放在铁轨下，试图引爆颠覆列车，

伤及无辜生命，性质十分恶劣。案件发生后，作为派出所所长，张道忻第一时间赶赴现场并迅速协调六盘水市公安局联合上案支援。抱着不破案誓不回家的决心，他查缉追凶在崎岖的路上，白天在山路上来回奔波走村串户、收集线索，晚上回到驻地逐一梳理，分析案情。

"公安局的人是吃干饭的，还是吃稀饭的？这么大的案件一点儿信息都没有。"老百姓不满意了，伴随而来的还有各种猜测、议论甚至唾骂。

张道忻和战友们感觉到了前所未有的压力。"两案"简直像一块巨石压在他们头顶，让人抬不起头来。

他和战友们跨越栅栏桥梁，穿越群山隧道，云贵高原强烈的日照把他的一块头皮晒伤；上百公里的山路磨穿了鞋底，双脚磨起了水泡，但他初心不改。在连续12天的时间里，他和民警一起马不停蹄地走村串户，下沿线了解情况。和村里人打交道靠的是真诚。张道忻到村民家里，陪他们坐坐聊聊天，他们感觉亲切，但自己要注意细节。比如，农村卫生条件不好，但你不能用手擦干净凳子上的灰尘再去坐，不能嫌弃人家破旧茶碗里装的水。距离没了，心才能靠近。

每到一处，他总是走在前面，积极与沿线村委会、村民等进行沟通，明确以案找人的中心思想和目标，围绕重要的物证向村民收集线索，终于在案发后5天内根据现场煤气罐等物证，收集到了犯罪嫌疑人林发仁的重要特征，为案件的成功破获和嫌疑人抓获提供了关键线索。

张道忻有这样一句话："我为这里的铁路安全负责"。这句承诺，他践行了27年，他说："我生于此、长与此，理应用我的汗水来守护这片土地和铁路的平安。"

这些年，他经历过90年代末沪昆线打击货盗现场枪声阵阵的峥嵘岁月，经历过深夜孤身与犯罪分子赤手相搏的惊心时刻，经历过连夜审讯从"零口供"到"全招供"的兴奋欣喜，经历过全所上下共建美丽警营的激动满怀，经历过六盘水地区铁路治安环境从复杂到清爽的自豪欣慰。多少次，那笔直的身影与歹徒赤手相搏，血染少华，多少次，在追捕的路上，呼啸的枪声擦身而过，命悬一线。一路走来，他战风雪、蹲月夜、搏白刃，用赤子之情书写忠诚。

无论是派出所的民警还是车站职工，无论是警务区里的保安还是站前小卖部的阿姨，说起张所长，人人都竖大拇指。他额头上深深浅浅的纹路已然清晰，他的心似一杯白开水，清澈见底。

2011年，公安部统一组织部署的"清网行动"在全国铺开，故意杀人案犯罪嫌疑人段玉荣，已潜逃6年，迟迟难以抓捕。是生是死？是在境内还是境外？是否更名改姓等一系列问题给破案带来了极大的困难。"无论有多难，命案嫌疑人必须到案……"张道忻说得落地有声。

确定对嫌疑人段玉荣的专案攻坚后，张道忻便带着侦查员开始了漫长的走访调查，先后17次前往段玉荣户籍所在地贵州省威宁县新罗乡宝塔村冯家寨组，但由于当地村民极不配合，侦查工作举步维艰，情报线索几度中断。凭着多年的侦查经验，张道忻推断，6年时间，段玉荣一定与家里联系过。于是，立即调整方向，从通信信息查起，在300余万条信息数据中分析比对出可疑电话号码，判定段玉荣的潜逃方向。

2011年7月28日22时，张道忻率队在湖南郴州汝城县文明乡一民房内将潜逃6年的故意杀人案犯罪嫌疑人段玉荣抓获。

在六盘水站周边，张道忻更是被站区的商户们称为"铁面包公"。

2016年5月9日，派出所民警在店内抓获了两名用"撕钱角"手段诈骗旅客钱财的违法嫌疑人，并依法对2人进行行政拘留。店老板李德忠找到常在店内就餐的张道忻为自己的2名店员求情，希望他网开一面，从轻处罚。面对"熟人"，张道忻并没有讲法外情，他说："违法就要接受处罚，如果人人托关

系，找熟人，如何彰显法律面前人人平等！"他坚持原则，刚正不阿的作风，赢得了民警和站区职工、群众的支持和肯定。

此时，不尽让我又想起长篇小说《老警》，小说的故事情节曲折动人，有许多片段令人流泪。年轻的华龙相信困难只是暂时的，因为他的心里装着大志向。当妻子生孩子要回老家寄人篱下，他的心里很不是滋味，他为自己没有能力给高敏一份幸福的生活而感到惭愧。他坚定地想，要让高敏过上幸福的生活，只有脚踏实地的工作才能有美好的未来，他要更勤奋地工作报答组织上的关怀，更要回报高敏对他无私的爱。华龙是一个忍辱负重、心地善良的人，对社会有着强烈的感恩意识，对自我有着深刻的反思精神。华龙又是一个宽容的人。他一而再再而三地宽容那些伤害过自己的人，不仅有贾明，还包括贾明的儿子贾小二。但是不管是谁，只要伤害到了群众的利益，他绝不会手软，比如对杀人从犯贾小二的处置。

读小说《老警》，让我们走近了自己的生活空间，走进了自己的精神世界。小说中的他们是一群极为普通的人，又是一群极不平凡的人，他们的喜怒哀乐都牵动着千家万户的幸福与安宁。华龙用38年的从警生涯诠释和践行了"人民警察要树立革命第一、工作第一、他人第一"的铮铮誓言。正如小说封面所写："跨越时空的描述，一部升华善良与正义的警界风云录，亲历警察家庭半个世纪的辛酸甘苦，朴实的文字里抒写人间大爱的情感剧……"

热血浸润张道忻的脊梁，他把忠诚披在肩上，坚毅的眼神和沸腾的热血，令人惊叹与动容。从普通民警到车站派出所所长，他没有凌云壮志，没有豪言壮语，平凡得犹如大山间的无名小草，顽强地展现着生命力。

张道忻忙着破案的事，妻子很支持，也能理解，但却接受不了他出勘现场回来的那身难闻的味道。早些年，家里没有热水器，不方便洗澡，张道忻回到家都是睡沙发。直到案件破了，去澡堂把身上彻底清洗干净了，才睡到床上。

多年来，张道忻回到家中从来不谈工作上的事，但妻子心里很清楚，他从事的是什么样的工作。每当他出门或出差，妻子的心就总是悬着，但又怕影响他工作，不敢给他打电话，每次都是等张道忻把电话打回来。

有时张道忻打电话说要回家了，可半夜三更还不见回来时，妻子的心里就开始担心他的安危。抓人是不是有危险？路上开车是不是车速太快？下雨了山路会不会塌方……

为了减少妻子的担心，最后两人约定，张道忻出差回来后，才给她打电话。这样她就知道他平安归来了。

由于长年加班熬夜，生活无规律又总是风里来雨里去，顶烈日酷暑，冒严寒冷风，张道忻开始出现了胃痛、血糖血脂偏高等病状。

暮霭下，列车呼啸闪过，又很快恢复寂静。一望无际的铁路线，只有他们独自远行的身影，却也传唱着一个山间小站的平安故事。

"苗人的短裙巴莎的汉，花桥的流水姊妹的饭，祖先的浪漫风雨吹不散，情意绵绵千年万年，黔东南一生眷恋……"这是一首由青年苗族歌唱家阿幼朵演唱的《美丽黔东南》，其动听的旋律让人如痴如醉，使人对美丽的黔东南充满了向往。

张道忻是警营星火传递者，27年的警界生涯，他宛如田野里一株熟透的稻谷，穗实籽饱。

他荣获全国优秀人民警察后，站区、铁路沿线的人民群众终于明白，苗岭明珠黔东南之所以那样美丽，原来是因为有许多像张道忻这样的警察，用执着和忠诚守护着这里的平安。

星光洒落在沪昆钢铁银河上，夜莺的声音在列车穿越的山寨回荡，乌蒙高原的雄鹰翱翔，前行的路被警徽照亮。

注：部分资料由采访单位提供。

题记：在铁路警察中，有这样一个群体，他们没有惊天动地的功勋战绩，没有荡气回肠的豪言壮语；他们默默无闻，无私奉献；他们抛弃繁华，甘守清贫；他们艰苦一生，只为守护辖区内"一亩三分地"，他们是铁路驻站民警。

三十三年，他用青春陪伴深山小站；

三十三年，他用汗水守护着川黔高原铁道线；

三十三年，他用坚强书写着当代铁警生涯；

三十三年，他用泪水寄托着对亲人的思念；

三十三年，他没有丰功伟绩，却用平凡给千里铁道线筑起了一道铜墙铁壁。

凉风垭的守望人

——记贵阳公安处桐梓车站派出所民警叶建忠

三十三年的忠诚守望

如果说湖光山色、草木森森是凉风垭森林公园美丽的外表，那么，幽静和凉爽就是她深邃的灵魂。人们在滴翠湖上悠悠荡起双桨，在山谷里采食清香的野生草莓，在五尺夜郎古道上静静的散步，在遍地松叶铺成的天然"席梦思"上懒散地躺着晒会儿太阳……

凉风垭，位于黔北，大娄山脚下。四面环山，高高的群山直耸云霄。

这里是红军长征经过的地方，是红色革命根据地。

高耸的群山巍然屹立。爬上山顶，革命英雄纪念碑映入眼帘，红军二万五千里长征那艰苦卓绝的历程仿佛就在眼前。我抚摸烈士们的塑像,肃然起敬。

"西风烈,长空雁叫霜晨月。霜晨月,马蹄声碎,喇叭声咽,雄关漫道真如铁,而今迈步从头越。从头越,苍山如海,残阳如血。""红军不怕远征难,万水千山只等闲。五岭逶迤腾细浪,乌蒙磅礴走泥丸"毛泽东在《忆秦娥·娄山关》《七律·长征》中描写的场景浮现在脑际。

凉风垭站是老川黔线上一个建于20世纪60年代的四等小站,位于贵州桐梓县楚米镇的山涧中,除了铁路职工和附近村民外,少有人烟。

1983年3月,叶建忠从乌鲁木齐部队退伍后,参加公安工作就到了凉风垭,成为一名铁路公安民警。

在部队时,叶建忠经常一遍又一遍地询问自己,在故乡那片凝聚着希望的土地上,它就像一粒种子活在他心上。如果回到故乡,那些绿树红花,它们还认得我吗?那时他喜欢沉浸在梦想里,曾一度把故乡那一条相伴童年的河当作精神的归宿,会把混沌苍凉的它幻想成柳树低垂碧波荡漾漾小舟横陈的诗境,那河水里的鱼腥味和带着盐碱味道的土地都是如此的让人熟悉和亲切。故乡,是一个永远萦绕在人内心深处而又永远割舍不去的地方。那是因为,故乡的水土从他存在的那一天开始就浸润在了他的血液里,在他的记忆深处扎根发芽,故乡能时常使他的血液沸腾,或是让他灵魂孤寂疲惫的时候可以飘落歇息。

36年前,怀着儿时的梦想,刚刚退伍的叶建忠走进了警营,1983年3月,他分配到桐梓车站派出所任民警。从军旅到警营,他默默收好军功章,藏起往昔的光辉岁月,从守卫国家安全到守护百姓平安,以一颗平常心在新的岗位上再起征程。全新的警营文化,使他对未来充满了期待。随着成都铁路公安局警务机制的改革,桐梓派出所党支部倡议共产党员到最艰苦、最基层的小站工作。叶建忠响应党支部号召,表示:共产党员要好比那种子,到哪里,就在哪里的土地生根、发芽、

开花。他主动请缨，4月他来到了凉风垭景务区，一待就是三十三年。

贵阳公安处把警力延伸到沿线小站，驻站工作十分艰辛，一间简陋小平房，放一张床和配有简单的巡线工作包，没有电视、没有食堂、没有洗澡房，这"三个没有"足让人感受到工作的艰辛和乏味。驻站工作的难度是令人难以想象的，警力紧张，治安复杂，是整个铁路公安工作面临的现状。

叶建忠刚刚来到凉风垭时，每当进入梦乡，那隆隆的火车又急驰而来，震动着凉风垭，震动着床铺，大地在激烈的颤抖，他感觉到是要地震了，房子垮塌了，睡梦中，一个条件反射爬起来，火车过去了，一切又恢复平静。他又睡下，刚进入梦乡，火车又来他又从睡梦中惊醒。连续三个晚上，他没有睡个好觉。

由于这里不通公路，到北口没有车，他只有穿越凉风垭隧道。隧道里黑咕隆咚的，看不见一点光亮，时有火车呼啸而过，带来一阵风，让人背后顿起一股寒意。

他在隧道里艰难地走着。由于不能走铁轨，只能行走在铁轨旁的那些碎石上。碎石有鹅卵石般大小，那锋利的棱角时时划伤他的脚踝，一道一道的血印，随时都感到钻心的疼。那不到五公里的隧道，整整走了两个多小时。

这里不仅交通十分闭塞，信息也十分闭塞。要外出离开，得行一个小时的路程。那一个星期才到一次的报纸杂志，外边的新闻早就成了旧闻。这是一个前不着村后不着店的深山小站，无论是工作巡查，还是购蔬菜生活用品，每天都要穿越隧道。

是啊，三十三年的时间，他不知走了多少个"二万五千里长征"！

这是一种什么精神？这是新时代铁警默默奉献的长征精神！

叶建忠在这里工作生活三十余载，他已经完全融入这片土地，这位普普通通的58岁老民警，没有凌云壮志，没有豪言壮语，平凡得犹若大凉山间的无名小草，顽强的展现着生命力，他的一生，宛如田野里一株熟透的稻谷，穗实籽饱，沉甸甸的。

作为桐梓县最大的旅游区，有"川黔锁钥"别称的凉风垭在夏季时气温普遍只有20摄氏度，尤其每年七八月，都会吸引五六万人从230公里外的重庆赶来避暑。叶建忠心里明白，这么长的区间单靠警务区这几个人根本不够，他便把沿线的100余家"农家乐"都纳入了自己的重点宣传范围，时不时就去走一走，和村民们打成了一片。

"只有真心换真情，才有当地村民的理解和支持，我愿永远扎根小站，纵使两鬓斑白，我也无怨无悔。"这就是凉风垭警务区警长叶建忠。

警务区小院不大，他自己动手种上的桂花、无花果树，最大的已经有20多年树龄，每年可以结下近百斤果子；捡来几块砖，在屋后建了个小禽舍，养上几只鸡鸭，种上各种蔬菜，基本就满足了自给自足；一只土狗"大黄"，白天守家，晚上就拴在停留货车附近防盗。

警务区由58岁的警长叶建忠、民警王雪宾和两名保安驻守，苗族保安没有城市户口，他就主动联系学校，帮他们解决了孩子上学的难题。他们把这个大山里条件艰苦却充满温馨的"小家"，经营得也有滋有味。

这些年，他与铁路同呼吸共安全，他以人的脚步与铁道相伴，起早贪黑，两头不见太阳，但时时听到平安飞翔的凯歌。

月亮挂在天空，散着清冷的银光。天边，是乡人看惯了的几耸"菩萨云"，无精打采地铺开。远处是绵延起伏横卧的大娄山，近处是一片稻田，稀疏的农房，漏着几点隐隐约约的灯光。当高原最后一抹彩霞给深山盖上金装后，他带着辅警巡线

回到驻地。

有人说，没有比脚更长的路，没有比高铁更快的车。叶建忠以自己的行动，代表铁路公安自豪地说："没有比我们更忠诚的坚守。"

三十三年来，出行旅客对铁路的服务有了更多的期待。从平安出行到和谐铁路，从"让旅客走得了"到"一切皆为您满意"的服务宗旨，三十三年里，见证了小站人的默默付出。他普普通通的、扎扎实实的、认认真真的干好每一天的工作，让每一趟列车平安地从自己守护的线路上安全通过，就是最大的心愿。

叶建忠有梦想，他要把那些无言的痛楚和无奈抛弃在无眠的夜里。现在，他有更多的时间散步观景，他最喜欢站区里的树，尽管叶子褪尽，枝头仍有一串串红玛瑙般的果实在阳光下晶莹，严寒和朔风也不能让它枯萎。

在三十三年的风雨中，他奉献山区铁路的故事世人皆知。虽然在这些平凡的小站人没有惊天动地的壮举，也没有轰轰烈烈的业绩，更没有光彩耀人的荣誉，但他在平凡的岗位上，留下的是一个个奉献的身影，这正是小站人的精神可嘉之处，也是我这位铁路公安作家几十年如一日，甘愿为战友们讴歌的原因。

三十三年里，他与小站人结下了不解之缘，就像山区铁路上日日奔波的列车，从未停下过自己的脚步，而他的路也不再孤单，希望未来的岁月里，前行的路会更加精彩。

三十三年了，他来到这里从未离开，他用泪水寄托着对亲人的思念，他用坚强书写当代铁警的豪情。

站在大娄山峰俯瞰安全的花朵

走近凉风垭警务区，气候恶劣，平均海拔在2500米以上，远处高耸入云的大娄山绵延几十公里横卧在此，四周群山环抱，地势险要，进入警务区的小路只能步行一个小时到达，这里只停靠一趟通勤列车，手机信号时有时无，交通、通信十分不便，是贵阳公安处的三类艰苦边远地区。恶劣的自然环境和艰苦的生活条件没有动摇叶建忠在此坚守决心，大多数人都不愿意在这驻守，可他却默默坚持了下来，用他的话说："小站虽然艰苦，可那里有一份沉甸甸的责任，困难可以克服，可责任不能推卸"。

俗话说，普通的工作干好了就是不普通，平凡的工作做好了就是不平凡，叶建忠就是这样一位在平凡工作中努力实现人生价值，寻找生活快乐的人，在他的嘴中从来听不到抱怨和牢骚，他常挂在嘴边的一句话是："再苦的地方也得有人坚守，我不来别人也得来，工作要干就把它干好。"他是这样说的也是这样做的。警务区工作平凡、普通、琐碎，不论是日常线路巡防，还是内部单位安全检查，线路周边爱车护路宣传，他都干得有声有色，有滋有味，他结合警务区实际，按照不同时期工作重点，将线路巡视、隐患排查、爱车护路宣传、重点要害部位巡视检查和废旧金属收购网点清理检查等工作条理化、规范化，按照不同季节，线路周边人群的活动规律，有的放矢的开展线路防范工作，并对线路周边村社、村民做到听名知地、闻人知事。

三十三年来，青春伴随寂寞的深山小站，他与高原铁道结下不解之缘，一个人，在一条路上重复，身影穿行在起伏的山峦。头顶烈日，跋涉的路上汗水流淌，脚步轻轻，走进村庄与老乡拉拉家常，年轮记录着一位老警平凡而坦诚的人生，他的心田闪耀真诚的波光。

2010年春节，年二十九，叶建忠从村庄的两户农家拜年后返回警务区，蜿蜒的山路越行越远，农家的灯火已经完全看不见。山路是用石头砌出来的，很平坦，一侧是高耸的山，一侧是石间流淌的溪水，在这样的山中行走。白日里反复看过的

山，经月光的洗涤，竟如仙境！忍不住心中想要呼喊的冲动，声音像是脱缰的野马，穿越胸腔奔涌而出，他的喊声划破了夜的宁静。

在小站，每当看到周边人的难处与困处，叶建忠总会尽自己最大的努力帮忙，附近村镇里的人都说，有啥急事一叫"叶公安"准没错。同时，他也习惯性的每次都把有效处置警情的最大功劳记在最熟悉的乡亲们身上。如果你去问，他第一个想到的就是83岁的张明先。

张大妈的乐于奉献，与叶建忠分不开。20世纪80年代末至90年代初期，大山深处经济落后，凉风垭至蒙渡一带的铁路上多发盗窃事件。"为了打击盗窃，民警租下张大妈家的房子，便于长期昼夜在铁路沿线侦查。"叶建忠回忆说，源于这份不解之缘，当叶建忠请张大妈当义务看护员时，她爽快答应。

张明先与大女儿相依为命住在楚米镇楚蔬社区，川黔线穿社区而过，将这个有10000多人口的村落一分为二，房屋离铁路线仅几米之遥。由于居民日常生活劳作、孩子上下学都需要穿越铁路，张家大门口便慢慢形成一条便道。几十年来，她主动担任起警务区的"家门义务看护员"，每天搬条小板凳坐在门外守着，及时提醒过往乡亲注意已经靠近的列车。

正因为张大妈的帮助，加上叶建忠隔三岔五前往巡查宣传，十多年间，在这个日均过往至少800人次的铁路便道上，没有发生一起火车与行人相撞的事故。2017年末，老人因出色的爱路护路工作被桐梓县评为年度"优秀治安员"，也是全县唯一一名受表彰的女治安员。

如今，张大妈年事已高，她的女儿主动替代母亲，当上第二代看护员。叶建忠深深感念她们，常去看望，群众是我们工作的根基呀！

从"一个人"到"好搭档"。

三座村水晶湾组被川黔铁路分成两半，为了行走方便，铁道两边的村民们在铁道上建了两个便道口。这两个道口相距不过200米，紧靠铁路拐弯处。在道口上穿越的人们，视线被弯道挡住，无法看到弯道那边的情况。弯道那边的火车，也因为弯道阻挡看不到前方情况。此时，若有人正在穿行铁道，而火车恰好从弯道那边冲出，危险可想而知。每天穿行铁道的农民、学生有近百人，伴随不少摩托车、电瓶车。

由于列车惯性大，紧急制动也需要行驶一段较长距离，过往村民稍不注意就有可能导致惨剧的发生。于是，铁道上的治安防护成为头等大事。

叶建忠考虑到即使从小站开车过来也要20分钟，遇事来不及处置，便在村里找能帮上忙的群众担当"义务宣传员"。从此，两处便道间，就有了村民俞大煜每天穿着"黄马褂"巡查看守的身影。

2011年起，家住道口旁边的七旬老人余大煜义务承担起守护铁道的任务。派出所为他配备了一台对讲机，让他及时了解当日火车经过的情况。每天，老人站在两个道口中间，随时观察两边的行人情况。一旦有人经过道口，他会随时提醒行人快速通过。如果有火车要来了，他会立即将车讯告知行人，阻止穿越铁道。多年来，老人为这段铁道化解了很多安全事故。

2012年5月1日上午10时20分，25504次货车经过时，村民蒋云炳正驾驶摩托准备穿越铁路，不巧前车轮被卡在道心，此时列车正疾驰而来。在这危急关头，余大煜立即上前，与蒋炳云合力将摩托车抬到路边，从而避免了一场事故的发生。后来，村民黄学刚也发生同样的事情，所幸也被老人救下。从此，将黄二人视老人为救命恩人。

2013年12月10日，余大煜正在家吃午饭，忽然听到外面有人呼救，老人丢下饭碗跑出门看，原来有一名精神病人正在铁路道心上行走，此时K872次列车就要通过。老人连忙上前将这名男子硬拖下道。刚一下道，列车呼啸从弯道那边冲过

来。这名男子冲着列车挥手大叫，老人哭笑不得却如释重负。

2015年2月16日，得知重庆开往贵阳的列车就要经过家门口，老人正在铁道边守着，此时村民杨涛涛驾驶摩托想要强行抢道，对老人的劝阻置若罔闻。着急的老人拼命拖住杨涛涛，转瞬间列车疾驰而过。杨涛涛顿悟，立即给老人下跪、磕头，感谢救命之恩。

2017年6月7日，叶建忠巡线来到这里，正好一辆面包车卡在铁轨上动不了，老俞听到叶建忠的喊声后立即赶了过来，找了几个旁边吃喜酒的小伙子，刚把车抬出来半分钟不到列车就来了。

老俞告诉叶建忠，前几天一个姑娘中午骑电瓶车回家吃饭，信号灯已经变绿，自己赶紧叫住她，避免了一场车毁人亡的事故。

几年下来，这个已经69岁的老人就在自家门口挽救了太多村民的生命，并先后获评遵义市、桐梓县"十大治安优秀个人"称号，得到当地政府的专项奖励。

叶建忠说，多年来，在凉风垭一带最危险的两个道口上，因为有了像余大煜这样爱路护路的老人，行车安全事故大幅减少。有了社会的力量，我们的肩上的担子也减轻了。

这么多年，叶建忠肩上的担子减轻了，那是因为，他心中装着老百姓。他把村里人的苦满满的装在心里。每到过年，他把家中年货分出一半给余大煜老人。村民陈林家房子被烧得落了架，他把家里的被褥、衣服、大米、豆油给陈家送去。他就是这样热心无私的人，哪一个人照顾不到，哪一起案件处理不好，他都会感到愧疚和遗憾。他把苦和累藏在心里，总是把微笑挂在脸上。

从"普铁线"到"高速路"，变速不变心。

群众是"好帮手"，战友就是"左右手"。

叶建忠把和他一起在小站坚守了十多年的民警、保安当作了最亲密的伙伴。

2018年1月，渝贵线开通。川黔老线和渝贵新线在辖区的治安防控工作都落到了叶建忠的身上。对此，他始终毫无怨言，"竹竿量高法""小喇叭宣传法"是叶建忠用自己的方式带着大家用脚步丈量了每一寸铁路，探索出一系列适合自己的山区高铁线路治安防控方法。

2018年，随着渝贵铁路的开通，铁路沿线的防护设施需要天天巡查防护，沿线设置了三个守护点。每个点上，因待遇不高，先后聘请的几名守护员都离开了。叶建忠冥思苦想后，改设夫妻岗，每个站点聘请一对夫妻，两人的活儿实则一人干，另一个就近打工。这一来，站点守护岗位得以稳定，高铁防护工作从未有纰漏。

每天晨曦微露，他独自远行的身影在铁道线上，寒风吹打着他的脸，那挺拔的姿势，亦如铁道旁的一棵树，耀眼成这里最美的风景。

在村民劳作和孩子上学必经的重点路段。在动车线上，他带上竹竿，穿过一片杂草，检查每一段护网，巡视每一个基站。这条平凡的铁道线上，这个"最小警组"看过春夏秋冬的四季变迁，听过沿线群众的抱怨不满，更感受到了乡亲们的理解和支持。直到傍晚，列车在暮霭下呼啸闪过，又很快恢复寂静。

有一年暑假，一个孩子将石头卡在道岔口，影响行车。他带着大伙反复查看视频监控，查找这个顽皮小孩，防止他再次"作案"。由于当时条件所限，视频画质清晰度很低，排查无果后，他们又联系地方部门，举着手电筒一路走访直到后半夜三点，终于将这个从外地来串门走亲戚的孩子找到，认真批评教育。

在学生寒暑假的时候，为了防止儿童在铁路旁边玩耍，造成伤亡。叶建忠在学校、村社组织完安全宣传活动后，还要走家串户，对顽皮孩子和家长们专门叮嘱。"一人出事，全家不宁，一人伤亡，幸福没了。"是他宣传的常用语，叶建忠都成

了村民心中的"安全大使"。

一个人的驻站生活,三十三年来的守护,展示了这位老铁警的忠诚、坚守和奉献。在驻守的日子里,每每说到工作,叶建忠便有一种掩饰不住的喜悦之情。他最喜欢的就是在工作中体验那种快乐,每天乐此不疲上线,即使基础工作扎实,线路有绝对保障,他仍在巡线。

有人对叶建忠说,在其他单位,你这年龄的都巴望退休了。可他却说:"我不想退休,一天不巡线,心里缺点啥,这样工作,既能锻炼身体,又能发现动态,玩着就干了,还找到了快乐工作的方式,何乐不为"。

朴实的话语透露出点点的真诚,无言的行动渗透出执着的追求,警务区简陋艰苦的生活条件并没有影响他的工作热情,寂寞的山区生活环境没有改变他的工作态度,叶建忠不仅牢牢地扎根凉风垭警务区,而且该警务区自成立以来,创造了"无刑事治安案件、无危行案事件和交通事故、无行人入网和挡停事件"的三无成绩,用实实在在的工作为他和警务区赢得了上级公安机关的表彰和嘉奖。

三十三年里,叶建忠从没有过后悔。他用坚定的信仰和实际行动维护着辖区平安,用青春和汗水诠释着"铁路警察"的深刻含义。

群山之间一排排木枕,整齐成线,绵延千里,比木枕高的地方,是明亮的钢轨,比木枕低的地方,是一颗颗棱角分明的碎石。山区铁道线上,正是因为有无数无私奉献的小站人,舍小家、顾大家、千磨万击还坚韧,衣带渐宽终不悔。

这些年,叶建忠回首小站走过的日子,那些精彩的故事、熟悉的面容日日浮现在他的脑海里。三十三年有多久?很短!弹指一挥间,转瞬即逝。三十三年有多久?很长!足以让一个曾经朝气蓬勃的青年领悟世间的苦辣酸甜。他远离闪烁的霓虹灯,来到这贵州黔北,来到这大娄山脚下。许多年了,他没有了舞厅，没有了KTV的概念。他的心留在小站，他的心留在了凉风垭。

58岁的叶建忠说："到了退休的时候，大多数人仍如往日一样看待你，那才是人生最大的成功。不会媚上欺下，敢说真话，宽容大度，处事公道，平等而善待每一个人，问心无愧。随着年龄老去，那些怦然心动的故事也渐渐睡在了岁月的墙角，它们也会偶然行走出来晒晒太阳，把你的心情喧哗成温热"。

叶建忠说，他最欣赏《青玉案·元夕》中的一句词："众里寻他千百度，蓦然回首，那人却在灯火阑珊处。"工作了大半辈子，才揣摩出人生的况味，少时，登高远望；年轻时，砥砺前行；中年时，衣带渐宽；直至暮年，方知人这一辈子就是在学做人。人生有一项程序无法改变，"泥步修行"永远在路上。

叶建忠告诉我，退休了，不急着云游四海，也不忙着保健养生，头一件要做的事就是腾笼换鸟，推陈祛旧。大半辈子，脑袋瓜里窝着一大堆杂乱无章的东西，在岗位的时候忙得屁滚尿流无心打理，闲了，有大把时间可以打扫清洗。把坐禅冥想的房间清扫一番，以便盛下新的东西。摆在书架上的一摞摞装帧漂亮的书籍，平时无暇翻看，如今再无闲置的理由。新的东西就在那里，新的生活也在那里，那里将延续生命新的乐章。

退休了，到了人生的一座驿站，歇马盘点，抚今追昔，难免有许多愧疚，最大的愧疚莫过于辜负亲情。从前，亲人以挚爱全力支撑，让他得以心无旁骛全身心投入工作。"混"了大半辈子，透支了无数亲情，"债"终是要还的，家是后半辈子最后的港湾，现存的秩序再也不可挑战。如今，尽孝父母，夫妻间相濡以沫，含饴弄孙，滋养情分，这些与铁血男儿大不着调的琐事，将是他新的生活篇章。

人生就像一次空中远航，不在于飞得多高，也不在于飞得多远，无论飞到那里，圆满落地便好。

看到58岁的老哥那直直的眼神,我想到在物欲横流,唯利是图的今天,人们是否还有凉风垭铁道卫士那奉献的精神?

岁月写满几多动人的故事

桐梓县是叶建忠出生的地方。老警早已不再匆匆赶路,现在不是很好吗,因为是在故乡,所以心也不会是再漂泊再流浪。而故乡,不管到什么时候都在自己内心的深处。

老警已不年轻,脸上便堆起一层又一层的皱纹。皱纹里不仅写满了岁月的沧桑,更蕴含着许多动人的故事。

在桐梓派出所,王贤民所长给我讲起了有关叶建忠的故事。五年前的一个初冬,晨雾从河面渐渐散开,河面上染出一层银灰,一层幽蓝,一层金黄,一层淡绿,闪闪烁烁。

天还未放亮,一声又一声的"救命"从河中传出,突如其来的声音,让在派出所休息的叶建忠吓了一跳,他顾不上穿好衣服,从床上跃起直奔派出所旁边的小河,他看见离自己大约二十米处的水里挣扎着一个女孩,便拼命往女子落水的地方跑去。当女孩正往下沉,千钧一发之际,叶建忠跳下水去紧紧抓住落水的人,女孩获救了。被救起的女孩却一动不动地躺在地上。叶建忠来不及多想,急促用手去压迫女孩的胸腹,想让女孩吐了肚中的积水,随着有节奏地一压一松,女孩的嘴就鱼那样一张一合,落水女孩呛出几口水,睁开了眼睛。"哇⋯⋯"女孩当即哭了起来。

不到10分钟,河边来了好多围观群众。有人一眼就认出了叶建忠,旁边几个围观的人七嘴八舌地说,"叶公安,你是好人啊!你救了娃儿的命啊!"

女孩得救了,叶建忠悄悄离开了河边。

第二天,女孩的父亲到派出所送来警旗时,战友们才知道叶建忠救人不留名的壮举。

2018年6月22日9时，叶建忠骑着摩托车沿小站旁的砂石路向村庄驶去。他与牛户家约定上午11时解决其使用自家土地在铁道旁建养牛场一事。

6月正值雨季，雨还在不知疲倦地下着。淅淅沥沥的雨支起了一层雾状的白幔，村庄就裹在白幔之中。田野里，一群雪白的鸭子在稻田里撒欢儿，它们一会儿把头扎进水里，一会儿又抬起头来，张开翅膀，抖抖身上的水珠，欢快地叫几声。

被雨淋湿的村庄像一位贫穷但很善良的母亲，它穿着破旧但很干净的衣服，敞开自己瘦弱却很温暖的怀抱，拥抱着自己的每一个孩子。远处的田埂上，有三三两两的牛在雨中漫步，它们不时低头啃一点青草，然后悠闲自得地甩甩尾巴。

叶建忠在经过一处由木质搭建的便道时，木料由于雨水浸泡，突然下沉，他跟着从摩托车上摔下，跌落下约两米的深坑中。摩托车倾倒在一旁，不大的雨却一直在下，隐隐约约中他感觉自己的身体被人抬动，送上了救护车。后来，从在医院同事曹劲松处得知，叶建忠摔倒后失去了意识，是村民发现了给派出所打来电话。受到领导的嘱托曹劲松立马赶到现场救起战友，送往医院。

从那以后，叶建忠发现受伤的那条腿慢慢变瘦变小，遇到爬坡上坎就非常吃力。他只好去医院检查，第三军医科大学诊断为神经性萎缩。派出所领导得知后，立即将情况向公安处汇报，并主动找到叶建忠交谈，提出将他调回所内，安排一些较为合适的工作，以便身体的休息恢复。虽有万般不舍千般不愿，叶建忠在所领导多次劝说，家属多次叮嘱的情况下从凉风垭警务区回到了所内。

大家都知道叶建忠是一个闲不下了的人，这不他又主动承担起所内线路安全整治的专项工作，负责所管内全部线路的治安排查，隐患整治。凉风垭始终是他放不下的地方，每天还是会去看一看，重点工作也跟着做一做，忙碌的身影就像凉风垭

的火车一样不停歇地向前开着。

2019年5月31日，在叶建忠的陪同下，我到凉风垭进行实地采访。在这山洼里，四面的群山紧紧把这里包围起来，直压头顶，让人感到压抑，有些喘不过气来……

我们走在通往乡间的马路上，一座颤颤巍巍的桥耸拉在凉风垭河上，这座桥长有20米，宽1.5米，它满身的伤痕是岁月留下的痕迹，连桥墩都明显的倾斜，踏上这桥面，三厘米宽的裂痕很吓人。

采访中，一个村民讲起一段跌宕奇妙的故事：

那是一个风大雨大的夜里，一个醉汉手提着白酒瓶，在摇摇晃晃的桥上行走，随时有可能跌入河中。碰巧巡线回来的叶建忠看见了，也顾不上整日巡查的疲惫，感受不到豆大雨滴打在身上的寒意，一个箭步冲到醉汉身边，死死地拽着他，醉汉一只脚已然悬空在桥面。叶建忠青筋暴起，呼喊警务区保安前来帮忙。而后保安侯润江与叶建忠一同将醉汉从桥面抬出来，并四处寻找其住处。

叶建忠处理完事情，已经是夜里十一点多了，他行走在雨夜的山路上。回到警务区满身被汗水雨水打湿的叶建忠，洗漱后便休息了。也不知过了多久，突然一声巨响将沉睡的叶建忠惊醒，只听见雨水打在窗户上噼里啪啦的，那声巨响却不知为何。第二天一大早，叶建忠像往常一般起床上班，经过一夜雨水的堆积河面的水也达到了有记录以来的最高水位，紧逼桥面。

车站职工说："叶警长，你到房子后面去看看，一块约两吨的石头在隔壁住户的厨房前。"

跟着轨迹看上去，石头是从山顶滚下，在警务区寝室房间对应处拐了弯。叶建忠一身冷汗，想起昨晚那声巨响，想起自己睡觉的地方，如果，石头从山顶滚下时，没有被树木挡一下，自己也许就"光荣"了。

时光里无声褪去了太多记忆，唯有那个惊恐的雨夜，一块巨石滚落在距警务室1米处，至今还沉睡在那里。

在凉风垭车站，叶建忠一直默默在那偏居深山的地方，甘守寂寞，为了大动脉的安宁和旅客群众的生命财产安全而守候，只有苍天有知，只有黔北大娄山有知。

每个人都在用不同的形式书写着自己的人生。每个人都希望自己的人生能够完美一点，少一些遗憾。然而有时候却正是那些不能圆满的遗憾，造就了生命里清绝的美丽。

老舍先生说过："人是为明天活着的，因为记忆里有朝阳晓露。"而叶建忠的脑海中却满是昨天的影像，他的昨天不止有朝阳晓露，还有火车，还有那么多美好的记忆。

尾　声

我在凉风垭采访叶建忠待了一天。这一天我用一种虔诚重读红军二万五千里长征，读这里的奉献精神。读凉风垭的山山岭岭，我仿佛又看到了红军二万五千里长征浴血奋战的身影，看到了触及灵魂的铁警战友那默默坚守的奉献精神，我听到了"马蹄声碎，喇叭声咽"，我看到了"苍山如海，残阳如血"！

焰火升起，在小站天空的那片云霞里，寂静的夜，月亮在盘山的铁道上穿行。无论何时，在那远遁的轰鸣声里，叶建忠多想在这片挚爱的土地，守护着钢铁银河的安宁。

当黎明的第一缕阳光向他张望，铁道路基上跌宕着一个老警铿锵的脚步声，他走在那条通向远方的砂石路上，回望雨幕中的小站和村庄，他的心中仿佛有一蓬思念的草在蓬勃地生长。暮色中的一束光映照岁月的额头上，他从寂静的大山走向远方。

今夜，凉风垭的月光如水，他仿佛感觉到了月光的流泻，沐浴在这样的月色之中，浮华褪尽，回归本真，心儿宁静，时光悠然而过，身心无限自由！这一刻，忘了匆匆！大山此刻仿

佛也睡着了,屏息静听,便可听到山的呼吸,安静而祥和,真想就这样躺在小站的怀抱中安然睡去……起风了,夜有些凉,纵然有满怀的不舍,终究是要离去。他知道,自己不再属于这里,但有另一个地方在等着自己,它的名字叫故乡。

注:部分资料由采访单位提供。

题记： 从警21年的生涯中，他以网络世界的尺寸空间为战场，用自己的坚守和专业，奋力推进公安处信息化建设。在研发系统的109天时间里，他没有节日周末，独自泡在办公室，从一个白昼到另一个黑夜，一个个调试信息采录的自动核查功能，一行行研发修正数据提高预警功能，潜心研发一体化信息模块使之没有时差。累了，就在椅背上靠一靠；困了，就冲杯浓茶提提神；实在撑不住了，就在办公室的沙发上凑合一晚。他在"二位一体"、查缉一体化卡口现场，了解关注人员比对、核查和处置全流程。在虚拟世界成功编织出无声的代码，全路首套集信息采录、自动核查、智能研判、积分预警等功能于一体的反恐信息管理系统上线运行。

他说，自己不是IT达人、技术专家，只是一个会写几行代码的中年警察。他是铁道旁的木棉花，铁骨柔情是他的忠诚，暗夜的银屏空间有他寻觅的眼睛，西南铁路的崇山峻岭有他挺拔的身影。

一个会写代码的人

——记全国优警重庆公安处网安支队政委贾良志

山城也叫雾都

这是一座地形地貌独特的山水城市。远看是山，近看是城，城在山上，山在城中。这里因其重峦叠嶂，绵延起伏，民居楼宇依山而建，层叠而上，错落有致，故又被称作"山城"。山城之水，波光粼粼，山城之夜，星光灿烂，山城之景，奇丽醉人。民风民俗，引人入胜，地方文艺，令人倾倒。

重庆，因宋光宗先封王、后称帝，"双重喜庆"而得名。重庆，古称江州，以后又称巴郡、楚州、渝州、恭州。位于中国西南部，长江上游与嘉陵江交汇处，四面环山，江水回绕。黄澄澄的长江水、蓝莹莹的嘉陵江在"朝天门"牵手相抱，云天与高楼相拥，山峰与日月相吻，立体的重庆跃出了平面的地图。云轻雾重似少女手中舞动的浣纱，楼台亭榭在薄雾中若隐若现，宛如人间仙境，"雾都"闻名遐迩。

重庆，有着依山傍水的地理结构，两江汇流形成一个三角洲，在这方小小的土地上，一座座高楼大厦，如春笋一般屹立在奔腾的江水上，何其壮美。城内巴山绵延，渝水纵横，历史源远流长，文化积淀深厚，地形起伏有致，沟多坡陡，立体感强，构成了集山、水、林、泉、瀑、峡、洞等为一体的壮丽自然景色和融巴渝文化、民族文化、移民文化、三峡文化、"陪都"文化、都市文化于一炉的浓郁文化色彩。

重庆的另一大特色，自然就是美女了。外地人都有"重庆的山，重庆的水，全国的姑娘要属重庆最美"。"到了北京嫌官小，到了广州嫌钱少，到了重庆嫌结婚太早"的说法。当有人欣赏苏杭美女的温婉性情，但也不得不承认重庆女人的率真、热辣也是一种美。重庆女孩最美之处在于白，重庆水气重，女孩子的皮肤不用保养也都很好。与其他城市的女孩相比，重庆女孩更多了一种"泼辣美"。

"重庆十八怪"更是生动地说明了重庆的特色："房如积木顺山盖，三伏火锅逗人爱；坐车没得走路快，空调蒲扇同时卖；背起棒棒满街站，女士喜欢露膝盖；龟儿老子随口带，不吃小面不自在；光着膀子逛大街，街边打望好愉快；办报如同种白菜，崽儿打赌显豪迈；矮小伙高姑娘爱，摊开麻将把客待；公交车上摆擂台，宝气处处都存在；人名没得地名怪，丧事当作喜事办。"

未曾谋面的采访者

2019年5月22日,带着使命,带着对英模的崇敬,笔者走进了山美、水美、人更美的重庆。山城在李可染的水墨暮色里,千檐万瓦,雾锁楼台,是那么令人迷茫而神往,撩人耳目,动人心扉,令人流连忘返。

这个神秘的网络人,是我采访十人中唯一没有见到的人(除牺牲的三名英模外)。贾良志,现任重庆铁路公安处网络安全保卫支队政委。据他的搭档网络安全支队长说,眼下他正在公安局广汉培训基地为民警授课,为期一个月。

支队长说,提起他,公安处没有一个民警不知道的,贾政委不但是重庆公安处更是全国铁路公安局的技术专家。年轻民警更是怀着敬佩的心情尊称他为"贾老师"。

在贾良志的从警生涯中,他以网络世界的尺寸空间为战场,从事网络技术研发和软件设计,用自己的坚守和专业,奋力推进公安处信息化建设。

从支队长和其他民警那里和宣教室、网络支队现有的文稿中,我侧面收集到了零星的一些资料。

1995年,学习网络安全专业的贾良志来到了重庆铁路公安处,成为当时计算机通信科的一名科员。

由于当时计算机尚未普及,全处仅有五台单机版计算机,而当时的计算机主要是用于简单的文档处理,贾良志用到的跟计算机相关的工作就是打字,他在学校学习的计算机应用技术专业毫无用武之地,但面对现实条件的限制,他却从未让自己的专业荒废。

1999年,贾良志参与了公安局"公安业务计算机综合信息管理系统"的研发,并在国家科学技术委员会立项。但由于没有联通网络,这套系统仅能作为单机版使用,较为局限,这在贾良志心中留下了遗憾,为此他开始着手研发网站设计。不久后,贾良志被抽调到成都参与打票工作,白天打击倒票,晚

上设计网站成了他几个月的常态。由于互联网尚未发达，无法索引相关资料，而网站设计和网络技术研发也早已超出了他所学范畴，贾良志只能通过翻阅大量的书籍自学。学习、实验、再学习、再实验，当遇到一个问题几天都解决不了时，他也曾想过放弃，但凭借着坚持的毅力和刻苦钻研，他突破了一个个难点，终于，在2000年，重庆铁路公安处拥有了全铁路公安局首个公安网主页。

网站建起后，为信息沟通和传递畅通了渠道，但贾良志的工担子却并没有因此而轻松，相反，他开始承接了更多的工作。为节约经费，他自己动手将网线铺设到每个职能部门和派出所，由于条件和权限设置，各单位修改公安网发布的信息只能通过贾良志在后台操作，哪怕很多时候修改的仅仅只是一个错别字。"万事开头难，慢慢理顺了以后，就好多了，大家有了公安网以后，确实方便多了，看着这些觉得什么苦累都值了"。面对烦琐的工作，他没有一句的抱怨，相反更加充满热情地投入到工作中。

做业务钻研，一定要敢想敢创新，才能因地制宜不断探索。作为计算机通信科的一名科员，贾良志从参加工作开始还承担的一项主要工作就是维修对讲机。这项工作不仅烦琐，且是他未曾学过的专业，但不懂就自学，就向别人请教，书本是永远的老师。

如果说维修好对讲机是他的本职工作，那么他已经做到了，可勤思善学，敢想敢钻研的他却并没有止步。

为了更全面挖掘闪光点，我与贾良志通过电话、微信进行了沟通。

"2012年，在遂渝线建成，实验通车期间，我发现由于传统对讲机信号限制原因，信号接收距离较短，遂渝线无线通信信号覆盖率只有50%左右，哨位与哨位之间的通信盲区较多，不能满足线路无线通信联络。西南地区的第一条动车线通了，可通信设备却没有跟上。在这样的情况下，我只能提前介入遂渝二线无线通信建设工作。那时，乡村道路坑凹、狭窄、山路陡峭，我和队友们先后数次深入线路测试、选址。我凭借自己的经验多次与设备产商沟通，解决了通信链路公安专网组网、VOIP与中转台之间设备兼容性等技术难题，将对讲机无线信号收发范围从5公里扩展到了100余公里，先后完成合川管内各警务室无线通信VOIP基站安装，确保了遂渝线线路无线通信覆盖率达到95%以上，基本保证了每个哨位巡防员之间相互通信，在确保巡防员自身安全方面也起到了一定作用，大大提高了线路无线通信治安管控能力。"

从采访的资料中显示，遂渝线基站的建设成功只是一个开始，随后，贾良志先后完成了达万线、川黔线、遂渝线、渝怀线4条干线近650公里18个无线通信VOIP基站建设，同时完成了川黔线、达万线5个警务区公安2M专网建设。实现了公安处与派出所、所与所、所与警务区、哨位与哨位之间的无线通信，使重庆铁路公安处无线通信建设又迈上了一个新的台阶。

织密站车反恐数字天网

"3·01""4·30""5·06"等暴恐案件发生后，铁路站车遭遇恐袭的风险系数陡增，路地联勤联动、组建反恐机构、封闭广场建设、两位一体值守等系列措施部署实施，铁路站车反恐防范等级快速提升。

"我能为反恐工作做些什么？"面对如此严峻的反恐防暴形势，作为一个有着21年警龄的铁路网安民警，贾良志多次扪心自问。他组织2名网安民警组建反恐情报研判小组，依托铁路实名制售票数据，分析研判关注人员乘车及铁路辖区活动轨迹，及时通报反恐部门发布工作指令，核查管控可疑关注人员。但随着关注人员乘车总量日趋增多，身份背景越来越复杂，活动轨迹越来隐秘难测，贾良志越发感觉到单纯、被动的

轨迹研判已不适应反恐工作需要，迫切需要一个能够实施积极防御、主动进攻的信息化平台。公安处反恐部门负责人找到了贾良志，希望他能够发挥技术专长，开发一套结合铁路实际，专业化、智能化的反恐信息管理系统。

"好！包在我身上。"早有此意的贾良志爽快地答应下来。

虽然，铁路公安机关反恐信息化建设尚处于空白，没有现成品可供借鉴，但铁路反恐防暴的使命感、责任感还是驱使着贾良志一头扎进系统开发工作中。在研发系统的109天时间里，贾良志取消了8小时工作制，没有周末节日，他不是在蹲点"二位一体"、查缉一体化卡口现场，了解关注人员比对、核查和处置全流程；就是经常独自一人泡在办公室，一行一行地修正代码，一个一个地调试模块。累了，就在椅背上靠一靠；困了，就冲杯浓茶提提神；实在撑不住了，就在办公室的沙发上凑合一晚。正是这样夜以继日的投入，全路首套集信息采录、自动核查、智能研判、积分预警等功能于一体的反恐信息管理系统才能于2015年1月初上线试运行。为确保试运行期间系统运行稳定，贾良志蹲守反恐部门，跟班作业，追踪系统运行状况，及时优化调整，不断提升系统性能，使其更好适用于实战，服务一线基层。这一系统的研发成功和投入使用不仅成功填补了铁路公安机关反恐信息化建设的空白，也使我处反恐工作迈入智能化阶段，反恐防控效率大幅提升。

这些年，他带头攻克多项科研难题，主持研究的痕迹图像处理系统、枪弹痕迹自动识别系统等，填补了国内多项技术空白；他研究发明的用铝箔胶带复制弹头膛线痕迹的制作方法和弹头膛线痕迹展平器，以更稳定、更清晰的呈现效果被多地公安机关采用。

提起这项发明，贾良志自豪地介绍："一开始，人家让我申请专利。后来我看到大家都在用，干脆放弃了专利权，只要这个对破案有利、对国家有用就行！"

2019年4月10日至12日，网安支队由贾政委带队，对重庆公安处管辖的成贵线屏山站、宜宾西站、兴文站、泥溪站（警务区）、长宁站（警务区）车站站房、公安派出所、警务区公安信息系统建设及相关视频监控建设情况进行了开通前信息检查。

成贵线四川段我处管辖的五个车站，支队逐一进入车站站房、派出所、警务区现场，对公安网络的建设情况进行实地检查，并在电气化局工程师的带领下，到车站信息机房、配线间了解公安网络拓扑结构，检查公安网络设备布置是否符合公安网络规范。

各站房公安网络主通道已调通，公安网络设备全部配置到位，符合公安网络建设规范，下一步信息建设单位将公安网络接入派出所（警务区），并按照派出所要求，在站房进站验证口、车站公安值班室、二位一体口、公安制证室接入公安网。

系统上线运行以来，采集关注人员信息20400条，核查比对12483条次，查证涉恐人员信息894条，直接抓获涉恐人员5名，协助路地警方抓获涉恐人员2名，反恐工作的出色成效受到了国家反恐办、公安部反恐专员等上级机关肯定。

打击犯罪　主动亮剑

又是一次电话采访：

贾良志知说："我深爱网络这个职业，虽说天天窝在电脑室里好像很枯燥，可是，面对铁路治安的复杂形式，我仿佛听到受害者的呼喊，我仿佛看到嫌疑人的狰狞。我研究发明的用铝箔胶带复制弹头膛线痕迹的制作方法、弹头膛线痕迹展平器，以更稳定、更清晰的呈现效果被多地公安机关采用。我欣慰的是，战友们在检材中寻找蛛丝马迹，为破案提供线索，让受害者早日昭雪，让嫌疑人无处逃遁。"

话一打开，贾良志为我讲述了他参与的三个案件——

2012年6月27日，成都铁路公安局网安处接到电话举报信息，声称自贡存在一伙人，利用互联网购票方式，向各个旅行社出售大量紧俏火车票，该伙人员的头目名叫郑磊，其利用出售车票行为，在半个月内获款8万元。获悉该信息后，成立由张荣祥副局长任专案组长的专案组全力开展侦破工作。

9月4日由张荣祥副局长召集刑侦处、法制处、网安处、成都处、重庆处相关人员对"6·27"特大网络倒票专案召开案情分析会并对前期案件侦破工作进行总结，确定由重庆处作为本案主办单位，公安局刑侦处统一协调，成都处、公安局相关处、室配侦工作，深入侦查"6·27"特大网络倒票案件犯罪事实，收集犯罪证据，严厉打击倒卖车票犯罪团伙，尽快获取战果。

按照公安局部署，公安处立即成立"6·27"特大网络倒票专案组，由赵世平处长组织指挥，陈俊贤副处长亲自挂帅，刑警支队支队长朱兵任专案组长，副支队长黄狻猊、网安支队副支队长贾良志、黔江刑警大队大队长蒙泽顺任副组长，抽调刑警支队案侦大队、黔江刑大、内江刑大、网安支队、技侦大队以及自贡所共20余名民警参与案件侦破工作。

根据前期工作发现，该团伙是以郑某磊及其妻子游某梅为首脑，刘某坤及其妻子杨某馨为二级成员，石某骏、朱某雨、黄某林等12人为三级成员构成的犯罪团伙。擒贼先擒王，专案组决定首先对团伙主要成员实施抓捕。

9月8日，专案组人员集结自贡，18时30分，专案组在四川省自贡市公安局网安、行动技术部门的积极配合下，公安局网安处卢建明处长、许兰川副处长、刑侦处潘翔副处长、公安处陈副处长亲自督战。刑警支队支队长朱兵带队展开抓捕行动。专案组侦技人员兵分两路进行抓捕。19时，抓捕一组在自贡市闹市区一餐馆内将正在用餐的郑某磊和游某梅抓获后对两人在国宾府小区租住屋内进行搜查，现场扣押涉案笔记本电脑1台，台式电脑主机2台，无线座机电话5台，"U"盘、"U"盾各1个，加密狗1个，工行网银电子密码器1个，网络电视"U"盘1个，路由器1个，倒票登记本3本；抓捕二组赶赴龙潭镇自建房内将在家休息的刘某坤和杨某馨抓获，并现场扣押涉案笔记本电脑1台，台式电脑主机1台，"U"盘、"U"盾各1个、倒票登记本5本。网安部门连夜对6台计算机和2个U盘的海量电子数据开展分析，从中提取12306订票辅助软件、心蓝12306订票辅助软件、大陆身份证号生成器和嫌疑人的重要账户交易信息。

初步审查，四人均承认参与网络倒卖车票行为，该案由郑某磊每月支付1500—3000元购买"心蓝12306""12306订票辅助工具"两个订票、抢票软件，交由刘某坤组织12名三级成员从互联网搜索合成虚假身份信息利用上述两个订票、抢票软件抢订套购各地发往拉萨的热门车票后，利用各大旅行社提供的旅客真实身份信息进行退票、两次抢票。初步统计郑磊涉嫌倒卖车票2000余张，票面价值119万余元，非法获利20余万元；刘某坤涉嫌使用虚假身份信息订购车票，非法获利1.8万余元被我处刑事拘留。

该案系运用互联网抢票软件在铁路订票系统内抢订车票，然后运用"圈羊、放羊、逮羊"方式套购车票，最后利用互联网寻找买家高价倒卖车票。在全路共涉及网络订票2347张，票面价值1360194元，最终出票2074张，票面价值1199450元。其涉案金额大，波及地域广，是在车票实名制和网络订票系统实施后出现的新型倒卖车票案件。

随着公安"四项建设"的深入推进，公安信息化建设步伐明显提速，以"大数据"为主导新型治安防控体系已初步成型，情报主导打击防控、情报主导侦查破案成为全警共识。如果说站、车、线等现实世界是一线民警的阵地的话，那么由0、1两个数字和无线通信光缆构成的虚拟世界就是网安民警

的阵地。

2016年4月17日21时许,由成都东开往重庆北的G8549次列车运行途中触发烟雾报警,导致动车降速并停车,列车员检查发现2节车厢厕所内有燃烧残留物。动车发生放火案!性质恶劣,影响巨大。

警情就是命令,公安处启动合成作战机制,抽调贾良志参加专案组,负责情报研判。正在休假的贾良志二话没说,立即赶到指挥部参与案侦工作。面对没有列车视频监控、没有乘警,没有访问到目击证人等诸多不利条件,贾良志以现场勘查结果为基础,依托该次列车800余名旅客的实名制售票数据,凭借无线通信光缆构成的网络,抽丝剥茧排查案件线索,抓住稍纵即逝的战机,案发十二小时,精准锁定全国首起动车放火案的犯罪嫌疑人。全路首起动车放火案仅用时12小时便成功告破,受到铁路公安局通报表彰。

2019年2月11日15时28分许,网安支队协助禁毒支队对当日乘坐昆明开往六盘水K492次列车和六盘水开往宜宾K830次列车的嫌疑旅客邬某,通过活动轨迹及乘车信息进行网络查控。

2月12日0时25分,K830次列车到达宜宾火车站,宜宾民警在宜宾火车站出站口,抓获嫌疑人邬某,经审查,嫌疑人邬某对其体内藏毒运输毒品犯罪的行为供认不讳,并供述其体内共有60余粒毒品。民警随即将其押解至医院检查,经医院检查确认嫌疑人邬某体内确有大量可疑物品。

由于铁路部门推送的实名制售票数据具有2小时延迟,为了抓住稍纵即逝的战机,贾良志自己动手开发了客票数据分析软件,通过追逃数据反向比对实名制数据,从而排查网逃乘车信息,对网上在逃人员实施精准抓捕。

5年来,贾良志通过情报研判协助办案单位破案案件50余起;成功侦破"2·12"运输毒品案,成功侦破"5·21"运输毒品案，缴获毒品2300余克；侦破"6·29"动车盗窃案、"7·8"T10次列车旅财案等一批侵害旅客切身利益的大要案件。通过网安部门精确定位抓获网络在逃人员616名，占全处抓获网逃总数的35%，大幅提升了追逃战果，维护铁路治安稳定，守护了旅客出行安全。

作为网安支队年龄较长的民警，贾良志常给队上的小年轻说："当今社会节奏快，知识日新月异。特别是信息科学技术更是一日千里，如果我们不时刻加强学习，稍有懈怠，我们的技术就会落后。"正是有着这样对知识渴求不满的觉悟，不懂就学，不精就钻的作风，才使他无论是以前在计通部门摆弄单频对讲机，还是到现在网安部门搭建VOIP无线对讲系统，都能轻松胜任，成为全处网络技术领域的行家里手。

2015年初，贾良志带领团队承担了公安处电子物证实验室的建设任务。虽然有着多年的网安工作经验，但面对电子物证检验鉴定这一新生事物，贾良志还是颇感棘手。但任务交给了他，就没有完不成的。贾良志带领他的团队到市局网安部门进行轮训，观摩取证流程，积累鉴定经验。协调对接设备单位，按照公安处需求，量身定做电子取证设备；开展模拟检验和实战上案，努力提升自身电子物证检验鉴定水平，硬是将电子物证实验室这块"硬骨头"啃了下来，按期完成了建设任务。

2015年至今，反恐支队使用"乘车核查系统"共下发关注人员乘车信息20530条，录入重点人员信息共435030条。通过该系统采集关注人员信息共14307条，重点人员信息共1768条。

2016年2月，根据公安局"猎鹰"督办指令，四川省内江地区两个电信IP地址的注册13个12306账号，存在倒票嫌疑，要求我处落地查证。兼任公安处电子物证实验室主任的贾良志敏感地意识到，电子物证必将成为侦破该案关键。他主动请缨，跟随专案组前往内江参与案侦工作，及时将涉案电脑送

回实验室，自主完成涉嫌账户登陆 12306 网站的历史记录与缓存记录等电子物证提取、检验，与其他证据一起形成了完整的证据链。

10月，重庆铁路运输法院采信公安处网安部门提供的电子物证作为定案直接证据使用，对嫌疑人做出有罪判决，成为全局打击网络倒票以来首例通过电子证据直接认定犯罪嫌疑人犯罪事实的案例。

按照公安局、处"猎鹰-2019"战役"清剿 3 号"专项行动工作部署。网安支队充分利用倒票人员黑名单库结合实名制数据查询等手段，对异常购票但未被处理的黑名单人员进行重点票调，实时推送可疑订票记录到公安处猎鹰办，开展打票调查工作。为成功破获该起团伙倒票案提供了有效的侦查导向和有力的数据支撑。

2016 年 5 月 13 日，反恐支队使用系统录入全国涉恐在逃人员信息，经数据比对碰撞发现，涉恐在逃人员阿某有历史火车实名轨迹。通过研判其重要关系人及同行人员活动轨迹，锁定阿某仍在深圳活动。根据我处提供的重要情报信息，广东深圳公安机关将阿某在深圳某地抓获。

2017 年 6 月 9 日，通过使用该系统，武隆所采集到了两名关注人员塔某、司某在武隆站购买了当日 K814 次列车车票。经研判，发现该两人无历史乘坐火车进入我管内轨迹，结合其他实名活动轨迹判断，该二人高度疑似从事"伊吉拉特"活动。通过与该二人户籍地公安机关联系及联合研判，新疆公安机关以该两人涉恐将塔某、司某刑事拘留，并将刑事拘留证已传至我处。重庆公安处联合重庆市公安局将塔某、马某二人在重庆某地抓获。

2017 年 8 月 5 日，反恐支队使用系统下发当日乘坐火车关注人员信息时发现，系统自动比中一名重点人员阿某，该人员乘坐 K1257 次列车，经与其户籍地公安机关新疆皮山县某派出所联系核查。其回复该人员涉嫌制爆团伙案，存在现实危害，遂以涉嫌危害国家安全罪决定对阿某采取刑事强制措施，并将刑事拘留证传至公安处。后阿某在重庆某地被重庆铁路公安民警成功抓获。

2019年2月13日，重庆处治安支队专业打票队对重点票调中可疑订票记录，开展现场核查工作时，发现一名旅客票证人不相符。通过调查，旅客系通过扫描微信二维码付款的方式在名为"陈某平"的微信号上高价购买的火车票。我支队接到反馈情况后，通过铁路实名制查询系统的倒票人员黑名单对近期同行人员数据进行比对扩线分析，发现余某国与陈某平同行。陈某平疑似高价为旅客购买火车票的微信号持有人。

2019年2月14日，重庆处治安支队专业打票队根据分析线索，再次进行视频监控查证和旅客辨认，直接锁定该起案件系一起团伙倒票案件，由倒票嫌疑人丁某川喊客、余某国谈价、余某兵用其配偶陈某平的微信号买票、卖票、收款，3名嫌疑人分工明确，分赃清楚。三名嫌疑人对其加价倒卖车票的事实供认不讳。经法监部门批准，分别依法给予丁某川行政拘留10日的处罚，余某国行政拘留15日的处罚，余某兵行政拘留10日的处罚。

贾良志说："我想赶快把这些年储存在电脑里纷繁复杂的图片模型、统计数据、案例分析，整理出来，希望对后面的同志有用。"贾良志一句"时间有限"，令人动容。

正是具备这样的过硬技术，公安处电子物证实验室先后完成席某职务侵占案、侯某诈骗案、赵某某非法持有假币案、盗销车辆配件专案、吉尔、俄来运输毒品案等26起案件的电子物证提取工作，为案件成功移送起诉奠定了坚实基础。

英模的足迹

贾良志是一个标杆，在全国铁路公安网络安全战线上、在

人生的战场上付出了心血。

自然界有着能量守恒定律,时间也是守恒的。工作多投入一秒,留给家人的时间自然就会减少一秒。

贾良志,脚踏实地钻研创新,履职尽责守护线路安全;他,心底无私心怀大爱。他就是这样一个在上级领导眼中,值得放心的下属;在同事眼里,是一个有魄力、能务实,有作为、敢担当的好领导、好兄弟。

"对贾良志来讲,工作就是他的全部。"这是战友对他的评价。

重庆公安处先后接收了渝利、兰渝、成渝客专、渝万高铁和三万南等新建铁路,线路里程进一步延展,总长接近4000公里。西南铁路在崇山峻岭中穿梭,自然条件恶劣,地图上看似很近的两点,可能要走很长的路,也许要翻山越岭才能达到。线路修建到哪里,网络就铺设到哪里。作为副支队长的贾良志,总是又当指挥员,又当战斗员,每次都亲自带队参与到繁重的公安信息化建设任务中去。基层所队的网络信道、设备出现故障时,贾良志和网安支队的民警总能第一时间赶到,帮助所队解决问题;有时为了建设新线的公安信息网络,几天几夜待在工地上也是常事。长年的出差,使他与家人聚少离多。家人虽几多无奈,却也坚定地支持他。

2016年9月30日,贾良志的父亲因患脑血栓、神志不清住院治疗。三天后的午夜,刚从渝万高铁线路区间安装调试网络设备回来的他急忙赶至医院。妻子唐金晶在病床前陪了整个晚上,见到夫君让他好好陪陪父亲。

夜,这样的静,静得只能听见贾良志独自哭泣的声音。如何才能靠近,触摸父亲的心。贾良志在心里悄悄地对父亲说:"爸,总是把最好的给我们,用燃烧生命的方式,在充斥着泥泞的道路上前行。爸,我不敢看你的头发,还有那满是沟壑的额,写满蹒跚的岁月,还有那下垂的眼皮,那是你为我们丢失的青春的风华。我可以释怀,转身离去,但我挪不动脚步,时间凝固……"

当东方发亮,贾良志又返回到国庆安保的工作岗位上。

父亲醒来说道:"这个儿子心里装着公家。"

2016年,一个月光如水的夜晚,身染重病的外婆去世了。贾良志没能在外婆身边尽孝,更因没能看到外婆去世前的面容而痛心疾首。那一夜,远在外地的贾良志哭了,泪水从这个钢铁一般的男人脸上流下。当生死的距离陡然间变成一张薄纸的时候,我们看到了这个钢铁般男人最最柔软的牵肠挂肚,最最无可厚非的至情依恋。

可有谁知道,这一年,贾良志以这样的方式相继送走了自己的外婆和岳母……

这个钢铁般的男人能够忍受病痛对身体的摧残;这个钢铁般的男人能够忍受伤病带来的剧痛,但他不能忍受因为生命的消失而对责任无可奈何的放弃。

妻子说:"良志心里其实很爱这个家。"

贾良志把所有精力给了工作,却把所有生活的担子给了妻子。在面对家庭和事业的抉择时,妻子把天平倾向了家庭。回忆起这些年默默操持家务,照顾孩子的生活,妻子没有抱怨。"良志很爱这个家,他鼓励孩子成长,他会把家里的事情都安排好。他很稳重,与世无争,从来不和我争吵。他常说,身为警察,任务来了,就要全力以赴,这是使命所在。"

"记得2008年5月20日,这是我外科手术之日,我母亲与良志通了电话,得知他在都江堰车站参加汶川震后抢险救援工作,我不能因家庭的原因影响他。在国殇面前,警察永远是老百姓的依托。谁曾预料到,手术时,我大出血,又因麻醉过敏,我昏迷了1天。我身边只有母亲照顾。8个多月的女儿,托付给姨妈照顾。我母亲忍不住打了电话责怪着良志。

人生的苦辣酸甜,心会懂得,但心痛不说,自己体会,因

为我知道,生活,必定不会一帆风顺。有种情愫,时而惆怅,时而纠结,但纠结不语,藏于心底,因为我们知道,人生,不一定都月满人圆。

岁月是只船,心才是舵手。有时爱,只需一个手势,心便陶醉。有时人生,只需一抹淡然,心便花开。诸多的不如意又如何,蹚过这条河,定会有岸;翻过这座山,必定又是大路迢迢。"

四十多天后,良志对我说那时他感觉真的好无赖……

这位血管里有火,一身丈夫气的汉子眼里,莹莹的泪光凝结了太多的责任义务和锥心的情感寄托。没有什么可以轻易把人打动,除了内心的爱。没有什么可以让一个钢铁般的男人流下泪水,除去了内心的爱。正是因为他对国家、对亲人、对旅客群众有着强烈的爱才给了他力量。

迎合着时间的节拍,我们的这位警察兄弟拍拍戎装,抖落2008年身上的尘土及疲倦,把悲痛化为力量,以饱满的热情,昂扬的斗志,迎接着新年的挑战。

抬头望,你会发现他的天空是湛蓝一片。因为他的心只属于人民,只属于党,因此有了"立警为公、执法为民"的为警真谛。带着这种真谛,你会发现他的内心会像湛蓝、宽广的天空一样,没有半点损人的阴霾,也没有半点利己的取向。

正是贾良志对工作的辛勤付出和奉献,保证了重庆公安处公安信息网络的畅通,并取得了出色的公安信息化建设成果。

唯有历经坎坷终不悔的担当,才能写就警察生涯最辉煌的答卷;唯有心中坚守的恒久信念,才能让生命的绚烂永不落幕——这就是一名共产党员和人民警察无悔的忠诚!

贾良志先后荣立个人三等功2次、获先进个人荣誉9次、优秀共产党员2次,个人嘉奖5次。2017年荣获全国优秀人民警察荣誉称号。

他没有轰轰烈烈的事迹,有的是点点滴滴的平凡之举;他没有惊天动地的壮举,有的是无私奉献的义举;他没有气壮山河的赞歌，有的是春风拂面的柔情；他没有催人泪下的故事，只有情系社会安宁的主旋律。爱岗敬业中见证忠诚，沸腾的热血铸就炽热忠魂。

在这个榜样辈出的年代，各种各样的榜样不知不觉中成了我们心目中的坐标。古语曾说：以铜为镜，可以正衣冠；以史为镜，可以知兴衰；以人为镜，可以明得失。由此看来，榜样的力量是不可估量的。

注：部分资料由采访单位提供。

题记：中华人民共和国成立70周年之际，也是铁路公安改革之年。2019年5月13日至6月4日，警营作家、诗人郑义伟接到成都铁路公安局宣教处的任务，采访成都公安处绵阳站、德阳站、南充站派出所，重庆公安处禁毒支队、网安支队、刑警支队、丰都站派出所和贵阳公安处滥坝派出所茨冲站、六盘水派出所、桐梓站派出所的十位英模，为他们每人撰写一篇报告文学。接到任务后，笔者踏上了位于乌蒙之巅海拔2200多米高的陡菁乡猴儿关大山上的孤寂小站，前往贵阳公安处最艰苦的驻警点茨冲站对"盲警"——潘勇进行了采访。

来吧，战友们，让我们率先走进这位用耳朵守护小站平安的"盲警"——潘勇。

乌蒙之巅的"保尔·柯察金"

——记贵阳公安处民警潘勇

在乌蒙之巅，有一位并不高大的身影，他站立的姿势，却似一棵劲松挺拔。在夏季气温不到14摄氏度地方，炼出钢铁的意志，他用一本忠诚的日记，记录了一个盲警的成长。他听到了许多声音，有人歌唱太阳、有人赞颂月亮。在黑暗的世界里，只有疼，才能用心灵去感知揣摩生命的真谛。她，来自远方，与他相聚在同一片星空下，她是命运赐予他的另一扇窗，守护着同样的梦想。他是盲人，什么也看不见，可他的生命中有另一双眼睛，他用耳朵守护小站平安，用心聆听车轮咬合铁轨发出的响声。他是盲人，什么也看不见，可他的心中有明亮的幻想，只有懂他的人，才能看到心灵绽放的光芒。

这里讲述的这位民警，在丧失视力、仅有光感的情况下，以超乎寻常的坚毅和精诚履职的情怀，坚守在沪昆线上乌蒙之巅的五等小站，他用心灵感受光明，用耳朵守护平安，谱写了一曲穿越黑暗的生命乐章。他，就是驻扎在贵阳铁路公安处滥坝车站派出所茨冲车站唯一的一名驻站"盲警"——潘勇。他在双目失明的黑暗中寻找光明，以心中的信念连续坚守边远小站17年，用意志诠释人民警察的忠诚，用实际行动谱写动人乐章，成为线路治安防控、维护一方平安的典范，成为各大主流媒体争相报道、家喻户晓的时代楷模。

人生，从小站开始

为了坚守在这条给苗家带来幸福的沪昆铁路，潘勇，这位大山的儿子，在父亲战斗过的这片土地上，延续了父辈的足迹……

潘勇的父亲是一名铁路警察，他从小跟着父亲生活，对铁路警察的工作有所了解。他从小听父亲和同事抓捕偷盗火车货物小偷的故事，对小偷深恶痛绝。同时，从心里敬佩铁路警察。在他的内心深处，一直与父亲为榜样，也一直梦想成为一名铁路警察。然而，参加工作后，他却成为一名维护铁轨的线路工。

那年的初春，潘勇被分配到六枝车站。那是一个天高，山高，水急，风也很大的地方。这是一个山区小站，一个没有多少人知道名字的小工区，上苍没有赐予她繁华和殊荣，车站就坐落在这个山水之间的狭长凹沟里。

潘勇就这样开始了他的铁路生活。当他从老工长手里接过那套崭新的铁路工作服时，他看到了老工长眼里的深切希望。他觉得自己接过的不仅仅是一套工作服，那是一只接力棒，很沉重。

实习的日子并不轻松，因为不懂，因为不了解，师傅们总

是让他干些很轻松的干净活，至于那个装着十几斤工具的牛皮大包，更是不会让他碰。工友告诉他，这是巡道包，挺重要的，包内的物品响墩、火炬等一样不能少。

六枝，会给人安静的感觉，与外界隔绝，没有人打扰。离开家的想念，孤单寂寞的感觉，这时全都被遗忘。潘勇就像是一只刚学会飞翔的雏鸟，有的只是对新环境的好奇，和初次离开家的兴奋。

工作日的早上，当潘勇一融入马不停蹄的作业场面，应和着整齐洪亮的口号，汗水就酣畅淋漓；黄昏，这城市定格之外的闲适更是让他乐不思蜀；看着一列列满载的列车从铁轨上飞驰而过，一股股暖流便涌上心头；晚上，将捣镐、压机放回工具室，小闹钟的短针正好指向"6"，这就是他和工友们一天生活的全部。

班组管内线路大修挖翻浆工程开工了，又正值盛夏，每天这时刚加完班，腿脚都有些酸软，懒洋洋地攀着楼梯扶手回到单身宿舍换工作服时，感觉挥了一天捣镐的手臂也有些发麻。

当潘勇把这里的一切告诉妈妈以后，妈妈心疼地望着他，爸爸则平静地说："该在外面吃吃苦了。"听到这话，气得潘勇啊，心里直问："他真的是我爸吗？怎么都不心疼心疼自己的儿子？"潘勇怎么也不能理解当父亲的一番苦心。慢慢才明白，那是父亲在磨炼自己的意志，锻炼自己独立自理能力。

又是一年的夏天，天渐渐热起来，在那笔直的铁道线路上，潘勇与一群养路工人们埋头苦干着，似乎这一切变化与他无关。他并不害怕任何一次的雷雨，任何一次狂风。反而他渴望狂风暴雨的来临，因为那可以令他更坚强，更能了解到奋斗的激情。路旁的树被狂风吹弯了腰，呼呼作响。但可爱的养路工人们仍旧屹立在风中，挥洒热汗。就像一位真正的勇士，正视任何的挑战！

低沉的天空疯狂地倾洒下豆粒般地雨点。雨势，一浪破一浪地由远及近压来。它驱赶着一切，吞噬着一切。铁路两旁的大树在雨中低下了头。雨更加高傲地呼叫着，他和一群穿着黄色背心的工人们的身上早已湿透了，也分不清是汗还是雨，他们仍旧保持着先前那般动作：精神抖擞地挥舞着黝黑的手臂，在空中划出一道美丽的弧线，重重地落下，发出一道道沉闷有力的撞击声。

雨终于停了下来。阳光像胜利之剑刺破层层乌云，矗立在人世间。云雀们从它们的鸟巢里飞了出来，飞上树梢，享受着雨后的清新空气，欣赏着天边美丽的彩虹。

经历了一场暴风雨的工人们，仍旧精神奕奕地埋头苦干着，毫无倦态，毫无怨言。他们用长满老茧的手掌抚去一脸的雨水，抬起头，看着那一缕缕的阳光。那原本已湿透的身影，泛着阳光，闪耀着，犹如广场上的雕像，屹立在人民的面前。

迎着朝阳上班，披着一路晚霞回家。潘勇和小站人每天都这样周而复始、寒来暑往地忙碌着。看着小站上那几条钢铁平行线，他常常在想：这条路能有多长？它的尽头在哪？

穿越黑暗的生命乐章

时光荏苒，1995年，潘勇通过招警来到滥坝派出所，在茨冲站担任驻站民警。实现了从警的愿望，成为像父亲一样的铁路警察。

七年后，厄运降临到潘勇身上，因严重青光眼并发白内障，经多方治疗无效，年仅三十岁的他双眼只余轻微光感，几近失明。这个无情的诊断结果，如晴天霹雳。30岁，正是人生干事创业、意气风发的年龄，而自己却和失明这个恐怖的词紧紧连在了一起！

潘勇不甘心让病魔把自己击倒！他要同病魔抗争，他要打败病魔！

"不在乎，不马虎。"这是潘勇为自己写下的六字格言。"不

在乎，就是不多想，甚至干脆不去想啥时会离世、还能活多久这类问题；不马虎，就是要积极对待，努力战胜病魔。"潘勇这样解释。

在那段生不如死的日子里，潘勇这个刚强的汉子硬是挺了过来。而承受住了这些，无疑是对他的一次次非凡洗礼，也如凤凰涅槃，浴火重生！

在经历了突然陷入黑暗的痛苦彷徨后，潘勇逐渐振作起来，开始思考今后的路。

一个月后，他的妻子绝情地离开了他。这对年轻的潘勇来说，无疑是晴空霹雳重重地击在心中，残酷的现实让他忍受着悲哀和痛苦的煎熬，黑暗不单在吞噬他的眼睛，也吞噬着他年轻的心灵。那段时间，他一度被失落、空虚、孤独、寂寞、恐惧所缠绕，他的人生惨淡到了极点，但这样的遭遇没有将他击倒。

经过处党委、所支部的悉心关怀和一段时间的心理调整，他勇敢地接受了现实，坚强地振作了起来，所里同志都不禁叫他"潘坚强"。

离别的伤痛，如同窗外的雨，飘落在他的心底，冰封了一个男人永远的思念。眼泪坠落在雪地上，像是发出了沉重的敲击声，在麻木的神经线上刺痛，寒风吹着那发烫的脸，冰冷了一个孤独者的心事。在很长的日子里，潘勇除了回忆那些美好，仅剩下一个无力的躯壳，发誓不再让自己哭，却难过地想起曾经的美好。越是悲伤，痛苦越是缠绕心头。妻子走了，只留下他，留下他独自一人承受这份寂寞。

派出所为了照顾他，给他安排了较为轻松的工作，每天就在派出所接接电话，干一点力所能及的事。可潘勇想，他还年轻，不能就这样"养老"成为队伍的累赘，不能轻易就向命运服输低头。

在时间的轨迹上，他并没有选择的权利，只有被选择的命运,但他有着改变现状的勇气,有着对人生不同的追求。

丧失视力后的潘勇没有被病痛压垮,反而不能忍受离开铁路的孤独与寂寞。他本可以在家休息,工资待遇也不会减少。贵阳铁路公安处滥坝派出所所长和教导员曾多次到茨冲找他谈话,劝他回家休息,可他不肯。他多次婉言拒绝了所支部安排他在值班室担当接听员的照顾。

2003年12月,潘勇经过深思熟虑的决定,含着坚定的泪水向所支部汇报:"现在我的眼睛不行了,或许原本的理想实现不了,但我不愿意拖累组织,更不愿意别人把我当废人看!自己眼睛虽然看不见了,可还走得动、听得见。自己原是工务段职工,来自农村,懂得民风民俗,有茨冲驻站的经验,熟悉铁路设备和群众工作,熟悉周边环境和周围老百姓,只有在艰苦的地方驻站保一方平安,才能最大限度地实现我的从警价值和人生追求,因此我要求留在茨冲站做些力所能及的事情。"

他郑重地给党支部写下请愿书和保证书。当时支部还是不放心,给他半年时间"试用期",通过后才得以批准,成为一名驻站民警。

派出所专门安排一名保安照顾他的生活起居,协助他开展工作,潘勇从此与小站厮守,同大山结缘,和村民结亲。

夜雾弥漫的深山小站,蜿蜒在崇山峻岭之间,夜雾挡不住绚丽的景,夜雾遮不住卫士的情。一声悠长的风笛,牵动着他对小站的思念,驻守在这里,守护着一方平安。细雨洒落脸上,警徽在黑夜中闪耀,漫天飞飘的雪花,阻挡不了寒风中巡逻的身影……

眼睛,是灵魂的窗户,内心的索引;在正常人的想象里,失去光明,就意味着失去缤纷与色彩,意味着陷入黑暗与沉沦。

艰苦的环境,对正常人来说都是一种考验;对在黑暗中前

行的潘勇而言，更是困难重重。从这以后，有的人从语言中透露出了对潘勇的质疑，而他听在耳里，记在心里，常常诙谐地回应道："我看不到，但我听得见、走得动、摸得着嘛，其他方面都不差嘛……"虽然呵呵一笑了之。但他却在心中暗下决心：一定让这些质疑之声消灭，失明阻止不了我前进的步伐。

　　潘勇克服视力缺陷，每天要求保安扶着他徒步巡查线路、走村串户。磕碰、摔跤是家常便饭，但他从不在乎、从不间断，每到重点部位、隐患处，在保安口述下，他亲手触摸，感受设备的形状、尺寸等特征，对一些专业问题现场打电话向相关路内单位询问，直到弄清楚为止。在走访辖区村庄、学校、厂矿企业时，他逢人就自我介绍，让大家尽快认识他了解他，同时仔细询问对方姓名、住地、联系方式等情况，回到小站，再叫保安把巡查、走访记录念给他听，进一步强化记忆。火车货盗多，他就拿起大喇叭，不厌其烦地向来往旅客反复宣讲，一遍遍提醒他们注意财物，防范诈骗。时间一长，他"以预防为主"的策略取得了显著成效。他的手抄记录本已垒了近一米高。辖区的基本情况，无论是桥梁、隧道、设施设备、涵洞、道口等公里数位置，还是大牲畜、重点人员、路内单位、特种行业等相关的具体情况，他都了然于心，随时能脱口而出，成为辖区的"活地图"。他自己的事迹也被村民们一传十，十传百……

　　潘勇创造了茨冲站从2005年至今无刑案、无路伤和无危行案件的"三无"奇迹，用耳朵守护了小站的平安。

　　这里的人几乎都知道了茨冲站有个视力不好的警官，他成了当地的知名人物。

我是你一辈子的眼

　　潘勇的敬业和坚强打动了领导、同事、打动了辖区村民、打动了残酷的命运、也打动了一位少妇的心。

在这茫茫尘世中，每一个人都是宇宙的独行者。在每一个时期，每一个阶段都会遇到不同的人、事、物和景，会有不同的感悟和追求，在征途上，缘至而相识，缘尽则分离，或许是时间的变迁，也许是被生活所迫，到后来，终是渐行渐远，或者是山高水远。在动态的世界里，怎能守得永恒，唯独长久的，是那一片灯火阑珊。

2004年，从重庆綦江到茨冲站走亲戚的陶红英来到小站，每次看到潘勇都是耐心热情，时时带着微笑面对旅客，那种善良实在一点点打动着陶红英的心。这样一个好人，不该这样独守一生啊！

在生命长河中，上苍会赐予人冥冥情缘与机遇，潘勇想过追随新的理想，想过风花和雪月。可在交往中，他们彼此都怕会不会因为没有好好珍惜而遗憾；会不会因为错过而惋惜，会不会因为放弃而懊悔，他们都是在现实和梦想的冲击中成长的无畏之人，谁都明白，他们不是童话中的至尊宝，并没有后悔了重来一次的机会。可能是天眷英才，潘勇得到了陶红英青睐。陶红英说："最初，我并没有看上他，因我来站里几次，见他对旅客热情周到，不仅脾气好而且为人实在。当我了解到他的前妻离开后，我真的担心他过不了这个坎，所以一直在他身后默默关注着他。他挺不容易。他如果没有信念、如果不坚强，决不会走到现在。他对美好生活的向往与对崇高事业的追求让人敬佩！经过慎重考虑，我最终选择了他，成为他的妻子，我们走进了婚姻的殿堂。"

潘勇和陶红英结婚后，派出所特聘陶红英为保安，成了他的"眼睛"和"拐杖"，更是他工作的左膀右臂，此后，人们常常可以看到夫妻俩在站区相互搀扶、形影不离的感人情景。

"你是我的眼，带我领略四季的变换；你是我的眼，让我看见这世界就在眼前！"这首《你是我的眼》，曾打动了多少人的心。

而在贵州六盘水乌蒙之巅偏僻的茨冲小站上,"盲警"潘勇和警嫂陶红英用自己的质朴与坚持,演绎了一曲现实版的《我是你的眼》!

"我愿做你一辈子的眼睛,和你一起守护平安!"这是陶红英结婚时对潘勇的承诺,也是她内心坚守的信念。作为丈夫的眼睛,陶红英让潘勇更好地实现了继续为铁路运输安全奉献的梦想,让他感受到了最实在的幸福。

潘勇拥有了生命中另一双眼睛,另一双手臂;从此,潘勇的妻子就天天陪同他上班,人们常常可以看到夫妻俩相互搀扶、形影不离的感人情景。从此,在潘勇工作的每一个场景,都有陶红英相扶相携,共同走过无数冰雪山路,共同谱写着一曲平凡人平凡爱的动人旋律。

在这个群山环绕的小站,潘勇对爱人有着深厚的依恋,他俩初次见面的日子、结婚领证的日子,他都记得清清楚楚。即使到现在他也没有"亲眼"见过妻子的模样。妻子的相助相随,让他实现了"铁路警察"的梦想,让他感受到了最实在的幸福。

多年来,潘勇始终秉持"把自己位置摆低,百姓才会把自己看高"这一理念,面对贫富要平心,对待群众要真心,帮助群众要尽心,解疑释惑要耐心,与民交友要交心,受气受屈要静心,往来联络要经常,婚丧嫁娶要到场,进村进校要宣传,田间逢人要交谈,路内职工要成朋友,村民朋友要成片。线路治安管理对象广、项目多,对一个正常人来说都很艰苦和繁杂,对一个视力不好的人更是难上加难。潘勇深刻体会到这一点,并清楚认识到要最大限度地依靠广大群众的力量,才能确保线路安全和人民平安。他很快开始走群众路线,坚持以真诚换真心,通过实践摸索又总结归纳了一套适合自己的"十八要"群众工作法:铁路周边要勤走,出门妻子要随行,户户村民要访到,各个单位要走到,姓名住地要记清,联系方式要记牢……

在妻子的搀扶陪同下，不分阴雨晴天、白天夜晚，坚持日走一户，月熟百户，平均走访辖区内所有农户、路内外单位不下 50 遍，累计步行 35000 余公里，与 300 余名地方官员（教师、村民）、200 余名路内外单位职工互留电话，一个不落地参加群众职工的婚丧嫁娶仪式 120 余次，并经常以短信、电话、上门、集中宣传等方式，发动村民职工为铁路群防群治出一份力。巡线查车，走村串寨，进入学校开展护路防伤宣传，同时，抽出时间主动看望和照顾辖区里生活困难的孤寡老人。村民职工无论是询问慢车开行与否、时刻情况，还是家有困难等大物小事，他都热心予以解答和帮助，从不推诿。潘勇夫妻的坚毅感情、友诚态度和敬业精神逐渐打动了大家，他们成了当地家喻户晓的"人物"，工作得到广大群众的理解和支持。

经过多年的辛勤付出和实战磨炼，潘勇练就了遇事阳光、工作负责、记忆超强、能说会道的好本领。他总是笑脸相迎，热忱待人，与站区职工群众快乐交流，得到了大家喜爱和认可。

2009 年 8 月，工务部门因种植绿化植物与一位村民发生纠纷，多日没能解决，潘勇亲自到地里清除道砟，用实际行动感动了村民，进而圆满解决了此事。通过日积月累的工作，潘勇夫妇结交了众多村民和路内朋友，彼此都当作兄弟姊妹来对待。村民职工们经常主动协助工作，当起了他的眼睛和耳朵，只要发现上道行人、铁路边放牧、护网破损等隐患，都会主动宣传清理或带到站上交给"潘公安"处理，在辖区形成了群防群治的天罗地网。仅是由群众职工提供信息，处置的各类隐患就有 120 余次，处罚教育的上道行走、铁路边放牧和烧荒人员就有 180 余人次。

夫妻俩在巡线途中发现护网被打开，陶红英立即到附近的护路民兵执勤点找来铁丝夹钳，潘勇一边对护网进行加固，一边说，"现在火车速度快，如果行人或者大牲畜闯入，会非常

危险。"巡线回到车站,走到工务工区,他叮嘱工务人员进站工作时要穿上统一制服(黄马甲),注意安全。

经过多年的线路治安管理和不断的辛勤付出,潘勇和妻子成了当地家喻户晓的人物,他们的工作得到了广大群众的理解和支持,辖区治安秩序一直良好。随着护网修建、动车开行,为适应新的形势和要求,潘勇把自己定位为小站的"九员"民警:勤奋的学习员、刚正的治安员、务实的宣传员、认真的查危员、维序的喊话员、灵通的信息员、内外的联络员、为民的勤务员、精干的处置员。他努力克服自身视力不好的缺陷,灵活运用听、说、问、写、记等基本方法,于2009年以80余分的成绩通过了铁路公安转制考试,并把《治安管理处罚法》《突发事件处置办法》《查危防爆工作规程》等有关条款背得滚瓜烂熟,经常与百姓拉家常、摆现实,进村寨搞宣传、送法制。由于他相当熟悉业务,他经常能干净利落地处置各类突发事件,在2011年7月20日,二道岩至茨冲间的铁路桥限高架被一大货车撞垮,潘勇迅速赶到现场进行初步处置后,在两分钟内一口气联系工务、护路办以及地方110等多个单位,1个小时内协调处置完整个事件。在慢客车停靠时,他都亲自用喇叭大声喊话,提示村民注意安全维序,配合查危防爆,因此得名"潘喇叭"。对违反治安管理的人员,无论职工村民,还是认识不认识,潘勇都要恰当地予以教育或一定的处罚,让大家心甘情愿地接受,又得名"潘包公"。

管好小站,离不开群众的帮助和支持。陶红英明白和理解丈夫对群众的一片真心,村民遇到什么矛盾纠纷,她总会搀扶着丈夫亲自上门帮助解决;夫妻俩微薄的收入中,每个月总有一部分要用来资助辖区的空巢老人和留守儿童。

在陶红英的协助和支持下,潘勇凭着自己坚定的意志和信念,用心灵的眼睛穿越了黑暗,比一般人更胜一筹的"耳聪目明"。工作之余,夫妻俩在后院开辟了一块菜园子,除了每周需要进城购买一次肉食外,蔬菜已经完全可以自给自足。听评书是潘勇的爱好,有时候陶红英也会给丈夫读一读报纸中人物的励志故事。

15年里,陶红英每天都搀扶着丈夫,共同到铁路线上巡视查车,共同进村入户开展安全宣传,足迹遍布了辖区38公里线路、3个行政村、13个村民组的每个角落。由于视力不好,潘勇总是用心琢磨动脑记,将辖区的一家一户、一草一木,都深深烙进自己的大脑里。而陶红英则在做完每一项工作后,根据丈夫的口述,记录下站区和线路上发生的各种事件,晚上再一一整理到台账登记上。为了让丈夫熟记工作数据和法律法规,陶红英每天都要把做好的工作记录和法律常识念给丈夫听,帮助丈夫反复回忆默记,让法律法规条款和小站所辖的区段公里、重点部位、村庄学校、大牲畜户主,甚至某个具体人员的电话号码,都深深铭记在丈夫心中。15年来,夫妻俩就是这样肩并肩手拉手巡线查车、走村进寨进行护路防伤宣传。经过努力,茨冲站辖区的各种案件、铁路交通事故逐年递减。从2005年至今,创造了管辖线路十余年无刑事案件、无治安案件、无路伤事故的"三无"奇迹,打造了山区线路治安防控的典范。

村民们早已熟悉了夫妻俩相互搀扶的身影,习惯了他们轻缓亲切的宣传声,他们每到一户村民家,正在刷牙或是做午饭的村民看见"潘公安"和"潘嫂"来了,热情得很,搬出凳子就让我们坐。要是遇见正在吃早饭的,放下碗就要给他俩盛饭。走访路上,一个七十多岁的奶奶看见潘勇,上前就拉住了他的手。老太太嘴里光秃秃的,就剩当门的一颗牙还在,笑得很灿烂,像是在跟自己家的孩子聊天。村民们看到有人或牛马上道,总会相互提醒;听到有什么异常情况,总会在第一时间打电话告诉"潘公安"和"潘嫂"。

茨冲站每日平均有120列火车经过,没有了视力,潘勇却

没有放弃视野；看不见道路，却不能停止脚步。潘勇与妻子常常相依在铁路边听火车经过的轰鸣声，他凭借耳朵，就可辨别各种火车的类型，对他而言，这是世上最美妙的音乐！也是生命中最宁静幸福的时光！小站平安，则是穿越黑暗奏响的生命华章。

悠悠岁月的阡陌中，那背影依旧的，永远是路边常驻的身影，守护着彼此走过春夏秋冬。在崎岖山路上，搀扶丈夫走村串寨的艰难，被陶红英深深埋在了心底。她早已记不清，有多少个风雨交加的日子，搀着丈夫蹒跚前行，巡查防洪重点部位；多少次在冰雪凝冻的山路上，滑倒又爬起；多少回看到浑身泥浆的丈夫，心痛落泪，又在丈夫的玩笑声中，含着泪笑出来……而在小站职工和沿线群众眼中，夫妻俩相携相依、并肩向前的身影，是小站最美的风景。

闪光的名字

茨冲站执勤点被成都铁路公安局首批命名为贵昆铁路线上唯一一个以警长名字命名的"潘勇警务室"。一批批年轻民警慕名前来学习经验；新华社、中央电视台、人民日报、人民公安报、凤凰卫视等媒体记者先后以现场拍摄或电话交流的方式采访潘勇的事迹。中央电视台、新华社、中新社、人民公安报、人民公安杂志等中央级媒体结合传统纸媒和新媒体传播形式，通过专题片、报纸、杂志、微博、微信公众号等平台，先后刊发了《亲爱的，一辈子我都是你的眼》《警察丈夫患眼疾，妻扶其执勤十余年》《贵州盲警以妻子为"眼"驻站铁路十余年》《生命中的另一双眼睛》等影像及图文稿件，被新华网、人民网、中广网、中新网、央视国际、光明网等各大主流媒体网站转载360余次。贵州本地主流媒体也均以专题片、大幅图文报道的形式对潘勇夫妇事迹做了专题报道。"感动、敬佩、平凡中的伟大、不容易的铁警、相携相守的温情"等字眼频繁出现在网友留言中,体现了广大网民对潘勇夫妻坚守大山的敬佩感动以及对民警奉献由衷赞扬。潘勇与妻子"两个人的小站坚守",荣获2012年度"诚信友爱贵州人"十大最感动事例奖。陶红英用多年的默默付出,协助丈夫构筑起茨冲铁道的平安,奏响了两个人的动人华章,点燃了生命的希望,更传递了心灵的阳光。

命运给你关上一扇门,就会为你打开一扇窗。陶红英就是命运赐予潘勇的另一扇窗户,让他拥有了战胜黑暗的勇气,更好地追求生命的价值。每一片落叶都要飘向各自的远方,或沉睡,或归根,或被细心收藏,无奈的是,找不到对始终的诠释,而他们则来自不同的远方,相聚在同一片星空下,用不变的初心,守护着同样的梦想,连这里的土壤,都是他们深爱着的,你若回眸,他们永在灯火阑珊处,虽然那灯火,是肃穆的红和蓝,那样不繁华的闪烁,却有着安抚人心的神力。他们在,我无畏,警灯闪,你安心。

结婚15年,陶红英始终如一,用自己的温柔贤惠和任劳任怨,用自己柔弱而坚强的双肩,担起了照顾丈夫的日常生活、照顾老人孩子,陪伴他工作的重任。每天,她都要为潘勇穿好衣服,打好热水,拿来洗漱工具给他洗脸,做好饭菜,把菜夹到到他碗里,细心照顾他的一点一滴。

多年的付出和努力,换来的是丈夫发自内心的尊重和无微不至的关怀;是十余年不对她说一句重话、发一次脾气、红一次脸;是每次有好吃的都要让她先品尝一口,是丈夫永远充满童心、阳光灿烂的笑容,是丈夫对她父母、弟妹一视同仁的百般关爱……

在潘勇内心,有个最大的遗憾,就是他从来也不知道妻子的模样。可在他心中,妻子是世上最美的女人,就像她那颗美丽而珍贵的心。每每有人慕名来采访、看望潘勇,他总会笑着问:"你看我老婆美不美?"每当这时,陶红英总是不好意思,

抢着打断丈夫："你美你美你最美！"这时，两人会同声笑出来。笑声中，流淌的是满满的幸福和温情。

2015年5月，陶红英作为第一批候选人入围公安部"好警嫂"推选。丈夫没有了视力，她成为另一双眼，让丈夫再没有放弃视野；看不见道路，她用爱的"拐杖"，助丈夫不断前行，她用默默地陪伴，重复着那句不变的誓言："当好他的眼睛和拐杖，无怨无悔地和他走下去！"

2015年10月8日，以"一路有你，2015讲述警嫂故事"为主题的全国"好警嫂"推选宣传活动仪式在北京举行，陶红英以真实感人的事迹及近500万名网友点赞优势获得全国"好警嫂"殊荣，并受到了中共中央政治局委员、中央政法委书记孟建柱亲切接见。此项荣誉，不仅是对"好警嫂"陶红英本人十年坚守、相濡以沫换来的最高礼遇，也是对一如既往默默支持铁路公安工作的广大家属们的最大褒奖。

2016年2月潘勇荣获贵州省"精神文明奖"，2016年4月潘勇获得成都铁路局"劳动模范"称号；由公安处以潘勇夫妇为题材拍摄的微电影《心灵的眼睛》上传网络，并于2016年8月获得全路公安金星杯"三微"大赛一等奖。他用信念点燃希望，照亮了生命的黑暗，也传递了心灵的阳光。

2018年冬天，那个风雨交加的日子，潘勇担心几处陡坡在雨水冲刷中塌方，坚持要去巡线。大颗的雨点让拉着他走路的妻子几乎睁不开眼，一不小心，潘勇被脚下的石块绊倒了。看着浑身泥浆的丈夫，陶红英委屈地哭了起来。潘勇却笑着对她说，这算什么，就当是练练警察摸爬滚打的基本功，伤不了人的。流着泪的妻子被他说得笑起来，两口子有说有笑地继续走向远方的铁道线。风雨中，这幅小站铁警夫妻，相携相依、履职作为的画面，是何等美丽动人！

用心灵去聆听

2019年初夏,笔者接到公安局的任务,前往贵阳铁路公安处最艰苦的驻警点茨冲站对"盲警"——潘勇进行采访,任务是写一篇报告文学。在这之前,我对他的了解,也仅限于有关他的一些宣传报道和事迹报告会。

作为一名战地记者,我接到任务后,立即踏上了位于乌蒙之巅海拔2200多米高的陡箐乡猴儿关大山上的孤寂小站。茨冲火车站平均气温不到14摄氏度,山路盘旋,交通不便。这是滥坝车站派出所最远的一个公安驻站点,从派出所驻地到茨冲站的铁路路程36公里,每天仅有一趟慢客车停靠,公路路程近70公里。

绵延起伏的山坡上,松苗随风摇曳。翻山越岭,路面狭窄崎岖,沿途隘关险道数不胜数,每年凝冻持续三个月之久,大雪封山,大雾笼罩,道路结冰,汽车无法进山,山路封冻、慢车停运,更是几乎与外界断绝联系。生活物资难以补给,同时水管冻结,饮水困难,站区工作人员只能把雪水当成生活用水,时常把方便面当正餐。铁路两侧共有3个村13个组,常住人口近4000人,中小学5所,在校学生1800余人,大部分村寨和农田被铁路分隔,村民穿越铁路等事情时有发生,是贵阳铁路公安处工作最艰苦的驻警点之一。

"远离尘嚣静谧生,山高雾锁路难行。适逢寒冬水粮断,雪水面餐苦充饥。"是对身处乌蒙腹地、海拔2200余米的茨冲小站最好的写照。

笔者在茨冲站简陋的警务室里看到,潘勇和妻子陶红英坐在桌前登记当日的火车通行情况。潘勇娴熟地报出已经开过小站的每辆列车的车次,陶红英帮他记录在登记簿上。初中文化的陶红英写字常常"卡壳",潘勇则耐心地告知这个字的一笔一画。

谈到潘勇的"铁路情结",陶红英抢着说:"听不到火车

的声音他就睡不着!"平日里,他们相依站在铁轨边听火车经过,他凭借耳朵,就可辨别出火车的类型。"这是一列长货车!"他扭头对妻子说。"火车声我听了快40年了,对我来讲这是最美妙的音乐!"潘勇说,"听不到火车的声音,心里头就紧张。实话实说,铁路在我心中是一片净土。我克服困难奉献所有,就是为了维护这一片净土。"潘勇虽然没有耀眼的成绩,可在线路安全、小站平安、警民关系和谐方面,他向组织上交出了一份合格的答卷。

潘勇夫妇常年以站为家,把茨冲站当着一个"大家庭",真诚、快乐、支持、奉献就是组成这个"家"的元素。平日里,潘勇妻子搀扶他同行做好治安管理,也做一些洗衣做饭等力所能及的生活琐事。同时在大家的心里也早已形成一个默契,潘勇夫妻不管有什么要求,只要说一声,小站的每一个人都会在第一时间给予关心和帮助。

茨冲站站长这样说道:"我和潘勇夫妻共事这些年,最大的体会是作为一站之长,从不曾为小站的安全犯过愁,因为小站有'潘喇叭''潘包公',他日夜守护着这里的安全,就是小站的'护身符',我总有一种小站无贼、安全无忧的感觉;还有'陶保姆'每天为我们洗衣做饭,有一种家的温馨。"

采访中,潘勇说:"我妻子也只是一个娇小的普通女子,可正是有了妻子默默无闻的支持,有了家人的理解,我才能踏踏实实地坚守在自己的岗位,才能集中精力做好工作。"

陶红英说:"我谈不上做了什么成功的大事,只是心中装着一个有责任和奉献的铁路警察。"

潘勇用心灵去聆听四季的雨声,那是人生年华的流淌与奔放的美丽。四季听雨,是与灵魂的对白,给人们的生命带来活力。还是情感的宣泄,给人们的感情带来滋润。更是一种精神的寄托,给人们平淡的生活带来激情。人生中,有欢乐、有迷惘,有失意、有辉煌。

时光在变，岁月在变，不变的是对美好幸福生活的不懈追求。在四季的雨声中用心灵去揣摩生命的真谛，让黯然、落寞的心情旋飞在天地间，在悠悠漫长的旅途中，绽放出人生的美丽。

一个双眼失明了17年的人，他的自信源自他的内心，只要内心够强大，就能坚强乐观地生活、工作，他身上有着一股子警察的坚硬。潘勇说："我希望自己是一盏小橘灯，用光和热照亮温暖更多的人。"

潘勇用恒心、用信念、用生命构筑起茨冲铁道的平安，用生命的力量诠释着人民警察的忠诚，创造着铁路警察战线上的奇迹，已经成为一面旗帜、一盏明灯、一道贵州高原铁道线上的靓丽风景。是信念，让他拥有了战胜黑暗的勇气；是责任，让他甘守寂寞小站追求生命的价值；是使命，让他固守岗位维护铁路平安。

潘勇很快乐。快乐于一个人来说，看上去是与生俱来的东西，其实更是多种因素的共同作用。它蕴涵在人的血液中，影响甚至左右着一个人的价值观和世界观。值得一说的是，他的乐观，充满了昂扬向上的正能量，或者说，是正能量给了他、给了一个残疾民警乐观的生活态度。

陶红英说，她最喜欢孙露唱过的一首歌叫《珍惜》：

> 谁说青春不能错，情愿热泪不低头；珍惜曾经拥有，曾经牵过手；珍惜青春梦一场，珍惜相聚的时光；谁能年少不痴狂，独自闯荡。

年少的时候，听不懂孙露。听不懂的是经历，听不懂的是人情，还有对人生价值的追求。如今再听这首歌，正恰恰应了的那句"初听不知曲中意，再听已是曲中人"。《珍惜》承受了太多人的悲欢离合，得失又该怎样估量！活在当下，珍惜梦想，就应该是一种踏实吧。

光阴婉转，年华浅浅。那些路边的身影，那些灯火阑珊，是否在最美的年华里惊艳了自己！他俩像往常一样向生活深处

走去，像往常一样路过一处风景，走过一片草地，逐步不断地选择未来路途中的坚守与珍惜。

在妻子的搀扶中，他们走在钢轨、木枕、石砟、路基上，顺着信号机，目光沿着钢轨伸向远方。潘勇知道，不论人生走多远，小站永远是自己人生的根基，是记忆中沸腾生活的痕迹。他说，虽然残疾，但他会把自己的一生都奉献给这个偏僻的小站。

我的战友啊！我只想以这样的方式，敬出一个诚挚的礼，向潘勇本人，同时也向他的妻子，在最基层的警察岗位上，为一个站区、一个乡镇的安宁，默默做出牺牲和奉献的警察致敬！

人最宝贵的是生命，但生命并不代表一切，当面对身体残疾时，他，我的警察战友——潘勇，像苏联长篇小说《钢铁是怎样炼成的》主人公保尔·柯察金一样，在绝望中用一个不完整的生命创造了一个精彩丰富的人生。

注：部分资料由采访单位提供。

题记：当山川崩裂狂风卷过阴霾的天空，当震撼撕裂苍茫大地，是谁用挺拔的身躯，安抚老百姓惊恐的神色。在接近天空的地方，一双伸向苍茫的手，他无所畏惧，冲向危难险情的第一现场。汉旺，站台上的警务室，一个屹立在瓦砾中的名字，废墟上高昂的头颅，庄重、威武。高山河流安详地睡着，唯有他在时刻听着，谁用藏青蓝的厚重，宣誓着铁警刚毅的承诺。他站立的丰碑醒着，独自站成残垣瓦砾上最美的时光，一幅没有被渲染的风景画，仿若一座山峰挺立成中华的脊梁。

废墟上高昂的头颅

——记公安部一等功获得者成都公安处德阳站派出所副所长邱长君

越过时空的记忆

2019年5月15日，以纪念的方式，我走进了十一年前汶川大地震重灾区之一的绵竹市。

站在汉旺火车站高高的土坡上，放眼望去，曾经的残垣断壁依旧清晰，十一年前风飞云转，山川被突袭的地震猛烈撞击震碎，飞石瓦砾从天宇间翩然降临。

五月的风，吹不走眼里的雨心里的泪，我寻望的月光，依旧停留在那场没有硝烟的战场。心随地球旋转，泪模糊了视线，曾经的画面再现，天空缭绕旷远的雷声。从瓦砾废墟中一路走来，把触摸的伤痛埋葬。有些回来的人，肢体的一部分留在了废墟。那位失去双腿姑娘的身影，翩然在木鼓上舞蹈。望着被灾难夷平的废墟遗址，心便像从尖锐的草尖山滑过，刺疼。

走进公安战友邱长君,便走进了晶莹泪水中的故事。让我以文学的形式记录这段越过时空的记忆。曾经,大地被抚摸得那样透明,顷刻间的美丽,苍凉了山花烂漫的春季。请让我用最轻的双手,轻轻抚去战友满身的血痕,用南高原那堆彝人燃烧的篝火,使战友的每一次疼痛在黑夜中忘却。

岁月像一首诗,蕴藏着丰富哲理的情意。我在流年里徘徊,依靠在时光的渡口,轻轻抚摸时光飘浮的云烟,闭眼沉思,脑海盘旋起昔日的景色与梦影,一件件事情犹如电影般一幕幕放映在眼前。

时光流逝,汶川、北川、青川、绵阳、广汉、都江堰在我们的心里早已成了一个抹不去的符号,这个符号包含着很多内涵,也包含忠诚、忧伤、期望等等情感的汇合。当我们一次次回想起那些揪心的场面,重读作者在地震现场时记录下的那些故事,那一系列升腾的情绪又紧紧地缠绕在我们的心头:有苦、有甜、有振奋。它留给我们的不仅仅是一次次回忆、一次次更深的人生经历和感悟,还有警察对崇高职业的忠诚、对受灾群众的那份真情。

回望身后尘土中那串歪歪斜斜的脚印,思绪又飘向了岁月的深处……

2008年5月12日14时28分,一场无法抗拒的劫难,瞬间降临在中国大西南这片山川秀丽,景色迷人的广袤土地上。在地球北纬31度、东经103.4度的中国四川省汶川县发生相当于数百颗原子弹当量的里氏8.0级大地震。

震中映秀镇一带,大地颤抖,地动山摇,山川咆哮,山体移位,飞石坠落,河流阻塞,道路损毁,房屋倒塌,通信中断。震中周围许多城镇顿时夷为平地,顷刻间,有69229个鲜活的生命消逝,有374643人因灾难降临而受伤,有17923人因地震而失踪,有625.5万间房屋倒塌,有2314.2万间房屋受损,公路、铁路运输中断……

天灾来临　火速出击

当大地崩裂狂风卷过阴霾的天空,巴蜀大地地动山摇。

这一刻,地球在颤抖,山川在呻吟,江河在哭泣,同胞在流血,数以万计的生命在岌岌可危中挣扎、期盼……

这一刻,汶川在告急!北川在告急!青川在告急!德阳、绵阳、绵竹在告急!

集结号在神州吹响、面对灾区同胞的灾难,顾不上抹去眼角流淌的泪滴。作为一名铁路警察,曾经我像邱长君一样,与来自全国各地的公安战友们昼夜星辰奔向没有硝烟的战场。我们以空前的责任感,冒着余震、冒着堰塞湖溃坝的危险,为灾区奉献自己的微薄之力,用爱温暖同胞苦难的心。当我看见灾区那一幅幅揪心的画面时,泪水潸然而下,那伤心的数字每一次变化,都仿如尖利的箭镞,直刺着我的心。多少个不眠之夜,辗转反侧的我用另一种方式来表达着公安民警的情感,在绵阳灾区我奋然提笔,为灾区的同胞们创作了诗歌《用不屈的脊梁撑起一片蓝天》。

时钟定格在历史的记忆里,在灾区人民最需要的紧要关头,铁路公安民警挥洒永恒不变的心愿,从东西南北中奔赴抗震灾区,民族的自强不息与爱的奉献再次被凝聚,猛烈的撞击怎能吓倒坚强的中国人民。在没有硝烟的战场,顾不上流血的双手,从瓦砾中刨出获救的生命,跋涉在人烟荒芜的野外,翻越了一座座滑坡的山峦,几度蹚过河流湍急的险滩。一次次穿越在余震不断的生死边缘,风刀霜剑也无法阻挡,英雄的铁路公安民警奔向抗震一线,几度冲破被泥石流阻挡的地平线,战友们经受了生与死的考验。在一个个不眠的夜晚,我们用疲惫的身体抵御暑热的煎熬,我们用困倦的双眼注视着每个焦点。汶川、北川、青川,虽然失去了往昔的宁静与欢颜,那一刻,大爱的手让生命的火炬在真爱里传递。那一刻,十三亿中华儿女,用不屈的脊梁,撑起一片片亮丽的白云蓝天。

在都江堰，我创作了抗震歌曲《生命的轨迹》。

世纪的震动牵挂着我的心，沿不同的轨迹追寻你的身影，在生命的每个角落，寻找你微弱的呼吸。你看不到我深邃的目光，我守护在你不远的身旁，并肩一起，我们的血脉在生命里延续，人间真情，风雨中更显真谛。远山的呼唤在耳边响起，沿崎岖的山路，我们向你靠近，在希望的每寸土地，挥洒着不变的主题。你看不到我寻觅的足迹，我们守望在你必经的路径，牵手相依，生命的火炬在真爱里传递，迈着步履，我们向黎明奔去……

这一刻，德天铁路支线汉旺车站房屋顷刻之间垮塌，已经没有一幢完整的建筑，原来的信号楼、运转楼、货运楼以及家属楼都已经严重损毁。

5月12日，大地震发生半个多小时后，铁路通讯初步恢复，德阳车站派出所值班室与所辖的警务区、警务室取得联系，然而，他们却始终无法联系到处于重灾区的汉旺车站，而那里，还有一个危险品仓库。

汉旺车站警务区警长邱长君的工作地点和他家所在地绵竹已成为受灾最严重的地区之一。

大地震瞬间，数十对正在宝成铁路线上行驶的旅客列车和货物列车，像一条条巨大的蟒蛇，瘫痪在钢铁蜀道的铁轨上。正在线路上守护滞留旅客列车的邱长君本能的拿起手机给在绵竹的妻子挂了个电话，但电话那头传来的是一次次忙音。

特大地震发生后，余震接二连三，大片房屋又接连倒塌，受灾群众被一批又一批地往外紧急疏散和撤离。驻守在地震灾区各条铁路支、干线警务区的公安民警却岿然不动，日夜坚守在都江堰、什邡等重灾区车站的废墟和铁路线上。

灾情就是命令，灾情就是集结号，灾情就是冲锋号，灾情就是人民警察的战斗号角。

12日16时，邱长君接到了赴汉旺车站救灾的命令，汉旺地区受灾情况严重，立即率警组赶赴汉旺车站查明情况，实施救助，减少国家损失。

从德阳市通往汉旺镇的公路上，开着车的邱长君一直沉默着，他的家就在刚才路过的绵竹市，在地震发生之后，手机信号中断，老母、妻子、8岁的儿子生死未明，而他面前，一边是自己深爱的家人，一边是滞留在旅客列车中的一千多名旅客，他选择了留在旅客身边。

这个晚上，这条只有42公里的路，他们足足用了两个半小时。由于余震不断，公路上到处是山上七零八落滚动下来的横石挡道，本来公路面就不宽的山道上，过往的行人车辆很多，道路显得十分拥堵。从灾区向外逃难的灾民非常多，有汽车、摩托车，还有就是人走肩扛的，进去救援的人和车辆都很多。

汽车驶进汉旺镇，眼前的场景让邱长君感到触目惊心。整个城区周围犹如人间地狱，四周是一片残垣断壁，没有一幢完整的房屋，垮塌的房屋和欲坠的危房四处可见。凄怆悲绝的哭声、喊声在夜幕中延续，冒着震后的倾盆大雨，邱长君和朱昱衡穿越在余震不断的地带，深一脚浅一脚地在废墟中摸索着走到了汉旺车站，昔日繁忙的车站已被夷为平地，部分车站职工、家属被压在倒塌的房屋下。

在穿山越水的危险深处，邱长君和战友们在一个个不眠的夜晚寻觅幸存者的踪迹，从月亮升起到次日落日的余晖，疲惫的身体抵御着寒冷的侵袭，用困倦的双眼注视着每个焦点。

重灾区汉旺车站危险品仓库告急

在汉旺受灾被损毁的车站废墟和铁道线上，随处可见公安民警的身影。他们用忠诚捍卫，奏响了抗震救灾的强音。

5月12日大地震发生的时候，在德阳火车站管辖的85公里铁道上，有3列客车和4列货车停在铁轨上。派出所立即将全部30多名民警派往各次列车所在的区间看护、疏导。

邱长君从线路上赶到汉旺车站，家属楼已经垮塌成一堆两米多高的废墟。令邱长君几乎窒息的是，这堆冰冷的废墟下面，压着十几名一起共事多年铁路职工。在救援队伍还没有到来之前的5个多小时里，废墟内外的人们共同经历了一场动人心魄的生死战。

一位老人仰身被压在一块巨大的石板下，右腿上白森森的骨头、肌肉组织全都露出来了，伤情非常凶险。石板是斜着压在伤者身上的，房顶也像一口锅盖，整个罩在废墟上，这给救援带来了巨大的困难。这意味着，所有的救援必须都要在倒塌的屋顶下作业，而此时余震不断，随时都有二次坍塌的危险。

"我……我想睡一会儿……"废墟中传来微弱的声音。"不能睡，千万不能睡！"大家知道，伤者的体力在不断流失，废墟下的空间又十分狭小，氧气匮乏，如果他真的睡去，后果不堪设想。为了让伤者保持清醒状态，5名救援队员一刻不停地与他交谈，给他加油鼓劲。时间在一分一秒流逝，邱长君的衣服湿了又干，干了又湿。邱长君和增援的民警徒手将破碎的渣石掏走，此时，队员们的手上已经全是鲜血。终于在废墟中挖出了一条狭小的通道。营救的通道只比一个矿泉水包装箱大一点，每一次尝试，伤者都是侧趴着，以自己身体的一侧为支点去努力完成。在清理到腿部位置时，队员们看到伤者左脚一侧被石头压着，另一侧是墙体碎片。就这样，从脚部开始，队员们一边破碎一边清理，然后小心地开凿腿部下方的地板，渐渐的，伤者左腿下方的空隙越来越大，腿部高度一降下来，墙体和横梁间就有了松动。被卡死的左腿松动了，全身的挪动就成为可能。"小心，小心！"最终，他们终于将老人从废墟中成功救出！

在救援队伍和民警的共同努力下，14具遇难职工、家属的遗体陆续被挖了出来，看着昨天还在一起共事的"邻居"，邱长君的心底涌出一股钻心的伤痛："大家在一起已经共事了多年,仅仅一天之隔,他们已成了天国的亡灵……"

这些天,邱长君承载了太多的泪水,此刻,天也在哭泣,为死难的同胞。在那黑暗时刻到来的时候,会有怎样的惊心动魄,在这个叫绵竹汉旺的地方,多少个日日夜夜地守候,废墟下的黑暗可以吞噬掉无数的生命,但打不垮一个人民警察的顽强意志,一次次的泪水,让这个坚强的汉子泣不成声,他所流下的泪水,有悲痛伤心的,也有喜极而泣的,更有为中华民族自豪而流的泪水,更多的是为遇难同胞痛哭,这一刻,流泪又有何妨。

汉旺车站危险品仓库没有倒,但墙全部裂缝,与车站一墙之隔的就是有二万多名职工的国家重点企业东方汽轮机厂。

让邱长君揪心的是,危险品仓库里面存放有2200桶甲酸,屋檐底下,排列着等待装运的350桶黄磷,而已经装进车皮的黄磷还有480桶。甲酸和黄磷都是重要的工业原料。甲酸具有极强的腐蚀性,而黄磷就更加危险。黄磷是一种极为重要的基础工业原料,它不溶于水,但燃点很低,只有34摄氏度,遇到空气就会自燃或者爆炸,产生有毒气体。因而在桶中的黄磷都是被水包裹着密封起来的,以便隔绝空气。此刻它们虽然还基本完好,但谁也不敢保证,如果再有大的余震,受损严重的危险品仓库会不会垮塌?这些装满黄磷的大桶又会不会泄露?而危险品仓库,正在两山之间的风口上,下面是汉旺广场,地震发生后,厂门口的汉旺广场成了该厂职工和附近灾民的临时安置点。如果这个黄磷一旦泄漏燃烧,发生自燃或者爆炸就要危及整个汉旺镇,那么,下风口的这些灾民,就要受更大的灾难。因而不及时采取补救措施,后果将不堪设想。

12日22时,线路上停放的客车根据调度命令,陆陆续续都开往成都车站。客车启动之后,德阳火车站派出所罗先彪教导员带领四名民警赶到汉旺警务区。

汉旺车站眼前的一切让邱长君感到了前所未有的紧张。这

个危险品仓库,从外面看门全开着,只有四名押运的人员还在,当押运的人员看到警察来了以后,他们像看到救星一样。

一个押运员对邱长君说:"地震发生的时候,危险品仓库内的黄磷正在装车。而地震发生之后,专业的装卸工人都已经不知去向。危险品仓库内外的830桶黄磷和2200桶甲酸无异于一颗颗不定时的炸弹,车站的领导和职工们都焦急万分。"

邱长君和朱昱衡及时拉好警戒带,共同把危险品,作为重点进行维护,一起看守。

夜晚,天公也不作美。突然间,电闪雷鸣,狂风肆虐,暴雨倾盆直泻而下,给在简易帐篷守候的民警雪上加霜,雨水湿透了民警身上的警服,余震时刻威胁着民警的生命。四周漆黑一片,没影,没声,没光,没电,没水,只有闪电划破夜空,只有大地颤动令人耸然。

又一个夜晚来临了。由于通讯中断,车站方面一直和厂家联系不上,他们只好派出专人前往厂家联系。到处都是一片混乱,厂家又找不到人,又没有车辆,车站这边没有车辆,也没有装卸工。

由于黄磷和甲酸特殊的化学性质,没有专业的装卸工具和装卸人员,邱长君和车站工作人员都不敢轻举妄动,只能24小时看守着危险品。这些危险品,白天不能转运,必须晚上转运,因为白天来救援的志愿者和灾民都很多,他们不知道这个是什么东西,而且如果发生了交通意外,这个损失也很大的。

更让人担心的是,由于地震造成这条德阳到汉旺的货运支线停运,不少附近的灾民都在相对空旷的铁路货场附近和铁轨边上搭起了临时帐篷。很多居民,特别是天池煤矿的居民,东汽居民住在汉旺车站前面的,全部往铁路上走,因为铁路上毕竟要宽一点,没有什么高的建筑,所以当时行人也很多,不能让他们靠近这个危险的地方。看着他们惊魂未定的面孔,邱长君和战友一道,高度戒备地守护着危品仓库,警惕着四周,彻夜未眠。

狂风肆虐、暴雨倾盆，持续不断的余震，每时每刻都在威胁着民警的生命。面对灾情，邱长君凝重的神情下更多的是坚定，他和其他同志一起在危险品周围清出一条隔离带，然后通宵达旦在废墟中清理。日复一日，夜复一夜，连续坚持了近120个小时。

东边的太阳刚刚升起，黑夜在雾色中渐渐散去，晨曦中的阳光伴随着鸡啼狗吠鸟叫声告诉我们新的一天来临了。天色渐亮，一夜不曾合眼的民警已是饥肠辘辘。而迎接他们的是断水、断粮、断电等震后必然出现的困难。在废墟中，方便面就是唯一可以用来充饥的食品。

百年绵竹汉旺，川北工业重镇，震后已成空城，少数留下的群众都在忙着自保自救。要把这些定时炸弹搬走谈何容易？驻站多年的邱长君费尽周折，几经辗转，凭着自己"汉旺通"的本事，终于找到了货主，联系了汽车，请来了装卸队。5月14号，专业的装卸工和装运车辆终于都到位了。来了三辆车，830桶黄磷，然后（还有）2200桶甲酸，三辆车装不了那么多，跑了几趟，也确实不行了。对于3000多桶危险品来说，3辆货车确实太有限了，但在大地震之后的非常时期，他们也都知道，这已经很不容易。由于这些危险品的装卸运输过程都只能在夜间进行，因而大家必须做到既小心谨慎而又高效有序。一桶黄磷就是250公斤重，全部要靠人力去推，邱长君和工友们累了一晚上，还剩了一半没有弄走。5月16日，在多方协调努力下，将全部危险品安全运出了汉旺火车站。

在汉旺车站的西北方向，是身处大山之中的清平乡和天池乡。那里还有数千名的受灾群众等待着党和政府的帮助。为了救灾方便，当地救灾指挥部决定在汉旺车站增设一个救灾物资转运站。工期紧、任务急，施工队进驻后马不停蹄地连夜赶工，为了确保施工期间的安全，两位民警分班值勤，昼夜在站

场周围巡视守候,加强安全防范,以防因余震和治安问题给转运站施工造成影响。

此刻,邱长君和他的战友命悬一线的担忧,终于才像一块石头样落了地。这时邱长君也终于得到了妻儿都平安的好消息。突然释放的紧张心情和过度疲惫终于让他能够熟睡片刻了。

随着灾后重建工作的展开,救灾物资源源不断地运到,德阳火车站派出所警力紧张的矛盾更加突出,教导员罗先彪只好带着另外一名民警赶回了派出所。汉旺警务区警长邱长君和实习民警朱昱衡则继续留在汉旺车站。

国殇面前,人民警察永远是老百姓的依托。地震无情,家园损毁,山川错位,百姓受苦,永系警心,旅客有难,铁警助困。

废墟上点亮生命的希望

"5·12"汶川特大地震灾害发生后,公安民警牢记"灾情就是命令,时间就是生命",视人民的利益高于一切,邱长君与朱昱衡两名英勇无畏的铁路民警冒着危险进驻地震灾害受损严重的汉旺车站,在坍塌的警务室上,用篷布在断壁残垣的废墟上撑起一个特殊的"警务室"。

在自然灾害面前,挺起胸膛做人,不屈不挠,自强不息,任何困难都摧不垮,压不倒铁警的脊梁。苍穹下,以山林宿营,以铁轨做伴,样板房、简易帐篷成了民警的"家"。为了方便各方面人员联系工作,邱长君、朱昱衡找来一块硬纸板,做了一块写着"汉旺警务室"的牌子挂在帐篷外面。

留守汉旺的这些日子里,两位铁警遇到的难题就是吃饭、喝水、睡觉等日常生活困难。帐篷里,是几块砖头和木板搭起的简易床,比起职工们睡的标准帐篷,条件确实差了许多,平时上个厕所也难找到一个地方。加上当地是山区气候,早晚温差大,白天骄阳似火,夜间寒风瑟瑟。为了节约用水,他们像小媳妇似的精打细算,因为他们知道,在这片废墟上也许还有更艰苦的日子在等待着他们。

随着救援工作的逐步展开，工程、防疫等部门的救灾人员陆续进入这个已成废墟的小站，协调配合各部门救灾人员展开工作，也成了邱长君和另一名队友的日常工作。

半个多月来，邱长君没有回家，没有洗过澡，全身都起了白色的盐疙瘩，周围的受灾群众都说："在车站的废墟中，在我们身边，有一位白花花的警察，有他在，我们不怕。"

邱长君和战友用血肉之躯为广大旅客群众筑起了一道安全屏障。凡是在有旅客的地方，就有铁路公安民警的身影。每当看到警察，惊恐慌乱中的旅客顿时就感到了心底踏实和希冀。

双警之家奋战一线

天边的云彩，轻轻地飘，飘出绵软的温柔！14公里的路，是那样的长，长长的路，相爱的人可以慢慢地走。亲爱的，爱有多浓，情有多重，日积月累，抵不过与爱人今生的灵魂相依相偎！

邱长君的妻子是绵竹市公安局治安大队的民警。这些年，面对自己工作繁忙，丈夫邱长君却又长年在外工作无法照顾家庭的困难，她毅然用自己柔弱的双肩扛起照顾家庭的重担。

采访中，邱静说："2018年，他患了心肌炎，身体也不太好，家里有我，他只需要照顾好自己，安心工作就行了。"

一句"家里有我"，对邱静来说，意味着她需要在忙于自己工作的同时，要照顾双方老迈而多病的双亲，要操心孩子的衣食住行和学习辅导，还有琐碎繁杂的家务事等等，本该夫妻二人共同分担的一切几乎都压在了邱静一个人的肩上。向这样的日子，她已经过了十多年。支撑她的动力，是对丈夫的爱，是对事业心和责任心极强的丈夫的支持，是同为人民警察，对这个职业背后的艰辛有充分认识之后的理解。作为绵竹市公安局一名优秀的人民警察和新时代女性，她为了丈夫、为了家

庭，付出了自己的全部。

对她来说，最艰难的是前年儿子面临高考，自己也因十九大安保被抽调广汉负责航展治安，然而此时邱长君同志却因为连续开展夜间高铁线路防控等原因突发重症心肌炎住院，随时可能有生命危险。艰难的时刻，邱静同志身躯中迸发出了惊人的力量，用自己既是警察，也是母亲、儿媳、妻子的柔弱双肩，咬紧了牙关无比坚强地扛起压力，强撑着克服长时间缺少睡眠造成的深深疲惫，每日驱车在绵竹、广汉、德阳三地不停地奔波，竭尽自己一切力量维持着工作与家庭的平衡。直到邱长君同志康复出院，她终于露出了强忍了许久的恐惧和疲惫，在丈夫面前痛痛快快哭了一场……

多少个夜晚，邱静等在天边的渡口，她的守望，不管有多远，依然都是那么清晰明艳；她的渴盼，没有热烈的回声，但伴着四季的泉水叮咚，依然还是那么真挚流畅！轻握一份懂得，静守一份安然，倾心着，珍惜着。淡定里有清欢，想念中有温暖！

邱静长期以来克服种种困难，坚定的理解、支持和帮助邱长君同志工作，分担了丈夫对家庭的责任，维护了家庭的和谐稳定，做到了一位好妻子、一位"好警嫂"所能做到的一切。

2008年5月12日地震之后，邱静也一直忙于抢险救灾。由于工作都很忙，十多天后，她终于与邱长君也取得了联系，当邱长君知道母亲和儿子回了重庆江津的丈母娘家，心里多少有了一些安慰。虽然，相隔仅仅14公里，却好似天各一方，因为他们都有着相同的使命和责任，都奋战在抗震救灾的最前线。他俩商定，每天一个电话，互报平安、互相鼓励，共同为抗震救灾多做贡献。

邱静又继续说到："有一天，他到了我工作的一个救灾物资发放点，正看见我在往车上搬东西。这是我们在地震之后的第一次见面。我说你瘦了。他回答确实瘦了。今天还是刚刚洗完澡，看起来还稍微有点精神，早晨把胡子也刮了。

我对邱长君说，儿子到重庆江津外婆家之后，遇到一个80多岁热心的退休老教师，他当时看到我们儿子，问他从哪里来的，儿子就说是从绵竹灾区来的，想到这边看能不能上学，当时那个老爷爷就很热心，说可以帮我们联系向阳小学。向阳小学的老师和校长都非常重视，安排得也比较好，当时问他在绵竹是几年级几班，他说在绵竹是二年级三班，于是那边也给他安排的是二年级三班。老师也很重视，因为他们的课程和这边都不一样，老师又给他找课本又给他买笔和练习册，校长又亲自给我打电话，让我们放心吧。"

邱静说起地震当天发生在儿子身上的惊险的一幕："地震开始的时候，我母亲和儿子一起在车上，我开着车刚好经过人民医院时，看到伤员很多，我就没有办法照顾亲人，我说妈你带着孙子快下车，往安全的地方走，要远离建筑、电线杆和高压线，走平的地方去，我把他们扔下了车。我拉上医院门口的重伤员，从德阳到成都连续跑了两趟。晚上八九点钟过后，我才想起要找我儿子，到处找，找不到，然后联系不上，因为电话也打不通，当时我也很着急，在医院把他们扔下以后，一老一小，肯定也被地震吓倒了，晚上九点过了，我说我一定要把他们找到，然后找了很久，我开车到处去转，几个地方都没有找到他们，然后碰到熟人就问，都说没有碰到他们，我当时很着急，后来隔了很久了，我儿子他们班上一个同学的妈妈，那时候找了个电话给我打进来，她说你儿子在哪里哪里，我就开车过去才把他们找到，确实儿子受到惊吓了，老妈也吓倒了。

我没告诉邱长君，我怕影响他。本来这个时候，警察确实是应该冲到第一线，我们要对得起这身警服，再苦再难、都要忍受，坚持、坚持就是胜利。"

汉旺车站是铁路上受灾比较重的地方，在自救的情况下，邱长君和战友们能干到现在这个样子应该说感到很自豪的。一

个个日日夜夜，他们把这个点守好、看好，把线路维护好，争取早一点把救灾物资运进来，散发给灾民。邱长君说，作为一名警察，就是累倒了也为自己的付出而自豪。

赫尔曼·黑塞在《悉达多》中说："当一个人能够如此单纯，如此觉醒，如此专注于当下，毫无疑虑地走过这个世界，生命真是一件赏心乐事。人只应服从自己内心的声音，不屈从于任何外力的驱使，并等待觉醒那一刻的到来；这才是善和必要的行为，其他的一切均毫无意义。"

5月23日，第一批救灾物资终于运抵了刚刚建成的临时转运站。对留守汉旺车站的邱长君和朱昱衡来说，肩上又多了一份责任。

5月24号，德阳火车站派出所教导员罗先彪抽空再次来到汉旺车站，留守的两位民警告诉他，十多天过去，这里的生活条件已经有了很大的改善，再不用每天吃方便面了。但生活上也确实面临着一些具体的困难。主要是生活用水问题。个人卫生情况没办法保证，因为每天喝的水都是瓶装水，不可能拿来洗脸洗脚，更不可能拿来洗澡、洗头。十多天了，我们基本上就没怎么洗过脸，就是靠你带过来的湿巾纸，每天早上扯一片出来抹一下脸。车站弄了些水还专门安了一个桶，主要用于煮饭、洗菜、洗锅、洗碗。

在和车站的领导沟通好之后，罗先彪决定当晚把邱长君他们接回派出所洗个澡。这是从5月12号深夜赶到汉旺车站抢险之后，邱长君和朱昱衡第一次回德阳。现在车少了，不像他们刚去的时候，来来往往都是车，又堵车，现在好多了。那时候周围全是人，灾民都往公路上挤，现在基本上算是进入有序状态了。小朱回到派出所里面想的就是好好地洗个澡，多洗一下，然后，再好好地吃顿饭，想吃猪耳朵、回锅肉，然后再整碗紫菜蛋花汤。

5月25日，邱长君洗了澡、换洗了衣服显得精神很多。

他还买了双布鞋，因为他一直穿着的那双皮鞋已经被雨水、汗水浸泡得僵硬难走。临走的时候，所长常虹特意叮嘱邱长君，回去时顺路去看看妻子。

邱长君回到家中那一夜轻轻地捧起妻子的脸，妻子的脸秀气中透着坚定，多么阳光啊！让人痴迷！妻子的温馨，把邱长君冰冷的情感融化，看着妻子的眼睛，那么清纯，像一轮明月映在邱长春的心间。他悄悄在妻子耳畔说："今后的所有日子里，都会有我陪你走过。"

多么温馨的一个夜晚，第二天，邱长君匆匆地返回小站。

艰苦的环境能磨炼人的意志。在汉旺站留守的日日夜夜，邱长君和战友们无怨无悔地在废墟上默默奉献着自己的青春年华。

在特大地震灾难面前，在废墟上，邱长君和战友们挺起了不屈的脊梁，在第一时间隔离保护转移危险品，排除了悬在汉旺人民头上的定时炸弹，保护了东方汽轮机厂和汉旺人民的生命财产安全。邱长君荣记个人一等功，他的事迹感人肺腑，震撼人心，将永远铭记史册。

远眺大山深处，邱长君无限感慨："大地震带来的灾难在人们的心里可能永远是抹不去的伤痛，但也教会我们坚强、勇敢和坚定信念。在汉旺的这些日子将是我们一生中弥足珍贵的财富。"

汶川、北川和青川；绵阳、绵竹与安县；江油、广汉、都江堰……那一个个曾经血肉模糊的地名，撕裂的画轴。十一年啊，十一道年轮，从悲痛欲绝到心灵重生。被十指连心的祖国，以温暖为臂，搀扶着走进第十一个多彩的春天。

春天来了，一路跟随同样遭遇风霜，谁说春天里只有春光，谁说春天里到处都是鸟的鸣唱，谁说春天里微风拂面充满温暖，那是我们没有杂质的爱遮挡了风雨恶寒，一路唱着春天的歌给世界一片温暖的时光。

注：部分资料由采访单位提供，本文写于 2019 年。

题记:"信念",语出《南史·范晔传》:"大将军府吏仲承祖,义康旧所信念……"在大多数人心里,信念是指坚定不移的想法,是对某事或某人的向往,有信心或信赖的一种思想状态,是情感、认知和意识的有机统一体。

信念是我们对整个社会的一种认识,当对这个世界了解够深刻充分时,我们的思维也就产生了巨大动力,信念也就随之诞生。一个人的信念可以是对财富的向往,或是某种精神上的追求,能随之产生的一种原动力。

信念源于我们每个人内心深处,不可触摸却潜力无限。它正如牵引我们人生进取的"引擎",时刻鼓舞我们负重前行。

"我是警察!"一次选择,一生担当。不管是挺身而出,还是默默不语,人民警察用行动早已证明,他们不愧为党和人民的忠诚卫士。

从警6年,他扎根高铁小站、偏远乡村,守望一方平安,脚踏实地,用坚守和奋斗照亮青春,用实干和上进铺就未来,成为忠诚履职、情系乡亲的人民警察。他就是"新时代铁路公安榜样"成都公安处民警郑久川。

一个有信念与担当的卫士

——记"新时代铁路公安榜样"成都公安处民警郑久川

把青春奉献给故乡这片热土

有人说,青春如歌,鸣奏着欢快、美妙的旋律;有人说青春如画,镌刻着瑰丽、浪漫的色彩。也有人说,青春如那暴风雨夜矫健翱翔于滔天巨浪中的海燕,坚韧的双翼挥舞着不屈的傲骨，青春如那冰封峭壁上盛开的雪莲，娇美的花瓣托举着坚韧的灵魂。

郑久川的家在四川省南充市仪陇县。南充位于四川盆地东北部、嘉陵江中游，是四川省第二人口大市。南充历史悠久，源自汉高祖公元前202年设立的安汉，南充有2200多年的建城史。早在唐尧、虞舜之前便谓"果氏之国"。春秋以来历为都、州、郡、府、道之治所。

南充是三国文化和春节文化的发祥地，民风淳朴，民俗优雅，三国文化、丝绸文化、红色文化和嘉陵江文化交融生辉。川北大木偶、川北灯戏、川北剪纸、川北皮影饮誉中外。这里孕育了辞赋大家司马相如、史学大家陈寿、天文历法巨匠落下闳和忠义大将军纪信等众多历史名人。

南充风景旅游资源丰富，有国家级历史文化名城阆中和省级历史文化名城南充，有以三国文化为主线的陈寿万卷楼、张桓侯祠等，有省级风景名胜区锦屏山、西山、白云寨、升钟水库等集历史文化、三国文化为一体的名城。

南充仪陇县是朱德、罗瑞卿、张澜、张思德的故居，这里有朱德纪念园、张澜纪念室、张思德事迹陈列室、顺泸起义遗址，是当今爱国主义教育基地。

郑久川从小就为有这样的先辈英烈而自豪，而张思德的形象成了为人民服务的代名词、里程碑。

走进教育基地，郑久川知道，在人生跋涉的路上，依旧会有许许多多人关注着长征路上渐渐远逝的背景，依旧会有人在意在延河边唱起的那一首首信天游，那是涉水而来的风景，犹如面对鲜艳的旗帜，总会掂量生命的意义是多么来之不易。

在岁月的轮回中翻开红色的历史、红色的诗篇，把澎湃在心头那支歌谣再一次投进十月的熔炉。用意志和信念再次锤炼、再次淬火。一位操浓浓乡音的汉子，以唐诗宋词的豪情指点江山，让时光的双眸穿越袅袅的寰宇，让涛声依旧的船歌楔

入历史的风景线,让熠熠生辉的桅杆在等待中泛起潮红的仰望——

南充有着光荣的革命斗争历史,是川陕革命根据地的重要组成部分。在辛亥革命时期,南充就是全川民主革命斗争的中心区域之一。在新民主主义革命时期,南充有五万多人参加红军,其大多数人血洒疆场,新中国成立后有二十七万余人被定为革命烈士。

1944年9月8日,张思德牺牲后三天,中央直属机关在延安凤凰山脚枣园操场上为他举行了约千人参与的追悼会。毛主席亲笔写了"向为人民利益而牺牲的张思德同志致敬"。

这篇《为人民服务》郑久川倒背如流,"我们都是来自五湖四海,为了一个共同的革命目标,走到一起来了……我们的干部要关心每一个战士,一切革命队伍的人都要互相关心,互相爱护,互相帮助……"

从记事起,郑久川就立志,长大后把青春和生命奉献给故乡这片热土。

我有一个梦想

马丁·路德·金说:"我有一个梦想,为争取黑人的自由而奋斗!"郑久川说:"我有一个梦想,为成为一名警察而奋斗!"

1989年出生的郑久川,从小就梦想成为一名警察。2010年那个夏天,他的人生朝着希望的轨迹前行,考入了四川警察学院,实现了从警愿望。

2013年7月,当同学们忙碌选择省内外大城市工作时,郑久川却选择了回故乡,在南充车站派出所当了一名普通的铁路公安民警。

当他第一次穿上警服,高唱《人民警察之歌》时,他突然明白了,小时候那种萦绕在心头却又描述不出的感觉,叫

"使命"。穿上警服，不能丢掉初心。它像年轻的鸟儿一样，在风中漫舞，眺望永恒。

一位诗人说过，一片树林里分出两条路。而郑久川选择了人迹更少的一条，从此决定了一生的道路。是啊，人民警察的工作几多纷繁、忙碌、辛苦，更多危险、困扰。走在这条路上，势必要付出比常人更多的时间、精力，承受比常人更难忍的苦与痛。走在这条路上，就没有时间停下脚步欣赏一路风景。因为，选择了人民警察就选择了艰难，选择了艰难就选择了刚毅。

在无数个日夜里，他和老民警们穿梭于车站与线路之间，或是烈日炎炎，或是北风呼啸，守护辖区的生命和旅客的财产安全。

为"护路"宣传，他跟随宣传小分队的民警们进入了校园。孩子们仔细地聆听着警察的宣讲，认真地学习着铁路安全知识，并且孩子们为叔叔系上的红领巾。

2014年春运，郑久川忘不了车站挤满了归家的人们，身边的民警大叔，费力地穿梭于车站广场、售票厅、候车室、站台的人海之间，一会儿帮旅客把行李抬到安检台上，一会儿操着沙哑的嗓音提醒旅客注意保管自己的财物。老民警肥胖的肚子上，系着沉重的单警装备，挂满汗珠的头上，银色的警徽闪闪发亮。那一瞬间，他想起习近平总书记在会见全国公安系统英雄模范立功集体表彰大会代表时提出的"对党忠诚、服务人民、执法公正、纪律严明"四句话。这是人民警察的信念和宗旨。

他从心里发出最强的声音，"我是青年民警，可是如果没有鲜活跳动、挥汗如雨的青春，怎能叫青春？没有过披肝沥胆、热心奉献的警务，怎能叫警察？青年民警，要心存热血，心生向往，奋力建设多彩的警营，尽情舞动青春的芳华，无愧于人民警察的光荣称号"。

从那时起，郑久川始终将"人民公安为人民"的信念根植于心间，将百姓冷暖、旅客满意放在首位，忠诚执着地在保卫铁路安全的路上努力奔跑，追梦前行。

凌云山下穿梭的蓝色背影

2014年，南高支线开通，南充站派出所为管理新线成立了老君镇警务区。老君镇警务区在南充市高坪区境内，这里以凌云山、白山、图山为主体，包括了老君镇、青莲镇、小佛乡、万家乡四乡边沿的十一个村。万亩松柏苍翠葱茏，凌云群峰云涌雾绕；山下湖水碧波荡漾，山中时传古刹钟声。山水秀美，气候宜人，四季如春。

更为独特的是凌云山自然景观的左青龙、右白虎、前朱雀、后玄武与中国古代风水天文所称的"四象五行"玄机契合，浑然天成，形成中国传统风水模式中的景物奇观，堪称东方风水地理堪舆术研究领域中十分难得的地貌形态活标本。两尊天然睡佛堪称世界一绝，神态安详，比例协调，是中国佛教文化难得的印证和精品。

凌云山石窟艺术所体现的传统文化，被誉为代表东方文化神韵的精髓杰作。集儒、释、道、文化为一体的凌云山，与人们寻根问祖，探索中华文化源头的精神十分吻合。

2019年5月18日，我随同潘栋梁所长、教导员刘伟来到远离派出所20公里外的老君镇警务区，对郑久川进行了采访。

在六号望哨，我们看到郑久川对辅警说："动车速度快，小小的塑料也影响探测器作用的发挥。你们要仔细检查隐患、认真驱离护网外的牲口，连护网上的塑料也要收回来，丢弃到地上，不但污染环境，牛羊吃了不消化，胀死了还不知咋回事"。

采访就从这里开始了，我和郑久川走在偏僻的高铁栅栏外的路上。他说，这不是一条普通的铁路，而是沿线两万余村民的生命之路。不亲自来看看，心里总觉得不踏实。一路上，郑久川从小到检查线路，大到接触网、钢轨、信号机，线路两侧的护网、行车设施、重点部位，什么都不放过。碰上护栏和刺丝滚笼破损的，他先用手机拍照，再用随身携带的铁丝和钳子固定好，再拍照后发给工务部门，督促做好彻底整改。"高铁高标准，高铁无小事"，他常挂在嘴上，也带头落实在行动上。

据悉，郑久川负责派出所管辖的达成双线、高南线等120公里路线工作。过去，郑久川跟着师傅一起每天从南充东步行巡逻到老君镇警务区，15公里的铁路线路他们一天要走两个来回，背着沉重的巡线包和单警装备，郑久川并不理解为什么要在铁路线上翻来覆去来回巡查。师傅说，这不是一条普通的铁路，而是沿线两万多名村民的生命之路，群众和铁路的安全，都是我们铁警工作的永恒主题。

在师傅的带领和鼓励下，郑久川开始用心去体会和感受线路民警工作的点滴，也逐渐和铁路周边的群众熟悉起来，暑假寒假，他会到群众家里去看望留守儿童，农忙时节，他会到田里给群众帮忙，逐渐老乡们开始转变、理解和支持他的工作。

郑久川成为老君镇警务区第一任警长后，他每天都泡在线路上。巡线工作简单而枯燥，日复一日年复一年，他从未懈怠。每天回到警务区后，他就会把一天的主要工作情况记录下来。为了确保线路隐患整改及时，郑久川坚持每周一次分段排查，每月一次专项排查，通过经验积累，他总是能一眼就能发现防护栅栏破损开口，排水沟封堵不严等隐患，并立即录入钉钉系统督促整改。为了更好地防控铁路交通事故和危行案件的发生，他每月都要进村入校，主动将铁路安全知识送上门；每季度要对管内废旧收购责任人、大牲畜养殖户、精神病人、残疾人员、顽劣儿童及涉铁涉路矛盾的33名重点人员进行一次

回访和宣传，确保动态实时掌握。

他用双脚丈量了铁道线路里程，他走完了管辖区段大大小小上百个村庄，走访了铁路沿线上千户家庭，他的脚印留在了每一段铁道、每一个警务区、每一个哨点，哪里有桥梁、隧道、涵洞，它们叫什么名字，沿线村镇叫什么，村主任是谁他都了然于心，沿线群众家里哪一户有困难，哪一家有孩童，他也是了如指掌。只要一提起线路公里数，他都能立即说出线路的基本情况。

每天从郑久川管辖的线路通过的动车、普通旅客列车和货物列车多达161趟。六年来，有37万趟列车在他的护送下安全通过。巡查线路的里程超过2万公里，每年至少要穿烂两双鞋，他的脚底满是厚厚的老茧。外出巡查线路他会带上铁丝，只要发现铁路护网松动或者破漏，就赶紧修补，回去后再通知铁路工务部门及时进一步加固修复。

他没有感天动地的经历、生死激昂的瞬间，有的是一个年轻人扎根基层、勤学上进、用心为民的朴实情怀和简单平凡。他用爱心和坚守、踏实和好学淬炼出不一样的青春厚度。

他并无钢铁之躯，明知生命诚可贵，用自己的青春，坚守在铁道线上，切身践行一名铁道卫士的使命担当。郑久川内心深处的信念，正是他战胜一切艰难险阻的强大动力。

郑久川早就达到了优秀民警的标准，不论刑侦、治安还是车站安检、一体化防控等工作，潘所长都会放心地交给郑久川去做，经过六年的磨炼，完成了从警校生、门外汉到派出所工作多面手的转变。一步一步成长为沿线群众心中的"暖心卫士"，成长为派出所干部民警认可的"标杆警长"，成长为年轻民警心中的"多面手师傅"。

郑久川已到而立之年，渐渐感受并深深体会到铁警的精神。他说，无论是在公安局、公安处主页实时动态消息中还是在每年的先进事迹的报告会上，常常可以看到、听到身边战友的故事：千里迢迢擒凶；挥利剑斩货盗黑手；风里雨里执勤防范；忍病隐伤在一线；救助身处困境群众；隐蔽战场默默战斗；有心无力照顾妻儿老小那份酸楚……事迹不同，风采各异，但其精神实质却是相同的——忠诚、勇敢、奉献是人民警察的骨肉和血脉。

春秋冬夏，无论何时，我们铁警犹如雄鹰，俯视大地。千里万里，无论何地，我们铁警形同飞燕，团结一致，奋力拼搏，立下赫赫战功。怎能不让人感动、怎能不让人内心沸腾？忠诚警魂在山村、在高铁唱响。

他用热心温暖困难群众

2015年，郑久川在南充市高坪区老君镇老庙子村巡线时看到一个老人在铁路边担水浇地，担心影响铁路安全，就来到他的家里了解情况。

唐兴国老人的家就在距离兰渝铁路高南支线不到50米的半山腰，唐兴国每天的生活用水主要靠铁路对面离家200米远的一个山泉水坑，老伴去世后，唐兴国老人的身体状况也是每况愈下，担水便成了最大的困难。

熟悉唐兴国老人的人都知道，他是个不折不扣的"倔老头"。一开始老头并不买账，认为我种我的菜管你们什么事儿。交谈中得知67岁的留守老人子女常年在外务工，老伴去世后，独自在山区生活，日常用水需到别处去取，看着老人蹒跚佝偻的身影，郑久川心里久久不能平静，"老人家每天担水太辛苦、太危险了，得想办法给他安条水管"。

说干就干，郑久川把给老人修水管的想法说出来，派出所的几个年轻民警一拍即合，很快就买来水管、接头、水泥砂石等材料，经过大家努力，不但为老人牵起了一条500多米长的饮用水管，还为老人修建了蓄水池，彻底解决了老人的"吃水难"问题。

看着哗哗流水的水龙头，唐兴国老人脸上露出了久违的笑容，和民警的话匣子也一下子打开了，慢慢地，老人开始在村里和铁路两边帮助民警宣传铁路安全知识，成了铁路民警的铁杆粉丝和义务铁路安全宣传员。

就这样风里来、雨里去地走村串户，郑久川的皮肤晒得越来越黑了，可他和乡亲们的心却越贴越近了。

这一年，郑久川在巡线中发现距警务区不远的农田中迟迟未见播种，经了解，稻田是村里赤脚医生柏光清所种，由于76岁的柏光清和73岁的肖兴碧两位老人体弱多病，既要干农活还要照顾9岁的孙子，日子过得十分艰难，唯一的儿子又在浙江打工。

黄昏，郑久川走进警务区旁的这户农家。这是竹林深处的两间旧房子，蜗居着祖孙三代人。因年久失修，石灰墙已风化，斑驳脱落，墙体上出现了裂缝，有大拇指宽，一米多长。或许一场暴雨之后，房子就会倒塌。那一刻，郑久川被这个一贫如洗的家深深震撼了。

见来了客人，柏光清老人连忙将一张旧板凳擦了又擦。郑久川拉着老人的手一起坐下，询问起一家人的情况来。这天晚上，郑久川的心情久久不能平静。

第二天，郑久川忙碌起来。他向派出所做了汇报。派出所党支部带领团支部积极响应公安处"6199"公益协会号召的"引领广大民警关爱铁路沿线留守儿童和孤寡老人，促进管内线路治安稳定"，将柏光清老人定为派出所党支部和团支部共建的公益服务对象。青年志愿者开展"帮扶空巢老人·体验乡村生活"的主题团日活动，郑久川带领8名民警来到柏光清老人家所在的水田，望着两亩大的水田，大家二话没说挽起裤管，脱掉鞋袜，麻利地下了田准备大干一场。志愿者中有的接触过农活，所以干起来动作熟练，插得也标准，很快一排排整整齐齐的秧苗便立在了田里；有的则从未接触过农活，虽然生疏，但热情极高，很是兴奋，在一遍遍地学习下也很快熟练了起来，插得有模有样。两个小时过后，日头渐渐的毒起来，晌午的高温烘烤着全身，头脑发晕，全身冒汗，尤其是那长久弯着酸得快要撑不住的腰和被灼热的日光直射得睁不开的双眼不断考验着每个人的意志。虽然大家腰酸背痛，但所有人都选择了继续。一群身着警服的"小鲜肉"和穿着巡防制服的"老腊肉"在田间劳作，引得附近居民不断张望，民警们的助人为乐更得到了群众的一致好评。就这样，一直到中午十二点，起初空荡荡的水田已经布满了绿油油的秧苗，上岸后，大家看着各自泥泞的双手、双腿和溅满泥点的衣服笑个不停，扶着已经酸到极点的腰欣赏起自己的成果，享受着劳动完的轻松和喜悦，中午饭自然也吃得格外香。

几天后，郑久川陪同教导员刘伟、副所长郑伟带领擦耳警务区警长周正敏驱车来到柏光清老人家中，为老人带去了米、面、油等，老人心中无比欣慰，老人一直面带微笑，封闭而久违的心明显比之前开朗多了。善良的老人看到我们带来的慰问品说："又让你们破费了，下次不要再带东西过来了，你们能来陪陪我，我就很开心了。"

随后，老人带着大家来到了秧田，看到逐渐长大的秧苗，民警们内心的自豪感油然而生。柏光清老人指着秧苗说："等到成熟了，我一定要带着它到派出所来感谢你们。"

柏光清老人是村里的"赤脚"医生，深受村民们的爱戴。柏光清老人感动之下，坚持利用自己40余年的医药知识免费为线路巡防队员和当地村民看病，反过来促进了当地线路治安的和谐稳定。

如今，老人除了打理家里的田地之外，便再没有其他事可做。虽然他年事已高，但仍想做一些有意义的事情。柏老人向教导员刘伟谈到他内心的想法，刘伟当即表示，如果老人愿意，将邀请他加入警务区的老党员服务队，和众多的老党员一

起,将余生的精力奉献给群众,奉献给铁路事业。

柏光清老人听后十分激动,拿出手机迫不及待地将这个消息告诉远方的儿子。老人将手机拿给我们,只听见老人的儿子在电话里不停地向我们表达着感谢,而旁边的柏老人早已是热泪盈眶。

郑久川与柏光清老人在外务工的儿子进行电话沟通,儿子和儿媳同意回来照料老人。派出所将老人的儿子招聘为巡防队员。

郑久川积极与地方护路办对接争取,将其儿媳安排到了地方护路工作站,解决了老人子女工作上的顾虑和不能在家照顾老人的忧愁。

一声声温暖的问候,一双双关切的眼眸,无不提醒我们作为当代青年肩负着感恩社会、回馈社会的历史责任。关爱空巢老人、关爱留守儿童等一系列志愿服务活动不在一朝一夕,而在于地久天长,作为当代青年应把爱老、敬老、尊老的优良传统不断的继承和发扬。

郑久川凭借生活上平易近人,工作上认真负责的良好职业操守,赢得了巡防队员的认可,与队员们建立了深厚的情谊。他以真情促进管理,在与队员聊天中,他了解了工作情况,在问寒问暖时,掌握了巡防队员工作和生活中的困难,力所能及地排忧解难,对解决不了的问题及时向派出所反馈。

2018年3月高南线巡防黄开富检查出身患癌症,因家里条件限制,无法支付高昂的医疗费用,郑久川在保安公司申请资金的同时,还号召所里的同事和沿线巡防为其捐款,共筹集善款5000余元。巡防队员心更暖了,心更齐了,工作激情也更加高涨了。

老君镇警务区有25名巡防队员,他们年龄偏大,大多只有小学、初中文化。为了提升线路管控效率,郑久川综合运用对讲机、巡更棒、GPS、钉钉系统等信息化技术,科学制定电子围栏方位，后台统计分析巡防履职情况，探索出了一套行之有效的线路巡防管理办法。由于巡防队员文化水平低、年龄大，接受新鲜事物较慢，开始推行时遇到很大阻力，郑久川就一个岗亭一个岗亭地走，手把手一个巡防一个巡防地教，逐渐化解了抵触情绪，逐步养成了巡防队员使用习惯，每日定位打卡，在线反馈工作情况，有效提升了线路管控力。

郑久川深知一个人的力量有限，于是把铁路护路联防纳入平安建设铁路规划，加强协调协作，动员沿线群众积极参与，通过宣传、巡防、排查、整治与调解，构建了规范的护路工作格局。

依托"大山深处的红旗警务区"与地方党组织联创共建"老党员服务队"，获得当地群众赞扬。

你把群众当家里人，群众把你当贴心人。

2015 年，南充站派出所与地方党委开展警民联创共建文明铁路活动。老君镇警务区与擦耳警务区一样，成立了一支以巡防队伍中老党员为骨干的"铁路安全义务宣传队"。这支服务队以便民利民、调动群众维护铁路安全为目标，平常看到有人进入铁路护网行走或是穿越铁路都会主动上前阻止、宣传铁路安全知识，铁路线上发生大事小情也会第一时间向郑警官报告。

2018 年 7 月 11 日，暴雨倾盆，高南支线庙子坡 2 号大桥下 6 米长的水泥栅栏被暴雨冲倒，家住附近的留守老人将这一情况电话告知郑久川，他立即赶往现场并通报工务部门抢修，及时消除了重大安全隐患。

在郑久川的带领下，5 年来，老君镇警务区开展路外安全和法制宣传工作 50 余场次、帮助当地困难群众义务劳动 30 余次、精准扶贫 3 户、为当地群众找回走丢失家畜家禽 20 余头，每年做好人好事近百件，赢得了村民和群众的赞扬，使沿线群众为高铁筑起了一条牢固的安全防线，"老党员服务队"的名号享誉山村。

老君镇警务区线路工作扎实稳步推进，2017、2018连续两年获得局、处先进警务区称号，实现连续5年零路伤零危行的佳绩。郑久川说，只要看到这些成绩，我就有了长期在这里坚守下去的信念。

就这样，寒来暑往，转眼过了6个年头。郑久川和村民们的感情越来越浓，他也深深地爱上了这个美丽的山村。他说，自己有一个梦，就是要用心呵护与坚守，把这片山乡打造成最安全的家园，让乡亲们安心享受幸福美好的生活。

不到30岁也能带好新警徒弟

有的新民警家远在外地，初来乍到，难免有些寂寞，同住派出所宿舍的郑久川，在休班之际，常常带着小兄弟们逛逛街，帮助新民警熟悉周边环境；新民警有什么困难，他都乐意相助；一起聊天吃饭、打球跑步，在谈笑风生之间，新民警打开了心结，压力也随之烟消云散。新民警打从心底里佩服他，都亲切的喊他"久哥"，深厚的友情让他们在工作中齐心协力、同舟共济，将青春热血洒向自己热爱的铁路公安事业。

南充车站派出所一直按照公安处要求，坚持"师傅带徒"。一般情况都是由所领导、派出所骨干担任师傅。2018年南充所分配了4名新民警，按照传统，首先给这些新民警搭配师傅，郑久川被所支部一致确定为柏宏林的师傅。郑久川的成长，大家早看在眼里。这些年来他不仅把自己分管的线路工作管理得有板有眼，对站区工作，刑侦、治安、内保等常规业务都样样在行，早就成为派出所里的青年骨干。

2019年春运已是郑久川奋战一线的第6个春运。每年春运，他在做好线路管理工作之余还要参与南充站快反岗位的执勤。有了线路工作经验，对于处理求助、接受报警、调解纠纷、处置重点人员、整治站周治安等工作，一样有条不紊、得心应手。对讲机里随时能听到他接受指令、汇报工作的声音，执法记录仪里记录着他带着支援学警开展警务工作的影像，钉钉移动办公平台记载着他各项警务工作数据，站区的监控视频里有他执勤执法、服务旅客的忙碌身影。

郑久川虽然大部分时间在线路警务区，可他一有空就看看常用法律法规、消防、内保处罚案例、技术勘验报告，钻研钉钉移动办公平台、成铁微警务、可视化大数据平台。所里哪个岗位民警休假或是遇到大型安保任务，人员出现空缺他就主动申请顶上，不懂不会就向执勤民警学、向刑侦探员学、向所领导学，在干中学、学中干，不断丰富充实自己，逐渐成长为多面手。

这些年，90后新民警从大学跨入警营，他们有冲劲、有向往，也有因工作无从下手时的迷茫。郑久川耐心十足，主动挑起帮带任务，多次牺牲休假时间，带着新民警跋山涉水、深入线路，走村访户、开展宣传、巡查线路、整治隐患。自己遇到过的困难，他提前告知；自己总结的经验，他倾囊相授。渐渐地，新民警基本熟悉了线路工作，能从容面对复杂的线路治安工作了。

在担任派出所团支部书记期间，郑久川还为派出所赢得了成都铁路局"十佳"团支部、"红旗"团支部，成都铁路公安局、处五四红旗团支部等多个荣誉称号，他自己也先后5次被评为优秀团干部、岗位标兵和优秀人民警察。

在鲜花和荣誉面前，他依然很平静，没有陶醉，也没有止步。他走在自己成熟并成功的道路上，好似静卧的钢轨，安稳，悄悄延伸。他以他的智慧和忠诚，守卫在千里铁道线上，为了社会的安定，为了千千万万旅客的安全，奉献着自己的热血和青春。

大伙眼中的郑久川

"久川这个年轻人是我们所的业务骨干，他工作踏实、业

务精湛、作风优良，过硬的工作能力得到大家一致认可，特别是他积极向上的工作态度，基础扎实的线路工作，方法独到的巡防管理。警务区交给他，我很放心。"——这是所长潘栋梁眼中的郑久川。

"他平常工作忙，对家照顾得少，他嘴上不说，但我知道他心里的苦，因为我也是警察，更能理解他。见不到的时候，打个电话，知道他安好，就够了。"——这是相濡以沫的妻子张娇眼中的郑久川。

"师父不仅工作经验丰富，还毫无保留的给我讲线路工作要领，教我执法办案，提点我为人处世方法。工作上遇到不懂不会的我都愿意问他，他也总是耐心的教导，他积极地工作态度感染着我、优良的作风感召着我、优秀事迹激励着我，我将向我师傅好好学习。"——这是徒弟柏宏林眼中的郑久川。

"他比亲儿子还亲！我们老庙子村的人，都认识郑警官。我儿女在外打工，帮不上忙，是他经常来看我，还帮我干活，解决了我吃水的难题，郑警官是我们村民的贴心人。"——这是村民唐兴国眼中的郑久川。

"郑警长是老君镇警务区的领头羊，他不仅带领我们干好工作，还关心我们的身体和生活。我们不仅认可他的工作能力，更认可他这个人。"——这是巡防队员谭官志眼中的郑久川。

"我看重郑久川工作的劲头和对铁路职工春风和煦般的兄弟情义。老君镇警务区和4个友邻铁路单位的400多名铁路职工都是好朋友，工作上我们共同努力维护铁路安全，生活上我们互相帮助彼此解决实际困难。"——这是遂宁桥路车间南充东维修工区工长杨军眼中的郑久川。

"从警六年，铁警的岗位磨炼了我的意志，锻炼了我的能力，增进了与同事们、队员们的情感。也让我学会了虚心待人、用心做事。以后要学习的东西还有很多。我将在自己的工作岗位上坚守与实干,让头上熠熠的警徽更加闪耀。"——这是郑久川眼中的自己。

郑久川所在的警务区负责管理44个高铁巡防队员,跟高铁运行安全畅通相比,这些巡防队员平均一千多元的月收入显得那么微不足道,面对比自己大一轮甚至两轮的护路队员,面对这些对铁路治安热情高涨的沿线群众,他更多的是以情带兵,用对兄长、父辈的情感去理解和照顾这些可爱可敬的巡防队员,每次巡查治安岗亭,他会检查巡防队员的空调暖不暖,衣服薄不薄,不让一个队员挨饿,不让一个队员受冻。

采访中,镇党委书记许乐山说:"在郑久川的辖区,铁路治安从来都不是他一个人的事情,我们地方的政府、周边的群众都会为铁路安全畅通做出自己的贡献。警务区招募的高铁护路队员都是我们当地最有责任心的村组领导和复退军人,这些治安辅助力量成为铁路安全运行最坚实的基础和保障。"

风中飘逸的那朵云

多想让心,随风中飘逸的那朵云,飞向湿润的梦里。我愿是一只雄鹰,飞入云端,驮一枚相思,欢唱纯美的恋曲。

细碎的日子流水般过去,郑久川与爱人一晃走过了三年婚姻。恋爱时的风花雪月,早已转换成相濡以沫的默契与相扶相持。孩子成长、病痛骚扰、事业成就等,将他们的人生分割成一个个阶段,而将各个阶段串起来的,是携手走过的爱和温馨。

爱情进入婚姻,就像流进沙漠的水,你不在意捕捉,它会瞬间消失得无影无踪,而你如果细心体悟,就会感到这宝贵的水一直在悄悄滋润你的生命。平凡甚至平庸的我们,没有山摇石动、天崩地裂的爱情,有的只是精神上的理解认同和生活中的相依相伴,有的只是粥饭汤水细碎日子的渗透,这份渗透化作纤细绵长的力量,支撑我们相携着一生一世、生生世世地走

下去。

岁月长河，流淌的无论是浪漫还是悲歌，对郑久川而言，都是弥足珍贵的，留下的每一个足印，都是今生无悔的。

郑久川的妻子张娇，仪陇县公安局民警，长得白白净净，看上去挺斯文的。要不是穿着一身藏蓝色的警服，猛地一看，倒更像一个大学生。

2016年结婚以来，郑久川同妻子聚少离多，张娇在距离南充六十多公里外的仪陇县公安局工作，平时两人各忙各的事情，一年团聚的时间不会超过一个月。作为双警家庭，其中艰辛可想而知。

2017年底，两人终于有了爱情的结晶，从孩子呱呱坠地到现在的牙牙学语，郑久川更多的是通过手机视频看着孩子成长点滴，这个时候他的心里既高兴又难受。父亲年迈，母亲身患重病，照料之事交由妻子。

每年春运、两会安保的关键时期，忙于线路工作的他还要参与站区执勤，面对节节攀升的客流，高强度的反恐防暴、治安整治工作，他选择将家庭"抛在脑后"。懂事的妻子并未责备他，更多的是理解他、支持他、宽慰他、鼓励他。郑久川心里明白，对家人有太多的愧疚，但他毫无怨言，也没有申请过特殊照顾，始终一步一个脚印，踏踏实实地干工作，将对家人的思念化作工作动力，用工作业绩回报家人的期盼。他在日记本里写道："从成为铁警的那刻起，就感到肩上的重任，保卫铁路生产运输安全是我义不容辞的责任，只有把分内的工作做实做细，才能为铁路安全贡献绵薄之力。我愿意为这份崇高的事业奉献一身。"

采访中，我对张娇说想了解一些家庭的事，她欣然诉说：

"在警察学院上学期间，我和他不仅是同班，还是同桌。我们常常在一起看书，也谈与人生、理想有关的话题。交流多了，彼此非常投缘，发现我们的人生观、价值观有着那么多惊人的相似之处，于是就这样简简单单走入对方的生活，又悄无声息地走到彼此的生命深处。

我们一直向往安静平和的日子，步入警察这个行列，就注定了生活无法进入正常状态。花前月下、耳鬓厮磨、天伦之乐都成为生活中的奢侈品。三年来，不是他出差就是我出差，不是他加班就是我值班。而他的差出得更是没有规律，有时半夜来了电话，穿起衣服就走人，不敢有丝毫懈怠。他有业务，我带队伍，夜里睡觉，我们谁也不敢关闭手机，生怕单位有事联系不上。

他一直如年轻时的他，为人诚恳，工作敬业，也不管别人如何声色犬马，始终用一颗纯净的心去处事待人。有人只是把工作看成是职业，把职业作为谋生手段，而他却将工作当成生命里无比重要的组成部分，进入工作状态的他总是充满激情和豪情，总是那么投入和忘我。但是，他，包括我，却忽视了生命中最重要的东西——健康。

2018年春运期间，他感到身体不适，但没在意，想着挺挺就过去了。可一个多月下来，人也直接住进了医院。医生责怪我们，身体都折腾成这样了才知道就医。我知道，其实不只是他，警察这个群体都是如此。其实选择这个职业的同时，就意味着透支健康。

那个夜晚，病房住满了，医生只好把床加在了走廊里。怕他的床头进风，我把我的大衣搭在了床帮上。我搬个凳子趴在床边，四周一片白色，长长的走廊和穿梭的白衣。头顶上的吊瓶里，滴滴液体正缓缓渗入他的脉管，我一直捧着他输液的那只手，想缓解一下药水输入体内的冰凉。望着他瘦削苍白的脸，我既疼惜又自责。他那么忙，我怎么没多提醒过他要注意身体？而我也是那么忙，怎么就没有想过腾出时间关爱他的身体？如果他不娶个和他职业相同的妻子，身体肯定也不会这样。感到实在是忽视了身边这个人，泪水一滴一滴地落在了他

的手背上。他伸出另一只手,像多年前在夜行车上那样,轻轻地拍拍我,安慰我,没事,不会有事的。我泪如泉涌,想起他的种种好来,漫长的人生我怎能没有这个人的陪伴,如果给予我爱和我爱的人不再属于我,我活在这个世界上还有什么意义。

平时,他忙,我也忙,谁也改变不了这种状态,因为工作等着人,任务赶着人,我不能不理解和支持他。我所能做的,就是再忙再累也不忘关心他。人们都说女人的平均寿命相对男人要长,耐受力也强,我想工作上的事情我无力替他分担,但生活上让他省点心,少操劳,我累点,他轻松点,这样我们的寿命就可能同步了。"

尾 声

雨夜里,窗户被风吹得呼呼响。郑久川睡不着觉了,他从桌上抽出一本笔记本,在台灯下翻看起来。这是他六年的从警日记,是他全部的工作经历,也记录着他的人生轨迹。

潮湿的季节在醉人的旋律中走向远方,是谁透过雾霭山峦,让春风连同岁月渐起的绿意,爬过藤蔓的篱笆,轻轻地撩起视线中曾经朝夕相处的战友们不间断地光荣退休的风景。在欢送战友们光荣退休的场合中,说是欢送,却分明体会到淡淡的忧伤。当老民警们深情回顾从警岁月难以忘怀的记忆片段时,当难以抑制的感情泪水潸然而下的时候,有一种情结深深牵绊着每一个人。只是此时此刻,郑久川无奈自己文字能力的苍白与薄弱,笔力不及战友们离开警营时内心深处翻腾的情愫。但在老民警们身上感知到同一个的选择、同一种坚持、同一种力量:既然选择就勇敢面对,既然选择就风雨兼程。

这些年,郑久川时常回头看看曾经的自己,时常审视自我最初的选择,时常扪心自问曾经坚决的选择之心是否尚在,就能找到继续行进的勇气和力量,并在行进的路上认知并尊敬自我的价值。

郑久川说:"自从来到南充市高坪区老君镇警务区担任警长,我就把这里当成了自己的家,做了该做的事情,只要对得起我的岗位,对得起这份薪水,对得起自己的良心,把青春献给这片热土,我无怨无悔。除了这些,还有远方等待自己去抵达。"

他是一片瓦砾,盖在小站简陋的屋顶,他是一棵小草,为钢铁银河增添绿色的生机。在那熠熠闪光的警徽里,只有他对旅客无限的温暖,汗如流水洒满插秧的稻田,有他对村民的鱼水深情。凌云山下的蓝色背影,一个有信念与担当的铁道卫士,沿盘山的路来回行走,抵达星星闪现的地方。一百二十公里线路,二十五个瞭望哨点,脚底满是厚厚的老茧,无声处写下人生的平凡。多少个黎明,伴随列车前行,多少个夜晚,只有忠诚守护的身影。从未停息的风笛,依旧在山谷回荡,他把青春年少的梦想,写在广袤的铁道线上。

注:部分资料由采访单位提供。

题记：在刀锋的月亮边缘，大凉山上的铁道雄鹰，你亮出了飞翔的翅膀，把冬日的枯草揉搓成原初的味道，以尖利的牙齿撕开一片片云雾，用尖锐的心去冲击云海与山峦。

大凉山铁道线上的雄鹰

——记全国优警西昌公安处刑警支队副支队长李春康

在夕阳无语，晚霞情深之际，刑警们便围成一个圆圈，依次饮着"秆秆酒"，大块吃着"砣砣肉"。山野里不时会飘出一首首彝家的《苏木地伟》《雅志的雅》和《美丽的杯子举起来》等敬酒歌。大山里的刑警们亲切地称山坳里的重案大队为"重案山庄"。

成昆线上的刑警们长年与大山为伍，同钢轨做伴，他们像一颗颗坚贞的道钉扎根在成昆铁道线上，默默奉献着金子般的年华。风餐露宿见证了他们的执着，一双又一双的解放胶鞋，丈量着他们人生旅途的一程又一程。在高坡、在浓眉的阴影下，当黑色的擦尔瓦（彝族的披毡）围裹住刑警的身体，大山里的刑警如鹰一般地长久蹲立。他们鹰一般的目光依然眺望远方，目光所及的远方依然是山。

苦心磨砺志存高远

这位守护在大凉山铁道线上的彝人，被传颂为成昆线上神奇的刑警，他就是全国优秀人民警察、西昌铁路公安处刑侦支队重案大队队长——李春康（彝族名字布尔伍合），现为西昌铁路公安处刑侦支队副支队长，1965年10月出生，1983年

11月参加工作，1986年7月1日加入中国共产党，1999年至2018年先后被成铁公安局记三等功12次，2000年荣获全路优秀人民警察称号，2005年被成都铁路公安局评为优秀共产党员标兵，2006年被成都铁路局评为党员十大标兵，2007年被评为全国优秀人民警察。

这个地地道道的凉山彝人，他从一个农村娃一路走来，成为一名解放军战士，手里的羊鞭变成了枪杆子。1991年1月，跨入警营的第一天，他就幸运地踏入了刑警队伍中。在这刀光剑影、烈火熊熊的火炉里，李春康练就了一个合格侦查员所需的良好素质。

这个地地道道的凉山汉子，在37年的基层刑侦一线，工作任劳任怨，白天晚上连着转，痛风生病坚持干，理论与实际相结合，一步一个脚印，从一名刑侦民警到普雄派出所副所长，从重案大队副大队长到大队长，从重案大队大队长到刑侦支队副支队长，在公安事业的征途中，李春康付出了多少的艰辛，抵住了多少诱惑，放弃了多少个休息日。足迹踏遍条件艰苦、气候恶劣的大小凉山，在治安相对复杂的成昆线凉山区段，只要管内出现大要案件，他的身影就会出现在那里，不论发生在城乡接合部、还是发生在彝区的重、特、大货盗和杀人案件，十有八九都由他挂帅征战，他利用自身天时、地利、人和的条件，及时侦破了各类刑事案件。

雷厉风行破获大案

1999年9月7日，那是我从法院调入公安处的第二年。成昆线甘洛猴子岩隧道发生特大列车颠覆案，那年我作为战地记者跟随李大队和战友们到彝区采访，去一个麻风村拍摄采访抓捕案犯的全过程，当时既想体验惊险刺激的生活，也想捕捉大山刑警的风采。

初秋的大凉山跟北方一样的冷，在这没有人知道、没有人

注意的大凉山角落,当山歌从远山缥缈而来,当夕阳飘然降落在苍凉的山头,能时时刻刻地感受到凉山的原始和美丽。瓦吉木山林深处响起一种声音,刮风了。天色渐渐暗下来,云层正不断四合聚拢。

在一个山道上,我望见前方山梁上出现了几个小黑点,我问时任重案大队长的李春康,那些黑点是什么?他说是披着黑色擦尔瓦的彝人。

20分钟后,山道上迎面走来一男一女两个年轻的彝人,男的披着擦尔瓦,女的套着披毡。与我们一起进山的拉铁(联防队员)与彝人说着彝话,显得亲热。在一个山寨路口的小径上,拉铁被迎面走来的一个彝族年轻女人吓得突然停住,一转过身就急忙往回走。

这时那个女人也像突然遭遇了什么险情掉转身就往回跑。我问李队:"我们咋突然停下来啦?"拉铁阴沉着脸顾不上说话,背对着女人不敢转脸看。等女人跑进寨子消失在房屋后面,拉铁才慢慢转过头往寨子看了看。我问他跟那个女的是咋啦?拉铁说:"她是我弟弟的媳妇,我是她大伯。"我说:"那好啊,遇到亲戚了,正好到她家去吃土豆酸菜鸡。""鸡是吃不了。"我说:"那你咋吓成这样,她也跑得跟兔子似的那样快?"拉铁说:"这个,我说不清楚。"拉铁带着我没再往寨子里去,而是绕过寨子加快速度赶往下一个寨子。走了很远,拉铁才说清楚原因:彝族有规矩,公公跟媳妇、大伯跟弟媳,互不往来,要相互避讳。相隔至少要六步远,不能对门而过。双方一旦迎面走来,要马上让开。要是不小心接近了,男方要买酒赔礼。要是像刚才那种偶遇,弟媳要跑回去藏好以后拉铁才能通过。拉铁说:"彝族自古就是这个样子,曾经有一次,我们那个寨子有个媳妇上吊,刚往脖子上套上绳索,恰好被公公撞见,公公要回避,不能直接救人,只有到外面去叫人来救,结果晚了一点点,人死了。还有一个弟媳投河遇到了打鱼的大伯，结果也是一样。"

直到夜深，我们没能找到下一个彝寨，在山上避风处点起火堆取暖，吃着土豆，然后紧挨着睡觉。这一夜，我第一次感觉彝人的擦尔瓦和披毡非同寻常，躺在山野里是那样的舒服。拉铁一边弄火，一边伸手在后背上抓挠，还撩起大裤腿查看腿脚，在找什么呢？火烧大起来了，发出噼啪的木头爆裂声。

夜雾笼罩着的高山峡谷和神秘的彝乡山寨，山野中偶尔传来几声野物的怪叫和狗吠，高山上的寒气阵阵扑来，大凉山的初春寒气浸骨。夜深了，天空开始下起了雨，深山里的夜静得吓人。

在下着雨的寒夜里，我与后来成为队友的欧布达合、范登祥、古德刚、蒋宣民、黄桂林一道，为抓捕犯罪嫌疑人，深一脚浅一脚地摸黑行进在崎岖的山路上。风雨中，我们加快了步伐朝着村寨赶去。雨越下越大，湿了鞋，湿了衣服，全身没有一块干的，而山里的气候是一旦下起雨来便如过冬。

漆黑的寒夜，崎岖泥泞的山路，挪动着沉重的双腿。山高坡陡，树多草深，战友们攀着树枝、藤蔓，跨过一条条山沟。有的衣服被划破，有的手被刺出鲜血、有的腿被碰伤，多少次跌倒又爬起来。大山里的生活，是常人难以想象的。夜里，大伙隐藏在浓密的树林里，山野里的长脚蚊子成群结队地向人袭击；白天蚂蚁钻进裤脚里，一咬就是一块红的疙瘩。翻越了八个多小时的角古岭大山，我们已看见村寨的亮光闪动，寨子里静悄悄的。

李春康来到一房屋前先去探路，"咚、咚、咚"一阵的敲门声响起。约莫过了几分钟，屋里传出一个男人睡梦腥腥的话语："哪个夜半三更地在敲门？"

李春康用彝话问道："老阿普，我么，布尔且家的朋友，阿木家住在哪里？"

老人又问道："嗨，你是干什么的？"

"我，我到阿木家做客。"

老阿普用手指着前面说："他的家就住在那里。"

"谢谢！"李春康回答。

李春康轻轻推开布尔且家虚掩的木门，只见一个老阿莫坐在火炉边烤火，身旁一位老阿普正"吧嗒吧嗒"地抽着兰花烟。"老阿普，布尔且家住在这里吗？"

老阿普问道："你是干什么的？"

"我们是西昌铁路公安处民警。"李春康出示了搜查证后快速进行搜查，抓获布尔且未果。行动组决定在嫌疑人必经之路的吊桥处设防，大家在路边草丛里隐蔽起来。穿着湿漉漉冷冰冰的衣服蹲在草丛里，我被冻得全身发木，我想战友们也不例外。战友们忍受着的煎熬，度过了一个又一个的不眠之夜。

第二天黄昏，一个黑影急匆匆地朝吊桥走来，当他走近桥头，蒋宣民才发现是一个老大爷，虚惊了一场。大约30分钟过后，几个哼着小曲的彝族汉子向吊桥走来，在距离吊桥10米远近时，突然，有三个汉子转身返回车站方向。"怎么？是他们发现了我们还是……"蒋宣民心里想着，要是他们发现了我们，这伙人不一起溜走才怪，况且还有两名进入了伏击圈。当这两名男子走到桥中央时，黄桂林、范登祥突然出现在桥两端，异口同声地说道："站住，老实点，我们是警察！"这两名男子听到喊声，一看无路可逃，便不顾一切地跳下近3米高的吊桥。为了抓住嫌疑人，古德刚冒着生命危险，奋不顾身地跟着往下跳。一名嫌疑人凭借着地形熟悉，很快消失在空旷的山野里。另一名嫌疑人在桥下的乱石摔伤了脚。歹徒见状，负隅顽抗，顺手拾起一块石头大声地叫嚣："哪个敢过来，老子就打死他！"歹徒如瓮中之鳖，不停地左顾右盼。古德刚厉声喝道："放下石头，不要乱来，如果你不听劝告，后果自负！"歹徒听见这有力而坚定的声音，顿感震慑，呆愣地站在那里，李春康、黄桂林、范登祥猛扑上去将其擒获。

案件胜利告破，这一天是国庆节的前夜。

2004年6月16日，正值成铁公安局在成昆线大凉山区段治安大整治期间，南尔岗车站联防队与区间护路队员因盗窃铁路运输物资化肥被整治人员当场抓获。此案的发生引起了公安处领导的高度重视，并立即成立专案组，时任专案组副组长的李春康同志，带领民警不分昼夜地跋山涉水，不辞辛劳地奔波在案发地周边村寨，以公开与秘密相结合的方针深入细致的调查，迅速摸清作案人员及作案情况，凭着扎实的群众基础工作，在较短的时间就收集和掌握了大量的证据，彻底摧毁这帮内外勾结、监守自盗的团伙，抓获犯罪嫌疑人31名，净化了周边治安秩序。

2005年3月13日，成昆线冕宁至新铁村间发生了接触网锚柱电杆拉线被人锯断，致使接触网倒杆垮网停电，影响行车的恶性案件。案件发生后，李春康作为专案组成员迅速开展工作，当日与其他民警就及时准确地掌握了现场第一手资料，为案侦工作打下了坚实的基础。并根据现场电杆被割断，U型接线柱埋地处离地面7厘米被钢锯锯断，切面整齐。现场遗留有25型活动扳手情况，结合现场情况及案件的性质、作案对象的刻画、侦查范围、侦查方向等进行了认真的分析和研究。3月14日，布尔伍合率一路侦察员以案发地周边的大春、盐井沟、汉罗等村的村民为重点调查对象，依法组织开展了拉网式走访工作，访问200余名村民，获得各种信息50余条。在紧张的案侦工作中，李春康与专案民警们连续三天三夜不眠不休，从开展的侦察情况进行认真分析、甄别，筛选出有价值的线索3条，掌握了3名嫌疑人基本情况和居住地点。并开辟和布建以有人际关系为基础的侦察人员切入案侦工作的决策，从而进一步推动了案件侦破工作向纵深发展。嫌疑人吉日尔体、曲木阿木落网被问审时，狡猾地避重就轻，李春康审时度势，在政策的攻心下，吉日尔体交代了作案全部事实。

2005年6月7日，一名女看守工被两名男子打伤并抢走手机、充电器、人民币，李春康连夜赶往普雄，到普雄还未来得及休息就赶至案发地下普雄，通过李春康对周边群众及亲戚的明察暗访，于当天就锁定了犯罪嫌疑人吉布伍各。案发仅一天，李春康与普雄所民警在8619次慢车上将犯罪嫌疑人吉布伍各抓获，然后李春康又连夜与民警们步行开展了零点行动，一举抓获同案马海约沙。仅用三天，"6·7"挂牌案件成功告破。

2007年6月5日8时许，我处在接到西安公安局和西安公安处关于K166次旅客列车在成昆线四川段运行时发生"6·5"涉外旅财案件的警情通报后，立即启动了"列车预警紧急处警方案"，全力开展工作，经过6个昼夜的艰苦鏖战，于6月11日凌晨成功抓获犯罪嫌疑人则子志，圆满告破此案。

2008年在95%以上警力投入奥运安保决战攻坚的关键阶段，李春康率刑侦精英组成专案组，经过25昼夜的连续奋战，于2008年9月6日成功告破"8·10"乐山桥隧工区故意杀人案，抓获犯罪嫌疑人张德勇、李柳平、宋巍（别名宋威）、黄泽（别名黄二狗），交代了犯罪的前因后果，找到作案工具，并顺线挖破1起护网被盗案，彰显了刑侦尖刀敢打善打硬仗恶仗的能力。

8月10日零时许，成都工务段乐山桥隧工区（地处乐山市夹江县漹城镇）工长李光斌在工区值班时被人砍成重伤。10日1时，李春康作为"8·10"专案组的成员，获取了五条有价值信息：一是李光斌在吴场桥隧工区任工长期间，与一异性有染；二是李光斌从吴场调到乐山工区任工长后，经济考核了个别职工；三是有人曾举报李光斌有一笔款项账目不清楚；四是作案人系李光斌不认识的几名身高在165厘米左右的夹江口音男性青年，其中1人身着黑白相间上衣；五是8月10日凌晨，曾看见现场附近停有1辆有尾箱的黑色小汽车，经分析研判认为：案发时间为8月10日0时5分，发案地点在乐山桥隧工区大门口，案件性质为故意杀人，作案人为3名以上夹江县本地青壮年，作案动机可能是情感纠葛、经济纠纷、工酬矛盾和其他原因报复杀人。经过近一个月的侦破"8·10"故意杀人案件圆满告破。

门把上的血手印

2010年11月17日，太阳自灰色的天宇洒下微弱的光芒，没有一丝暖意，山间还残留着一团一团的白雪。

被雪花飘白的彝家山寨，藏在大山夹缝中像一位被世人遗忘的乡村姑娘。被雪花飘白的草房闪着白晃晃的光，仿佛是彝家阿米子（姑娘）头上的耳环和领口上别的花银光闪耀；墙上悬挂着一串串鲜红的辣椒闪耀着诱人的光泽，仿佛是村姑迷人的嘴唇；碧波荡漾的河水，像一面平整的镜子，那是阿米子梳妆的地方。

秋收后的彝乡山寨，沉浸在一年一度的彝族最重要、最为隆重的节日气氛中，彝语称"诺苏枯史"，即"彝族过年"，又被称为"嘴巴的节日"，家家户户酿酒、杀猪、宰羊，在彝族过年的三天，男女老少尽情地玩，尽情地唱，尽情地喝，尽情地吃。

12日17时30分，下普雄车站驻站民警黄建接到下普雄桥路工区工长张成华电话，电话里面传出一个焦急的声音："黄公安，刚才我返回工区发现职工张雄珍被人杀死在宿舍内……"

"保护好现场，等着，我们马上就到！"

随即，黄建把情况向普雄车站派出所值班领导教导员卢勇做了汇报。副所长曾山带领民警邓忠仁、曾超到达下普雄桥路工区，对现场进行了保护。

12日18时34分，西昌铁路公安处处长敬松嘴里还嚼着饭，但也没有妨碍他对着话筒下命令："第一，指令副处长杨

铁流、刑事技术支队、普雄派出所立即调集刑侦、技术民警先期赶赴现场；第二，通知刑警支队长任冀湘、重案大队长李春康、办公室副主任陈华及相关人员紧急集合，20分钟后由他亲自率队驱车赶赴现场。"同时敬处长立即向李冬生局长和邓平副局长做了汇报……

　　成都铁路公安局局长李冬生指示：一是公安局副局长邓平亲赴现场组织指挥，公安局刑侦处处长谢沛双、刑事技术处处长张朝阳立即从成都赶赴下普雄。二是西昌处要迅速集中沿线精干侦查员开展现场勘查和调查工作，务必破案，尽快消除社会影响。

　　至此，一场无声的战斗拉开了序幕。

　　时间：12日23时50分。

　　地点：下普雄桥路工区案发现场。

　　邓副局长、敬处长率队抵达下普雄桥路工区案发现场。

　　下普雄桥路工区位于成昆线K382+700米处上行右侧，昆方紧挨下普雄二号隧道，成方为下普雄火车站方向。中心现场位于下普雄桥路工区一楼楼梯左侧职工宿舍内，死者张雄珍头朝窗户脚朝门仰卧在地上，其面部、颈部、胸部有40处刀伤。外衣兜及裤包的内包均向外翻出，钱包上沾有血迹，屋内衣柜、床头柜内装的衣物及生活物品被翻动并散落在地上，房内地板上有多处沾有血迹的脚印……

　　11月13日凌晨，现场勘查完毕，邓副局长、敬处长组织召开"11·12"案件案情分析会。主管技术的支队长金全康介绍了现场勘查情况：受害人致命伤系左胸部锐器创伤，刺穿左上肺叶及肺动脉，导致其失血性休克死亡，系他杀。初步尸检确定死者的死亡时间为14时左右。现场血迹大部分集中于一个区域内，其余区域存在滴落血迹，墙上无飞溅或喷溅血迹，犯罪嫌疑人在中心现场遗留下的左鞋血印活动轨迹，推断嫌疑人在受害人反抗的过程中受有外伤，现场遗留有血迹；门前地面上、电源插座上、床前地面上、衣柜柜门上四处都有可疑血迹，门把手上的血迹明显。通过对中心现场的反复勘查及周边的巡视，确定犯罪嫌疑人先从后门进入下普雄桥隧工区内，杀害被害人后在寝室翻动被害人身上的口袋、提包、衣柜及床头柜偷取财物后逃离现场。

会上决定成立"11·12"下普雄桥路工区抢劫杀人案专案组，邓副局长、敬处长任组长，副处长杨铁流、刑警支队支队长任冀湘、刑事技术支队支队长金全康、普雄所所长叶平任副组长，下设外围调查组、内部调查组、现场勘验及外围搜索组、信息研判组、后勤保障组5个小组，共50名民警为成员的专案组，以案发现场为中心辐射周边，以现场勘验为依据逐步刻画，按内排、外调、死者的物品三管齐下，从奸情、图财这两条线索入手排查重点嫌疑人。

14日17时45分，各路侦查员的初步调查结果反馈到专案指挥部：

一是内排组民警对报案人工区工长李成华进行调查，初步排除李成华作案嫌疑。监控录像显示其外出和返回时间与其叙述的一致，通过外调证实其案发当日下午活动情况，不具备作案时间。

二是外围调查组了解到死者同甘洛的李笑有染，李笑去年在火车上与死者认识，去年10月、11月份到过桥路工区，每次都是坐慢车过来，死者每次都到车站去接其回寝室。死者的摩托罗拉手机是李笑给她买的，他们经常发信息，以老公、老婆相称，李笑今年先后两次从死者处借钱4万元钱，12日12时07分死者曾经给他打过电话，民警从甘洛将死者情人李笑带至下普雄开展调查审讯工作，证实李笑无作案时间。

三是工区退休工人陶师傅反映，案发当天有6名小孩先后两次从工区后门翻进工区，将工区仓库玻璃打烂、窗户上的塑料薄膜被烟头烫烂，并从仓库中偷走油漆3桶、钢筋6根、铁

夹子等物，从工区后门出去顺铁路分南、北两头离开。陶师傅制止却遭到他们用石块的回击。另外，民警从监控中发现，14日10时至16时，确有6名小孩的身影出现。民警找到12日下午翻进下普雄桥路工区的6名学生，综合发案时间、6名少年的讲述和对6人头发、衣物、鞋子的检查情况，初步排除6名少年的作案嫌疑。

几天下来，李大队带领队友们访遍了周边的555户村民，32名职工家属，根据奸情、图财这两条线索，排查出现在监控画面中的26名重点嫌疑人。

案情进展陷入了僵局。

夜，已深了，熬红了眼睛累瘦了身体的民警们睡意全无。不开窗户，屋里闷得慌，打开窗户，又受不了冬夜下雪的寒冷。不过，这些苦大家还能忍受，忍受不了的是案情没有突破。

时间：12日12时30分。

地点：四窝普村。

在姐姐家里吃着坨坨肉的麻卡伍加（外号麻子），并没有感到彝族年的惬意，哈欠一个接着一个，他心里明白，这时无论抽多少香烟也不能满足即将发作的毒瘾。不行，必须马上找到粉友，去买"救命"的东西（海洛因）。麻子右手从裤包内摸出从别人那里借来的30元钱，眼睛也亮了起来。麻子悄悄离开了山寨，山梁上的身影渐渐变成了一个小黑点，披着"擦尔瓦"（彝族的披毡）的麻子顺着山道向下普雄火车站走去。

12日13时，麻子沿铁路经工区大门时，看见3个小孩从工区出来，嘴里吃着柿子。这时麻子感到饿了，对出门的小孩喊到别关门。麻子踏进工区爬上柿子树摘柿子吃了起来。

这时，桥隧工区职工张雄珍从寝室出来，无意间发现一个男青年爬在柿子树摘柿子吃。张雄珍心想我明明是把铁门锁好的，他怎么会进来的，便开口说到"你这个无赖怎么跑进我们单位里来偷吃柿子？还翻墙进来，你穷疯了，还是快饿死了！你赶快给我滚出去！"

"关你屁事，老子想怎样就怎样！"麻子针锋相对地回敬到。

这时双方对骂升级。张雄珍用手中的书投打麻子。麻子被激怒从树上跳下冲向张雄珍，张雄珍返身往寝室跑，就在张雄珍要关门的那一瞬间，麻子的一只脚伸在了门边，张雄珍竭力反抗，大声呼喊："杀人了！杀人了！"

这时麻子从身上取出随身携带的匕首，雨点般地刺向张雄珍，一分钟后，一切归于平静。

麻子在被害人身上口袋、提包、衣柜及床头柜偷取财物后，走到寝室门口倾听门外无动静后，用一只带血的手把门轻轻关上逃离现场。

11月16日12时，外围调查组民警掌握了持有死者"步步高"音乐手机的嫌疑人阿约伍的基本情况，并在其家中抓获手机持有人阿约伍，查获零包毒品20包。审讯得知，其手机是12日17时在下普雄街上以150元的价格从一名叫麻卡伍支莫的女人手中购得。

11月17日9时，李春康和民警在下普雄街上麻卡伍支莫家中将其抓获，从其口袋内收缴疑似毒品海洛因零包一个，并组迅速展开突审。麻卡伍支莫交代了"步步高"手机是12日17时帮弟弟麻卡伍加卖给阿约伍的。至此，本案重点涉案嫌疑人麻卡伍加浮出水面。

4名侦查员在麻卡伍支莫家中进行守候，另外4名侦查员在其家外围进行监视布控。

11月17日10时，犯罪嫌疑人麻卡伍加进入其姐姐麻卡伍支莫家中时，被正在蹲守的4名侦查员当场抓获，并从其上衣内侧口袋内的烟盒中查获毒品海洛因4克。专案组成员迅速

前往麻卡伍加家中进行搜查，并搜出39码解放排胶鞋一双，花纹同现场遗留鞋底花纹一致。

这时现场勘查组也传来消息，门把手上的血迹通过DNA与现场所遗留男性血迹DNA进行比对后确定为同一人，再经过法医对麻卡五加仔细进行全身检查后在麻卡五加双手发现多处损伤，其中左手拇指处一长2.4厘米的创口，与现场勘查及专案勘查组成员分析的情况一致，案发现场提取的血迹DNA加入全国DNA系统进行比对（麻卡伍加在服刑期间血样DNA已入库），完全一致。并通过监控路线确定犯罪嫌疑人于11月12日12时59分进入工区，与法医尸体检验情况及现场勘查分析情况完全一致。

大量的物证摆在麻卡五加的面前，麻卡五加终于迫于强大的精神压力，对自己所犯的滔天罪行供认不讳。

参与侦破此案的李大队介绍，近年来女性被害案件成逐渐上升趋势。这是由在现实生活中女性较男性体弱容易成为攻击对象造成的。因此，要预防和减少女性被害需要社会各有关部门重视，为她们创造正常安定的生活环境，维护女性正当的合法的权益，保障其身心健康。另一方面要对虐待等侵害女性的犯罪给予严厉地制裁和打击。我们无法改变已经发生的事实，但我们希望类似的悲剧永远不要重演！

战友情深

作为基层刑警的领导人，李春康出生入死同各种刑事犯罪做斗争，脑中的"斗争"之弦是长期紧绷，脸部肌肉也难有松弛之时，不知内情的人可能认为他只会抓人，整天只是冷眼对人。然而，一旦走进他，就会发现他也是一位有血有肉的热心肠，尤其是在刑警这块特殊的领地里。

李春康对民警情同手足，不论是民警个人还是民警家中遇到困难，他都尽心尽力地把他当作自己的事去处理。小黄的父亲去世，李春康白天工作结束后，连续三个夜晚主动为其守灵；老范的母亲去世，李春康工作走不开，却特别指派一名队员前往并以大队名誉送去了慰问金；今年3月，郑义伟的母亲在老家不幸摔断左手，当李队知这一情况后，特别批了两天假，让他带着大队党支部的关怀和全队民警的心意，尽快赶到了母亲的身边。这一切让战友铭记在心，难以忘怀。

而对自己的妻子、儿女，李春康的这份情却实在"欠账太多"。自结婚以来，都是妻子小孟独自持家，包揽全部家务，抚育年幼的一双儿女。一次，妻子突然病倒，需转至西昌住院治疗。而此时正是反货盗专项行动进行得最为紧张的时候，已是一个多月没有回家的他却没有请假，只是通过电话遥诉一腔牵挂，又一如既往地战斗在第一线上。长年工作在外的李春康，对已上高中的女儿和上初中儿子的学习情况一无所知，以至于在一次家长会上被老师一顿奚落，儿女也对他有家不回，对儿女不关心很不理解，太多的时候李春康只有通过电话向子女们表达父亲对他们的关爱之心……想到这些，李春康感到一阵愧疚，更是阵阵酸楚。

"我是母亲的儿子，是妻子的丈夫，是子女的父亲，但是，我也是重案大队的一队之长，更是一个共产党员，案件侦破需要我！"李春康慷慨陈词，铿锵有力的话语浓缩了一个共产党员的坚强信念，他也以自己的实际行动实践着"三个代表"的要求。

5月份全国清网行动全面铺开，此时距离全国一年一度的高考也仅仅只有一个月了，为人父的李春康同志此时正为女儿的高考忙前忙后，为人父母哪个不希望自己的孩子金榜题名？哪个父母不希望自己的孩子有一个辉煌的未来？可是当李春康同志接到立即下沉基层开展清网行动的任务时，他没有一丝犹豫，毅然含泪离开了即将高考的心爱的女儿。同事们看在眼里疼在心里，大家多次向上级反映"让老李回去吧，我们一

定干好工作，给他抽起"，可是每次让他知道了都会被他臭骂一顿。后来，大家就都不敢再提起此事。不理解的同志还说"我们为了你好，还被骂，真是狗咬吕洞宾不识好人心"，但是看到他白天一头扎进工作，晚上却偷偷地给女儿打个电话询问学习情况的时候，大家都理解了。就是在这种情况下，截至7月27日李春康同志依然带领侦查员规劝喜德所6名上网在逃人员投案自首，并撤销在逃信息1条。

在100多天的"清网行动"的中，李春康从未回过一次家。期间"痛风"疾病多次复发，他总是一次又一次咬着牙，他顽强的工作作风和勇于拼搏的战斗精神，深深地感染和激励着身边的每一名战友。

清网行动的28名逃犯中彝族逃犯占50%，且喜德所上网逃犯为全局最多、占公安处比重最大，李春康及时确定了"公安处清网成败关键在喜德所"和"劝投为主、抓捕为辅"的总体清网思路。选派11名彝族民警下沉到基层，利用深知彝族民风习俗、自己的家支威望和亲属关系等优势，积极向在逃人员家属宣传自首、立功等有关法律政策规定，规劝督促在逃人员投案自首。

2011年7月15日，李春康利用侄女嫁到吉古家支的亲属关系，先后3次深入在逃人员吉古古格家，反复向其父母、妻子和兄弟姊妹8人开展劝投工作，但他们都与依火九古脱离关系，在没有亲属的帮助下，李春康只有改变策略，采取通过找到村舍干部，帮助做工作，先后来回4次与村舍干部交流，让依火九古知道，只有投案自首才是最好的结果，不然一辈子只有东躲西藏地过日子。这位在逃时间最久的嫌疑人依火九古，于2003年10月在沙马拉达站抢劫自押人员投案自首，在李春康的5次努力规劝下，终于投案自首。

这是一次最艰苦的促投工作。李春康根据彝族之间的亲戚关系来到马海伍沙的家，前后8次不厌其烦地对马海伍沙的哥哥进行劝说。开始马海伍沙的哥哥并不信任李春康与其战友，将李春康等人拒之门外，但是李春康为了完成清网行动指标，一次又一次的敲开马海伍沙哥哥的门。不厌其烦地与马海伍沙的哥哥深入交谈，与其亲属打成一片。慢慢地马海伍沙的哥哥开始接收了李支队的提议。并且通过法院、检察院的协作，马海伍沙的哥哥咨询了解了马海伍沙的犯罪事实情况与判刑的轻重，了解到只有投案自首才是弟弟唯一的出路。法院、检察院也表示，如果能投案自首，一定会轻判。至此在李支队的成功劝说下，马海伍沙投案自首。

清网行动小组的彝族民警宾子兰、丰黑取等针对部分逃犯存在侥幸心理拒不投案的情况，全方位、深层次挖掘和收集负案在逃人员的有关信息的同时，反复前往在逃人员家及亲属家中，不厌其烦地开展劝投工作，营造一种逃犯不抓决不收兵的氛围，迫使在逃人员投案自首。公安处在清网率突破90%后，普雄派出所上网逃犯八且木呷迟迟不能到案，宾子兰、丰黑取等民警结合前期对其逃亡信息梳理情况及时家属反映情况，认定八且木呷就在昭觉境内没有逃窜，六上深山开展敦投工作，并在"彝族年"间加大对其家中及其亲戚家的蹲守工作，使其有家不能回，最终在强大的政策攻势下八且木呷于11月30日向西昌公安处投案自首。在彝族民警们的努力下，先后成功规劝13名网上在逃人员投案自首。

燃烧青春写忠诚

长期以来，李春康不讲任何条件，默默奉献的平凡，才是最真实最有生命力的。他那不计个人得失、襟怀坦荡、爱憎分明、疾恶如仇、勇于奉献的优秀品质，正是一个人、一个集体不可缺少的凛凛正气。

李春康从参军到铁路公安部门，同等资历的同志大都变动了工作，曾是自己部下的同志现如今已成为自己的上级，李春

康却在刑侦岗位上没有挪过"窝",他没有因此闹过情绪,也没找过组织。其实,人岂能无欲无望,李春康能"守定"的力量源自他对党的热爱和严于自律的天性。

2006年4月25日,成昆线沙马拉达至瓦祖间K449+290M处发生脱轨的恶性案件。"4·25"案发生时,痛风痼疾而产生的剧烈脚痛正困扰着李春康,接到命令后,他二话不讲,忍着剧烈脚痛,发扬顽强的作风,奉献的精神,在专案工作中一扎就是50天,这50天中该同志家有高考的女儿,妻子身体不好无人照顾,到昭觉、美姑县路过西昌10余次,从未回过一次家。先后走完了"两市五县"200多个彝族自然村,调查询问了300余人次,获取了群众举报的50余条线索。其间,因一直得不到很好的休息,痛风反复发作,但李春康同志却顾不上抽点时间去治病,总是暗自咬着牙一次又一次的硬挺过去,一心扑在专案工作中,并与专案组的其他同志一道先后深入喜德、昭觉、美姑、越西等地的崇山峻林开展布控排查和抓捕促投工作。在布控排查重点嫌疑人、敦促作案人员投案和抓捕该案其他涉案人员马海瓦苦、马海克木、吉克达一、吉克尔洛等方面发挥重要作用。

"4·25"案件,一名犯罪嫌疑人的家属硬将1000元钱丢给李春康,企图让他高抬贵手,李春康不为之而所动,严词拒绝,还对他进行严厉的批评教育。太远的事情已无法查对。35年来,李春康拒礼拒贿40余次,涉及金额3万余元。对此,有些人不理解,说他"傻",该挣的钱不挣,该得的钱不得。但李春康总是憨憨一笑,因为党和人民培养他,他不能玷污了人民警察这个称号。

"我是彝族,但我更是共产党员,是人民警察。"凭着这种信念,李春康在一次次案侦工作中抓获彝族亲戚的犯罪嫌疑人,任凭亲戚如何讲情,李春康也不会网开一面,最终这些亲戚均被绳之以法。

这年 5 月，李春康在一个小站办案时，自己的一个彝族亲戚，因偷盗两袋化肥被李春康挡住。亲戚当即说软话求李春康放他一马，见不起作用，刺话说了几大车，李春康就是一句话："按规定办"。同年 9 月的一天晚上，李春康在站区夜间蹲点时，看到一名青工从货车上拿了几个苹果吃，便上前制止。小伙一时想不通，同他大吵起来："你是不是太过分了，我又没偷东西，半夜三更这么辛苦，我吃点水果算什么？"李春康声不高却理硬："公家的东西，一分一厘也不能动，你年轻不懂，万恶皆从小事起，今天吃两个，明天就敢拿一筐。"一个多小时的耐心教育，小伙子服了，一连声地说："警察大哥，我错了，今后再也不会这样了。"

李春康像铆钉一样牢牢地铆在大凉山上。并不是因为这儿有他的家，有他善良而坚强的妻子和孩子们，更重要的是因为猖狂的罪犯，可以设想，这里没有犯罪，没有斗争，没有正义与邪恶的较量，李春康便不复存在，为正义而存在，在正义与邪恶的大搏斗中，在生与死的较量的洗礼中，李春康以他坚强的意志，无畏的战斗精神冲在了前面，他是一名永不停息的战士，因此，他不属于他的小家，而是属于信念、属于国家的利益；因此，他没有自我，在他心中，只有战斗，无畏的战斗。

日复一日，年复一年，李春康从警 37 年，在成昆沿线默默奉献着自己的一生，他迈着踏踏实实的脚步，一步步地走过，他的身后，留下的是一串串真诚的足迹，留下的是一串串平凡者的歌。

题记：在回归的路上，想用母语讲述彝乡山寨远古的童话，也想用手在键盘上敲击出天菩萨的威严。故乡，有爹娘，远方，有梦想。

不眠的夜晚，我敲打着键盘，在感动的词语里，写着一位彝人战友的精彩故事。

一个彝人的述说

——记西昌公安处治安支队政委吉木木呷

凉山的夜晚，星空清澈，周围的山川河谷，构成了一幅美妙的画卷，皎洁的月亮、微微的山风，山谷里静谧得如童话世界。

春天的彝寨像一幅画，雄鹰在碧蓝的上空久久盘旋，姑娘们坐在低低的木板房前纺披毡。似歌的夏天，蕨芨草疯狂成长，有人用母语唱着自己的爱情。在金黄秋天里，果实开始成熟，月亮就像是躲在谷垛边的笑脸，羞答答的。诗一般的冬季，满天飞雪，火塘边的口弦声应和着阿妹的心思，飘向远方，远方，远方……

在凉山美姑县，60年代中期的一个晚上，寂静的彝乡山寨传来一阵婴儿的啼哭声，一个婴儿哭叫着来到人间。因为是第一个孩子，阿达（父亲）和阿莫（母亲）商量后为其取名为吉木木呷。吉木（彝族的姓），木呷（在彝语中意为老大）。木呷是家谱中的一个名字，是这传承中的一枚籽实。这是彝胞们的家谱，是一种的传承。

荞子在山坡上吐穗，土豆在泥土中孕育。彝胞们围着火塘喝转转酒，叶子烟缭绕着谚语和歌谣，酒里漂着格言，酸菜汤的气息中弥散着传说。

"大凉山啊大凉山，山山岭岭无人烟，山野里的娃子要出头，不知等到哪一年。"

年少时的木呷在山坡上放羊时，常常对着天空发呆："什么时候我也能像山鹰那样，在蓝天白云里自由地飞翔！"

在阿达和阿莫的呵护中，木呷渐渐长大。儿时的记忆，已成为木呷心中永远珍藏着那一轮明月……

木呷的出生地斯依阿莫（美姑县）有不少金碧辉煌的头衔，这里是彝族美女、彝族摔跤、彝族毕摩的文化之乡。境内大风顶的珙桐花，国宝熊猫和南红玛瑙，无一不令世人惊叹。植物"活化石"鸽子花，最先在这里被发现，之后轰动了全世界。

美姑是彝族古候、曲涅两大支系迁徙至此再分支的地方，是彝族原生态文化保留得最完好的彝区，有彝族文化的深厚积淀。

彝族是一个伟大的民族。她有自己的文字，有自己的母语、有自己的史诗。有部创世史诗称为《梅葛》。全诗长5775行，由《创世》《造物》《婚事和恋歌》《丧葬》四部组成。还有支格阿鲁（英雄）的传说。

木呷和他的先辈们都信仰毕摩。信仰是有根的。信仰是超越和无限。没有信仰就是有限的。彝族认为毕摩是天神派来的祭司，各种祭祀皆由其主持。

"火木拉觉依，尼木吱机依"是彝族的尔比尔吉（谚语），意思是"汉人贵在茶，彝人贵在酒"。不论是谁，只要一进他的家门，这位彝人就会按他们的风俗，为你送上一杯美酒。如果有阿依在家，你将会听到一首首彝家的《苏木地伟》《雅志的雅》和《美丽的杯子举起来》等敬酒歌。

大凉山铁道线吟唱着彝人的传说

吉木木呷,一个地地道道的凉山彝人,他从一个农村娃一路走来。1987年12月在美姑县瓦候区龙雷乡政府和美姑县公安局瓦候区派出所工作。

1993年4月,地方政府决定选调一批彝族同志参与铁路的管理,木呷从美姑瓦候区派出所幸运地被选上。

他对母亲说:"阿莫,我想到外面去工作。"

母亲没有回答。

"阿莫,我有话想和你老人商量商量!"

母亲闭上眼睛,缓缓地说:"工作在我们身边不行吗?"

木呷着急地说:"家里不是还有弟妹们嘛?"

这时木呷的父亲开口讲了话,"孩子应该有他自己的想法了,让他一辈子在这山里,那是不是有点不公平啊?再说,山外面的世界有很多的知识,有些东西我们祖祖辈辈都没有能赶上,那也不能让子孙们像父辈一样啊。"

阿莫"咕嘟咕嘟"地喝了一口水说道:"我知道,只是,只是……"

1993年春天,木呷告别双亲,离开了山寨。当你踏上离天空最近的山顶回望,村庄的诵经之声在山谷中悠荡,一浪接一浪从远方传来:

山鹰想拥有天菩萨呦/在瓦蓝的天空上盘旋了一辈子/羚羊想拥有天菩萨呦//在陡峭的山崖边跳跃了一辈子/蕨草想拥有天菩萨呦/在潮湿的森林里一辈子抬不起头/竹子想拥有天菩萨呦/在贫瘠的土石间一辈子弯不下腰/我拥有了天菩萨呦/就要用的彝人的赤脚去丈量海角天涯。

古老的歌谣,它就如同一面锈迹斑驳的铜鼓,摩擦出"嘶嘶嗡嗡"的声音。在铁道旁木呷感受着霓虹幻彩,却忘不了家乡节日的火把。

1993年4月,地方政府决定选调一批彝族同志参与铁路的管理，他从美姑瓦候区派出所幸运地被选上，成了一名铁道卫士，来到了西昌一个叫马道的地方。

马道的小镇，在庐山下的西面，是西昌铁路公安处机关所在地。距凉山彝族自治州州府所在地西昌市区12公里。

马道，忽然低下去的地方是安宁河河谷，宽阔的田野上点缀着一片片村庄。晨曦中，站在重案山庄高高的水塔上眺望远方，聆听安宁河畔不时传来雄浑的风笛鸣响。山野里的空气特别清爽，树梢上缀满了耀眼的黄花，黄花成串，夹杂在深绿的枝叶里，风一吹，黄花如焰。静静地依偎在夹皮沟的山野中，让轻风把疲惫扬弃在安宁河谷里。山风吹来窈窕纤柔的雨丝，如歌如舞，飘飘洒洒地落在脸上，云雾笼罩着群山。

马道，像位多情的女性，黎明含几分娇羞，中午盛情炽热地把你拥抱，下午阵风掠过，扯动你的衣襟，缭乱你的头发。待到夕阳红遍的黄昏，你将把一天的劳累卸给月色，让轻风把它撒在安宁河里，随波流去。

马道，是一个纯朴而有诗意的名字，"踏青归去马蹄响""山间铃响马帮来"。这里曾是南方丝绸路上西线商队的一个驿站。如今，有的地方仍然可以看到马帮拉成一条曲线逶迤盘亘在山路上。

夜晚，你会看见远方出现的一个个小光点。这是入夜以来，山里的光亮。马帮的铃声从山间由远而近，当山坡下响起急促的马蹄声，马帮从山路上由一个村寨赶往另一个村寨，清脆的铜铃和歌声悠扬地在林中回荡……

木呷，凉山警校科班出身的警察，在二十多年的警察职业生涯中，干过缉毒、刑警、看守、政工等工作。一路走来，成为一名副县级的领导干部。

回望身后尘土中那串歪歪斜斜的脚印，记忆又飘向了岁月的深处……

时针指2002年6月，木呷从缉毒战线上下来，到漫水湾

车站派出所任副所长。由于成昆线凉山段治安复杂，2003年7月，组织上派他到成昆线一个叫瓦基姆梁子的地方出任所长。

拿到调令的当天，木呷走到妻子身边说："我明天就要到普雄工作了。离家就更远了……"

阿支嫫曲喜问："去多久？"木呷说："起码三年。"

阿支嫫曲喜追问："一定得去吗？""是的，一定要去，我得听从组织的安排，我是党员，不去不行。何况这些年，组织这样关心照顾我们，现在到了我们回报组织的时候了。"

阿支嫫曲喜深情地凝望着丈夫，缓缓地，然而却是坚定地点了点头。她知道这意味着什么。在以后的日子里，她将自己照顾自己和孩子。但，她不拖累丈夫。如果说作为妻子，现在还能尽什么义务的话，那支持丈夫的工作就是最大的义务了。

第二天，阿支嫫曲喜很想留丈夫多待一会儿，但她太熟悉丈夫那说一不二的禀性，也早已习惯他在家打个转转就要奔向战场的作为。

"呷哥，多保重！"

"你在家也要多保重啊……"

普雄车站派出所地处大凉山腹地的群山之中，海拔2200米，管辖9个车站近70公里铁路线的治安保卫工作，辖区铁路沿线有12个乡镇，91个村，267个组，14814户。桥梁隧道连接不断，河流高山纵横交错。在成昆线上海拔最高的铁路派出所，作为一名彝族铁路公安侦查员，阿米子黑和他的战友一道，演绎了数不清的精彩动人的故事。

一周的时间过去了，远在普雄站派出所的一个月光如水的夜晚，木呷想家了。不知媳妇和孩子还好吗？他想打个电话，可时间已经太晚了，只好压下这个念头。

2007年冬，阿支嫫曲喜从医院回来，疲惫不堪地躺在床上。丈夫不在家，女儿患感冒高烧不退，昏迷的女儿嘴里一直呼喊着"爸爸，爸爸"。了解丈夫的阿支嫫曲喜，知道丈夫爱这个家,爱他所有的亲人,如果让他知道后,还不知怎么着急呢?干脆还是一人承担吧。突然,电话铃声响了,阿支嫫曲喜忙拿起了电话听筒,听到丈夫的声音:"你好吗?"阿支嫫曲喜的心头一热,"我很好,我和女儿都好?你放心吧,只是有时间经常给家里打电话,看不见你的人,只要听见你的声音,我就放心了。"说到此,妻子的声音有些哽咽。

走过了季节的路,越过了岁月的河,却忘不了那首历经风雨的歌。

2008年7月6日,一个漆黑的深夜,大地一片寂静,连天上的星星都悄悄地躲藏到云层里。

16时,派出所得到消息,涉嫌盗窃案件的犯罪嫌疑人沙马曲波,逃回了山寨。

木呷所长率队开车赶往贡惊村。17时左右,民警们来到一个风景秀丽的村庄。他们来到一个小院前,透过门缝一看,只见一个光头的男青年和一个老汉收拾院内的庄稼。"就是他",大家彼此交换了眼神,心中暗暗惊喜。院内的"光头"似乎是听到脚步声,机警地抬起了头。事不宜迟,民警们破门而入,直奔"光头"。面对突然出现的陌生人,老汉似乎早有准备,忙拿起一根木棍,朝着民警抡去,一下又一下地打在了民警们的肩上、背上。大家抓住"光头"就往院外拖。谁知,几经挣扎,"光头"的上衣突然脱落,竟赤裸上身,要夺路而逃。就在这时,"光头"其兄赶到,看到自己的弟弟要被警察带走,立刻赶来帮忙,他爬上围墙,拿起了砖头向民警们扔去。此时,民警们的身上不知挨了多少棍棒,被砸了多少砖头,他们只有一个念头,不能让"光头"逃脱。

"光头"借助熟悉地形,奔跑的速度很快,他的父亲和哥哥在后面连拽带拉阻碍民警,使他们之间的距离越拉越大。眼看着"光头"就要跑出村子,一旦跑进庄稼地,事情就不好办了。无奈,民警小杜只好掏出手枪示警,随着一声枪响,大

家忙将"光头"拖起来,朝村边跑去。后面追赶的人看到这些,立刻急红了眼,当木呷所长和民警们赶到村边停放的汽车前时,"光头"的父亲躺在汽车轮子前,死活不让带走他的儿子。汽车发动起来,只好留下木呷所长和一名彝族民警,他们连拖带拽将老汉拖出,汽车终于开动了。

为防止"光头"出现意外,民警们将他送到县医院,将"光头"安置在医院时,已然夜幕降临。

牛日河昼夜奔流,成昆线四季畅通,它们共同述说彝人的故事……

这是木呷出任所长以来组织参与的一起重大刑事案。在铁路管辖的出租屋一处废弃院舍惊现一堆白骨,大凉山铁路刑警宣称这是一具沉寂三年的女尸。根据现场遗留的衣物,普雄车站派出所所长吉木木呷判断说:"这个尸骨是一具黑彝女性的,从耳环饰品推断确定死者是美姑人。"基础内务大队长谢晓东在一旁说:"呷所长说得太玄了吧?""不玄,我说这话是有依据的。"吉木木呷所长肯定地对大伙补充到,"我老家美姑彝族妇女的穿戴就是这样,没错。"两名法医对已高度腐败的白骨进行尸检,推断身长约155厘米至160厘米的死者,死亡时间在二年以上,系他杀。根据吉木木呷提供的信息,扑朔迷离的凶杀案终于水落石出。

梦在夜行的列车上

这些年,你的心跟随列车一同前往,不眠的守望在远方的路上,从晨曦中走来,在夜色里穿行,你的足迹越过江河桥梁群山隧道。梦在夜行的列车上,窗外的月光照亮心房,你疲惫的身影披挂一路风霜,数十载从警梦依旧清晰绵长。风雨阻挡不了你前行的步伐,粗手写满了你苦乐年华,一个个日落未归的人啊,淋漓的汗水洒在万里铁道线上。五百米长的旅客列车,是归乡人的起点,也是铁道卫士守护的终点,你因坚守平凡而伟大。

1996 年，你已成为一名乘警。乘警，这是铁路警察一个特殊的警种。乘务民警是旅客列车上应急处突的坚实力量，是惩恶扬善的铁道卫士。

2009 年元月，你从大凉山腹地普雄来到钢城攀枝花，成为乘警支队的政委，一年后，成为一名副县级的"阿木科"（彝语意为：领头人）。

你带领着一支由 70 余名乘务民警组成的队伍，这是与人民群众密切联系的窗口单位。

2018 年春运来临之际，你带领着战友们在攀枝花青龙山训练基地开展了为期一周两期的全员警务实战技能战训演练，战训队员从设置的乘务现场，通过问答形式，综合考评每位民警的乘务基本知识、列车消防知识；从设置的搜查现场，模拟列车现场搜查取证过程，考察多人配合、物证提取、执法仪使用等环节，通过全程录像，赛后点评的形式，逐一点评搜查工作的得失；从设置的取证现场，预先假定案情，由各组分别现场制作法律文书，根据评分标准逐一打分；设置实弹射击现场，分为 25 米精度射击和 150 米快速击发两个环节，以中弹率、出枪速度核算射击成绩，最后由教官逐一进行点评。经过紧张激烈的角逐，强化了乘警支队干部民警的基础警务处置能力，增强了乘警支队队伍凝聚力，展现了过硬的业务素养、优良的工作作风，为全处广大干部民警做出了表率、树立了榜样，为保障 2018 年春运安保工作打下坚实基础。

一年一度的全员春运战训，给每个乘务民警的感受都是不同的。正如西昌铁路公安处处长出野在开班仪式上所说"凡经历，必永恒；凡珍贵，必升华"，战训队员们心态的转变和技能的提升，完全出于你们对警察这个职业的责任感，你希望这支队伍能不断完善自己的警务技能，在今后的工作中更好地解决旅客的困难。相信通过此次实战演练，进一步提高乘务民警

的反恐实战技能、执法办案水平以及日常规范执法,更好地适应当前的乘务工作模式和应对严峻反恐形势。

实战演练战沙场,天刚亮,训练基地已是警歌嘹亮、哨声四起,队员们开始了一天的训练生活。身背单警装备、手持警棍、手握盾牌人如山。捶打磨砺,汗珠滴落浸透了双肩,酸甜苦辣,写满实战演练澎湃的诗篇。冬练三九不言苦,无论是寒风还是暴雨,战训队员们每天日常训练必不可少,体能、技能、战术。队员每日勤加练习警棍盾牌使用的规范动作,有迅速主动的劈击动作,有快速防御的格挡动作,每日苦练基本功,做到熟练运用警棍盾牌,发生危险时能快速制敌。棍棒战术训练。"动作要领为前弓后马,蹬地扭腰转体。"教官一边讲解,一边手把手地教授动作,学员们也很快掌握了动作要领。劈击、横扫、挑打,齐眉棍上下翻飞,流畅自如、整齐划一。烈日下,教官和学员人人汗如雨下,但没有一人叫苦叫累。训练方式各种各样,同时教官还会在训练过程中不断纠正动作,历练精兵展乘警的神威。

"首战用我,用我必胜"对每个战训队员来说不是一句简单的承诺。他们在训练场上,晴天一身汗,雨天一身泥,细扣每一个动作和细节,反思每一个失误和欠缺。他们厉兵秣马,厚积薄发。

你,握枪的手臂伸展,仿若一条通往梦想的射线,另一只手弯曲成半个圆圈,优雅成坚固的支点。凛冽的寒风抖落风尘,手中铮铮作响的警棍,即使没有一把剑的锋芒,也如一道灿烂的闪电直击锁定的目标。"出枪、验枪、枪入套。""弹膛无弹、枪支性能良好,验枪完毕。"随着教官喊出的口令,学员干净利落地完成了规定动作。苦乐紧张早已习惯,背负重担只为凯旋,耀眼的战绩蕴涵不寻常的平凡,你用汗水融化冰雪山川。

你说。"像这样系统化、高规格、实效好的培训,对每一个民警都是一个难得的机会。从 2011 年起，我们每年一次甚至两次的战训实战演练，从纪律行为、内务整理、汇报演练以及战训成果可以看出，队员们的安全执法意识、执勤执法风险评估意识、纪律作风意识和精神状态、技战术素养、身体状况都有了明显改善，不管是警务技能还是心理素质都有了质的飞跃。"你说，不管是领导干部，还是普通民警，来到训练基地，都只有学员的身份，必须服从命令、听从指挥，严格遵守培训管理规定，以高度的自觉性和组织纪律性保证培训顺利有序开展。通过严格训练，强化生活养成，进一步坚定民警思想基础、提升执行力，战训体现出"严风纪、树正气，强素质、立警威"的强警宗旨。

2017 年，你带领的这支队伍在各项公安工作中屡获佳绩。全年共办理刑事案件 16 起（旅财案件），破案 8 起，较上一年同期破案率提升了 7%、发案率下降了 27%。值得一提的事是"科技强警"。按照公安处坚持打合成战、信息战的要求，最大化发挥网络资源优势，支队依托大情报平台，积极参与到由刑侦、治安、情报研判中心、法监等部门牵头组成的合成作战中去，加强信息共享，积极寻求业务指导和警力支援，不断提升破案效率，2017 年支队侦破的 8 起旅财案件均得到了合成作战工作组不同程度的技术支持和业务指导。3 月 22 日 K1139 次何聪黑色双肩包被盗案，支队运用微警重点人员图像比对和查询查证功能以及客运购票查询系统比对迅速破获该案；7 月 13 日 K9483 次马金贵黑色双肩包被盗案、10 月 22 日 K117 次苗志强入伍新兵重要档案被盗案，支队根据视频监控和旅客乘车信息系统锁定犯罪嫌疑人身份，并通过特情耳目迅速将犯罪嫌疑人抓获归案，追回被盗物品。同时，去年 9 月份以来支队值乘进京列车全面安装视频监控系统后，各警组及时、认真学习使用方法，有效破获了多起重大旅财案件，K118 次马珂警组先后运用视频监控系统快速破获 9 月 23 日、10 月 8 日两起

旅财现行案件，得到了公安局、处的一致肯定。

2017年支队共受到上级表彰通报20余次，其中支队获得公安局、处春运先进集体、"七一"先进党支部荣誉和2017年度优秀集体称号，并在十九大安保中获得集体嘉奖1次；民警荣获个人嘉奖3人次，荣获三等功2人次，乘务明星2人次，青年岗位能手1人次的历史最好成绩。

你荣获个人三等功。2012至2016连续五年分别荣获成都铁路局和成都铁路公安局优秀党务工作者。2015至2017连续三年荣获优秀人民警察称号，每一个都是一个精彩的故事。

绿叶对根的情意

阿支嫫曲喜是木呷的妻子，是一名监狱警察。是一个聪明善良的彝族美女。长长的睫毛下面，一双清澈的眼睛，身穿彝人的服装是那样的迷人漂亮。在与恋人木呷热恋的日子，她曾经幻想过无数次出嫁时的情景，而这一天终于在亲人的期盼中到来。

1993年春，在家族和亲友的祝福声中，木呷与新娘阿支嫫曲喜走进了婚姻的殿堂。

这对恋人从相识相恋到结婚，一路上，战友们都感受了他俩的甜蜜幸福，亲人也看到了他们性格的磨合和对美好生活的向往。

阿支嫫曲喜的工作地点在离西昌南站15公里的凉山监狱。多么崇高而神圣的职业。面对岗楼、哨兵、高墙、探照灯、监控器戒备森严的监狱环境。她选择它，就选择了对崇高事业的忠诚；她选择了它，就想到警察随时有流血甚至倒下的可能。她的选择刻画出不同的人生轨迹，这重要的选择可能将自己带到一条自己从未想象过的路途。她知道自己行走的是一条忠诚的道路，让无悔的爱留下对警察事业无悔忠诚的誓言。不悔当初选择的同时，也爱从警的选择，更爱心目中的新凉监狱。

在这个高墙内的女人世界里，面对女子监狱这种特殊的群体，作为一名女子监狱女民警，她每时每刻都不能放松警惕，因为一个小小的疏漏就可能导致一场重大的事故。从那时起，她从人性化入手，对关押人员进行心理健康的测试，筛查出重点对象进行心理辅导与调适。在对在押人犯心理咨询的时候，按从这些女犯的成长环境、家庭背景等方面进行"一对一"的交流，只谈心理，不涉及具体案情，通过推心置腹的面谈，使其逐步解开心结，从焦虑、恐惧、烦恼、抑郁悲观的心理阴影中走出来。使一个个罪犯能正视现实，虚心地接受教育和改造。

她总是那么执着，期望一次次人性化的关爱，一腔谆谆的告诫与烈火般燃烧的真情，能唤醒一颗颗冷酷的心灵。她选择的是一种维护稳定秩序的生活，需要一种与生俱来的耐心，这耐心与职责熔合，锻造出一种叫平安的氛围，献给了警营、献给了监区。

她在一个又一个无月的夜晚，将身体与监区融为一体，将心和耳贴紧夜幕，她听到了父老乡亲那酣畅的鼾声和香甜的梦呓，但她警觉的双耳如雷达，捕捉的却是一串串罪恶的足音是否在高墙内的夜色中逼近……

在这个独立的女子监狱里，她知道，女警的爱与别的女人不同，它比儿女私情更广博、更深远、更有价值。女警，是女儿，是母亲，也是妻子。在千万个警察的背后，她用平凡、坚守、无私、奉献、不离不弃关爱并教育着人犯。她因为"勇敢"而受在押人犯的尊敬，也因为"爱心"被大家爱戴。当她看到关押的罪犯或家属向她竖起拇指的时候，她将会更加肯定当初的选择，这也是别人对她的选择的肯定和赞誉。

警察，一个崇高的职业；妻子，一个普通的称谓。当二者结合，就意味着将要承受常人难以想象的艰辛与劳苦，也承载

起一份荣耀与担当。

记得每年的除夕，为了监狱的平安，有时她会放弃与家人的团聚。当她独自面对除夕夜烟火升腾的时候，思念更是一再叠加。家啊！有时候很远，遥隔千里寄相思，家啊！有时候很近，却在咫尺之间。

这些年，木呷一周才能回一次家。南北相望，夫妻总是聚少离多。所以，每当轮到阿支嫫曲喜休息时，她就会到小站来陪伴丈夫，每次，她会左手拎着菜，右手牵着娃。

木呷说，自己能清晰地听到她来自远方的脚步声，还会听到儿子边跑边叫我"阿达"。见面时，阿支嫫曲喜会用手轻轻擦去丈夫脸上的流淌的汗水。当母子俩的身影在流星划过的刹那，消失在茫茫的人海中时，木呷的眼角是湿湿的，有泪水的痕迹。阿支嫫曲喜和木呷的真爱不会被时间、距离所冲淡，它清澈，晶莹，没有污染，爱滋润着这对彝人夫妻的灵魂！木呷说愿以永恒。

时间从指缝间滑过，很多时候眼泪是往心里流。当孩子看着警察爸妈离去的背影，鼻子一酸，眼泪像泉水忍不住地流了下来，谁不想在母亲怀里偎依撒娇？谁不希望有一个安逸闲适的工作环境、有一个正常规律的休息时间？她深知，和平年代里，警察有着比军人更多的流血和牺牲；她懂得，宁静的夜晚中，警察有着比星星更多的守望和牵挂。然而，她依然选择了远离那都市的热闹；选择了放开那温暖的怀抱；选择了舍下那份闲适的安逸；因为，她更愿意选择那份沉甸甸的责任，选择庄严的国徽下，那身藏青色的挺拔！

2015年春节前夕，大凉山的空气中弥漫着清甜的气息，寒风吹动着铁道两旁的树木和花草，漫天的雪花在大凉山上飞舞。在浓浓的雪雾中，木呷静静地站在攀枝花乘警支队院内的寒风里，隔着铁轨凝望着远方黛色的山峦和那低垂的云彩。

春运期间，弟弟来电告知父亲病重，可正值春运，工作又无人能够代替，一边是生他养他的亲生父亲需要看护，一边是急切需要他做的警务工作，两难啊！木呷感到难过的是自己最亲的人就在身边，而自己却不能回去，不能陪父亲说话，心里充满的是焦急与内疚。那一夜，木呷哭了，泪水从这个钢铁一般的男人脸上流下。这个时候，我们看到了这个钢铁般男人最最柔软的牵肠挂肚，最无可厚非的至情依恋。木呷的眼里莹莹的泪光凝结了太多的责任义务和锥心的情感寄托。

这些年，除了愧对父母，木呷感到对不起的还有自己的妻子和一双儿女，由于常年驻站，一家人长年累月聚少离多。妻子从来就没有责怪过他，她只是个平凡的女人，她一直默默支持自己，从无怨言。一周只有穿越那弯曲又险陡的山路才能够拥有一次见面的时间。她没有那些高调的姿态，她支持自己，只是因为，那是自己喜欢做的事。妻子真的习惯，真的懂得，真的理解。从相识至今，妻子如其她女人一样，一开始她总问，为什么不能陪在我身边？她知道自己有多辛苦，即使假日，甚至过年，自己也得留在冷清清的小站警务室值班。

她说，在面对危险工作的时候，她是多么担心与挂念，她多想打个电话确定丈夫是否安全，可是她不能，她能做的只能把自己蜷缩在一个小小的角落，然后在地上一遍一遍画着两个字"平安"！她知道有多少像夫妻俩一样的民警，用多么深刻的付出与牺牲换来一方的安宁，他们守护了大家的幸福。

她珍惜她拥有的一切，她珍惜他给予的幸福，正因为那些盛开在忧伤上的幸福，才令人如此的动容。

除夕夜，你独自面对异乡烟火的时候，这份思念更是一再叠加。平平凡凡，简简单单，木呷知道自己只想在这样一个地方，给自己的心灵一片宁静的空间，做自己想要做的事……

当黑夜笼罩着满地的轻纱，多少次木呷噙着思乡的泪滴，伫立在窗前，寻望河岸边那片杨柳，聆听阿米子温柔的口弦和倮倮阿哥吹响的木叶情怀，在露珠滴洒的河岸旁，醉心地品味

这如诗如梦的南高原上的大凉山。

回家的路上,你翻越在支格阿鲁(彝族传说中的创世英雄)走过的山梁,聆听冷风掠过山冈,找寻儿时的记忆。你举着一束光亮,火把在回归的夜行路上燃烧,故乡,有爹娘,远方,依然有梦想。诺苏(彝族)的母语在风中婉约吟唱,早已习惯了山寨荞麦酿造的飘香,穿透彝家瓦板房的缝隙,那是你生长居住的土墙房。玛布(彝人乐器)的鸟语婴啼在夜空回荡,斑驳的古彝文和尔比尔吉谚语怎会遗忘,用母语讲述彝乡远古的童话,用手在键盘上敲击出天菩萨的威严。等你回家的阿莫(母亲),夜半或许能听到轻轻地木门敲响,喝着阿达(父亲)手捧的山泉,躺在索玛花温暖的怀抱甜蜜入眠。你的根,你的声音在哪里?在大凉山母语古老而又年青的世界,在毕摩(祭师)文化传诵的摇篮,在美丽的故乡。

题记： 你像一盏灯，伫立在旅客回家的路径，岁月的诗行里谱写你如莲的心境，人生的画卷中雕出你岁月的永恒。在地球最长的车厢里，我读懂了一位列车乘警在人民心中的分量，你把炽热情怀装进车厢，把人民的安危放在心上。

穿梭车厢的蓝色背影

——记西昌公安处民警计波

在英雄花盛开的地方（攀枝花），青春的血液融入他挺直的脊梁，从银色的月光下迎着生命的晨曦，从一个城市到另一个城池陪着人们旅行。他在钢铁银河上编织中国铁警的梦想，在列车上弹奏出和谐的爱民乐章，一曲朴实无华的颂歌，吟唱一个平凡默默奉献的光辉形象。

从警的路很弯，弯得总是在隧道处闪现。几十载悠悠岁月，弹指一挥间，转眼间你已越过牛年。

你的梦在夜行的列车上，窗外的月光照亮心房，你疲惫的身影披挂一路风霜，数十载从警梦依旧清晰绵长。不眠的守望在远方的路上，你的心跟随列车一同前往。

计波，我的战友、我的老乡、我的兄弟，这些年，你温和地与同事、旅客融洽相处。你为了旅客平安的出行，为了人民群众的点滴利益，无论是在攀枝花开往北京西的 K118/7 列车，还是在攀枝花开往燕岗的 5633/34 次旅客列车上，一次又一次为旅客挽回经济损失，无数次为旅客排忧解难，扶老携幼，累计为旅客挽回经济损失达 10 多万元，为旅客出行撑起了"保护伞"。

在列车上，你采取公开武装巡视与便衣在车厢蹲点守候相结合的方式，利用各种手段密切监视车厢内可疑目标的一举一动。被你抓获的小偷，从不记恨你，为啥？因为你从不打骂被抓的任何一个人。铁路职工和旅客也亲切地称你为菩萨心肠的乘警。

成昆铁路凉山段交通十分不便，乘坐绿皮慢车出行是这里群众的主要出行方式。5633/34次慢车，用当地老百姓的话讲："火车像公交车，站站停来站站下，冬天冷得像冰窟，夏天热得像蒸笼。"

2013年2月2日，5634次旅客列车运行到喜德至普雄区间时，计波在车厢内挡获11名跟车叫卖人员，警组根据《中华人民共和国治安管理处罚法》第二十三条第一款规定，分别给予每人当场罚款5元的处罚。又有一次，5633次旅客列车运行到眉山至普雄区间，在车厢内挡获12名跟车叫卖人员。因人太多，工作量之大可想而知，忙得满头大汗，你将12名跟车叫卖并不听劝阻的人员依据《中华人民共和国治安管理处罚法》一一进行了当场处罚。有效地净化了旅客列车内长期滋扰乘车旅客的惯性治安问题，为旅客出行提供了良好乘车环境。

铁路乘警长年累月都在外，是无法照顾和保护到自己的家人。

出发前，我对计波进行了采访，他提到自己的妻子、孩子时充满歉意地说："我不怕任何的犯罪分子，打击他们是我的天职。可是我欠我家人的实在太多太多。"

在采访计波的妻子时，她告诉我："在暮色淡淡的夜晚，遥望着爱人归来的方向，喜欢淡淡地想他，悄悄走进身边的惊喜。计波像一棵树，深深地扎在我心灵最柔软的地方。我多想靠近一扇亮着灯的窗，在黑夜的窗前吟唱，我深邃的情感与爱恋，一直萦绕在沉寂凄凉的夜晚。"

2014年春运,我跟车采访拍摄了计波值乘的绿皮列车,计波一只喇叭、一只口哨、一个警务通、一个单警装备就是他出乘的"装备"。

列车从攀枝花站开出后,计波就警容严整地出现在旅客面前,一声哨声之后喇叭里就传出:"旅客同志们,大家好!欢迎各位乘坐我们这趟由攀枝花站开往普雄站的列车,我是本次列车值乘的乘警长,如果大家在旅途有什么问题和困难,可以与我联系,我就在你们中间,我将尽力帮你们解决,并请大家支持我们乘警工作,谢谢大家!"

1月20日15时,在12号车厢的过道上,计波发现一名7岁的小男孩在哭泣,嘴里不停地叫着"妈妈"。经细心询问得知,因上车时人多拥挤,小男孩与父母走散了,他牵着小男孩,擦去男孩的眼泪,端上热腾腾的方便面。看着眼前和蔼可亲的警察叔叔,小男孩挂着泪珠的脸露出了笑容。随后计波在超员的车厢里逐一查找小男孩的父母。一个小时后,终于在列车最后一节车厢找到了孩子的父母。此刻,男孩的父母正为丢失孩子焦急万分。由于车厢实在太拥挤,两人只能站在原地干着急。看到乘警把孩子安然无恙地送到他们面前,这对夫妇感激的眼泪顿时涌了出来。当听着旅客一句句饱含真情的谢意,看着旅客一张张满意的笑脸,身为人民警察的计波对自己的付出无怨无悔。用他的话说,为旅客做好事,心里就有一种满足感。

16时,计波巡视车厢来到6号至7号车连接处,列车启动后,看见拥挤的人群中站着一位白发苍苍的老大妈,他便挤过去问道:"大妈,到哪里下车?""我到新铁村。"大妈回答。在拥挤的人群中,你拿着老人的行李,将这位老人安排在乘警办公席休息,并自己掏钱为老人买了矿泉水,这位70岁的旅客紧紧拉住你的手说"警察同志,你真是好人,谢谢你啊……"

1月21日9时，计波巡视6号硬座车厢，一个婴儿急促的啼哭的引起了他的注意，他从旅客手中接过婴儿，在一阵手忙脚乱之后，婴儿止住了哭声。尽管抱着婴儿计波显得那样的笨拙，孩子那睁大的眼睛却是那样的安详。

1月21日21时，5634次列车从彭山站开车后不久，计波在巡视车厢时，发现3号硬座车厢50号座位上有一个棕色的女士提包而旁边没有任何旅客，当即在车厢中询问是谁的包，但无人认领。你将提包带至办公席后，会同列车长一起对包内物品进行了检查，包内装有银行存折两张（上有存款2000元）、银行卡三张、退休证、老年证各一张，身份两张以及电话本一个。你在电话本上发现廖永这个名字和一张身份证上的名字一样，立即按照电话本上的号码拨通了廖永老人的电话，通过对包内物品的逐一核对，证实了这正是廖永老伴的遗失的包。

1月22日，当返回的列车运行到彭山站时，你将提包交到前来领取失物的廖永老夫妇手中，拿着失而复得的提包，廖永老人感激不已，连声说道："真是没想到能找得回来，真是没想到……"并连忙从包里掏出几百元钱硬是要塞到你的手中，你连忙拒绝到："大爷，你这是干什么，都是我们应该做的，快把钱拿回去，车快开了，你们快回家去吧。"廖永夫妇连连道谢后，拿着自己的包离开了车站。

1月23日，5633次旅客列车运行到峨眉至燕岗区间，计波在巡视车厢时，发现两名七八岁大的彝族小男孩无人看管，经询问，发现两个小孩根本听不懂汉语。为尽快找到两小孩的亲人，你在车上到处打听，最后，终于找到一彝语妇女认出两小孩是越西县普雄镇曲可地村人家的孩子。父母离异，母亲抛下他们离家出走了，父亲盲流他乡。为了确保两个小孩的安全，你给那名彝族妇女反复做工作，请她帮忙将两个小孩带回家。在警组的陪护下，彝族妇女将两兄弟带回了家找亲人。

公开巡视震慑犯罪，便衣防范蹲点抓现

旅客列车，犹如一个流动的小社会，临时相聚的旅客，群体松散，情况复杂。春运期间，列车严重超员，这些特点，不仅给犯罪分子有了可乘之机，也给治安防范增加了难度。

绿皮慢车逢站必停，车上旅客成分复杂，旅财案件、随车叫卖、吸毒贩毒、寻衅滋事的案事件时有发生，治安管控的难度极大。计波像"猎鹰"一样，密切监视车厢内可疑目标的一举一动。

2014年1月23日20时，计波同往常一样，一遍又一遍的巡视着车厢。在12号硬座车厢，用敏锐的嗅觉发现的疑点，果然，一番巡视下来，就抓获了两名携带刀片伺机作案的犯罪嫌疑人。

2014年3月，列车行进在大凉山区段，计波换成便衣一头扎进硬座车厢里，列车快到普雄火车站，锁定的目标也开始动手了，一中年男子正在掏一位熟睡旅客的包，从其上衣内包摸出一个钱夹后立即揣在身上，转身正要离开时，不料等待他的却是一副冰冷的手铐。你为旅客追回了被盗财物，赢得车厢旅客的热烈掌声。

因警力有限，每趟出乘，计波均要从乘车旅客中物色几名治安志愿者，带上红袖套，作为乘警工作治安触角的延伸，协助乘警开展联防联控工作。多一双眼睛，就多一分安全。

采访中，计波说："在攀枝花至西昌区段我喜欢着警服出去巡视车厢。"针对车门部位易发旅财案件的情况，经常督促列车员在组织旅客验票上车时，重点关注故意"把车门""挤车门"的人员，一旦发现异常及时向警组报告，有效防止了犯罪分子利用旅客上下车时机进行盗窃。

夜阑人静，灯光依稀，计波的脚步放得很轻，悄悄走进硬座铺位，不忍惊扰旅客甜美的梦境。暮色淡淡的夜晚，你穿梭车厢的蓝色背影，在无边的夜色里，抒写着青春芳华的初心。

在值乘 K117/118 次列车上，计波向旅客发放了温馨提示卡，并针对硬席车厢旅客比较多的特点，提醒衣服挂在衣帽钩上的旅客，不要把钱包、手机放在挂着的衣兜内，防止违法人员以挂衣服做掩护盗走兜内的财物，告诉那些把提包放在行李架上、座席下面的旅客，列车停车前的几分钟是违法人员下手的关键时刻，如果有贵重物品，一定要注意看管，严防包内的物品被违法人员采用调包、割包、"抽心"等方式盗走。对那些喜欢吃东西的旅客，你提示千万不要吃喝陌生人的食品饮料，防止麻醉后被抢被盗。

22 时，列车进入夜间运行，在卧铺车厢里，计波叮嘱那些喜欢脱下外衣睡觉旅客，睡前一定要把自己兜内的钱包手机掏出来，放到不易被盗走的位置，对携带手包拎包的旅客，如果包内有现金或手机等贵重物品，千万不要放在枕边或卧铺隔板处。通过宣传提示，广大旅客的防范能力得到进一步的加强，列车旅财被盗案件逐渐减少。

"细"是计波的又一个秘诀。巡视车厢时心细如针芒：旅客的表情、口音、行装……任何一处蛛丝马迹，都逃不过他的眼睛。

2015 年的一个深夜，计波值乘的 K117 次列车行驶在新乡至安阳区段。餐车里，昏黄的灯下，计波一双审视的目光瞅着刚捕获的女贼，冷冷地说："不开口是没有路可走的，你考虑清楚！"那女贼是个 23 岁左右的姑娘，人长得挺漂亮，鹅蛋脸，白里透红；两条经过修饰的细眉横在那对莹莹的眼上，更添几分妩媚，眸子透亮含着几分殷勤。当时大伙都看见那个小妖精甜甜地在计波耳边低声丝语，说了些什么大家不知道。后来计波告诉大家，"她叫我与她私了。""怎么个私了？"大家追问着，计波很为难地说："她叫我休息时上她家去，保证服务周到。"当时，大家看见那个小妖精话没说完，就慢慢地垂下了头，嘴角抿着的一丝笑容没有了，手指绞着衣襟的动作没有了。人们看见的是她用手绢擦泪的动作听见的是悄悄的哭声。从那以后，再也没有看见那位小妖精的影子了。

2016年1月8日20时，K118次列车运行到成都南至眉山区间，计波巡视到6号硬卧车厢4号下铺处，一个着装怪异的男子让他起了疑心。

"请问，到哪里，有同行人吗？"计波走上前问。

"一个人，到汉源。"

"到汉源做什么？"

"打工。"对方顺口答道。随即又慌忙改口说："出差、出差。"

计波让这位旅客把行李包打开，这人极不情愿，磨磨蹭蹭地打开了行李包，行李包没有问题。这时当计波翻开铺位的枕头，一个用白色塑料袋包裹的红塔山香烟呈现在他的面前。计波问："这是什么？""这是帮别人带的，警官，我是第一次……"经审查，这名男子叫郑德，携带的冰毒约50克。

2016年3月15日8时30分，K118次列车从遂宁车站开车后，计波跟往常一样认真巡视着车厢。当来到11号硬座车厢50号座时，一名行为异常的男子引起了他的注意。

"请出示一下证件。"

"好、好"那个旅客在口袋里掏来掏去，左翻右翻，半天也没拿出证件

你问："你是哪里人？"

答："成都人。"

这个男子明显带着贵州口音，却偏偏要说是成都的。这种异常情况引起了怀疑，计波对该男子进一步盘查，请其出示身份证，该男子同时拿出两张身份证，并立即将其中一张快速收回，这时计波将他还没有放入口袋的身份证抢在手中，身份证的照片不是他，一个姓张明的男子，计波用警务宝典对身份证进行上网比对，此人是一名网上在贵州遵义市的在逃人员。

这是2016年11月17日，K117次列车进入夜间行车，摇

着疲倦的旅客，大多数的旅客已进入了梦乡。突然，列车一阵颠簸，11号车厢内，一位年过六旬的老太太从梦中惊醒，她的眼睛立即瞟向行李架上，发现放在行李架上那个灰色提包不见了，"天啊……我该怎么办？包内有我多年的积蓄呀！我不想活了，不想活了……"

闻讯赶来的计波在11号车厢看见了失主。这位老人"扑通"一声跪在他面前，哭着说："公安啊，你可要救救俺哟，是哪一个丧尽天良的……"

"大娘，别急。行李和钱，我们尽快为你追回。"他忙扶起老人回到座位上。他歉意地对车厢的人说："大家不要离开，都回到座位上去，那个三只手他跑不了。"

这话真灵。说话间，你已发现一个人影闪出车厢。你淡然一笑，跟随到12号车6号座位前，"请出示车票，"小青年说："你要什么？"惶恐的贼眼已告诉了乘警一切。"我不但要看车票，还要看钱包。"计波猛扭住贼手，往上一拉，一个手帕小包还在那贼的手里。"跟我走吧。"刚进餐车，那贼就"咚"地跪在他脚前，号叫着："公安，我是被骗的啊！偷儿是另外一个人，他说让我给他保管一下，天啊，好冤枉哟！"

围观的旅客中，有人动了恻隐之心，"是不是公安抓错了人？兴许真的被坏人陷害。"

计波坐在椅子上，冷冷地瞪着那贼。突然他猛然喊道："草上飞！"那贼毫无防备，下意识地应了一声，既而傻了眼，瘫在地上。原来，那贼就是有名的飞车贼"草上飞"——刘广。

20分钟后，当计波把失而复得的钱包递到大娘手中时，大娘感动地说道："是公安救了我，是公安啊……"

一次次为百姓伸出温暖的手，他的爱在目光里闪烁，厚重的藏青蓝遮掩着内心的呐喊，一个崭新的起点被阳光瞬间照亮。

这么多年了，在计波的身上，我们看到了他内心充实的世界。在他面前，在平凡的路上，他只为守护那一抹藏青蓝。

虽然,他没有惊天动地的英雄般事迹,然而,他那些平凡的再不能平凡的事迹,却使我们心头涌起荡气回肠般的无限敬意。

元宵节,我来到攀枝花乘警支队,刚进大门正好碰到了两批前来赠送警旗的旅客,其中一家三口就是奔计波而来的,警旗上"热心为民,尽职尽责"的八个耀眼烫金黄字映入眼帘。

这位旅客告诉我们说:"10天前,他和父亲在 K117 次列车上,是一位姓的计公安帮了他们很大的忙。"具体内容这位旅客不告诉我们。他只说了计公安说旅客出门在外,难免会遇到困难,作为一名乘警,力所能及地为旅客群众排忧解难是乘警义不容辞的责任,别放在心上,也没有必要向外说!总之,旅客真的感谢他,所以,要送面警旗过来,才能表达一点心意……

12 时 01 分,列车启动后,在超员的硬座车厢里进行宣传需要二十分钟左右,一趟车需三个多小时,非常辛苦,我们和计波才走了两节车厢就已经汗流浃背了。在列车上,面临这种复杂状况,计波带领警组民警在车厢里来回巡视、宣传、盘问、检查,提醒旅客保管好自己的物品,盘查可疑人员,检查可疑物品,不放过任何一处蛛丝马迹。往返一趟就是 10 多公里。

14 时 30 分,K118 次旅客列车到达西昌站,在站台上,计波意外地见到了妻子,见面第一句话:"你怎么来了?"

"你忘了带上昨天才到医院开的药。"妻子的话语不多,眼泪在眼眶里打转。

相聚只为了爱的存在和延续,彼此的心灵如此亲近,轻轻地挥手,作别在冬雨的黄昏后,用警察的情和恋,写下蜂蜜味道的甜。

生活的经历是漫长的,或许随着青春激情的渐渐逝去,随着岁月年轮悄悄地攀上眼角,有人会感慨地说到"人到中年万事休。"虽然,你已是不惑之年,但还是用执着实现人生的价值。从警这么多年,凭借着一份自信和坚忍不拔的毅力,不断

地挑战自我。

我们相信，有了把人民利益时刻放在心中的铁路警察，我们的旅客会感到出行的平安，会生活得更加幸福，会更加大步地走向幸福的明天。

我的乘警战友啊，在你的身上，我看到了警服的那抹蓝，有如天空那么蓝，蓝得那么庄严。头上的警徽被你们用忠诚的光辉擦拭的那么亮，亮的那么耀眼。

从警20多年了，忠诚，是你的代名词！忠诚，是你最圣洁的操守！忠诚让你的心中装的不是自己，而是列车和旅客的生命财产安全。忠诚这一鲜红的色彩将永不褪色，并在时间的背影里愈加清晰可见，你将自己的余热和激情挥洒在历史的长河之中。你挥洒热血，奉献青春，用忠诚点燃生命的温度，用忠诚实践着自己的理想，坚守在万里铁道线上。

列车的每个角落，有一双守望的眼睛，熠熠闪光的警徽下，穿梭着蓝色的背影。你平凡，平凡得如一粒沙，如一棵小草没有一句豪言壮语，在告别巍然守护的地方，深情的体温依然停留在车厢。

岁月的诗行里谱写你如莲的心境，人生的画卷中雕出你岁月的永恒。在两条平行的钢轨上，你用心去丈量，丈量被卫士身影遮盖的风霜。风刀霜剑，有你坚守的身影，酷暑严寒，有你巡逻的足迹。车厢里的蓝色背影，永远纵横着血染的忠诚，为了旅客的安全出行，你把忠诚刻进了不朽的丰碑。

题记：2003 年 1 月 10 日，由北京西开往攀枝花的 K117 次旅客列车风驰电掣般行驶在宝成线上的广元—成都区段。10 时 20 分，一精神失常的旅客砸破酒瓶在餐车内一边狂舞，一边朝着 7 号硬座车厢冲去。危急时刻，乘警李勇挺身而出，霎时，车厢内发生了一场惊心动魄的民警浴血擒疯汉的故事。这是一场为保护车厢内旅客生命安全的殊死较量，这是一曲新时代人民警察的英雄颂歌。

热血春秋

——记成都公安处民警李勇

疯汉狂舞破酒瓶　民警浴血擒凶魔

随着 2003 年春节的脚步临近，在异乡劳作了一年的人们，已打点行装，踏上了归乡之路。

元月 9 日 11 时 10 分，K117 次旅客列车在悠扬的汽笛声中呼啸地驶离北京西客站。穿过华北平原，一路南下，向终点——攀枝花奔去。

列车经过 2 小时的飞奔，到达保定车站。列车刚刚停稳，旅客们在站台上匆匆拥向车门。在归乡的途中，孙长乐、李淑芬夫妻随人流登上了返回四川绵阳的 K117 次旅客列车。

超员的硬座车厢内，闷热袭人。旅客们肩靠肩、背贴背地站着、蹲着。汗流满面的孙长乐夫妇好不容易挤到 7 号硬座车厢，找到一个空处，安顿了下来。

隆冬时节，车厢外刮着凛冽刺骨的寒风，在列车超员的拥挤车厢内，孙长乐跌入一种空虚之中。双目微合，耳边传来火

车轮咬合着铁轨发出"铿铿"的响声。他从来没有感到这声音那么沉闷、压抑。坐立不安地突然从过道的地板上挣起来,朝着洗脸间方向急迅挤过去。李淑芬望着双眼无神、满脸通红折腾回来的丈夫,埋怨着:"鬼找着你了,就像游魂一样,飘过去飘过来的,你最好给老娘坐好,待着别乱动。"孙长乐似乎不认识妻子一样,一动不动地呆愣在那里。"你这个傻子,你有病啊,不认识老娘吗?"孙长乐遭到一阵臭骂之后,似乎明白了什么,点头又坐在了地板上。

列车载着昏昏欲睡的旅客在万里铁道线上奔驰。担任该次列车乘警工作的李勇、马柯从拥挤的一节车厢巡视到另外一节车厢,他们认真观察着,警惕的眼睛像两道聚光灯束,不停地扫过每位旅客、扫过座椅底下和行李架上。

1月10日凌晨1时,随着夜已深沉,疲劳的旅客渐渐进入了梦乡。孙长乐的眼皮也像灌了铅似的,怎么也抬不起来,在列车那哐当、哐当的节奏声中,也逐渐睡去。

突然列车猛烈颠簸,孙长乐从梦中惊醒,顿时,他感到全身一阵发冷。在车厢朦胧的灯光下,他左摆右晃地又一次朝着列车连接处走去,弯着腰在7号车厢洗脸间里用凉水冲洗着脸,啊!好舒服,一阵畅快之后,他又跌跌撞撞地回到原位。

1月10日6时许,K117次旅客列车穿越在秦岭的崇山峻岭之中。车窗外,星星依然在闪烁,而铁道两旁青青的山峦却在第一缕幽幽的晨曦中,与清晨拥抱。丝丝的白云在浅蓝明净的天空里泛起了小小的白浪,晶莹的露水珠珠一滴一滴地被撒在树木花草上,银子似地在广阔的田野里闪闪发光。

1月10日6时30分,列车在黎明前的黑夜中穿梭行驶。由于连续的旅途疲劳、拥挤不堪的旅行环境、车厢内沉闷压抑的空气和饮食饮水等诸多的因素,使得孙长乐烦躁不安,精神突然反常起来,他想离开座位,想离开车厢。当他看到妻子怨恨的目光后,放弃了离开的念头。这时,他不经意地朝车厢的连接处望去，那里不但有一处较宽的地方，而且还有水……突然，他发现身边有个人在盯着自己，仿佛那人的手已伸进了自己的腰包。想到打工一年挣的血汗钱，眼看就要被人抢走了，顿时被吓得紧紧按住钱包，惊慌地望着周围的旅客，望着妻子的脸。他用力推着妻子，惊恐万状地呼叫着妻子的名字："淑芬、淑芬，"他一边把妻子推醒说："不要再睡了，我们赶快离开这个可怕的地方。"一边用手指着斜靠在座位旁的一个大汉，"这个人要抢我的钱，他还要杀我，快走，快走，要不然就来不及了。"李淑芬揉了揉困倦的双眼，跟着丈夫跌跌撞撞地朝列车办公席奔去……

乘警李勇、马柯巡视到6号车厢时，正与孙长乐夫妻相遇。"公安，公安，赶快救救我们，7号车厢有个大汉要抢我的钱，他还要杀我！"孙长乐急促地说到。

案情就是命令。两位警官迅速将报案人安排在餐车里，马柯立即作了报案登记，李勇详细询问了报案人的经过，并发现报案人精神恍惚。在叙述中精神状态异常，有突发精神病的症状。为了进一步核实报案情况的真实性，李勇走访了7号车厢的其他旅客，问话时惊醒了不少睡熟的旅客。一位旅客反映："那个男的乘客在车厢内一直坐卧不安，显得十分紧张，他很害怕，特别是害怕他老婆。"另一位乘客也反映……总之，李勇在7号车厢内没有发现有谁要杀人的举动。报案人指的那个大汉是一个回乡探亲的武警。看来，报案人是典型的突发精神病人。李勇心里已经有了底。

30分钟后，李勇回到餐车，看到自己的搭档马柯一直在安抚报案人。李勇把头转过去，与报案人的妻子拉起了家常，得知报案人孙长乐（34岁、四川绵阳市人）、其妻李淑芬（33岁、同乡人）在保定上车，回四川绵阳过年。李勇巧妙地询问其妻，孙长乐有无精神病史，李淑芬肯定回答说从来没有过。李勇和马柯经过近2小时的大量安抚和开导工作，孙长乐的情

绪有明显的恢复。两位乘警见报案人已安定下来，便开始了乘务工作。

1月10日11时，K117次旅客列车离开了陕西黄土高原，驶进了四川盆地。13时07分，K117次旅客列车从广元站开出后，孙长乐突然从餐车座位上跳到餐桌上，猛踢车窗玻璃。李淑芬见丈夫突然情绪反常，气愤地说道："快给老娘滚下来。"孙长乐哭喊着说："我就要死了，你就最后听我这一次嘛，让我从车窗跳下去吧。""你再不下来，老娘就要动手了？""你别过来，不然我要杀死你。"孙长乐嘶声肺烈地叫喊着把酒瓶磕破，随后，右手提着磕破的酒瓶从餐桌上跳下，一边狂舞着，一边朝7号车厢冲去。此时，餐车内的工作人员和就餐的旅客都一阵恐慌，潮水般地向车厢两头拥挤，身体较弱的妇女、小孩被人浪推翻在地板上。霎时，呼叫声和哭喊声响成一片。一切都来得那么突然，根本没有半点余地让列车工作人员、让旅客们去处理、去思考。疯汉手提半截酒瓶向惊慌失措的旅客步步紧逼。在这千钧一发之际，乘警李勇赶到，他看到慌乱的旅客处境十分危险，喝令疯汉不要伤及无辜，一边大声对旅客喊道："危险，不要拥挤，赶快向两边靠、朝餐桌下躲藏。"但这时疯汉已失去理智，他挥舞着破酒瓶，使得旁人根本无法接近。旅客的生命安全遭到威胁，车厢内一片恐慌，一妇女紧紧地搂着自己的孩子，惊恐地瞪着双眼，那孩子吓得连大气都不敢出。前前后后全是旅客，餐桌下、地板上都是人。为避免伤及无辜，冲在前面的李勇一面与疯汉周漩，一面向其靠近。疯汉好像识破了警察的意图，突然转身手提破酒瓶向车厢内的旅客刺去。在这危急时刻，李勇挺身而出，一个箭步跨了上去，紧紧抱住疯汉的腰。岂料这个1.78米的疯汉，不仅力大且身体比李勇壮实得多。1.70米的李勇被疯汉连摔了两跤。然而，李勇仍然冒着生命危险紧紧抱住疯汉。疯汉用手中锋利的酒瓶朝李勇头部左后侧连刺三下，李勇当场被酒瓶刺伤。刹那间,一股热流顺着他的耳部直往下淌。他强忍住伤口的剧烈疼痛,依然抱住疯汉不放。此时,受伤的李勇双腿发软,两眼直冒金花,但他心里只有一个念头,一定要把疯汉控制在自己的身边,不能让他逃窜,伤及无辜的旅客。但是,抱住疯汉的李勇渐渐地感到体力不支,被摔倒在地板上,疯汉也趁势把李勇压在地上。疯汉又一次高举起破酒瓶,眼看就要刺向躺在血泊中的李勇。说时迟,那时快,两名见义勇为的男乘客勇敢地向疯汉扑去(事后得知,是乘警奋不顾身保护旅客的英雄壮举感染了他们)。这时乘警马柯巡视回来也向疯汉猛扑过去,将疯汉制伏。此时,李勇却因流血过多昏倒在了车厢内。该次列车袁车长双手捂住英雄乘警受伤的头部,一名旅客脱下了外衣,为英雄擦去顺着颈项流下的血迹。在战友们的努力下,英雄的乘警被抬进了软卧车厢。列车剧烈地晃动,李勇从昏迷中苏醒过来,并用微弱的声音说道:"不要管我,赶快把那疯汉制伏,千万不要伤及旅客……"

在场的袁车长、马警官和旅客们被英雄的这一状举所感动。霎时,李勇的身影显得是那样的高大,敬佩之情在人们的心中油然而生。

那位抱着小孩的中年妇女也跟着到了软卧车厢,并哭喊着说道:"警官啊,你奋不顾身保护了我们,保护了乘车的旅客,你为了我们伤成这样,还惦记着别人,你这样的人,这样的真实故事,这样的感动场面,我以前只在电影中看到过啊!今天,我亲眼看见了,我……"这时在场的每个人眼睛都湿润了。

袁车长两颊淌着泪水,哽咽着:"李勇,放心吧,疯汉已经被制伏,你不要担心,千万别……"哽咽着的袁车长再也说不下去了。

面对满身血迹、生命垂危的公安民警,旅客们自发地来到软卧车厢,长长的队伍在过道上延伸。乘警马柯很有礼貌地

对探望的旅客说道："请大家回到自己的座位上去吧！"人群中被救的旅客失声痛哭，"快救救公安吧！要不是他，不知要殃及多少人的生命安全呀！"流着泪旅客们你一言我一语地说着。这时，在场的人们一次次流下了感动的泪水。

英雄的鲜血在流淌　英雄的安危在召唤

列车乘警为了旅客生命安全挺身而出，赤手空拳斗疯汉的英雄壮举，很快传遍了列车。

"列车现在临时广播，列车现在临时广播本次列车乘警为保护旅客生命安全受重伤，列车上有外科医生或有携带包扎药物的同志，请马上到软卧车9号包厢，医生同志听到广播后请马上到9号包厢……"在袁车长的安排部署下，广播一遍又一遍地持续着。

此时，从广元站上车回成都休假的两名铁路医生，郭忠和冯玉民（均系成都铁路分局广元铁路医院职工）听到广播后立即赶到软卧车厢参加了救护。

当旅客们得知医生是前往救护英勇的公安民警时，乘客们将拥挤的车厢过道留出了一条通道。两名医生以惊人的速度赶到9包。医生首先将雪白的床单撕成条状，对李勇进行了紧急包扎处理和其他救护措施。英雄的鲜血仍在不停地流。郭医生抬起头对袁车长说道："这样不行，必须立即下车送医院抢救。"袁车长回答："怎么办呢？"江油是前方最近的停车站。软卧列车员说："从北京至攀枝花最长的区间就是这一段，真是急死人。"事不宜迟，袁车长与检车长、乘警马柯和两名医生进行了简短碰头后，初步决定采取列车紧急制动。将李勇迅速送往车下的乡镇医院进行抢救，大家一致认为车上一点药物也没有，车下无论如何总比车上强。此时，一名列车员说道："能否用电话请示上级，把列车开回广元，这样能够争取时间？"冯玉民医生建议再等等看吧，如果情况不发生变化，伤者应该挺得住的，到达江油应该没有问题。说话时目光似在征求同行的意见。"我看没有问题，"同行回答。

10日14时30分，袁车长亲自打电话与江油铁路医院取得了联系。院方得知乘警是为了保护旅客生命安全而受重伤，表示会调及最好的医生和设备。院方迅速做好了救治措施。

列车在未到达江油之前，英勇的乘警一直处于昏迷的状态之中。英雄的鲜血在流淌着，英雄的安危在召唤。

16时，K117次列车终于停靠在江油车站，月台上救护车的灯光在闪烁，白衣天使们早已等候在车旁。战友们小心翼翼地将血迹斑斑的英雄抬下列车，英雄的伤口还一直流着血。站台上，鲜血从英雄的口中吐了出来，耳部的鲜血也在一滴滴流淌。在列车与汽车相距的20米月台上，已留下一条鲜红的血迹。李勇由于失血过多，又感到伤口一阵阵剧痛，身体已极度虚弱，微微睁开的双眼，又深深地闭上。

蓝色的救护灯在闪烁，紧急救护的笛声在长鸣。救护车辆像离弦之箭，直奔江油铁路医院。

"不惜一切代价全力抢救英雄！"怀着这个心愿，江油铁路分院组成了救治小组，外科主治医生亲自抢救，医护人员有的取开了被鲜血凝固住的头巾绷带；有的在脱去浸满鲜血的上衣，检查颈项的伤势；有的测量血压。抢救工作在有条不紊地进行着。当时伤情鉴定为：左耳皮裂伤软骨挫伤、断裂，左枕部三处裂伤深达肌层小动脉血管破裂等7处伤，失血较多且伤情严重。

经过医院5个多小时的抢救，李勇的头部被缝合55针后，终于脱离生命危险。据抢救他的主治医生说，李勇要个是被车上两名铁路医生采取紧急救护，恐怕我们也无能为力了。院方领导说："目前伤情得到控制，病人应该转院送到设备齐全、医疗条件好的成都铁路中心医院救治。"

乘警的英雄壮举感动着江油铁路医院的医生、护士。院方

决定免费用救护车送英雄的公安民警到成都，同时还选派由医护人员组成的"护送小组"陪同前往照顾。

英雄的伤情牵动着各级组织，牵动着西昌铁路公安处党政领导和全体民警的心。

1月10日，该处党委书记白旭东、处长白旭得知后，立即作了批示：一是："不惜一切代价，全力抢救英雄乘警的生命。"二是：迅速发出通知，号召全体民警向李勇同志学习，迅速掀起对李勇同志事迹宣传报道的高潮。

1月12日，处党委书记白旭东、处长白旭放下了手中的一切事务，专程从千里之外的西昌赶往成都铁路中心医院，看望慰问了为保护旅客生命安全遭精神病人袭击受重伤的李勇，并将慰问品和慰问金送到了李勇的手中，表达了组织和战友的关爱之情。

处长白旭当着李勇的父母及妻子，高度赞扬李勇是西昌公安处新时期涌现出来的一名舍己救人的楷模和典范；高度赞扬了李勇的英雄壮举，表示要为这样的英雄请功。并勉励他要像斗疯汉那样，勇敢地与伤痛做斗争，早日养好伤，重返工作岗位。

党委书记白旭东就李勇的病情与院方交换了意见，并仔细向主治医生询问了病情。白书记得到主治医生的肯定答复，病人不会留下后遗症后，紧锁的眉头才有了一丝舒展。白书记还深情地对李勇说，希望他安心养病，早日康复。

1月14日，副处长刘康林率有关科室负责人，前往医院看望慰问了李勇。并转达了因工作不能离开的纪委书记何长富、副处长邓平和政治部副主任冀永宁的亲切问候。

当鲜花摆放在的床头，当组织的一句句温暖深情的话语在李勇耳边响起，顽强的英雄民警流下了感动的泪花。

1月13日，乘警支队北京线路大队的大队长胡启川和教导员史庆选受处党政领导的指派和委托，前往江油铁路医院将印有"救死扶伤为医德、再创文明谱新篇"的锦旗送到了院领导的手中。感谢江油铁路医院的全体医生和护士；感谢郭忠和冯玉民两名医生的高尚情操，感谢他们救护民警的深情厚谊。

不积跬步无以行千里　不积江河无以为海洋

人，哪能没有情！有人喜怒于色，有人悄藏心底，也有人……哦，英雄乘警之情，藏在心底，藏在芸芸的旅客之中。

翻开李勇的值乘纪录，你就会明白，不善言语，不善表达的他，对工作是那么的认真细致；对遇到困难的旅客，是那样的热情……

在李勇住院治疗期间，笔者采访了这位英雄乘警。他对笔者讲了他刚当乘警上车值乘的事："记得我上车值乘还不到10天，就遇到一起旅客财物被盗的案件。失主是个农村中年妇女，她对着我哭得捶胸跺脚，那情景真令人心碎，但我面对案件却不知所措。当时正值寒冬时节，在没有空调的车厢内，寒气逼人，但我却急得热汗直淌。当时，我和另两名战友各自拿出一些钱，一共160元，那位大嫂立即跪在地板上，对着我们感恩叩谢。退乘后，我躺在床上怎么也睡不着，满脑子老抹不掉失主的痛苦。我心里骂那些没有良心的盗贼，但骂是不起任何作用的。从那时起，我就下了决心，只要在岗1分钟，就要负责60秒，为旅客的生命和财产安全，当一名合格的铁道卫士。"

英雄的妻子告诉笔者："我打心眼里佩服他那不要命劲头，但遇到他不要命的时候，我真很害怕。总之，我理解和支持他的工作。"

不积跬步无以行千里，不积江河无以为海洋。疾恶如仇、富有正义感是李勇同志的性格。李勇从小学习老红军的光荣传统，久有爱民情怀，在军队那所大熔炉里，在人民警察的特殊岗位上，炼成了不畏强暴的凛然正气，在追求人生完美的征程中为光辉灿烂的警徽增添了光彩。

题记：在西昌火车站进站大厅，有一双"鹰"一样的眼睛，宛如清澈的寒光，穿梭于茫茫的人海中，时刻蓄势待发；无比坚定的盯在猎物的身上。他靠着一条坚固的思想防线，一次次摧垮了贩毒者的腐蚀诱惑，使他们数十万元的金钱变成了粪土。这位普通的查缉民警，在面对叫嚣是艾滋病者的毒贩时，他没有退缩，而是迎着危险冲了上去；面对亲人的生离死别与国家的利益发生冲突时，他把心中的砝码放了国家利益的天秤上。他就是西昌公安处民警——林刚。

那双犀利的"鹰眼"

——记西昌公安处民警林刚

西昌地处川滇铁路的交界口，距"金三角"的直线距离不到 1000 公里，是境外经云南通往内地的第一道铁路防线。

西昌车站位于成昆线中段的凉山州州府，北达成都、南连昆明，是凉山州八县一市旅客进出的主要通道，在西南铁路运输线上有着举足轻重的位置。特殊的地理条件，成了吸贩毒人员理想的"天堂"，毒贩常常把这里作为运毒的中转站。

高峰期的西昌车站，每天乘降旅客达 3 万余人。在人流如织的进站口，你能寻觅到一个身影，他用一双犀利的眼睛，每时每刻，与毒贩展开目光的较量。在不到两年的毒品查缉中，共查获各类毒品 5338.4 克，39 名走南闯北的贩毒"高手"接二连三地倒在他的手上。他究竟有什么能耐？为什么能取得如此傲视同行的骄人成绩？他的故事让我们产生了兴趣，让我们沿着他的足迹走进他……

这是一位爱做笔记的查缉民警，他个子不高，身材微胖，站在人群中是那样不起眼的人，对于他经手有特点的案子，他都会留下珍贵的细节记录与情到深处的感言。他就是我们要为大家介绍的主人翁，西昌车站派出所民警——林刚。

2008年春运，他从派出所抽到车站进站口搞查缉工作。踏上这个岗位他才发现，车站每天有11对列车过往，近3万名旅客出入车站，要在短短几分钟内识别混迹于旅客当中的毒贩是一件很不容易的事。当时，对如何搞查缉工作他感到茫然。每天站在进站口，对每一位进站的旅客例行身份证检查。就这样，干了半年，身边的同事都有了收获，而他的成绩却仍然是零。那个时候，他急得不得了，总认为自己太笨，不如别人。面对熙熙攘攘的旅客，明明知道毒贩就隐藏在他们中间，但就是查不到。

在情绪低落时候，是组织给了他温暖、是战友们给了他鼓励。公安处派专业的缉毒队伍来到了西昌站，从那时起，林刚开始向公安处的缉毒第一人——朱文学习。学习她如何识别毒贩，如何提升自己的洞察力和识别能力，如何用智慧与毒贩周旋。为了尽快掌握查缉技巧和识别毒贩，除了虚心向朱大姐和有经验的同事请教外，他还借来了毒品知识和犯罪心理学的书籍学习，并认真做好读书笔记，从理论上掌握毒品的知识。工作之余，他换上便服，深入现场，把自己当成毒贩，一遍又一遍地通过查缉口，转换角色体验毒贩的心理；要么到看守所，与各式各样的贩毒犯罪嫌疑人"谈心"，了解毒贩利用铁路运输毒品的特点，渐渐地他悟出了缉毒的一些门道，心中也有了一本"明账"。

通过不断的学习和实践，他逐步总结摸索出了一套适合西昌火车站查缉工作的"三多一勤"查缉法。一是多观察，对每一名进站旅客进行细致观察，从衣着、表情、手势、姿态、携带的物品等方面入手，从中找出犯罪分子的破绽。二是多盘

问,从问话对答中发现疑点。三是多检查,在明确目标后有针对性地仔细检查。"勤"是勤动脑、勤分析,汇总情况得出正确的判断。

2008年12月24日14时,林刚像往常一样,早早地守在候车室大门口,突然,他与一位进站旅客四目相对时,发现这名中年妇女的眼神中流露出一丝惊慌,妇女回避的眼神被收入了他的眼帘。根据经验,他断定此人身上一定"有戏"。

林刚让随同的女民警对这位旅客进行检查,果然,女民警从这位妇女的胸罩内查获一坨用蓝色塑料袋包装的可疑块状物,后经鉴定为毒品海洛因,净重173.7克。

20分钟后,林刚又发现一个提着方便面的中年妇女。

面对公安民警的威严,中年妇女露出不自然的笑,眼神中流露出一丝惊慌的神色。林刚从嫌疑人马卡的挎包内查获一坨用白色塑料袋包裹的可疑块状物,后经鉴定为毒品海洛因,净重98.3克。

这是林刚第一次查获毒品,而且一查就是两起,这一夜,他兴奋得难以入眠。

因为林刚的辨别能力特别强,出手成功的概率在50%以上,所以战友们都称他为"鹰眼"。

林刚说他并非有一双火眼金睛,靠的是日常工作经验的积累,毒品案件要通过细心观察,才能做出正确的判断。贩毒的人都有明显的特点,那就是因为心中有"鬼",表情总是与常人有异,他们内心的心慌张表现到了举止上,如神情凝重,装一本正经,有时还扮成急着上车的样子,这就需要注意观察才能识别了。有时候,一些乘客上车时携带一盒方便面、一袋咖啡、一杯牛奶,这些生活中看似简单的食品却成了毒贩的带毒道具。查缉民警离毒品越近,贩毒者就显得越紧张,有的浑身哆嗦、出汗,根本就控制不住自己。通常情况下,这样的旅客嫌疑最大,毒品就藏在不被人注意的地方。

林刚每天就坚守在这人多路窄、拥挤闷热的车站进站口的查缉岗位上。每日下午从进京列车开始,进站的旅客络绎不绝。特别是炎热的夏季,那扑面而来的一股股热浪,夹杂着一阵阵汗味、烟味、酸臭味,直让人晕头转向,就在这种艰苦的工作环境里,一站就是一天,一干就是几年。

在与毒犯的较量中,林刚经历了一次次特殊的考验。

2010年4月11日19时40分,林刚在候车室查获一名形迹可疑的旅客,这名妇女大声叫嚣:"我是艾滋病患者,谁敢抓我,我就把艾滋病传染给谁。"

在场的职工、旅客一听说这个妇女有艾滋病,马上"轰"的一声四处散开。

这名旅客一边说一边往站外走,现场情况异常紧张,林刚没有丝毫的犹豫,紧紧地抓住那双可能传染艾滋病的手。

现场得到控制,林刚当场从她随身的手提袋内查获海洛因285.7克。

事后证明这是一场虚惊,这个女毒贩没有患艾滋病,但患有严重的皮肤病,抓她的时候,她拼命反抗,林刚的手被抓伤,被传染上了皮肤病,身上长满了干疮子,奇痒无比,一个多月后才治好。

林刚说:"在那种情况下没有时间去想。人一辈子就是在扮演一个角色。既然我选择了警察这个角色,就一定要走下去,我不怕流血,也不怕倒下,即使倒下了,我也决不后悔。因为,我是警察!不过这件事很让我后怕,很折磨人,我不能让亲人知道,在很长的时间里只能独自承受着巨大的压力。在执行任务时,面对危险流点血我也不怕,就是面对死亡我也不会退缩。但还是怕碰到这种事情,因为,我们都有一个家庭,家太需要我了,我也深深地爱着这个家。"

今年是他人生中最艰辛的一年,也是事业上走向成熟的一年。我们见到他时,他正记录一起毒品案件的材料。在他抬头

招呼我们的那一瞬间，我们分明已看见他那呈黑色的眼圈和下坠的眼袋。

2010年5月1日19时，进站口人声鼎沸，在蜂拥而入的旅客中，两名姗姗来迟的旅客匆匆走到进站口，焦急地环视着四周，躲躲闪闪的眼神流露出一丝的惊慌。这一举动冷不防被林刚警惕的眼睛牢牢地锁住。

这是一对刚刚走进候车室的母子。林刚上前礼貌地敬礼道："同志，请出示下您的车票和身份证。"他一边说着，一边不动声色地观察着。这名妇女手忙脚乱地摸出身份证，林刚接过来一看：吉莫。根据经验，这名妇女神色很可疑，她会是毒贩吗？可是眼下没有女民警，不能进行检查，该怎么办？

正琢磨着，余光一扫，林刚忽然发现，跟着吉莫的那个十多岁的孩子已经一闪身混进了人群，而吉莫闪烁的眼神随着孩子的消失也开始变得镇定起来。林刚眼睛一亮：有问题！一转身，他拦住了向检票口窜去的男孩，随即将其母子两人都带进了公安值班室。

当林刚摸到男孩T恤内用丝袜包裹并缠绕在胸口贴肉处的两节可疑物品（海洛因321.6克）时，吉莫"扑通"一声跪倒在地："求求你，放过我们吧，这是我儿子他有病，我们只是帮别人带货换点医药费啊！"吉莫看到"诉苦"没用，话锋一转说道："只要你放了我们母子俩，我现在就给你三万元现金！只要你点点头，我叫人马上叫我姐再拿十万元现金过来！"

"不可能！你就是就是给一百万，我也不会放了你！"林刚回答。

这件事在车站传开后，熟悉他的人都半开玩笑地说，当时只有林刚一个人，他收了也钱也没人知道，十万元咧，要挣多久啊！

像这样类似的事情在林刚身上不止一次发生。林刚保持着一颗平常的心，一份积极向上的热情，他用自己的行动，书写着一个普通民警对警察事业的忠诚与热爱。

2010年5月1日，在医院治病的老母被州医院第五次下了病危通知书。守护在婆婆身边的儿媳妇，看见即将离去的老人，用手艰难比画着的那一刻，妻子打通了林刚的电话，可电话接通，声音哽咽的妻子鼻子一酸，什么也说不出来，只有泪水滴落在手上、滴落在了心里。

第二天，林刚在母亲的病床前，看见妻子布满红血丝的双眼和因为熬夜而日渐单薄的身子骨。在半年的时间里，医院连续五次下了病危通知书，是妻子在替他尽孝。林刚知道，没有妻子的理解与支持，他怎能一心扑在工作上，没有她的爱，他病重的母亲又怎能得到这样一份孝心。林刚对妻子说："亲爱的，谢谢您！我的荣誉、我的军功章有你的一半！不！应该是全部。"

三天后，一个月光如水的夜晚，林刚身染重病的老母走了，走得那样的匆忙……

那一刻，他把心中的砝码放在国家利益的天秤上，没能在母亲身边尽孝，在母亲最需要他这个唯一的儿子时候不在她身边，林刚总为没能看到母亲去世前的面容而痛心疾首。那一夜，林刚哭了，泪水从这个钢铁一般的男人脸上流下。当生死的距离陡然间变成一张薄纸的时候，我们看到了这个钢铁般男人最最柔软的牵肠挂肚，最最无可厚非的至情依恋。

林刚在母亲的葬礼上，长跪不起，用泪水为母亲送行。只能一边用精神握住"忠诚"，一边用毅力握住"孝悌"。在母亲去世3个月后，父亲又检查出癌症和肺穿孔。那段日子，他每晚10点送走K9484次旅客后才赶到医院陪伴着父亲，第二天又坚持到派出所上班，2个多月，没睡一晚安稳觉，整天在派出所—医院之间"两点一线"来回奔波。

林刚在母亲的葬礼上含着泪说："娘，我虽不是一个孝顺的儿子，但我却是一名合格的警察！"

2010年10月2日凌晨，医院给他父亲下了第六次病危通知书。但这天正值"十一"黄金周客流高峰期，是毒贩们"瞒天过海"的重点时刻，也是抓毒贩的最佳时间，他不能耽搁。早晨，他将父亲托付给妻子后，又从医院匆匆来到岗位上。

晚上6点，他正在熙熙攘攘的人群中查找毒贩，手机突然响起。手机里传来儿子急促的声音："爸爸，爷爷睡着了，我叫爷爷他都不理我，爸爸，我要爷爷，我要爷……"

这时他听到了妻子的声音："林刚，赶紧回来吧，爸爸走了，爸爸走了……"

一小时后，他摸着父亲还有余温的手。妻子哽咽着告诉林刚："爸爸走的时候一直喊着你的小名，爸爸说要你做一个像他一样的警察……"

当他轻轻为父亲合上未闭的双眼时，分明看到父亲眼角滴出的泪水。那一刻，他的情感终于爆发，哭喊着对父亲说："爸，您放心，我一定会做一名合格的警察！"

自古忠孝不能两全，当生死的距离陡然间变成一张薄纸的时候，警察最能理解那最最柔软的牵肠挂肚，那最最无可厚非的至情依恋。那一刻，晶莹的泪珠凝结了太多的责任、义务和锥心的情感寄托。那一刻，是他一生中最悲伤的一天，生养他的父母在短短的四个月内，相继永远地离开了，悲伤铺天盖地般地朝着他涌来……

这个钢铁般的男人能够忍受病痛对身体的摧残；这个钢铁般的男人能够忍受被皮肤病传染带来的折磨；但他不能忍受因为生命的消失而对责任无可奈何的放弃。

这位血管里有火，一身丈夫气的汉子眼里，莹莹的泪光凝结了多少的责任义务和情感的寄托。

没有什么可以轻易把人打动，除了内心的爱。

没有什么可以让一个钢铁般的男人流下泪水，除去了内心的爱。

题记： 我的战友啊！此时，我的心里阵阵的疼痛，因为在这个世界上不知有多少人，不知道我们警察的苦，不知道我们警察承受了多大的工作和生活的压力，不知道被威严光芒笼罩下背后承载的辛酸。从战友们的身上，我看到你们为了曾经的选择，默默承受工作、生活带来的种种压力与挑战；深刻感受到你们慢慢成为守得住清贫、耐得住寂寞的人时，我也认识了自己、认识了警察、认识了铁路警察的这份工作，认识藏青蓝带给我们的真正含义。

镜头定格最美的"阿木科"

——记西昌公安处指挥中心主任俄木黑取

除夕夜的凉山小站

在成昆线，俄尔则峨山峦下，流淌着一条清澈的牛日河，河岸旁有一条钢铁银河，这里有个很小很小的车站，它叫冕山，冕山不是山，它是成昆线上的一个五等小站，这个地方很小，小到十万分之一的地图上都找不到它的踪影。微风渐起，你沿着铁道前行，每年这个时节，人们会记住一个个守护铁道的身影……

夜雾弥漫的凉山小站，蜿蜒在崇山峻岭之间，夜雾挡不住绚丽的景，夜雾遮不住卫士的情。焰火升起，在小站天空的那片云霞里，寂静的夜啊，月亮在盘山的铁道上穿行……

2017年春运，受成都铁路公安局宣教处的指派，我和另一位奔甲子的老民警罗兆进随警作战小分队奔走在成昆铁道线上，战友们都叫我们是"金牌组合"。我们用镜头、笔尖真实

地记录下了春运一线最美民警的感人故事，故事中的点点滴滴已成了一个个抹不去的符号，这些符号包含着很多内涵，青春、激情、快乐、忧伤、期望在这些符号中汇合。

大年三十，我们真实地纪录和拍摄了小站民警放弃合家团聚的机会，默默坚守自己的岗位，守护着车站线路、过往列车和千家万户的欢乐祥和，用爱把岗位变成了另一个"家"的事迹。

农历大年三十，在大凉山铁道线上，我们来到成昆线大凉山之巅的一个五等小站——冕山。

按照惯例，在春节前的两个月，彝族民警回家过彝族年了，那时，汉族民警们就会坚守在岗位上；到了春节，大多数汉族战友们也将回家团聚了，喜德站派出所所长俄木黑取来到了冕山站。

上午9时的站台上，一个身穿彝人服饰的女人，长长的睫毛下面，一双清澈的眼睛，是那样的迷人，身边牵着一个10岁的男孩。俄木黑取见到了爱人和儿子，西么（彝语爱人）用手轻轻擦去丈夫脸上的流淌的汗水，儿子也不停地叫着"阿达"。俄木黑取的家远在西昌，好久不见亲人的面，他的眼角是湿湿的，有泪水的痕迹。俄木黑取和西么的真爱不会为时间、距离所冲淡，它清澈，晶莹，没有污染，爱滋润着这对彝人夫妻的灵魂！俄木黑取说："他能清晰地听到西么来自远方的脚步声。也愿以永恒，换取与西么相聚的瞬间！"

是啊，这是西么用爱情温馨绿叶对根的情意，这是俄木黑取用忠诚奉献唱响时代的赞歌。

除夕，俄木黑取一家忙碌着贴对联，擦洗警务区门窗与公安牌匾，站区到处都是喜气洋洋的场景。

下午，俄木黑取巡查结束后回到值班室，洗完手就撩起袖子开始准备年夜饭。一只大公鸡，一条鱼，几个凉山特产乌洋芋，是警务室今年年夜饭的全部材料。"这些都是让一同值勤的保安在村里买的，你看多新鲜。"俄木黑取乐道。

18时30分，一顿热腾腾的年夜饭上桌了。因为还要值勤，按规定他们不能喝酒。吃着年夜饭，大家的脸上都露出满足的微笑，我从战友们的脸上看到每个人心中那份迎接新一年到来的喜悦心情。年夜饭比在家里团年时要吃得快了许多，说是年夜饭，但更多的是为填饱肚子。

20时，除夕之夜，在值班室里大家终于等来了期待已久的春晚，民警们都十分开心。

过年了，新民警们都想家。可是，在警营、在深山小站、在这个大家庭里，我们每一个人并不孤单，大家不是亲人，却胜似亲人。

零点的钟声响起，我们和战友们走进了2017年，鸡年的钟声越过山峦，我们用最激奋的乐曲迎接黎明，用最欢快的舞步回望过去，在凉山小站，我们把最美的诗意与最真的祝福，化为飞翔的音符，传递到远方亲人的窗口……

是啊！正是为了铁道的安宁，为了有更多的人能在除夕夜与家人吃一顿年夜饭，铁路警察的眼里更多了一份责任。平凡的真实故事，朴实无华的语言，令我们为之动容。正是他们这些默默无闻的铁道卫士，以他们顽强的意志，高度的责任感和使命感，几十年如一日，扎根深山小站，他们用艰辛和忠诚、用鲜血和汗水铸就了万里铁道闪光的金盾。

独具特色的警营文化

在祖国大西南美丽的版图上，伸展着一条蜿蜒透迤被称为"西南大动脉"的成昆线。这里是彝族母语标准话的源头，这里是"红黄黑"三色漆器绚丽迷人的地方——喜德拉达。

大凉山，那层层叠叠的山峦像大海汹涌的波涛，俄木黑取像高飞的雄鹰，拍着亮闪闪的羽翼，在天际盘旋、滑翔。雄鹰庇佑着宁静的彝家山寨。你穿越神秘的彝乡山寨讲述着"鹰"的童话；火红的锅庄讲述着"鹰"的传说；你以一棵松柏的挺

立，站在高高的铁道旁，用"阿木科"仰天的头颅，忠诚地守望着这片土地，你用火热的爱，去照亮大凉山铁道线的每一个村庄。

成昆铁路蜿蜒到喜德拉达，连接着这里和山外的世界。喜德车站派出所是整条成昆线所有铁路派出所，警营文化建设的第一家，他们的警营文化建设不仅有对工作的介绍，更有他们对自身品行的要求和对彝族文化的传承。进入警营文化建设的园内，映入眼帘便是一条成昆线的浮雕画面，而这个浮雕充分地反映了喜德县铁路派出所的警营文化，浮雕上体现了三个字，第一个字是险，整条成昆线山高路陡，桥梁多隧道多；第二个字是奇，成昆线建于七十年代初，当时的中国，国力财力都很落后但是依靠我们劳动人民的智慧，依然建成了成昆线，这就是一大奇迹，而当时西方国家预言成昆线的寿命最多是三十年，现如今已经是四十八年了，这又是一大奇迹；第三个字是守，也就是这支队伍依靠的是什么精神力量，始终如一的坚守这条线扎根这条线。那又是什么样的精神，使这支队伍一直不离不弃呢？

在浮雕画面旁边的墙上悬挂着一块精制的木牌，上面是2018年春运期间，我荣幸地受到坚守在成昆之巅的喜德车站派出所班子的邀请，他们嘱我为其创作一首体现民警的精气神与表现凉山地域、风土、人文的诗歌。我因这群驻守在大凉山腹地，用智慧和力量守护着旅客群众平安，用鲜血和汗水捍卫着铁路畅通，用忠诚和奉献践行着从警誓言，孕育新希望的战友们的执着所感动，欣然应允。两天后完成了诗歌《战旗永远飘扬在成昆之巅》。

俄木黑取说："我们派出所在队伍管理中，引领民警开展'四五品行'修炼，我觉得品行修炼是做官之道为人之本。这儿为什么会有一棵翠竹？我们认为这个翠竹身上有我们民警修炼的品行。就是民警要有翠竹之节，荣辱得失腰挺直；要有蜡梅之芳，艰难险阻傲雪霜；要有松之劲，宁折不屈大丈夫；要有莲之节，生处浊泥保其节；虽然我们所处的环境很艰苦，但是我们不会因为在这里而不散发自己身上的正能量。"

在警营文化建设中有很多的彝族的文化历史，俄木黑取脸上洋溢着自豪的微笑，其中包含着彝族英雄支格阿龙与天斗与地斗的故事，也有彝族文化精髓彝族太阳历的介绍，同时也包含着彝族神奇的毕摩文化和彝语发展历程，其中有一块警民鱼水情的展板，俄木黑取告诉记者："这个代表我们始终和老百姓站在一起，我们依靠老百姓，我们工作的宗旨也是为老百姓服务。"

在办公楼的三楼，有一块展板上面写着喜德县铁路派出所所管辖的所有站台的工作情况和一个分数的比较，根据俄木黑取的介绍，这是他们结合喜德县的实际情况和工作经验，自己创作出的数据化的管理模式和管理方法，一切的工作质量都用数据说话。

留守儿童的铁警阿爸

灿烂的朝霞向天空涌动，东方金黄色的太阳渐渐升起，在碧海晴空的蓝天下，天刚亮，俄木黑取就从床上起身，动作迅速地穿上警服，然后去洗漱，一直到戴帽出门，整个过程行云流水，没有一点的拖沓。

俄木黑取检查完新凉车站的工作台账后，提着学习用具和护路宣传资料向附近的三合村走去。三合村位于成昆线新凉火车站附近的山寨，这里苍山如黛，河谷陡峭。新凉，大凉山深处的一个五等小站，这是一个很小的地方，小到十万分之一的地图上都找不到它的踪影。

由于河谷陡峭，俄木黑取的身影在泥泞的山路上一步一滑，两只鞋子粘满泥浆，挽着裤腿沿熟悉的村庄小路走去，俄木黑取也走了近半个小时才走到阿的小小家。

走进村寨，异常的响动惊起了狗吠阵阵。远远地俄木黑取看见低矮的土墙门口，站立着曾经被误解、被谩骂了多年的老阿妈（彝语意为：孃孃）。可这时的老阿妈却泪流满面地拉着俄木黑取说："阿妈知道你要来，这几天我一直在门口等你啊。"

前几天她的儿子阿的某某由于参与货盗案刑满释放刚回来，这两年孙女阿的小小和自己全靠俄木黑取所长时常照应。这不，听说他来了，老早就在门口盼着了。

见到俄木黑取，老阿妈喜极而泣，她热情地把丰黑取让进屋，土屋子矮小昏暗，看见这些，俄木黑取很心酸。老阿妈进屋端来几根小板凳，就在院子里面坐下和两位民警聊起了家常。当提到自己的孙女时，老阿妈眼里湿润了，自己的媳妇早逝，孙女只有靠自己照顾。

老阿妈的儿子阿的某某论亲戚算是俄木所长的"阿波惹"，即侄儿子。由于不想让孩子伤心，俄木黑取和老阿妈一直把阿的某某被抓坐牢的事瞒着她们。这些年，在阿爸"外出"的日子里，阿的小小和妹妹成了留守儿童，她们和奶奶的生活时常得到俄木黑取叔叔的照顾，建立起了深厚的情谊，在她们心里，叔叔是另一个"阿爸"，甚至比阿爸还亲。

老阿妈最大的心愿就是能供孙女好好读书，自己身体上有很多毛病，都不去花钱治了，要把钱省下来。但是小孙女又很担心老阿妈的身体，想要辍学打工挣钱，今天趁着俄木所长来了，老阿妈把这件事告诉了俄木所长，希望俄木所长能让她好好读书。

看得出老阿妈说的每一句话都牵动着俄木所长的心，他认为照看老人已经成了他闲暇之余想要做的事。老阿妈和俄木所长就这样坐在院子里唠着家常，等着孙女放学回家。

阿的某某的大女儿——阿的小小看到"阿木科"叔叔的到来，一下就哭了起来，一双冻红的小手紧紧地搓着。这些年，在阿爸外出的日子里，她和妹妹、奶奶的生活得到俄木黑取叔叔的照顾，建立起了深厚的情谊。俄木黑取从袋子里拿出了学习用具，阿的小小双手接过礼物，点着头，泪水雾时在她眼眶里打转。

俄木所长开始询问她们的期末考试情况，检查她俩的作业。

俄木黑取对阿的小小和妹妹说："你们俩一定要好好学习，长大了坐火车去山外的世界看看，带着奶奶和阿爸去看北京天安门好不好？"孩子的眼睛里闪烁着期待的光芒。

唠了一会儿家常，了解了近段时间老阿妈家里的情况，俄木黑取和另外一位民警忙了起来，俄木黑取洗干净了带来的腊肉，与阿妈一起点燃了柴火做下午饭。屋内昏暗潮湿，放着矮小的桌凳，看见这些，俄木黑取真的很心酸。看见老阿妈的厨房没水了，于是提着桶出来打水，又抱了一些柴火进入厨房，开始生火。过了一会，厨房冒出了缕缕青烟，好像在天空中又勾勒出了一幅警民鱼水情的画面。在这其乐融融的画面中，小孙女不时虚心地向俄木黑取请教学习问题，而俄木黑取也会耐心给小孙女解答。

这时，阿的某某从房间里出来，非常礼貌而真诚地向俄木黑取一边鞠躬，一边说："卡莎莎"（谢谢你）。

从白天到黑夜，俄木黑取穿越辖区的每个小站和山寨，以一棵松柏的挺立，站在高高的铁道旁，用"阿木科"仰天的头颅，忠诚地守望着这片土地。

货盗分子的"无情"阿哥

时光飞逝。俄木黑取的记忆飘向了岁月的深处……

那是2015年1月傍晚的一天，新凉警务区民警向俄木黑取所长报告："昆方一列货车破封被盗！"俄木黑取皱了一下眉头，"又出事了，太猖狂了！我去看看。"话音未落，人早已射进了的夜色中。

山里腊月凌晨的寒气浸入俄木黑取的警用大衣，他不禁打

了一个寒战。他和侦查员们已经蹲守了两天两夜了。俄木黑取坚信歹徒早晚会出现。俄木黑取充血的双眼仍然钉子一般盯住对面的1号涵洞。之前他在1号涵洞中发现了嫌疑人隐匿的赃物，因此判断歹徒还会继续前来盗窃最后集中销赃。

在这样漫长的时刻，那箭扣弦上千钧一发的迎战心情，时而被无可奈何无从预期的守候磨得越来越暴烈锋利，时而又化解成几许困惑而孤寂的思考：这个世界究竟出了什么毛病？有那么多人为了钱财不惜铤而走险，良心、道德、荣誉，通通贬在烂泥中。

两天两夜了，月光下，鬼影出现了！

俄木黑取并不兴奋，也不去想立功的机遇到了。他只有怒不可遏的愤恨：就是这些鬼影，使得成昆线——这个当今世界人类征服自然三大奇迹之一的铁道线，在负重不堪地抵御大自然各种灾难的同时还不得不又承受着这些肆虐无忌的人祸。

时机成熟后，俄木黑取带领民警迅速实施抓捕，嫌疑人立即束手就擒。

当俄木黑取给嫌疑人戴上手铐时，却突然听见那人叫了一声"阿哥"！这时，俄木黑取也看清了，这不正是三合村阿的家的"阿波惹"吗？然而，俄木黑取不能犹豫，他坚定地说："我现在是铁路公安，不是你的阿哥！"当晚，俄木黑取在三合村又抓获了另一名嫌疑人，案件告破。

俄木黑取在娘娘家同时抓了两个"阿波惹"男丁，这将意味着，这家人的生活将会陷入困境。这下触犯了彝家最不动摇的家支观念，触怒了族人！包括善良无罪的彝胞也冲到他面前来质问："都是吃坨坨肉长大的，你为啥要这样？"众多的罪犯亲戚用家支的力量威胁俄木黑取，质问俄木黑取为何当家族的叛逆，问他到底是不是彝族！

俄木黑取铿锵地说："我是彝族，但更是人民警察，是共产党员！阿的某某交给国家好好改造，他的阿妈和孩子，我也会好好照顾的!"他向族人做出保证。

俄木黑取,他为成昆线的畅通和安然无恙置自己的性命而不顾。朋友、亲戚和同事不解地问他:"你这样玩命地干,究竟图个啥?"

图个啥?不就是要对得起警察这个称号吗?不就是要对起党对得起国家,也对得起自己的良心吗?……

俄木黑取在阿的小小连续的叔叔叫喊中回过神来。吃过饭后,俄木黑取准备离去时,阿的小小伸出手紧紧拉住亲人的衣襟,舍不得叔叔离去,阿的小小泪眼蒙眬,眼泪像断了线的珠子滴在手上……

俄木黑取用实际行动向沿线彝族群众履行了他的誓言:他主动与地方民政部门以及驻村干部对接,在精准扶贫等方面给予三合村更多的政策帮扶;在地方干部的共同努力下,解决了阿的小小的入学问题,并给老阿妈申请到低保补助。

沿线群众心中的"阿木科"

梁启超曾说过"少年强则国强",但如果少年的安全都无法保证,那何谈强大呢?

喜德拉达的且拖乡中心小学,位于喜德所管内联合乡至新凉区间,距离铁路线路仅 10 米的直线距离,其中,1 号、2 号隧道及其间约 50 米线路是中心校 300 余名学生上下学的必经之地,安全隐患极大,且拖小学背靠铁路,面向孙水河,由于它特殊的地理位置,学校平时的工作当中把安全放在工作首位。

且拖乡中心校校长吉克打则,"以前没有修通这个便桥的时候,每天我们都要安排值周老师上学放学都要接送学生,所以给我们工作上也带来了很大的负担,我就把这个事情汇报到铁路派出所俄木所长这边,因此他就积极主动的联系了有关相关单位,于 2015 年 5 月份,他就把这个资金协调下来要修这

么一座桥，生命之桥。"

为了沿线群众和铁路线路的共同安全，俄木黑取多次奔走在喜德县政府、政法委和铁路内部单位之间，然而，由于涉及地方青苗补贴等政策，施工审批迟迟下不来。

经过实地考察，为了搭建这座"生命之桥"保护沿线群众和铁路线路的共同安全，俄木黑取多次奔走在喜德县政府、政法委和铁路内部单位之间，但是，由于涉及地方青苗补贴等政策，施工审批进度缓慢。俄木黑取通过无数次的实地调研，无数次和地方干部、沿线群众沟通协调，终于，2016年1月，工务部门正式施工修建下穿隧道并封锁了两个隧道之间的隐患区段，还从通道口修建了一条水泥路直通学校大门，孩子们再也不用在泥泞的山路上爬上爬下了。

俄木黑取也从这次联系施工中总结梳理出"高危线路源头治理"的工作思路，相继在尼波、乐武等区段成功协调修筑了另2条下穿隧道，实实在在为沿线群众带来了平安与方便，成为沿线群众心中不折不扣的"阿木科"。

俄木黑取把更多的时间给了当地的老百姓和铁路，但是对于他的妻子和三个孩子而言，最奢侈的事就是他的陪伴。俄木所长的大女儿今年也面临着紧张的高考，在采访俄木黑取的过程中他告诉我们他最遗憾的事情就是没有陪在大女儿的身边。所以每天给妻子和孩子通电话成了他必做的一件事，互相倾诉着一天的喜与愁。其实，喜德与西昌的路程并不遥远，而他为了铁路上的安危和一方百姓甚少回家。喜德县县委常委政法委书记熊佐德说："丰所长到我们喜德县来任所长以来，这个人就是品德好作风正，特别是这个工作特色亮点等这些方面是相当突出"。

俄木黑取在喜德县任职以来得到了喜德县上级领导的认可，而且沿线彝族群众都尊称他为铁警"阿木科"，在2016年，俄木黑取被成都市铁路公安局评为了焦裕禄式的好干部，这在西昌铁路公安处是唯一一个。

西昌铁路公安处党委副书记、政委何胜说："他去任职以后，根据喜德管内的治安事迹采取了一些工作措施，经过这么几年来确保了喜德县治安的平稳，喜德派出所是我们西昌铁路公安处条件较为艰苦的一个派出所，一个是它的治安环境，还有一个它的自然条件，在我们大凉山的腹地，一段时间货盗比较严重，这个货盗对我们铁路安全生产有一定的影响，黑取到任以后通过对管内治安的探勘和综合分析，提出了一系列的工作举措，比如他提出了数据道真警情，通过对喜德所管内治安的数据的分析，提出了一系列针对治安特点的举措，协作管理这些现状有了比较全面的提升"。

俄木黑取对我们说今天自己能取得一些小小的工作成效，妻子起了关键性的作用，她在家里包揽了所有大小事，孩子老人生病基本是她一个人照料，自己觉得心里面有愧于她。但是提到工作俄木黑取觉得最大的收货就是在这个岗位上体现了自身价值，把自己的工作思路和工作措施，在岗位上得以实践并且取得了实效，虽然在做工作的时候，会面临一些威胁，但是俄木黑取告诉我们，他们不怕，因为他们有坚强的后盾，就是党组织。

在工作中俄木黑取讲究团结，他认为单丝不成线，独木不成林。比如说侦查破案，抓捕犯罪嫌疑人，他不仅点子多而且提倡团结，对所里的每一个民警都像一个长者，如果得知民警的父母亲身体不好他第一时间就去探望，去表达组织的关怀，在每年民警的生日，他都会发一条短信，而且每一个民警他都送去一个蛋糕。

我的战友阿！你的那些平凡的再不能平凡的事迹，却使我们心头涌起荡气回肠般的无限敬意。你平凡，平凡得如一粒沙，如一棵小草你没有一句豪言壮语，只是一个默默奉献者的足迹，还有一个高大的背影，在激励，在鼓舞，在燃烧。

我的战友阿！英雄，不只是在冲锋的路上，你平凡的生命，如流星划过天际，留下了一道耀眼的光芒。

人民警察"瓦吉瓦"

联合乡车站是成昆线喜德境内的一个五等小站，站内3根股道，这个地方很小，小到十万分之一的地图上都找不到它的踪影。同时，这里的他却又很大，因为他受到喜德管辖的10个车站、沿线82公里线路上的村民爱戴。他是彝家的"叛逆者"、货盗嫌疑人"无情"的亲戚阿哥、留守儿童的铁警"阿爸"、群众心中的"阿木科"。

2018年元宵这天10点左右，俄木黑取到联合乡车站警务区检查民警工作时，突然，一阵急促的叫喊声迫使他放下了手上的事，这是联合乡车站背后三呷果村的"小阿依"（女孩）与"惹"（男孩）在叫喊他。俄木沙沙看到本家叔叔就哭了起来，一双冻红的小手紧紧地搓着，俄木沙沙哭了好一会才说："爷爷病了好几天了，一直躺在床上，我们只能煮点土豆酸菜汤给爷爷喝。我和阿哥到车站寻找你两天了，今天真的见到了你，爷爷有救了……"

因为这些年，俄木沙沙兄妹和爷爷的生活时常得到俄木黑取的照顾。俄木黑取得知是本家亲戚阿普（叔叔）生病，也明白他家里的两个阿哥因货盗被自己抓了，现在只有爷孙三人在家。俄木黑取毫不犹豫地拉着俄木沙沙、俄木牛牛兄妹二人直往三呷果村奔去。

在昏暗潮湿的屋里，俄木黑取走到床边就听到了阿普的呻吟，老人微垂的眼睫下有淡淡的忧伤，孤单地躺在土坯屋的床上。俄木黑取撩开破旧的被盖，让轻轻触碰的手指传送一丝温暖到阿普的心房。

阿普紧紧拉着"阿波惹"（侄儿子）的手，抹着眼泪念叨："阿波惹，你瓦吉瓦（好得很）！"俄木黑取从阿普的声音里听得出他病得不轻。

俄木黑取先稳定阿普的情绪，对老人说："阿普，你放心，阿哥们不在家，有我在，我会照顾送你的，也会送你去医院治疗……"他背上阿普从屋内闪出，藏青蓝的身影在泥泞的小路上一步一滑，两只鞋子粘满泥浆，急速地向且托乡卫生院飞奔而去。在去医院的路上，天空突然下起了雨，路太滑了，当俄木黑取用那双厚实粗大的手一次次将阿普背上身，这一刻，是怎样让人动容。

山谷里的雨越下越大……

经过医院及时医治，五天后，阿普康复了。出院时，俄木黑取支付了八百余元的费用。俄木黑取找来了一辆马马车前来接阿普回家了。

"长鞭那个一甩，叭叭地响哎，赶起那个马车在路上，车轮飞奔马蹄儿忙啊，要问马车哪里去哎，沿着山道奔向前方……"这时不禁让人想起电影《青松岭》的主题曲歌词。

一周后的三呷果村山寨，灿烂的朝霞向天空涌动，东方金黄色的太阳渐渐升起，雄鸡报晓，夹杂着犬叫，唤醒了沉睡的村庄。炊烟袅袅，凝结成一条缥缈的烟带，逶迤着随风飘向远方。俄木黑取轻轻推开阿普虚掩的木门，只见阿普披着擦尔瓦（彝人的披毡），坐在火炉边"吧嗒吧嗒"地抽着兰花烟。老人古铜色的肩膀和精瘦的小腿，支撑起破旧的木房，雨水洗濯掉青瓦上的尘埃，一张隐藏着忧虑而又讷于言表的脸庞，拼成了家里最紧凑、最坚实的墙！只剩几颗门牙的阿普说："阿波惹有你为我们着想，冬天再冷，心里也热着哩。"

为了坚守在这条给彝家带来幸福的成昆铁路，俄木黑取这位大凉山的儿子，像大凉山上飞翔的雄鹰一样，找到了属于自己的天空，找到了自己的位置，自己存在的意义。他以他的智慧和忠诚，守护在大凉山铁道线上，为了社会的安定，为了千千万万旅客的安全，奉献着自己的青春和热血，忠实地履行

着人民警察的光辉誓言。

彝族母语标准话的源头,"红黄黑"三色漆器绚丽迷人的地方——喜德拉达(彝语山沟)是镶嵌在大凉山北部的一颗璀璨明珠。这是一条彝语叫"古洪姆底"(意为彝人集居的高山处)的成昆铁路,一条穿越生命禁区的地质博物馆,1970年,火车从山寨中间穿过。

当黎明的第一缕光点亮大凉山铁道线,"阿木科"在晨曦里悄然启航,沿着蜿蜒的铁路行走,扑面的寒风吹打着你的脸。他以一棵松柏的挺立,用"阿木科"仰天的头颅忠诚地守望,手捧灿如云霞的木棉,去照亮大凉山沿线的每一个村庄。

云端在红峰脚下,贴着沙马拉达细碎的流水,生命禁区铁道绵长,那是从指尖延伸的梦想。忧伤在记忆漫过的小站,曾经的鬼影,使当今世界人类征服自然三大奇迹之一的成昆线,承受着肆虐无忌的人祸。

头顶的蓝天闪耀着警徽的光芒,"平安铁道"是植入"阿木科"内心深处的永恒绝唱,没有靓丽的起点,摸清治安隐患的征途漫漫。警务改革的措施几番酝酿,防范打击澎湃成一条河流的宽广,终于实现治安长期稳定,"阿木科"用忠诚和奉献践行着从警的誓言。

在泥石流侵袭的车站,你把双手伸展成人民群众回家的铁轨,用温暖把旅客冰冻的眼泪融化,刹那间,你是那样泪流满面。站在红峰2244米的成昆之巅,俯瞰乐武铁道盘山的展线,汽笛鸣响穿过寂静的江河桥梁,钢轨把思念延长得好远好远。

海拔4500米高耸入云的俄尔则峨山峦(又名小相岭,意为神龙出没的冰雪之峰),一座被彝人祖先用母语命名的雪山,漫不经心地展现凉山雄鹰的肖像,述说着成昆铁道卫士各自的平凡。瓦合布尔(喜德一处地名)的山风吹走了冬的严寒,铁道卫士聆听杜鹃鸟唤醒大凉山的春天,铁道雄鹰守望在喜德拉达,战旗永远飘扬在成昆之巅。

题记： 有人曾说，警察的职业就意味着牺牲。多年的刑警生涯，张宏已经有了深刻的体会。但是，只要当了警察，就应该想到牺牲，面对乌黑的枪口，面对锋利的匕首，不应退却，把温馨和安宁留给别人，把痛苦和牺牲留给自己，这才是一个真正的人民警察。

永不疲倦的神鹰

——西昌公安处刑警支队政委张宏

初识神鹰

说起张宏，要从2005年的初春，从一个叫"重案山庄"的地方开始。

重案山庄坐落在成昆线中段一个叫马道镇的山坳里，这里背靠葱郁的西昌泸山。在这里，耸立的红色高山一座连着一座，这里是一群走不完的大山。在这没有人知道、没有人注意的大凉山角落，当山歌从远山缥缈而来，当马帮的铃声从山间由远而近，当山庄下响起急促的马蹄声，当夕阳飘然降落在苍凉的山头，你能时时刻刻地感受到凉山的原始和美丽。在凉山这块古老而神秘的土地上，这里有遮天蔽日的茂密森林，森林中有众多的狼熊虎豹；这里有海拔4500米碧绿如茵的螺髻山草地，上野里有烂如云霞的索玛花（杜鹃花）；这里还有大鹅旋舞的四川第二大淡水湖——邛海；人们说，这是山姑娘手上托着的碧玉盘。

在远离都市的山坳里，每当有节日的聚会，或者兄弟单位的刑警来到这里，夹皮沟里的刑警们便使用土灶烧煮彝家风味的

"砣砣肉"和用正宗的彝家"秆秆酒"来款待大家。"火木拉觉依，尼木吱机依"是彝族的尔比尔吉谚语，意思是"汉人贵在茶，彝人贵在酒"。在夕阳无语，晚霞情深之际，刑警们便围成一个圆圈，依次饮着"秆秆酒"，大块吃着"砣砣肉"。山野里不时会飘出一首首彝家的《苏木地伟》《雅志的雅》和《美丽的杯子举起来》等敬酒歌。大山里的刑警们亲切地称山坳里的重案大队为"重案山庄"。

2005年3月18日，这是一个山色空蒙，雨色也空蒙的早晨，我迈着沉重的步履，背着行囊从西昌公安处机关大院向夹皮沟深处的重案山庄走去。山风吹来窈窕纤柔的雨丝，如歌如舞，飘飘洒洒地落在脸上、身上，云雾笼罩着群山。这一天我不是以"战地记者"的身份向山庄走去，而是以半个刑警的身份出现。

从警这么多年第一次值夜班，心里颇不平静，我敞开了窗户，让那股淡淡的清香吹到枕边。望着窗外的夜晚，星空清澈透明，周围的山川河谷，构成了一幅美妙的画卷。深夜，一个奇怪的电话把我惊醒，一个女人在电话里说："我找张警官？"我回答："请问你有事吗？深更半夜的，找他干什么？对方沉默后挂了电话。"奇怪，今夜张大队与黄桂林去抓嫌疑人，莫非这个电话是来探听消息的，我脑海里闪现出这种念头。1小时后，铃、铃的报警电话又把我从梦中惊醒。夜更深，院内急促的脚步声和窗外白桦树梢瑟瑟的摇动声一阵阵响起，张大队和黄桂林押着两个嫌疑人胜利归来。

1990年张宏同志从部队退伍分配到西昌铁路公安处看守所工作，经过十几年的不断实践、探索与总结，他拥有出色的识别犯罪技能，能较精准地掌握各类犯罪嫌疑人的心理状态。这些年来，在预审作案嫌疑人的初次交锋上，这种独到之处给案侦带来了突破性的进展。他的神奇之处还在于可以从犯罪嫌疑人的穿着、口音、面貌、体态、肤色甚至发型来判定他们的来源地，从一投足、一眨眼中捕捉人的心理活动信息，从很多不起眼的细节之中发现疑点。对那些蓄意偷盗铁路运输物资和旅客财产的不法之徒，他不光认真甚至还透着股狠劲。

2000年，张宏从看守所调入刑警支队，从警30年被战友们誉为大凉山上永不疲倦的便衣神鹰。他带领刑侦民警们以近战（化装卧底）、夜战（蹲点守候）和游击战（并案侦查）的创新思维，主攻积案、隐案。惊心动魄的人生轨迹，惊险的战斗生涯，这就是一个无名英雄在铁道线上与盗匪面对面周旋，把毕生献给情报保卫工作的真实写照。

在雨夜的成昆铁道线、在巍峨的大凉山之巅、在奔腾的金沙江畔，张宏用双手点燃了刑警的青春，用岁月谱写了刚毅的篇章。警营生活中他也像位语重心长的老人，他告诉我们："波涛滚滚的江河，能冲刷出无边的沙滩，奋斗的勇者，能缔造出绚丽多彩的人生！"

事 态

这条远古的路，历史上称它为古老的南方丝绸之路，它是中国历史上通达国外最早的一条商贸通道，它比北方丝绸之路要早几个世纪。两千多年前，我们的祖先在四川成都到云南丽江这条蜿蜒的崇山峻岭、峡谷急流之间开辟了这条传奇古道。南方丝绸之路和这条有名的茶马古道，正是这样由马帮一步一步踩踏出来的。蜀布、邛杖、盐茶、铁器以及灿如云霞的丝绸锦缎靠马帮从一道道江河上，一程又一程，一站又一站，像接力赛一样载着华夏文明的智慧和灵光通过这座桥梁远播海外。这条路上摇曳着彝、藏先民的火把；留下了古羌贸丝者的足迹。

铁口火车站，位于成昆线中段喜德境内的鹰山脚下，海拔2000多米，向北弯几个弯，爬上海拔更高的沙马拉达向南弯几个弯直奔安宁河平原。

station 站在铁口风铃轻响的山坡上,把隧道里飞奔的列车望穿,无数次擦干思念的泪,更深夜静迟迟难以入眠。一个个日落未归的人,用热血点燃升腾的火焰,酸甜苦辣写满热情澎湃的诗篇,拾起刑侦战线记忆的碎片,几十载不曾忘却的爱恋,背负不平凡的重担,苦乐紧张早已习惯。

铁口,大凉山里的明珠,盛产香口的稻米、白里透红的苹果。听说这里是古南丝绸路的驿站,曾经昌盛过多少年代,没有人说得清楚。据说前清王朝一位田姓侍郎,被发配到这里,而今他的子孙遍布几个村寨。原来这里是一片纯洁的土地,人们和睦相处,犹如世外桃源,当成昆线穿过这里的时候,大山再不沉默,河流再不是从前的温驯,失落的宁静被碾成富庶的繁荣。不知是何年何月这里产生了偷,发生了抢。老乡说这些坏行为是20世纪80年代中期出现的,铁路工人则说这是90年代前出现的,尽管无可定论,但许多人在这条古丝绸之路上写下的灿烂文明,悲壮的赞歌,却能让日月增辉。

每天这里迎接南去北往的客货车60多列次。过去这里是黄金通道,现在仍然是黄金通道,有位诗人想在这里寻找灵感的时候,有位作家想在这里挖掘素材的时候,"哗"的一声,48件香烟从列车上滚下来,670套军用迷彩服从车上滚下来,打碎了他们所有的思绪。从此,这里有了真枪实弹的铁警。铁警们走了一批来一批,来了一批又走一批,平凡地循环着,青山绿水记录下他们威严的身躯和深深的脚印。有位老工人说,他们起码不声不响地抓走了100多名犯罪分子。货盗为什么在这片纯洁的土地上猖獗,让人无法思虑。

西昌铁路公安处党委书记白旭东到喜德搞调研,听完派出所、县公安局如何采取措施反货盗等等汇报后,心里乐了一番,不知什么心血来潮,他坚决地要到铁口实地看一看,当他爬上铁口站,还未喘过气来,刚从通过货车上掀下来的10多袋雪白的尿素展现在他的眼前。他的脸由晴转到阴,他没有责备部下他也没法责备部下，天要下雨、娘要嫁女。这是自然的法则，只是心里不好受。一列武押车被砍盗了6个集装箱，刚刚平静下来，外省自押人员在这一区段大白天被抢，犹如伤口上撒盐巴，心更沉重。

760多公里线路的治安，800名民警、600多名联防队员、1000多人的家真难当啊！再难也要当，这是组织赋予的责任。他调兵遣将，从机关组织20多人到重点站、车、区段与基层所队反货盗、反抢劫、反拆盗，比全路的"蓝盾"行动早20余天。在动员会上，他要求破案小分队，想方设法侦破挂牌案件。

洒血铁道旁

这时是2003年5月26日，一个貌不惊人，个头不高的侦察人员披挂上阵，他就是西昌铁路公安处刑警支队重案大队副大队长张宏，一个被战友们誉为大凉山上永不疲倦的便衣神鹰。

他和小黄是为数不多的重案大队职业刑侦队员，年龄不大也是破案老手。小黄在思蒙化妆成村民，将一作案人员擒获，破获一起盗窃铁路运输物资40余万的特大盗货团伙案。张宏来之前在乐武蹲点了20多天，潜伏7昼夜，现场抓获犯罪嫌疑人5名，追回运输物资3000多元。他俩属于第2代成昆民警，目睹过，经历过血与汗的较量，文明与野蛮的搏斗。

那年，老民警吴正国，年青民警刘从明为维护铁路运输安全一个被犯罪分子打碎小腿，一个被犯罪分子砸断鼻梁。年青民警李勇、宋龙文为保卫旅客的生命财产安全，挺身而出，个被嫌疑人砍断颈动脉、一个被打掉2个门牙。他们还清楚地记得80年代郑光华、冉茂禄为追逃犯，献出宝贵的生命。

止不断的思绪，继续把他们拉回历史的长河。中年民警孙东，用坚强的身躯护卫押运列车，血洒钢轨。撒手妻子女

儿。民警周富贵，全年奔波在破案第一线，穿森林爬雪山，百里跃进追凶犯，积劳成疾，患上严重的胃病。当他从工作岗位上回家时，妻子病逝世于床上，几年后他在岗位上突发胃动脉破裂，撒下老母少女而去。老母拉着孙女来到周富贵的遗体面前，泪流满面，还未哭出一声，便昏倒在旁边。10岁的女儿，扑在他冰凉的身体上，"哇"的一声伤心大哭起来，"爸爸，你醒醒，爸爸，你醒醒。我要你。"她紧紧地抓住僵硬的爸爸使劲摇着，仿佛要摇醒沉睡的爸爸："妈妈走了，我不能没有你呀，爸爸……"在场的警察眼睛湿润了，在场的人们眼睛湿润了。

事过十多年，回忆这些历史，他俩眼睛充满了泪水。

5月29日12点，重案大队长李春康得到内线情报，抢劫自押人员挂牌案的主犯阿西某格在铁口北头新建大桥一带活动。李大队指派他俩摸清具体情况，如有机会将其擒获。他们装成巡道工，一边观察、一边慢慢地向前走去。

小黄对张队说："今天，我们也是追逃犯，要注意安全喽。"张队说："保存自己，才能更好地消灭敌人。"他俩顺着铁路向新建大桥走去。

"有情况。"小黄轻声说了一句。张宏已看见了，前面新建铁口大桥中部坐着4个人，模糊看出其中1人是抢劫案主犯阿西某格。

铁路新建大桥长约80米，高10多米。紧临着三河村。离铁口车站很近，一列50多节的火车停下来刚好尾部在桥头的隧道口，机头在道岔口。任何南来北往的列车在这里只有15公里的速度，有时还要歇歇脚，信号机外停车。再加上铁道紧邻村庄，便于作案后逃匿。这里被货盗分子称为"卸车的良港"。他们多在桥上和桥头上车，村口掀盗货物，发觉情况不妙立即消失于村里，但狡猾的狐狸斗不过英勇的猎手。

为了抓捕成都铁路公安局挂牌的"4·4"抢劫44123次货

物列车自押人员案件的重大犯罪嫌疑人阿西某格，张宏与小黄装成巡道工，一边观察、一边慢慢地向身强力壮、人多势众的犯罪嫌疑人走去，看清了四人面孔。其中高个子与内线提供的抢劫主犯外貌特征差不多。"现在千万不能惊动他们，不能有丝毫的举动。让他们看出破绽"他俩内心这样想。他们用眼角的余光套住四人的一举一动，犹如飞机上导弹的瞄准环导住敌机，一边又若无其事地向四名嫌疑人接近。当嫌疑人发现有二名巡道工走来，他们并未在意，巡道工对他们没有一点威胁。火车来才是真正的目的，每次空手来都是载货而归。他们耐心地等待列车通过。哪怕只有一两节棚车的火车，里面总装有东西。

两人对四人，不是力量的抗衡，而是勇气与力量的对抗，正义与邪恶的较量。张宏和小黄心里明白，论气力不敌对方，桥上抓人，弄不好就会有摔下几层楼高的大桥下的危险。但使命、职责能战胜任何敢于向正义挑战的人，为了人民的生命财产安全，为了国家财产不受到侵犯，哪怕献出生命也在所不惜。

他俩与四名嫌疑人擦肩平行，容不得再有丝毫担忧安危的时间。说时迟，那是快，他俩以闪电的动作，同时扑向高个子，将其按倒在钢轨旁边的道砟上，其他三名嫌疑人顾不得同伙的死活拔腿就跑，头也不回地消失在视线之中，犯罪分子拼命挣扎，想抓住唯一一线逃脱的机会。还未等张宏和小黄拿出手铐，高个子凭借他的蛮劲拼命翻滚反抗，从道砟上滚到人行道，又从人行道滚到避车栏里。高个子力气之大，是张宏、小黄抓获数十名犯罪嫌疑人中没有碰到过的。无法控制住他，张宏紧紧抱住高个子双脚，小黄紧紧扣住其颈部，等待他耗尽体力。过去高个子凭借身高力大，几次从警方手中脱逃。这次碰到了对手，两把"钳子"紧紧钳住了他，置之死地而后生，这是他最后的绝招，他拼尽全力滚下了桥。张宏、小黄没有预料

到他会想出这样毒辣的鱼死网破的招数，也被带下了桥。

不知过了多久。张宏、小黄从昏迷中苏醒过来。他俩庆幸从这么高的桥上摔下竟然还活着，只是全身不能动弹。不幸中的万幸他们是摔在桥下的一块草坪上。是高个子头先着地，小黄的头跟着着地，张宏是单腿着地。草坪上依次留下由深到浅的三个窝窝。高个子不见了。深窝窝里流下凝固的血迹，高个子的头明显与一块小石头相碰不死也是重伤！"一定是同伙趁我们昏迷时背走了高个子。"他俩这样想。临危不惧，视人民警察的责任如泰山，在关键时刻奋不顾身的勇往直前，并在与犯罪嫌疑人阿西某格则的搏斗中一同落下8米多的深沟，造成左脚后跟骨拆、头部多处严重擦伤，以及背部软组织严重挫伤。当战友找到他俩时，太阳偏西。李大队长看着部下伤成这个样子，心理阵阵难过。张队说："可惜没有抓住他。"战友安慰说："假设他不死，也得2至3年才好得了。"当天，张队、小黄被送到西昌铁路医院，张队的妻子来了、小黄的父母来了，看着出去活生生，回来时动弹不得的亲人。一阵心酸，泪水涌满眼眶说不出话来。

最难忘的生活经历是在成昆线的最高处——沙马拉达。沙马，在凉山是彝族的姓氏，拉达，彝语意为沟。沙马拉达就是叫沙马的沟。2280米高，这是成昆线海拔的制高点，6383米长的沙马拉达隧道，也是当时全国铁路和成昆线最长的隧道。

那年冬天，为了获取一个惊动军方案件的情报，张宏在成昆线"咽喉"的沙马拉达待了一个多月。那个时候，他们住的是简易窝棚，吃的是土豆、玉米。每天6点半起床用柴火做饭，山里空气潮湿，柴不肯燃，只有用吹火筒使劲吹，一顿饭下来满身是灰，只有两个眼珠子在发亮。冬天这里一直下着雪，洗菜冻得手背都发肿了。沿线是大陡坡，出门无平路，办案翻山越岭，来去要一天一夜。他与战友们冒着刺骨的寒风，啃着冰冷的玉米馍，走遍了乐武至瓦祖一线的村村寨寨。

2006年4月25日凌晨29分，25431次列车在成昆线沙马拉达至瓦祖间K449+290M处发生脱轨事故，中断行车16小时29分的恶性案件。"4·25"案件发生后，张宏作为专案组成员，先后在案发现场全力以赴开展现场勘查及调查走访工作，以瓦祖车站附近的"两镇五乡十五村"为重点，参与摸排清理和追捕工作，在专案组准确制定犯罪嫌疑人的日某呷、阿西某婆后，该同志与专案民警一道二进比尔、洛哈、巴久等大山深入追踪调查，先后3次穿越择木龙原始森林，每天翻山越岭达12多个小时，并对的日某呷的亲人积极主动地做动员投案自首的工作，在专案组的强大的政策攻心下，的日某呷、阿西某婆分别于6月18日、19日投案自首。

2006年5月，张宏在侦办西昌南站2005年"10·8"铝锭被盗案时，发现调控嫌疑人郑某祥与他人接触过密。张宏根据破封倒查定责，从报告与预警中发现货物列车破封、被盗的蛛丝马迹，顺线摸出西昌南站"5·29"系列盗货团伙案线索。在行动中，张宏率专案民警经过近半年的苦心经营，顶着烈日，辗转铁路沿线，平均日行30多里，于2006年6月20日成功侦破"5·29"系列盗货团伙案，侦破成昆线西昌南至黄联、西昌至月华区间作案110余起（其中重特大案件80余起）、涉案价值达70余万元的，抓获并刑拘涉案犯罪嫌疑人员42名。

2006年9月23日，燕岗发生一起砍盗集装箱案，张宏同样采取破封倒查定责工作机制，历时22天，顺线破获5起系列货盗案，抓获涉案犯罪嫌疑人员7名，追回被盗的31件"大丰收"牌香烟中的27件。成功破获"9·23"砍盗集装箱案件。由于公安处在站、线、场治安防控中推行站站预警、车车预警通报，"接、查、守、送、清、看、报"的站车卡控和破封倒查定责工作机制，破封定责提高了区域联动打击能力和治安防控能力，刑警们快速出击，发案大幅度减少，治安被动

局面迅速得到扭转。

追捕在没有硝烟的路上

2009年6月18日,我作为一名"战地记者"随警作战,拍摄采访报道"6·16"打拐案,与张宏率队的打拐民警南下云南,追捕在没有硝烟的路上。

攀枝花,是我国西南攀西裂谷崛起的一座钢城。地处川滇交界口,是"魔影"们理想的中转驿站,是四川缉毒、缉逃和查缉人贩的第一道防线。

西昌铁路公安机关十分重视车站的查缉工作。由于特殊的地理位置,使这道防线成为西昌铁路公安机关既是打击犯罪、保卫四川南大门的"守护神",也是向社会各界展示铁路警察精神风貌的重要窗口,成昆铁道卫士成为这条线上最耀眼的一颗明珠。

2009年6月16日8时20分,陈站长买了两张当日K118次列车攀枝花至邯郸硬卧车票递给魏寡妇。

"老妹子,虽然现在钱也不好挣,但是我还是让你们坐卧铺,你们出站后会有人来接。"

"陈老表,真是不好意思了。"寡妇感动地说。

其实,这个老奸巨猾的陈站长,把危险丢给寡妇母女俩,转眼消失在人群中。

阳光中的攀枝花车站有几分喧哗,巡逻警车和执勤民警仿佛是一部高速旋转的雷达,在密切关注着站前广场、进站大厅的风吹草动。进站大厅是旅客进站上车的必经路。王斌、陈晓平、周欣、陈艳、郑颖5名民警扮演着哨兵、110的双重角色。

16日11时55分,在车站工作人员准备关闭进站口铁门时,寡妇母女分别怀抱一个用粉红色花裹布包裹的婴儿匆匆向进站口走去,寡妇老练地在进站口稍作停顿,环视四周,眼神流露出一丝的惊慌。

这一举动冷不防被警惕的眼睛牢牢地锁住。

请出示你们的车票？民警郑颖礼貌地对这两位迟来的旅客说到。

K118次列车攀枝花至邯郸硬卧车票（当日16车12号中铺、13号中铺），郑颖检验车票没有问题。

民警陈艳说："这么小的婴儿你们带到邯郸？"

沉默……

"怎么不回答？请出示你们的身份证件。"

寡妇颤抖地将手伸进口袋，然后递过证件故作镇静不耐烦地说道："看了火车票，还看身份证，有什么好看，真是！"

这时陈晓平也走了过来，"你们是啥关系？"

"她是我妈。"何志俊指着魏宗珍说。

"那这两个婴儿呢？"

又一次沉默……

凭着多年的工作经验，民警们将魏宗珍、何志俊"请进"了站台公安值班室进行初步盘问，在盘查过程中魏宗珍、何志俊神色慌张，目光躲闪。民警便对魏宗珍、何志俊分开盘问。

民警王斌、陈晓平率先对何志俊进行盘问："你们所抱的两名婴儿是谁的？"

"这是龙凤胎，已满月，是我生的。"何志俊回答。

"你给孩子取的什么名字？"

"还没名字"。

"孩子是你所生，请你回答婴儿的出生日期吧？"陈警官发问。

何志俊又一次沉默……

"婴儿的出生地在哪里？是由谁接生的？"

"我凭什么要告诉你们？这两名婴儿就是我生的。"何志俊显得很激动。

在另一间屋里，民警周欣、陈艳问魏宗珍："两名婴儿到底是谁的？"

"是我小女何志俊所生的。"

"你们给孩子取的什么名字？"民警问。

魏宗珍回答："小名是我起的，男婴叫大林、女婴叫小林。"

两边审讯的民警经过简短碰头后，认为魏宗珍母女的言辞相互矛盾，这事有蹊跷。副所长王斌立即安排民警陈艳、周欣、杨祖彬带何志俊到攀枝花市铁路医院对其做妇检，以确认两名婴儿是否其所生，经医院医生检查后告知：何志俊近期40天无生产迹象。获此情况后民警将两人带至派出所作进一步调查。

民警再次对魏宗珍、何志俊展开讯问。

魏宗珍心里一阵阵狂跳不止，冥冥之中，有一种不祥的预兆。另一边何志俊眼里露出了明显的恐惧，额头上渗出了细细的汗珠。

经讯问，魏宗珍交代：两名婴儿并非其女何志俊所生，是帮别人带的，之前说是何志俊所生，完全是因为受一名叫"陈站长"的指示。

陈站长现在人在哪里？民警一连串地发问。

魏宗珍回答："今天他和我们一起到攀枝花，他上车没有不知道。"

时针指向14时40分，坐落在凉山境内的西昌铁路公安处大楼里，处长熊树华办公桌上的电话骤然响起……

"喂，熊处长吗？这里是攀枝花站派出所，向你报告：3小时前在进站口，我们挡获两名涉嫌运输婴儿的犯罪嫌疑人，一个叫魏宗珍另一个是其女何志俊，当场查获两名出生不到20天的男女婴儿，还有一个同伙现在不知去向……"

处长熊树华放下了手中的事务，迅速做出三点部署：一是要按照公安部的统一要求,对查获的婴儿必须作血样采集,立即与攀枝花儿童福院联系,妥善安置好两名婴儿寄养等问题;二是指令攀枝花派出所组织最得力侦察员对两名犯罪嫌疑人加大审讯力度,固定相关证据,扩大线索来源,弄清其同伙的情况,尤其是要查明嫌疑人在何处收买、销售婴儿等方面的情况;三是根据线索顺线寻找贩婴网络的"源头",尽快查找这些孩子的亲生父母。

30分钟后,案情逐级上报到成都铁路公安局。

"喂!冬生局长吗?我是熊树华,我处在攀枝花火车站查获一起拐卖婴儿案,该案……"

"很好,你们要站在'建和谐、保平安'的高度,牢固树立'站车查缉就是防范'的理念,把打拐工作作为站车查缉新亮点的品牌工程强力推进,要充分发挥和利用成昆线打拐地域优势和站车查缉优势,针对'6·16'案件,及时组织专案民警开展延伸打击。"冬生局长回复道。

鉴于案情重大,当日攀枝花车站派出所将案件移交公安处刑警支队,分管刑侦工作的副处长胡然立即责成刑警支队组织精干力量,对两名犯罪嫌疑人进一步的审查。

张宏接过案件,他做的第一件事就是去会会这个"能说会道"之人——魏宗珍。初次与嫌疑人魏宗珍交锋,张宏并没有立即展开攻势,一直保持着沉默。两个小时后,魏宗珍主动开口……

这就是张宏的神奇之处,他凭借出色的识别犯罪技能,对犯罪嫌疑人心理状态的掌握,在初次交锋上给案侦带来了突破性的进展。在讯问中,张宏从犯罪嫌疑人的穿着、口音、从一投足一眨眼中捕捉对方心理活动的信息,从很多不起眼的细节之中发现疑点。不到一个回合,魏宗珍便交代了"陈站长"名叫陈白文,云南省丽江市华坪县荣将镇人,50岁左右,身高约175厘米,头发稀疏、尖下巴、斜三角眼,平时我们都叫他

"陈站长"。

警官:"我知道陈站长的住所,还知道……"

根据审查情况,副处长胡然立即组织刑警支队民警召开专案部署会,并按照处长熊树华的指示,迅速成立以副处长胡然为组长,刑警支队长任冀湘、二大队长张宏为副组长,探长雷宏宇、侦查员龚小兵、宾子兰等组成"6·16"攀枝花拐卖婴儿案专案组,并强调对于"6·16"专案要一追到底,对于工作中的每一条线索都要逐一梳理,往上要追查到婴儿被拐卖人家,往下要追查到婴儿的亲生父母。

事不宜迟,专案组根据案件情况,分为两个组同时开展工作,一组由侦查员葛凯、龚小兵继续在看守所加大对何志俊的审讯力度,力求掌握更多的线索。另一组由张宏带领侦查员探长雷宏宇、侦查员侯光福、小胡押解魏宗珍赶赴云南省丽江市华坪县对陈自文实施布控抓捕,公安处派遣"战地记者"郑义伟随警作战,拍摄采访报道打拐全案过程。

出征前,公安处政委施锋向"6·16"打拐专案民警作了战前动员,要求到云南民族地区参加打拐工作的全体同志,务必遵守组织纪律,尊重少数民族的风俗习惯,积极加强与地方公安机关协调配合,加大侦破力度,努力扩大战果。

17日,专案组民警带着各级领导的重托,踏上了南下的征程。

当打拐专案民警挥师南下丽江的时候,陈站长16日就乘上了K118次列车。

19日凌晨4时,列车到达邯郸,陈站长在站台上没有看见魏寡妇母女,便急切地向出站口赶去。

"陈站长,陈……"胖妹嘴唇翕合着,还想再说,却被陈站长凶狠的目光制止住。

出站的人流早已散尽,依然不见魏寡妇母女。

陈站长对胖妹说:"我上了这个死寡妇的当,她一定是把那两个婴儿拐到别的地方去卖了,我非找她算账不可!"

18日,南下云南的专案民警在华坪县经魏宗珍的指认,确定了"陈站长"出租房屋的住址。

20至23日,民警先后深入丽江市及永胜、华坪、宁蒗三县14个乡镇。为摸清抓捕对象活动区域,掌握其活动规律,张宏、郑义伟扮成"老板",混迹到人贩活动的场所进行秘密侦察和拍摄。

25日,专案民警在华坪公安局确认了陈站长的户籍,并将陈站长的图片交魏宗珍确认,魏确认照片中人就是让其帮忙带婴儿的陈自文。

26日中午,陈站长在山东聊城潇洒了十天后又回到了云南家里。他并不知道魏寡妇母女16日被抓了,当他气势汹汹地来到魏寡妇家时,只见大门紧锁,无奈的他六神无主地在镇上闲荡。

这一情况迅速传递到专案组,张宏率专案民警会同荣将镇派出所民警进行了抓捕方案的部署。

当陈站长眼前出现当地公安民警和几个陌生人的面孔时,脸色"唰"地一下变白。

"你是陈自文吗?"

"我,我是陈自文。"

探长雷宏宇向陈自文出示了警官证,"请跟我们到派出所走一趟,我们要了解一些情况。"

"我凭什么要去,我不去,看你们敢把我怎样!"

"咔嚓"一声,狂傲的"站长"双手被戴上了手铐。

"你们?……你们……"

落网后的陈站长与警方初次交锋时居然还"强硬"地说:"虽然,你们那么快就把我搞掉了,但是,你们并不一定能搞掉千里之外的……"话音未落,便被张宏打岔道:"不就是那个《水浒传》中武松打虎的'景阳冈'和一个像《西游记》中

描绘的泸沽湖畔神秘的'女儿国'吗？真是笑话！"当陈站长听到"对手"的弦外之音时，顿时，脸上露出了惊愕的表情……

张宏采用政策攻心等方法加大了审讯力度，陈自文供认："6月15日在家中分别从一名叫沙阿模的妇女处买得一个男婴（2万元）和一名叫加日尔的男子处买得一个女婴（1万元），当晚通过魏宗珍、何志俊母女把婴儿从华坪经攀枝花运送到山东省聊城，并让山东省聊城的胖妹曾贵春（在逃）和武大郎刘吉合夫妇贩卖的事实。同时还供认今年5月在华坪通过一个姓张的老板，一次买了三名婴儿，然后由胖妹曾贵春、寡妇魏宗珍运送到山东省聊城，在武大郎刘吉合的铁匠铺用迫卖的形式将三名婴儿卖掉。"为了减轻罪行，陈自文表示愿意配合公安机关前往山东聊城抓捕同案犯罪嫌疑人曾贵春、刘吉合，并查找被拐卖到山东省聊城婴儿的下落。

6月25日，落网后的陈自文接到同伙阿力阿红的电话，以2万元的价格卖给陈自文一个男婴，专案组根据情况，张宏一边耐心说服陈自文稳住阿力阿红，并约好接头地点，一边与地方公安机关部署前往接头的地点，对阿力阿红实施布控抓捕。

30分钟后，一辆银色的面包车出现在接头地点——荣将镇三岔路口。这时陈站长的电话响起，而地方公安还未进入伏击地点，怎么办？老练的侦察员张宏果断下令，行动！

张宏指挥民警当即将汽车拦了下来，而在车内的加日尔发觉事情不妙，开门想跑，民警小胡见状一个箭步上前将其擒住。"抢人了，抢人了，"加日尔高声叫嚣，随着围观的群众越来越多，为避免群众不明白真相而造成局面的混乱，龚小兵一边亮出警官证，一边对周围的群众说道："我们是警察，在执行公务。"事态得到控制。这时地方的警察也赶过来了。民警将加日尔抓获，并成功解救一名男婴（该男婴交由攀枝花市福利院寄养）。

7月5日，第一行动小组张宏率队再次急速挺进丽江城。为了案侦的需要，专案组副组长、刑侦支队长任冀湘特意选派了一名彝族侦察员宾子兰随同参战，侦查员小胡、战地记者郑义伟驱车急速挺进云南省丽江，对涉案嫌疑人沙阿模、龙坎、阿力阿红等成员实施抓捕。

7月5日至10日，专案民警辗转永胜县、华坪县、宁蒗县各地。宾子兰秘密找到一个绰号叫"小老壳"知情人，了解到龙坎的行踪，"小老壳"说："几天前，龙坎到我工作的娱乐城来找我借钱，他说在一个叫'回望'洗脚房认识的女友阿兰，竟像《水浒》中的孙二娘一样，给他灌了'蒙汗药'，把他随身携带的1000元人民币和手机全部'笑纳'了。我叫他过几天来找我，估计他明天会来的。""小老壳"得意地说到。

专案组根据这一情况，与永胜警方取得了联系。次日，在娱乐城录像厅门前，龙坎果真满脸微笑地向"小老壳"走来。

龙坎从门外进入潜击圈，战斗即将打响，宾子兰与小胡便挡去了他的退路，龙坎突然感觉不妙转身欲跑时，被守候在楼道口的张大和永胜县公安局仁里派出所民警擒在地上。"别动，我们是警察。"张大亮明了身份，龙坎束手就擒。

一晃十天又过去了，专案组在丽江市区、永胜县、华坪县、宁蒗县，辗转追捕沙阿模、阿力阿红未果，民警的情绪都有些低落……

22日，"小老壳"向宾子兰透露，专案组要找的沙阿模与阿力阿红就在丽江市。

专案组驱车从女儿国赶赴丽江。

23日9时，专案组民警与云南省丽江市公安局刑警大队、行动技术支队乔装打扮成游客，在古城区寻找着嫌疑人的蛛丝马迹。

23日17时左右，"魔影"终于出现了。对讲机发出命令：

"注意！两个目标在一出租屋内，行动队员迅速靠拢！"三名便衣民警闪电般地向目标扑去，一个锁喉动作扼住了阿力的颈部。沙阿模被突如其来的事情吓倒在地，当民警将手铐铐上她的手腕时，她不停地说道："完了，完了……"

经审查，阿力阿红（男，41岁，云南省丽江市宁蒗县人），"白发魔女"真名叫沙阿模，因白头发较多，道上这人均叫她"白发魔女"（43岁，云南省市永胜县人），二人对参与贩卖婴儿的事实供认不讳。并向警方供认，他们的上家叫张老板，他是这个片区的总代理。

"又是这个张老板，看来这个总代理真有来头，我们必须紧紧抓住这条线不放。"专案组副组长任冀湘对民警说。

张宏与龚小兵连夜对犯罪嫌疑人阿力阿红进行审讯，案件有较大突破。加日尔也供认："男婴儿是通过一个姓张的老板购得。"经过两个多月的循迹追踪，张宏与队友们辗转千里，分别在四川、山东、云南抓获团伙成员8名，成功解救6名被拐卖婴儿，"6·16"案件成功告破。

"6·16"专案中解救的所有小孩，已经全部抽取了血样，这些血样将进入全国"打拐"DNA数据库。专案组按照局处两级领导的指示和要求，下一步工作就是寻找贩婴网络的"源头"及这些孩子的亲生父母。

尾 声

从警30年的张宏同志是西昌铁路公安处的一名普通刑侦民警，被战友们誉为大凉山上永不疲倦的便衣神鹰。他抓获了一大批犯罪分子，破获了一大批刑事案件，为铁路公安事业做出了突出贡献。家庭和事业是铺在同一条道路上的两根钢轨。熟知张宏的人都夸他是感情丰富、情深义重的男子汉，因为繁忙的工作，他常常十天半月回不了家。他不是不想家，不是不爱妻子、老人和孩子，只是在事业与家庭发生矛盾时，他选择了前者。张宏有个温暖幸福的家,妻子殷显丽,文静、端庄、贤惠,14 岁的小儿子天真可爱。而他为了铁路运输的安全畅通,为了人民的幸福和安宁,不分昼夜地战斗在打击刑事犯罪第一线,他用赫赫战功报答了妻子的温情。

一名刑警,一年 365 天,在外的日子有 200 天以上,这绝对没有掺杂一点夸张的成分。重案山庄的七个刑警怀着一腔强烈的、神圣的使命感,披风浴雨,翻越一道道高山峡谷,蹚过一条条急流险滩。一双双深邃的目光闪烁着睿智而果断勇敢的光芒,一道道疤痕在诉说着铁道卫士传奇色彩的一生。绵延的大凉山、弯曲的安宁河,在日夜诉说着成昆铁警一次次的光辉战斗历程、一次次惊险的刑警风采、一次次英雄的壮举。那坚硬的岩石上,那肥沃的土地,铭刻着大凉山铁道线上铁路刑警深情执着的足迹。

时至今日,他和战友们的平凡仍在历史的风景线上被重新注视,当你老去时,忠诚这一鲜红的色彩将永不褪色,并在时间的背影里愈加清晰可见,忠诚也必将以其久远的馨香焕发新的芬芳……

在鲜花和荣誉面前,张宏依然很平静,没有陶醉,也没有止步,他走在自己成熟并成功的道路上,他与战友们一道披风浴雨,翻越一道道高山峡谷,蹚过一条条急流险滩。他为正义而存在,在正义与邪恶的搏斗中,在生与死的较量的洗礼中,他以坚强的意志,无畏的战斗精神冲在一线,以智慧和忠诚,像雄鹰一样飞翔在大凉山铁道线上。

题记：曾经，无数次默默问自己，在这个多彩的世界，那个叫"警察"的名字，为何令自己如此痴迷。总是在想，如果，没有选择这条路，生命里的绿色是否这般盎然，人生会不会又是另一番风景。踏着时光的隧道，笃定的眼神，拨开枯草，搜寻被狂风吹失的过往，回眸中，头发就白了。含着一丝苦涩，梦里，醒来，那条闪着银色的钢铁长龙，已然醉成了年少的模样。曾经，走过太久的孤寂，承受太多的迷茫，看守所那道石堆砌成的围墙，是否留下抚摸过的痕迹。站在时间的这一头，凝望无声的往事，一双透视的眼睛，安抚着怀恋的心。穿过夜色的灯光，抱紧所有的遐想，千帆过尽，心不曾坠落，挥挥手，站在暮色中。

告别藏青蓝

——记重庆公安处民警张欧

2019年6月4日，是重庆铁路公安处丰都站派出所女警张欧退休的日子。明天，她就要脱下警服，峥嵘岁月，风一般逝去。退休的命令正在路上，像一缕必然降临的晨曦，伴随明天的太阳升起。

青春逝去，无悔岁月随风飘逸，脱下警服，笔直行走在写满平凡的路上，离去的背影，亦如轻轻地来临，抖落寒霜，你用双脚在南高原踏出波浪。

荣耀从警路，丹心映忠诚。你在铁路公安战线一干就是34年，你的血管里永远流淌着一名铁警的热血。不必说车站货场里风餐露宿、栉风沐雨，不必说刀光剑影中披荆斩棘、孤寂坚守，更不必说峥嵘岁月里从警无悔、鞠躬尽瘁……钢铁银河见证了一位老警察的付出和坚持，嘉陵江放飞着她不老的梦想与憧憬！

藏青蓝，21世纪中国警察警服的颜色，它好比远处漂亮的风景，让多少人为之向往，却永远不能触及。曾有多少人为了这身庄严的藏青蓝放弃了前程似锦的道路，甘愿践行"耐得住寂寞、守得住清贫"的誓言。而又有多少人为了守住藏青蓝的威严，牺牲了青春、家庭、甚至生命，让自己短暂的人生告别金钱、鲜花与掌声而甘愿当一名被别人瞧不起的小警察。成为这百万群体中的一员，从此踏上充满重重挑战，寂寞、清贫而无比光荣自豪的人生旅途。

记得2017年春运，我走进了"中国神曲之乡"——丰都鬼城。

驾着警车来接我们的是一位丰腴的女警，看上去还那样年轻。所长李家睿介绍说："这是我们派出所最年长的大姐——张欧，她的故事很多。这些年，只要轮到她带领的这个班上岗，每天早晨第一列动车准是她接。因为高铁离城区较远，解决早餐就是一个难题，不能天天吃面条，从她来到这里后，一周利用三天中午休息时间，为大家合面做馒头和水饺。大伙都亲切地叫她欧妈……"说者无意，可听者有心呐。这一刻，我心里已经有戏了，我采访定格的那个点已找到。

张欧，非常低调，对我说："像我这样的民警多了去了，我也没有什么可采写的，要不另选一个？"我回应道："咱们的年龄都差不多，随便聊聊吧。如果真没有可写的再说吧。"

采访中得知，1985年1月，你脱下铁路制服，穿上了警服，那一刻，已成为你记忆深处最光彩、最荣耀的永恒画面。从穿上警服的那一刻，就是你这一生中从客运员到警察的成功过渡，也是从一名铁路职工到一名铁路警察的平凡开始。

多少个曾经，在重庆铁路公安处看守所这座拯救灵魂的家

园,你用烈火般燃烧的真情,将一颗颗冷酷的心灵唤醒。多少个曾经,你巡逻守护在没有硝烟的战场,一束束探照灯的光亮,照射着你威严的警装。当你穿上戎装的那一刻,耀眼的光芒从乌云里破顶而出,藏青蓝的警服在风中轻快舞动,威严的金色盾牌矗立在高墙之上。警营里绚烂的铿锵玫瑰,重庆铁路警营绽放的花蕾,臂章的正义打磨着英姿飒爽的豪气,警徽闪耀的光辉是你的最美。

2014年12月,重庆铁路公安处看守所撤离,这将意味着看守民警将重新选择岗位,有的同志可能留在重庆和九龙坡市区所队,有的则到沿线派出所。在看守所召开分流座谈会上,第一个发言的是你,你说:"我这个'老革命'就该到沿线去,把重庆、九龙坡这样好的地方让给年轻人吧。"不料,你的这句话在座谈会上炸开了锅。有的人说你肯定是一个"脑壳出了问题"的人……

三天后,你踏上了丰都高铁站,你的步履是那样坚定而执着,你知道哪里最需要你,你也深知,在和平年代里,警察有着比军人更多的流血和牺牲;你懂得,宁静的夜晚中,警察有着比星星更多的守望和牵挂。然而,你依然选择了远离那都市的热闹;选择了放开那温暖的怀抱;选择了舍下那份闲适的安逸;因为,你更愿意选择那份沉甸甸的责任,选择庄严的国徽下,那身藏青色的挺拔!

在一个又一个无月的夜晚,你将身体与高铁站融为一体,将心和耳贴紧夜幕,你听到了父老乡亲那酣畅的鼾声和香甜的梦呓,但你警觉的双耳如雷达,捕捉的却是一串串可疑的足音是否向着站区的夜色中逼近……

采访中,你无意中说出在2016年12月15日的那一天,内勤风尘仆仆地领回了警官证,新民警小陈看着警官证说:"欧妈,我的警官证是五年(2016年7月到2021年7月)。这是欧妈你的。"当你接过警官证看到年限(2016年7月27日至 2019 年 6 月 4 日）时，你瞬间沉默了，无名的伤感涌上了心头。还有两年多的时间，就要离开警营了。从那时起，你每次从哨位上回到家，依然舍不得把挚爱的藏青蓝脱下。你说这身藏青蓝，还有头顶上那闪亮的警徽，伴随自己走过几十载的春秋冬夏。与家人团聚的时候，你总是与警察夫君数一数，还有多少的时光，藏青蓝能代表自己的形象。是啊，就要告别藏青蓝了，为何眼里总是莫名的噙满泪花，心里依旧放不下，放不下的是那份牵挂……

在告别藏青蓝的路上，你依然有梦，想为战友们做一点力所能及的事。有了梦想就有了追求，你要把有限的从警时光发挥最大的能量。有了追求就有了勇气，你一次次圆梦的经历，是你奉献社会的过程，也是你实现自身价值的体验，而一次次梦想的实现又为你积聚了战胜困难的能量。

在战友们远离亲人的小站派出所里，你知道，女警的爱与别的女人不同，它比儿女私情更广博、更深远、更有价值。女警，是女儿，是母亲，也是妻子。在千万个警察的背后，你平凡、坚守、无私、奉献、不离不弃关爱战友。你因为"有爱"而受战友们的尊敬，也因为"温暖"被大伙爱戴。当你看到战友或旅客们向你竖起拇指的时候，你将会更加肯定当初的选择，这也是别人对你的选择的肯定和赞誉。

你总是那么执着，期望自己的关爱，还有爱的温暖语言像子弹般射出，期望烈火般燃烧的真情，传递出温暖的信息。多少次在夜灯下，你悄悄为唐教导员缝补警裤，又一次次安抚着小陈那一颗因爱恋而"受伤"的心。多少个黎明，你的身影出现在高铁的站台上……

在即将告别藏青蓝的时候，虽然，你没有惊天动地的英雄般事迹，然而，你那些平凡得不能再平凡的事迹，却使我们心头涌起荡气回肠般的无限敬意。你平凡，平凡得如一粒沙，如一棵小草，你没有一句豪言壮语，只有一个默默奉献者的足

迹，还有一个高大的背影，在鼓舞、在燃烧。

今年的春运，为了铁道平安，你放弃了与家人团聚的一次次机会。你明白与爱人从相识相知到结合，没有浪漫，只是静静酝酿足够多的记忆，慢慢将生命交融。你通过电话对警察爱人说："老公，对不起，说好今年春节回来，可真的又不能回来了……"

你的那个他在电话中说到，正好春节我轮休，我来所里探亲。你听着爱人的表达，早已被感动得泪流满面。生活中的酸、甜、苦、辣涌上了心头。是的，这么年了，你一直守在小站，小站的环境让夫妻俩的生活失去了烂漫的色彩。这些年，爱人第一次对自己讲这些话，怎不让自己感动，这些话包含了自己在小站的艰辛与付出，也凝聚着自己对亲人的牵挂与责任。

警察，一个崇高的职业；妻子，一个普通的称谓。当二者结合，就意味着将要承受常人难以想象的艰辛与劳苦，也承载起一份荣耀与担当。

风霜雪雨里，有一种微笑叫无畏；铁血柔情中，有一种泪水叫隐忍；忘我付出时，有一种幸福叫坚守；熠熠警徽下，有一种荣耀叫奉献。你把爱心与职责熔合，锻造出一种叫和谐的氛围，你把爱献给了警营、献给了高铁。

多少次，你想象透过门缝看见爱人的侧脸，站台上的阳光为你勾勒出的轮廓，散落在深邃的眼睛里。其实啊，很多时候你真的很想念远方的亲人。你已习惯了在每一个晨昏走进相思，总是把一个情字缠绕，渴望彼此能给寂寥凄凉的心里添一抹氤氲的暖色。在坚守岗位的日子里，每当窗外吹过丝丝的微风，总能想起亲人的笑脸。让风寄予一份思念，让雪花写一首情诗，送给心中的爱人。节假日，当你独自面对烟火升腾的时候，这份思念更是一再叠加。家啊！有时候很远，遥隔千里寄相思，家啊！有时候很近，却在咫尺之间。

那一年，孩子背起行囊远渡重洋，儿子没能看到母亲的身影，当你在岗位上放下电话时鼻子一酸，眼泪像泉水忍不住地流了下来，泪，滴在脸上、手上，滴落在无声的心里。捧一掬泪水，对警察来说，仿佛也是一种奢侈。谁不希望有一个安逸闲适的工作环境、有一个正常规律的休息时间？时间从指缝间滑过，很多时候眼泪是往心里流。

你用32年的时光，诠释了人间的真爱和奉献的意义。用漫长而又短暂的辉煌，瞬间点燃了一双双渴望的眼神与期待的目光。32年用忠诚与奉献直到告别藏青蓝的那一瞬间，你把青春根植在铁道线上，守护着渝利高铁的平安。

我的战友啊！此时，我的心里阵阵的疼痛，因为在这个世界上不知有多少人，不知道我们警察的苦，不知道我们警察承受工作和生活的压力，不知道威严光芒笼罩下背后承载的辛酸。战友啊，我们都是没能逃脱藏青蓝诱惑的人，在藏青蓝的世界里，我们时时刻刻都在接受挑战、都在经历挫折，都在享受孤寂。

这么多年了，你虽然很苦，可是，在你的身上，我们看到了你的内心世界却十分充实。在你的面前，在平凡的路上，你只为守护那一抹藏青蓝。

此刻，作为你的战友，我才真正领悟了鲁迅先生一句格言的深刻含义："战士的日常生活是并不全部可歌可泣的，然而又无不和可歌可泣相关联，这才是实际的战士。"

面对工作，你从不挑肥拣瘦，也从无怨言。在曾经的日子里，面对辛苦你无怨，面对刁难你无怨，面对无理的纠缠你无悔。

我的战友啊！你越走越远，越走越接近土地，那种坚实让你的脚步更加有力，让你的步履更加稳健。有多少个日子，警务区的灯光亮着，温暖着渝利铁路的土地。从警32年了，从你的身上，我看到你为了曾经的选择，默默承受工作、生活带

来的种种压力与挑战；深刻感受到你慢慢成为守得住清贫、耐得住寂寞的人时，我也认识了自己、认识了铁路警察的这份工作，认识藏青蓝带给我们的真正含义。

你说："人一辈子就是在扮演一个角色。既然我选择了警察这个角色，就一定要走下去，我不害怕倒下，即使倒下了，我也决不后悔。"

这就是你，一位普通民警的真情告白。

战友啊，在你身上，我们看到了警服的那抹蓝，有如天空那么蓝，蓝得那么庄严。头上的警徽被你用忠诚的光辉擦拭的那么亮，亮得有些耀眼。

战友啊，如果不是走进你，我们很难相信：即将告别藏青蓝的你，会有如此厚重的人生积淀。读你，我们读出了岁月如歌，风风雨雨；读你，我们读出了一位普通民警的情怀。

初春寒意里的那些微风总是使人惆怅，让人慨叹那些过早凋零的花儿。然而，丝毫没有挡住感动春天的那些瞬间。守护在钢铁银河的那份忠诚，温热着我们曾经湿润的双眼，那是来自你，一个即将告别藏青蓝的平凡而普通的人民警察，一点一滴，让我们深深地感到了温暖和力量。平凡的真实故事，朴实无华的语言，令我们为之动容。

警营里，你是一道靓丽的风景；你是一首优美的诗，任何华丽的词语都无法描述你的真情；你是一首动听的曲，是拨动的那根琴弦跳动的乐音；你抒发着对警察的爱，用爱的语言表达着对崇高的职业的炙热深情；你把爱融进警营，把忠诚刻进警察事业不朽的丰碑，渝利高铁绽放的玫瑰，永远纵横着女警血染的忠诚。

题记：一个 80 后的彝族民警，深入敌穴，面对毒魔闪着寒光的刀锋，他没有退缩，手背被划破，他迎着利刃按倒凶徒；腰被刀刺、血流如注，命悬一线的他拼全力按住身下凶徒，在殊死的较量中，全然不顾再次刺来的锋利匕首。因为他的智勇、因为他的大无畏，他和战友共同一举抓获抢劫毒品的嫌疑人 4 名、缴获长刀和弹簧刀各 2 把、毒资 8450 元，缴获毒品海洛因 146.9 克。他以战士的气魄和风骨经受了血与火的洗礼、经受了生与死的考验。他虽没有流星那么耀眼，但却像流星一样，在瞬间释放出闪烁的光芒。

刑侦前沿的一把"尖刀"

——记一等功获得者西昌公安处漫水湾站派出所教导员宾子兰

笔者与这位被称为成昆铁道线上的"尖刀"相识是在十七年前。当时重案大队的同事们都在议论："队里要来一位彝族同行，据说他还是西南民院的高才生。"元旦后，这位双眼有神的小个同行来到了大家的面前，他就是笔者要介绍的主人翁——宾子兰。

他原是西昌公安处刑警支队的一名刑警，一个 80 后的彝族民警。2003 年 7 月从西南民院毕业，分配到西昌公安处喜德车站派出所工作，成为一名铁道卫士，守护家乡大凉山的这片热土，维护着大动脉的平安。现在的他已走到基层担任起领导责任。从警 17 年来，他先后荣获公安部个人一等功，铁路公安局个人二等功，并在十年前的春运中火线加入了中国共产党，成为一名光荣的共产党员。

步入铁路警察这支队伍的 17 年，充实了他的阅历，坚定了他的毅力，确定了他的人生观和价值观。进入西昌铁路公安队伍时的喜悦记忆犹新，穿上崭新制服的那一刻，内心有说不出来的激动。

他的家在凉山州境内的边远山区，长期吃住都在刑侦支队，支队就是他的家，加之又是一名刑侦民警，平时很少回家探望双亲。17 载的风霜雪雨给他带来了太多的欢乐与希望。

入警时成为一名刑警，一年 365 天，在外的日子有 200 天以上。由于工作性质的原因，长年战斗在风口浪尖上的铁道卫士们，都是不能够控制自己时间的人，因而有许多警察都把单位当作家，把家当作旅馆，在亲人最需要的时候，往往就是那个不在家的人。

宾子兰感慨地说："我们 80 后的民警更知道，为了警察这个职业，老民警们比我们这些年轻的民警放弃得更多、奉献得更多、牺牲得更多。"因为刑侦工作需要，他常年与阿米子黑战斗在一起。一次次地接触使他感受到，这位与共和国同龄的阿米子黑，吃苦耐劳，一身正气，始终保持着良好的思想素养、质朴的阶级情感，扎实的工作作风，忠实地实践着自己的人生追求。渐渐地阿米大叔的英雄事迹就成为他干好工作的源泉与动力，阿米大叔的精神是西昌铁道卫士奋战在成昆铁道线上忠诚奉献的缩影，也正是这种精神影响和带动了像他这样的青年民警扎根大凉山的决心。多少次身边的亲人与战友问起他最敬佩谁时，他不加思索地回答道："那还用说，阿米呗"。阿米子黑以对党的无比忠诚为信仰，在平凡的大凉山铁道线上做出了卓越贡献并荣获全国劳动模范、全国铁路楷模、新中国成立以来四川省最具影响力的劳动模范、公安部二级英模、五一劳动奖章、全国特级优秀公安民警、共和国铁路的楷模等荣誉。像阿米大叔那样恪尽职守、不计得失、积极主动的对待工作，成了宾子兰毕生所追求的目标。

就让我们从一个案件说起吧：

"打拐"在没有硝烟的路上

2009年6月16日，在成昆线攀枝花火车站，两名姗姗来迟的女性旅客，分别怀抱一个用粉红色花布包裹的婴儿匆匆走到进站口，旅客焦急地环视着四周，眼神流露出一丝的惊慌。这一举动冷不防被警惕的眼睛牢牢地锁住。凭着多年的工作经验，民警们将旅客"请进"了站台公安值班室进行初步盘问，在盘查过程中魏宗珍额头上渗出了细细的汗珠，何志俊眼里露出了明显的恐惧。经讯问，魏宗珍（外号魏寡妇）交代：两名婴儿并非其女何志俊所生，是帮别人带的，之前说是何志俊所生，完全是因为受"陈站长"的指示。

6月17日8时，宾子兰与专案组民警带着各级领导的重托，踏上了南下的征程。在云南华坪县经魏宗珍的指认，确定了"陈站长"出租房屋的住址。陈站长在家里落网。

6月26日中午，专案组采用政策攻心等方法加大了审讯力度，陈站长供认：6月15日在家中分别从一名外号为白发魔女的妇女处买得一个男婴（2万元）和一名叫加日某的（外号加老总）男子处买得一个女婴（1万元），当晚通过魏宗珍、何志俊母女把婴儿从华坪经攀枝花运送到山东省聊城，并让山东省聊城的"胖妹"曾贵春和"武大郎"刘吉合夫妇贩卖的事实。同时还供认今年5月在华坪通过加老总，一次卖了三名婴儿，然后由胖妹、魏宗珍运送到山东省聊城，在刘吉合的铁匠铺用迫卖的形式将三名婴儿卖掉。

在陈站长落网后次日，阿力阿红电话联系陈站长，并称还是要以2万元的价格卖给陈一个男婴，专案组根据情况，一边耐心说服陈站长稳住阿力阿红，并约好接头地点，一边与地方公安部署前往接头地点对阿力阿红实施布控抓捕。

30分钟后，一辆银色的面包车出现在接头地点——荣将

镇三岔路口。这时陈站长的电话响起，而地方公安还未进入伏击地点，怎么办？老练的侦察员张宏果断下令，行动！

宾子兰当即将汽车拦了下来，而在车内的阿力阿红发觉事情不妙，开门想跑，宾子兰一个箭步上前将其擒住。短兵相接，阿力阿红一边高声叫嚣"抢人了，抢人了，"一边首先发难，抓起汽车上的一个木凳，狠狠地向宾子兰头上砸来，宾子兰头一摆，躲过了重重的一击，谁知小腹却被踢了一脚。面对悍匪，宾子兰毫不惧退，与之展开了近距离的英勇搏斗。随着不明真相的人越来越多，围观的人中不停地喊着："打死他，打死他。"为避免群众不明白真相而造成局面的混乱，队友一边亮出警官证，一边对周围的群众说道："我们是警察，在执行公务，"事态得到控制。这时地方的警察也赶过来了。民警将阿力阿红抓获，并成功解救一名男婴（该男婴交由攀枝花市福利院寄养）。

宾子兰参与的"6·16"专案行动，经过两个月的缜密侦察，成功破获一起利用铁路运输贩卖婴儿的跨省特大团伙案，揪出一个以陈站长为首的集收买、运输、销售婴儿一条龙犯罪团伙，成功解救6名被拐卖婴儿，抓获8名犯罪嫌疑人，破案5起。彻底摧毁了一条由云南过境四川、陕西、河南、河北前往山东贩卖婴儿的地下运输线。

代号"山鹰"行动

2009年10月1日，西昌南站北牵线货物列车上运载的铝锭大量被盗。案件发生后，公安处将"10·01"案件侦破行动定为代号"山鹰"行动。意为这次行动将是一次不寻常的行动。

在确定黑吉某的、阿育某哈、委沙某且为主要作案人员后，宾子兰这把"尖刀"又一次亮剑在风口浪尖上。笔者作为战地记者跟随拍摄了全过程。宾子兰利用自身彝族家支的优势,乔装打扮深入彝乡山寨,咬住三名犯罪嫌疑人的行踪,身披"擦尔瓦"(彝人的披毡)和战友们摸黑行进在崎岖的山路上,深一脚浅一脚地行走在彝乡山寨之间。战友们无数次在雨夜里行进和穿插于崇山峻林中,翻越海拔4000余米的木龙大山,穿越了雁子岩、耗子洞原始森林,有的双膝肿了也从不叫苦,身上被山蚂蟥叮咬,饮用的溪水里面有小红线虫,但谁也没叫苦,大家战胜了许多常人想都想不到的困难。大家攀着树枝、藤蔓,跨过一条条山沟,爬过一座座高山,那一夜,宾子兰的衣服被划破,手被刺出鲜血,笔者多少次跌倒又爬起来。

经过一个多月的抓捕,将"10·01"阿育某哈等三名作案人员全部抓获。

跨省北上擒毒魔

2010年1月6日,西昌火车站派出所民警在开展站车查缉工作中查获运输毒品嫌疑人马某(男,彝族,凉山籍),从其身上缴获毒品海洛因149克。在调查讯问中,民警掌握了一条重要线索,在西安还有涉案嫌疑人。

西昌公安处迅速抽调8名精干民警组成"1·6"毒品案专案组,赶赴西安抓捕嫌疑人。为确保抓捕行动成功,专案组决定由业务能力强、熟悉彝语、现场处置能力较强的宾子兰同志深入虎穴,适时配合外围民警对该案涉案嫌疑人一网打尽。在喜德派出所开展反货盗工作的宾子兰同志接到任务后毫不犹豫,立即随同专案组赶赴西安,并迅速进入角色。

1月7日2时33分,宾子兰和专案组的其他侦查员尾随谢某飞登上北上的列车,赶赴西安抓捕嫌疑人。

1月9日,专案组成员一行8人到达西安后,根据工作方案部署,为了确保抓捕的成功,专案组研究决定"关门打狗",对犯罪嫌疑人来个"瓮中捉鳖"。于是,安排熟悉彝语的宾子兰,住进谢某飞的房间里,乔装成谢某飞的表哥,侦查员

商林、刘伟潜伏在他们房间的衣柜中。宾子兰与谢某飞入住西安市某宾馆106房间，等候前来交易的毒品犯罪嫌疑人。

"我到了，住在绿到宾馆的106号房间。你们到某某路长途汽车站后，再给我打电话。"9时40分，谢某飞给接货阿古（化名）联系。

10时30分，谢某飞接到对方打来的第一个电话，要求其出去见面。宾子兰分析这是嫌疑人试探电话，指示谢某飞以不熟悉地理位置为借口，让对方到宾馆碰面。

10时40分左右，对方打来第二个电话，约谢某飞出去吃饭并选择安全地方交易。宾子兰摸准"接货人"一再来电催促交易的急切心理，让谢某飞以安全交易为借口坚持在宾馆交易。可电话刚一放下不到两分钟，对方又来电话称已经到达房间门口，同时传来"咚、咚、咚"的敲门声。

情况急变，宾子兰来不及细想，迅速调整好情绪，决定让嫌疑人先进房间再说。打开房门，前来接货的阿古（化名）、阿东（化名）、阿木（化名）走了进来。一进门，阿古就指着宾子兰用普通话问谢某飞："他是哪位？上次是你老婆和你一起来的，今天她怎么没有来？"谢某飞回答道："他是我表哥！我老婆生病了。"

宾子兰镇静地和3名"接货人"拉客套话，取得了他们的信任。在讨价还价和相互验"货"的时候，狡猾的"接货人"将房间内电视的声音开得很大。经过一段时间的周旋后，嫌疑人阿东一边用藏语给两个同伙对话，一边将包装好的146.9克海洛因放进自己上衣口袋，转身就往外走，宾子兰一看情况不妙，心想这伙人不仅是毒贩，而且还是来抢"货"的，立即跃过床头一把抓住嫌疑人阿东。嫌疑人阿古见状起身猛打谢某飞两耳光，同时从身上拔出20厘米长的弹簧刀逼向宾子兰。嫌疑人阿木也跟着拔出弹簧刀向宾子兰胸部连连刺去，宾子兰在闪转避让中左手被刀尖划破，阿东趁机脱身逃出房间。面对两名持刀凶恶嫌疑人的夹击，宾子兰毫不退缩，大声喊道："我是警察，不许动，放下匕首！"用手挡开阿古刺来的又一刀，奋力一掌将其击倒在床上，顺势用膝盖紧紧抵住阿古身体，左手死死按住其握刀的右手，右手猛卡其颈部。这时，急于逃脱的嫌疑人阿木凶相毕露地对他说："你放了他，不放我捅了你。"宾子兰毫不退缩地说："不放，捅死我也不放。"话刚落音，阿木拿着锋利的匕首，对着宾子兰腰部狠狠地刺去。顿时，鲜血涌出，剧痛钻心，宾子兰依然死死摁住阿古不松手。见宾子兰不松手，阿木又拿起刀再一次刺向宾子兰。在这生死攸关的刹那间。潜伏在衣柜里的商林、刘伟两位民警听到宾子兰发出"警察不许动"的信号时，立即冲出来。正准备再一次刺宾子兰救走阿古的阿木，看到冲出来的民警后，转而挥舞着尖刀刺向他们。"把刀放下！"潜伏民警刘伟一面警告一面迅速掏出手枪鸣枪示警，趁阿木发愣的一瞬间，刘伟与商林一道冲上前将其制服服，并迅速协助宾子兰夺下阿古紧紧捏在手中的匕首。

听到枪声后，在外围设伏的其他专案组民警迅速出击，在宾馆走廊将带着毒品逃出 106 房间的阿东擒获，在宾馆大门外将望风的嫌疑人阿石抓获。

经清点，在这次抓捕行动中，警方缴获毒资 8000 余元，用于抢劫的猎刀两把、弹簧刀两把，4 个毒贩子无一漏网。

经讯问得知：这四名嫌疑人是一个"黑吃黑"的贩毒、抢劫犯罪团伙。近年来，他们已经犯下多起重特大抢劫案件。

民警在审讯犯罪嫌疑人时，那个用刀刺向他的嫌疑人叹服地说道："你们这个公安太厉害了，在挨了一刀的情况下还那么拼命，栽在你们手里我认了"。

在将四名嫌疑人全部抓获后，战友们立即将因失血过多昏迷的宾子兰送往解放军第四军医大学医院抢救。在医院，大家看到宾子兰的内裤、外裤、保暖内衣、毛衣和棉衣上尽染鲜

血,伤口贯穿腹部肌肉层通达腹腔,缝合12针,失血量超过400毫升。

"人都抓住没有?人都抓住没有?"这是宾子兰醒来的第一句话。在我们告诉他,犯罪嫌疑人已经全部抓到了,他才逐渐平静下来,放心地接受救治。让在场的医生和护士都要落泪了。

笔者走进英雄的身旁采访问道:"面对凶险你当时是怎样想的?""面对凶险我只想往前冲,但是,真正感到死亡威胁的时候内心也脆弱。在医院里,我想了很多,毕竟我还很年轻,我热爱的警察职业还没有干够,不能就这样走了!我想到年轻的女友,想紧紧握住她的手;我也想到自己的父母,我知道他们看见我负伤的样子会很心痛。"

笔者又问:"伤好之后,重返工作岗位,再遇上类似的事件,你是挺身而出,还是……"宾子兰毫不犹豫地回答。"是的,我毫不犹豫地选择前者,谁叫我是人民警察呢!"

彝族年门把上的血手印

2010年11月12日,这是凉山州一年一度的彝族新年。在节日的喜庆中,位于成昆线下普雄火车站桥路工区院内,发生一起凶杀案。

处长敬松嘴里还嚼着饭,但也没有妨碍他对着话筒下命令……

一场无声的战斗拉开了序幕。

现场勘查:受害人致命伤系左胸部锐器创伤,刺穿左上肺叶及肺动脉,导致其失血性休克死亡,系他杀。

民警们历时5个昼夜,确定了缉捕犯罪嫌疑人麻卡某加方案。

17日,犯罪嫌疑人麻卡某加进入其姐姐家中。

17时左右,宾子兰和专案民警按事先制定的方案,分头进村。他们来到一个小院前，透过门缝一看，只见一个男青年和几个人在院内。"就是他"，大家彼此交换了眼神，心中暗暗惊喜。院内的"麻子"似乎是听到脚步声，机警地抬起了头。事不宜迟，民警们破门而入，直奔"麻子"。面对突然出现的陌生人，老汉似乎早有准备，忙拿起一根木棍，朝着民警抡去，一下又一下地打在了民警们的肩上、背上。大家抓住"麻子"就往院外拖。谁知，几经挣扎，"麻子"的上衣突然脱落，竟赤裸上身，要夺路而逃。就在这时，"麻子"的亲戚看到自家兄弟要被警察带走，立刻赶来帮忙。"麻子"爬上围墙，拿起了砖头向民警们砸去。宾子兰和其他民警只有一个念头，不能让"麻子"逃脱。"麻子"借助熟悉地形，奔跑的速度很快，眼看着"麻子"就要跑出村子，宾子兰紧紧追赶将其抓获，随后从其上衣内侧口袋内的烟盒中查获毒品海洛因4克。民警们迅速前往麻卡某加家中进行搜查，并搜出39码解放排胶鞋一双，花纹同现场遗留鞋底花纹一致。

在大量的物证摆在麻卡某加的面前，麻卡某加对自己所犯的滔天罪行供认不讳。

至此，2010年震惊大凉山铁道线的首起凶杀案成功告破。

面对宾子兰，你会发现他的天空是湛蓝一片。因为他的心属于人民，属于党，属于铁路公安事业；你会看见他的内心像湛蓝、宽广的天空一样，没有一片抱怨的阴霾，也没有一朵利己的乌云。

日复一日，年复一年，多年来，父母理解他、战友们理解他、组织理解他，宾子兰从警7年来，在成昆线上默默奉献着，他迈着坚实的脚步，一步步地走过，他的身后，留下的是一串串忠诚的足迹，传唱的是一首首平凡之歌。

题记： 月黑、风高、枪械、毒品、村姑送"货"……这不是一部激情的港剧，而是不需要剧本的缉毒现场。

有谁能够理解一个女人与缉毒民警的关系，有谁能够读懂身为人母的她，在缉毒刀尖上舞蹈。16年的缉毒生涯，无数次乔装卧底，南征北战，用智慧与毒贩周旋、用正义与邪恶决战。一次次收到恐吓信，一次次接到恐吓的电话，她淡然一笑"与毒魔斗争，今生无悔"。

在刀尖上舞蹈的人

——记西昌公安处缉毒支队政委朱文

她只是注入江河的小溪，但却发出海浪击打岩石的声响。

朱文，西昌铁路公安处缉毒支队政委，是一名长期战斗在千里成昆铁道线上的缉毒能手，也是西昌公安处的缉毒第一人。

朱文无数次乔装卧底，历经生死，南征北战，用智慧与毒贩周旋、用正义与邪恶决战。自2001年以来，她亲自组织和参与查破重特大贩毒案件160余起，查获海洛因17000余克、冰毒2500克，抓获犯罪嫌疑人230余名，先后荣获"全路优秀人民警察"，"成都铁路局巾帼女明星、政法先进个人、先进工作者"，"成都铁路公安局查缉能手、优秀人民警察"，"西昌铁路公安处十佳治安民警"等荣誉称号，荣立个人二等功1次、三等功2次，多次受到公安处嘉奖。

2008年9月至2010年7月，在朱文同志分管"双缉"工作时，她组织并亲自参与侦破毒品案件63起，抓获毒品犯罪嫌疑人70名，缴获各类毒品共计1969克，抓获网上在逃人员18名，查获贩卖婴儿嫌疑人17名，解救婴儿12名，特别是2009年以来，在她的组织带领下，全处查获网上在逃人员93名，较去年同期的23名上升了300%。

1997年调入刑侦支队缉毒大队之初，朱文连毒品的种类都分不清楚。面对充满风险和挑战的全新岗位，她积极迎难而上，边学边干。一次次的碰壁、一次次无功而返，再一次次吸取教训重新开始，越是挫折志越坚，始终把多查毒品多抓毒贩作为自己为警的价值取向。面对发现和识别不了毒贩的难题，她长期沉在攀枝花、普雄、西昌等重点客站和列车上寻找战机，一次次的查、一人一人的筛、一次次的总结反思，苦练实战技能，以量的积累促质的飞跃，从最初查获0.5克、5克、10克毒品，到后来查获100克、300克、1000克、2000克毒品，直到刷新全局毒品查缉记录的9067.3克，她为此付出了超乎寻常的汗水和心血。

多年的一线实战，朱文不断加强对成昆线毒品走向的研判，逐步掌握毒贩的活动规律和特征，摸索出"观、问、查、辨"的一套有效查缉方法。

2003年1月8日，时任缉毒大队副大队长的朱文带领3名缉毒民警在872次客车上开展查缉，通过察言观色，一举抓获唐霞等5名运输毒品的犯罪嫌疑人，当场缴获海洛因2798.6克，随后又顺线赶赴上海将接货的3名新疆籍犯罪嫌疑人抓获。为此，朱文受到四川省公安厅通报嘉奖。

攀枝花的南端是云南，北边是凉山，是个口岸城市。距离金三角也仅800多公里，在这里常常能堵截到一些毒贩。日前，冰毒、K粉等一些新型毒品在车站时常出现。缉毒行动之前，朱文向笔者讲述了几起发生在站内的经典查毒案。

雨过天晴，攀枝花车站一片明亮，与蓝天白云连接一起，勾勒出一幅风景画。车站门口的三品检查站井然有序，旁边站

着两名警察，他们是一线缉毒民警。一名刚从警官学院毕业，一名则是从事缉毒工作10多年的老缉毒警。工作中，他们相互不会直接喊名字，这或许是自然而然形成的"行规"。他们身上并未携带什么高科技装备，只用一双眼睛一动不动地盯着过往进站的每一个旅客。

2004年6月30日，攀枝花火车站。一名中年男子左手提柠果，右手提着方便面。他刚走进车站，朱文转身看见后喊道，"你是做什么的？"中年男子听到有人喊他之后站住了，"我在这里没有找到工作准备回老家了。"他回答。中年男子一身破旧的衣物，连脚趾都裸露在外。"请把你的身份证拿出来？"朱文要求。通过身份证查知，中年男子是武汉人。他急匆匆地从民警手中抢过身份证，连说，"我要上车了。""请等一下。"朱文要求一名警察对他进行搜身。中年男子的双腿在颤抖。"把你手中的方便面给我。"朱文从中年男子手中取过方便面之后，给她第一感觉是一个字"重"，再将另一盒取过来，照样重。朱队纳闷了，日常生活中食用的方便面没有这么重啊？看情形不对，中年男子欲拔腿逃跑，民警上前将其抓住，当场从方便面盒子里查获400克海洛因。

2006年1月5日，朱文带领民警在攀枝花开往北京西的K118次客车上开展查缉，在硬座车厢内从身边经过的两名怀孕妇女口中嗅出胶臭味，立即将两人挡获。后经医院透视检查，从两妇女体内发现可疑物带54节，排出体外后证实为海洛因245克。医生护士们都禁不住啧啧称奇，直夸朱文有一双比X光还厉害的火眼金睛。

2009年10月9日11时40分，朱文在攀枝花车站候车室督导并参与查缉工作时，发现一名年约35岁身穿暗花衬衣、身挎小包、神色略显不安的女子走进候车室，朱文敏感的职业神经立即绷紧了，凭着自己敏锐的双眼断定此人一定有问题，随即要求其出示车票及身份证。该女子拿出一张当日K118次攀枝花至西安南的车票，声称其身份证丢失。在盘查过程中朱文发现，该女子随身只带了一个女式小挎包，而无其他行李，在回答问题时神情紧张。根据工作经验，朱文分析该名旅客有重大嫌疑，便将其带至公安值班室盘查，从该女子阴道中查获海洛因292.5克。经审讯，该女子叫海燕，系缅甸人，并如实交代毒品是同寨一个60多岁老太婆让其帮忙带至西安南后给1000元好处费的犯罪事实。

朱文斗毒贩，斗的是智和勇、凭的是超乎常人的不怕脏和苦。她有句口头禅：查缉工作就是要查，查得多了，就必然会有收获。

2001年2月1日，民警在攀枝花车站从准备乘坐K118次客车的嫌疑人童知祥身上查获海洛因59颗计295克。根据犯罪嫌疑人的交代，朱文受命率队前往北京打"下家"。围堵抓捕的地点选在北京铁路总医院附近。由于不能携带武器，朱文和其他参战民警都是赤手空拳上阵。当接货的3名犯罪嫌疑人进入布控圈后，朱文英勇无畏地选定其中身高1.82米的犯罪嫌疑人玉山阿某作为抓捕对象。由于严寒导致路面溜滑，朱文在奔跑中两次滑倒摔伤，但又迅速站起，猛追近千米，一举把人高马大的嫌疑人扑到擒获。随后，朱文又带领专案组转战云南昆明，一举抓获男女涉案人员各1名。此次行动中，朱文带领民警共缴获海洛因923克、冰毒24.5克。

女毒贩常常采取体内藏毒的方式运输毒品，将毒品藏匿在阴道、肛门等隐蔽部位或吞服在体内逃避检查。对此，许多缉毒民警都说"实在太臭了，毒贩好几个月不洗澡，我们都忍不住了，朱支队竟然能忍受得了，她还用手从嫌疑人肛门内、粪便中抠出毒品"。这种"用手抠毒品的工作"对于朱文来说非常普遍。

2005年2月7日20时，朱文带领民警在西昌站候车室开展查缉时，发现2名彝族妇女形迹可疑，经过仔细观察，朱文

断定两人具有典型的体内藏毒特征,遂上前盘查。由于长期不洗澡、不换衣服,两名嫌疑人身上散发着令人作呕的恶臭,车站职工和旅客都捂着鼻子躲得远远的。朱文却忍着恶臭检查两人的身体,发现两人阴道内有异物,从2人阴道内抠出毒品四坨,共194.4克。

在与毒品犯罪的长期斗争中,朱文发现毒品"老板"为逃避打击,往往采取雇佣"马仔"带毒,电话遥控指挥等方式,要抓获主犯非常不易。对此,她在每一起案件中都把抓毒枭、打团伙作为主攻目标,凡是有延伸作战条件的案件,她从不轻易罢手,尽量扩大战果。

奥运安保期间,朱文受命担任乘警支队副支队长,主抓列车查缉工作。11月11日14时50分,朱文带领民警从西昌站登乘K118次客车开展查缉。当巡查到12号车厢时,民警龙俊发现6号中铺1名女子神色慌张,随即从其携带的行李中查获海洛因26块,共计9067.3克。朱文断定该女子还有同伙,迅速安排民警根据群众提供的线索在车上展开查堵。15时20分,正在12号车厢看守和审查女嫌疑人的朱文发现1名过路的男子神态有异,当即将其拦下审查,最终确定该男子就是主要毒贩。这起特大毒品案件的侦破,刷新了公安处建处以来一次查缉毒品数量的最高纪录,四川省禁毒委、铁道部公安局和国家禁毒委纷纷发来贺电。在朱文的组织带领下,2008年乘警支队共查获毒品海洛因10870.9克、冰毒453.2克、麻古48.7克,毒品查缉量一跃而位居全局乘警支队第一名。

随着毒品查缉数量的不断上升,朱文多次被公安局、处评为"查缉能手",多次立功受奖。顶着诸多的荣誉光环,她没有在功劳簿上稍息片刻,依然脚踏实地干。不论是作为普通缉毒民警,还是缉毒大队副大队长、大队长、副支队长,职务在上升,她深入重点站车调研掌握毒情新动向和亲自开展查缉的作风不变,全处上上下下都说:朱文走到哪里,哪里就会出战果。

采访中,朱文说:"我们并非有一双火眼金睛,靠的是日常工作经验积累。有时候,一些乘客上车时携带一盒方便面、一袋咖啡、一杯牛奶,这些生活中看似简单的食品却成了毒贩的带毒道具。"

双缉工作能否取得战果的关键是研判是否到位、组织是否有效。在乘警支队、刑警支队担任副支队长期间,作为分管"双缉"工作的干部,朱文深深知道做好毒情研判和抓好基层所队查缉组织工作的重要性。

朱文说:"我们对查处对象都有针对性的,单独出行、携带行李少的旅客,走路步伐、表情怪异者;在正常检查中,精神紧张的旅客嫌疑很大,乘警离毒品越近,他们就显得越紧张,有的浑身哆嗦、出汗,根本就控制不住自己。"缉毒民警介绍,有时公安缉毒是靠线索来源,而在车站或火车上一般靠"现场",停留车站或乘车时间短、易消失,坐车的"流动人口",全靠民警在巡查中去发现,去查毒品。

西昌公安处地处犯罪分子运输毒品的"黄金通道"上,但毒品查缉数量和质量与全局、全路兄弟单位比较仍然存在差距。作为全处毒品查缉工作专业队伍的带队人,朱文深感自己肩上的责任重大。她常说:"一枝独秀不是春,万紫千红才是春色满园!"西昌公安处必须要有所作为,必须锻造一支素质过硬的专业缉毒队伍,利用地理优势多破案、多查毒品,创立自身的缉毒品牌。

2008年一年,她就深入基层所队80余次传授查缉技能,有效提升了基层民警的缉毒水平,攀枝花、西昌、普雄等重点车站派出所毒品查缉量也突飞猛进。在她的示范和引领带动下,公安处缉毒工作强势推进,共查破毒品案件151起,抓获毒品犯罪嫌疑人109名,缴获毒品海洛因19.12千克,缉毒战果位居全局第一。

为带出更多的查缉能手，朱文将公安处各所队查缉民警集中起来，由自己和公安处缉毒能手向他们授课，将自己在工作中积累下来的经验倾囊相授，毫无保留，向民警介绍识别毒贩的方法，讲授藏匿夹带毒品和人体藏毒犯罪的特点，让查缉民警从漫无目标地盲目查变为有重点、有选择的针对查。为增强查缉民警的现场感和实战经验，她通过协调，自己亲自出面带队，从查缉工作滞后的所队抽调民警到攀枝花、西昌站和列车上进行缉毒实战演练，让民警感受氛围，她让民警跟着自己练习，学习缉毒方法，并且每天进行点评分析，达到了在实战中训练，在实战中总结，在实战中提高的效果。近年来，受到公安局表彰的李果、林刚、陈晓平等查缉能手，都得到过她的亲自指点和帮助，这些民警目前已经成为公安处缉毒战线的中坚力量。

从 1997 年调入西昌公安处刑侦支队缉毒队，一路走来，朱文最愧对的是亲人、家庭和孩子。作为妻子，朱文常常一走就是 10 天半月，将照顾家庭的重担留给了当火车司机的丈夫，为了支持朱文的工作，朱文的丈夫毅然从火车司机岗位下到了车间，收入锐减一半。一次，朱文到成都开展"打下家"工作，一去就是 20 天，等回到家时，丈夫愠怒地说："你在成都办案子，手机费花了 600 多元，却没有一个电话是打给家里的，你眼里还有这个家吗？身体也弄垮了，你这样拼命到底是为什么呀？"看着为了这个家操劳辛苦的丈夫，她只能愧疚地笑笑，无言以对。作为女儿，最让朱文难过和愧疚的则是母亲的离去，她觉得陪伴母亲的时间太少太少。作为母亲，她觉得自己亏欠女儿的太多太多。由于经常出差，孩子没人照管，朱文把女儿托付给年迈的母亲照顾，母亲要照顾孩子，还要担心她的安危，积劳成疾，患上肝癌，匆匆地走了。这，成为朱文一生永远的遗憾。

以 2006 年"1·17"毒品案件为素材的"欲擒故纵"和

"缉毒女警花"专题片在中央十二台天网、第一线栏目播出后,作为女一号的索玛花更加出名了,她这次也着实地在中央台"秀"了一把,她"秀"出了我们西昌铁路公安民警的风采,更"秀"出了女民警的精、气、神。

面对荣誉,面对光环,"索玛花"镇定自如,直面人生,她常说:"我所取得的每一点成绩,都是与组织教育培养分不开的,工作是大家脚踏实地干出来的,我只是做了自己所能做的一点工作,然而组织和领导却给了我这么多、这么高的荣誉,我感觉现在肩上的担子更重了,责任更大了!"多么朴实的话语,多么崇高的精神境界!"索玛花"纯朴的言谈举止已经把"无私奉献铸西铁警魂,团结拼搏保成昆平安"的西铁精神诠释得淋漓尽致了。"索玛花"她不仅是我们刑警支队的典型代表,更是我们公安处八百余名干警的典型代表,我为我们刑警支队有这样一名"索玛花"而感到骄傲、感到自豪!更为我们公安处有这样的"索玛花"感到骄傲、感到自豪!"索玛花"说得好,一枝独秀不是春,她的最大心愿就是希望我们的公安处有更多、更美的"索玛花"竞相绽放,争妍斗奇,为公安处灿烂的明天与未来,为公安处的春色满园锦上添花!

在每一个晚霞红遍的黄昏,在每一个朝阳映衬的黎明,无论你身着旗袍还是警装,都是铁道线上一道亮丽的风景。

题记：他在一片零乱图文的淤积里寻找不曾掩埋的痕迹，在荧屏上逆向追踪捕影，在纷繁的网络世界里剥茧抽丝。从一个个白昼到无边的黑夜，他用双手点燃了视频侦察兵的青春，用四年的时光谱写了刚毅的篇章。

本文为大家介绍的是一位严谨好学，思维超前，让视频成为大众手段的"操盘手"、一位善于抽丝剥茧，锲而不舍，让视频侦查成为实战应用的"指南者"。

刑侦战线上的"捕影者"

——记成铁公安局榜样2020西昌公安处刑警支队四大队长王超

在公安刑事视频侦查战线上，有一个普通群体，他们虽然没有直接与犯罪嫌疑人殊死搏斗，但在案件的迷雾中，他们用科学、严谨、细致的态度在视频上分析比对，从案件现场细微之处入手，接近犯罪嫌疑人，成功打开案侦突破口，为案侦提供准确的侦查方向。

王超，西昌公安处刑警支队视频侦查大队长。2008年1月参加公安工作，2016年开始从事刑侦工作，主导参与2019年全国铁路旅客列车首例打牌诈骗团伙案等230余起案件，抓获犯罪嫌疑人30余名，挽回群众和货主损失80余万元。先后2次荣立个人三等功、3次评为优秀人民警察、7次荣获个人嘉奖。

认识王超的人，都说王超破案很"神"，他却说这个神，无外乎韧性执着使然，无非就是在此过程中，找到了一条有效的路径，这条路径就是——视频侦查。不惧挑战，为嫌疑人

"画像"，破获全国铁路首例打牌诈骗团伙案。2018年10月，成昆线K118、K114次等列车上连续发生打牌出"老千"诈骗案，诈骗数额不高但频率极高，全国铁路尚无侦破此类案件。

10月22日19时，西昌公安处办公大楼指挥中心，这是一个乡镇所在地，离市区距离15公里。指挥长发出处长指令，刑警支队长雷红宇开着私家车便往公安处赶。赶到指挥中心，抬腕看表恰是19点50分，自以为时间掐得很准了，进去一看，已经坐着不少人，都在交头接耳。雷红宇找个空位坐下，静等分配任务。

任务是什么，雷红宇很清楚。20点整，处长田野进来，"砰"的一声将门关上。会议室里一下寂然。田处又"啪"地把手机拍在桌上，朗声要求在座的所有人都把手机关机，交出。大家面面相觑，疑惑像波纹一样快速荡开，然而很快大家就都服了。看手机全部收走，副处长杨铁流掏出几页纸，开始点名。点完名，杨副处长只强调这次任务很重要，要注意保密。

随后，田处说道："针对近年来我处管内列车上以打牌方式的诈骗案件频发，影响恶劣。公安处迅速组织以刑侦牵头的专门力量，实施前期调查、摸排和分析研判，并对部分受害人进行了询问取证。现初步掌握了以曹志秋、赵龙、邓杨胜为首等14人诈骗团伙，长期在西昌至成都、成都到重庆等区段的往返运行的列车上，以两人事先预谋、串联以打牌斗地主赌博形式诈骗列车旅客钱财。"

该案件脉络复杂、地域跨度大、视频模糊不清、侦查难度极大。在侦破首例打牌诈骗团伙案中，作为主办侦查员，为了寻求突破口，王超便乔装打扮，混入旅客当中，吃住在列车上，每日睡眠不足4小时，通过近3个月的努力，最终摸清了嫌疑人从进站、上车到物色作案对象、实施作案、作案后离开的整个过程，并借助站区模糊的视频和自己娴熟数字处理技

术，逐一刻画出嫌疑人清晰的正面图像，对案件所有的相关资料进行情报研判，及时为前线专案组梳理出70余名涉案嫌疑和车辆等重要数据，查询银行200余个账户信息，为案件的侦破提供了巨大的证据支撑。虽然，各类数据庞大，但他分明看到，那数据的海中，横亘着一道分水岭，那是罪与非罪的分水岭，一定有着听不见看不见却声势浩大的力量在博弈。透过荧屏，他不仅把留下压痕的纸条，也把毫无关联的阿拉伯数字，连成铿锵的诗行伸向远方。无论多么疲惫，只要警铃响起，他总是拿起手中的武器，奔赴一个个未知的战场。更深夜静，抬起一双火眼金睛，让如烟的目光，在一片零乱文字的淤积里，寻找不曾掩埋的痕迹。透过专注的眼神，笔和纸在他们心里不停闪现，他的眼就能看到天边，内心的光定会扫描出罪恶的阴暗。不用掌声，也不用荣誉证明，只要能肯定铁鹰的价值，心中那毫厘的希望，亦用万米脚步去丈量。挺起金盾般的胸膛，高耸藏青蓝的肩膀，沿着音符铺成的路，挺直你跋涉的躯体，勇敢前往。

专案组掌握充分证据之后，指挥部决定展开收网行动。根据公安局、处两级的要求，专案指挥部设在指挥中心，此次行动由处长田野任指挥长，副处长杨铁流任专案组组长，刑警支队长雷红宇、刑警支队政委张洪、乘警支队长安振东任副组长。

下设诈骗案嫌疑人西昌抓捕组、重庆抓捕组、法律手续组、后勤保障组、宣传报道组、电子数据组、警力调配组等七个行动小组。各施其责，分别负责各项工作，实施抓捕、审查、羁押及法律手续办理、后勤保障、宣传报道工作。

田处部署完毕后，以杨铁流副处长为组长、组织精干警力对该诈骗团伙实施抓捕收网工作。为保证此次抓捕工作胜利实施、有序进行，特制定此抓捕行动方案。

专案组据此于2019年3月，分别在成都、重庆、海口、西昌等地成功抓获曹某、谢某等 14 名犯罪嫌疑人，案件成功告破。

　　严谨好学，思维超前，让视频成为大众手段的"操盘手"。在犯罪形势纷繁复杂、信息科技迅猛发展的形势下，王超深知，数据破案、科技破案是必然趋势。他立足本职，紧贴实战和刑侦信息化前沿，刻苦钻研、勤思、善谋，主动将视频侦查与侦破新型网络犯罪相结合，总结出网上网下"协同式"作战的技战法，撰写论文《从两起铁路案例浅谈视频侦查在合成作战中的作用》，入选"全国刑事影像与视频侦查技术学术交流会"优秀论文，并出版成集，将工作经验总结提高到理论高度。同时，作为大队长，他自行制作课件，分批分类授课，让全处干部民警了解掌握视频侦查手段，懂调取、会分析、能应用，使视频侦查成功经验更好地惠及全警。

　　抽丝剥茧，锲而不舍，让视频侦查成为实战应用的"指南者"。2019 年 12 月，燕岗车站货场连续发生多起利用货车司机垫付款诈骗案，面对嫌疑人使用虚拟运营商手机号码、虚构运输货物、临时雇佣代理人等扑朔迷离的案情，在连续多日调查走访无线索的情况下，王超以视频侦查为主导，对外围视频条分缕析，抽丝剥茧，并从中发现一辆红色可疑轿车与案件存在时间点吻合，经过连续视频接力追踪和大数据研判，迅速锁定车辆及车主，掌握到车主黄某受嫌疑人雇佣多次前往燕岗车站收取货款的重要线索，随后他充分运用视频多维地理追踪法，紧紧咬住黄某，并通过黄某，成功抓获嫌疑人张某，缴获作案工具和赃款 15000 元。

　　入警 12 年，无论在基层派出所还是在刑侦部门，还是从视频技战法总结到视频侦查推广，王超始终把入警初心作为自己的人生追求和价值取向，用眼界、智慧和担当忠实履行着警察的职责。

题记：这是一名把生命系于海拔2244米红峰雪山之巅的彝族铁路警察，她将心交给了一条彝语叫"古洪社呷"的成昆铁路。她是忠诚守护着钢铁银河的安宁、心系人民群众的西昌铁路公安处首任派出所女所长。她像大凉山上永远绽放的"索玛花"那样鲜艳、娇美、朴素无华，香飘成昆、香飘万里铁道。

索玛花，每一叶都藏着美丽的故事

——记西昌公安处喜德车站派出所所长沙马妞妞

在祖国的大西南有一块神秘的土地，这里有一条彝语叫作"古洪社呷"的成昆铁路从寨子穿过。当作为人类征服自然三大奇迹之一的成昆铁路穿越八百里大小凉山，当第一列喘着粗气的火车碾过凉山这片沉寂的土地时，神秘的彝乡山寨讲述着"古老"的童话；火红的锅庄讲述着美丽的传说；木酒杯溢流着彝人丰收的喜悦；口弦、月琴激荡起红披毡的旋舞。

成昆铁路大凉山之巅的春夏交替之季，南高原山色新丽，杜鹃花开，漫山遍野，粉红的花瓣点缀于山间，翠绿的嫩叶夹杂于草丛。森林中那绽放的杜鹃花（彝语索玛花），群芳争艳，姹紫嫣红。

"索玛花"是凉山人的称谓，它的国名叫杜鹃。她朴实无华纯真淡雅，她那与世无争、热情火辣的内刚品格，不求奢望剔去浮华的本真天性，临风笑傲自然天成。迎霜斗雪，栉风沐雨，挑战严寒初春绽放，"索玛花"具有一种不屈不挠的傲骨精神和执着追求的信念。

"索玛花"，她不是一朵普普通通的"花"。她早已被西昌铁路警察赋予了新的生命，新的内涵，新的象征。"索玛花"是战友们送给警花所长沙马妞妞的一份最温馨、最亲切、最特殊的美称。"索玛花"迎着原野的狂风，绽放在南高原的大凉山上。

她的身影并不高大，总是不知疲倦地穿行在春秋冬夏，她的名字也不耀眼，可那一抹亮眼的藏青篮巍然挺拔，她没有惊心动魄的英雄事迹，也没有感天动地的壮志情怀，她用质朴的心灵和高尚的行为，为民警和村民传递爱心。她守望在红峰 2244 米、头顶蓝天闪耀着警徽光芒、让战旗永远飘扬在成昆之巅的彝族民警；她是让战队绩效考核从排名末尾到取得了第一名的好成绩并改善了派出所民警的日常生活环境，提升了派出所民警工作积极性，她是将心交给了一条彝语叫"古洪社呷"的成昆铁路，忠诚守护着钢铁银河的安宁、心系人民群众的西昌铁路公安处首任派出所女所长，喜德车站派出所 47 岁的沙马妞妞，汉族名字——商榕。她像大凉山上永远绽放的"索玛花"那样鲜艳、娇美、朴素无华，香飘成昆、香飘万里铁道。

喜德车站派出所位于成昆线中段的凉山州腹地，辖区红峰车站海拔高度 2244 米，沙玛拉达隧道全长 6383.3 米，是成昆铁路全线海拔最高点，也是当时中国最长的隧道，有"空中铁道"和"成昆咽喉"之称。这里地势险要、沟壑纵横、气候恶劣，工作生活条件极为艰苦。

沙马妞妞从警的第 25 个年头来到位于成昆铁路之巅的喜德车站派出所。作为喜德车站派出所第一位女所长，她克服生理、心理、工作环境恶劣等困难，始终带着笑容保持一颗必胜的信心对待工作，以娇小的身躯带领喜德车站派出所 21 名干部民警以所为家，不懈奋斗。

派出所辖区的尼波、乐武、红峰车站附近村民多种山地，

养殖大牲畜较多，且线路为开放式线路，铁路是当地村民生产和生活的必经之路。大牲畜上道事件偶有发生，线路治安状况令人担忧。她带领民警开始从尼波哈斯洛村开展工作，从签订安全协议到爱路护路宣传，每个班三天时间在山上开展走村入户工作。每天工作完后，晚上7点回到警务区。她努力克服自身患有高血压、老鼻炎，在走村入户时常有头晕眼花等情况，一步一个脚印地走遍了尼波至红峰车站附近的7个村庄，用自己的双脚带领基层民警走遍辖区82.088公里线路，一天两万多步的里程是家常便饭，晒黑了双臂，晒红了脸庞。

她初到派出所的时候正是12月份，天气寒冷。在和派出所民警交谈时，个别民警称："我们在派出所冬天从来不洗澡。"她发现派出所内浴室简陋，与室外通透，冬天洗澡很冷，每个办公室都没有取暖设备，也没有警营文化活动室，健身器材短缺。针对此情况，她争取了公安处相关部门的资金支持，并协调地方，为派出所改造浴室，对浴室进行了封闭，更换了热水器，为民警购置了电热毯，添置了洗衣机、消毒碗柜、电饭锅等，为民警营造了一个良好的工作和生活环境。

冬天来临之际，她会仔细检查民警们的每一间宿舍、每一处办公区域、每一个警务区，积极协调上级部门为干部民警配备必要的取暖设备，确保防寒物资充足。她主动将自己的宿舍安排在阴冷潮湿的一楼，把明亮干燥的房间留给民警。看到大家日常生活用水困难，沙马妞妞夜不能寐，每次巡线她都会爬山越岭将矿泉水送到海拔2244米的红峰车站，让驻站民警热泪盈眶。通过多方协调，她解决了民警食堂的净化用水。她将基层民警生日、重大节假日牢记心中，组织八一建军节慰问活动，让所内占比百分之六十的军转民警感动到热泪盈眶，她用实际行动诠释"铁警柔情，大爱无边"。

她到喜德派出所，那时候派出所绩效考核名列末尾，每月大家能拿到的绩效考核成绩很低。如何才能提升派出所绩效呢？她想改变现状，整理出了公安处各个部门的绩效考核，每天晚上把日常工作处理完毕后，对比派出所现状，逐个业务部门对照修改，每天加班到晚上 12 点。经过将近三个多月的试行、修改，拿出派出所具体的绩效考核详单，派出所绩效考核从每月的后三名慢慢上升到中等水平。民警每个月多了两三百块钱的工资，大家工作积极性提高了。

她用一腔热血、忠诚奉献、担当作为、开拓创新将成昆之巅上的喜德车站派出所带向规范、走向辉煌，她以铁警柔情、开阔视野引领喜德车站派出所在各项公安工作中取得突出成绩。她将铁警形象推向地方、融入地方展示铁警价值，提升铁警品牌，为"喜德拉达"上喜德车站派出所全体干部民警创造、搭建更加宽广的平台。

喜德县是凉山州扶贫攻坚的重点县，长期以来沿线居民及保安巡防队员大部分处于贫困线以下，她在了解到保安巡防队员因疫情原因土豆无法销售的情况，积极对接喜德县工会赞助以购代销土豆 1000 斤，发动干部民警以购代销 1000 斤，支援兄弟所队 1000 斤，为保安巡防队员解决燃眉之急。

2019 年 2 月，春运期间，喜德气温已经低至零度，沙马妞妞组织民警与喜德县文化馆开展爱车护路宣传时，沙马妞妞望着穿着露脚趾的鞋子、身着单衣瑟瑟发抖抱着月琴的女孩。眼睛湿润的女所长便向尔古馆长询问这个女孩的情况。"她叫马海阿呷，是个孤儿，她父母都去世了，她与爷爷奶奶一起生活，在喜德上小学 6 年级。每逢休息日，她都会来这里免费学习月琴，这个孩子苦呀。"

这个时候，沙马妞妞在心里想到"山里的孩子太苦了，要力所能及地为孩子们做点实事，让贫困山区的孩子们也能像城里娃一样健康快乐成长、好好上学读书。"

从那时起，在沙马妞妞的带动下，全所民警开始了 18 个月不间断地向包括马海阿呷在内的两名孤儿和其他 12 名贫困

家庭共捐赠现金、衣物、食品13次的爱心活动。为了让铁路边的孩子们有更好的学习条件，沙马妞妞自己掏钱给孩子们买文具，每次入校宣传都不忘给孩子们带过去，几百本小本子加在一起足足有二三十斤，沙马妞妞专门准备了两个大背囊，每次都塞得满当当的，从山的这头为孩子们背到山的那头。

2019年3月，上任所长四个月的沙马妞妞在深入辖区的工作中了解到，派出所保安热夫木加十分贫困，家里4个孩子，小儿子白血病多年病卧在床，却依然坚守小站尽职尽责。除了有客运的小站派驻公安民警外，其他车站只有保安守护着铁路与群众的安全。

了解到此情况，沙马妞妞决定以派出所党支部、团支部名义对他开展持续性帮扶捐款。汽车沿着陀螺一样的80公里山路行进，公路没有了，她和战友们走进尼波的荒凉山坳，在土墙房里见到了患白血病卧床的阿亦子（小男孩），民警手中的捐款、慰问品传递着一颗颗铁警爱心的力量。两年来，全所干部民警4次为热夫木加一家送去生活必需品和慰问金。与此同时，沙马妞妞主动对接喜德县工会为热夫木加争取到春节扶贫慰问金，对接喜德县扶贫开发局为他争取扶贫户，争取各项扶贫政策。

保安热夫木加眼睑的冰霜化为滚烫的泪水，哽咽地喊出温暖的名字，"人民警察瓦吉瓦（人民警察好得很）""共产党卡沙沙（谢谢共产党）"。沙马妞妞目光里含着真情，她拉着那双长满老茧的手说："我们要感恩这个伟大的时代！"

2020年，在这个本该万家团圆的春节，一场突如其来的疫情席卷武汉、席卷全国。

2月13日，派出所接T8865次列车通报，该车次6号车厢1号座的旅客系浙江省十里坪监狱刑满释放人员，该旅客同监舍内检测出确诊新冠肺炎病例一名，与该旅客同车厢乘车至喜德站下车16人，均有感染风险。

面对有感染疫情的风险,为了铁道的安全,沙马妞妞对战友们说:"我是党员、是所长,关键时刻由我上,就能降低一分风险。"她的样子就像铁血战士钟南山,也像吉林铁警刘大庆,一路冲锋向前。他与战友们并肩战斗,用一线的默默坚守,换来人民群众的平安幸福,他们有一个共同的誓言——疫情不退、警察战士不退。是的,决不退缩,铁道卫士成为最美的逆行者,是人民心中的勇士,他们的手可以擒住晴天霹雳,也可以安抚山崩地裂的痛苦。他们不惧困难、不畏艰险,以拯救天下苍生为己任,以建立太平盛世为目标。

沙马妞妞第一时间让值班站勤民警远离中心区域,做好自身防范,自己却前往中心区域拉起警戒线、设立隔离区,开展前期处置工作,值班民警多次想要协助她,都被她拦下。她独自在中心区域协助疾控中心工作人员对 16 名高风险人员进行信息登记,经现场初步检测,该车厢 16 名旅客体温均正常。她以娇小的身躯筑起一道安全墙,用无私奉献、无畏无惧的精神深深地感动着每一位民警。派出所在疫情防阻击战中成绩突出,荣立公安处疫情防控工作火线表彰集体嘉奖。

如果说闭门在家的我们尚且岁月静好,那么,一定是别人在前线为我们负重前行。他们经历着的,是更残酷的现实,更揪心的困境,和最直接的生死。我们永远不会忘记,在这个寒冷而严峻的冬天,是那些伟大的逆行人为我们撑起了迟来的春天。

沙马妞妞将一腔热血献给了基层、献给了她身边每一位干部民警,很多时候,她把战友和老乡的事宜抱在怀里。更多的时候,她却决绝地把对父母的孝心、对子女的关爱、对家庭的付出抛在身后。她没有惊心动魄的英雄事迹,也没有感天动地的壮志情怀,有的是一腔热血倾注在铁路公安事业上的赤诚之心,有的是想群众之所想急群众之所急的爱民情怀。

2020 年,夏季多雨,新凉警务区保安在巡线过程中发现

新凉至铁口区间 K463+180 米两河口隧道下方距离铁路 230 米处因暴雨发生溜塌，且电杆有倾倒现象，影响铁路供电，易发生安全事故。

灾情发生后，在安排好所内工作后，沙马妞妞立即组织警力驱车赶赴现场。在途中，公路上多处发生溜塌，车辆行驶至且拖乡卫生院处时，山体溜塌面积较大，掩埋了公路，汽车无法通行，她当即带领民警从最近的地方上铁路，沿着铁路线步行了 2 个多小时赶赴溜塌现场。在确定坍塌现场距离铁路较远，暂不影响铁路行车安全后，她发现电杆如发生倾倒将影响附近 100 余户村民人身、财产安全，附近还有村民在来回走动。她挽起裤腿、满身泥泞的用汉语和用彝语交替大声地喊着对过往的村民说："请大家不要在线路附近行走，请大家注意自身安全……"

扎根成昆线上的沙马妞妞，不仅是成昆之巅上的女所长，她也是女儿、是母亲、是妻子，但是她将一腔热血献给了基层、献给了她身边每一位干部民警，她视青年民警为子女、视老同志为兄长。她在任所长的第 18 个月，克服高血压、老鼻炎经常头晕眼花等疾病，克服父母 80 多岁高龄无人照顾等困难，组织没有忘记她，47 岁的沙马妞妞，入警 27 年，先后荣获个人三等功 1 次、个人嘉奖 8 次、全局模范公务员 2 次……

一座铁路桥从喜德拉达上空飞过，藏青蓝的身影在云海里穿梭，她用职业操守丈量人生的宽度，无论叫她商榕还是沙马妞妞，每个都是极其平凡的名字。在大凉山铁道线上，她吐放着索玛花的光焰，绚烂的花瓣，每一叶都藏着美丽的故事。

题记：一双布满血丝而凝视的眼睛，一个在大凉山脊梁上提灯夜行的背影、一个在夜航里寻找瞬明即暗的灯盏、一个在凝视着街灯和星空由亮变暗、一个在生命的航船里寻找停泊海岸的孤独行者。三十多年了，鲜花与掌声在我生命里是那么的遥远。再回首，除了一串串歪歪斜斜的脚印外，更多的是人生感悟与释然。

提灯夜行的背影

——记西昌公安处民警郑义伟

警营里的艺人

向读者们介绍大凉山深处的公安诗人、音乐人和作家，需要认识的时间，这些文字充其量是蜻蜓点水，浮光掠影。抛砖引玉，无非是让大家认识我这位警营里的艺人。

来吧——亲爱的读者！此刻，您是否已听到了激越的鼓点、那穿透多维时空的号声；此刻，我心灵的鲜花已盛开于您的眼前，希望您接受它夺目的色彩；您是否已披着夜色的轻纱悄悄地走来，在遥远的山峦之间，去触摸了那些动人的故事、去触摸了那些跳动的音符……

三十余载从警路上，我9次荣立个人三等功、8次荣获个人嘉奖。在文学的路上，我先后成为中国诗歌学会、中国铁路作家协会、全国公安作家协会、四川省音乐家协会会员、全国公安诗歌诗词学会理事、成都铁路公安局作协主席、西昌市作家协会散文学会副会长、中华散文网特邀作家、墨海腾龙世界作家文协、公安部铁路公安局作协签约作家。诗歌、作品录

入《中国新诗百年精选》《中国当代汉诗精选 1000 首》《中国诗歌·最美爱情诗经》《中国先锋作家诗人》《复兴号奔驰在祖国广袤的大地上》，散文入选《中国最美游记》，报告文学录入中国公安首部《中国刑警》等三十余种重量级选本。二百余件作品散见《诗选刊》《中国铁路文艺》《台湾秋水诗刊》《朝霞》《家园》《中国诗歌报》《法制日报》《人民公安报》《公安诗刊》《岭南文学报》等平面媒体及《中诗网》《中国诗人》《甲鼎诗刊》《华语诗歌》《世界名人会》《当代汉诗》《中国公安文学精选》《月下花语》等 70 余家网络媒体。

  2017 年，我有幸成为全国铁路公安局首批十位重点扶持作家之一。6 月中旬，在铁路公安局文联作协和公安部群众出版社的大力帮助下，全国铁路公安首批十位重点扶持诗人、作家结集出版了《铁警追梦》文学作品系列，由公安部群众出版社在广西南宁正式签售出版发行，为铁路公安文学的成长和公安诗人、作家的脱颖而出创造了良好条件。这是一套由活跃在铁路公安文坛上的作家创作的文学作品集，包括诗歌集、散文集、报告文学集、短篇小说和长篇小说集等。我创作的诗选集《踏着月色的脚步》系全国铁路公安《铁警追梦》系列文学作品中的一本，由铁路公安文联选编，公安部群众出版社独立书号出版。这套文学作品汇集了全国铁路公安十位重点作家的倾心力作。这是铁路公安文学作品的首次集体检阅，更是一次全面展示铁警风采的精彩亮相。这部诗选集的出版在成都铁路公安局和西昌铁路公安处尚属首次，它填补了局、处个人出版文学作品的空白。

  2017 年 6 月，处女诗选集《踏着月色的脚步》付梓问世，多年的心愿终得以释然。将"用灵动的诗意述说"作为我这本诗集的后记的题目，表达我写诗时的那种追求意境、完美、自然的心情。

  这些年，我的那间琴韵书屋，成了我生活的隐喻，它幽暗而又安静。我一直保持着对生活的灵敏和触摸。当我试着用文字完成我对生活现象的表述，最先触到的是我的心灵。人的心灵需要释放，人的感情需要喷发，触景生情、见物思人都是我选择写作的理由，舞文弄墨的日子里有许多故事发生，它留下了许多美好的回忆。

当夜阑人静，伏案书桌，敲打着键盘，轻轻叩开心扉，文字在键盘的碰撞中产生心灵的火花，在寂静的屋里，独自放飞着梦想与追求，用一串串或甜或辣或酸或涩或熟或稚或柔或弱或激昂或平淡的文字来表达自己的心绪。让许多最初最纯的思绪慢慢占据心灵，让心灵深处珍藏的点滴在脑海中渐渐清晰。我写诗，仅仅是因为我喜欢诗歌，喜欢那种在睡眠中醒来，一气呵成的畅快和惬意。我一直与文学和音乐、与自然、与亲朋、与世界对话，我也养成了跟自己心灵对话的习惯，也把自己的情感一次次交给了和我相伴的诗歌、歌词、散文、小说与歌曲和音乐的创作。

我一直怀揣着文学与音乐在这黑白的缝隙里，领略着生活的诗意与听觉的盛宴。当我写下这些文字与音符时，我的内心沉静而恍惚，被一种东西所覆盖。当我把这些年散落的细节拾起时，才蓦然醒悟，留给自己的是那么从容、淡泊、宁静、宽容、美好的心灵，这就是我精神生活中的最大财富。

在三十多年的军旅、警察生涯中，我用真挚的情感创作出了数百首深情豪迈、优美动听、饱含情愫的军旅、警营、故乡、校园、风光、人文、爱情诗歌，创作完成近二百首音乐作品的词典。我的每一首诗、每一首歌词与曲谱、每一篇散文、每一部报告文学、小说一次次地出现在电脑桌面，我似乎又看见火车滑过长夜溅起来的熠熠火星；看见了的在飘雪的大凉山上，一个在大山夹缝间的小站上孤独前行的背影；还看见了20世纪80年代初告别沸腾军营生活、踏上人生旅程的自己。

从云南的边疆，到四川内地的家乡；从巍峨的大凉山之

巅，到奔腾的金沙江畔；从繁华的城镇，到边远的彝乡山寨，生活给了我真实的体验。从学写诗歌、也写歌词到谱曲，从学写散文、散文诗、报告文学、小说到传记文学，无论写什么都非易事。我写这些，并无意为自己涂抹亮色，只是心灵上积淀太多，把自己曾经经历过的、感受到的生活真实地记录下来。写写属于自己那个年代的事，写写属于自己曾经美丽而动人的、值得纪念的故事。

大凉山是一个充满诗意的地方，生活在大凉山这片土地上，深知它深藏苦汁的灵魂。我把故乡的苍凉与历史文化的厚重，用童年纯洁的心灵与情感去伸展敏锐的触觉。我钟情于瞬间的灵感和遐思，我把它们看成是诗的机遇和真相。文字是我生命的另一种呼吸，面对键盘、面对一张张洁净的白纸，我内心就有一种从容、清醒和感动。这么多年，诗歌给了我一颗向上、向善和向美的心灵。我也不可能知道写的下一首诗是什么，这也是文学的最大魅力所在。

我是一个在大凉山脊梁上提灯夜行、在音乐与文学艺术海洋里航行的孤独的行者。从不吸烟、不喝酒、不打牌，三不会的自己，多数时间是在进行文学和音乐创作，手中似乎握住一份清闲和淡雅、阅读或写作，文学与音乐便像花香一样，充满着整个房间。

一个人的强大，应该是综合的素质。集诗人、作家、音乐人、新闻工作者于一身，很不容易。我生活在诗歌、音乐、文学里，诗歌、音乐、文学也在我的生活中。只要留心生活，到处是诗的眼睛看着我。灵感来源于生活，多年的创作经验，让我练成了观察生活的习惯。只要一有灵感，我不管是在哪里，还是什么时候，都要把想到的文字与音调记录下来。多年来，我创作的歌曲内容丰富，覆盖面宽，有美声、通俗、民族歌曲，获得不少奖项。但是我想说，音乐与文学的创作，是我的精神寄托，是情感的窗口，与获奖无关。我只想通过手中的音符与文字，把自己看到的生活、看到工作中的感动表现出来。

　　文学，绝不只是一种缘分，而是精神最后的栖息地。文学始终住在我的心里，一刻也不曾远离。作为一名曾在基层干了六年刑警的我，工作与生活的磨砺给予了我真实的体验。战友们顽强的工作作风和勇于拼搏的战斗精神，深深地相互感染着。战友们的酸、甜、苦、辣，可歌可泣的事迹，用任何笔墨也无法述说。

　　人生无须惊天动地，用心去做好每一件事，用自己手中的笔书写心中的意境，以文字方式亲近亲人和朋友的挚爱，以音乐的方式将自己的生命和岁月溶入殷殷的血液，执着地去从事自己热爱的音乐艺术与文学创作。在文学创作这条拥挤、坎坷的小路上，我依旧像个苦行僧，每走一步都凝聚着痛苦与汗水搅拌的艰辛，我仍乐此不疲，在这片芳草地上，在书籍组成的音阶里，任感情的音符汨汨流淌。

　　我用真挚的情感创作出了数百首深情豪迈、优美动听、饱含情愫的军旅、警营、故乡、校园、风光、人文、爱情诗歌。这些作品充满着浓郁的乡土气息，闪动着青春的旋律，蕴含着对伟大的党、对祖国、对故乡、对亲人、对军旅、对警察职业的热爱和颂扬。

　　对于我个人而言，文学一直是我生活里的"眼睛"，更是我追求生活里的目标。然而，在追求文学的创作路上，生活无论有多苦，都要迈过孤独的坎；用生活铺垫创作未来。放飞心灵，在思想的天空自由翱翔，以文字为舟，在知识的海洋里扬帆远航，继续着心灵的旅行，我依然在路上。

　　通过阅读诗集，你能读出我对军旅情结满腔热忱创作的执着精神，诗歌语言质朴、感情细腻，既有人性的情感，又有军人的豪迈。军人出身的我，是一个挚爱文学的诗人，对边防线的深情让我豪情满怀。当我乘着诗意的翅膀翱翔云端时，便以军人的豪情、敏锐的思维，将平日里酝酿在胸中的激情都化作

了春风化雨的文字，似山中汨汨流淌的小溪，清明而透亮。诗人对这个民族，这片热土的感情，正如著名诗人艾青所写的那首诗："为什么我的眼里饱含着泪水，因为我对这片土地爱得深沉……"

我生活在大凉山这个充满诗意的地方，大凉山独特的月亮、火塘、三角梅、索玛花、南方丝绸之路、马帮等地域意象，全部走进我的诗歌，我把故乡的苍凉与会理古城历史文化的厚重，用童年纯洁的心灵与情感去伸展敏锐的触觉。正是这些情感的交融，让我的诗歌情真意切，构成了我诗歌中的重要主题。

2019年5月13日至6月4日，我以警营作家、诗人的身份前往成都、重庆、贵阳三个公安处，对十位英模、时代楷模分别进行采访，创作出了10首诗歌、撰写了10篇共计18万字的报告文学。

三十八年来，我为战友们创作出以《不朽的丰碑》为代表的铁路公安诗歌150余首；以《铁血警魂》《乌蒙之巅的"保尔·柯察金"》《永恒的警魂》等为代表的铁路公安人物、集体的报告文学120余篇；以《告别藏青蓝》为代表的铁路公安散文90余篇；以《跨越与忠诚》为代表的歌曲160首。

从警二十七年，入路三十八载。知天命而不认命，识归途而忘返，我满怀着对铁路的热爱和对战友发自内心的情感进行艺术创作，为读者打开了铁路公安民警的丰富世界，展示了铁路警察的梦想和激情。

继出版诗选集《踏着月色的脚步》后，今年，我为读者捧出公安人物报告文学《翱翔吧！雄鹰》，这是我的第二部文学作品集。这部报告文学也是关于成都铁路公安局的一部纪实文学。这些文学作品由此成为成都铁路公安局铁路警察文化的生命符号。书中的部分作品已在多年前就完成。多少个不眠之夜，在宁静的小屋秉笔疾书，一次次地移动着鼠标，敲打着键盘进行框架设计、整理和修改。当我一次次重读着这些文字时，那一系列升腾的情绪又紧紧地缠绕在我的心头：有苦，有甜，有振奋。虽然，通过创作，我找到了自己的存活方式，谢谢这种寂寞的歌唱，给我带来的巨大抚慰。但是，苦于自己在学识认知、才情修养、生活所悟诸多方面的浅拙，总感诗作还有诸多不足。假如你能从这些记忆中泛起的几朵浪花，思绪中溢出的几缕情愫，跋涉中留下的几串脚印，或者说是从一名铁道卫士心灵的几道窗棂中读出某种感悟，那说明我还能将美的东西传递给你，这是我无愧于自己同时也无愧于读者的事情。

在几十年的铁警生涯中，我把青春献给了千里成昆线、献给了大凉山。我用心感受和触摸成昆线雨夜小站的气息和脉搏，用智慧的笔端走进最纯净的大凉山，将饱蘸情感的笔触深入到魂牵梦萦的家园，以强烈的情感为底蕴，发出心灵深处的焦灼呐喊，以赤子之心倾泻着恋土怀乡之情，创作出了这些带有地域特色的文学艺术作品。

用音乐文学播撒生命之花

我一直与自己的文字、与自然、与亲朋、与世界对话，也养成了跟自己心灵对话的习惯，也把自己的情感一次次交给了和我相伴的文学与音乐。音乐是绚丽多彩的花园，文学是感情世界的窗口，我用音乐和文字记录自己的心路历程，感悟工作生活的点滴，我把本身平淡、枯糙、乏味的铁警生活创造得丰富多彩，让我们一起走进我的音乐铁警生活。

58岁的我是西昌铁路公安处四级高级警长（副处级），从事公安处的宣传是我的主要工作，而工作之外，我更加有一个响当当的名号，那就是音乐作曲、作词人。说到单位上最有才华的人，战友们都说非郑义伟莫属。宝剑锋从磨砺出，梅花香自苦寒来。我今天对音乐与文学的造诣，并不是一朝一夕形成的，从小对音乐与文学的喜爱，还有部队的军旅生活为我今天

的成绩打下了坚实的基础,搞音乐创作和文学研究,我已经坚持了三十多年,在工作之余,把自己的梦想一步步实现起来,我退休后,准备写长篇小说和电视剧本,都列入到了规划中。通过努力,我不断有音乐、文学作品发表到各级报、刊上。我创作的歌曲被传颂认可。如今,只要一有时间,我就会去朋友的音乐创作室去进行音乐交流、练歌、配音演唱,灵感来源于生活,多年的创作经验,让自己练成了观察生活的习惯,只要一有灵感,不管是在哪里,还是什么时候,我都要把想到的文字与音调记录下来。

从1984年创作第一首歌曲处女作《秋天的怀念》到2020年为坚守在抗疫一线的铁路公安民警而作词作曲的歌曲《我们用爱温暖你冰冻的胸膛》,我先后创作了160多首不同风格的歌曲。1997年8月,创作歌曲《成昆铁道卫士之歌》,在成都铁路公安局首届歌咏比赛中,荣获创作一等奖。

2008年5月12日,时钟定格在这一历史的记忆里,8.0级的地震震撼着华夏儿女。面对灾区同胞的灾难,我和那些知名与不知名的战友们,昼夜星辰奔向没有硝烟的战场。在都江堰、在绵阳等地,当看见灾区那一幅幅揪心的画面时心是那样的痛,泪水潸然而下,那伤心的数字每一次变化,都仿如尖利的箭镞,直刺我的心。我和战友们马不停蹄、奋战一线,从战友们布满血丝的双眼里、从战友们忙碌的身影中看见了顽强斗志。多少个不眠之夜,我辗转反侧,想用另一种方式来表达一个警察情感。在绵阳灾区的第三个夜晚,写下了《生命的轨迹》节选:"世纪的震动牵挂着我的心/沿不同的轨迹追寻你的身影/在生命的每个角落/寻找你微弱的呼吸/你看不到我深邃的目光/我守护在你不远的身旁/并肩一起/我们的血脉在生命里延续/人间真情/风雨中更显真谛……"

2008年10月,歌曲《生命的轨迹》被凉山州音乐家协会、文化局、群众艺术馆联合制作成首部抗震歌曲集,刻录成光盘永久保存在四川省档案馆。

2010年4月,在西昌铁路公安处警营文化建设中,在原政委田野的领导下,由我作词、作曲创作了警营歌曲《跨越与忠诚》。歌名原名为《用忠诚托起一片蓝天》,是原政委田野(现任公安处处长)提议更名为《跨越与忠诚》,歌名修改后既有铁路警察这支队伍跨越的时代感,又有警察职业忠诚的含义,更有意境。在创作警歌的路上,我历尽艰辛。多少个夜晚,一次次地移动着鼠标,一次次效正每一个音符,修改文思千百度。经过一个月的歌词修改与曲调音符的校正,完成了词曲创作,歌曲为进行曲风格。曲调紧缩与扩展形成对比,采用摸进、移位和重复的手法紧扣歌曲的主题。歌词从多角度,全方位体现了西昌铁路公安民警的职业特点,抒发铁路公安民警的壮志豪情,体现了成昆铁道卫士的风采,展现了西铁警察的职业和大凉山的特点,展现了新时期西昌公安民警的精神风貌。《跨越与忠诚》经西昌铁路公安处党委会研究被定为西昌公安处处歌。这是成都铁路公安局由民警自行创作的第一首处歌。

当你乘坐列车穿越成昆线、当你来到警营,你将会听见那气贯长虹的歌声。《跨越与忠诚》这是一首歌颂战斗在成昆铁道线上的全体指战员的光荣之歌。"用忠诚托起一片蓝天"是西昌铁路公安处全体干部民警的铮铮誓言。

2010年7月,歌曲《你的身影》在纪念成都铁路公安局建局60周年中,成为成都铁路公安局范围内(四川成都和西昌公安处、贵州公安处、重庆公安处)征集歌颂铁路警察的唯一入选歌曲,同年11月,由作者在第二届成都铁路公安局警察艺术节上进行演唱,并荣获创作一等奖。

2011年,创作了《这是我们的名字》。

2014年10月,为迎接新中国65周年华诞,《西南铁警之歌》《铁道雄鹰之恋》等自创的警营歌曲作品在全国铁路公安机关警营文化现场(贵阳)进行了展出。歌曲《西南铁警之

歌》荣获创作二等奖。

通过完成这些歌曲的创作，我相信自己对生命及其精神与情操有了更深的体会，那些空洞、散乱和萎靡的感觉已变得充实、集中和振奋，并不再肤浅。在琐碎中泯灭的灵性在沉醉和飘扬中苏醒。这些作品充满着对警察职业的热爱和颂扬。

音乐不仅是用耳朵来倾听，也可以用来感受，用文字来记录。音乐是心情的记忆，心情是音乐的写真；用心灵诠释音乐，用音乐感动心灵；生活中因为有音乐才生动，生活中因为有爱才多彩。音乐就这样渗透我们的心灵。不同的音乐姿态万千，会给不同的人各种遐想，在有限的空间里容纳无限的情感世界。生活因为音乐才生动，生活因为爱才精彩，用心去聆听音乐，用心去营造爱情，你会发现，这个世界，真的很美好。

音乐让人怀念许多逝去的日子，当青春的容颜不再回头，那些曾经感动过的歌曲，任四季轮换，岁月变迁，将永远存档于心底。

早在1985年3月至1988年1月，我就读于中国音乐家协会吉林分会首届通俗歌曲创作函授班。同时，1986年5月至1988年11月还就参加郑州全国歌迷协会举办的歌词创作函授班的学习。三十年来，先后向音乐界国家一级作曲家吉古夫铁、余尚义、沙马瓦特、李晓明、蔡兴国等老师以及我国著名词作家张名河老师、曾令仕等老师请教、交流、学习。通过努力，已掌握了"旋律先行型、歌词先行型、旋律与歌词并进型"等多种作曲的方法。

每当闲暇时，我不愿虚度时光，也很少到处串门，而喜欢把自己关在静静的房间里，搞一台个人音乐专场晚会，自弹自唱自己创作的歌曲。在属于自己的小天地里，思想化成一个个素洁的文字，带着一份美好的心愿，在安静、宁谧的洁净世界，摆脱一切世俗的纷扰，步入心灵的最高领域。此时"有声胜无声"，在音乐声中，许多玄想与怀念油然而生，想念同窗、怀念友人，一片纯洁的情感在笔端流淌。多数时间还是在进行文学和音乐创作，手中似乎握住一份清闲和淡雅、阅读或写作，此时此刻，文学与音乐便像花香一样，充满着整个房间。心中只有一份感觉，那就是心灵沐浴在音乐之中，升华到生命的另一境界中去了。

多年来，我创作的歌曲内容丰富，覆盖面宽，有美声、通俗、民族歌曲，获得不少奖项。音乐与文学的创作，是我的精神寄托，是情感的窗口，与获奖无关，我只想通过手中的音符与文字，把自己看到的生活、看到工作中的感动表现出来。如今离退休的年龄越来越近，我已对今后的退休生活做好了安排。那将是一条充满挑战、一条丰富的道路。

通过这些歌曲的创作完成，我相信自己对生命及其精神与情操有了更深的体会，那些空洞，散乱和萎靡的感觉已变得充实、集中和振奋，并不再肤浅。在琐碎中泯灭的灵性在沉醉和飘扬中苏醒。

铁路情怀

走在那条通向远方的路上，回望雨幕中的小站，心中仿佛有一蓬思念的草在蓬勃地生长。我知道，自己不属于某个地方，但有另一个远方在等着自己，它的名字叫成昆线。

我入路三十八载，从警二十七年，当过工务巡道工、电影放映员，中专毕业后从企业转入西昌铁路运输法院工作，大专、本科的学业完成后，又调入西昌公安处从事宣传工作。

1982年12月，我告别了沸腾的军营生活。1983年4月来到成昆线，成为一名铁路工人。永郎，成昆线上的四等小站，是一个天高、山高、水急、风大的地方。车站就坐落在山水之间。

我当巡道工的时候，每天沿着线路行走20公里。当我从工长手里接过那套崭新的工作服时，我看到了他眼里的深切期望。那一刻，我觉得我接过的不仅仅是一套工作服，更是一个

接力棒。

黄昏时分,从南北开来的两趟慢车,在凉山小站停一分钟,这是小站最辉煌的时刻。一个雨夜,我背着巡道工具包,手持信号灯、信号旗和榔头,我清楚地意识到,我人生的旅程像一列启动的火车,从回荡着笛声的小站出发了。

记得那一年的冬季,午夜,雪越下越大,忽然,风雪里传来彝家妇女的哭喊声,如泣如诉,十分凄婉。一阵紧过一阵的喊声在山谷里回荡,这是山里人在替孩子"喊魂",不知附近谁家的孩子重病,看样子病得不轻哩!从母亲的声音里听得出。山谷里的回荡的哭声真吓人。

行走在枕木上,山间湿润的雪风吹乱了我的头发。穿过信号灯的白光,溅在钢轨上。

"呜——"一声悠长的风笛声,划破寂静的夜空。

列车从弯道上驶来了——

我站在路基上,面对着机车,竖起手中的绿色信号灯:"线路一切正常。"

在月亮升起的地方,我把自己经历过的、感受到的生活真实地记录下来,当我试着用文字完成我对生活现象的表述,最先触到的是我自己的心灵。

一年后,我离开了小站,写下了《夜雾弥漫的凉山小站》:夜雾弥漫又想起/记忆中那遥远的凉山小站/曾经,我沿故乡的山峦走来……焰火升起/在小站天空的那片云霞里/寂静的夜啊/月亮在盘山的铁道上穿行……

列车快速驶过我的身旁,轮对发出有节奏的声响。雨点斜打在车窗上,汇成一条条小小的溪流。列车里的旅客已进入了梦乡,只有淡淡的照明灯光,透过雨水漫流的车窗,闪着淡淡的光芒。

远方,是我的归宿和明天。不论人生走多远,小站永远是我人生的根基,是我记忆中沸腾生活的痕迹。当来到永郎这个五等小站的时候，铁轨就一直在面前闪耀着延伸到远方。

爱写在幽蓝而深邃的夜空里

1997年的寒露节，女儿呱呱坠地来到人间。从那一刻起，你就已如一条清澈的小溪不停地在我心间流淌，你的名字永远与水结下了不解之缘。你的姓为父母之合"郑武"，所以你的学名为"郑武江涛"，又因为出生那天是寒露节，乳名为"露珠珠"，希望你在健康成长过程中像江河里的浪涛一样勇往直前，希望你像草茎和树叶上晶莹的露水珠珠一样银子似地闪闪发光，希望你像父亲记忆中的小河一样清澈透明，涓涓流淌。

如今你已在我心中流淌了24年，你的降临给我带来幸福，也带来责任。每当想到自己是女儿——露珠珠的一棵树，肩上又有了一份长久的承担。我心甘情愿地为你承受一切，你已融入我的血液，是我生命的组成。

夜幕降临，你熟睡的脸庞是流淌的溪水，那样甜美，娇小的鼻孔中均匀传出的呼吸声是潺潺流淌的溪水之声，那样动听，那样悦耳。我不止一次地在心里感谢上苍，把你带到世间，我对你的珍视甚过一切，我的至爱——露珠珠！怎不让我把一生之爱倾泻于你。"碧云天，黄叶地，西风紧，北雁南飞；晓来谁染霜林醉，总是离人泪……"《西厢记》中这几句真实地反映出人世间最凄美、最伤感的离愁别恨。

一个月光如水的夜晚，我就像刚刚卸下了一副压在心底的重担，感到一种从来没有过的轻松。不是曾经奢望这一天，想起了女儿，感到很愧疚。在孩子最需要的时候，我却不在身边。

在无人入眠的夜晚，穿过夜色阑珊的窗口，寻望远方的女儿。在人生的路上遇到险阻或是跌进了深渊，是女儿那个闪亮的支点霎时便在我眼前浮现，一闪一息。这个支点搀扶着我向前迈进、搀扶着我摇摇晃晃地一路走来。

记得2002年春天，父亲来到我工作生活了20多年的地

方——马道。这年夏天,西昌闹地震,城市和农村的人们都很恐慌,大多数的人家都住在购买的地震棚里。7月的一天,父亲起得很早,我问父亲是不是出去锻炼?老爸说不是,感觉有点心神不宁,似乎有事情将要发生……

我望着窗外的天空,晨曦渐渐地被乌云吞没,大地失去了光彩。窗外雷声隆隆,还未到上班的时间,雨就开始下,而且越下越大,雨,下得让人害怕,暴雨穿过昏暗的天空,铺天盖地而来,冲击着建筑、树木。一转眼,房前屋后已是一片汪洋。

马道被连续不断的暴雨笼罩。有人说,这是大地震前的预告。是否真实,我心里没底。父亲说:"周末你把小露珠送到成都她妈妈那里去吧,这样娃娃会安全些。"我说:"我们一起到成都,你一个人在这里我也不放心。"父亲说:"我老了,带上我会拖累你的。"周末,我们一家三辈来到马道火车站,月台上黑压压的一片,全都是人,大多数都是送小孩和老人离开西昌的。由于人实在太多,父亲把我和女儿送上车时,车门已经关上。女儿隔着窗户使劲叫着爷爷上车,女儿紧紧拉着我的手,呼喊着:"我要爷爷,我要爷爷……"

K118次列车启动了,父亲提着还未送上车的行李,站在车下与我们挥手,看到父亲这般模样,哽咽着说不出话来。看着那个远去的身影,忽然觉得人生在世是如此的沉重和无奈。很快,父亲就消失在视线里。那一刹那,我鼻子一酸,泪水从眼里流了出来,泪,滴在脸上、手上,滴落在无声的心里。女儿睁着惊恐的眼睛,不停地抹眼泪,那眼泪擦了又流,流了又擦,一时间,眼泪化作了悲凄的爱之雨,淹没了站台。车上车下回响着凄厉的哭声,我把这次的出行比喻成"大逃亡"。

2004年夏,在索玛花开、石榴飘香的时节,我披着夜色的青纱,越过大凉山盘亘的山峦,来到女儿的身旁,女儿凝视着出院后憔悴的父亲,伸出手来摘去头上的白发,女儿小声地喊了一声:"爸爸"泪水瞬间溢出双眼。女儿说她画的傣族工笔装饰画入选世界儿童基金会的贺卡。我说:"珠珠真行。爸爸会用坚实的臂弯为你撑起一片蓝天。"

曾记否,来时朝露重,归去夕阳红。千百次拉着女儿的小手,穿梭于都市的大街小巷,在音乐与美术的海洋里,叩响艺术殿堂的大门。

记得女儿在成都上小学一年级的时候,有一次我到学校门口去接女儿,当女儿意外地看见父亲时,那高兴劲就别提了,她活蹦乱跳地跑来,只听见"爸爸,爸爸,我的爸爸"那亲切的呼喊声一阵阵传来。那一天夜晚,躺在身旁的女儿悄悄对我说:"爸爸下次来接我的时候穿上警察衣服。"我问:"为什么呢?"女儿回答:"你别管,反正我就让你穿警察衣服。"一个月后,我又到学校去接女儿,当女儿看见我时,一脸的不高兴,我问:"珠珠,怎么这样不高兴啊?"女儿说:"爸爸是个不讲信用的人。"我追问:"爸爸为何不讲信用?""你就是不讲信用,说好来接我的时候穿警察衣服,你却没穿?"这时我看见女儿很委屈,才突然想起,上次答应她穿警服来。女儿一直生气,不理我,晚饭后,我告诉女儿:"爸爸这次是顺道路过这里来看看你,明天爸爸和其他几位叔叔要去抓坏人,所以,我们不能穿警服,不然坏人在很远的地方看见警察来了,他们一下就跑了,那么爸爸和叔叔们就不能完成任务。"女儿点着头,一下读懂了爸爸,脸上又露出了笑容!

随着岁月的流逝,凉山小站在我的心里早已成了一个抹不去的符号,这个符号包含着很多内涵,青春、激情、快乐、忧伤、期望等等情感。当我一次次真实地纪录和拍摄小站民警工作与生活的精彩场面,重读自己在小站时记录下的那些故事的文字时,那一系列升腾的情绪又紧紧地缠绕在我的心头:有苦、有甜、有振奋。它留给我的不仅仅是一次次回忆、一次次更深的人生经历和感悟,还有对警察这个崇高职业的忠诚、对亲人的那份真情。

2004年冬，在飘雪的沙马拉达车站，寒风吹动着铁道两旁的树木和花草，漫天的雪花在大凉山上飞舞。原本与女儿说好的，过几天是女儿与小朋友分享蛋糕的特殊日子，陪伴在8岁女儿的身旁，这一天，女儿期盼很久了。可是，我这一次又食言了。女儿当然不会知道。

在海拔二千五百米的沙马拉达车站，我参加了为期60天的成昆线治安整治行动。我和战友们连续两个月都没有下山了。因手机没有信号，无法与女儿取得联系。两个月后我从山上下来，手机显示出女儿班主任老师的信息："你女儿上课时精力不集中，经常发呆。问她上课怎么不专心。你女儿眼里噙着泪花地回答，我想爸爸……"

我立即与老师通了电话，说明情况。三天后，特意为女儿穿上一套崭新的警服，早早地等候在学校门口，女儿看见爸爸的那一刹那，我听到那久违了的、亲切的声音："爸爸……"这时我重复在梦中呼喊无数遍的名字："珠珠……"只见女儿三步并作两步地向我跑来，我快步迎了上去，紧紧抱住了她。女儿高兴得跳了起来，紧紧拉住我的手，得意地对身边的小朋友说："看见了吧！我没骗你们吧！我爸爸真的是警察！"

多年来，自己视事业为生命而愧对女儿。每次利用出差的机会回到女儿身边时，孩子脸上挂满了灿烂的幸福和笑容。与女儿在一起，我的疲惫一下子烟消云散，远处雾霭重重、炊烟袅袅，清凉的晚风吹拂着父女的脸颊，落日的余晖洒在我们父女的身上。夜晚，女儿的唯一要求，就是要爸爸讲一个好听的、抓坏蛋的故事。在不经意之间，女儿会不停地追问："爸爸，你哪天回西昌去上班？"当听到我说两天就返回时，女儿总是用恳求的目光望着我说："爸爸你不要走？再陪我一天嘛爸爸，爸爸好久再来看我？"女儿的眼泪像断了线的珠子滴在我的手上。我说："珠珠，爸爸有时间一定经常会来看你的，你在学校要自己照顾好自己，要听老师的话……"她使劲地点点头，并悄悄对我说："我想爸爸的时候会忍着不哭！"女儿啊，你可知爸爸每次离开时的泪眼蒙眬……

2005年初，我与她妈妈分手后，女儿就特别的依恋父亲。春节快到了，大街小巷到处都张灯结彩，贴对联、挂灯笼，刚在楼下看到好久未见的爸爸，却转身又要离开，女儿的眼里闪动着泪花。当我离去的时候，不敢看女儿的眼睛。这一看，就忍不住要哭，出门的时候，也不敢多看女儿一眼，我知道，女儿趴在阳台的铁栏杆上目送着依恋的爸爸，这是2005年春节的前三天，女儿在哭泣中挥动着小手告别，直到父亲的背影远去。我在失声痛哭中回望女儿模糊的身影，心会快碎了，泪水悄悄从眼角滑落。我想喊，不！我想跑……

在飘雪的大凉山上，我的眼睛守望着被皑皑白雪覆盖的地平线，我的心坐在被雪花围裹的雪堆里，在寒冷中，我的世界只有一种颜色，那就是黎明破晓前的黑暗……

在远离女儿几百公里的大凉山铁道线上，寒风吹动着铁道两旁的树木和花草。漫天的雪风在山峰上飞舞，在浓浓的雪雾中，我的左腰部和左大腿疼痛得很厉害，走路也十分困难，我知道是该死的椎间盘突出又犯了。在飘雪的大凉山上，多想回到亲人朋友的身边，因为，今天是一个特殊的日子，是我四十岁的生日，渴望在人到中年，走进生命长河分界线的这一时刻、在故乡会理，能够得到父母的祝福；或许在这青春的脚步悄然离去之际，让女儿为我点燃生日的烛光，在透过烛光的另一个方向，聆听女儿唱起生日之歌。

6月3日，我的腰椎间盘突发，独自拖着病躯，走进了铁路医院。我没有惊动任何人，也没有谁可以去惊动。经过两个多小时的手术后，我艰难地从手术台上翻滚到四轮担架车上，护理人员才把我推上了120急救车，从西昌第一医院拉回到马道铁路医院，15公里的路竟会这般漫长。夜晚，躺在病床上，我轻轻抚摸着疼痛的伤口，想喝一口水，也无人在身边。此

时,想起远方8岁的女儿——露珠珠,想起故乡年迈的父母,想起这一年的暴风骤雨……寂静的夜啊,泪珠在眼眶里打转,最终在孤独的黑夜中倾泻而下。

尽情挥洒自己的感情,也是一种幸福。捧一掬泪水,对我来说,仿佛也是一种奢侈。在无人入眠的夜,细细品味着人生的酸甜苦辣,多少次突然从惊吓的梦中醒来,望着堆满四十年辛酸的黑夜,面对屋角通宵缝补那流着血的伤口,缝补被岁月撕破的漫漫长夜。我听见了自己的脚步声很沉重,望着不再年轻但也没有老去的自己,不知道该怎样面对?记忆中,四十年的人生路,度过了多少个阴晴圆缺的不眠之夜,站在人生分界线上,心中无数次地面对发生在自己身上的痛苦之事,让泪水默默地在心河里流淌。

几度春去秋来,多少次窗边独倚,怀想生命与岁月的变幻无常,任风雨将衣服湿透,任落叶飘落脸上身上,轻轻的叹息过后,便对生命多了更深一层的无奈与眷恋不舍。如今女儿已在心中流淌了23年,想着远方的孩子,虽然不在同一个地方,但却在同一盘圆月下,能感觉到孩子的温度,空气中弥漫着惦念的味道,看流星划破天际,对着孤灯,时间在漫漫长夜的寂静中消逝,心却不由得把不能忘怀的记忆融入字里行间。我用坚实的臂弯为女儿撑起一片蓝天,等着女儿长大后用日益丰满的羽翼,为我遮风挡雨。

这是我为女儿而写的第一首诗歌《寒露晚秋晶莹的泪珠》:那是红叶飘下的泪水,那是寒露晚秋晶莹的泪珠,想为女儿露珠珠写诗赞美,写晶莹剔透凝成一滴感恩的泪。晨雾散去,让朝霞喷薄你的冲动,沿着风叩问的方向,露珠躲在绿叶的心房。露珠在花蕊上驻足,是草尖花瓣上的一滴泪,滚动在荷叶的玉盘中,被爱它的人嵌入掌心。

2017年夏天,女儿从国外放暑假回来,带着女儿去蒙古大草原,完成了多年的心愿。草原可能是每一个人心中曾经向往的地方，是梦，是歌，是爱。

列车载着梦，一路驰骋，奔赴大草原，看一眼草海深处牧羊人的炊烟。我们乘了一夜的火车，向着锡林郭勒大草原出发了。草原的大地越来越宽阔，天空似乎与大地融为一体，金黄的色彩点缀着无边的原野。大草原属于典型的高原草场，地势特别平坦。尽管由于天旱的原因，并没有让人感到"风吹草低见牛羊"壮观与震撼，但是纯净的像天鹅湖一样高远的蓝天，白云在悠闲地飘荡着，蒙古包在草原深处，在视线尽头，散漫地分布着，新修的公路如锦如链，让人沉醉在草原的气息和风情之中。

到了大草原呢，当然要骑马，在导游的安排下，女儿第一次骑马，而且是在草原上，兴奋的心情可想而知。她跨上一匹白龙马，在当地牧民的带领下冲向草原。女儿骑了一次还不尽兴，扬马加鞭，在呼呼的风中又飞奔了一次。这下可好，没一会，屁股就疼了。牧民说一定要和马背的起伏保持一致，否则感觉骨头都会散了架。疼也罢，反正在草原上，反正骑在马上，总得过足一把瘾吧。

走进羞涩的草原，亲吻塞北初春的脸，捧起沙漠绿洲一滴水的柔软，夕阳下把蒙古包的炊烟点燃。柔情的列车载着西昌的月亮，让心中的梦绕着洁白的毡房，我把行囊悄悄放在炊烟缭绕的蒙古包旁，无数次把心贴近草原的胸膛。在那遥远的地方，马头琴声在草原的晚风中忧伤绵长，谁扯动了相思的心弦，我想你了牧羊的姑娘。心底的那片海，真的好美，吻别羞涩的草原，在希拉穆仁大草原梦开始的路上。

2020年5月，是女儿大学毕业之时，因疫情，毕业典礼推迟到年底。买不到机票，回不了国，我的双眼常常朝着大洋的方向，飞过重洋。记得2015年，你在瑟瑟的风中朝着大洋彼岸飞，背影远去，滴落的泪水打湿衣襟，时光怎能带走父亲的思念，风霜雪雨夜也冲淡了记忆的痕迹。在光阴流逝的路

口,凝视你放飞梦想的地方,轻轻呼唤你的乳名,把牵挂藏在任何人也无法触碰的距离。孩子,你是我生命中的惦念,在二十三个成长的岁月里,无论你飞得有多高,行走有多远,都是我眺望的远端,任何时候,只要我抬起头,就能望见草木润泽的书香校园,晶莹剔透的露珠在花蕊上驻足,在光闪的叶片上滑行成多彩的画面。走过五年的风雨,一池斑斓的梦,长出飞翔的翅膀,伸手,拽住一缕晨光,生命里荡漾着璀璨如虹的希望。

有一盏灯醒着

故乡在心灵深处。故乡,是一个永远萦回在内心深处而又永远割舍不去的地方。那是因为,故乡的水土从存在的那一天就浸润在了我的血液里,在我的记忆深处扎根发芽,故乡能时常使我的血液沸腾,或是让我灵魂孤寂疲惫的时候可以飘落歇息。

我的父母一直居住在故乡会理,那里不通铁路,交通不便。我工作以后,回家的次数越来越少了。

时光匆匆流逝,有如白驹过隙般短促。不知不觉地,时光的车轮又碾过了365个日子。虽然,我已过天命,在父母面前都还是孩子。在平常的岁月里,总会让爸妈牵肠挂肚、左等右盼。平时会被工作和生活琐事所淡化,而父母想儿女则是时时刻刻的。实际上,无论父母怎么想,也只有平日假期和过年这几天,才可能回到他们的身边。可有时这短短的几天也成了一种奢望。这是职业的特点,好在父母能理解我这个做警察的儿子。

2019年12月5日,冬月初十,父亲90寿辰,因为有任务,没有回故乡给老人做寿,在飘雪的大凉山上,越过山峦,我依稀看见老屋《有一盏灯醒着》:

北风呼啸的十二月,充满诗情画意,寻觅风从天空流过的痕迹,聆听鼓楼的钟声,敲碎黎明的宁静。风在夜里敲打着门窗,父亲微微的鼾声响起,与夜莺的低唱交融，在我耳边悠长回荡。

　　漂泊多年，我总是想起从前，总能听见大山深处有人在呼唤，时常看到淡蓝的炊烟，寻望那生命燃烧的火焰。悠远的记忆穿越时光的长河，光阴抹去了太多的痕迹，我用一首诗里的笔墨为您铺开人生的悲欢，把父亲慈祥的爱铺在大地上抒写。

　　穿越雾霭，拥抱年迈的瘦影，您额上一道道皱纹是淌过岁月留下的踪迹，父亲在年轮上翻阅往事，将一页页的日子紧搂在怀里。父亲的梦不长，像冬夜的一盏灯，熄灭了又点亮，常春藤沿着老屋的土墙往上蹿，亦如您艰难地朝着一百岁的阶梯向上攀缘。

　　腊月的北风恰好路经门前，吹开圣洁的花朵，吹来一曲冬日里的生日恋歌，也吹亮了月光下不老的传说。儿女们最深的祝福，是送您一首最美的歌，每一个触人动心的柔软，都可以驱散冰寒。时光之手摇起缕缕的乡愁，父亲在寂静的冬夜中守望，熟睡的夜还有一盏灯醒着，无尽的月色，静谧流淌一夜的心语。

　　静夜，凉凉的东西悄然从脸颊滑落，泪水又一次打湿了梦境，我梦见了故乡的父亲。心，宁静。思念轻轻地张开了羽翼。于是，记忆被唤醒。记忆的碎片如同断了线的珍珠散落开来……

　　9年前，春节后父亲从会理到了成都大姐那里，父亲说年纪大了，趁现在还能走动，想到儿女们工作生活的地方去看看。到了冬季，西昌的气候比成都暖和，我叫父亲到我工作生活的西昌马道来过冬。这是父亲最后一次来到我这里。

　　父亲中等个子，很结实，年轻时有点帅。父亲是读书人，他的地位不是继承来的，也不是靠小商小贩财富获得的，而是靠他所受到的教育。父亲读过几年的私塾，学过文言文和中国

古代的文史哲。

姜舟，是一个乡，父亲就出生在这里。中华人民共和国成立前，这里属于会理县管辖，现归会东县，由于人口增加与社会变迁，现在的姜舟，变成了一个小镇。

这些日子听父亲说了一些有关马帮的事。中华人民共和国成立前，姜舟是川滇各地马帮中转的驿站，也是富商巨贾云集的闹市区，商号林立，车水马龙，非常繁华，叫花子特别多。中华人民共和国成立前，父亲是一名小商贩，年轻时期居住在这个小镇上，常年靠马帮贩运一些私盐、百货的物品来维持生计。

马帮的路途是那么的漫长险恶，路途上的一切又都是未知数，路上的赶马人无法向家里传递半点音讯，更不知道有什么在前面等着自己。从父亲出发开始，家里人（我的外婆和妈妈）就有了一段又一段长得难耐的担忧和等待。马帮长期在那种崎岖险峻的山间行走、在荒野溪边的风餐露宿，赋予马帮的是太多的浪漫和传奇的色彩。

山岭，赶马的人刻印在心中的马蹄依然坚定，双脚年复一年感受过土壤，能在黎明之前镇守住最初的一丝青烟或最后的村庄。山路弯弯，日日月月，灵魂从黑夜里醒来的早晨，历经喧嚣的表达和寒凉的语境，这个时候无论是什么样的背景或什么样的心情，父辈们在大山里虔诚走着的这条无垠的路，一定会与圣洁、明亮的雪光融为一体。

羊肠小道上，一边是高山密林，另一边是水流有声的深涧，不时有猫头鹰站在路边树枝上，瞪着金光闪闪的两只圆眼，一走近就发出凄惨的惊叫，接着扑棱棱飞跑。

我爸说，一路上见到的汉人很少，多数是少数民族，主要是云南楚雄州的彝族，他们大多住在山上或山脚的平坝斜坡上。行走在密林小路上，有时山沟里唯一的一户农民放养的几条狗，猛然间在路边不远处的黑暗中狂吠起来，这时赶马的人都把手电筒打亮，防止狂狗扑过来。狗声远了以后，山间小路被蒿草和树枝遮挡，磕磕绊绊越发难行。

说起辛苦，父亲脸上的笑容便消逝了，摇头叹息着说："马帮里赶马的人就是苦命人，起早贪黑挣个饭钱，刮风下雨、打霜下雪，也得去找吃的。遇到通情达理的主儿还好说，遇到不讲理的主儿还得看人家脸色儿，难啊。"

赶马人是辛苦的，马儿也是辛苦的。春夏秋冬、风霜雪雨，父辈们披星戴月，风餐露宿，年复一年，日复一日。他们为了谋生，有家难归，亲情难叙。看到他们，想到自身，不仅潸然。这叮当的铃声，敲击着心扉，随着深秋飘落的黄叶，带给人们多少遐想，多少回思和牵念。

故乡的每条山路，坦然驮着岁月，弯弯曲曲，如五线谱仍在生命中连绵着……在我心中，山路是父亲用脚步弹拨的忧愁和向往的琴弦，而我则是父亲琴弦上的音符。

父亲有一本珍藏了多年的相册，有空时父亲会走进那个只属于自己的世界。

翻阅父亲的相册，如同翻阅父亲走过了大半生的人生路程。在这些黑白的影像上，我看到了父亲的笑容，父亲一直以微笑面对生活的种种遭遇，积极而又乐观的书写自己的人生。父亲最早的一张相片，相纸上的父亲五官端详，轮廓分明，这是父亲二十岁左右参加工作时的照片。贫苦的少年时代，父亲吃过的苦，受过的罪，是我们所想象不到的。父亲保留的何止是一张相片，那是他少年经历的一个缩影，一张小小相片，在岁月的流逝中，已化作了永恒。

父亲保留最多的照片是十年前的秋天，我陪他到北京旅游时拍摄的彩色照片。古稀之年的父亲，依旧是那样的健康，当然，这都归于父亲的锻炼。父亲精心地保留了几十张他人生历程中这段逝水年华里精彩的每一瞬，在那些或合影或独照的相片上，通过那永久的一闪记录在了人生的长河中。

夕阳下，我陪父亲漫步在安宁河畔，聆听风与树林的交

谈，倾听酣畅淋漓的乐符，悠扬悦耳的旋律，纯洁质朴的情感，仰望蔚蓝的天空。

当我陪父亲散步的时候，他总会自由自在地哼着一首首老歌，感到很幸福。父亲步履已经迟缓，突然间发现父亲真的老了，原来威严高大的父亲腰也弯了，稀少的头发有一半已经变得斑白，那又深又长的抬头纹，沉重地往下已坠成了一道弧线。脚步匆匆，父亲走过了花季，走过了中年；走过了顺利与坎坷；走过了充实与蹉跎；走过了收获与失落；走过了欢乐，也走过了苦涩。走过了太多太多……

在一个雨夜，我为父母写下了《在夕阳的路上》：

黄昏，眺望着远方的山峦，泪水弥漫了沧海桑田，故乡苍老了双亲的容颜，我却加厚加宽了对您的思念。晚霞的光束照射在钟鼓楼上，夕阳洒满古朴雄伟的城楼土城墙，我的目光定格在冷寂的老屋门前，瞬间，心被酸楚的眼泪覆盖。老屋旁的那口古井，似一曲娓娓道来的乡音，谁能听出咱内心的波澜，乡愁是我心中永远的惦念。父母不在身边，心却在儿女们的身上，老人托着望眼欲穿的守望，亲情承载着春天里最美的画卷。岁月，染白了母亲的黑发，沧桑，刻满了父亲的脸颊，这些年除了短暂的团聚，儿女们还能有怎样的期许。母亲，八十余载耄耋的苦难，从您泪光里走出来，头发被时光的风霜袭击，从乌黑走向了花白。面容憔悴的父亲常常靠在座椅上，嘴巴微微张开又把话咽下，我握着父亲枯瘦的手，如一片雪花那样轻飘。父亲的话越来越少了，有时也听到您独自发出的叹息，您说自己累了，想找个安静的地方睡个好觉。寂静的夜色四周静悄悄，老屋没有了儿孙们的喧嚣，您孤单的记忆中，是否还会想起未走远的欢笑。父亲划过夜空的情怀，追寻我回归的脚步，母亲用温柔的情怀，遥望我回家的身影。老爸，暑假期间，我会带着您的孙女回家团圆，她说，要搀扶着您慢步行走，陪伴爷爷在古城的街道上玩耍。老妈，小露珠为奶奶准备了生日礼物，那是加拿大的御寒围巾，她说，南高原的风很大，别让它吹疼了老人家。

  父亲，是一个男人最温柔的名字，母亲，是生命中永恒的符号。父母是一座山一片深情的海，父母是一首永远写不完的诗，那逐渐老去的容颜里，隐藏着儿女们未知的秘密。父母是儿女心中最柔软的情感。昔日的情景又在梦里浮现，我趴在父母背上，进入甜美梦乡的那个夜晚，我想找出最美的词语，来形容双亲在儿女们心里的形象和分量，我不敢看落在纸上"父母"两个字，怕低下头泪水会把纸浸湿。我轻飘的笔，写不出父亲平凡的一生，我脆弱的诗，也撑不起母亲灿烂的天空。父母日渐苍老的身影蜷缩，灯光下的眼睛已然混浊，疾病缠绕让两老彻夜难眠，蹒跚的步履丈量着生命的长短。时光在白驹过隙中一闪而过，儿女是否会把双亲遗忘在夕阳的路上，我不知道还能拥有父母多少年，还有多少时光可以忧伤还能感叹。

  父亲额头上的颗颗汗珠，从稀疏的头发缝中渗出，迟缓地挪动着脚步，晃动的腿把疲倦的身体移出门槛。在送别的车站，您的眼里浸入酸咸的泪花，心中也托着遥遥无期的牵挂，我哽咽地叫了一声爸妈，你们回去吧……

我们对父母的敬爱之心是无可比拟的，当母亲含辛茹苦地照顾我们时，父亲也在努力地扮演着上苍所赋予他的负重角色。感恩我的父母，是他们给予我生命，给了我一个温暖的

家。坚实而温馨的避风港永远是我栖息的地方。

2020年春节在老家医院陪护91岁病危的父亲，十几个昼夜，可以说是我从17岁当兵离家后，陪父亲时间最长的一次。为此，我为父亲做了许多"第一次"：第一次给父亲喂饭、洗脸、洗脚、擦屁股、洗下身、端屎倒尿、穿衣服……摸着父亲这双终生为儿女们辛劳吃苦的手，心里酸酸的也暖暖的。

父亲在病床上躺了一个多月，1月14日这一天，父亲因胰腺炎、咳嗽等多种并发症不得不送进医院，家里人手实在不够，老母病在床上已躺了3个月，胞妹要照顾母亲。在朋友们的帮忙下，大哥才将父亲送进医院，当晚院方就下病危通知书。第二天黄昏，接到大哥的电话，当时一种撕心裂肺的疼又在心中油然而生。如果不是因为事发突然，老人病情严重，家里是从不影响我工作的。是啊，在外工作40多年了，第一次请假，并向组织说明缘由，踏上了返回故乡的路。

除夕夜，在医院的病床前，为91岁的父亲写下了《站在一首诗里把您相望》：

> 站在一首诗里，把颜容憔悴的父亲相望，眼睁睁地望着您那瘦弱的身体，疼痛地听到从喉咙的闸门里发出的声音。日渐衰老的父亲，身体渐渐地变得枯瘦如柴，那张瓜子型的脸庞，瘦弱变形，视力已经模糊不清。时光无言流转，当您刚跨进百岁的边缘，伟岸的身躯瞬间，轰然倒地。您在病床上不停地咳嗽，总有一口痰堵在口腔通道，"不愿离去"，您的咳声震响了鼓楼的钟声，也震醒了黎明的曙光。

4月，父亲再次入住医院，这次的病情来得突然，父亲的生命，薄如那张病危通知书，让日夜陪守的儿女，心神不宁，在重症监护室的每个夜晚，您躺在病床上却无法安眠。找不到脉络的血管，使输液的双手成片的瘀青，您说，当夜幕降临闭上眼睛，就会有寒光闪闪的刀锋顶着胸膛。每次为您稍微翻身，就会引发您阵阵锥心痛骨难以忍受的呻吟，我小心地搀扶着您，触碰到的是我钻心的疼痛。

我知道，夜晚的病房要开着灯，您才睡得安香，是亲情让您微弱的生命闯过黑夜到达黎明，朝着生命的轨迹奔去。

在此期间，写下《驮着光阴的背影》：

这些年，在故乡沧桑的老屋，盼我回家的人，除了年迈的阿妈，还有四季戴一顶绒帽坐在轮椅上的阿爸。父亲，曾经伟岸的身形渐渐枯萎，弯下的腰，像一棵苍老的树，不见了，能够支撑我的那一个脊背，想起这些，我心里就格外的酸楚。您混浊的眼神，偶然也会出现一丝光亮，挂在月夜的天幕，翻越龙肘山那座乡愁的山梁。您一次次艰难地从轮椅上站起，颤颤巍巍的在房间里移动脚步，在柔和的光影下，您期盼的目光把窗外的路径张望。

夜，把梦的影子拉长，风，拍打着虚掩的门窗，我怕屋外挤进南高原的夜风，只是一丝，就将您吹凉。比故乡鼓楼的钟声还早的那是您，我的老父亲，每一声剧烈的咳嗽，我的胸口总会钻心的疼痛，无眠的夜，您的一声叹息穿透了星空，岁月的长河，涌满了疼痛的心房，您轻飘的手，翻动着压在枕边发黄的照片，那些遥远的记忆，在夜色中闪着光。太阳还未爬上山冈，您的梦想已漫过黎明的堤岸，瘦弱的手拄着拐杖，已把古城的石板敲响。透过时光的缝隙，在目光触及不到的远方，为双亲写下的一首首噙满泪水的诗行，凝视成无声的守望。我在朱自清的《背影》里，看见您驮着光阴，蹒跚而行，那个苍老的影子，就是盼我回家的人。

父亲卧床四个月了，瘦弱的双手一次次颤抖地把身体撑起，焦渴的眼睛望着地上的位置，多想悄然站立。是啊，从床

上到床下竟有这般遥远与短暂的距离。因为儿女的爱支撑着父亲生的渴望，难舍的亲情，让父亲微弱的生命得到延续。

2020年6月21日，在父亲节来临之际，再次提笔写下诗歌《渴望生命》：

  我读过《乡愁》，却不能完全读懂隔海相望的诗人余光中，我写过《乡愁》，诗里的老人疼痛地挂在故乡年轮的光影上。风吹过我的乡恋，也吹过我和老屋的回眸与亲人的守望，故乡，被父亲悄悄藏在心的深处，藏在了梦的远方。

  父亲，九十一载生命的航船，在电闪雷鸣的风雨中摇摇晃晃一路前行，生命颤巍巍地悬挂在波涛汹涌的桅杆上，您说，渴望一抹浪花把我劈向无风无浪的海滩。卧床四个月了，睡意昏沉的您吞下了多少黑夜，您瘦弱的双手一次次颤抖地把身体撑起，焦渴的眼睛望着地上的位置，多想悄然站立，是啊，从床上到床下竟有这般遥远与短暂的距离。父亲软软的身子靠在我的臂弯上，消瘦的骨头却硌得我心里发疼，我看到了您永不枯竭的力量，我也看到了您偶尔浮现的一丝忧伤。尽管您的眼神黯淡无光，我依然仰视，您被时光点燃的白发闪亮的光彩，我以诗人儿子的身份与您述说，想用诗行为你铺垫渴望生命的通道。

  父亲，不认为自己老了，您说："老去的只是年龄，而我的灵魂却依然年轻。"您很有朝气，无论白昼独自哼着小曲。多少个夜晚，您习惯偷望窗前的月光，把秘密深深藏在窗慢的后面，如果还能直立行走，您会让爱，抵达生命的禁区。夜，笼罩着昏昏沉沉的梦，您常常自言自语，怎么总有一群人，像女巫疯狂地在眼前舞蹈，您听见岁月轻轻走来的脚步声，您知道，每个人终究抵不过时间和苍茫，您还说，不想在一个人的黑夜里消亡，只因为放不下，放不下对亲人的那份牵挂。

端午的黄昏，父亲悄然地走了，在悲痛的时光里，我写下《我的爱陪您驶向无边的彼岸》：

奔跑的夕阳卡在故乡的老屋门前，父亲在端午的霞光中看见舞动长袖的踪影，您穿过河水与屈子遇见，未曾留下只言片语。风霜雪雨中您一路走来，在时光里离开了前行的航线，是的，生命因为轮回拐向了另一边，为您而写的诗走向了遥远。都说六十年是一次生命的重生，您度过了一个半甲子的光阴，有多少人能迈过九十的门槛，安然抵达灵魂栖息的地方。

粽香弥漫，我踏着月光在回家的路上，是什么支撑着您拼尽最后的气息等待远方的孩子回来，是什么让昏迷的您听到我的声音，悄然泪流满面。我跪着，您躺着，我只能用这种方式与您交谈，紧握您还有余温的手，我昂起头颅朝苍天哭喊。生命抵达尽头，望着一动也不动的冷清父亲，到生命的最后一息，每一秒都是酷刑。

父亲，孤单地走在没有月光的路上，其实呀，您还有梦，多想活着，哪怕再多一秒的呼吸，此时，我已感到您内心深处的悲戚。翻看珍藏了几十载的相册，瘦弱的身影再一次出现，泪水奔涌我的眼帘，我把眼泪咽回肚里，怕人看见。生命在瞬间消逝，我在黎明与黑夜的老屋，触摸到依然有余温的那张床，无限地凝望着夜色中的身影。父亲就这样静静地走了，在远去的路上，您的眼神流露出对世界的眷恋与亲人的情牵，让我挺直的脊梁，成为您抵达

天堂的阶梯。

父亲，您那沧桑的容颜，包裹着无限的心酸，我的爱陪您驶向那无边的彼岸，走进开满鲜花的乐园。梦中的驼铃声响，您微笑着独自向西走进天堂，走向梦中朝圣的地方，或许，某一天您会遇到一位楼兰姑娘。

父爱似土，只为肥沃的心田繁衍亲情。我轻飘的笔，写不出父亲的一生；我脆弱的诗，也撑不起父亲灿烂的天空。父亲，每每想起这个亲切的称呼，我们都会潸然泪下，心如刀割般疼痛。

在七七四十九天之际，提笔写下《我多了一曲忧伤的思念》：

时光在旷野中回旋，来不及怀想，父亲已经走远，从端午到七七，四十九个日夜，仿若一瞬间的短暂。祭奠桌上，父亲的照片，静静地看着我，岁月的冰冷，心被剜得生疼，常常想起这些年阳光洒进老屋的片断。

生命的极限坠入岁月的黑暗，端午那天可没有想过无法再喊"爸"的滋味，而今，墙上的父亲慈爱的笑容依然，忘不了最后一次抱您坐进轮椅的姿势。父子间肢体的接触，最亲昵的动作是生命终结的瞬间，您温暖的身体轻柔地靠在我的怀抱，我的手亲近地紧握您仍有余温的下颌。

父亲，您沉默不言，是为了等待千百回在梦里相见，我轻声呼唤着您，泪珠悄然滴落眼帘。滑落的泪模糊了视线，我怕地下阴暗潮湿腐蚀您的尸骨，也怕那秋天绵绵的细雨，会淋透您的屋顶。

绚烂的花朵绽放出的美丽，那是露珠为爷爷表达祭奠的一份心意，菊花寄托了思念的爱，从南高原的故乡蔓延到温哥华的基斯兰奴海滩。秋天在小河的对岸露出笑脸,正迈着轻盈的步履悄悄走来,当第一片叶子落下的时候,我会听见来自坟茔里穿过时空的声音。父亲是一片绵延不断丛林,用翠绿点缀山花烂漫的四季,云雾缭绕犹如仙境的狮子山,那片葱郁的松树与小草飞花满天。父爱是写不完的诗,如同自己,父亲带着不舍的依恋走向天边,您长眠了,可音容笑貌依旧浮现,从此后,我多了一曲忧伤的思念。

中秋,在父亲仙逝百日的时候,在泪水中写下了《写首诗寄往遥远的天堂》:

  圆了,中秋的月亮,缺了,瘦弱的父亲,思念您的泪水在哗哗流淌,我想写首诗寄往遥远的天堂。皎洁的月色与当年一样,天空还未暗下,月亮就爬上了山冈,遥望银河,心中充满无限的遐想。月亮在故乡的船城河里徜徉,如水的月光辉映着您走过的足迹,阴晴圆缺,演绎着流年的悲喜,今夕,您在璀璨的夜空眨着眼睛。粽叶在虚掩的门里飘香,端午的艾草仿佛还拽在您的手里,中秋夜,大地一片银光,儿女们又把香甜的月饼摆上。

  月夜轻轻写意祭奠的心境,我擦着双眼,轻轻地与您交谈,一首首为您而写的诗,一遍遍在寂静的夜晚深情播放。一对红蜡烛在夜幕的古井旁点亮,声声呼唤升上了天际又静静落下,纸钱一堆,炉香一把,燃烧的火光让爱在青烟中融化。孤独的醉影,在天上,在心里,我相信,在天涯与咫尺之间,有灵魂,也有影子。

  没有父亲的节日,我忧伤地望着无边的夜空,那个安静的地方,不知秋夜是否寒凉。在这个丹桂飘香的夜晚,我把思念做成一个圆圆的月亮,是谁

悠长的琴声，拨动了内心最柔软的地方。一百个日夜，依然听到您，轻轻唤着我的乳名，泪眼蒙眬中，您的音容笑貌一次次在梦里出现。柔光斑驳着曾经的过往，您远去的背影悄然映在了纸上，我在银光下苦苦等待，等待那个穿越绝尘而来的身影。清冷的月光泻满院落，风吹过老屋的门窗，院子里飘荡着您种植的桂花馥郁的芳香，今夜，谁惹醉了嫦娥与十五的月亮。

一首首朗诵诗，体现了我们这一代人对父母深厚真挚的亲情。正如文友们所说："诗中细腻而有立体感的场景细节……会让读者在反复阅读中，刚平复的心又起波澜。"我也像读者一样，在创作和反复打磨时，泪再次湿润被风吹干了的脸颊。是什么触动隐隐作痛的胸口，我曾这样问自己："是那片波涛汹涌的激情，已渐渐隐退在日渐消瘦的夕阳里；是那棵枝繁叶茂的树，已蜷缩在寒冬的夜里；是那巍峨挺拔像山一样厚重的脊梁，被无情的岁月一点点的吞噬……"

站在大凉山之巅，可以望尽人世间的悲欢离合，站在故乡的路口，可以眺望炊烟里浓浓的乡愁，闭上眼睛可以眺望，心里最疼痛的思念。"您陪我们长大，我们陪你一起慢慢变老"。父母在，我们的天空依旧完整；孩子幸福快乐，是父母任何时候唯一的需求。

在一首首诗里，这种情感，就像一条汩汩流淌的小河，慢慢地在心坎里的蔓延。

在记忆的河畔，在时光的追忆中，在人生的路上，在铺满思绪的屋里，我可以敲打着键盘，点击我深山峡谷中珍藏久远的梦，点击我的父老乡亲，点击曾经美丽而动人的故事。在安静却充满遐想的晨曦中和黄昏里，是谁，将故乡瀛洲园的夜色点缀；是谁，在思念的船城把乡情苦苦追随；是谁，将久远的故事重温；是谁，为怀愁的人儿把阴霾轻轻挥去！

第三辑 屹立的雕像

我们聚焦的公安英烈，用热血铸就忠诚、用生命呵护平安，他用生命书写了对党的无限忠诚，诠释了人民警察的使命和担当。

他倒下了，留给亲人巨大的痛苦，却让更多的家庭免受无妄之灾；他倒下了，带着对人民的无限眷恋，但留下了自己未竟的事业。

时光之中有太多我们想珍惜的和忘却的永恒，那些永恒却一直在岁月里反复撕拉着生命中的点滴。生命之中有多少的永恒是值得人追念的，值得人前行的。

题记： 如果说，默默奉献是平凡而可贵的担当，那么面对生死考验的选择就是勇敢而壮丽的担当，面对各种委屈初心不改就是坚韧而闪光的担当。

他倒下了，留给亲人巨大的痛苦，却让更多的家庭免受无妄之灾。金色盾牌热血铸就，危难之处显身手，他用生命书写了对党的无限忠诚，诠释了人民警察的使命和担当。

"天天有牺牲，时时有流血。"和平时期，人民警察是因公牺牲人数最多的群体。透过令人惋惜的数据，我们不难感受到，人民警察那份或让人看得见或让人看不着、隐在他们心底或大声喊出的担当——"我是警察！"

生命的旗帜如一盏灯的火焰

——追记公安部二级英模重庆公安处烈士民警朱彦超

烈士档案：

朱彦超，男，汉族，重庆市长寿人，1983年5月26日生，大学文凭，二级警司，2005年7月参加公安工作，2008年9月加入中国共产党，生前系成都铁路公安局重庆公安处刑警支队侦查员。

浩然正气铸警魂　人民卫士显忠诚

2012年8月12日9时30分，温度高达45℃的重庆石桥铺殡仪馆一号追悼厅内挤满了英雄朱彦超同志生前的亲属、领导、师长、战友们，他们来向英雄的遗体告别，为英雄送行。殡仪馆大厅内，重庆公安处的先进个人、三等功荣立者、刑警支队侦查员——朱彦超身着崭新的警服、身披党旗静静地躺在灵柩内……

他走得那么匆忙，甚至没有来得及和家人、战友以及那么多挂念他的人留下只言片语，藏着对亲人的无限眷恋，怀着对朋友的诸多不舍，带着对战友的深深情谊，含着对事业的一腔热忱……

为了铁路公安事业献出了宝贵的生命，值得尊敬和钦佩，用实际行动践行了入党、入警的铿锵誓言，铸就了一座不朽的丰碑。虽然，你的生命短暂，但却平添了一份厚重，必将被亲朋好友、单位同事和人民群众所永远追忆！

你静静地躺在百花丛中，身上是那件深蓝色的警服，头上戴着大檐帽，鲜红的党旗覆盖在身上。你轻阖双目，眉头和皱纹都舒展开来，你在鲜花丛中微微笑着。如果没有亲人纷飞的眼泪，没有战友和群众低声地啜泣，你恬静而安详的样子让人觉得，你没有离去，也不曾走远。

作为一名警营作家，我实在不愿意去回忆当年朱彦超逝去后的一幕幕，这也成为多年来我写人物事迹材料跨不过去的一道坎！为英雄写挽歌是多么的痛彻心扉，特别是为了收集素材和过往而一遍遍地去刺痛本已悲痛欲绝的亲人、战友，一遍遍地看着他们从哽咽到流泪，仿佛在他们伤口上撒上一把一把的盐！

采访时，战友们讲述了朱彦超离去时的很多细节：追悼会大厅高达45℃的温度，噙着热泪而全副武装的四位扶灵特警，因案件未告破，拒绝新闻媒体采访，被堵在灵堂外的记者训斥："你们对得起头顶的国徽，对得起牺牲的战友吗？"

曾几何时，总会回想起抓获穷凶极恶罪犯后媒体对逝去英雄的报道，尤以央视重庆记者站记者的那句"从弹孔痕迹看，三处枪伤全部是正面贯穿伤，最近的一枪距离头部，仅有6厘米。你就这样扑向歹徒，迎向枪口"！

我想再次把写过的材料中的一些细节串联，从每一个场景中追忆逝去的战友，也曾经和写材料的同事说了一句"很多个巧合变成了一个必然。"

灵堂前，看着那哭得椎心泣血的战友们，一手搀扶着对方，一手还在擦拭自己的泪水；又一次感觉回到你的追授大会，当《血染的风采》音乐刚起时大家控制不住涌出的泪水……太多太多不舍，都无法换回逝去的生命！

多少个不眠之夜，妻子在心里梦里一次次与你交谈：

彦超，我懂你，懂你伟岸背后的深情，懂你刚毅背后的柔软。你总是风里来，雨里去，每一次的匆匆相聚，我在梦里呼唤你，等你在回家的路径。我明白，做一名警察的妻子，即使是柔弱的臂膀，也要扛起一份担当，你浅笑里映着的警服有如天空那样蓝，警徽被你用生命的光辉擦拭得这么耀眼。

清幽的夜，我听到了自己的心跳。一段时光，悠悠地在脑海中萦绕，夹杂着丝丝甜蜜的幸福与伤痛，爱与愁。回想这些，都是红尘中的一段缘分。当泪水滑过眼角时，才发现流进心里的，依然是那痛并快乐着的记忆。思念的长笺在夜色的长河里迷了我的眼，亘古不变的情愫让我暗香浮动，静水流香，犹如惊鸿一瞥，匆匆掠过心扉。

谢谢你给予我最美的人间烟火。结婚一年，多想要一个孩子，却成了永远也无法完成的心愿。从今以后，与你遥遥相望，我能承接你所有的光芒，在星辰之间能读懂你所有的语言。走过的人生路，都是云烟。从苦辣中，回味甘甜，将一切看轻看淡，放下负累，让心灵变得宁静而恬淡。

站成永恒，是一种美丽，一种无法用言语来修饰的美丽。永恒是时光下的经典，它永远散发出属于岁月的味道。永恒之美，能穿透时光，能穿透生命，永远地保持着一种时光下不褪色的美丽。

战友啊！我们围在你身边，用庄严的敬礼、无声的泪水，默默为你送行。

你用瞬间的壮烈谱写了永恒的人生，你用满腔的热血铸就了无悔的忠诚，你用生命的代价兑现了从警的梦想，你用定格的青春传承了铁警的荣光。

你的离去，让亲人悲恸、让战友沉思。如果我们不能改变生命的长度，那么我们是不是能拓展生命的宽度，让生活的每一天过得更充实、更精彩，在平凡的岗位上，用自己的热情和执着，诠释好责任与使命的意义，演绎出丰盈和厚重的人生。

这是重庆铁路公安处民警表演的音诗画情景剧：

"一个诡秘的人影在铁道线上猛然出现！"

彦超："就在那一刻，出于一个警察本能的警觉和肩负的职责，我冲上前去盘问……"

队长："就在那一刻，那个人影顿时露出狰狞的嘴脸！"

母亲、妻子："他是谁？他是谁？"

队长："他就是公安部通缉的要犯，杀人的恶魔——周克华！"

母亲、妻子大吃一惊："啊！彦超，小心啦！"

队长、战友："彦超，危险！"

彦超猛地冲上平台："站住！我是警察！"

道光柱透映出彦超挺拔的身躯。

三声凄厉的枪声响起……彦超强忍枪伤，双手坚定地伸向前方，轰然倒下……

母亲、妻子、队长、战友撕心裂肺地齐声呼唤："彦超！……"

战友从舞台两侧一起涌向彦超倒下的地方，齐

声呼唤：

"彦超……"

队长："彦超，你走了那么久，战友们都在等你归队。"

彦超："亲爱的战友们，我的目光永远注视着你们……"

队长、战友："朱彦超！你在哪里？你在哪里……"

彦超："战友们！我永远在铁路警察的队伍里！"

彦超："亲爱的，对不起，请原谅我这一次让你等得太久了，我不能再给你执手相望的时光，让我的心在你的思念中飞翔。"

母亲："超儿，快起来！妈妈带你回家……你还有那么多的心愿未了，妈妈还等着跟你一起去看大海！超儿，快回来！妈妈不能没有你啊，我的好儿子！儿子你在哪里？妈妈想你……"

彦超："妈妈，我在你梦里。"

母亲："妈妈知道你从小就仰慕警察。"

彦超："是的，妈妈，那是我一生的追寻。"

突然，母亲身后的警察向前跨了一步，目光朝向母亲："妈妈！"

母亲一愣……眼睁睁地看着自己最爱的儿子，在面前化为一缕云烟，永远离开这个世界。

你曾经给予多少人温暖，随即化作生命里永远的痛，那是岁月都无法抹去的泪，心底的泪模糊了太多人视线。

来不及与头发花白的双亲告别，等不了与妻子叮咛别离的话语，昂扬的剪影在远行的路上，散发出耀眼灿烂的光芒。你用满腔的热血铸就无悔的忠诚，你用生命的代价兑现从警的梦想，你用瞬间的壮烈谱写人生的永恒，你用定格的青春传承铁道卫士的荣光。

你匆匆地走了，没有来得及跟亲人说声再见！走了，没有来得及跟战友道声别。英雄的壮举令人钦佩，英雄平凡的人生同样令人怀念。

当一个人的离去揪住了千万人的心，你的生死抉择就比泰山还重。当一个人的梦想用生命来兑现，天地也会为之动容。

遭遇嗜血恶魔者　鲜血凝固在路基

和平年代不缺英雄，你就是我们铁警的英雄！在这清明佳节雨纷纷的日子，想起了我们的英雄，向和平年代所有牺牲、负伤、流血流泪流汗的英雄和英雄的家属们敬礼！

2012年8月9日，重庆铁路公安处管内沙坪坝火车站派出所辖区发生一起铁路设备被盗案件。

8月10日8时10分，正在家中休假的你接到同事小陈的电话："彦超，四梨线发生了一起破坏铁路设备案，上面追得紧，队上人手又不够，我们要赶往现场了……"

得知这种情况，你就主动请缨，赶到了队上。

10日9时35分许，教导员彭明带着你与侦查员张伟前往四所至梨树湾铁路沿线开展调查走访。

一名挑着水桶的村民男子在铁路边行走，彭教导对你说："小朱，那有个挑担子的，你过去问一下。"

"好的，我去问一下。"你回答。

村民挑着水正顺着铁路往家走，你上前找到他了解情况："老乡耽搁你一下，我是公安。"你拿出了公安工作证件。请问："你昨天到这来浇水没有？这两天在铁路边有没有发现什么异常情况？"

就在这时，重庆沙坪坝四梨铁道线，前方100多米的线路上，一个可疑人影在石壁山隧道出现，一名手提白色塑料袋的中年男子，往石壁山隧道方向匆匆走去。朱彦超感觉这人形

迹十分可疑，不像是当地农民。就连喊了几声："老乡，等一下，你等一下，火车快来了……"

那名男子没有回应，你追赶过去的脚步缩短着正义与邪恶的距离。那人却丝毫不停，反而越走越急。谁会想到，那个诡秘匆匆的人，正是十分钟前枪杀两条生命，劫走十九万巨款的嗜血恶魔，周克华。丧心病狂的魔头遭遇你的盘查，顿时露出狰狞的嘴脸，当罪恶的枪口对准你的一刹那，你始终保持着向邪恶逼近的姿势。恶魔扣动扳机，连续三枪，罪恶的子弹射向毫无防备的你，你的头颅和腹部随即中弹。一张年青的面孔，生命定格在29岁的年轮上，你用青春兑现梦想，用忠诚诠释了人民警察的使命担当。你没有一句豪情壮语，只留下镶嵌在铁道上深深的足迹，鲜血凝固了钢轨路基，陨落的星星依旧照亮着大地。

谁能想到，这就是你留在世上的最后一个转身、一个背影。这一百米，成了你人生最后的足迹。一切都来得那么突然，这一去，就是永别，你再也没有回来。

9时45分，教导员彭明和侦查员张伟走访另一名村民后，发现你还没返回，便沿着原路到你们分手的地方寻找。在距离分手地点不远的铁路道心发现了带血的挎包，又在距离挎包四十米处发现浑身鲜血的你倒在铁路边的排水沟里。

一声声揪心的呼唤划破深秋的夜空，但始终没有得到回应。生命的步伐永远停留在了29岁的青春音符上，留下的只有追赶疑犯、认真盘查、面对枪口无畏无惧的英勇画卷。几小时前还与同事们谈笑风生的你，躺在冰冷的地上，鲜血染红了大地，深深刺痛着同事们的心。

生命如一盏灯的火焰，誓言直抵生命最后的亮点，无论你是站立还是躺下，任何一种姿势都值得尊敬。我的情怀不能包裹起山川河流，可我的心海却能荡漾一个平凡人的身影，远去的战友请允许我不以高歌的方式嘹亮你，你的离去揪住了太多人的心。

每当战友们回想起这一幕，都忍不住会想，彦超是不是牺牲得有点儿冤？要是当时你不追上去，不去开展盘查，就不会与周克华正面遭遇，也不会献出自己年轻的生命。但是，作为熟知你的战友知道，那一刻，你一定会追上前去。因为，那是你多年敬业的本能意识，是你长期习惯的必然选择。

队友小陈说："南京'1·6'枪击案发生后，周克华被列为重点嫌疑人，他老家重庆成为查缉的主战场。记得我和彦超一块儿在重庆西站开展查缉工作，他对我开玩笑：'要是遇见了周克华，我个子大，你掩护我，我去扑他！'没想到玩笑变成了现实，半年之后，他真的遇到了周克华，真的就这样永远离开了我们！"

经重庆市公安局尸检，确认死者系头部枪弹贯通致颅脑损伤死亡，身上共有正面射击枪伤三处，弹着点分别位于上腹部、头部左侧和左额部，其中上腹部和左额部射击距离均为6厘米左右。后经进一步技术鉴定，朱彦超中枪身亡案件与重庆市沙坪坝区"8·10"持枪抢劫杀人案同为"苏湘渝"系列重大持枪抢劫杀人嫌疑犯周克华所为。

警察，本就是伴随奉献与风险的职业，肩负着保卫国家、社会稳定与长治久安的使命。朱彦超用年仅29岁的生命与鲜血诠释出何谓忠诚，直至临终仍将职责坚守到底的那份决绝令人为之感叹。

生命如此短暂，却可以盛放得这样美丽，恰如人性中名为"奉献"与"牺牲"的火花，偶一闪现便即湮灭，却能在人们的脑海中久久定格。朱彦超用短暂的时光守护了社会和人民的安定，用宝贵的生命守护了心底烙印的那份信念与职责。

你的逝去带给爱你的家人和战友们带来了深沉的悲痛，我从大家脸上看到了惊愕、惋惜、哀伤、愤恨等各式各样、彼此交织的神情，但唯独见不到的是消沉。在一双双泪眼的背后隐

藏着的是一颗颗追随英烈、践行忠诚的无悔之心。

你牺牲的消息传开后，很多职工都不敢相信。刚休假回来的车站职工徐岗，半夜里，还专门跑到派出所挨个问，这是不是真的？得到确认后，他当时蹲在门口就哭了，连声说："多好的一个兄弟啊！怎么这样就走了。"

贵阳公安处六盘水车站派出所倪晓刚书写道：

那一天，瞬间三声罪恶的枪响，伴随着亲人、战友的悲悯，一个帅气阳光的大男孩，一条无比鲜活、满溢无限张力的生命；一卷亟待张扬、刚近而立的青春画册就此画上句号。你用短暂的一生谱写了永恒的辉煌，铸就了铅华尽褪之后的铁血丰碑。

无论你人是否还能在经年之后记起——我的兄弟，至少你的战友、你的亲人——永不遗忘！

朱彦超，我亲爱的兄弟，你用距那罪恶枪口6厘米的时空，用常人难以想象的果敢，让鲜血、让勇气、岩石般的壁立……你以无比的坚韧和无坚不摧的凛凛大义，让我们，让每一个右胸刻画"铁路"二字的警察热泪盈眶、热血奔涌。

亲爱的兄弟，铁路警察因你而更显耀眼荣光，你因铁路警察而倍添无上光荣！

重庆公安处安检支队队长李铁斌这样说：

"用什么样的语言来赞扬朱彦超同志的牺牲都不足为过。用这样一种称谓谨此表达对逝者的崇敬，因为他以身殉职的壮烈，对我们而言足以为师，为大，为范。"

我们通常都在说，自己是多么多么热爱自己的职业，多么多么热爱生活，但这种表白大多都显得苍白无力或让人怀疑。可是，有人用自己的生命来证明的时候，你还能有什么置疑吗？一个人，为自己所从事的职业付出了生命的代价，无论他的身躯是否伟岸，职位是否显赫，都足以让人景仰，尊崇，传颂于天下。朱彦超就是这样的一个人。作为一名年轻的铁道刑警，在侦办一起破坏铁路设施设备案件时，与穷凶极恶的"8·10"案主犯不期而遇，最终把自己人生的辉煌定格在最后的一次盘问之中。

了解朱彦超牺牲过程的人都知道，小朱并不是专门去追捕"8·10"案主犯周克华的，而是在侦办另一起案件的过程中，以不放过任何蛛丝马迹的作风，与周克华相逢了。没想到，为了一件普通案件的侦破而开展的一次盘问，却成了他最后一次盘问。盘问的细节，随着朱彦超的离去和周克华4天后的毙命，我们已很难知晓，但这都不重要。

朱彦超殉职的过程看起来就这么的简单。然而，就是这样一个简单的过程，却是朱彦超同志精神的全部。没有一种强烈的破案欲，谁会在意自己身边的蛛丝马迹？没有一种强烈的责任感，谁会在意自己身边还会有哪些事可做？没有一种强烈的敏感性，谁会在意自己身边走过的是不是可疑人？而这些，朱彦超在这不到十分钟的时间里都在意了。可以说，还原一个罪恶的真相，惩处所有罪恶的元凶，是植入警察骨髓的一种愿景，朱彦超就是为实现这种愿景而牺牲的。虽然参与查破的案件也不是什么惊天大案，朱彦超对周克华的盘问也不是因有准确情报而开展的专门查缉。但是朱彦超却没有因为自己侦办的案件普通而有丝毫的懈怠，没有因为没有专门的部署而忽略对一切罪恶的警惕。对周克华的这次盘问，就是对工作极端负责的体现。朱彦超死在了为实现人民警察共同的愿景中，死在了人民警察所担负的责任里，朱彦超的死就死得其所！可能大家对这些之乎者也式的表达有些不习惯，那就干脆简单通俗地说吧：如果朱彦超不是为了破案，对工作不负责任，朱彦超问完那位农民就完事了，就不会追上去再对其他人进行盘问，不去盘问，就什么事都没有，强烈的责任心就是朱彦超与周克华不期而遇，以至牺牲的主要原因，这也是朱彦超所表现出的值得

我们学习、传承的崇高的职业操守。

  颂扬朱彦超，并不是心血来潮的附和，像这样与战友的生死离别，在从警生涯中也非此一例了。这一次，朱彦超同志本身表现出的精神和他的离去，再一次深深地触动了战友们那根职业的神经，再一次地唤起了战友们对自己所担负的责任的思考。在警察这个行业里，"牺牲"是随时随地的事，而且更由不得你去挑选具体的时间、地点和方式，它早已由你所担负的责任所决定了。只要是踏入了警察行列，对此都有准备，这也就是我们这个职业的崇高。

  警察所担负的责任在法律上有明确，但我理解这种责任其实更多的就是一种"期待"。当我们面对受到不法侵害而向我们报警求助的群众的时候，你是否看到了他们对我们期待的眼神；当我们面对一个个案发现场的时候，你是否读懂了周围群众惩恶扬善的期待；当我们面对一个个混乱的场景的时候，你是否明白群众对平安的期盼……

  警察是什么？警察就是为老百姓在下雨天里准备的一把伞，下雨的时候他们总会首先想起你。朱彦超最后的一次盘问，就是为了不负这种期待。

  作为警察，我们不可能每一位同志都有像李小咪、朱彦超等同志那样光荣殉职的机会，但我们一定要记住，当你在接受人民群众报警求助之时，一定不要忘了看一看他们期待的眼神；当你在工作中感到苦累的时候，一定要想一想那些期待的眼神……这样你就不会忘记你所担负的责任。

  逝者已去，后生继续。我们怀抱着战友遗体，背负着一双双期待的眼睛，双脚踏在捍卫公平正义的道路上，我们仍将义无反顾地坚定前行！

用瞬间的壮烈谱写了永恒的人生

  高考时，你有多种选择，可你填报的志愿全是警校。许多同学深感不解:"凭你的成绩应该可以选择更好的学校,为什么偏偏选了警校?"你却说:"这是我的理想。"

2005年7月,你从郑州铁道警官高等学校毕业,怀揣着警察的梦想,打点行囊,告别亲人,奔赴地处云南省东北部、海拔2000余米的昭通站派出所。刚到派出所没多久,你主动提出了到条件最艰苦的彝良警务区驻站的申请。

9月的一天深夜两点多,彝良站重庆方向大寨隧道口发生了一起铁路交通事故。你得知情况后,立刻和另一名同事直赴现场。当时大雾迷蒙,能见度不足一米,在赶往现场的途中,你一脚踩滑崴伤了脚,因为害怕耽误工作,强忍着疼痛,坚持着一瘸一拐到达了现场。第二天一早,同事们才看到了那肿得和小腿一样粗的脚踝。

10月28日,你在火车站执勤时,查获了一名携带毒品的嫌疑人李某。李某从包里掏出了5000元现金往你手中塞过去。面对赤裸裸的行贿,你当时就火了,你黑着脸说:"我是警察,不要拿钱来侮辱我!"你因为抓获毒贩得了三等功,战友们都为你祝贺,让你请客喝酒,可是这顿酒一直没喝上,也永远喝不上了。

长寿站位于重庆市东部。长寿区的协信广场上,大多数都是老年人,这也是一道十分让人感到温暖的风景线。

长寿站铁警是铁道线上的一道风景,他们与铁路同呼吸共安全,他们以人的脚步与铁路相伴,起早贪黑,两头不见太阳,但时时听到平安飞翔的凯歌。

2006年1月,你被调到长寿车站派出所。时值渝怀线开通,加之派出所甫立,各项公安保卫工作起步待兴,全所干部民警仅4人,你主动请缨,自我加压,身兼内勤、治安、线路等数职。为了健全所里的基础工作,你白天徒步巡查线路、街道、乡镇,晚上连夜整理台账、资料、数据,仅仅2个月,就完成了辖区58公里线路的全部基础资料摸排。在长寿所的三

年里，你身兼内勤、治安、线路等多项工作，跑线路、搞协调、当"管家"，起早贪黑，加班加点，却总是乐在其中。这段日子里，既要天天跑线路健全基础资料，又要协调内部单位搞好内保消防，既要清理巡视管理好站区治安，又要承担内勤财务当好"管家"，每天从早到晚忙得不可开交。你的家就在重庆长寿，距离派出所不到半个小时的车程，但你却把派出所当成了家，一年里都难得回家几次。

2006年10月5日，在长寿车站，一列旅客列车正在启动，突然一名旅客摔倒在列车车门口，眼看悲剧就要发生，正在执勤的你毫不犹豫、一个箭步冲上去抓住了旅客的手臂，奋力将其从列车与站台之间的空隙中拽了回来。

在战友的印象中，你性格乐观开朗，总能够在不知不觉间让气氛活跃起来，因为姓"朱"，年青民警都给你送上了"二师兄"的称号。

2007年9月29日凌晨1点50分，一名老人带着三四岁的孩子横穿铁路准备出站，就在老人将行李放到一站台上，正在将孩子托上站台的时候，K653次客车鸣笛进站，站台上的旅客看到这一幕都吓得尖叫起来，正在站台上接车的你一个箭步冲过去，一手接过孩子，一手将老人拼命拽上了站台。三人刚退至安全线内，列车就擦身而过，老人吓得腿脚发软，半天后才站起来，拍着胸口说："我死了倒没啥子，要是孙娃子出了啥子事，我们家就断根了！你叫我怎么感谢你啊！"

2007年10月26日凌晨2点，你接到了K653次客车乘警长周海的电话，说旅客冷绪林在开车后上厕所时不慎将手机从便池滑落到线路上，请你帮助查找。你二话不说拿上手电筒沿着线路仔细寻找，终于在长寿车站怀方道岔处道砟石上找到了这部银色摩托罗拉V3型手机。后来，失主冷绪林及妻子来到派出所，给你送来了一面"乘客至上，鼎力相助"的锦旗。没想到你听说后居然腼腆地红了脸，竟然躲在办公室里不见失主，让领导帮你接了锦旗。

我们无法算清，在长寿所工作的三年里，你究竟走过多少公里线路，你究竟去过多少次村组，你究竟帮助过多少旅客，为了他们做了多少好事。

2008年7月初，你和另一名侦查员赶往重庆沙坪坝西永镇一茶馆，对公安处目标网逃贺春富实施抓捕时，你扑向逃犯时右小腿被门框上生锈的钉子挂了深深的一条口子，鲜血直往外流。

一次巡线，朱彦超远远看到一个村民牵着牛钻进了护网留口，看到警察，村民匆忙牵着起牛又退了出来，赶紧往家跑。当时正值酷暑，烈日当头，气温已超过了40度，朱彦超愣是跟着村民，一直追回他的家中。做完基础登记，签完安全协议，那位村民摇着头说："小伙子，这么热的天，你居然追着我跑了2里路，我真服了你了！就冲你，我再也不把牛牵铁路上了！"

2009年4月，你通过参加公安处"阳光双考"脱颖而出，被选拔到刑侦岗位。

"我个子大，我先上！"这是1米86的朱彦超，经常挂在嘴边的口头禅。每次抓捕行动，他总是冲在前面。

2009年10月，你与队友在昭通火车站布控抓捕运输毒品嫌疑人吴某、曾某时，两名犯罪嫌疑人边跑边喊："我们有艾滋病，谁上来我们咬谁。"朱彦超临危不惧，一个稳准的前扑，将嫌疑人死死地压在身下。

2009年11月，在侦办内江火车站系列货物被盗案期间，面对无法打开突破口的尴尬局面，你和队友通过半个多月的蹲点守候，查清了犯罪嫌疑人的犯罪事实。在抓捕嫌疑人范某、陈某时，面对二人挥舞大号牛角刀叫喊"谁上来就搞死谁！"的嚣张气焰，你英勇无畏，沉着果敢，与犯罪嫌疑人斗智斗勇，最终将嫌疑人逼退到身后的一沟壑内成功将其抓获。在参

与侦破重庆公安处"11·23"系列货盗案件中，你乔装打扮，昼夜蹲守，勇擒案犯，为专案组打开了突破口，继而一举破获案件126起，查清4个犯罪团伙，抓获主要犯罪嫌疑人10名。

2010年9月，你和战友们破获了一起盗窃机动车案后，又冒着37度的酷暑高温，三次前往偏僻的山村，行程千里，返还受害人被盗车辆。当你将车辆送到受害人手中时，受害人十分感动，当即拿出1000元表示感谢，被你婉言拒绝。

2011年10月份，你和战友王亮一起赶往遥远的云南双江县抓捕公安处督捕网逃刘德全。其实押解的过程比抓捕更艰辛，因为刘德全患有高血压、脑梗死、腰椎间盘突出，行动十分不便，一路上朱彦超不但要搀扶刘德全，还要背上了他的行李。路途转车时，朱彦超看见王亮背着行李也十分吃力。他说"王老师，我帮你背吧"，还没等王亮反应过来，一把抢过了王亮的行李背在自己身上。

2011年8月底，你顶着足足50多度高温在北碚磨心坡开展"襄渝线贯通地线系列割盗案"侦破工作时的情景让人记忆深刻。大家清楚地记得今年1月初，在夜间抓捕内江火车站系列货物被盗案主要嫌疑人王强，你率先冲进屋内控制住王强的右手，王强的左手拼命伸向枕头，你死死地用身体压住王强的头，当大家从王强睡觉的枕头下搜出了一把大号牛角刀时，在场的同事们都冒出一身冷汗……

你却笑着说：没事儿！

在长寿所工作的3年里，几乎每个民警都得到过你的帮助，民警病了你悉心照料，民警家中有急事你顶上，从来没有一句怨言。有一次，青年民警韦钰在巡线时淋了暴雨，高烧至39度，晚上九点过下班回寝室的你发现后，立即联系车将其送至医院，并在病床边守了一个通宵。

在从警7年时间里，你先后参与侦办了"内江编组场系列货盗案""西安局特大盗窃旅财案""永川、李言言杀人案""成渝线系列拆盗扼流变压器案""昭通系列货盗案"等一系列重大案件,累计破案210起,抓获各类犯罪嫌疑人48名,查获网上逃犯25名。

打开他的从警履历,短短7年时间,他先后荣立个人三等功一次、嘉奖三次,并先后荣获成都铁路公安局春运先进个人、重庆铁路公安处年度先进个人、春运先进个人、党风廉政先进个人等荣誉称号。

在派出所为你召开的追思会上,听着教导员介绍你牺牲的经过,和你战斗过的兄弟们含着眼泪,心中默默地呼唤着你:"二师兄,虽然你已经走了,但是在我们的心中,你是我们永远的二师兄。"

你短暂的一生,是不懈战斗的一生,是朴实无华的一生,用平凡工作的点点滴滴,书写了对党的无限忠诚,对公安事业的无比热爱,履行了入党从警时的铮铮誓言,用鲜血和生命践行了人民警察为人民的宗旨。

在那片圣洁净土的路上

在踏上纪念战友那片圣洁净土的路上,我的脚步轻轻、心情沉重,说不尽的惆怅。田野上,听着鞭炮声,看着吹动袅袅的香烛青烟和那些纷飞着薄薄燃烧的纸片,那声音、那火焰、那烟雾,还有那随风飘舞着的战友情,寄去了我对逝者、对战友深切的怀念。

在大山的脊梁上,几朵素洁的小花,在战友缄默的墓碑旁,悄然绽放,在泪眼模糊中,却让往事渐渐清晰,让一腔壮志,燃烧在你激情的岁月里。我的战友,因为有了像你这样的英雄存在,铁道就会露出平安的笑容,家园就会繁花似锦。

走进烈士陵园,让人肃然起敬,一座座肃穆的丰碑。时间越过历史的沼泽,放慢脚步沿龙台山长满青苔的山冈,在碎石

和瓦砾隆起的废墟上，我把高过头顶的花环虔诚地瞻望。我攥紧这积蓄丰厚的战友情，将一个崇高而耗竭的生命凭吊，我想用轻轻地指尖，抚过你丰盈而华洁的容颜。

站在山顶，捧起一抔黑土，我只能以这种方式为你祭奠。我向着远方莽莽的林海和山下的这座城市呼喊：我来晚了！山谷空寂肃穆，回荡着我的声音，随着春天的风儿，飘向更远的地方。战友，你听到了吗？

一只喜鹊拍打着灰蓝色的翅膀，从一棵树飞向另一棵树。远处一只鸟儿在山谷中盘旋，叫着"布谷，布谷"。那鸟鸣短促而低沉，如同泥土一样深沉。战友，你在这里安息吧。这里有青山有绿水，有你的骨肉，更有爱戴你的父老乡亲。这里是你的根，是你的归宿。

站在山的脊梁上，聆听风与树林的交谈，倾听酣畅淋漓的音符和悠扬悦耳的旋律，纯洁质朴的情感，仰望蔚蓝的天空，思绪随着白云飘向远方……

2012年至今，时间已悄悄流走了7年。仿佛还看见那白花朵朵，仿佛还听见那哀乐低回。清明的风，拉近的是回忆，拉近了思念的距离。我和很多人一样，不是每年的这个时候才想起你，只是，每到这时，思念总是更加刻骨铭心。

我可以想象，当枪口对准时，你始终保持着向周克华逼近的姿势，一步步向着生命的尽头、向着梦想和誓言的最高峰，做了最后的冲刺。生命短暂，你用无私的奉献和大爱，将二十九载的岁月，无限地扩充，延展。

子弹击中了头颅和胸膛，流尽了最后一滴血，微笑着离开了无比眷恋的世界。山城的大地上，飘荡着你不死的灵魂，共和国的旗帜上，有你血染的风采。

战友啊，我从心底喊出你的名字，我曾不止一次想象，如果你还活着，那一定是一幅母慈子孝，妻儿环绕的美满景象。

这绽放在寂寞大山中的野花，忍受着寒冷和孤独。等到春风吹绿山林，百花争艳时，它的花儿早已谢落殆尽。它点缀了早春的枯寂，却不需要别人装饰自己。那一朵朵小花，觉得它有了不同于其他植物的傲人风骨，每一片花瓣，每一片叶子都萌动着强韧的力量。我闻到松林原野的清香，让心听到花开的声音；听到历史在血液中奔腾的声音；听到风雨雷电穿越思想的声音。不论经过多少岁月蹉跎，一个人的名字依然会撩起云淡风轻的思绪，撩起浓墨重彩的回忆，撩起刻骨铭心的感悟。

跋涉者总会留下深深的足迹，而我的脚步总是镶嵌在泥泞的山路里。

听山在呼喊，听云在私语……

注：部分资料由采访单位提供。

翱翔吧！雄鹰
AOXIANG BA!
XIONGYING

题记：一个英雄的禁毒人，注定在一个特殊地域铸造一种传奇，从踏上禁毒战场的那一天，就知道自己在这块净土上的使命，那就是为消除毒品而战斗不止。你曾立下誓言："为了祖国的禁毒事业，即使把命搭上，我也无怨无悔！"你用热血铸就平安，用生命践行誓言。人民公安——和平年代里的人民英雄，谱写了一曲曲壮丽的英雄赞歌。

让我们走进一位为了祖国的禁毒事业，用生命谱写了一曲壮丽的英雄赞歌的铁路公安民警。

永恒的警魂

——记公安部二级英模重庆公安处禁毒支队副支队长何世林

阳光下的罂粟花，妖艳而美丽，那诱人的花朵下，又埋葬着多少罪恶与悲哀。

海洛因——化学名为二醋吗啡，依纯度不同分一号至五号这五个等级，4号以上为白色结晶粉末状，原产地分布在金三角、金新月、阿富汗等地，可以采用铝箔纸烫吸、鼻嗅、静脉注射方式。吸食过量将造成瞳孔缩小，呼吸短促，深度昏迷，呼吸中枢麻痹，直至衰竭死亡。

缉毒民警见证过毒品使一个个家庭家破人亡，吸食者一旦上瘾，终生将背负着这沉重的枷锁，直至走向绝路。骨瘦嶙峋的瘾君子，受不了毒品的折磨而吞下几把刀叉寻求解脱，神情恍惚的青春漂亮的女孩为了毒资而游走在欢乐场所任人玩弄。因为毒品而导致一个幸福的家庭走向衰败，儿子暴毙，老父自杀，寡母精神失常。毒品，就是这样把一个好端端的人变成了魔鬼。

由于工作性质特殊,人们不会从任何电视、网络或平面媒体中看到缉毒民警的真实模样,他们的画面都会打上了马赛克。身边所有人对他们的工作知之甚少,他们是行走在刀尖上的人。而我所要写的这名公安战友,就是他们中的一员。因为,有了这样的英雄存在,铁道就会露出平安的笑容,家园就会繁花似锦。

生命写满忠诚

在巴山蜀水这片让人向往的地方,大自然赐予重庆青山绿水、重峦叠嶂的秀美风光,巴人祖先遗留下的坚忍进取、热情豁达的人文精神,造就了这里的人杰地灵。除了自然风光、历史古城,应该还有美丽的警察故事等待着我去采撷、掀起、赞颂。

在这里,与火车吟唱相呼应的是三峡的涛声,是川江的号子,是长洒的帆影,是神女峰的千年眺望,是白帝城的月色,是红岩村的曙昭,是歌乐山的松涛,是"两岸猿声啼不住,轻舟已过万重山"的诗意写照。

2018年清明,重庆的陵园墓地庄严、肃穆。不时有家属送来花圈和花束,祭奠英魂。

一位着黑衣的中年妇女带着未成年的女儿来到这里,默默地留下了一束素雅的黄菊。

清明,不禁让人想起,那些鲜活却已经走远了的身影,那个没有轰轰烈烈的壮举,用生命谱写了一曲感人至深的战友。此时节,多少英雄的故事在柳丝里返青。逝去的生命,以另一种形式活在人们的记忆里。

如果说清明是寄满哀思的歌谣,在这一天,请为这样的人用心吟唱。你是打击违法犯罪时,冲锋在前的战士;你是忘我工作,直至生命最后一刻的人民卫士……

怀念，在这有雨的路上，你的名字，也正在每一朵花上静静开放。在这里，一笔笔简单的线条，镌刻着一位光荣献身的公安民警的名字，印刻着一个英勇悲壮的灵魂。

在踏上纪念战友那片圣洁净土的路上，几朵素洁的小花，在缄默的墓碑旁悄然绽放，在泪眼模糊中，却让往事渐渐清晰，让一腔壮志，燃烧在他激情的岁月里。

倒下亦是共和国不朽的丰碑，厚厚的信札在战友心中燃烧，鲜花插满绿色的墓地，为你送去清明的祭奠。

沸腾的血脉里奔淌着炽热的忠诚，永无止境的生命中跌宕着激情的浪花，我多想以青山绿水为笔墨，在这片挚爱的土地抒写铁警的豪情。

面对于你，所有的生，都轻薄了分量。英年早逝的公安战友，信念也给你无尽动力。

你在这支风口浪尖的队伍里，从不张扬高调，却总自带光芒。

你总是说："天赋虽然没有，但只要比常人更努力，也能做得最好，尽吾志而终不悔。"也许在你自己看来，自己属于"笨鸟先飞"类型，或者"龟兔赛跑"中那个传统型弱者，但在你身上，总有一股不怕苦、不服输的劲头，光芒四射——这正是你的信念所在！

从荣誉档案说起

何世林，男，46岁，汉族，中共党员，一级警督，四川岳池人，1992年8月从西安铁路人民警察学校毕业后，分配到重庆公安处工作。先后在重庆处庆华车站派出所、广安车站派出所、预审科、刑警支队、綦江车站派出所、禁毒支队等单位工作，历任警士、办事员、科员、刑警支队达州刑警大队教导员、三大队大队长、綦江车站派出所所长、禁毒支队副支队长。参加公安工作25年来，先后参与办理各类毒品案件315

起，缴获毒品80余公斤，捣毁制毒贩毒窝点25个，打掉犯罪团伙42个，抓获嫌疑人409人。8个月出差150天，行程超过5万公里，足迹遍布全国十余个省市。先后荣立三等功4次，个人嘉奖6次，多次被公安局、公安处评为"优秀共产党员""优秀人民警察""春运暨路外安全百日整治先进个人"等荣誉称号。2018年被追授"全国公安系统二级英雄模范""人民铁道卫士"称号。

故事要从2017年9月26日说起，何世林副支队长带领民警侦办一起毒品案件，连续工作20天，有了新的线索。从获得信息开始，你带着民警不停奔波在信息指向的三个目标地点之间。

26日23时许，你用双手撑住办公桌对战友们说："今天的调查状况已经很清楚了，明天早上七点三十分，我们准时在办公室碰头。"队友们看到你面色不适，提出让你去医院看看，第二天由同事来完成工作。你说道："案子进入关键时刻，等案子破了再休息。身体有点不适，不是大问题，今晚休息一下，明天准时见"。

这一夜，你只睡了3个小时。27日7时，你率先赶到办公室。安排好了当天的工作后，嘟囔了一句，"今天啷个了，头好痛，有点来不起……"

小谭，这位跟随你征战多年的战友看到你脸色实在不对劲："何支队你快去医院看看吧，不能这样硬撑着。"

"哪有这么娇贵。"你说完便带着另外两名民警前往目标地点进行蹲守和排查，并对嫌疑人进行盯控。

23时50分，夜深了，嫌疑人始终没有出现。你面色越发苍白，冷汗湿透衣衫，靠在身旁的矮墙上，支撑着身体。此时，你接到最新的情报信息，嫌疑人可能在凌晨5点钟进行交易。

"还有这么久，我真的有点来不起了……"你说到。

"是啊，还有几个小时，何支队你脸色这么差，今天降温了，又在下雨，你先休息一下吧！"队友小周关切地说。

这一次，你没有拒绝，剧烈的头痛无法忍受。

2017年9月28日凌晨1时47分，时间永远定格在这一刻，那是怎样一个细雨蒙蒙的午夜，苍白的面容，冷汗湿透衣襟，你说："我来不起了，你们先顶住……"短短的七秒钟，十个字，成了你今生的最后一句话，站立的身躯轰然倒下。

10分钟后，120抵达现场，2时10分，医务人员宣布，患者因突发脑溢血，经抢救无效死亡。

此刻，空气里没有了风的转动，时空似乎也在这一刻凝固，凄凉的声音好像刻意打破这一刻的宁静，你的离去，留下一份的伤感与无奈。

我的战友啊，直到生命的最后一刻，仍保持着冲锋的姿势，你多想静静地再看一眼，谁曾预料，人生的路走得太急。没有告别，没有一丝预兆，你，永远地离开了这个挚爱的世界，离开了为之而自豪的公安队伍，永远离开了……

时光之中有太多战友们想珍惜的和忘却的永恒，那些永恒却一直在岁月里反复撕拉着生命中的点滴。岁月之美就是沉淀过往，开创未来。

岁月的美丽，永远让你愿意站成永远，张望着生命的来去。站成永远是一种永不疲倦的状态，是一种永远向前的姿势，在所有的永恒之中必定会有许许多多让人追寻的和让人感悟的。你能站成永恒，以一种不变的姿势就这样站着，从容地站着。

在牺牲的公安民警中，有的人离去得壮烈，有的人倒下得静默。生命中那份懂得，在起起伏伏中行进，在平平淡淡中饱满，在深深浅浅中永恒，在渐行渐远的日子里，折叠所有纯美的时光。缉毒战线，你如此温婉无语的眷恋，一任情愫缱绻，轻握一份懂得，不为暂时的绚烂，只为心中的那份悠远。

致敬榜样　砥砺前行

榜样是一颗星、队伍是一团火。

2019年5月13日至6月4日，作为成都铁路公安局作协主席、公安部铁路公安局签约作家、当代诗人的我接到成都铁路公安局宣教处前往成都公安处绵阳站、德阳站、南充站派出所，重庆公安处禁毒支队、网安支队、刑警支队、丰都站派出所和贵阳公安处滥坝派出所茨冲站、六盘水站、桐梓站派出所采访十位英模、时代楷模的任务。

2019年春，当我迈着沉重的步履，走进重庆铁路公安处禁毒支队时，我从心底喊出了一个让人记住的名字——我的战友，因为这清明的风啊，拉近的是回忆，而思念却没有距离。走进与你战斗过的生死兄弟，隔着时空，分明看到一个身影，迎着风雨，走向美丽。多少个晨曦与黄昏，多少次披肝沥胆，血染少华，紧握正义之剑，在枪林弹雨中穿行……

你走了，向着远方笔直的行走，双脚在铁道线上踏出波浪，你与妻子相濡以沫二十年，她失去的亦如被拆去肋骨般的痛。岁月，从生者的指缝间滑落，在没有月光的路上，你远去的背影，抖落了几多风霜。

采访中我收集到战友们以文学的形式纪念你的部分文稿。

2017年10月11日，为大力学习宣传何世林同志的英雄事迹，成都铁路公安局党委下发了《关于开展向何世林同志学习活动的决定》，号召全局民警学习何世林同志始终牢记宗旨、率先垂范、雷厉风行、连续作战的奉献精神；学习他始终爱岗敬业、埋头苦干、甘于奉献、争创一流的职业精神，学习他始终积极进取、忠于法律、严谨认真、依法办案的法制精神；学习他始终艰苦朴素、关心同事、仁义处事、忠厚做人的优秀人格。

据悉，文件下发后，重庆铁路公安处立即掀起向何世林同志学习的热潮。战友们以文学的形式，表达出了自己的心声。

石柱派出所民警庞林写下《英雄殇　叹英雄》：

　　世林仗剑云贵川／何止斩魔几百千／壮士不留青云志／定是追凶九重天。

罗田派出所周涛写了《木棉之绽放　绚丽之英魂》：

　　冲锋在前不惧险／培育后辈身当先／昼夜追踪不觉累／铲奸除恶展笑颜／血肉之躯铸盾牌／一腔热血本色显／铮铮誓言记心间／无私奉献尽忠诚／英雄之花终破茧／精神种子永相传。

昭通所朱尤靖写下《赤子之心》：

　　轻柔的风吹过重庆的秋／时光荏苒，硕果累累／中秋国庆将至，十九大大幕即将拉开／正当此时，你我却阴阳相隔／没有一句托付，没有一句挽留／只有往日忙碌的身影在脑海游走／／当花瓣离开花朵，芬芳是否依然／当流星划破天际，璀璨是否依旧／我们的昨天太短，都来不及回首／我们的明天又太远，等不到对酒当歌……

安检支队李欣写了《誓言》：

　　跑在黎明之前／路途并不遥远／一句承诺一生执着／曾经告别曾经再见／活在爱恨之间／此去不惧明天／／一眼万丈一生洪荒／／曾经闯荡，曾经荣光／千言万语，唯有热血不变／千难万险，不怕苦不堪言／若此生不能战死沙场前／生亦何欢，不过弹指一挥间……

万州所刘世银写了《定风波》：

　　纵是豺狼与虎豹／武郎一怒应声逃／罂粟花盛难自夭／谁怕？虎门林氏护国到／／风雨不歇英雄路／归处，穹天欲坠云欲哭／滚滚红尘多少幕／钦佩，忠心赤胆为民族。

特警支队谢豪写下《警察，我为你自豪》：

悼念世林泪雨倾／低回哀乐恸悲声／英雄缉毒心怀烈／歹徒持刀面目狰／对党忠诚勇牺牲／服务人民甘洒血／忠魂虽逝铭千古／滴滴殷红保平安。

复盛所蒋丽琼写了《来去之间生命的色彩》：

惊闻何支队离开的消息是在早上，手机里满屏都是怀念的语句，而我也只能含着泪，回忆与这位师长来来去去见过的几次，还有你温暖鼓励的话语。

说起来，我似乎只和何世林见过三次，但印象深刻的是，第二次、第三次你都准确地叫出了我的名字，感觉特别熟悉。前两次见面是在以前工作的所里，你来指导我们办案，第一次见面就很亲切，还微笑着询问我外号的来历。后来办一个毒品案件，你还是温暖热情地打着招呼，叫我"Q姐"。大家一起出去调取证据的时候，你鼓励我一起参与，说："女孩子也要多参与，警察就是要多学学办案子。"于是我们一起出去调取证据，你坐在那里细致地调取视频监控、认真的梳理需要提取的资料，仔细地询问证人，告诉我这些证据的关键点在哪里，还专门教我见证人签字的注意事项，盖骑缝章时的小技巧，现在想起来这些画片还是那么的记忆犹新。我们最后一次见面是在千里之外的云南昭通，我随着铁路公安局送法下基层的队伍一起到昭通送教，巧遇了正在那里办案的你，由于行程比较紧凑，我们到的时候已经是深夜，你还在为案件侦办忙碌。我感慨地说："你们那么晚了还在工作，真是辛苦了！"你笑着说："这个有什么，今晚准备收工了，天天都比今天晚，习惯了。"后来，夜深了大家各自回去休息，匆匆一别。

"你们靠后，等我进去了你们再跟着。"这样的

话语从你的口中说出来那么自然,让和你一起的战友感觉那么坚定,让危险的工作变得那么的值得也温暖。我以前工作的所里,有两个同志视你为偶像,因为和你一起办过案子,被你们工作的惊险刺激和你的工作作风深深吸引,每年考试都报考你所在的部门,希望能和你一起并肩战斗。只是此时,这个愿望终究是落空了,想要并肩战斗再听你的教诲也没有机会了,大概只能怀着对你的崇敬,在你的墓前说说心事,然后默默为你献上一朵白菊。

你在自己生命的来去之间,写下了不同的美好色彩。你选择了藏蓝,从此牢记自己的职责使命,不惧怕艰辛,不畏缩困难,无论在什么岗位,你都成为先进,做得出彩,25年如一日的坚持。你始终保持着红色,带着党的忠诚,带着执着和坚持,战斗在刑侦缉毒的第一线,代表着国家过着与坏人斗智,与恶魔比胆的生活。你卓越的战绩,是你倾尽心血,为自己的生命涂上的金色。随手搜了下网页,看到的居然是你拒贿4000元的信息,是的,你还为自己的人生写上了"清白"。你的生命很短暂,但是很充实,你没有虚度,你带着太阳一样的色彩,温暖着周围的人。你涂下的这些色彩让生命的颜色鲜亮,也树立一座绚丽的丰碑,成为我们学习的榜样。

我叫你英雄的时候,你已经不能听见,巴山蜀水,乌蒙云霞,长河大川,千里铁路,你已经走了一遍又一遍。从我的记忆,你也匆匆地走了一遍,陌生美好的聊天开始,匆忙的深夜一别,知道你在岗位上倒下成了离去的永远,46年太短暂,还有很多美好的色彩你没能涂完,46年太短暂,可是这是你生命的来去之间。

你用自己生命兑现了誓言，我们会带着如你一般的忠诚、坚毅、果敢、温暖继续走下去，让藏蓝永远保持着战斗力，让红色永远赤诚，让金色始终闪光，更会记得"清白"，让我、让我们永远牢记使命做挡在人民前面的金色盾牌。

渠县所李旭写了《有你这样的战友　我骄傲》：

2016年1月18日，那是我第一次认识你，也是你指导我办理了我的第一件毒品案件。在工作上你的心比绣花针还细，总能及时的发现案件中的各种问题和瑕疵，总是面带微笑的，对我悉心指导。你告诉我："办理案件一定要像鸡蛋里面挑骨头一样，不能给犯罪嫌疑人留一丝空隙。"我一直铭记在脑海里，现在我一想起你，都是那张圆圆的笑脸。你满腔热情，力所能及地帮助周围的人。你是一个真正的"好领导""好同事""好兄长"。

"我来不起了，你们先顶住……"成了你一生中最后一次句话。为了侦破案件，你总是亲力亲为，坚持在一线岗位调查、蹲守。你明明已经感觉到自己身体不适，但你却没有选择休息，而是毅然决然继续坚守。你这种兢兢业业的高尚情怀，是对"鞠躬尽瘁"这一词语的最好诠释，你无愧于"缉毒先锋"的称号！有你这样的战友，我骄傲！

遇到危险时，你总是冲在最前面，半夜或凌晨，你永远都在线。你几乎没有节假日和双休日，甚至一个安稳的夜晚都谈不上，但从没听到你说出辛苦二字。你对公安工作的挚爱，诠释了警察这个职业的崇高以及使命。你在平凡的岗位上做出了不平凡的业绩，你无愧于"优秀共产党员""优秀人民警察"的光荣称号！有你这样的战友，我骄傲。

· 379 ·

特警支队谢豪写道：

人们常说："战争年代看军人，和平年代看警察。"在和平年代里，我们虽不会经历血与战火的洗礼，但与犯罪、邪恶势力斗争却从未停止，仍少不了许多惊天动地的伟大牺牲。

哪有什么岁月静好，只不过有人替你负重前行。国庆中秋佳节，当看到往来旅客的忙碌充实，看到万家灯火团圆时，我都会想起我的警察战友——何世林同志。

我们不能忘记，为了打击犯罪，你战斗在缉毒一线，不畏严寒酷暑、不管刮风下雨、不管城镇山区，无论春夏秋冬，哪里有案情你就奔赴哪里，面对流血牺牲，你都义无反顾。因为你知道，在金盾面前，只能勇敢；在人民面前，只有奉献！

岁月的长河悠悠流淌，榜样的精神代代相传，一位优秀的人民警察以自己对公安事业的执着追求，赤诚奉献，在老百姓心中铸就了一座不朽的丰碑。你用警惕的目光和森严的阵垒，甚至血肉之躯，换来了春的鲜艳、夏的热烈、秋的丰硕、冬的安详，换来了孩子清亮的笑，恋人幸福的吻，老人慈祥的面容……

警察，这个无比光荣的字眼，曾使多少有志青年热血沸腾，慷慨激昂，在穿上警服那一刻就注定要与责任、奉献、牺牲结下不解之缘。英雄已逝，禁毒战场烽火尤烈，你和我们所有人永别了，但是，你将永远在我们心中长存，这一刻，让生命永恒。

罗田派出所周涛：

我本以为所谓的因公牺牲，所谓的为事业献出生命只是用来激励我们坚持岗位的精神食粮，是离自己很遥远的事情,突然得知何支队因奋战在禁毒第一线、积劳成疾不幸逝世的消失时,一开始是惊吓、仿佛耳朵是出了问题似的,随后便是难以抑制的悲哀,想要说点什么,却最终没能说出来。

在我有限的认知里,你作为一队之长,本是应该在办公室运筹帷幄,掌控大局,挥手之间破除一桩又一桩案件。后来我才发现自己现有的认知是多么狭隘,我本以为的在办公室指点江山的你,却始终在禁毒工作一线亲力亲为;我本以为的在幕后掌控大局,你却让年轻民警垫后,把危险都留给了自己。

"你们年轻人还没结婚,已经结婚成家的孩子也还小,跟在我后面就行。"这是你身前最常说的话。

2012年11月,在面对菜园坝火车站广场上挥舞着牛角刀、扑向一名六岁左右的女童的男子时,是你奋不顾身冲上去挡在女童前面,同时迅速控制住挥刀男子;2013年的那次抓捕,是你第一个一脚踹开门冲进去控制住身旁放有一把三十几厘米的砍刀的犯罪嫌疑人;2015年4月,在对一起经营了半年的公安部目标案件进行收网时,为防止嫌疑人从窗户逃逸或者销毁毒品,是你亲自以索降的方式,从室外破窗而入抓捕犯罪嫌疑人,而自己手臂上却全是玻璃碎片划破的伤口。当我得知这些事实时,我内心是愧疚的、是沉重的、是自豪的。愧疚,是对因为自身的狭隘而对如此一名英勇奋战在缉毒一线的铁血警察的误解;沉重,是对失去了这一名优秀同事、优秀前辈的悲哀;自豪,是对你实现了当初入警时许下的铮铮承诺,是我对这一位英雄前辈的敬佩!

木棉之花,英雄之花,鲜红而绚烂。八个月连

续奔袭,近五万公里的行程是孕育这朵花的土壤;累计1000多小时通宵的加班奋斗、已然模糊的一家人上一次团聚的记忆、被家人理解的欣慰,皆是这朵花成长的养料!最终,何支队用生命谱写出了这朵绚烂的英雄之花!

在刀尖上行走

没有轰轰烈烈,没有惊天动地。"这份工作,我还没干够。"是你生前吐露的一句心里话,也是一位缉毒民警的生命绝唱。

有人曾说,警察的职业就意味着牺牲。多年的刑警生涯,你已经有了深刻的体会。但是,只要当了警察,就应该想到牺牲,面对乌黑的枪口,面对锋利的匕首,不应退却,把温馨和安宁留给别人,把痛苦和牺牲留给自己,这才是一个真正的人民警察。

缉毒民警,被称作"刀尖上的舞者",你在缉毒斗争中既是一名优秀的指挥员,更是一个英勇的战斗员。遇到危险时,总是冲在最前面。

2012年11月,你带领查缉民警在菜园坝火车站开展缉毒工作时,凭借多年的工作经验和敏锐的洞察力发现广场上一名男子心神不定地在焦急得等待什么。你带领民警上前进行盘查。当要求其出示身份证时,该男子突然抽出衣服内牛角刀挥舞起来,大声喊:"不要过来,再过来我就捅人了"。危急关头,你大喝一声"大家都靠后,我来。"该男子喊叫的同时扑向一名六岁左右的女童,你奋不顾身冲上去挡在女童前面,一把抓住对方持刀的右手,将其推倒在地,用自己的身体将其死死压住。队友们从该男子的腰部搜出用黑色女式丝袜包裹的毒品系麻古,共有大小15袋,556克。

2013年的一次抓捕,你一脚踹开门冲进去控制犯罪嫌疑人,后面紧跟的同事就看到嫌疑人坐的沙发上有一把三十几厘米的砍刀，那人的手就快碰到刀把，同事还没回过神，你却已经将人控制住。那一瞬间，战友们被吓得目瞪口呆。

2015年4月，你带队到重庆南坪对一起经营了半年的公安部目标案件进行收网。抵达现场后，发现目标嫌疑人藏匿在一幢楼房的六楼。整个楼房高十三层，嫌疑人所住房间的窗户正对马路，为防止嫌疑人从窗户逃逸或者销毁毒品，通知特警队员又已经来不及了，情急之下，你决定由你本人以索降的方式，从室外破窗而入抓捕犯罪嫌疑人。在借来装备后，你系好腰带开始缓缓降落，夜幕中一切悄无声息，靠近窗户后，你撞破窗子攻入室内，熟睡中的嫌疑人突然惊醒，准备拿起床下的毒品逃离，你快步上前控制住对方，与此同时，守在门外的民警迅速打开了防盗门，一举抓获2名嫌疑人，缴获毒品800余克，此时，战友们才发现你手臂上全是玻璃碎片划破的伤口。

这么多年每一次现场抓捕时，你都会对同事说："你们年轻人还没结婚、已经结婚成家的孩子还小，跟在我后面就行。你们都靠后，等我进去了你们再跟着！"

后来有人问你就不怕危险吗？你却说："说不怕是假的，但更多是后怕。可当危险来临时，冲在前面，却是警察的本能。"你的答案，在多位公安民警那里得到了印证。

悠悠二十五载，多少个不眠长夜，连续的奋战，永不言累，未曾停歇。大家对你的印象就是"拼命"，用生命铸造了缉毒警察的巍巍警魂。

累不垮的钢铁硬汉

当你接到命令时，头也不回，直奔血色苍凉。常年缉毒，通宵达旦地蹲守几乎成了你和战友们的家常便饭。有时实在太困了，不抽烟的你，也会让战友点支烟给自己，用右手的中指和食指夹着，然后闭上眼睛眯会儿，几分钟后，等这支烟差不多烧完了就会烫到你的手指，人也就被惊醒了。

你和战友们曾有过四天四夜不合眼的经历，连续行车几千公里。那是 2016 年 12 月至 2017 年 1 月，回忆起与你的共事，战友们都用"拼"字来概括，面对劝说，你从来都是一笑而过，"工作要紧，这个案子，咱么盯了这么久，不能放松，忙完再说"，然而对你来说，却从来没有忙完过。

2016 年 12 月，你得到情报，一名嫌疑人可能从两百余公里外的达州火车站乘坐火车运输毒品。此时，已是深夜一点，你顾不上休息驱车三个小时赶赴达州，精心制定抓捕方案，不顾极度疲劳通宵达旦守候，清晨七点，目标人物出现，你马上向蹲守民警发出暗号，顺利将嫌疑人抓获。连续奋战 80 个小时，你体力不支晕倒，被送往医院输液治疗。治疗结束后，领导强令你休息，你口上痛快答应，回到支队马上投入工作。硬是没有休息哪怕是半天时间。

2017 年 1 月，你和两名民警在昆明开往呼和浩特的 K692 次列车上，跟车查缉抓获运输毒品嫌疑人赵某，并从其携带的拉杆箱底部夹层内查获毒品海洛因 0.693 公斤。为了确保安全，你的一只手要与嫌疑人的一只手铐在一块，嫌疑人的另一只手则要锁在下铺撑杆上。小周说："晚上就让我们年轻人来。""这怎么行，你们年轻人瞌睡大，我的睡眠少。"你一本正经地说到。

夜晚的这份"煎熬"，只有经历过，才能真切地体会到。

经过对嫌疑人赵某进行审讯，专案同警掌握了其他相关犯罪信息线索。审讯结束，你又带着民警赶往成都、重庆、广东、新疆、云南等地取证。

涉毒嫌疑人就在云南边疆一个偏僻的村落，在地方公安的配合下，开始布置堵截和抓捕警力，你将两名侦查员安排在进出村子的主路上，另外 3 名侦查员去其他两条出村的小路上设伏。这里地处山区，昼夜温差大，特别是深冬的晚风，冷峭而凛冽。就这样一直蹲守至次日凌晨 3 时多，从远处驶来一辆面包车。

"有情况！"你低声音喊了一声，"行动！"

待面包车越来越近，按照既定抓捕计划，专案组车辆一打方向盘，正好将面包车迎头堵住。随后，侦查员打开车门，跳下车。你冲上去拉开车门，一把将司机揪了下来："双手抱头，不许动！"其他几个侦查员飞快钻进车里，将3名涉毒嫌疑人擒获。

在缉毒斗争中，你曾经创造8个月连续奔袭，行程近5万公里，侦查员换了一波又一波，而你却成为专案组唯一一个全案参与的人，你的足迹遍布全国各地，成功抓获运毒嫌疑人15名，缴获毒品海洛因5.195公斤。2017年你出差就达150多天，加班时长累计1000多小时，被人称为累不垮的钢铁硬汉。

连续作战，案件不破不休息，是你一以贯之的战斗作风。2017年8月，你带领缉毒民警小谭赶赴成都双流提讯嫌疑人，在经过12个小时的审讯，带着4名嫌疑人提供的重要讯息，两人再次转战到成都郫县，对另外4名嫌疑人进行了提讯。准备赶回重庆的路上，你接到最新消息，需要立即赶赴昆明。"情报信息晚一分钟都可能失效"，容不得半点迟疑，已经连续工作近30个小时的何世林，带着小谭马不停蹄奔赴下一个目标地点。终于破获了这起毒品案。

2017年9月3日，你告诉小谭，一起调查取证跨度长达一年的毒品案件，终于宣判了。由于毒品案件调查取证难，认定标准细，而本案又情况复杂，所以，在这起特大毒品案件侦办中，你花了整整一年的时间，四处奔波，多方取证，最终完善了整个案件的证据链，主犯因此被判决有期徒刑15年。案件审判后，你想到，一定要将本起案件的调查取证经验总结出来，你们以后碰到类似的情况就知道怎么处理，然而，文章才写一半，刚入结尾，生命却走到了终点。

采访中小谭说："何支队即使回家也在工作，无论半夜或凌晨他永远都在线。由于性质特殊，禁毒工作大量的信息需要研判，办案民警每天都要把最新的信息汇总到他那里，通常这些信息出来都是在半夜或子夜一点过，他微信工作群里，只要微信推送过来，无论再晚他总会第一时间回复'收到'。同事们说，每次看到他的'收到'，既踏实又心疼，踏实的是无论再晚再累再难解决的问题，他都会在第一时间出现；心疼的是这么晚了，我们准备休息了，他却还要坚持工作。他工作太拼了，我比他小20岁，身体都吃不消，他经常带我出差，印象中，一个月只回四五次家是常事，回去也是休息一晚就走"。

小何支队长说："我和大何支队长在一个办公室，我知道，办案期间他从来没有午休过，偶尔太累了，在沙发上靠一会儿，不到十分钟，电话就来了，他有两个手机，但两个手机随时都需要充电，电话太多了，协调、指挥、办案……所有事情都需要他处理"。

过去的日子已经远去，曾经的记忆却烙在战友们的心里。远方的战友可曾知，当我们翻开电脑中的相册，回到过去与战友重逢。风景实实在在，但我们一起曾奋战过的地方，已经没了我们留下的痕迹。

家人心中最勇敢的英雄

家庭和事业是铺在同一条道路上的两根钢轨。熟知你的人都夸你是感情丰富、情深义重的男子汉，因为繁忙的工作，你常常十天半月回不了家。你有个温暖幸福的家，文静、端庄、贤惠的妻子，女儿天真可爱。你不是不想家，不是不爱妻子，也不是不在意老人和孩子，只是在事业与家庭发生矛盾时，选择了前者。

顾不了回家倒也无妨，你却给妻子、女儿带来些"麻烦"。一天，一封匿名信递到了你的手里，对方在信中气势汹汹地威胁到：请你放明白点，你也有老婆、孩子，如果你对我们太不留情，就别怪我们不客气，请留神你的后路！

你看完信后，镇定自若，因为你不止一次地看到这些"佳作"了。你一方面提醒家人注意安全，一方面安慰："你们别怕，邪不压正，没有什么了不起的！"……

你性格内敛，不善表达，可也总会在家人的生日、结婚纪念日发来微信、买来礼物，给家人一点小惊喜；即便他经常对妻子、父母说："等我有时间，带你们出去玩"，他们知道这样的时间不多也会很开心，说，你心里有他们就好！

禁毒民警几乎没有节假日和双休日，甚至连一个安稳的夜晚也不会有，有时接到新的线索半夜就得出门。在你的眼中有情报、有数据、有毒品、有案件，却唯独少了家人。

2017年3月，你女儿不慎发烧39度，孩子从晚上11点多钟就开始不好。子夜一点了，妻子把孩子背到医院，深夜街上一片寂静，想打个出租车也很难，背着孩子拼命地奔往医院，直到给女儿挂完二瓶液滴，烧渐渐退下来，妻子心头的一块石头总算落了地。可昏睡中的女儿嘴里一直呼喊着"爸爸，爸爸"。

女儿住院没几天，你的岳父住院了，正在外地开展侦查工作的你突然接到妻子的电话，"你在哪里？爸爸心脏需要做搭桥手术，我很担心……"

你不忍拒绝，告诉妻子自己忙完手上的事情就往回赶。然而，就在这时，得到了一条重要信息，一名嫌疑人可能就要来到重庆，你立即带领民警转移战场，前往嫌疑人乘坐火车的必经车站，上车进行拦截，在成功将嫌疑人抓获并押送回重庆后，你才匆匆赶到医院，看望做完手术的岳父。停留不到一个小时，你的电话再次响起，嘱托妻子几句后，你转身离去……

缉毒民警破案，抓住时机很关键。时过境迁，想获取的证

据很可能就不复存在;想抓的嫌疑人可能亡命天涯。但是,和时机相比,侦查方向更为重要。方向错了,只会越走越远。就算迷途知返,耽误的还是破案时机。

你不是富有的人,哪怕时间,都是那样缺少。在你看来,时间比金钱更重要,你很少把多余时间花在孩子和父母的身上。面对河流,背对大山,超越自我,你就是一个"忘了小家,顾大家"的人。

同在一盘月光下,妻子从医院回来,疲惫不堪地躺在床上。你不在家的这一周,女儿患感冒高烧不退。一周后,当妻子打来电话,你只喊了一个"晓徽",就再也说不出一句话。鼻子一酸,泪滴在脸上、手上,滴落在无声的心里。你的眼里噙满了泪花,你知道莹莹的泪光凝结了太多的责任义务和情感寄托的牵挂。

想哭就哭,想笑就笑,尽情挥洒自己的感情,那是最幸福的了,但捧一掬泪水,对警察来说,仿佛也是一种奢侈。

在你妻子的记忆中,记不起上一次一家人完整的在一起吃晚饭是什么时候了。为了照顾家,妻子辞去了医院里护士的工作,少了一份可观的收入,这两年里,她几乎不去商场逛街购物,把时间和精力都放在照顾老人和女儿上,就是为了能让你放心地在外面工作,身边的朋友都劝她要有自己的事业和生活,可妻子一句"我愿意"让身边的朋友无不感动。

每一次出征,总留下几许牵挂,你说过欠家人的情债无法用语言表达。

贵州高原飘起了雪花。临近午夜,你接到了岳母的电话:"你爸已经好几天不吃不喝……"你知道,岳母怕耽误自己的工作,小事是绝对不会打来电话。

挂了电话,你走出院子。灯光下,漫天的雪花在寒风里飘落得洋洋洒洒。你仰起脸,任冰冷的雪花落在脸上,和着泪水一起往下流淌。

200公里外，翘首以盼的岳母，望眼欲穿。而眼前，自己身边是十多个连续奋战、已经疲惫不堪的战友，这个时候，审讯工作仍迟迟没有打开局面，如果不再加上一把柴，自己在这个节骨眼儿一离开，这个案子，就可能做成一锅夹生饭！站在院子里，你让身体、更让头脑降下温来，你决定，继续审讯嫌疑人。

也许是病重的岳父给了你不一样的气场，在民警的步步紧逼下，百般狡辩的嫌疑人终于扛不住了，开始吞吞吐吐地交代案情。

越过时空的对话

今夜，窗外下着小雨，女儿站在窗前看雨，不再是为看那雨中的风景，不再是为听那细雨拍打窗户的声音，也不再是在享受雨中收获的那份清静与悠闲，而是在春雨淅沥的夜晚，聆听浅浅的雨水拍打窗台的声音。

今夜，伴着夜的浅凉凝结成一种淡淡的忧伤……

一周年忌，女儿提笔给爸爸写下了第一封信：

老汉儿：

好久不见，我已经高三啦！不知道明年我高考的时候，您是不是又要像以前那样还要问我一句：您今年几年级了呀？所以我一定要多提醒您两遍，我高三了。不要以为您不来看我，您就可以忘记了哟！不过我不会生气的，因为我知道您的工作一直都很忙，我是不是您的贴心宝宝呢？

这一年我数学一如既往地令人头痛，但是我文综真的很优秀，地理超棒、历史也很不错，就是政治稍稍差一点，只有那么一点点，爸爸您懂我的意思啥！对，我没有进保送班，就像以前和您说的那样，我不喜欢将外语当作以后的职业，但是您不要

开始唠叨，我有很认真的学英语。如果，您不相信，就等着看我一百多天后的一模成绩吧，我会记得告诉您的，我害怕您会忘记。

高三是有点累的，特别是您不能再来看我，我就感觉卷子一张一张的做，日子一天一天地过，但就是少了点什么。以前您出差，我从来不会说希望您早点回来，等着您带好吃的回来哄我开心。现在我再不能等到您回来哄我了，那这次换我主动说，好想你早点回来，爸爸，行不行？

我一直不理解，为啥节假日，您无法像其他父母共同出游；平日学校活动，您总是无法参加；甚至在人生各种重要关口前，您也总是缺席。

爸爸，从我记事起，您就很少在家停留，留给我的总是赶往案发现场的背影。妈妈常说："在你爸眼里，自己的事从来都是小事，人家的事都是大事。"

爸爸，想您时，我会在您的书柜里寻找慰藉和勇气。

妈妈说那些年，您工作忙，她独自在家生活自理都有困难。我出生后家庭负担更重了，但您只为她请过一天假，是在她坐月子时需要给我报户口、订牛奶。但她从来没有埋怨过您，她理解您对工作的追求。

大家都说您是个非常亲切没有架子的人，可在我印象中您是个严肃而内敛的人。后来我才知道，虽然您很少当面夸赞我，但是您的朋友说一旦我取得些成绩，您总会在他们面前得意地述说。您对我要求十分严格，总要我努力做到最好，以前我觉得很累。现在我懂得，因为您自己就是一个追求完美的人,尤其是对待工作。

每当吃年夜饭时,我和妈妈都会想起您,想起当年您的肩上那份沉甸甸的责任。

您不在,我还和以前一样很听话的,还替你照顾了妈妈的哟,每个周末回到家我都会和婆婆、姑妈一起视频,讲笑话给他们听,爸爸,您是不是该奖励我呀!我已经想好了以后要干什么,也做好了规划,您一定想不到吧,我会选择法学这个专业,相信我,我会和你一样学得棒棒的,绝不丢你的脸!您要早点来夸夸我哦,不然您就再也哄不好我了!

作业有点多,只有少给你说点。您不回来,就是想让我来看您,那我就来了。我不会给您说再见,这样您就可以一直陪在我身边!高三我会好好加油的,您就等着我的好消息!

没有再见,天天都见,爸爸,我好想您!

这是女儿成人礼时写的信:

爸爸,您常常因为办案子,总是都忙到夜里才回家,那时我已经睡了,可我知道,妈妈还醒着。

今夜,我也醒着。因为,我要给你写封信。

甘老师告诉我们,举行成人礼时有一个环节,是家长和孩子互换给对方的信件。班里就炸开了锅,有同学纠结是写一封还是写两封,有同学说不知道写点什么,还有同学担心自己话太多显得自己很唠叨。倒觉得我好像有点缺心少肺似的没什么烦恼,因为天天晚自习回家就是我们的聊天交心时间了,毕竟我是个天天都可以回家吃饭的幸福宝宝呀!

从小到大,我都是个幸福宝宝,我一直都是知道的!

从我来到这个世界开始，您和妈妈就一直用爱陪伴着我、耐心的指引着我，至今都还记得，是您亲自给我做的英语卡片，工作再忙再累，只要回到家，您就会和我一起玩英语游戏或是一起读诗词；每天晚上入睡前是我最开心的时光，因为妈妈会和我一起读童话故事或是猜谜语，然后我会在自己变成了白雪公主的幻想中进入甜甜的梦乡。我们一直都很开明，家里总是轻松、快乐、明主的气氛，和我的很多同学比，我一直都是很自由的。正是你们给了我自由发挥的空间，我才会比同龄人有更多的想法、更多的主见，当然我也许脾气也有一点点的急躁，只是一点点哦！

其实，我还有很多话想说，尤其是对爸爸！

记得一次做语文阅读题的时候，有个作者说：中国人总是习惯把自己的情感用日常琐碎的事情掩盖起来，故意让别人发现不了，其实很多时候一句我爱你、一个拥抱就可以解决了。

上次我在和甘老师谈论是否参加公安院校报送的事情的时候，甘老师说："只要你们一直在心里想着爸爸，他就永远不会离开，他就会一直陪伴着你们，你们在思念着爸爸，同样的爸爸肯定也在想着对方，你们一家人永远都不会分开的"。

有时候想想，我说话的习惯、思考的方式……所有的一切，都有爸爸的影子在，您留给我的是开心玩耍的记忆，我所有的酸甜苦辣，都是爸爸和妈妈给我的馈赠！我常常会觉得自己不够好，因为我就是你们的影子，但是你们是这世界对我最好的人，所以，我必须要成为更好的自己才可以！我不是那个作者，我是个中国人，所以有时候我会把我的小心情藏在你们也许看不到的地方，也许以后我也不会说出来，但我现在要说：我希望你们都快乐，就像你们期待的我那样！

我爱您爸爸、妈妈，可是我再也抱不到爸爸了，所以我想一直都抱着您，一直抱着您不放手！

爸爸，如今，我已举行了成人礼，您却走了，我一下子觉得自己特别无力……

2019年清明时节，在悠悠的岁月长河中，书屋里点亮橘红的灯光。女儿翻开一张张珍藏的照片，回眸深处，往事如烟，依稀又看见父亲的身影。

爸爸，昨夜我梦见大山，在一片开满各色小花的绿绿的草原上，牛羊成群，天空明澈而高远。一个女孩徜徉在碧草间，驻足、观望，闭上眼、深呼吸，贪婪地享受着大自然馈赠的一切，瞬间有一种逃离了这座城市的喧嚣的释放和轻松，有一种心旷神怡的感觉。在一片各色小花的中间，我忽然发现了一丛蒲公英，花开后的种子上的白色冠毛结为一个个绒球，随风摇曳。惊诧于它的万般柔情和与众不同，摘下一颗白色绒球，用嘴轻轻一吹，想让那颗白色的绒球随风飘散。正在用力一吹的时候，醒过来了。

醒来后，我久久不愿起来，我想沉醉在那样的梦境。梦境如此美丽，却也如此短暂。生命里也许很多美丽的东西就正如梦中的蒲公英，随风一吹就会四处飘散，甚至难觅踪迹。谁从暗夜的梦中惊醒，谁的双眼凝视窗外。

多少个黄昏，风吹乱了孩子的头发，闺女在寒夜的门前等父亲，颤抖的声音在静寂里融化，爸爸，您啥时能回家。

心灵的告白

这是来自妻子的告白:

夜已很深,因为等待平添几分妩媚的风姿,心也透明得洞悉秋毫。深深的夜,因为等待无意将点滴伤感绕上心头,却把丝缕愁绪写在脸上。茫然诉说着此时小屋人去楼空后无言的寂寞、怅惘,却把曾经那份美丽的拥有藏于心底。也许情花开的时间太短,短得让人爱怜,短得让人在不经意中留下一丝惦念。

夫君,我迈着步子,走近你,想要细语轻唑,想要相濡以沫,你却不经意的离去。离别是两条平行线的重起,或许不该有花开的美丽。

2018年3月18日是我们结婚20周年,你说会给我一份惊喜,可是,时间却停留在了2017年的9月28,我知道惊喜再也不会到来,曾经的许诺,也不会再实现。

虽然,我们已是两个时空,但我分明看到了,你微笑着迎接我,敬一个标准的军礼。

我和女儿来看看你。家里都挺好的,有我在,你就放心。不要担心父母,他们已经走出悲伤,以你为荣,开始了新生活。

上次在梦里见到你,可惜梦太短。你走后,女儿常常抽出一张张珍藏的照片,眼泪早已悄悄流淌,那双纤细的手抽出太多思念,抽出了一个个唯美的春天。

你盖的那床被褥已拆洗,在阳光下晒过,仅有的两双皮鞋都打了油,袜子和皮带在鞋柜的抽屉里,那件带血的警服干净地在衣柜上方挂着……

你知道吗?女儿读高中时,你即便是一周回来一次，你也没到校接送过，更别说是参加女儿班上的家长会、运动会，甚至你连教室都找不到。特别是每年的开学季，同学家中都是老少齐上阵，而女儿却只有和妈妈独自扛着大堆的被褥去报到；过生日的时候，怎么等也等不到本答应回家为她庆祝生日的父亲。对16岁女儿来说，不常见面的你就像个隐形人，总会缺席她成长的重要时刻，但是这并不妨碍父女间的感情。你会悄悄地收集她喜欢的明星的微博、新闻，一段时间就会打包用微信发给她；不管多晚回家，都会悄悄地来房间看她，翻看作业本，你好几次看着女儿的作业本偷偷地傻笑，女儿都看到了。你笑容里是如此的满足和幸福，好像薄薄的作业本竟能悄悄地跨越时光，让你把错过了的那些女儿成长的片段一一的找补回来。从16岁开始，女儿渐渐地开始理解父亲，对于你在她成长重要过程中的缺席，显出了超乎年龄的懂事，没有责怪，没有情绪，反而时常发信息提醒爸爸注意安全。

女儿时常跟我说："别人的爸爸虽然有钱有时间，但是她从来没有羡慕过，爸爸是我心中最勇敢的英雄！"

我一直都相信，人与人有了深厚的感情，真的会有心灵感应这回事！

大概是在1999年的夏天，因为工作你去了宜宾出差，我自己在医院上夜班，半夜的时候突然腹痛，去急诊室检查发现是急性阑尾炎，需要马上动手术，我打电话叫来在医院附近住的同事替我代班，然后到普外科准备手术，我的同事打电话给你，想告诉你我的情况，让你赶快回来签手术同意书。可是电话一直无法接通，我告诉同事不用再打了，孩子她

爸在外出差赶不回来。因为我的父母离医院也很远，无法快速到达，最后由我自己签了手术同意单然后进行了手术。

第二天的中午，你给我打了电话，问我昨晚为何打了这么多次电话，问我出了什么事，我怕你担心，又怕影响你，就只说有点小事情，已经解决了，可你一直追问我是不是出了什么事情，反复问了几次才挂了电话。

自结婚以来，还是第一次分开这么长的时间，你不知家中的妻子是否安好，想打个电话，可时间已经太晚。

你办案回到家后，才知道是我做了手术。你说，手术的那天晚上，心里老是慌慌的，总觉得会有什么事会发生。第二天打开手机发现有好多个未接电话，心里就慌了，肯定是家里发生了什么事情，结果……

你说感到自己很愧疚，在亲人最需要的时候，却没在身旁守候。

2002年，你到贵州去出差。平时我们就有个约定，每次你出差的时候，我们都会在晚上打个电话互报平安。有时我也会聊聊当天自己做了些什么、分享今天女儿的一些趣事，如果关机我就知道你是有任务。那天晚上不知道为什么，平时我都是将孩子哄睡后打电话，也从来没有着急过，可是那晚我却很迫切地想给你打电话，终于哄睡了女儿，我迫不及待地拿起了手机，可是电话接通后一直没有接听，心里异样的感觉促使我还是决定多打了几次电话，但是，电话却一直无人接听。我不知道那个晚上我是怎么熬过来的，担心、害怕，不停地安慰自己，又不断地否定自己的想法。

第二天，我的手机铃声响了，是一个陌生的号码，我竟然犹豫着不敢接，鼓起勇气接听，当熟悉的声音响起来的时候，一颗心终于平静下来。听到你的声音，"晓徽，你好吗？"我的心头一热，一句话都说不出来。

我说："你有时间给家里打个电话，我就放心了。"说到此，我的声音有些哽咽。

后来我这才知道，那天晚上因为突发案件，你在工作过程中，遗失了手机。

曾经我也后悔过，后悔找了个警察，更别说是刑警做丈夫。在我们结婚最初的日子，因为你的工作需常常出差，我埋怨过你不能经常陪在我身边。因为需要承担家里的大部分家务，我也暴躁不安过，因为女儿出生、父母生病，你却经常不在时，我也和你争吵过，可每次都是你让着我、哄着我，又让我生气不起来。慢慢的，我开始理解，理解你对这份工作的热爱，每当看到你又成功的撬开一个嫌疑人的嘴而获得了线索、一个个案子的破获，或找到了可以抓获罪犯的方法……我都为你自豪。

从1998年结婚，我们在一起共同相伴了19年6个月10天，也许你没有别人那样的细心和浪漫，常常会察觉不到我在生气或一些感受，但是，你一直都记得我的生日和我们的结婚纪念日，每次过生只要你没有工作，就会陪我看场电影或是请我吃顿大餐；每次结婚纪念日，也会送我一朵红玫瑰。

小气鬼，为什么只送是一朵，别人都是送99或999朵来表示长长久久。我赌气地说到。

"真是个头发长，见识短的人，一朵代表一心一

意。"你笑着回答。

你常常说，等女儿大了，等我们都退休了，就有时间了，可以天天陪着我们了，一起到处去旅游了，去看看大漠戈壁的落日余晖、去江南水乡领略烟雨蒙蒙的温柔……

记得在一个下雨的夜里，我匆匆地往家赶，突然，在离家十多米远的地方，我看见一个人站在路口，心里一下紧了起来，我害怕遇到坏人，吓得双腿都迈不动了。

就在这时，我听到了一声久违的、亲切的声音："晓徽，快过来，别站着。"我看到了从路口移动身影，那熟悉的轮廓向自己走来。啊！是你……

寒风中，我突然觉得特别的温暖，也感到像一对热恋的情侣，你这个可爱的傻哥哥正忐忑不安地等着我这个心上人的到来。我依偎在你的臂弯里，悄然牵着你的手，一种久违的感觉漫过心头。我也默默品味着那种感觉，从中，体会到一丝苍老。牵着那只手，不管走出去多远，都不会感到寂寞和孤独！在回家的路上，我心疼地问："你一直站在这里等我啊？"

"只等了一个多小时。"你憨憨地回答。

我骂了一句："你真傻啊！"天这么冷，夜风穿过衣服，一点点地把你吹透。

我看着你像个"落汤鸡"似的"责怪"着："你为啥这么傻呀！你要是有什么意外，你对得起谁啊！你对得起爸妈、对得起我、还是对得起孩子呀！"

面对我的"责骂"，你却笑得那样傻，"没事，没事的，你看我不是好好的吗？"

你说："万一我刚回去，你恰好就在这几分钟回来咋办？沟这么深，又这么长……早晨这条路还是好好的，可晚上就多了这条又深又长的沟，这些人也不设置一个警示牌。"

你牵着我的手，绕道过了那条沟，回到了家中。灯亮了，我才发现你的脸上有擦伤的痕迹，我立即撸开你的裤腿，发现你膝盖鲜血淋漓，瞬间泪水奋勇而出。我流着眼泪在房间里找创可贴，我看到你这般模样，哽咽着说不出话来，只是不停地抹眼泪，那眼泪擦了又流，流了又擦，一时间，眼泪化作了悲凄的爱之雨，淹没了整个房间。

第二天，我很想留你多待一会儿，但我太熟悉你那说一不二的禀性，也早已习惯在家打个转转就要奔向战场的作为。

"世林，多保重！"我觉得鼻子一酸……

当你背起行装再次踏上征途时，泪水瞬间模糊了我的双眼，是压力？是责任？是艰辛？我是一名警察的妻子。每一次看到你出发、处警、抓捕，我心里除了莫名的紧张、不安，还有的就是默默的祝福和祈盼。

一次次远征，一次次凯旋，你兴致勃勃地给我和孩子讲述抓捕嫌犯的历程时，有征战、有激情、有曲折。我内心的牵挂和揪动却随着你的讲述在逐渐加剧。我知道，面对穷凶极恶的嫌犯，作为一名刑警，迎接你的不会是笑脸和恭从，而是智慧的交锋和肉体的搏杀……

是啊，为了警察的职责所在，你没有因为家中的事而影响人生的取向，默默地沿着铁道踏上了新的征途。

人说两情若在永相望，如何媲美那古卷之中流传千古的芳华。只是有谁懂，那泛黄的芳华究竟为谁绽放，又为谁留下断章。

泪酝酿成窗外的细雨飘洒，泛起心底阵阵涟漪。衣袖多了几分笔墨的残迹，任由凌乱的思绪在冥想中飞舞，把缠绵裹进心底包起，伴残烛相偎相依。

在路上，我们仿佛听到了来自心灵深处柔情的呼唤，看到了一个警察在风雨中擦亮的眼睛和挺起的脊梁，那目光炯炯有神，那神情果敢坚定。为正义，也为警察的责任；为法律，也为阳光下的那一片温暖的前行。

注：部分资料由采访单位提供。

题记：如果说群山巍峨的大凉山是由雄鹰组成，那他就是山峰上搏击长空的那一只。他的高大并不仅仅在于用青春书写忠诚的情怀，更在于他那让战友们难以忘怀的、用生命树立起了一座永恒的丰碑。

在激流中永生

——追记西昌公安处原德昌车站派出所所长烈士郑光华

沿着蜿蜒铁路行走，我要写下一个名字，让你在我的诗行间穿行，澎湃成一条河流的宽广。你，就这样塑造了一群，成昆铁道卫士，把一生的理想融进桥梁隧道，把忠诚刻在钢铁银河上。

在成昆铁道线上，站在天空与大地的眉宇之间，我用善良的目光打量，让穿越时空的遐想自由飞翔，升腾在泰戈尔夜游的天空，赤红的欲望接近万丈天宇、冷却在天明之前，化作清明的细雨慢慢飘落，在牧童遥指杏花村的荒郊野外，敲开嶙峋兀立的记忆，在碎石和瓦砾隆起的废墟上，我把高过头顶的花环虔诚地瞻望。

清明，在踏上纪念战友那片圣洁净土的路上，我的脚步轻轻、心情沉重，说不尽的惆怅。田野上，没有吹动袅袅的青烟和那些纷飞着的薄薄的纸片。我的战友，几朵素洁的小花，在缄默的墓碑旁，悄然绽放，在泪眼模糊中，却让往事渐渐清晰，让一腔壮志，燃烧在你激情的岁月里。我的战友，因为有了像你这样的英雄存在，铁道就会露出平安的笑容，家园就会繁花似锦。每年这个时候，我会从心底喊出你们的名字。我的

战友，因为这清明的风啊，拉近的是回忆，而思念却没有距离。

清明时节，不禁让人想起，一个个鲜活却已经走远了的身影，不禁让人想起，为保卫成昆这条钢铁银河而献出生命的铁道卫士。

站在山的脊梁上，聆听风与树林的交谈，倾听酣畅淋漓的音符和悠扬悦耳的旋律，纯洁质朴的情感，仰望蔚蓝的天空，思绪随着白云飘向远方……

郑光华，在激流中永生的战友。

1947年11月5日，郑光华出生在四川省乐山市。十四岁那年，郑光华的父母突然双亡，十七岁的姐姐也匆匆嫁了人。他与弟妹成了孤儿。小小年纪的他，望着别人来领养可怜的弟妹。八岁的妹妹在离去时说："我不走，我要哥哥，我要哥哥……"

那一刻，郑光华的心里升起一个强烈的愿望，长大后一定要成为有出息的人，挑起家庭的重担，把失去的爱重新给予弟妹。

1966年12月，郑光华参加了中国人民解放军，在部队三次被评为五好战士。

成年后他又饱尝了另一种形式的"孤儿苦"，从在部队递交第一份入党申请书算起，整整20年，尽管他曾多次评为五好战士和先进工作者，可是仅仅由于他有一个家庭成分不好的姐夫，因此就一直被拒于党的大门之外。但也许正因为如此，孤儿就更盼母爱，寻"母"的决心就更加坚定。

郑光华，1972年4月，他脱下军装穿上了警服，成为西昌铁路公安民警的一员。1982年他在入党志愿书上他这样庄严地写道："我要跟着母亲共产党走一辈子。为了党的事业，我将在一切困难和危险的时刻都挺身而出！"而当他成为一个光荣的共产党员时，他的爱和愿望都在升华。

他在日记中写道："我要在热爱的铁路公安工作中干出点名堂来。"有一次当他妻子埋怨他对自己的调转不尽力时，他感慨地说："我哪有那份时间呢？你知道都坎坷了这么多年，现在再不抓紧干一番事业，对得起谁呢？"

1983年以来，受社会经济因素的影响，当一些人受到高额利润的诱惑，便置国家法律法规而不顾，为了一点蝇头小利，盗窃铁路运输物资、拆盗铁路器材予以变卖设备成为"发财致富"的捷径时，铁路沿线的个别村民和社会盲流人员涌向铁路，给铁路行车安全带来严重影响。

成昆线尼日至西昌区段全部桥梁、隧道上的步行板、钢筋没有一座是完整的，均遭到不同程度地拆盗、破坏。德昌境内桥梁的步行板也被拆盗，这给职工和行人带来了安全隐患，如躲避不及时，将发生惨痛的伤亡事故。

针对严峻的治安形势，郑光华同志身先士卒，率队不分昼夜开展摸排，经查，拆盗损毁步行板部分是一些十几岁的中小学生所为。针对这种情况，郑光华与战友们走村串寨，以案说法，向村民老乡、中小学生讲清在铁路上放牧和穿越铁路以及拆盗铁路器材、设备的危害性。通过法制教育有效防止了影响铁路行车安全的事件发生，也进一步密切了警民关系。

1985年的一天，郑光华的爱人小徐从会理老家来，随行还有一位过去曾经帮助过爱人的同学。她的亲属违法犯罪后，为求得从轻处理，恳求小徐出面帮助说情，千方百计让小徐陪同她提着土特产来"看望"郑光华。当郑光华同志知道来由后，当场给予拒绝，他爱人的这位同学走时把礼品丢下就跑了，还说了不少难听的话。

郑光华成天忙这忙那，从不闲着。他的事情也真够多的，民警或家属的大小事情他全要操心，休息时，他甚至还为一位民警病弱的小儿子去钓鱼，让他喝点鱼汤补身体。然而谁也不知道什么时候，郑光华竟忙里偷闲，在寝室旁边的乱石丛中开

出一块菜地,地不大,茄子海椒等多种蔬菜长得鲜嫩可爱,人们都夸他勤俭,会过日子。站区认识他的人都说:"你这一下又可以省下一些钱去补贴家用哩。"老郑笑而不语。等到蔬菜一熟,他就笑嘻嘻地一大筐扛到站区食堂去。伙食团长高兴得合不拢嘴,小站买菜难,他正在发愁。当他把菜钱递给老郑时,他却乐呵呵地说:"自家种来自家吃,算什么钱哟。"从此老郑的菜地成了公有财产。

1986年2月,春节刚过,被提为所长的郑光华接到去昆明公安干校学习的通知时,那么黑黝黝的高颧骨的脸上,显出了激动的神色。一期业务培训,在别人也许不当回事,反正又挣不了"文凭",可是这对老郑来说,意义就不寻常了。

在繁忙的工作之余,他歪歪扭扭地抄了好几大本公安业务教材,自学笔记本竟有32本之多。正是知识文化,使事业的道路在他脚下扩展延伸着。在四个月的学习中,别人游滇池,他关着门写;别人入睡了,他还瞪着眼睛背。结业时他顺路去看妻子小徐,才住了两天就急着要走,说所里离不开他。饭桌上小徐大为生气。

6月20号,郑光华又出去跑了一天,吃晚饭才回家。端上碗,女儿丹丹刚要开口问爸爸考试成绩,谁知所里同志来报告要出发追逃犯,他二话没说,放下碗,雨衣也没带,就跑了出去。这一次执行任务需要过一道河,河上的索桥只剩下几根满是刺锈的钢索,下面是翻滚的急流。本来也可以绕道,但那就会耽误时间。老郑二话没说就上,连上三次失败,两手鲜血淋淋,终于还是攀缘钢索过了河。大家赶到永郎后,听说罪犯已闻风向米易县城潜逃了。别人说,干脆给那边县里去电话,让他们办算了。郑光华也是二话不说,凭着一点线索,一天之内追踪了百多里路,终于将罪犯亲手捉获。

当晚赖指导员向大伙下了一道死"命令":"老郑刚回来,应当让他休息一下,这段时间有啥情况,你们都瞒着所长,别告诉他!"可是要瞒着他一点什么事情谈何容易啊!一位民警无可奈何地笑一笑。

夜深了,郑光华还在办公室埋头又看又抄。女儿丹丹做完作业,望望爸爸的办公室的灯,一边上床一边想:这个爸爸到底是忘了考试比赛的事,还是考得差不好意思讲呢?明天一定要问问他。

第二天21号是周末。中午丹丹放学回家,老远看见一位叔叔举着酒瓶对爸爸喊:"老郑,来喝一杯。"爸爸笑着摆着手:"不啦,我等丹丹回来一起吃饭。"这顿午饭,爸爸、外婆、丹丹,又说又笑好高兴。这是爸爸回来后一家人第一次这样聚在一起不慌不忙地吃饭。丹丹都乐得忘记了要问爸爸的事。这时,一趟客车要进站了,爸爸说是去看一看站车秩序就转来。他一边往外走一边笑着对女儿说:"丹丹,等着我。我一会儿就向你宣布我的考试结果。比赛的事。你没忘记吧……"

可是爸爸这一去没再转来。爸爸的考试成绩,是妈妈从会理赶来后告诉丹丹的:6门功课5门90分以上,还有一门得满分。而丹丹的考试成绩,还没告诉爸爸……

1986年6月21日,这是郑光华学习回站的第四天。14时20分,他接到黄家坝车站站长的报案电话。按分工本该是民警老陈出这趟勤的。但是郑光华一把拽住老陈:"你身体有病,让我去!"

在黄家坝车站下面的公路上,郑光华与正在追赶货盗分子的车站职工苏应发相遇。"快,郑所长,前面逃窜的身影就是要抓的人。"苏应发气喘吁吁地说。罪犯从田野跑到安宁河边,慌慌张张跳下河,企图涉水而逃。

郑光华、苏应发追到河边手挽手扑通一声也跳了下去。眼前看似一片浅滩,但刚发汛的河水冰凉而湍急,一个浪头接着一个浪头,一个旋涡拥着一个旋涡。

随后赶到岸边的黄家坝站肖站长和民警小邓见状大声呼喊,叫他俩赶快回岸。刚刚发汛的河水奔腾咆哮,连河底的石头也在洪水冲击下哗哗滚动着。郑光华和苏应发这时好像没有听见岸上的呼喊,他们正一步一步向着滩心,向着危险走去。前面是他们追捕的逃犯,多少案情线索集于他一身;前面也是他们要拯救的人,他们要去给予他新生的希望,就在这时,就在他俩刚伸出手要把逃犯拉出危险区的一瞬间,一道浑浊凶恶的巨浪,吞噬了河面的人影。

1986年6月21日15时30分,这一切发生得这么迅速,这么突然。肖站长和民警小邓泪流满面,奔跑着、呼喊着,一双双寻觅的眼睛,从黑夜到天亮……

高藐的天空发出凄凉的声音,耳边不时传来安宁河阵阵的哀怨。在战友们的呼喊声中,郑光华走了,静静地走了。

你迈出的脚步,浸湿在铁道上的鲜血,像朵朵绚烂的红木棉,定格在如血的残阳。从奔腾的金沙江到咆哮的大渡河,从巍峨的大凉山之巅到一马平川的成都平原,你以铁道卫士威武的英姿把热血洒向凉山小站。

1987年9月19日,经四川省人民政府批准为革命烈士。

19年后,为纪念战友,作者创作了诗歌《岁月变迁也无法阻挡对你的怀念》。2005年在公安部组织纪念任长霞牺牲一周年诗歌征集活动中,这首朗诵诗,获奖并入选诗集,2005年10月1日,由国家演艺界名流在人民大会堂进行了朗诵:

在穿山掠水的大凉山铁道线上/你那警惕的眼睛总是在不停地寻望/在海拔二千五百米的红峰车站/很久没有回家的你/依然守候在沙马拉达隧道//在穿山掠水的大凉山铁道线上/你一次次为贫困山区的孩子/慷慨解囊/在饥饿伤病的长夜/却啃着一个个从火堆里刨出的土豆/笑意依然写在脸上//在穿山掠水的大凉山铁道线上/匍匐着你的身影/在西部神

秘的彝乡山寨／有一个被你救回的哭泣女孩／站在乡间村寨的打谷场上／在皎洁的月光下／美丽得那般忧伤／／在一片白桦林遮住的身后／流淌着一条波涛汹涌的安宁河／那一年／为追击对手／你急促地跟踪到她的身边／一座没有踏板的铁索桥／横跨在河面上／空荡荡的几根钢绳在狂风中摇晃／面对危险／你毅然踩上钢索／手脚并用／一步步向前挪动／那波涛翻滚的安宁河啊／突然像一匹脱缰的野马／向你袭来一个浪头／又一个浪头／怎么，不见了／铁索桥上追击的身影／怎么，不见了／我的战友／曾记否／战友们，多少次寻找在寒冷的安宁河畔／任凭顺河刮来的夜风，在脸上吹打／任凭夜的恐怖，怪异地附在战友们的身边／高藐的天空发出凄凉的声音／耳边不时传来溪流那阵阵的哀怨／／这么多年了／无论我走到哪里／我对你的怀念／就像火车轮下的钢轨／延伸得无限的遥远／／这么多年了／我的怀念／一次次越过遥远的时空／我那初恋般的柔情／一直走向迷人的午夜深渊／有谁知道／不管岁月如何变迁／也无法阻挡我对战友的怀念。

题记： 时光之中有太多我们想珍惜的和忘却的永恒，那些永恒却一直在岁月里反复撕拉着生命中的点滴。生命之中有多少的永恒是值得人追念的，值得人前行的，或许这个答案在我们结束这一生的时候已经很清楚了。

生命的深度，往往不是来自幻想，而是来自脚踏实地的努力。你对生命付出多少，你就会收获来自生命的多少馈赠。

用生命书写忠诚

——记公安部二级英模成都公安处绵阳车站派出所副所长杜斌

责任，给生命以最大尊重

被公安部授予全国二级英模称号，你是一位英雄！

在绵阳车站派出所的墙上还有杜斌的一张照片，照片上的他年轻、英俊。看着照片，想着当时的境况，我心生感叹：可惜！因为素未谋面，这位战友在我头脑中没有比较清晰的印象，尽管有很多关于你的宣传报道，但我始终不能从这些字里行间中理出一个清晰的你，宣传中突出了英雄那次壮举中的每一个细节，至于英雄当时确切的想法我已无从知晓，妄自揣测，都是对英雄的不敬。

2017年10月18日凌晨，一个平平常常的生命，一个普普通通的民警，永远地离开了我们，留下的是沉重的遗憾和浓浓的思念，留下的是一名人民警察默默无闻、无私奉献的绚丽风采，留下的是用耿耿赤诚谱写的一曲生命绝唱。

10月17日23时40分，杜斌，成都铁路公安处绵阳车站派出所副所长带领民警驱车前往成绵乐高铁巡查线路。18日

0时10分，你来到6号岗亭，例行检查了巡防队员的勤务状况，逐一查看了GPS和巡更打卡情况。0时30分，巡检7号岗亭，你要求巡防队员加强对涵洞边坡刀刺滚网的巡查。接着又沿铁路徒步400余米，对一处横穿线路用于村民引水的渡槽进行了查看，此处曾因铁路栅栏堵塞渡槽影响村民取水引发涉路矛盾，虽得到了及时整改，但你还是叮嘱民警和巡防队员加强巡逻，确保万无一失。

"大家一定要注意安全！"这是你巡线途中对战友和巡防队员叮嘱最多的一句话。1时许，你带着民警巡到K572+200米处，这里曾经发生过割盗案件，道路泥泞，汽车无法通行。同行的民警说"杜所，你身体不好，这段路我去看就行了！"你说："我刚体检完，医生说身体状况比前段好多了，没事！"随即步行1000多米对重点区段进行了巡查。1时30分，你巡到8号岗亭，发现巡防队员未穿反光背心，当场进行了提醒，并在检查台账上进行了记录。

2时8分、2时12分，你在"绵阳所高铁"微信群里发出了最后两条工作提示，这是你留在世上最后的文字信息，也是留给同事们的最后嘱托。

2时39分，你巡查完成绵乐高铁K570–K577、K566+300–K570等近10公里线路后返回派出所。

夜，被惊醒，那是你的脚步跨过门槛的声音，你以怎样坚韧不拔的毅力，拖着疲惫的身躯返回警营。忙碌的身影穿梭大地，没发现噩梦悄悄向你靠近，谁，触碰那根痛的心弦，怎能相信，死亡竟和你的生命相连。在黎明的晨光里，警帽还未摘下，目光朝着铁轨延伸的方向，你歪着头，一言不发，在办公椅上以沉思的姿势。

办公桌上是夜巡用的强光电筒、对讲机和巡线日记……这是你留给这个世界的最后身影。

7时50分，"快来人啊，杜所出事了！"

王文隽走进绵阳车站派出所，看到你的办公室大门开着，微歪着头坐在桌前。她打了两声招呼不见回应，走到跟前才发现异常。

"杜所坐在办公椅上，身上警服还有尘土，头上的帽子都没来得及摘下，好像平静安详地睡着了！夜巡的强光电筒和对讲机都还立在他触手可及的办公桌上，党徽还佩戴在他的胸前。怎么也不敢相信，那么亲近的一个人，就这么眼睁睁走了！"一切来得那么突然，来不及道别亲人，就成了永远。王文隽哭着说起当时的情景。

闻讯赶来的派出所教导员常虹，用手机留下了你在办公桌前的最后影像。

你走了，突然的走了，没有留下一句最后的嘱托。战友们舍不得你，家里人离不开你。你走了，不可挽回的事实。战友们知道，你需要好好地休息，愿你在天堂把自己的身体调整好，过一回健康快乐的生活。

窗外满眼的秋意，战友们脑海里满是你的身影。翻看着存在手机里你的照片，你的笑容依旧像这春日的阳光，腼腆却无比灿烂。战友们一个个努力控制着奔腾翻滚的情绪，泪水还是模糊了双眼。

来不及悲痛，擦干眼泪，刘强（绵阳车站派出所所长）立即向公安处主要领导进行了报告，并安排教导员带领民警对家属进行安抚。成都铁路公安局、处主要领导获悉情况后，公安局局长熊树华第一时间电话与公安处、派出所主要领导进行了联系，指示做好家属安抚和善后工作，公安局政委谢永杰带表局党委赶赴绵阳所看望慰问杜斌同志家属。正在成遂达、成渝线开展十九安保检查的成都公安处处长施锋、政委敬松，在公安处值班的政治处主任黎学军先后赶到绵阳所，第一时间看望了杜斌同志家属，成立了由杜斌同志家属代表和公安处工会、宣教、组干、人训、办公室、装财室、绵阳所等组成的治丧小组。

杜斌，你未走完50知天命的人生，就平静地离开了人世。

2018年6月26日下午，你被追授为"全国公安系统二级英雄模范""人民铁道卫士"的表彰大会在成都铁路公安局广汉训练支队礼堂隆重召开。那天，铁路公安局副局长、政治部主任赵炳军、中国铁路成都局集团公司副总经理冯定清等上级领导到会并做讲话。成都铁路公安局、成都公安处领导班子成员、民警、辅警及安检队员代表以及你的亲属200余人在主会场参加表彰大会。其余4000余名干部民警通过公安局、处、所（队）开通的132个分会场收看了会议。

追悼会上，妻儿悲痛欲绝，战友痛彻骨髓，那些同生共死的战友兄弟，跪倒在遗像面前，一步一叩首，相见，只剩回忆。都来告别，白花丛中的人微张着口，无法诉说，一别，成为永恒！战友们目睹了逝者的老母，白发苍苍，痛不欲生；看到英模的遗孀和年幼孩子，她们相互依偎，悲痛欲绝。在场的警察战友都不敢抬头，有愧呀！因为工作，我们和逝者一样都是亏欠家庭太多的人，都是对不起家人的工作狂，做警察的一死百了，可留下这孤老弱小，女流之辈情何以堪！

纪录片《中华之剑》中，年轻的缉毒烈士的母亲在最后凝视自己死去的儿子时候，悲呛万分的老人突然打着自己儿子的耳光。这个场景至今历历在目，永远定格在我的脑海中，挥之不去。那几个耳光仿佛抽着自己，悲痛羞愧的感觉震撼着自己——母亲！儿子对不起你，这也是我想说的话！

轻轻地你走了，带着对亲人、同事、朋友的无限留恋；轻轻地你走了，不带走一丝云不带走一片蓝天；轻轻地你走了，带着对公安事业的衷心热爱，你难合双眼；轻轻地你走了，正如生前一样低调地不动地也不惊天。

你的名字，从此化作难以跨越的高山、猎猎飘扬的旗帜、

一座不朽的丰碑。

平常里，你内心丰盈处处彰显纯真

连日来，战友、亲友、邻里、村民谈及此事，都十分惋惜这样一个实实在在、率真质朴的人突然就走了。

杜斌啊！战友们多想解开自己的衣衫，把你冰凉的手放在的胸脯上暖着，让你就这样静静地睡着，枕着火车轮的声音睡在银河里，你在静谧的夜色中睡着，裸露的脊背亦如一幅不朽的图腾，你站立的丰碑醒着，醒着的还有父母无尽的痛。

绵阳派出所教导员常虹说："10月17日23时30分，杜斌还给我打电话，说已送走K1364次进京列车，准备带民警到成绵乐高铁沿线开展巡查。我知道他心脏不好，让他休息一下。杜斌说，不走一遍他心里不踏实。"

德阳派出所所长黄俊刚这样回忆杜斌：

记得我是2011年12月调至德阳任所长，与杜斌共事四个多月。我印象最深的是2011年春运期间，按照所支部安排，杜斌春节休息年29到初二。可在初一的晚上，他给我电话说："黄所，我昨天病翻了，人都站不起来，已经在医院躺起，可能初二来不到单位，医生说可能会住院一个月。黄所，现正是春运，你又才来派出所，情况不熟，等我好一点就回来上班"。

"医病重要，等身体好了再说上班的事。"我回答杜斌。可令我吃惊的是大年初六，杜斌忽然出现在我办公室。我望着他说："不是在住院嘛，干吗回所来了？"他说："医了几天，好转很多了，可以走动，再说这正是春运攻坚时期，需要人手，你才来对情况不太熟，还是我分管的上。"我说："医生不是要求住院一个月，你这回来工作咋行!?"他说："黄所，没事，我自己的身体我知道，如果有问题，我到时给你说就是，等春运完了，我再去医院。"

就这样，我犟不过他，每天一大早起来，从德阳老站去往新客站，当时老站距新站2.5公里，由于新站广场还没有修建，旅客进站仅有一条600米长、3米宽的临时通道，所以车站的维序压力非常大。只见杜斌每天在客站的通道上宣传、引导；在安检查危处盯岗；在候车厅巡视；在站台维护旅客乘降；在积极与站方对接解决问题。每天在站区的任何角落都是他的身影，忙得有时吃饭都是饥一顿饱一顿的。累得身体吃不消了，自己捂住胸口在值班室休息一会儿又上一线。几次我劝他回绵阳住院，他都说没事，能坚持得住。他拖着疲乏而带病的身体忙完了春运后才去了医院住院治疗。

一周后，陈婵写下随笔《忆战友》：

您总喜欢在我办公室里不停地给我讲最近的工作思路、方法和成效，让我"帮忙"写写，在您提供的丰富素材下，我写出了最真实和最实在的东西。

您走的前一天，还来到我的办公室，满面笑容地对我说："最近为村民做了件好事，要送锦旗来了！"然而，锦旗还没送到，您却永远地离开了我们！现在，想再听您说一句话的机会也没有了！

您总喜欢在您的办公室里、走廊上、健身房里不停地开展警务实战训练的练习，让我"帮忙"录像，每次看到您这么卖力时，我就气不打一处来的说："您还是悠着点，本来身体就不好，那么认真干什么！"可您总是满头大汗地说："我不能拖了所里的后腿！"在您的坚持下，我看到了顽强的毅力和不服输的精神。

您走的前一周，还来到我的办公室，生龙活虎地让我帮您录制跳绳和俯卧撑的视频，我还惊讶于您的进步神速。然而，副职比武还没开始，我们却永远地失去了您！

您总喜欢行走在铁路上,您常说:"自己走出来的路才最踏实",就这样,你扎根铁路公安一线二十八载,在平凡的岗位上恪尽职守,用脚步丈量铁道。您走出了线路基础工作宝典、高铁线录音、视频监控系统、地方"雪亮工程"在沿线的视频监控……然而,回家的路还没开始走,您就永远地定格在了办公室!现在,想再帮您拍一张工作照的机会也没有了!

您总喜欢战斗在铁路一线,无论冬天的严寒,还是夏日的酷暑,您总是十年如一日地工作着,您把您的青春和热血都洒都在了这条铁路上,用生命兑现了维护铁路安全畅通的无悔诺言。

2017年10月18日凌晨2时39分,您巡查完成绵乐高铁近10公里线路返回派出所后,就这样坐在办公椅上,还没来得及摘下头上的警帽、换下身上的警服,就以战斗的姿势牺牲在了安保一线,用生命诠释了对党和国家的忠诚和信仰!

德阳所陈涛回忆到:

杜斌,我的军旅战友,你还记得三十三年前,我们相逢在绿色的军营,我们唱起嘹亮的军歌。五年的军旅生活,让我们看到了生命的绿色原来是这样的美丽!在那里,我们用双手点燃了军营的青春、用岁月谱写了刚毅的篇章、用一颗纯朴却坚强的心,感染了每一棵绿草和红花,牵起了万古长青的情谊。

那熠熠闪亮的帽徽下,在飞沙走石的行军途中、在密林丛中的练兵场上,军营中的每一个角落,都有我们绿色年华的身影……

喊一声我的老战友,胸膛里涌起一阵滚烫的暖流;叫一声老战友,脑海里闪过一串难忘的镜头。我的战友,我们曾经一起吃苦、一起流泪、一起欢笑,军旅生涯中走过的岁月带走了一些人和事，却始终不能拂去心底深处的那些记忆，感动人的画面一次又一次地刻在军人的脑海中。

杜斌，我的警察战友，二十八年的警营战友情，是成熟酿就的经典，是真情浓缩的回味；二十八年的战友情，是我们读过最精彩的故事。走过二十八年的铁道风雨，我们真情永恒。

曙光下记录着我们坚守在钢铁银河中最真切的点滴，曙光下描绘着我们为民服务最真诚的音符，曙光下刻画着战友间最真挚的情感，曙光下跳跃着战友间最真情的心境……

在警营与你并肩战斗的战友胡兰英、敬麟、孙广义、熊伟，安检队员谭华为你留下了太多的话语。这些年，战友们结下的美好情缘，没有随风而去，太多的经历悲喜不禁，太多的记忆刻骨铭心……

杜斌，你的精神诠释着人民警察的誓言。金色盾牌有你沸腾的热血，山川大地有你永不消逝的足迹。铮铮铁骨永不知疲倦的身躯，化作漫天的飞雪飘飘洒洒、纷纷扬扬埋没了小河两岸枯竭的小草；洁白的雪花挂满了小河两岸杨柳、绿柏；洁白的春雪掩埋了肥沃的土地。

工作中，你苦干实干总能让人放心

派出所被原铁道部记集体一等功有你一份功劳，获得个人嘉奖四次、优秀共产党员三次、先进个人两次……你的从警履历上写满了荣誉。然而，很多人不知道这个"拼命三郎"已经生病很久了。

多少个春夏秋冬，你头顶风，冒着雨，脚印落在坑洼不平的路上，重复着这样的色调。光明被夜幕吞噬，警徽把田野照亮，你的目光，越过栅栏刀刺的滚网。你在一次抢险中被暴雨淋湿，患上了重感冒。为了不耽误工作，小病拖成了大病，落下了心肌炎的病根。

"使标准成为习惯，使习惯符合标准"是你要求警务区民

警和巡防队员必须遵守的工作底线。"高铁基础摸排没有捷径可走，只有埋头苦干才能掌握实情！"这是你经常挂在嘴边的一句话。

2016年8月，分管线路工作后，为了尽快熟悉辖区线路治安状况，你风餐露宿、风雨无阻，脚上摩起了泡强忍着，巡线摔倒了爬起来，白天走村入户摸排，用近4个月的时间，对19个乡镇30个村社、9所中小学校、16个岗亭、6处重点部位、15处重点设施设备反复的摸排。晚上加班加点整理，三本工作笔记密密麻麻地记录了工作的点点滴滴。

据悉，仅2017年，你和战友们就徒步巡线300多公里，收集整理了2万多条信息。分类建立了重点区段、沿线村社、岗亭分布等线路基础资料台账20余本，并印发给每个警务区，成为民警手中的"工作宝典"。成绵乐客专是成都公安处管内第一条高铁线路。建设开通后，你在高铁安保任务较重的德阳、绵阳车站派出所担任副所长，深知高铁安全万无一失和一失万无的重大责任。

你对高铁防控工作有思考、善协调。在人防上，带领民警每小时查看一次GPS、巡更器，每天分析巡防巡线轨迹，借助科技手段规范巡防队员的勤务。在物防上，为建好护路工作站，带领民警反复踏勘选址，多次与绵阳市政法委、护路办和沿线村社协调，促成地方在高铁和普铁沿线共建立15个工作站，率先将护路工作站覆盖到普速线路。在此基础上，建立矛盾化解、高铁沿线路地预警防范和处置、联勤防范和侦查联动、反恐督导、信息资源共享等路地协作机制7个，使路地护路资源有效整合，护路工作进一步落实。在技防上，借助绵阳市游仙区开展"科技护路"试点的有利契机，协调区政府投入38万余元在辖区高铁线路上安装音、视频监控系统12套。四川省护路办在绵阳召开现场会在全省推广游仙区高铁监控建设经验。在你的奔走协调下，绵阳所管内铁路沿线41处重点村社和路口,全部纳入了地方政府和公安机关"雪亮工程"视频监控建设计划,于2017年7月全部安装到位。

你对高铁违法犯罪零容忍、严打击。2015年7月6日,绵阳北站发生一起电缆线被盗案,接报后,你带领民警迅速到达现场,提取遗留物证,通过DNA比中嫌疑人,并带领侦查员将嫌疑人抓获。

2017年4月25日4时许,正在派出所值班的你接绵阳工务段报称,成绵乐高铁K572+640米处发现入网人员。当你带领民警赶到现场,入网人员已逃窜。天亮后,你放心不下,又独自返回现场查看,经过仔细搜寻,找到一只线手套,最终提取到有价值的生物检材,成功比中地方公安机关案件9起,受到公安局通报表彰。

锦旗迟到,丹心为民终不悔

你见谁都是一脸真诚、干净的笑容,平时穿着朴素而不失庄重,生活俭朴自律,没有不良习气,不管是亲戚、朋友、同事,还是帮助过的村民、旅客,都称赞你是好领导、好兄弟、好警察。你经常关心年轻民警的工作、生活,一起聊聊天、拉拉家常,关系处得十分融洽;为人和蔼,知道安检、巡防队员工作辛苦、压力大,在一起不时开开玩笑,营造了良好的工作氛围;还自掏腰包,请铁路沿线村民吃饭,与他们打成一片,赢得了群众的好感。

你不管身在何处,都始终将人民群众装在心中。每天做得最多的事是辖区群众所求的繁杂小事,你的心中装着老百姓的小事就是公安工作的大事;事大事小、难办易办,总是一个办法接着一个办法的试,一个事情接着一个事情的做,反反复复,周而复始,勤勤恳恳热忱的不停工作,奔波在公安基层第一线,服务在辖区百姓最需要你的时刻。以实实在在的行动演绎着新时期铁路民警服务沿线群众的鱼水情。

"为民解忧　倾心筑路"——这是绵阳市涪城区清凉寺村民一面还未送到的锦旗。2017年9月30日的巡线中,你看到清凉寺村铁路旁有一段便道,因为路面狭窄、泥泞不堪,村民们一路走一路滑,非常不方便。

10月1日,你打电话对接路内路外单位,10月2日组织现场办公确定改造方案,10月11日开始施工改造完毕。清凉寺村民为了表示对你的感谢,准备了这面锦旗,还未送到,你人却先走了。

2017年2月,你得知宝成线ZK539+700处的涵洞一下雨就积水,给碑牌村村民的出行、生产带来了极大地不便利。你先联系工务部门在涵洞内安装了10个石墩子,但随着雨量的增加,石墩子作用不明显。又联系碑牌村村委会,将涵洞外的路面降低,从涵洞中牵出水管,解决了涵洞积水问题。附近一位70多岁的老大娘,每次遇到你,都拉着你说:"杜所长,简直感谢你哟,为我们办了一件大好事。"

杜斌,你放心吧。清凉寺村、碑牌村的老人和孩子一直在感激你,以前孩子们上学是"雨天一身泥、晴天一身土",现在他们已经走上平坦干净的水泥路。

你就放心吧。战友们会像你一样,虽然只是一棵小草,但也要以小草的方式,向春天展现生命的绿色。战友们将以你为榜样,做人民群众的贴心人,真正做到权为民所用、情为民所系。

对你心怀感恩的,还有300多名来自大凉山的彝族老乡沙马。

2017年5月12日,老乡们被中介从家乡带到绵阳涪城区石马镇,本以为能在当地打工,却不料中介没有联系好工地,丢下身无分文、语言不通的老乡,人间蒸发。就在老乡们急得团团转时,你组织民警为他们送去了食品,组织了6辆大巴将他们送到绵阳市区,又联系绵阳火车站和地方政府,解决了他们返程火车票和生活费。最终,老乡们顺利踏上了返乡之路。

彝族老乡沙马竖起大拇指说:"人民警察,卡莎莎(谢谢你)""共产党瓦吉瓦(好得很)"……

石亭江作证

2010年8月15日15时,石亭江上游连降暴雨,江水猛涨,汹涌的洪水造成宝成铁路德阳至广汉间石亭江大桥倾斜。西安开往昆明的K165次列车运行到宝成线德阳至广汉区间石亭江大桥时,列车开始严重晃动,紧接着上下剧烈颠簸,列车紧急停车。而此时列车17号、18号两节车厢成V字形悬吊在石亭江大桥上,车头和车身已经分开了,列车机后5—17位车辆脱线。由于成都地区大面积强降水,石亭江河突然涨水,部分防洪堤出现险情,铁路钢轨开始慢慢下沉,大桥随时有垮塌危险。

列车在洪水的咆哮中喘息。

这是一场突如其来的灾难!

雨越下越大。石亭江的洪水越发肆虐。

这时的石亭江大桥不停地左右摇摆,随时都有垮塌的危险。列车上千余名旅客和工作人员的生命悬于一线。

时任德阳所副所长的你正在广汉市鸭子河大桥巡视汛情。此时,你的手机不停地响了起来,刚一接听,一阵急猝的声音传了过来:"石亭江大桥快要垮塌,立即组织民警到达现场参加抢险",接到所长任杰的求援电话后,你立即组织广汉警务区民警顶着瓢泼大雨火速赶赴石亭江大桥。

15时20分许,随着湍急的河水不停冲刷桥墩,大桥开始垮塌。面对突如其来的灾难,在瞬间的惊愕过后,你与现场的所领导和民警与时间赛跑,迅即开展了生死大营救。听着耳边的呼叫、看着惊慌失措的旅客以及脚下吱吱作响随时可能垮塌

的桥墩，你将自己的生死置之度外，拉着大人的手、背着老人和小孩，不知来回了多少遍，任凭雨水浇透全身，终于亲手将200余旅客成功转移到安全地点。

　　为了使专业抢险队伍更好地工作，你按照指挥部安排，又投入到现场安全保卫工作中。随着消息不断传开，周边达10000余群众不断涌向现场，为了确保现场及群众安全，坚守大桥北头，拉起警戒线，不停地劝阻围观群众撤离，嗓子喊嘶哑了，衣裤被雨水湿透了又穿干，就这样整整坚持至凌晨4时。

　　看到这些全身湿透的警察淋着大雨救助大家，旅客们顿时心安了不少。一名旅客说："我们都以为完了，没希望了。但看到来了警察，大家都有了盼头。"

　　一名女乘客说："有些当地群众在敲窗户，想打破窗户让我们出去，然而就在窗户被陆续敲开同时，前面几节的车厢门都打开了，有好些警察跑了过来，让我们依次下车。警察让我们不要慌，尽量先让小孩和妇女老人先下车。"

　　警察们一个个把乘客都抱了下来，许多惊魂未定的乘客都是哭喊着被救了出来。就在他们安全撤离3分钟后，整个大桥被洪水冲击得摇晃起来，桥墩轰然倒下，两节悬吊在河面上的车厢也落入了河中，凶猛的河水将车厢冲出了200多米远。

　　乘客们见到这一幕，有的当即瘫坐在地上大哭起来。有的吓得脸色苍白一句话都说不出来。有的旅客看到这一幕后忍不住流下了眼泪。"如果没有警察的及时救援，我肯定被江水冲走了。"

　　关键时刻铁警挺身而出，关键时刻铁警的奋勇感染了旅客，关键时刻铁警的无畏感动了旅客。

　　15天的抢险，疏通救援通道现场留下了你的身影，警戒布岗布哨现场留下了你的声音，协调解决抢险事宜现场留下了你的足迹。

遇困难，你以隐忍的担当扛起责任

身患疾病，许多人都会要求组织照顾，而你却选择自己承受。在一次线路巡查时，被暴雨淋湿，患上重感冒。为了不耽误工作，坚持边工作边治疗，致使小病拖成大病，不幸落下了心肌炎的病根。这件事，你藏在了心底，也不因此向组织提要求。后面知道的人多了，在工作中想照顾他，也被婉拒了。

2011年春运，由于劳累心肌炎加重，医生要求你住院治疗一个月，但你考虑到新来的所长对情况不是十分熟悉，不顾医嘱，简单输了2天液后就又返回了岗位。所长劝你回去休息，你却说："我自己的身体我知道，如果实在不行就再去医院。"这一拖直到春运结束后才去住院。2017年全局所队副职实战考核比武，本可以因为疾病要求组织照顾的你，为不给单位拖后腿，主动加压加量，每周坚持跳绳、1000米等项目训练，同事都劝你注意身体，你却说："就当锻炼身体，实在不行再申请照顾。"

家有困难，大多数人的第一反应就是到组织上求关心，而你却选择自我担当。夜以继日的坚守，聚多离少的酸楚，舍小家为大家的奉献，需要更多的理解和尊重、爱和牺牲。较之其他家庭付出的更多，承受的更多。"5·12"汶川大地震期间，远在东北开展交叉督察的你，心中担心，又鞭长莫及，却未提任何要求，默默忍受，直达8月份任务结束才回家。

2014年春运期间，你在德阳所工作，你父亲因患癌症在成都住院手术，妻子因工作无法陪护。为了不耽误工作，不给所里"添负担"，你没有向单位上的任何人透露，只是在父亲做手术那几天，趁着2月14日、16日、18日休班，赶到成都陪护，次日又坐最早的一班火车赶回工作岗位。后来，派出所了解到这个情况后，安排你休息，却被你以爱人在陪护为由婉拒。

2014年12月，成都铁路公安处党委考虑到你家庭和身体

等方面的一些困难，将你从德阳调回绵阳工作。你常说："我在外漂泊多年，在处党委的关心下回到绵阳，要踏实干好自己的工作，才对得起组织的关心和照顾。"为此，你怀着一颗感恩的心，主动承担起了更加繁重的工作，在绵阳所 34 个月的时间里，巡查线路 4700 余公里、排查隐患 740 余处、路外宣传 650 余场次、夜间防范 190 余次，冬战严寒、夏斗酷暑，披星戴月、早出晚归，用脚步丈量铁道，将汗水晒满大地，直至用生命兑现诺言。

一份再也无法兑现的承诺

由于工作性质的原因，男警察可以说大都不是称职的父亲、丈夫和男朋友了。他们都不是能够控制自己时间的人。咱们这行的人经常互相调侃说，这年头，女孩找男朋友、找老公的，最好别找警察，否则，拍拖时、结婚后都可以当没这个人了。因为很多警察都把家当旅馆，把单位当作家；在亲人最需要的时候，警察往往就是那个不在的人。相比之下女同事也好不倒哪去。倒不是每个警察都有这么伟大、这么敬业、这么自觉，可干也得干，不干也得干！谁让你是警察的！

你的爱人李静不但是一位公安民警，而且还是江油市公安局涪江派出所的教导员。她深刻理解"警察"的含义。

深知对亏欠妻子甚多，你有一个特殊的表达方式，就是在每年儿子的生日，为妻子送上一份小礼物。今年 9 月 9 日，是儿子 18 岁的生日，你对妻子说，得送一份贵重的礼物，约好两人一起去选一只她喜欢的玉镯，一直戴到老。

你从警 28 年，25 年常年在外。总觉得自己不是一个好儿子、好丈夫、好父亲，总想利用自己点滴的空闲履行对家的承诺。作为人子，养母年岁高，逢年过节驱车看望；母亲爱唠叨，你就不厌其烦疏通开导，还常常提醒兄妹要多些耐心；岳父爱吃鱼，自己亲自买鱼下厨做……作为人夫，知道妻子身体不好，只要在家就主动承担家务，孩子的生日还不忘给妻子买份礼物……

你这个双警家庭常年"三地分居"。在妻子的记忆中，婚后你只休过3次假，都是关于儿子，分别是在儿子出生、高考和送儿子去大学。

孩子考上了中国石油大学，令你们倍感欣慰和自豪。

10月17日，你在派出所坚守了20余天回到家中，认真地告诉妻子："等这次任务结束了，我带你到北京去，好好看看你的病（脑血管瘤），看看咱们儿子，再把欠你的那只镯子买了……"

说起最后这顿晚餐，你爱人肝肠寸断："平时都是他做饭，那天他说要修修入户花园的门，我就把剩饭剩菜简单炒了炒。早知道这是最后一顿饭，怎么也要给他做丰盛些啊！"

你常跟身边的同事说："我们处在一个美好的时代。"虽然你工作很繁忙，没有更多的时间去享受生活，但丝毫不影响你对美好生活的向往。你把家里的小院打理得井井有条，栽了花、种了树，还养了两大缸鱼，巡线时不忘捡一些形状不错的石头，带回家点缀一下自家的院子。你精心打造的小花园，是对家人亏欠的另一种弥补。花园里种着月季、金橘、贵妃枣，还有巡线时捡回来的各种石头。园内如一幅幅立体图画，既具有形式美感，又饱含耐人寻味的幽雅情调。一个个盆景"古、文、静、雅"的格调，体现了自然景观与人文景观的有机融合。

8月6日，你在朋友圈里发了花园里的图片，配了这样一句话："今年我家院子结满了贵妃枣，即将收获之际，也迎来了儿子的大学征途。"

11月10日，你的妻子在几乎同样的位置也发了一条朋友圈，她说："你说这里就是我们从容变老的地方，我还在这里看花开花落，你看见了吗……"

秋日的阳光下，小院落满了树叶。秋雨的绵绵，让心驻守。落叶的离愁，让情欲留。她常常独自坐在你精心建造的小花园，夜晚，看天空的星星，天空那么安静。这样的秋天，她冷漠地坐在时间里，一夜无语，静静地相守。掐指一算，你已经走了快两年。她知道生活还得继续下去，沿着凋了又开，开了又凋的花茎，平淡得没有声音。那些尚可触摸的幻觉早已消失。夜色依然有力，径直穿过的风，把园里的花瓣带起。夜晚静静的，她看见一些花的姿影，摇摇晃晃，顺着天空徐徐攀升。

人生的旅途，不是身边的每个人都能陪你走完。前行的路上终将面对亲友的离去，不管她有多么不舍，她有多么痛苦都阻挡不了死神的脚步。只能眼睁睁地看着自己最爱的人，在自己的面前化为一缕云烟，永远离开这个世界。你曾经给予她的温暖，随即化作生命里永远的痛，那是岁月都无法抹去的泪。总会在某个时间触动她最软的心弦，无法相见的痛苦涌满心间，心底的泪又模糊了视线。

岁月无法抹去失去亲人的痛苦。妻子望着大门外，似乎还在等待。

10月17日，陪妻子吃了一顿简单的晚饭，你便匆匆离开……

在你祭日的这一天，亲人的泪都化作漫天的雨。曾经那么鲜活的生命却化作一堆黄土，默默无言，曾经那么生动的脸庞却只是张相片。曾经相处的画面却一幅幅在脑海浮现，熟悉的脸庞，亲切的笑容，饱含关切的眼神……都在告诉你这个就是世界上最爱你的人呀。你的爱人静静地看着你，看着你却没有一句话，你是否听到她的声音，哪怕只是一个字，却已是遥不可及的奢望。多希望时间能把痛苦冲淡，多渴望岁月能抹去生命的创伤，可一天天，一年年过去了，当那熟悉的身影在脑海中浮现，当那熟悉的声音在耳边回响，心底的泪河又泛起波澜。

这些年，你的爱人所承受的痛苦、煎熬无法用文字所能表达的，也不是一般人所能体会的。"好好活着，好好活着就是做很多有意义的事情。什么是有意义事呢？就是好好活着。"忽然间，她想起了这句电视剧中主角的一句话，是啊，是要好好活着，为父母好好活着，为孩子好好活着，为着一份还未完成的责任和义务好好活着。谁也无法阻挡死神的脚步，唯一能做的是努力让自己健健康康地活着，在人生的旅途上尽可能地陪着亲人走下去，走下去，争取时间长些，再长些……

我的战友啊，在那群身着藏青蓝的民警中，却再也见不到你熟悉的模样，天地间回荡着悲切的声音，世界被撕成阴阳两半。喊一声，战友杜斌，尽管你不语，可我知道，与高铁有关的事封存在心里，你的手依旧抚摸在秋日的晨曦。

忠诚的警魂，化作夜空中璀璨的星，照亮新的传奇之路。看着窗外呼啸的寒风，肆虐的雨雪，我默默祈求，但愿北风止，夜将央，英雄重展新风采，亲人不再伤满地。

警察这支队伍也是由形形色色的人组成的，是一个由许许多多普通的人组成的特殊队伍！但警察与那些普通的人不一样的是，他们更多了些不可推卸的责任和使命，只要这个世界还有邪恶和黑暗，警察就永远没有休息的时候！

采访任务即将结束，只是想说，相信大多数同事们都和我有着同样的决心——做人民的警察，我们将不负人民和历史的重托！只要穿上这警服，我们就一定做好自己分内的工作。我们和逝去的战友们一样付出了好多、一样的有着这样那样的缺点、工作上一样有着这样那样的失误、同样地也和人民群众产生过矛盾、也一样有着困惑，发着牢骚……但是工作还是要如常地做下去。当工作需要时，为了这个神圣的事业，警察可以用鲜血和生命诠释对事业的忠诚。

注：部分资料由采访单位提供。

题记：你走那天正落雨，苍天为你把泪滴，哭你刚越过生命的分水岭，哭你走得还年轻。轻轻地，你走了，带着对亲人、同事、朋友的无限留恋；轻轻地，你走了，不带走一丝云、不带走一片蓝天；轻轻地，你走了，带着对公安事业的挚爱和对家人的愧疚；轻轻地，你走了，正如生前一样低调，不给弟兄们添乱。轻轻地，你走了，走得那样匆忙、走得那样平常。轻轻地，你走了，当你用感叹号在战友和亲人们心中写下了生命中最后的精彩时，你为这短暂的人生中汇聚了丰富的色彩。

"隐蔽"战线上的"特种兵"

——记西昌公安处民警王斌

苍天滂沱，翠岭呜咽。一个月前，2015年1月13日19时50分，你长眠于四川省肿瘤医院，生命的时钟定格在你44岁的这一年。你的灵堂设了两天。曾经一起出生入死的兄弟们在你遗像前摆开酒菜，像你生前一样一杯又一杯地与你举杯痛饮，烈酒和热泪浸透了每个人的心。

隆冬时节的成都雾霭朦胧，寒气阴沉。哀乐和悲泣声从成都市东郊殡仪传出，回荡在阴霾的天空。1月15日9时，受处长田野委托参加吊唁的何胜政委、副处长谷成科、杨铁流，来自金沙江畔、大凉山上的战友们，以及你生前的亲友怀着悲痛的心情，向你告别，为英年早逝的你送行。

遗体告别那天，战友们抬着花圈，来到你的灵前。不知是谁唱起了"送战友，踏征程……"在场的亲友们都跟着唱，唱得那么悲壮，歌者、听者无不泪下。苍松翠柏间白花微颤，黑瓦灰墙祭帐飘摇，人们在呼唤着你响亮而又平凡的名字——王斌。

从 2010 年以来，你和每个病患一样，一直经历着常人难以想象的痛苦，疾病面前，人可以很脆弱，也可以很强大。你为什么没有倒下，且一次次战胜病痛？因为有梦。有了梦想就有了追求，有了追求就有了克服困难的勇气。你一次次圆梦的经历，是你奉献社会的过程，也是你实现自身价值的体验，而一次次梦想的实现又为你积聚了战胜困难的能量。在你短暂的 44 年生命旅途中，虽然没有惊天动地的英雄般事迹，然而，你那些平凡的不能再平凡的事迹，却使我们心头涌起荡气回肠般的无限敬意。

曾经的岁月，我们一起办案，你从不挑肥拣瘦，也从无怨言。曾经的日子，我们一起值勤一起值班，面对辛苦你无怨，面对刁难你无怨，面对无理的纠缠你无悔，面对艰难你无悔。你在天堂，你仍然无怨无悔！

此刻，你的战友，我才真正领悟了鲁迅先生一句格言的深刻含义："战士的日常生活是并不全部可歌可泣的，然而又无不和可歌可泣相关联，这才是实际的战士。"

生前，战友们没有写你，因为，你战斗在"隐蔽"的战线上。有谁知道，你是特种兵。当你悄然离去、当战友们与你挥泪作别的那一瞬间，我抑制不住内心的冲动，想以另外一种方式，叙述你生前在"隐蔽"战线上的一些点滴，以此来纪念你走过的岁月、以此来表达一个战友的真实情感。

身患绝症仍忙碌在工作一线

记得 2010 年 8 月初的一个黄昏，战友们发现你呈现出一种病态的消瘦。你告诉大伙，这只是因为神经衰弱晚上睡不好觉。大个罗（罗伟）不信你所说，劝你到医院检查一下，要不

休息几天。你点头:"等忙完了这几个案子,马上就去医院。"铁流,你的哥们,你同龄人的首长板着脸说:"别给老子开国际玩笑哈!身体的事,大意不得。"

8月7日,战友们在K118次列车上查获一起运输毒品案,抓获犯罪嫌疑人毛你曲,查获毒品海洛因78.4克。根据犯罪嫌疑人购买的是西昌至北京西车票,现场查获的毒品数量,审讯时交代的毒品犯罪经过等情况,公安处领导决定成立专案组。作为专案人员的你既当战斗员又做分析指挥员,白天,你带队走访,寻找线索;晚上,你彻夜不眠研究案情。其间,不少队友不经意间发现你眉间偶尔掠过痛苦的表情。只要工作间隙,你都会回到办公室,在椅子上蜷成一团,闭着眼休息。当老大姐朱文问起你是不是病了时,你总是说:"困了,眯一会儿。"经过连续艰苦的工作,你对运输毒品案件中的嫌疑人毛你曲、收货人"阿婆"通讯记录进行大量的分析,在嫌疑人海量、繁杂、毫无规律的通讯交往中,查找疑点,寻找上线踪迹,经过大量艰苦乏味的"排、比、串、析"等工作后,功夫不负有心人,你发现一个电话号码及其可能为"阿婆"上家,这人具有重大的涉毒犯罪嫌疑,是你指派队友小宾和小商的查实,该号码使用人名叫土比色黑。领队的辉哥对铁流首长说,是你对此人的分析才为案件打延的突破奠定了基础,王斌老弟该当立头功。

为尽快核实上家土比色黑的犯罪嫌疑,你主动参与对在押嫌疑人的侦讯,共同梳理分析案情,并在西昌市、攀枝花市两地来回奔波,通过大量工作,很快确定土比色黑确系在从事运输贩卖毒品的犯罪活动。你将此情况逐级快速向公安局、公安处主管领导进行了汇报,完成了对"8·7"特大运输毒品案件的打延布控工作,只待抓捕时机。

这个时候,你并不知道自己的癌变组织的体积增长呈恶化趋势。排便明显不畅,每顿饭只能吃一小口,为了不让战友发现，便躲到办公室里吃。你一直绑着硬硬的腹带，一是为了让自己身板能挺直，二是腹带里的热宝能让身体暖和一些。

经过两个多月的专案经营，国庆过后，你经过侦察得知凌晨有一大宗毒品将通过攀枝花至西昌高速公路运到西昌后再中转往内地。在指挥部的统一指挥下，由你带领一组侦查员荷枪实弹连夜驱车赶赴攀枝花市仁和区高速公路收费站布控抓捕，抓捕预案现场细化，确保万无一失，经过四个小时的潜伏守候，抓获运输毒品嫌疑人土比色黑等3人，缴获毒品海洛因8808.08克。为此，该案的侦破受到了国家禁毒委、原铁道部公安局、四川省公安厅和成铁公安局的通报表彰。

2014年2月，你与铁流首长在眉山办案时，因剧烈腹痛，铁流命令你赶快到医院进行全面检查。可有谁知道，你回到家休息了两天，吃了一点药后刚好一点，你又"偷偷摸摸"地回到办案一线。后来你的体力已无法继续支撑每天到单位上班，这才无奈请了病假，但只要有重大案情研究时你还是要与战友们电话联系。你这个癌症晚期的病人，已在岗位上坚持工作了三年多。

一个月后，你实在是挺不住了，才到凉山州第一人民医院进行了检查，第二天，医生说不是溃疡就是肿瘤，建议到成都进行确诊。在妻子王丽和小妹的陪同下前往成都，检查当天，2014年4月14日14时，你住进了华西医院上锦分院。两天后，王大夫为你做手术，当王大夫花开你的肚子时，惊呆了，发现肿瘤巨大，腹部广泛扩散。王大夫让你的妻子和小妹走进了手术室，告诉你们这个手术没法做，要做也许病人会下不了手术台，因为病人已经是严重的晚期直肠癌，生命最多只有年的时间了。目前病情只能暂时这样控制，你们还是再想想其他办法吧。当你得知患了晚期直肠癌后，你没有掉泪，你说："人无法决定自己生命的长度，但可以增加生命的厚度。"就这样，你的家人先后又送你到四川省中西结合医院、四川肿瘤医

院住院治疗。为了给你治病，你唯一的妹妹王锦为你变卖房屋，你年迈的父母掏空了所有的积蓄，而你的妻子则是一个全职夫人，不能给你经济上的援助，她只能为你照顾1岁多的儿子、只能为你跑前跑后、只能为你默默流泪、也只能为你默默祈祷。

战友，你走后的一个月，我跨进了你的家门，对你父母和妻子进行了采访，当你的孩子见到我身穿警服时，稚嫩的声音在我耳边响起，"我爸爸是警察、我爸爸是警察！妈妈，我要爸爸！我要找爸爸……"战友你知道吗？从你住进医院时，你的宝贝就再也没有见到你，孩子和妻子是那样恋着你，父母和妹妹依旧是那么念着你……

采访中，你母亲对我说，你是在2010年大便开始没有了规律，时有带血的病症。到了2014年1月，你每天大便六七次，时有脓血，妻子发现后叫你去医院，你却推托说春运，人手不够，等春运后再说。

你病逝后，妻子王丽对着墙上的遗像"责怪"着你："斌哥，你就这样走了，你对得起谁啊！你对得起爸妈、对得起我、还是对得起孩子？你啊，你对得起的就是你那身警服！"

2014年1月19日，你的骨灰回到家乡，你的军队战友、警察战友自发组织，开着十余俩小车在高速路口接你，在美丽的邛海湖绕行一周后，才入土为安。此时，除了战友们的眼泪，还有那绵长的祝福，愿战友的灵魂在天堂里得到安息！

二十五年的闪光足迹

王斌，你是凉山的汉子，1987年11月，从家乡西昌参军入伍到西藏雪域高原（武警四川省总队第三支队）服役。1991年4月，你脱下军装又穿上了警服，从跨入西昌铁路公安处的大门。回望你身后尘土中那串歪歪斜斜的脚印，思绪又让我们飘向了岁月的深处……

一位老兵说，从警第一天起，你干的就是武装押运工作，工作在素有"地质博物馆"之美誉的西昌到普雄区段，这里的海拔落差达2000米，正所谓一山有四季，十里不同天。由于山高坡大，气候多变，自然环境恶劣，在这条线上干武装押运工作的辛苦程度非常人所能想象，仅值乘的时间少则八小时，多则十几小时。吃饭成了最大的问题，凭着几个土豆、几口凉水或一盒方便面就要对付一天。

采访中样子告诉我："你在德昌站派出所的那些年，正是治安较复杂的时期，记不清在多少个下着雨的寒夜里，你们一道为抓捕犯罪嫌疑人，深一脚浅一脚地摸黑行进在崎岖的山路上。山高坡陡，树多草深，大伙攀着树枝、藤蔓，跨过一条条山沟。有的衣服被划破，有的手被刺出鲜血、有的腿被碰伤，多少次跌倒又爬起来……终于满腔的憎恨瞬间便化作了疾风骤雨的勇猛行动，罪犯木乃在突如其来的天兵面前魂飞魄散，顷刻间就束手就擒。你给木乃戴上手铐时，仅仅闪过一个念头：可以回家洗个澡睡一觉了……"

老刑警春康回忆起侦破猴子岩的案件，在那个多雨的季节里，你和队友们三进比尔大山。一路上，雨越下越大，湿了鞋，湿了衣服，全身上下没有一块干的，"落汤鸡"似的人影在一步一滑艰难地前进。天刚见亮，你们到达嫌疑人藏身地点，当你们冲进一个屋内，却扑了空。大家又累又困，在房屋外的草丛中倒地就睡，黑夜来临，你们最终成功抓获了这名重要的犯罪嫌疑——神秘的断臂人。

便衣神探洪大补充道："我们干刑警的和王斌这种'特种兵'，工作强度差不多，但他比刑警还多了一份特别的任务。只要有大要案件，我们都会战斗在凉山小站和深入彝乡山寨摸情况。大山里的生活，是常人难以想象的，多少次我们隐藏在浓密的树林里，山野里的长脚蚊子成群结队地向人袭击；白天蚂蚁钻进裤脚里，一咬就是一块红的疙瘩。记不清大伙几次蹚

过齐腰深的牛日河、大渡河，刺骨的河水，冻得大伙下肢发麻，腿脚不听使唤，冰冷的衣服贴在身上。这种滋味实在不好受。"

你的搭档勇哥含着泪水说，那是一个冬夜，在一个伸手不见五指的夜晚，你和他冒着凛冽刺骨的北风，分别蹲点守候在黄水塘小站南北两头的铁路路基两侧。随着夜色见浓，不速之客果然来临，黑影借助手电忽明忽暗的灯光正向货物靠近……说时迟，那时快，你突然大吼一声"住手"！犯罪嫌疑人被突然响亮的声音和灯光所惊呆。片刻以后，他们发现只有你一名警察时，不但没有停止作案，反而投掷石块、道砟石攻击你，面对扑面而来的鹅蛋大的道砟石块，你没有退却，头上、身上、脚上被雨点般的石头打中，鲜血流了出来，你忍住剧烈疼痛，在口头制止无效的情况下，只好掏枪朝天鸣枪示警，"砰、砰、砰"的枪声划破夜空。盗贼听到枪声后闪电般地消失在夜色中。这时你才发现头部的鲜血把警服染红，你觉得膝盖也如火般疼痛，勇哥从南头奔过来时，你一颠一簸地还在追赶盗贼，勇哥为你撩开裤脚一看，被道砟石击中的伤口还流着鲜血。

我的战友啊！你胸前缀满的一个二等功、四个三等功、三次个人嘉奖的奖牌与身上留下的伤疤，每一个都是搏击邪恶的故事，都是拯救生命的神话。二十五年铁路公安的工作轨迹却如珍珠般光彩夺目！曙光下记录着你最真切的点滴，曙光下描绘着你最真诚的音符，曙光下刻画着你最真挚的情感，曙光下跳跃着你最真情的心境……

一个平平常常的生命，一个普普通通的民警，永远地离开了我们，留下的是沉重的遗憾和浓浓的思念，留下的是一名人民警察默默无闻、无私奉献的绚丽风采，留下的是用耿耿赤诚谱写的一曲生命绝唱。

你走了，把你的音容笑貌留给了春天。你走了，你把思念留给了永远。你走了,逝去得那么突然,逝去的令人扼腕!让兄弟们再送他一程,不要走得太匆忙!让战友们为你把泪水擦干!长歌当哭,悲你英年早逝,想你时,往事如烟;想你时,长夜难眠;想你时,你就在天边;想你时,你就在眼前!你行色匆匆的背影深深地印入战友们的脑海,久久挥之不去;你平凡的事迹和短暂的一生,犹如流星划过夜空,放射出灿烂的光华,感动和激励着越来越多的人!

金色盾牌有你沸腾的热血,山川大地有你永不消逝的足迹。铮铮铁骨永不知疲倦的身躯,化作漫天的飞雪飘飘洒洒、纷纷扬扬,你把自己埋进了春天里!

后记

站成永恒的姿势

◎ 郑义伟

关于这部报告文学,在未动笔之前,我除了有针对性地对民警进行了采访工作外,还对这部报告文学的标题作了反复的修改和审定。在撰写过程中,临近花甲的我越来越感觉疲惫,甚至有时候因思考文章的段落章节与整体结构竟然彻夜难眠。夜深人静,孤灯黑影,我的灵魂开始自由地舞蹈。这个夜晚,这个时分,一张书桌,一台电脑,构成完全属于我的思想的王国。多少个不眠之夜,在宁静的书屋伏案秉笔疾书,一次次地移动着鼠标,敲打着键盘,经过框架设计、整理、撰写和修改,文字在键盘的碰撞中产生心灵的火花,放飞着梦想与追求。书中的部分作品有的已在多年前就完成。这些作品出自不同的时段,风格不一,有些文字十分稚嫩,有些文字略显成熟。放在一起,刚好真实地见证了一位作者从蹒跚学步走至今天的全过程。在无数个与文字为伴的夜晚,我看到自己在键盘上敲下的一行行文字,想到这些文字能够让百姓更多地了解警察、支持公安工作,心里便会有一种由衷的喜悦。

这部文学作品在一定意义上不是写出来的,而是书中的英雄集体和个人在刀光剑影中的历史记录。32篇作品中有叙述刀光剑影里不怕流血牺牲的英雄铁警烈士,也有坚守岗位默默奉献的劳模及先进个人。他们是榜样,是旗帜,是一笔重要的财富，历史是不会被忘记的。他们的英勇事迹是应该被记录并流传下去，这也是这本书价值的一种体现。

当我准备将文稿结集付梓，决定把这本书命名为《翱翔吧！雄鹰》时，便有了这部报告文学集。那一刻，我真的在心里为自己感到高兴，感到一股和煦的阳光洒满大地。

人生无须惊天动地，用心去做好每一件事，用自己手中的笔书写心中的意境，以荡气回肠的文字将自己的生命和岁月溶入殷殷的血液，执着地去从事自己热爱的音乐艺术与文学创作。在文学创作这条拥挤、坎坷的小路上，我依旧像个苦行僧，每走一步都凝聚着痛苦与汗水搅拌的艰辛，我乐此不疲，在这片芳草地上，在书籍组成的音阶里，任感情的音符汩汩流淌。

这部报告文学作品给了我一次为战友们"作嫁衣"的荣幸。如果这部文学作品有遗珠漏玉之嫌和一管窥豹之感，相信不会受到同志们的太多责备。大家知道，一部35万字的文学作品想要囊括50年涌现的所有英雄，显然是不可能的。挂一漏万，顾此失彼，实在是在所难免。领导和同志们的理解和体察，则无疑使我的歉疚心情稍得宽解。

这部报告文学作品到底如何，我不知道。不过，无论怎样，它总是西南铁道卫士生命流动的旋律。仁者见仁，智者见智，唯有一点相同——我和你一样，都是读者。假如你能从这些记忆中泛起的几朵浪花，思绪中溢出的几缕情愫，跋涉中留下的几串脚印，或者说是窥视铁道卫士心灵的几道窗棂中读出某种感悟，那说明我还能将我们成都铁路公安民警、还能将战友们的精神传递给你，这是我无愧于自己同时也无愧于读者的事情。我通过写作与创作找到了自己的存活方式，谢谢这种寂寞的歌唱，给我带来的巨大抚慰。

一个盛会的成功不仅是莺歌燕舞和春暖花开的开场与落幕。而是最初取决于一个英明的决策和一群人台前幕后的担

当。

　　感谢您，我的良师、益友、兄长、我的公安局长——熊树华！谢谢您在百忙中为这部报告文学写序、修改、审定，不厌其烦地提出修改意见和指点。感谢您字里行间的真情流露，我多想将自己醉成一壶酒融到您的序言里，如痴如醉地慢慢品味。我想用某种情感撞击的力量，来接近您，用一种情怀来期待这个诗意的世界走近您。如果没有您的关心，我的梦也只是一个梦。感恩有您，当我需要雨露的时候，您是噙满了泪水的春天，滋润了干枯的心田。本书成稿皆是因为有您这位值得我感恩的伯乐存在。

　　借此机会，我深深感谢为本书审定、校对、编辑和出版付出辛劳的公安局政治处主任蹇继国、宣传教育处陈来有处长和申高副处长及全体宣传同志们，感谢公安局办公室、装财处的领导们，感谢一路上给我支持帮助的西昌公安处宣教室全体战友们，是大家尽心尽力为我的文集出版付出的努力，我的梦才得以实现。

　　我热爱警察事业，用手中笔不停地书写警察的故事。每当听见或看见一个个感天动地的英雄事迹时，都会以诗歌吟诵，以散文、报告文学或小说来书写，用音乐来歌唱。我想做一个生命的歌者，在屋檐下尽情地歌唱，在旷野中歌唱，在一切有人或无人的地方歌唱。要永不疲倦地记录生活中的真善美，传递生命中的感动，不遗余力地歌唱这个伟大的时代！

2021 年春